皖北大地

苗秀侠◎著

中国言实出版社

图书在版编目(CIP)数据

皖北大地 / 苗秀侠著. -- 北京：中国言实出版社，
2021.3

ISBN 978-7-5171-3180-9

Ⅰ.①皖… Ⅱ.①苗… Ⅲ.①长篇小说—中国—当代
Ⅳ.①I247.5

中国版本图书馆CIP数据核字（2021）第042916号

出 版 人　王昕朋
责任编辑　宫媛媛
责任校对　张国旗

出版发行　**中国言实出版社**

　　　　地　址：北京市朝阳区北苑路 180 号加利大厦 5 号楼 105 室
　　　　邮　编：100101
　　　　编辑部：北京市海淀区花园路 6 号院 B 座 6 层
　　　　邮　编：100088
　　　　电　话：64924853（总编室）　64924716（发行部）
　　　　网　址：www.zgyscbs.cn
　　　　E-mail：zgyscbs@263.net

经　　销　新华书店
印　　刷　北京盛通印刷股份有限公司
版　　次　2021 年 4 月第 1 版　　2021 年 4 月第 1 次印刷
规　　格　710 毫米 ×1000 毫米　1/16　25.25 印张
字　　数　399 千字
定　　价　78.00 元　　ISBN 978-7-5171-3180-9

苗秀侠，女，中国作家协会会员，安徽省第二届签约作家，《清明》杂志副主编。在《中国作家》《北京文学》《随笔》《作品》《长江文艺》《芳草》等

发表中短篇小说和散文多篇，部分作品被《小说选刊》《中篇小说选刊》等知名选刊转载，有小说和散文入选《中国文学年鉴》及年度作品精选集。出版作品《遍地庄稼》、《迷惘的庄稼》、《农民工》（合著）、《农民的眼睛》、《皖北大地》等。曾荣获老舍散文奖、安徽省政府社科奖、第六届北京文学奖、安徽省第十二届"五个一工程"奖等。

目录

导　读

　　长篇小说《皖北大地》，是安徽省文艺工作者贯彻习近平总书记在文艺工作座谈会上提出的作家要创作"有筋骨、有道德、有温度的文艺作品"的重要精神，首位挂职基层的作家，潜心创作的小说，也是作者"三农系列"小说《农民工》《农民的眼睛》之后，又一部关注当下中国乡村的作品。

　　小说着重讲述处于社会变革和城镇化建设飞速发展时代的农民，由逃离土地，到回归故园，在土地上重新创造新生活的艰难复杂过程。

　　对于生活在乡村土地上的农民而言，与之相伴一生的是广阔的土地，农民在乡村岁月里的耕耘和收获、祈盼和梦想，都源于脚下的土地。农民习惯性地称土地为"黄金"。然而，视土地如命、世世代代面朝黄土背朝天的农民，某一天突然发现了比土地更金贵的东西，于是，他们纷纷逃离村庄，逃离土地，融入更"精彩"的生活之中。土地空阔，村庄寂寥。这些被抛荒的土地，如何完成它神圣的职责？寂寥的乡村，如何再现昔日的热闹和温暖？小说带着这种深沉的叩问，展开叙事。

　　小说主线人物之一的农瓦房，是皖北大地上一位地地道道的农民。他对土地的热爱，到了痴迷的程度，然而因为一场情事，他不得不离家出走，因此走上算命的江湖之路。在行走江湖的过程中，有日揽万金的惊喜，有如履薄冰的艰险。最终，算命骗局被人识破，还闹出了"人命"，农瓦房开始了逃亡。他昼伏夜出，目光茫然，在几座城市之间拾荒、要饭。后来莫名其妙爬上一列运煤的火车，又莫名其妙地像一块煤炭一样，从煤车上掉了下来，并沿着铁路线行走，走到小龙河湾的一片河洼里，染上风寒，奄奄一息。恰遇开荒老人"老尾巴"，救了他的命。农瓦房病好后，不敢回家，怕被公安抓，帮着"老尾巴"耕种在龙河湾里开荒的土地，当他双手抚摸在肥沃的土地上时，对故乡的思念如风涛般强烈涌动，他终于如愿回到家乡，当上了种粮大户，重新书写人生篇章。

小说的另一位主线人物安玉枫，是出门打工富裕起来的农民，对故乡难舍的情结，让他带着一身本领和丰厚资金回归故园，开始了另一种创业，并在起起伏伏里，再一次品尝失败的苦酒，感受从失败到成功再到辉煌的波澜起伏。安玉枫的人生理想，不仅仅是改写一座村庄的现状，还要在皖北大地上，谱写壮阔的中国大农业的精彩篇章。打造农业种、养、加于一体的产业链，整治农村面源污染，开发秸秆综合利用项目等，安玉枫为皖北大地的发展和腾飞，注入了正能量和勃勃生机。

次要人物安玉椿，是乡镇副镇长，他"上管天，下管地，中间管空气"，为招商引资、拆迁、上访、秸秆禁烧等绞尽脑汁，是中国基层官员境遇的真实再现。

另一位次要人物杨二香，是安玉枫的红颜知己。在时代大潮的云谲波诡里，杨二香由小生意人创办自己的企业，到成为当地显赫的企业家，在金融怪圈里和市场竞争中挣扎，在亲情爱情里迷惘伤感，遍尝人间酸苦，却葆有敢爱敢恨、爱憎分明、阳光昂扬的个性。杨二香的身上，体现了皖北女性的传统美德和聪明才智。

《皖北大地》直面中国当下乡村，抒写了农民对土地的热爱和精神皈依，写出了土地的经营收入不断下降给农民带来的困惑，再现了传统农业与冷峻现实的相悖，抒写了农民对土地的怀疑和忧伤的复杂感情。农瓦房和老尾巴，代表两代农民形象，通过一波三折的故事发展，真实而立体地呈现出他们身上固有的农民的勤劳和梦想，狡黠和质朴，固执和顽劣。而安玉枫和杨二香，则是当下新型农民的缩影，他们冲破传统小农业的桎梏，视野开阔，思维敏捷，站在时代的高度，以科技的力量，创造现代大农业。棉花娘、刘学习、老尾巴、安云礼、扑楞、丰收、农三虎、老皮钱、安守财等乡村人物，各具特色，鲜活生动，是中国农民群生相的集中展示。

小说置入土地流转、农村合作社、秸秆禁烧、循环农业等现代元素，紧密切入中国大农业的课题，时代感鲜明。小说语言极具皖北地域特色，真实反映了中国乡村在现代化进程中的尖锐矛盾，描写了中国乡村的当下困惑，并对这些困惑提出了可贵的思考，呈现了一位作家的担当精神。

上　部

第一章

——

农瓦房遭遇老尾巴

"吧唧"一声，农瓦房把自己摔倒在老尾巴的脚跟前时，他和老尾巴两人，都吃了一惊。

事实上，农瓦房从南城扒运煤的火车，摔下来的第一现场，并不在小龙河湾。铁道线离小龙河湾好几里路呢。当他随着一块焦炭，被野马样的火车甩出去，"吧唧"一声摔个嘴啃泥时，并没被人发现。那一段铁路线像个无人区，摔个猫、摔个狗、包括摔下个人，跟摔块儿煤炭没啥两样。从火车上摔下来的农瓦房，嘴啃泥趴了一会儿，拼着最后的力气，爬起来，顺着铁路线朝前走。被老尾巴发现时，农瓦房已经离开铁道线，连滚带爬地在小龙河湾里摸索小半天了。然后，他身子朝前一扑，来了个第二摔，嘴巴差点啃住了老尾巴的鞋帮子。

老尾巴正在小龙河湾里走路。这是他每天必做的功课。

他喜欢看着天边走。无论从哪个方向，他的目光总是直逼天边。只有看着天边，他才明确感知他生活在大地上，而且没有虚度光阴。

"我哩个乖乖哎，你是死的还是活的？"老尾巴惊慌地看着脚边一身泥水的农瓦房，大声咋呼起来。农瓦房头发、胡子都有尺把长，嘴边也沾着泥糊子，一副人不人、鬼不鬼的样儿。老尾巴有一把年纪了，尽管早已对世事处变不惊，但面对像死尸一样的农瓦房，他还是由不得自己叫出了声。他这样咋呼也是给

3

自己壮胆，更主要的，他不想他的地盘上出现一个死人。在这片自由的、坑坑洼洼的小龙河湾里，他占河滩为王、当小龙河龙主很多年，如果出现一个死人，今后他心里不就膈应了？

农瓦房努力地动了几动嘴巴，示意他还活着。老尾巴又咋呼起来："你没死就别装死，赶快起来，躺在泥窝子里就怎舒坦？"

"龟孙愿意躺在泥窝子里？"快死的农瓦房还嘴硬，"俺爷，你快拉我起来呀。你不拉，我可不就躺在泥窝子里吗？"

"你个龟孙，死到临头了，你咋还骂人呢？"老尾巴立刻跟着骂起来。他已经有许多天没跟人逗过嘴、骂过架了。以前，挎着粪箕子拾粪的老财迷，常到他这里瞎侃、骂架，老财迷现在归西了，没人来找他骂架了，他心里不知空成什么样子呢，都没法形容。这个死人，却死在他地界上，来跟他逗嘴了。

"俺哩爷，俺啥都不骂了，你骂俺过过瘾吧。你把俺扶你屋里去，搁屋里好好骂。"农瓦房服软了。

"你别叫我爷，我看你也不小了，叫我爷就把我叫老叫死了。我也不占你便宜。"老尾巴说着，弯下腰，掐起农瓦房的胳肢窝，把他扶坐起来，然后蹲下身，背对着农瓦房："试试，朝我背上爬，背你回屋。"

结果农瓦房根本没有一丝的力气朝他背上爬趴，身上的那点力气，刚才说话时用光了，农瓦房连哼的劲儿都没了。老尾巴只得返身把他掐站起来，在农瓦房像面条一样将要软地上时，老尾巴用背朝他肚子上一拱，旋即蹲下身，农瓦房就软在他背上了。

老尾巴踩着小龙河湾里的泥巴地，深一脚浅一脚地把农瓦房背进屋。农瓦房并不重，别看一身破衣裳把他穿得很肿的样儿。把农瓦房放在沙发上，老尾巴先朝他嘴里灌了几口白开水。农瓦房吧唧着嘴，又活过来了。"俺哩爷……大叔，你咋能把躺在泥窝子里的俺背起来了？"

"这有啥？俺喂的一头驴，每回耍懒，俺都是这样背它回家哩。"

农瓦房不敢还嘴了，他知道他不是这老头的对手。现在当务之急是活命，其他不多说。他得哄着老头把他的命救回来。此刻他觉得已经还了点阳气，但仍头痛欲裂，嗓子眼里在朝外冒火，浑身上下没一丝力气，就像这身子不是他自个的，是别人的。

"你个龟孙，瞧把我沙发弄腌臜成啥样了？"老尾巴骂骂咧咧，却并没有停住手，他弄个毛巾，蘸了水给农瓦房拭掉脸上、嘴边的泥巴，扯下农瓦房脏不拉叽的外套，找出一身自己的衣服，给农瓦房换上。

"我哩个乖乖哎，我长这么大侍候过谁？"老尾巴又是一阵骂骂咧咧，去隔壁锅屋里拉开煤球炉，坐上开水壶烧水，把开水瓶里的水倒脸盆里，掺些凉水，给农瓦房擦身、换衣。

农瓦房这会子就是一截软面条，任凭老尾巴翻来覆去折腾。

总算把农瓦房的身上弄清爽了，水也烧开了。灌好水，见天光还有些亮堂，好像雨停了。老尾巴说："你一时还死不了，我给你请个先生瞧瞧。"说着，就掏出手机。

农瓦房一个激灵朝上坐，却怎么也耸不起身子。他拼着力地喊叫道："俺哩爷，你别打电话，别！"

"你急啥急，你浑身烧得像个炭炉子，我不给你请先生，你得死在我屋里。你死了不当紧，把我这里搞腌臜了可不管。再说，我又不会给你治烧。"

"你可是给公安打电话？你打吧，打了就有赏了。"农瓦房闭上眼，一副听天由命的样儿。

老尾巴咂着嘴，围着农瓦房转三圈："我哩个乖乖哎，你还值当我给公安打电话？掀熊吧！我当年被公安抓进去饿了三天三夜，我记着仇呢。"又转了三圈，咯噔站住："就你这样的，还能领到赏？你以为你是谁？李国富？"

"李……李国富是谁？"农瓦房有气无力地问道。

"镇上的开发商啊。给镇子周围修上路，好几圈子，说是模仿大城市，也搞个一环路二环路啥的。还有步行街。结果咋样？路没修好，抱着工程款跑了。哪个庄上都有被他欠工钱的人，可都是些老头老妈干苦工的人呐。这李国富呀，就被通缉了。你也是被通缉了？"

农瓦房听到"通缉"二字，头脑一阵轰响，人就要昏过去。老尾巴飞快地摁了手机上的数字，嘴里咋呼开了："一个熟人，到我这里就倒下了，烧得像个小炭炉，你得快点来。别吃饭了，在我这里吃吧。我多馏个馍就是了。什么？女人？掀熊吧，我这里连个母鸟都不愿飞过来，别说女人了。快点来，骑上你的电驴子！"

回头瞧见农瓦房绝望的眼神，老尾巴牙一龇道："我一个朋友，是个土医生，开小诊所的。"

农瓦房"吧嗒"把眼皮合上。这条贱命，就全权交给老尾巴处置吧。

或许，这就是他的劫数。谁叫他朝这儿跑呢？

农瓦房从昏睡中醒转过来时，觑着眼，看到灯影里坐个人。那人和老尾巴一声高一声低地说着话。农瓦房想抬抬胳膊，发现手上扎着针，一个脸盆架当了吊针架子，正挂着一只吊瓶在滴水。

那有些浑黄的水，正一滴滴朝他血管里跑。农瓦房的存在意识马上变得清晰起来。他知道他还活着，还能看见灯光和人。他还记起了他爬上火车时，火车"哞"的一声大叫，带着他在漫无边际的铁道上狂奔时呼啸的风声。紧接着他想起了他从火车上摔下来，脸摁在泥窝子里，被砂石硌得坑坑洼洼的痛，然后是老尾巴杵在他鼻子尖下的泥脚。

他明白他此刻是躺在小龙河湾老尾巴的床上。他也不知他咋就睡在床上了。当然，他那时还不知道这片地就是小龙河湾，也不知救他的这个老头叫老尾巴。老尾巴是个不太老的老头，六十旺岁的样儿。农村人六十岁就显老了，在城市，六十岁的人，还能返聘上岗呢，要是搁到京城，还能继续当大官呢。

脑子一清醒，就立刻明白了自己的处境。再看灯影下的那个人，觉得面熟。再把那人说话的声音细细品哑，就马上明白他是谁了。天神！怎么这时候碰到他？悄悄拉过一片枕巾角，先把脑门那一块遮住。

农瓦房是从南城扒运煤的火车朝外跑时掉下来的。三年的流浪生活，南城和淮城，是他常待的两个地方。两个地方的火车站边，拾荒的流浪的，大家都熟悉他了，总有一个地方留给他放搪瓷缸子。摆搪瓷缸子的买卖早不新鲜了，一天到晚，也没多少人朝里面丢钢镚儿，行色匆匆的人，连个白眼都不肯丢。生意惨淡到有时只能到饭店吃客人吃剩的饭菜，也要摊上开饭店的人心好，不然，倒垃圾桶喂猪也不给你吃。有个小兄弟，他爷唱过扬琴，从小耳濡目染的，就有了胡扯八连的本事，对着人唱顺口溜，专拣火车站的出租车等车处唱，蹭到你跟前照死里夸你："俺大姐，你真排场，柳叶儿眉，高鼻梁，大大的眼睛水汪汪，迷死个人来不抵偿……"有女的被他夸得受不住，掏一块钱丢他缸子里；也有女的抿嘴乐，任他咋唱，就是不给钱。

尽管四处讨生活的日子不好过，也总比抓进局子里强。

进局子是什么滋味？他在江湖上混的这几年，道上的兄弟向他描述过：要过水帘洞和火烧龙门几道关。什么是水帘洞，什么是火烧龙门？那是死都死不了的关卡。那个小兄弟，坐在淮城火车站的广场旁，一边向走动的人腿卖眼，虎视眈眈看美女飘过来飘过去的花裙子，一边给他讲水帘洞："我哩个乖乖，十几个人，一起站起来，拿着水枪朝你身上浇，水枪你知道是啥玩艺儿吗？咱俩身上都有……浇你的肚皮浇你的脸，浇你的嘴你的眼珠子耳朵眼子你的鼻窟窿子……淹不死你也得呛死你。那个味道你尝过一次，到死也不愿再尝第二次，那玩艺儿是带着獠牙的，管不住它不向你的嘴里钻，你能闭上眼，却关不住嘴巴耳朵，不准你捏鼻子，辣尿水穿过你的耳朵眼还能再淌到你嘴里……火烧龙门更过劲，拿着冒红火的烟头，一人一下，专朝你的大腿根上摁，还要你喊爽不爽，喊得声音要大，小了不算，再烫。你要大声喊，爽，爽死了，再来一下，让我再爽……这才放过你……"

每当那个小兄弟向他描述"过关"的悲惨经历时，他的后脊梁骨嗖嗖直冒凉气，像大腊月里光着脊背被北风吹的感觉，又像光背上搁块大冰块被冰的感觉。总之，他死都不能进那个地方不能过那个"关"。

那就逃。

他逃了三年。

也不敢逃太远，怕被网上通缉，就沿着铁路线走。淮城待的时间最多，南城也是一个常落脚的地儿。合肥去得少，是省城，管得严，巡警多。这回在南城，几个人刚分片坐下"摆摊"，一阵尖锐的警笛声响起，一辆防弹警车开了过来，停下后，跳下来一群全副武装的警察，还有一只威风凛凛的警犬。那只警犬居然慌忙之中，朝农瓦房狠狠地瞪了一眼。像他这种头发又脏又长，胡子拉碴的流浪汉，在城市里不稀罕，没人会多看他，连警察都不想多看，而那只警觉无比的狗，却狠狠瞪他，不能不叫他胆寒心惊。正是警犬的那一眼，把他瞪得当场差点晕厥。他觉得大限已到，搪瓷缸也不要了，起身就闪进人堆里，顺着火车站找到铁路线，沿着铁轨走。他知道不远处就能靠近货运站，就能钻到火车的肚子底下，找个货车爬上去，让火车把他能运多远运多远。很巧，有辆运煤车，正整装待发。黑乌乌的煤块，发出诱人的光泽。扒火车对他来说也不是头一次，没费多大劲儿就上去了。卧在乌黑的煤炭里，他感到自己变成了一块煤，心里的安全感十足。

不久，火车出站了，而小雨也不慌不忙地下了起来，很快把他淋得精湿，也把他和煤分开了。这时候，他知道，他不是一块冰冷的煤，是一个有体温的人。风毫无人情地吹着，吹得他浑身冰凉，不久，冰凉的感觉消失，他变得麻木起来。他的方向感不强，不知道这辆车是朝哪儿奔，不管朝哪儿奔，只要离开这座城市，就是安全的。渐渐地，他的知觉淡薄下来，那些疼麻和冰冷消失了，飘雨的天空开始混沌，他的肢体和感官，也变得模糊了，而后，他觉得自己像一片树叶，随着风雨飘移出煤堆，完成了一次瞬间的飞翔，便坠落了……

在灯影里说话的两人，听见这边摸摸索索有动静，就一起过来看。

"醒过来了，我哩个乖乖，这家伙命真大！"是老尾巴的声音。

"受惊又受凉，发烧厉害，估计得躺个三五天才能好利索。你这朋友身子骨不行，需要调养。"那人一直是用这种口吻跟乡亲们说话的，三村四店前庄后庄，他的这种小医生的专业话语，有多少人都听到过啊。

"我命里摊的要遇着这个货。既然老天爷把他送到我这里，我还真要好生侍候着，是不是呀，老伙计？就像当年你救我一样。我老狗那样呼喘着被你碰到，你不二话没说就把我给救了吗？"老尾巴嘎嘣一笑，"你说，我这小龙河湾里是不是太静了，需要个人来闹一闹？"

两人说着话，已经凑到农瓦房面前，脸对脸、鼻碰鼻地看着他了。农瓦房这才知道，他躺的地儿叫小龙河湾。小龙河他听说过，河很长，曲里拐弯的，是个古河，有人说是黄河故道的一部分。黄河离这里有多远啊？哪里是故道呢？瞎掰的吧？农瓦房努力让自己显得不清醒，就紧闭着双眼，粗粗地喘着气。

一只手探过来，抚在他的额头上。凭感觉，他知道那不是老尾巴的手。那是那个人的手。那个人的手，已经不是第一次抚他的额头了。在那几个庄，这只手不止一次抚摸过很多人的额头，也抚摸过他的额头。

"唔，还是很烫。这瓶水吊下去，明早就会退烧。没有太大的问题，不用担心。"像说给老尾巴听，又像说给农瓦房听。那人把农瓦房额角上的枕巾碰落掉了，又拾起盖上，比农瓦房自己盖得还要多，连农瓦房的眼睛都给蒙上了。

农瓦房的眼角剧烈地痒了一下，热乎乎的东西马上要从眼睛里朝外冒，他努力控制着。好在那个人马上走开了，又跟老尾巴说了一会儿的话。听音儿，他们已经吃过饭了。那就是说，他农瓦房已经昏睡一个多饭时的时间了。在他昏睡的时候，那个人没有看清他是谁吗？或许他长头发长胡子，已经离家好几年，那个人记不住他的相貌了。

跟老尾巴叙了一会儿家常，那个人走了。是老尾巴赶他走的。老尾巴说，不能太摸黑，河湾里路不好走，摸黑有危险。送走客人，老尾巴进到屋里。把电视打开，却并不看，而是坐到农瓦房面前。"锅里留了米油子，舍不得喝，都留给你了。吊完水，你喝点吧。有营养，好得快。"

见农瓦房眼角有东西在闪光，顺势拉过盖他额头的枕巾一擦："你怕啥怕？小命没事了。你也别装了，这屋就咱俩，你睁开眼，跟我说几句话。"

农瓦房把眼睁开了。眼睛里都是红丝子，泪光闪闪了好一会儿。

"你得说你叫个啥？"老尾巴认真地问。

"农瓦房……俺爹给俺起的……"

"嗯，你爹真有学问。多大了？"

"属牛的……"

"那你不能叫我爷，我没那么老。你就叫我老尾巴。"

"尾巴叔……俺叔，你救了我，咋报答你……"

"不提这个。你先喝点米油子，长长精神，咱爷俩，有的话唠！"

第二章

——

安大营

安大营的安玉椿，去宁城找他哥安玉枫。

是村里的老书记安云礼，让他去找他哥安玉枫的。

从小到大，安玉椿一直觉得哥哥安玉枫是个人物。哪怕是安玉椿当上了安刘河镇的副镇长，哪怕在许多事情上他早已能自己做主，但他仍觉得哥哥是个有主意有胆识的人。

这种感觉，从小就打下根基了。

小时候哥哥带他玩，他一切都听哥哥的安排，比如跟小伙伴们捉迷藏，只要听哥哥的，一准没人找得到他们的藏身之所。比如去摘邻村的瓜，别的小孩一听动静就跑，一跑就被看瓜的人摁在地上了，他哥低呼他不要跑，小心翼翼爬到隔壁芝麻地里，只管像蝎虎子那样紧贴着地皮，一动不动，等脚步声走远了，再回家，怀里还能抱两个瓜。再比如庄东头的麻脸也就是篓子的娘，跟他娘骂架，他娘是个腼腆人，骂不来架，只会挨骂，安玉枫就跑篓子娘栽的倭瓜地里，划开正长着个儿的倭瓜，拉一泡稀屎进去，再把裂口合严实了。等倭瓜熟时，篓子娘拿刀朝锅里剁倭瓜煮茶喝，呼噜一声蹿出一股臭屎，惊得篓子娘差点把手指头剁掉了，茶也不烧了，站大门口骂开了，不过，只骂几句，没有满庄跑着骂，便刷锅重新烧茶了。庄上人说篓子娘后怕了，怕有人再治她。

这就是他哥安玉枫，心里藏得住事，也能担得起事。

安玉枫把亲爹赶出家门那档子事，安玉椿更是对哥哥刮目相看。搁他身上，无论亲爹有多混蛋，他都不会撵走他，把自己的爹撵出家门，他连想都不敢想。可是，他哥玉枫做到了。念初二时老师布置的作文是《最崇拜的人》，结果他写了他崇拜的人是他哥安玉枫，着重描述了他哥安玉枫如何"大义灭亲"，把亲爹撵出家门的事。这一写不当紧，学校里许多老师和同学，都通过阅读他的作文，知道了他爹流落在外，是他哥硬生生给撵出去的。安玉枫看了那篇作文，什么话也没说，只摸了摸安玉椿的头，脸朝上"哈哈"地笑了几声，把安玉椿笑得有些想哭了，安玉枫才安慰道："没事，家丑不怕外扬。你好好考学，别的，啥事也不要分心！"

安玉椿坐的是普通火车。皖北县虽有火车站，但坐火车去宁城，得从颍城转车。颍城有专门开往宁城的绿皮火车，票价非常便宜。安玉椿从皖北县城坐火车，两个小时就到颍城火车站了。去宁城是下午的火车，颍城始发。虽说不是春运时间，但卧铺票也买不到了。他就买了张硬座，在车上坐着睡一晚，正好第二天早上到。

这一片的人都知道，这列火车是农民工专列，所以一车的农民工，大包小行李的，乱哄哄挤坐着。不管春运不春运，这列车一直都是满员的。来来回回的农民工，家里有个啥事，老人的事，小孩的事，哪个亲戚家嫁女娶媳妇，该回来的，就得回来。有老人要发丧，也得回来。庄稼季不用说，有土地牵扯着，不回来拾掇咋弄？颍城是农民工输出大市，到颍城坐火车的，不光是颍城的人，还有河南的，还有皖北片这几个县的。皖北县的人出门去宁城，非选这趟车坐不可。

硬座车厢也满员，有座的就在座位上打牌，没座的把蛇皮袋垫屁股底下，几个人围一圈打对门。农民工会随时找乐子，这叫随遇而安。

隔壁座位有带小孩的，小孩一个劲儿在哭，带孩子的是个上了年岁的妇女，一路哄着小孩，把方便面掏出来，让孩子干着吃；还有个老头，坐走道的蛇皮袋子上，穿得不咋样，看架势，是到城市拾破烂的。有个年轻人，一身浅蓝工装，背着一个工具包，干练得很，肯定是吃技术饭的人。现在的农村人，出门是一种常态，没谁会待在家里坐吃等饿，就那几亩地，找机子耕耕，找机子收收，再找机子种种，就完事了！多简单！

安大营的人也是这样的种地模式，连除草也不用手和锄头了，一律打除草剂，省劲得很。

这时候把哥哥朝家里叫，行吗？

可是，安大营的人，却强烈要求让哥哥回来！特别是村书记安云礼。

一九八八年，安玉枫刚满十六岁，一恼把亲爹撵出家门后，他就成了家里的主劳力、当家人，执掌了家里的门户。那会子，他刚上高一，庄稼活不会做，都是娘一个人拼死拼活地在地里劳动，爹成天袖着手，庄稼季再忙，也拦不住他去集上找卖卤肉的干亲家来牌赌博，总是在街上抿几盅酒后回来，东瞅西看就看着娘不顺眼，伸手就打。娘会收割庄稼，会种地，但男人的活计不行。犁地耙地耩麦扬场，娘不行。安玉枫把爹撵走了，他就成了家里的主劳力，就得撑起这个家。他退了学，把自己当个大劳力使，跟着叔伯大爷们学种地的活计。安大营的爷们谁都教过他，有人看见他在地里干活，马上歇了自己的活，跑他地里教他咋样使犁子；有的人先把他家的场扬干净，再去扬自家的场。庄上辈分长、他喊爷的安云礼，地里、场里都是把好手，就把地里场里的活，手把手教给他。还教会他咋样垛麦秸垛。没事的时候，安云礼还开导他，正好两家的地边子挨着，耪地的时候，安云礼跟他肩并肩地朝前耪，说些鼓励他的暖心话。毕竟，一个十几岁的孩子撑个家，不容易。那会子，四十不到的安云礼，刚刚当选为村书记，除了必要的会议去镇里参加，其余的时间，他就是个普通的村民，种着自家的责任田，使唤着自家的牲口，按他自己的话说，第一他是个村民，第二他才是村书记。安云礼当书记没啥大动作，就是按部就班地把镇里交给的活儿完成了，再把自家的地种好了。安大营的人喜欢他的首要原因，他是个老好人，辈分又长，你犯了错，他可以骂你熊你，熊得你没法混，熊过你后，该咋对你还咋对你，绝不给你小鞋穿。他也从不给自己搞特殊。安大营的人服他。

安玉枫就这样在安大营老少爷们关爱的目光里长大了。十八岁他就是种地的好手，庄稼种得比哪家都好。他不仅种地，还学养殖。

安玉枫学养殖是有他想法的。在他把亲爹撵走后，他养成了独立思考的习惯。站地边他会思考他的地怎么种，除了麦豆两季庄稼之外，要不要种点别的作物，提高一下收成。他就种了半亩烟叶和桔梗。药材和烟叶都有人上门来收，比种粮食划算。但他不敢种多，因为不保险，最保险的就是种粮食，他得分清主次。然后他就想养殖。在皖北县这样一望无际的平原地带，山水都很薄弱，问土地要收成是一种生存方式，养鸡养鸭养猪养牛又是生存的一种方式。从书上和电视上他看到，一些地方的养殖业做得非常好，发家致富的人不在少数，他可以好好探讨一下。在安玉枫的私心里，他想自己先试着养殖，等他摸索出门路来了，就让庄上的人跟着做，他想让安大营的人，都过上像电视里播放的那种富裕村庄的富裕日子。

安玉枫先养的是鹅。他养鹅是赶集时遇着他同学才有这个念头的。他的高中同学，已经念了大学，暑期回来，正巧在街上跟安玉枫相遇。安玉枫的成绩比他好，因为家庭缘故，没能继续上高中，当然也没机会上大学，是件可惜的事。同学为这件可惜的事，唏嘘了半天。上了大学的同学，见过了世面，脑子里装的东西比他多，说到农村青年的出路问题，就说到养殖上了。同学的专业不是养殖，可同学的同学有学养殖的，回校后，就寄了相关的养殖书籍过来，并鼓励安玉枫养鹅，还帮着买了墨西哥的玉米种子邮过来，说是种了可以专门喂鹅。安大营北地有一片水塘，也没养什么鱼，空在那，是轮窑厂取土时留下的。上面不准烧实心砖了，轮窑厂也就停了，大烟囱无辜地杵着，把天刺破一个洞；那一片水面，亮旺旺地映着蓝天白云彩，样子显得没心没肺。

村书记安云礼听说安玉枫养鹅，就免费让他使那口塘，那塘空那里也是空。村里也没谁说二话。安玉枫一身的劲，第一年就买鹅苗两千只。又从未过门的姐夫那里获得资金支持，盖了鹅圈，自己就住到鹅场。那片盖鹅圈的河坡地是村里的，平时荒着，长一片野麻和泡桐，安云礼二话没说，让他随便使，一年象征性给个几十块钱租金就行，跟白用没啥差别。没想到的是，冬天时，鹅怕冷，在圈里你挤我我挤你，因为鹅的脖子太长，压死了不少。都是长到两三斤重的鹅了，看着心疼人。安玉枫成架车子朝外拉死鹅，挖沟深埋了。余下的鹅，又生了寄生虫，你叨我我叨你，浑身的毛都叨得差不多掉光了，鹅膀尖没一点毛，都成了飞机膀子了。外庄的人都笑他养的是"飞机鹅"，安大营的人不说，搓着手为他着急。养鹅的失败并没有击垮安玉枫，他仍旧在养殖上动脑筋。又养了鸡。这回他多了心眼子了，专门跑到一家养鸡场学艺半个月，拉回两千只鸡苗来养，把鹅圈改造成鸡舍。

安玉枫没日没夜守在鸡场里，自己当场长，自己当饲养员。还别说，养鸡成功了。他很快成了万元户。这时候，宋庄的闺女宋春梅对他有了意思，借口跟他学养鸡，老往他鸡场跑。宋春梅是方圆庄上长得排场的女子，模样好，又洋气，还念到初中毕业，是乡村识文断字的人。一二十岁的大闺女，媒人都踢破门槛了，连安刘河镇上的人家，都托媒人来说她当儿媳妇。偏偏她的心在安玉枫身上，在安玉枫当上了万元户后，她就朝玉枫家跑得更勤了。本来安玉枫不打算考虑个人问题，他想把养殖事业做起来再说，不光是他自个儿要养，安大营庄上还得多发展几家养殖户，好日子要大家一起过。这是安玉枫的理想。那会子他姐刚出嫁，弟弟在念大学，老娘的身体又不太好，家里的条件不允许他这么早结婚。还有一点，他心里觉得宋春梅话不多，心眼子怪足，不是他喜欢的那种类型。他欣赏有点野性、心直口快的女孩，就像他念初二，在火车上卖烧鸡时，遇见的那个野性十足的小闺女。天知道那个小闺女跑哪国去了，她的那双狐狸眼，倒是时不时会在他脑子里忽闪一下。再者，安玉枫经济不宽裕，不想结婚，他攒的钱，全部投到鸡场上了。买了孵化设备，肉鸡和蛋鸡一起，有一万只了。他不但没有节余，反而还欠了一些钱。那些钱都是饲料，堆在鸡场里，是安大营的父老乡亲的玉米和麸皮，足够他的鸡吃上一年的。但宋春梅跟他"好了"，居然晚上留他家里不走。玉枫娘先着急起来。在皖北这样纯朴的地方，人的观念很传统，如果一个女孩子住到你家了，你家还没有婚娶的打算，会有人指你的脊梁沟说你不懂世故。人家不指责男孩子不懂世故，是指责家里的长辈。所以玉枫娘着急。她叫住玉枫说："枫啊，找个媒人吧。择个日子，该咋样咋样，给你成亲吧。"

玉枫只得点头同意。他得娶她，而且要快，因为闲话有了。他一个爷们不怕，可是宋春梅是个女孩子，被人家说三道四总归不好。就找了庄上的媒人去说合，准备腊月里结婚。

然后，那场大火就来了。

是半夜里起的火，电路上出的事。他已经请了饲养员，那天他住在家里，半夜被人喊醒时，他还不知道发生了什么。等朝庄北一看，亮堂堂的北半天，火烧云似的，惊得他人都傻掉了。跟跟跄跄朝前跑了几步，就迈不动脚了。他迷迷糊糊走到庄北，看着冲天的大火，在寒风里呼啸着朝天伸出火爪，不烧完不罢休的样儿。安大营的人全部起来了，男男女女，只要能跑动的，都拎着水桶水盆朝北地跑，从那口养鹅塘里舀水，帮他扑火。有人跑过他身边，还不忘宽慰他："枫，一定没事的，一定没事的！"还有上了年纪的老人，拎着暖水瓶舀水救火。虽然全村人齐心协力扑火，但夜黑风高，火势太旺，最终没能救了他的鸡场。一万多只鸡，几千枚鸡蛋，一大仓库的饲料，还有周边安大营的大爷大叔家的十几个麦秸垛，全化作一堆灰烬。安玉枫蓬头垢面地蹲在鸡场边到天亮。

冬天的皖北，一片萧索，光秃秃的杨树泡桐树杈子上，东一个西一个挂着黑乎乎的老鸹窝，被尖溜溜的风吹得呜呜响。烧得面目全非的鸡场，那几根没有烧倒下的水泥柱子，突兀地伸向天空，发出无声的呐喊。宋春梅拿个树棍在灰窝里扒拉着，一边扒拉，一边大放悲声。她只顾哭自己的，并没蹲在安玉枫的身旁来安慰他。安玉枫也没想着让她说啥暖心窝的话，庄稼人不会说那些废话，烧得这样惨，说什么都是多余的。他看着宋春梅扒拉出一只焦炭样的鸡，然后又是一只……他感到，宋春梅的树棍子，不是扒拉在灰窝里，挑在鸡身上，而是挑在他的心尖子上。刚才还焦干的眼眶，呼一下就像捅开的泉眼一样，汩汩冒出了汹涌的泪花。没有声音，只有那些泪，如冲破堤防的洪水，肆意横流。

那场大火，让安玉枫待了好几天，不吃不喝躺床上。娘小声喊着"枫"，把热面热汤端过来，放他床前。"我娃，你才二十四，人生刚开头，咱慢慢再来，慢慢再来……"娘不是多话的人，也不会劝人，就这样小声小语说他，给他做吃的，端喝的。

安玉枫不能当孬种，不就烧掉一个鸡场吗？人好好地在这里，怕啥？安大营的老少爷们，个个帮他救火，说他啥没有？烧毁了一屋子的玉米、麸皮，还有麦秸垛，说啥话没有？就是村里借钱给他的，人家该出去打工就打工，该挣钱挣钱，也没说一句不该说的话啊。

还有他可怜的娘，一辈子小言小语的娘，低眉顺眼在爹跟前挨打受气一个人当两人干活的娘！他躺床上装孬熊，还装得下去吗？

"呼"地从床上跃起身，把娘端来的面叶子吃个精光，安玉枫拉着架车子来到北地的鸡场。先在鸡场大门口挖个大坑，再把废墟里的废物一车车拉出来，倒进坑里埋掉。把烧得黢黑的土墙根挖开，重新和泥垒墙、盖鸡舍。鸡场边的那口水塘，结了一层薄冰，安玉枫用锨头敲碎冰层，打水和泥。冷风吹得手握不住锨把，安玉枫就找了双破手套戴着，一点点干起来。

安大营的人，有要帮忙的，被安玉枫婉言谢绝了。他要亲自垒鸡场，从哪里跌趴下的，再从哪里站起来。宋春梅回宋庄了，她说心里难受得很，要到自家透透气。安大营和宋庄，离得并不远，宋春梅抬脚就到了。那就让她去自己家里清静清静，毕竟还没成亲，不能老是待在安大营。安玉枫一心盖鸡场，也顾不上跟她卿卿我我。宋春梅的样子有点恹恹的，也能理解，毕竟发生的这件事，谁心里都不好受。

宋春梅在宋庄待了十几天，也不来安大营看安玉枫。安玉枫垒墙，心里没咋多想，再说，也忙得顾不上她。天气还不错，暖冬的样子。鸡场边的麦秸垛叫火烧了，是庄上七八户人家的，也包括安玉枫家的。安玉枫就问别人借麦秸和泥。不太远的地里垛着几个麦秸垛，也是图省事，收麦时懒得朝家拉，就在地边造个场，把麦子碾了，把麦秸垛那里。地离庄不近，安玉枫走了好大一会儿。天快黑了，风尖锐起来。安玉枫拎着两个麻袋，他要可着袋子装满。中间的麦秸垛是生产家的，生产娘说她家没牛喂，麦秸没啥用场，烧锅又不熬火，让他随便装了使。安玉枫站麦秸垛边，伸手掏麦秸。垛是生产爹垛的，生产爹也教过他垛垛，手很巧，垛得麦垛板蹾蹾的，很结实。安玉枫费劲地掏着麦秸，每次都想多掏点，可每次只能掏一小把，生产爹把麦秸垛得太结实了。中间的麦秸松软些，好像被谁掏过，他就朝中间掏。刚掏了三把，就把宋春梅和王淘气掏了出来。

王淘气是大王庄的，不远，他养猪，养得真不孬，手里有俩钱，也成家了。媳妇是个小个子，王淘气在地里撵着打过她。王淘气不慌不忙地看了安玉枫一眼，身子摆放的样子很舒坦，动都没动。宋春梅叫了一声玉枫，捂住脸哭了。后来宋春梅跪在安玉枫面前，发誓她就是和王淘气躺在那里说话，什么也没做。她是清白的。安玉枫很空茫地笑了一声，啥都没说。尽管他没有当场看到王淘气撅着屁股干活，但那还用看吗？有过男女之事的人都该明白，只有干了舒服的活儿，才能把身体摆放得那么舒适，摊得那么安闲。他或许不在乎宋春梅躺在那里做没做什么，他在乎的是王淘气对他的怠慢。不就是他被一把火烧成穷光蛋了，而王淘气有俩钱烧包？在自家床头，宋春梅用饱饱的两眼泪向安玉枫忏悔，说她跟王淘气交往是有企图的，她可以朝王淘气借钱，让安玉枫东山再起，王淘气也答应了。这就是她跟别的男人泡在麦秸垛里的理由？安玉枫发出一声怪笑。玉枫娘哭着叫儿子忍了吧，安玉枫的确想忍，可找不着一点忍的理由。他这场还没来得及完成的婚姻，就好说好散了。这事没啥可拉扯的，对谁都不好。这是件丑事。

　　然后他就有了出门的打算，也是他娘一个劲在后面催的原因。因为，从土里刨食，去掉农业税和这费那费，短时期没法还上欠下的几万块钱的债。他之前垒鸡场是不想离开家离开娘离开宋春梅，现在，他没必要待在家里了，没必要再见宋春梅了。安玉枫背着行李跟庄上的人出门了。他出门也选地方，小地方不去，要去就去大码头。

　　结果安玉枫选择了去上海。

　　在宁城北城区的腾飞物流公司，安玉枫刚刚烧开第一壶水，正坐着喝茶呢，安玉椿就到了。

　　见到弟弟，安玉枫一脸的惊讶。

　　"哥，我来，是叫你回家的。"安玉椿人没坐稳，就说话了。

　　"不年不节的，咋？咱娘有事了？"安玉枫一激灵。

　　"咱娘没事，是咱安大营的人，要你回家去干。"

　　安玉枫咧嘴一笑。他知道弟弟身上的书生气，当个副镇长就觉得责任重大了吧。

　　"哦，安大营人的心意？谁先有这个主意的？"

　　"唱大鼓的皮钱。不对，是唱大鼓的皮钱把大家唱出了这个主意。"

　　"这个老皮钱，他还那么能唱。"安玉枫转动着手里的杯子，想起小时候在庄东头的泡桐树林子里，听皮钱唱大鼓书的事，不觉笑了。

　　如果是安刘河镇的人让他回去，安玉枫还真得好好想想，哪怕他弟弟当着副镇长。可是，是安大营的老少爷们叫他回去，他不回去就说不过去了。

　　安大营的人，对他有恩。

第三章

——

瓦房娘把农瓦房生在了地里

要说农瓦房真够瓷实，也是这些年摔打惯了，被村医的一只吊瓶吊还了魂。第二天的晚上就吃下了半块馍，喝一碗稀饭；第三天，可以走到门口东张西望了。

老尾巴耐着性子看着他好转，一日三餐做好吃的，像待贵客一样端到桌子上，招呼农瓦房慢用。

"你得说说你。我不能救一个来路不明的人。"第四天的早起，在农瓦房"活"过来后，老尾巴摆上炒鸡蛋和蒸馍，端着稀饭碗，盯着农瓦房的眼睛。

农瓦房被他盯得有些出汗，不知从哪里下嘴说。他内心是绝不想跟老尾巴说实话的，可是，老尾巴是他的救命恩人，什么实话都不说，也不对。

"四海为家家万里，我就是那种人。"农瓦房龇牙一笑，"结果我扒煤车赶路时，就掉到你这里了。"

老尾巴呼噜喝了一口稀饭，嘎嘎笑了一阵："我哩个乖乖，一嘴的红芋渣子味，还家万里呢？撑死了你朝南越不过淮河，朝北走不出小龙河。打听一下这小龙河，曲里拐弯长着呢，拢着皖北县周边的好几个镇呢。不过我看你小嘴巴巴的，挺能说会道，靠嘴吃饭的？"

农瓦房心跳快了几拍，努力让自己显得轻松："慧眼。我这是牙猪掉进粪坑

18

里下巴又被石头挂住了，就剩那张嘴还在出气。"农瓦房露出江湖做派，自轻自贱地说着自己。

老尾巴又呼噜喝了一口稀饭，夹块鸡蛋就馍，盯着农瓦房看，农瓦房感觉嘴里稀饭的味道就淡了不少。

"我们每人说一段自己，交换着听。我先说。"老尾巴"咚"地放下稀饭碗，不容商量地先说开了。

"三十岁那年，我有了赌瘾，是跟我卖卤牛肉的干亲家学的……"老尾巴的声音明透透的，没羞没臊地说着，"其实赌这个东西好学，也不可怕，可怕的是，成了瘾戒不掉。"

农瓦房用清亮的眼睛看着老尾巴："这么说，你是个赌神了？"

"掭熊吧，还赌神呢。不过，我现在的日子就像神仙，不是赌，是修行。我在小龙河湾，过的是修行的日子。人有了劫难，要么倒下，要么学会修行。"老尾巴捏着下巴上几根稀胡须，"你呢，你是哪路神仙？"

农瓦房稍作扭捏地晃动了一下身子，把碗里的稀饭一口干掉。

"二十五岁时，我把庄上的一个新媳妇拐跑了。我可怜她嫁给了秃子，就一起去了海南岛……"

两人互相看着，老尾巴的眼睛里流淌出"比坏"的神情，"哧"的一声坏笑起来："怎么听着有点像我的种？"他抢先占了农瓦房的便宜。农瓦房愿意让他占。从年龄上看，老尾巴并不比农瓦房的爹小多少。

"最挫的一次，年三十快贴门神了，要赌债的跑过来，堵在家门口，见家里没什么可拿的，就把囤里的粮食全部挖走，连最后的半斗好面和剁好的饺馅，也一块端走了……"

"后来秃子带着三个兄弟找到我，不是跑得快，就没命了，吵着要挑断我脚筋手筋，让我终生残废。赔掉三颗门牙，连滚带爬，我才算捡了一条小命……"

"那女的咋样了？没哭闹着要跟你走？"老尾巴意犹未尽地问。

"没敢看她。不能看，一看，就跑不动了……"

"说到女人嘛，"老尾巴抬眼看门前的亮敞地，"嘎"的一声坏笑，"以后我跟你说。你还是得说说，你是咋样扒火车掉落到我这小龙河湾了？"

"在南城火车站，我被警犬剜了一眼，一尥蹶子就跑了……哎俺叔，你咋一个人住在这河湾里？"农瓦房岔开话题问道。

"做神仙和做人当然是不一样了。"老尾巴捏着稀胡子，眯缝起了老眼睛，"一旦做了神仙，再返回人间，不容易。咱爷俩今后慢慢唠。今天你刷锅，刷完锅，我带你去看看我的土地。"

听到"土地"二字，农瓦房浑身一激灵，觉得那俩字就像一块烤熟的大红芋，"扑通"从老尾巴的嘴唇边掉落下来，把地上砸出了一个大坑。"你、你这里有很多地？"农瓦房嘴唇哆嗦起来，刚才的江湖做派荡然无存。

"瞧你说的，没有地，我天天喝西北风也没地儿刮啊。"老尾巴不屑地撇撇嘴，"我是长在人间的神仙，不吃香火，得吃五谷杂粮才能活。"

农瓦房把碗捧到锅屋里洗，碗把锅沿碰得咣当响，三下五除二，就把锅碗洗好了。老尾巴看着农瓦房洗碗洗得急躁，嘴说个不停："你得小心些，不能磕缺了我的碗，更不能砸裂了我的锅。我很会过日子的……"

农瓦房把碗摆好："叔，咱看你的地去？"

老尾巴盯着农瓦房急躁躁的瘦脸，像个老鸹一样"嘎"地一笑："瞧把你急的，又不是到地里拾金子。"

这是农瓦房第一次放眼来看老尾巴的领地。之前的几天，他听从老尾巴的安排，躺在屋里安心养病，而他内心也不愿走出屋子，他还不想被更多的人看到，尽管老尾巴这里人烟稀少，但万一有人来呢？他每天只能从糊着塑料纸的后窗裂缝里，看看屋后的河坝。河坝不高，长着一些七歪八扭的杂树，所有的树都掉光了叶子，朝空中伸着曲曲弯弯的枝条，一副听天由命的样儿。他喜欢顺着树身看到树根，再目不转睛地盯着树根边的地，那些被树根牢牢扎实的地，散发出一股诱人的韵味。他有冲出屋抚摸土地的冲动。每回都生生把心里的欲望控制住了。

当老尾巴的几片青油油的麦子地，突兀地铺到农瓦房面前时，他的膝盖骨不由得一软，呼了一声"我哩个娘呀"，"扑通"把自己撂跪下了。

那些麦秸支棱着返春前柔嫩的小芽，像从土里伸出的一只只小手，揍着农瓦房的衣襟子、裤脚子、袖筒子。老尾巴"嘎嘎"地笑起来："喊错了吧？公母都不分了。"

农瓦房跪趴着身子，把鼻尖杵到麦根子上，闭起眼睛，陶醉地闻着，嘴里喷喷有声："你咋会有这么好的地，这么香的地，你咋弄的？"不等老尾巴答话，伸出双手，朝地里一插，挖起一捧土来，鼻子和嘴巴整个凑了上去，像是要把那抔土吃掉。眼睛仍旧闭着，之后，两行清亮的泪，从眼窝子里蹿了出来，整个人朝麦子地里一趴，"呜"的一声，挨鞭子的牛似的，哭了起来。

老尾巴被农瓦房的举动弄得愣怔了一下，咕哝道："你这是咋的了？发癔症呢？"

"我哩个娘呀，你咋就这么有福，咋就有这么好的地，这么香的地！"农瓦房泣不成声，"你这个老头子，你凭啥有这样好的地块，凭啥……"

在农瓦房庄上，从小到大，农瓦房都与众不同。他的不同之处，就是喜欢土地，喜欢庄稼。

以他娘的说法，他喜欢土地跟他娘把他生在庄稼地里有关。

那会子还是吃工分的年代。他娘在前头给他生了仨姐大妮二妮三妮，他是第四胎。虽说前面三个是闺女，没有小子的饭量大，但正是长身体的时候，个个像饿狼，一点不比小子少吃。这样，农瓦房的爹和娘，就得像牛一样在地里干活，挣工分，工分多了，好能多分粮食，有了粮食，几个饿狼一样的孩子，才能吃饱肚子。还有，农瓦房的娘，也得有个好饭量，她要时刻保证自己的身体像庄稼地一样肥沃，让瓦房爹有种有收，为农家传宗接代。然后，农瓦房就被她怀在肚子里了。

农瓦房快落地的时候，他娘还在地里干活。庄稼人不金贵，庄稼女人生孩子，就跟鸡下个蛋没啥两样。庄上的女人都是这样形容自己生娃儿的。往往是头天高腆着肚皮，还在地里干活呢，第二天就顶着羊肚子手巾，抱着娃站门口卖眼了。

这一天，农瓦房的娘跟着庄上的妇女，在秫秫地里割秫头。人人拿着锋利的扇刀子，把秫棵子扳弯了腰，刀口朝秫穗子下面的细秆上一抹，秫穗子就掉下来了。这里的人把秫穗子一律叫秫头。先割秫头的好处是，砍秫秫秸时，秫秫籽就不朝地里掉了。割秫头一般都是妇女的活儿，割下的秫头一堆堆码齐整，放在秫棵里，紫莹莹的，像捉迷藏的孩子。秫头都是男劳力来捆来拉。妇女干到地中间时，捆秫头拉秫头的男人才呼呼隆隆拉着架车子赶过来。

这会子，秫秫地里是清一色的妇女，每人揽着几行秫棵子割秫头，一边割，一边说笑话。妇女说起笑话来也是没边没沿的，特别是男人不在场的时候。先是开一个新媳妇的玩笑，问她晚上睡觉有人搂跟没人搂啥区别？新媳妇脸皮薄，说不过年长的妇女，就光抿嘴笑，脸红成了毛红布。还问她男人馋不馋，一晚上要她几回？新媳妇就闭花羞月般地跺着脚，呼呼呼朝前割秫头，不理老娘们。有个老娘们叹息她男人贪嘴："真讨厌，吃不饱似的，上半夜要，下半夜还要。有一回我都睡着了，他还老牙猪拱门似的吭哧吭哧响，真气人！"有人就起哄："哎呀，这还不好？你是得了便宜又卖乖吧？看把你舒坦的，小脸儿容光焕发越长越俊了。"女人就大方地说："那好，我受够了，你拿去用吧。"

一阵哄笑过后，有人看了一眼瓦房娘的大肚子，带着夸张的语气说："瞧你这小山头样的肚皮，别是要生了？"

农瓦房的娘抿嘴笑了笑："没动静呢。这回养得结实，也没到天数。"说着，手就朝秫头上够。农瓦房的娘个子小，秫棵子身量高，得踮着脚，撅着屁股，朝上挺着身子，才能把秫棵子扳弯了，把秫头割下来。其实每个妇女都是这动作，不过，人家肚子不大，不像农瓦房娘，每撅一次屁股，都感到肚里的孩子咕咚一声翻个个儿。瓦房娘开初还在心里小声骂着肚里的娃淘气，骂到第五声时，她立时觉得在肚子里翻跟头的娃儿，突然调皮起来，不肯再翻转过去，不但不翻转过去，还挥拳动脚地直朝下跑。她忍不住"哎哟"一声，一股腥热呼啸而出。她扔了扇刀，身子即刻委顿下去。旁边的妇女马上围过来，其中一个给人接生过孩子，是个接生婆，马上说："不怕，别夹着腿，让娃出来……"

"已经……出来了……"瓦房娘汗如雨下。来不及想别的，扯下裤子，咣当一声，一个活生生的娃落到地上。

"我哩个娘，瞧这一身的土……哇，还是个带把的，这下，农家有后啦，大妮大保准高兴坏了。"接生婆把孩子捧在手里，又指挥别的女人赶紧砍棵秫秫，劈一片秫秸眉子，好割孩子的脐带。一时间，割秫头的妇女们忙碌起来。

地头响起来捆秫头拉秫头的男人声，接生婆大声喊道："大妮大可来了？大妮娘生了个带把的，快把妮娘拉回家！"

地头的男人回喊妮的大没来。接生婆继续指挥："过来俩全活的，抬妮娘回庄。"

就有两个男人呼哧呼哧过来了。这边的女人见瓦房娘下身一丝不挂，也顾不了那么多，就扯下上身的褂子盖她身上遮羞，晃着两只大奶子。可是，衣服太脏了，都是泥土和秫棵子上的黑灰。新媳妇的衣裳穿得齐整，人讲究，干活时格外小心，还是新衣裳，就是有灰看着也不脏。新媳妇把褂子脱掉，露出里面睡觉时穿的圆领衫。那衫子可腰可胯的，就把新媳妇的腰身衬托出来了，周身圆润饱满，香气扑鼻。女人来不及多看新媳妇，大家都忙瓦房娘，倒是来抬瓦房娘的俩男人，眼珠火速地朝新媳妇身上挖几眼，对光着身子晃奶子的妇女，看都没看。

那一天，拉秫头的架车子，第一车拉的不是秫秫头，是农瓦房和他的娘。瓦房爹在西南地使犁子犁地，得信儿家里添了香火，撂下犁子，一撂蹶子跑回家了，抓过正下蛋的老母鸡，举刀就砍。心疼得瓦房娘连喊"正下蛋呢，正下蛋呢"。

农瓦房落生在庄稼地里，沾的土味重，见风就长，没病没灾，虎头虎脑，在农瓦房庄上，是模样齐整的孩子。上学心巧，做庄稼也巧心。一九八〇年土地到户的时候，他六七岁，正上小学，却不愿意去学校念书，要天天守在菜园子里。他家的那片菜园子，本来是片废地，长着尺把深的茅草，二亩的面积按一亩来分，还没人要，农瓦房的爹不怕地孬，农瓦房下面又有了一个弟弟，人口多，他爹就想多要地，就主动要分那片茅草地。每个月亮天，瓦房爹半夜半夜泡在茅草地里，把草根子挖得干干净净，居然就挖成了一片肥嘟嘟的菜园子地。园里的一棵野梨树，也被他嫁接成酥梨，秋天时还能换俩钱。

农瓦房在每个月亮天都跟在他爹的架车子后面，和他爹一起整理那片菜园子。他爹撵他回家睡也撵不走。他说园子里的土香。等菜园子能种菜了，他便帮他爹栽葱点蒜，没怎么教就无师自通。每回他都赖在菜园子里不走，都是爹朝学校撵他。庄上的人笑他爹教子有方，他爹一本正经地说："教子，可不是让他一辈子待庄上赶牛腿，是要他念出书来，走出咱农村。"

农瓦房一点也不想走出农村，他就想一辈子跟土坷垃打交道。他爹骂他没出息，叫他老实点，要用心念书。如果考不上学，吃不了商品粮，真跟土坷垃打交道一辈子，受苦受穷，那才遭罪呢。农瓦房脖子一梗，不服地跟爹争："我不信种地就是遭罪！"他爹伸出手，朝他头上猛一拍："比秧子，胡咧咧啥呢！"

农瓦房十四岁会使牲口打场、犁地。他人小，身量轻，扶犁子时，牛都欺负他，跑起来没完没了，把他绊得直翻跟头。农瓦房就想个办法，在腰里绑上两块土坯增重。耙地最麻烦，人要蹲在耙上压着，压不住耙，就会翻耙伤人。瓦房爹不叫农瓦房干这活，他偏要干，在耙两头压着两块石磨，牛想尥蹶子掀翻他，碍于那两扇磨石的重压，使不上力气，只好老老实实拉耙耙地了。农瓦房坐在课堂上瞌睡就来了，到了干农活的地里，不但有精神，脑子也转得快。

庄上的人都说农瓦房怪，天生是把种庄稼的好手。他爹感叹都是上天安排好的，看他种庄稼辛苦，就派个儿子帮他种地，好在不止一个儿子，两个儿子不可能都当社员。瓦房娘怪是自己的错，不该把农瓦房生在庄稼地里，他一落地就沾了满身庄稼地里的土，掸不掉擦不净的，命定里是跟庄稼跟土坷垃打交道了。

农瓦房会使牛的那一年，正上初二。初三开学时，怎么拽他都不愿再回学校念书了。他爹娘对他也没辙，就让他当个小社员了。好在不是生产队吃工分的年代了，种的都是自家的地，要怎么种，种啥，几点上工，都是自己当家作主了。农瓦房就整天把自己黏在地里，他侍候庄稼就像绣花一样细。比如栽红芋，他刨在红芋垄上的红芋窖，直成一条线，栽的红芋芽，一律头朝一个方向，像列队的士兵。庄上下地的人走过他家地边，就啧啧赞叹，手拙的人，就停下脚步，甚至走到农瓦房身边，看他咋样干活。农瓦房就腼腆地一笑，手里的活并不停下来，只见他握住红芋窖周边的土，像包饺子似的，松松软软地朝中间一推一挤，红芋芽芽就精精神神地挺直了小身板，迎风招展了。农瓦房扬场的手艺也远远超过他爹，扬得又快又干净；他垛麦秸垛更是一把好手，又板实，又齐整，雪白干净得谁都想伸手摸一摸。

农瓦房表现最快乐的事是在地里干活的时候。像割麦，别人累得呼呼直喘时，他同样也喘气呼呼，可是人快乐，嘴里学着云彩眼里的叫天子的叫声吹口哨，听着他的哨子声，那些累得日爹骂娘的人，就不言声了。农瓦房不但吹口哨，还唱唱，皖北大鼓、扬琴、拉魂腔、皖北民歌，他都能来上几句。见叫天子在天空扇翅膀，他就唱皖北民歌：

　　叫天子，飞得高，
　　一飞飞到了云彩腰，
　　在云彩腰里歇歇脚。

有黑老鸹哇哇叫着朝泡桐树林子里跑，他又唱：

　　黑老鸹，穿皮氅，
　　皮领子皮帽皮披风。

有他的歌声感染，一地干活的人，都不觉咋累了。

农瓦房把家里的十几亩地侍弄得在庄上是挑花的，人也长得挑花，给他说媳妇的媒人就拐到他家跟他爹娘拉呱。他爹娘便征求他意见，问他想找个啥样的媳妇，他只是抿嘴乐，他说不急。其实他内心里相中了一个人。那个人还没长大，他在等着她。

第四章

——

彩 芹

是他姥娘庄上的彩芹。

彩芹比他小四五岁。

按辈分，他得喊彩芹爹二舅，喊彩芹表妹。虽然二舅是远房的，但姥娘家的亲戚，不管是舅是姨，都是重要的亲戚。

在农瓦房十来岁的时候，过罢年去走姥娘家，吃罢晌午饭，站在姥娘家的门口玩，隔壁的三姥娘指着不远处几个玩跳绳的小丫头，对农瓦房说："瓦房啊，你这几个表妹，你相中哪一个了？相中谁，我就把谁说给你当媳妇！"

农瓦房小脸通红，他很认真地看着跳绳的几个小丫头，看了半天，指着其中一个穿桃花布衫的小丫头，一本正经地说："她！"

三姥娘笑得眼泪花都挂出来了："我哩个乖乖，你个熊孩子真有眼光，彩芹长得最排场，不过，太小啦。她才五岁呢。"

"我等她长大！"农瓦房的认真劲儿把饭场吃饭的人都逗笑了。有几个他喊妗子的娘们，起哄他这么小就知道想媳妇，不知害羞，还发誓一定给彩芹说个远婆家，远得比新疆还远，让他一辈子找不见她。农瓦房对笑他的人怒目而视，觉得她们个个狼心狗肺。他愤怒地走回姥娘家屋里，气得小胸脯直扑腾了半天。

后来一走姥娘家，他就会想到彩芹。而见彩芹的机会并不多，偶尔远远看到她背着小书包，跟庄上的伙伴们笑闹着跑过。也见过她挎着一荆条筐的青草朝庄里走，人小筐大，好像草筐在驮着她走路，头发上沾着草末子。他在长大，不好意思四处去打听她。特别是升上初中后，他有些懂事了，知道三姥娘是拿彩芹跟他开玩笑的，因为三姥娘后来再见到他时，再不提给他说媳妇的事了。可是，他心里却有点剜着彩芹了，只要到了姥娘的庄上，他就拿眼珠子四下睃。

一直到他十八九岁，有媒人登门给他说亲了，他才用心去想那个叫彩芹的小丫头。他知道丫头也十三四岁了，如果念书的话，也该念初中了，如果不念书，也有媒人登门给她说婆家了。他心里有些急，也不知找个什么方法能把这个急掸掉。

这一年，收罢麦，家家到镇粮站封公粮，农瓦房也拉着满满一车麦子去了。

来封公粮的，安刘河镇哪个庄的人都有，一辆辆架车子排着队，从粮站门口顺着柏油路朝西，弯弯扭扭排了二三里路长。农瓦房虽说起得早，可比他起早的大有人在，前面已经排了一里多路了。他只得急抓抓地站着等。路边是一排大叶杨树，碧青的叶子在风里拍着手，拍出一阵阵凉意来。农瓦房放下架车把，放眼朝前看看车队，又放眼朝后看看车队，看着看着，就把一个戴草帽的小姑娘看出来了。

是彩芹。

农瓦房的远房二舅彩芹爹，站在架车边，正用一顶破草帽朝头上扇风。这个远房二舅，左眼有点斜视，正眼看你时，却是朝旁边看，朝旁边看你，其实就是正眼看你，每回农瓦房都会被二舅的斜眼珠弹得有些心虚。今天，他又被二舅的眼珠弹着了，他温热地喊了声："二舅，你也来封公粮啊。"眼光尽量撒开些，能捉到彩芹的红花布衫和白草帽。

彩芹抬起头，飞了他一眼，抿着小嘴一乐。

彩芹爹忙扯了下彩芹："你哥瓦房，喊哥。"

"瓦房哥。"彩芹热热地喊了声，揪着草帽的带子，眼睛似看非看地滑过农瓦房的脸，投放到长长的架车子队伍上。

"哎呀，我一大早就过来，没想到人这么多，都赶上这一天了。"斜眼二舅啰里啰唆地说着，眼光焦躁地朝前后看着。

"也不知啥时候能排上队。二舅，你帮我看着车子，我去粮站院里瞅瞅，看咋这么慢。"农瓦房说着，扫一眼彩芹的白草帽。

"我跟哥一起瞧瞧去。"彩芹说着就朝前跑，也不经爹的同意。农瓦房看一眼斜眼二舅，见二舅并没有发难的眼神，就跟在彩芹后面，朝粮站跑了。

"彩芹，给我买瓶矿泉水，他奶奶的，嗓子渴冒烟了。"二舅喊道。

两人步子很快，到二舅看不见他们的时候，彩芹先把脚步慢了下来。农瓦房几步撵上去。刚才在后面撵彩芹时，农瓦房一直盯着彩芹的后脊梁看。这丫头长得真快，小杨树条似的，朝上蹿这么高了。

并肩走着，却不说话，农瓦房感到自己心跳像擂鼓了。离得近，反而不敢看彩芹，连彩芹的白草帽也不敢多看了。也不知该说点啥，农瓦房就到街边的商店里，买了两瓶矿泉水，一起递给了彩芹。彩芹接过，拧开一瓶，回递给农瓦房喝，再拧开一瓶自己喝。

喝了水后，农瓦房感到心定了些，他装作不慌不忙地说："小时候，俺三姥娘开过我玩笑，要把个表妹许配给我。"看着天，终于说出了这句话。

"就是俺那个三奶奶呀，嘴大得很，不知把我许配给多少家了。"彩芹咧着小红嘴唇，笑得没心没肺。

"那你可相中哪家了？"二十岁的农瓦房，装得傻傻的样子问道。

"不需要相中哪家，俺多要把我给俺哥换媳妇哩。打我小时候多就指着我这么说了。俺哥两个眼睛都是斜的，不好找媳妇。"十五岁的彩芹，口气轻松，像在说别人的事。

"把你咋个换媳妇？"农瓦房问得胆战心惊。

"谁家给俺家盖座楼，再给两万块钱的彩礼，俺多就把我嫁给谁家。"

农瓦房心里"噗"地痛了一下，他盘算着自己的家底，心里瓦凉瓦凉的。盖座楼，不容易。别说盖楼了，就是两万块钱现金，都拿不出来。正心里这样想着，彩芹又没心没肺地笑了："俺哥，要嫁，俺就嫁到恁庄上，谁欺负我，好有哥来帮我出气呀。"

农瓦房强撑着笑脸说："那好啊，我回去跟二舅说说，就嫁到俺农瓦房庄上。"

彩芹咯咯咯笑了一阵子，笑得有点气喘："好啊，嫁到恁庄上，要是这家人欺负我，哥就把我拐跑，反正楼也给俺家盖好了，钱也给俺哥娶上媳妇了。咱跑得远远的，叫他们找不着！"

农瓦房像个亲哥那样狠瞪了彩芹一眼："你这个妮子，才多大个人，净满嘴胡说八道。"眼睛瞪着，心却甜蜜蜜地扑腾扑腾直跳，想着不谙世事的小彩芹，对自己或许真有些情意。下一步，可不可以找个媒人，试探一下斜眼二舅的真实想法呢？

两人说着话，就到了镇粮站，看拉麦的架车子一直排到司磅员的磅秤边，司磅员忙得一头大汗，骂骂咧咧地叫苦、称秤。称好的麦子，被搬运工搬到粮堆上，把麦子倒出来，谁家的袋子，就扔给谁家。那小山一样的麦子堆，泛着醉石榴般的红光，直戳人的眼珠。彩芹是第一次见这么大的麦子堆，连声哎哟着："这么多的粮食，要多少人才能吃得完啊！"看有搬运工光着膀子，只在肩头垫块布干活，彩芹脸一红，拉了一下农瓦房的手，快步走出粮站大门。

农瓦房的手被彩芹一拉，火烧火燎般地痛。他傻呆呆地跟在彩芹身后，连给斜眼二舅买矿泉水的事都忘了，还是彩芹晃着两瓶水从商店里出来，他才猛一愣怔。彩芹对他撇撇嘴，农瓦房不好意思摸摸头，看到烧饼炉沿上摆有香喷喷的黄烧饼，就买了六只拿着。

那天一直到半下午，才进了粮站大门，把公粮封好。拉着架车子朝家走时，彩芹让爹坐车上，她拉着。农瓦房心里直冲动，他多想让斜眼二舅自己拉着车子走，而让彩芹坐他瓦房的架车子啊。

顶着一天的夕阳回到庄上，累了一天的农瓦房却觉得心里甜滋滋的。午季农忙刚结束，他就厚着脸皮跟他娘说了姥娘家的远房表妹彩芹。他娘也很上心，正正规规地去娘家拜见了远房堂兄二斜。斜眼二舅排行老二，"二斜"是他外号，娘小时候就这么叫过他。但斜眼二舅并没给娘吃定心丸，他说，别说是堂妹，就是亲妹，彩芹出嫁的价码一分不能少，他得给斜眼儿子娶房媳妇。

"你那个妹子，年纪还小着呢，才十五岁。"娘这样安慰农瓦房，农瓦房觉得自己还有希望。在他等待她长大的时光里，他先让自己富起来。他要攒足钱，给彩芹的哥把楼盖上，把媳妇娶上。然后，他再名正言顺地给自己娶媳妇。

农瓦房开始朝土地要金要银要媳妇，他种地的热情更高涨了。不光是种麦豆玉米这样的粮食了，他还种经济作物。不远的亳城地界有人收桔梗，他就种了一亩多地的桔梗；知道烟叶换钱快，他又种了一亩多地的烟叶。农瓦房整天笑呵呵的，也不羡慕庄上有人出去打工四下里挣钱花，他就趴在自家土地上，打场的时候唱打场歌，扬场的时候唱扬场歌，连垛麦秸垛也能唱歌。栽红芋芽的时候，他跟着云彩眼里扇翅膀的叫天子唱民歌：

正月十六下大雪，

新娶的媳妇把嘴噘，

一来不能走娘家，

二来不能穿花鞋。

谁也没有想到，农瓦房刚刚种了两年的经济作物，手头的钱还没攒足呢，十七岁的彩芹就被人给说好了婆家。等农瓦房知道这件事的时候，彩芹家的楼房都盖好了。

是农瓦房庄上的农大虎盖好了彩芹家的楼房，并让彩芹哥当年娶上了媳妇。

说起这个农大虎，真是个有故事的人。农大虎家的成分不好，是地主，再加上弟兄多，年纪老大了都说不上媳妇。后来他跑了，跑到离农瓦房二百里地的瑶城。一混就是几年不归家，等回到庄子上，穿金戴银的，非常阔气。原来他发财了。那时候城里刚刚兴起盖楼房，修花园，给马路边铺花砖，他跟着人在瑶城搞工程装修，慢慢自己拉起了队伍，成立了工程队，又把工程队变成装修公司，自己就是公司的大老板了。他还娶个比自己小十几岁的瑶城城里的女子当媳妇，带着儿子，开着车，风风光光回到庄上时，被庄上的人里三层外三层围住了。那些以前喊过他地主羔子的人，羞赧地远远站着，不敢抬头瞧他，他就主动上前，该喊叔喊叔，该喊哥喊哥，把好烟摞上去，让人随便吸。他穿着皮衣服，光滑滑的，头发朝后梳着，同样光滑滑的，庄上进过城的人说，那种头型叫老板头。

农大虎弟兄四个，他是老大，还有个排行老末的妹妹。他回庄上住几天，带着大包小包的礼物，把亲戚门前都走了个遍，就带走了他的三个兄弟二虎三虎和四虎。农家的这四个娃，背后曾被庄上人叫成地主四羔子，现在是农家四虎了。二虎和四虎，长得还算周正，也是老实人，已经成家生子，就是三虎还光棍着。几个兄弟被农大虎带到瑶城，安插在公司的重要岗位上，农大虎如虎添翼，正应了那句上阵还是亲兄弟的老话。农大虎的公司就像芝麻开花一样节节升高，很快就做起了最能赚钱的房地产行业。农瓦房庄和周边几个庄上的人，投奔农大虎的不少于百人。

然后农大虎就把农三虎和彩芹的婚事定下了。

是农三虎相中了彩芹，非她不娶的。

　　这个农三虎，从小就有点怪。他怪就怪在他头上没毛。没毛倒也罢了，还有味道。庄上人见了他，都躲着走。常言道，十个秃子九个怪，农三虎从小就怪，不咋搭理人，也不跟人玩，一个人独来独往的。小时候，他娘挤他头上的脓疮，把他的脑袋摁在门口的二板凳上，拿着秫秸眉子，刮得血糊流啦的，他也叫得鬼哭狼嚎。跟着大哥进了瑶城，开了眼界的农三虎，却瞧不上城里的女子，说她们假，涂眉画眼的，长得不咋样，还拿劲。如果要娶媳妇，就从乡下找，找个模样挑花人品一流，又纯洁又干净的。

　　农三虎是在安刘河镇逢会的戏场上相中彩芹的。

　　农三虎从小就怪的一个特点是喜欢逛戏场。不管哪个集上逢会，只要有戏演，他保准出现在戏场上。他喜欢听戏，背后还能哼几句。从瑶城回农瓦房庄过年的时候，正月初六安刘河镇正好逢会，请了两台大戏来唱，一台是泗州戏，一台是坠子戏。泗州戏演的是《拾棉花》，坠子戏唱的是《张廷秀私访》。农三虎穿得光光鲜鲜的，在两个戏台口转悠，就看到了来听泗州戏的彩芹。他盯着彩芹看了好大一会儿，看得自己眼珠子发潮，胸脯子呼哧呼哧直喘。这个又俊又干净的小闺女，把戏台上的人比下去了，也把听戏的人比下去了。农三虎在瑶城也经历过女人的，他懂得女人的好。他觉得，彩芹就是他一生要找的那种好女人。扫了一下周边的人，他发现了庄上的文件。文件有点争一叶子肺，庄上人都喊他傻文件。农三虎对傻文件一招手："文件，你过来。"

　　农三虎不叫文件傻文件，他叫他文件。这让文件觉得像是在叫别人。

　　傻文件愣头愣脑地看了农三虎一眼，脚步迟疑地跟在农三虎身后，朝戏台后面走。

　　农三虎的衣着打扮跟别人不同，他一年四季都戴着帽檐长长的棒球帽，傻文件觉得农三虎很怪，他有点怕他。从小到大，农三虎几乎没跟傻文件说过几句话。

　　戴着棒球帽的农三虎，站在后台的出场口，把手落在小身量的傻文件肩上，伸出半边脸，指着台下的彩芹让文件看："梳长辫子，戴红围脖的那个小妮子，看到没？"

　　文件点点头，说看到了。

　　农三虎让他再重复一遍小妮子穿的啥，戴的啥，傻文件就重复了一遍。

　　"你今天啥都别干，就专盯着她，散戏后跟到她庄上，看她是哪庄的，回来再告诉我。"

"我跟到她庄上，看她是哪庄的，回来告诉哥？"文件仰着脸，重复了一遍农三虎的话。他没有傻透气，知道叫三虎是哥。

农三虎带着夸奖的表情，朝文件后脑勺摸几把："你喜欢吃啥？跟哥说。"

"方便面。"文件最爱的吃食。

到商店里，农三虎买了半箱方便面，让文件提溜着。文件就啃着干方便面吃，站彩芹身后听戏。中午散戏后，又跟到了七里外西王庄彩芹的家里。

过罢正月十五，到了瑶城，农三虎跟农大虎说，他找到了他想娶的女子。

农大虎不找媒人，他亲自登门找二斜。

"两层小洋楼，五万块钱彩礼，至于闺女嫁过去住啥，猪窝还是洋楼，不问。"这是二斜的原话。

"过几天我让工程队来西王庄盖楼。"农大虎丢下五万块钱现金，抽身离去。

彩芹家的楼房盖好不久，她哥就娶上了媳妇，还是个俊闺女。

彩芹比农三虎小七八岁，农大虎催着早点给弟弟成亲。彩芹的爹妈也没啥意见，闺女已经是农家的人了，放在娘家养，不省心。可是彩芹要在娘家再当一年闺女，再吃一年娘家的粮食，十九岁再出门子。

彩芹是在腊月里出门子的。腊月里庄上热闹，外出打工的人都三三两两回家过年了，抬轿子人手不缺。这是农三虎定的日子。农三虎要排排场场把一个俊媳妇娶过家门。

知道自己要嫁的是秃子，还比自己大七八岁，彩芹不哭也不闹。她娘劝她要哭就好好哭一场吧。彩芹反而笑。她跟她娘说："我从小就知道自己要嫁个啥人，麻子瞎子瘸子，哪怕缺胳膊少腿的我都想过了，这不过是个秃子，有啥可怕的？"说得她娘泪花儿直闪。

"而且是嫁给农瓦房庄上的秃子，我乐意呢。"彩芹的脸上有奇异的光彩。她娘诧异地看了闺女一眼，不知道闺女心里装的啥主意。

彩芹没有哭嫁，上了花轿，就忽闪忽闪被抬到农瓦房庄上了。农家请了两个响班子，家里留一班在吹《百鸟朝凤》，随轿的一班吹《纤夫的爱》，庄上人都叫这首歌是"妹妹坐船头"。一路上都在吹"妹妹坐船头"，还吹了《小二姐做梦》。一派欢天喜地。

新娘子被扶下轿时，满脸喜色，看不出娇羞样，倒是大大方方的。农瓦房庄上的人看着新娘子又漂亮又年轻，都为农三虎叫好，没谁敢嘀嘀咕咕瞎说话的。农三虎这回没戴帽子，他一头乌发地跟新娘子拜天地，倒叫庄上的人愣怔了一会儿。大家多少年习惯了他戴帽子的样儿。庄上见过世面的马上小声嘀咕了一句"假发"。

婚后三天回门，农三虎骑着摩托车，带着彩芹去了西王庄。这一回，农三虎仍旧戴着帽子，他那顶假发，除了婚礼上戴过，庄上再没人见过。

然后就过年了。

过罢年，庄上的人开始陆陆续续出门打工。农三虎把彩芹带到瑶城玩了一圈，两人又转回到农瓦房庄，住在自家的新楼房里。在庄上，很少有人看到彩芹出门，她喜欢把自己关房里看电视，吃瓜子。农三虎也很少出门，偶尔出去一下，也是骑着摩托，"呼"一声到镇上，买了啥东西，再"呼"一声回来。他有时也去瑶城，去个三五天，之后就回庄上长住。

然后麦子熟了。

是一年里最忙的季节。凡是有胳膊有腿的，这会子都不得闲着，都得到地里割麦。用镰刀的人家居多，只有手里有俩钱又急着回打工地方的，才雇机子收割。

农瓦房家割麦用镰刀。露水精湿的一大早，农瓦房就磨好镰出发了。

割到晌午顶，农瓦房的娘要回家做饭。到了饭时，瓦房爹和小儿子农高楼都回家吃饭了，农瓦房不想回家，叫他娘带点面条和馍到地里。他想省点时间多割点。这一片地割完，下午再搭上上半夜的月亮天，就能把麦稞全部拉到场里了。

农瓦房上午割麦没有唱，晌午看地里人烟少，他才开了腔。唱的是曲剧《卷席筒》：

> 小苍娃我离了登封小县，
> 一路上我受尽饥饿熬煎，
> 二解差好比那牛头马面，
> 他和我一说话就把那脸翻……

正割麦割到地当间，农瓦房模模糊糊听到对面有镰刀吃麦稞的"呼哧"声。他心里扑腾了一下。这大晌午的，一地的人差不多都回家吃饭了，谁还会在地里不走？不走就不走，怎么跑到他家的地里来割麦？

农瓦房一直腰，正碰见彩芹一脸笑地站他对面。

农三虎家没种麦子，他家的地都给别人种了，彩芹不用下地干活。

"你这是弄啥？"农瓦房头一低，只管弯了腰割麦，紧紧把嘴巴闭死了。

"俺哥，我来帮你割麦呀。我闲得手疼脚疼的，在家坐不住。"彩芹仍旧笑嘻嘻的，手也不停，三下两下就割到农瓦房面前了。两人的镰刀同时绞在一蹲麦稞上，四只眼睛在麦芒刺里来回打了几个回合。

农瓦房先把镰刀扔下，放眼看黄灿灿的麦子地。太阳正当顶，下火似的朝麦地里浇着热浪。麦地四周的大杨树，像卫兵，守护着庄稼地。农瓦房心里一激灵，扭身朝地头就走。

"我回家吃饭。这大晌午的，你也赶紧回家吧。"

"听我说几句话，你再走。"彩芹锐声喊道。

农瓦房咯噔站住脚，任太阳搂头盖脸朝身上浇。

"农三虎回瑶城了，麦季工人放假，工地缺人手。我就这几天自由身。哥，你把耳朵支棱好了给我听：你得赶紧把我拐走。"

农瓦房猛一回头，刚想张嘴，彩芹抢着说："哥别插嘴，容我把话说完。我也跟他过不少天了，该他的都给他了。现在我是我自己的了。我自己的，我就能自己做主。只要哥不嫌我的身子脏，咱就远走高飞，到天涯海角都没关系。我答应跟他结婚也是没办法，我得给我哥挣一座房，一个媳妇，不然，我爹死都不会放过我。现在，我哥的儿子都会走路了，我还怕啥？他还能把我哥的楼房收回去？还能把我嫂子撵回娘家？我是从农三虎家跑走的，按理，我的爹娘问他们家要人才对。我知道你对我的心，我也有这份心，之前我不能跟你说，我得给我哥换媳妇，我得清清白白把自己嫁出去。现在，我还怕啥呢？你就当我外出做丢人的事挣钱好了，就当我跟庄上那些出去做小姐的人一样吧，但我比她们干净是吧？我就跟一个男人睡过。我能有勇气把自己嫁掉，就是想着有一天你会解救我，把我拐走，你能把我拐走我怕啥？就当上辈子欠农三虎的，我还清了，就可以过我自己的日子。你这次不带走我，过了麦季，他就把我接到瑶城了，就得逼着我跟他生儿育女了，那我这一辈子再别想跟你在一起了。我喜欢你。哥，我一辈子都喜欢你！……"

彩芹突然声泪俱下。

农瓦房听到遍地麦子发出"轰隆隆"的哭声。他"呼噜呼噜"搓着两手，手足无措地转着圆圈。他不敢看彩芹了，也不敢看麦稞，他只盯着被他割过的麦茬。那些麦茬像长了嘴，要伸出牙齿来咬他，来撕他，来扎他。其实这种感觉在彩芹嫁到农瓦房庄时一直存在着，只是他一直深埋着，一直不去想，不去碰。现在，那强悍的牙齿一股脑儿全伸出来了，凶猛地扑向他，把他整个人扑倒！

农瓦房猛地抬起了头，他不看彩芹，他看麦地。黄金样的麦子地，铺展到天边上，跟天边上的白云彩手挽手地织在一起，麦芒正"咯吱咯吱"炸响着，火辣辣地等待着被镰刀一口一口吃下去。麦稞能勇敢地喂饱镰刀，而他，只能守候着他的麦地！

他像牛一样低吼一声，抓过镰刀，再次冲进麦子地里，疯狂地挥镰割起来。

"别的庄也有人提亲，我不同意。我要嫁就嫁到咱农瓦房庄，就是想着离哥近……哥，俺知道你喜欢地，喜欢庄稼。知道你舍不得离开这里，可是，咱不离开，这日子咋过？你离得再远，这地还原封不动地等着你回来，而俺和你的日子，就再也没有了，再也没有了……"

在遍地麦子"噗哧哧"狂欢着炸芒时，农瓦房扔掉了一地的熟麦子，带着彩芹，乘上火车，辗转三天三夜，来到了海南岛……

农瓦房把手从老尾巴的麦地里费力地拔出来，那些返青的麦苗儿，把他每根指头都碰疼了。他记得彩芹嫁过来的那年早春，他也是这样把手插麦地里头扎地低吼过的。他有许多年，没这样被麦地碰疼过了。

农瓦房跪在麦子地里，像个木桩，搞得老尾巴目瞪口呆了半天。

"我跟彩芹在海南过了五年。"农瓦房说话有点咕哝嘴，"农大虎神通广大，最后还是把彩芹拽回家了。"

"可惜了，可惜了，看不出，你小子还有这手……"老尾巴吧嗒了一下嘴，"你下一步，有啥打算？"老尾巴问他最想知道的。

"我爹给我取的名字真大，把俺庄当成我的名字叫。我肯定不能回到农瓦房庄了，不光是没有脸，我身上还有别的事……叔，你先收留我，让我在这里开荒种地，我啥都不图，就图有口饭吃，图种地快活……"

"那不行，小龙河是我的清净之地，我不能让一个外人给毁了。"老尾巴马上拒绝，口气很硬。

第五章

——

安玉枫撵爹

　　安玉枫回到安大营的愿望很简单，他要为庄上修一条路。修好路，他就回宁城。他人生的着眼点不在这里，在宁城。

　　每次回安大营，他都觉得庄子又瘦了，虽说庄上有楼房长出来，却遮不住庄子的空和荒。他不喜欢看到这种空和荒，他宁愿待在宁城，听宁城这座城市的车声人声市井声。尤其是他把娘接到宁城后，他就极少回到庄上了。他已经习惯了浙南的生活，对安大营和长在皖北大地上的每一个村庄，他都把它们掖到梦里了。

　　虽说离过年还有一段时间，还没进入腊月天，庄上心急的人，就提前回来准备过年了。说是受不了春运的那个苦，不如赶早回来，还能宽宽松松办年。提前回家办年的，都是家里有老人的，老人总希望年过得像个年，不要像走亲戚一样匆匆忙忙的，要安心地把红芋压成粉子，晒干，自家做点粉丝，也能把地里的大白菜窖起来。常年在外打工，连过年都不像样回家过，日子有啥过头？有老人的家庭，老人可以这样唠叨，唠叨得打工的人能早点回家办年；没有老人的家庭，都是年跟前才回来，或者，干脆就不回庄上，在城里过年得了。

　　安玉枫站在庄头那条变得越来越窄的土路上，感受着老家安大营渐渐浓起来的年味。冬天的皖北大平原，刮着尖溜溜的西北风，凉飕飕的，不像浙南的冬季，花儿叶儿都还鲜亮着，风吹在身上，只有凉的感觉，不冷。

一大堆的往事，在安玉枫站安大营的庄头时，"轰隆"一声像车轱辘似的朝他辗来。

1988 年，那真是个丰产年。这一年，安玉枫 16 岁，正念初三。农村的学校，要放忙假，整个麦季，安玉枫像大人一样割麦子，他爹却跑到集上卖卤牛肉的干亲家那里赌博。娘使老二安玉椿到集上找爹，被他爹的破鞋撵得兔子一样跑回了家。

两个小兄弟就弓着腰，在麦子地里割麦。安玉枫长得快，个子蹿上去了，力气并不大，但有股子猛劲，正猛猛地朝前割麦，觉得要累虚脱了；姐姐玉芳言语不多，干活也是把好手，揽的麦垄比两个弟弟都宽，朝前割的速度一样，安玉枫就紧追着姐姐，不敢落后。而十三岁的安玉椿，还是小嫩孩，握着镰刀割到半晌午，手上的血泡就出来了。他娘撕掉一块前衣襟子，给他包扎了手，安玉椿疼得龇牙咧嘴的，手里的活却不能停下。他娘一个人在前面割麦，一边割，一边小声而婉转地哭诉。对娘小声哭诉的毛病，安玉枫早习惯了。打小记事，娘受了爹的气，或挨了打，或被邻里谁欺负了，就抓个农具去菜地里，一边干活，一边哭诉。小时候娘不放心他们待家里，就把他们带着，让他们在菜地里玩，她一个人哭诉。等他们两弟兄长大了，懂事了，她就一个人拿着抓钩或铁锨自己出去。一直到今天，安玉枫始终听不清娘哭诉的是什么。娘的哭诉像哭又像唱，像哭是因为有呜咽，像唱是因为调子婉转。娘好像在对天诉说，在对地诉说，或者在对一个人诉说，说她装在心里的那一堆堆委屈，说她作为一个人在人世间受的那些罪。娘总是把苦日子哭得不苦，把爹举起的棍棒哭成了软绵绵的棉絮条，把没日没夜的劳作哭成一种享受一种福乐。

娘婉转的哭诉顺着麦地垄，断断续续滚过来，金黄的麦稞，被这家那家的镰刀，割出倔强的"呼哧"声，也被娘的哭诉，撕扯成一道道疲累的伤口。安玉枫第一次觉得，娘的哭诉不婉转了，不中听了，不但不中听，还硌人，还闹心，还让人狂躁不安。他低低吼了一嗓："俺娘，恁别哭！"

安玉枫的娘猛地止住了哭诉，诧异地勾头看了看大儿子，眼神里流露出惶恐。对娘投过来的眼神，安玉枫心里像被刀剜了一下。每回挨了爹的打骂，娘就是这种惶恐的眼神，他不要娘有这种眼神看他。安玉枫听到自己心里"扑通"了一声，马上改用平静而温和的声调："娘，恁别哭，晚上俺就把那个老东西给弄回家，他不到地里干活，俺砸断他的腿！"

"枫，你咋说这话……"娘垂下眼帘，"你别惹他，别惹他，他是你爹呀……"

"俺不要这样的爹！"安玉枫呼哧呼哧割倒一堆麦稞子，朝上一直腰，狂怒地说，"恁怕他，俺不怕，他要打俺，俺就还手，还不定谁赢呢。"嘴角挂出一丝笑纹，把他娘骇得赶紧扭了头，颤着声说："枫，可不要这样说，他再不好，也是你亲爹……"

到晚上，三亩麦子全割完了，趁着月亮地，安玉枫朝场里拉麦稞，他娘和他姐一边一个跟在车后推车。上了露水，麦穗不容易掉了，这一家那一家都在朝场里拉麦稞，路上遇见了就打招呼。不少人夸玉枫长大了，中他娘的用了。玉枫娘笑得直抹眼角，样子骄傲得很。

拉好麦稞，见一天的星星，安玉枫和娘就把麦稞在场里摊好了，明天太阳一出来就能晒，晒到半上午，就能打场了。三家一起使牛，正好明天轮到他们家使。

安玉椿已经顶着一领席子，在场边铺好了，他和安玉枫一起看场。玉枫娘抓了抓席子上的破毯子，觉得薄了，使唤他姐玉芳从家里拿一床厚点的被子送来。晚上露水下得重，气温低，别把两个孩儿冻住了。

累了一天，安玉椿倒头就睡着了。安玉枫躺着睡了一会儿，睁着俩大眼睛，吮当吮当跟朝西倒的月亮瞪了好一会儿眼，忽然跃起身子，拿着一根绳子朝安刘河集上跑去。

安玉枫跑得很快，感到要落地的月亮有些绊脚了，他跑到了安刘河集上的赌场。赌场就设在爹的干亲家的家里。一屋子的烟雾，一屋子的声音，夹杂着牛肉和八角味，还有烟臭和脚臭味。大家吵吵嚷嚷的，闹哄哄了半天，又突然静得悄无声息。安玉枫跺开赌场门的时间，正在悄无声息的时间段里，一屋的人全部回头朝门口看。

熟悉安玉枫的人只有两个，其中一个，是卖卤牛肉的爹的干亲家，也是开赌场的庄家，另一个，就是自己的爹了。爹睁着通红的眼珠朝安玉枫望着，手里还抓着刚起好的牌。爹的眼神是迷茫的，还没从赌局里醒过来，这让安玉枫非常气愤。大农忙的季节，集镇上吃商品粮的人，可以该咋玩咋玩，而有地的农村人，如果不在庄稼地里忙活，那就是败家。安玉枫看着败家的爹，把手里的绳子"啪"地甩出老长，咬牙切齿道："我来捆人！"就朝爹身上扔绳子。

赌徒和观众一起哄堂大笑。安玉枫脸色铁青，盯着爹的脸："要么我把你捆回家，要么我吊死在这家院子门头上！"

安玉枫的爹嗜赌如命，在安刘河街上无人不晓。早些年，玉枫娘来集上找过哭过，不止一次，回回都是挨了打，再哭着回家，后来就不来找打了，换作孩子来找。小时候的安玉枫来赌场找爹时，怕挨打，就站大门口喊爹："俺爹咪，俺娘叫你回家吃饭！俺爹咪，俺娘叫你回家吃饭！"像叫魂似的，开头也有效，后来不行了，玉枫爹像没听见一样，照样抓他的牌。安玉枫上中学后，懂事了，无论如何再不到赌场喊爹，喊爹的任务就自然落在安玉椿身上。安玉椿性子懦，不敢大声喊，就直接进赌场，瞧见爹坐的位置，小身体悄悄挤上去，小言小语拉爹的衣裳襟，爹看着一脸可怜的小儿子，放下牌跟着回家了。之后也没效了，不吃安玉椿的软了，会一脚把安玉椿踢跑。安玉椿被踢跑了数次，可每次还是到赌场来喊爹，仍旧找见爹的位置，仍旧去拉他的衣裳襟。也有人劝老赌徒不要总打小儿子，小儿子懦，但疼爹呢。这话说了也没用，老赌徒赌到兴头上，已经六亲不认了。

看着人高马大的大儿子冒火的眼睛，老赌徒的手哆嗦了一下，不自觉地站起了身。他像是第一次发现儿子长这么高了，愣怔了片刻，不知道如果他不回家，儿子下一步会怎么做？他的眼睛里还飞翔着那些变幻莫测的色子，一时有些恍惚。还是卖卤牛肉的干亲家给他找了台阶下，干亲家一把搂住安玉枫："大侄子，你急个啥，我给你爷俩煮两碗牛杂碎，吃了就走。你爹本来也要回家的，是我说留他吃杂碎汤才耽误了时间。"说着，装模作样喊自己的老婆起来烧锅，一边给玉枫爹使眼色。

老赌徒这才一纵身，站起来朝门口走。他当然不会让儿子把自己捆起来，他能自己走路，也认得家门。

安玉枫一言不发地跟着爹，一前一后来到安刘河的大街上。下半夜的街道非常安静，家家关门闭户，除了主大街上有路灯，小街道一片黑暗。爷两个出了街，走上回家的土路，一漫正西而去。月亮已经落到天边底下了，四野里黑乎乎一片，看不清地里的光景，但仍能感觉到麦子地里散发出的微黄的光亮。

玉枫爹闭着嘴不说话，安玉枫也是一言不发，两双恼怒的脚板子，使劲朝地上砸着，发出"咚咚"的响声，一轻一重。玉枫爹听出来了，脚步轻的那双脚是自己的，本来想在路上好好教训安玉枫的话，生生咽进肚子里了。

到安大营跟前时，安玉枫直接朝麦场走，站在场边，看着爹要进庄口了，他大声吼一句："恁别打俺娘，是俺去找你的！"

玉枫爹没吱声，一闪身进庄了。

安玉枫的爹这回没有打老婆，不但没打，在被安玉枫拿着绳子"押"回家后，好几天都不到街上赌，而是老老实实在场上使牲口打场。中午吃饭时，他先让儿女们回家吃，自个儿在场上看麦子。那些辛苦收割回来的麦子，粒粒饱满，香喷喷地在场上摊晒着，麦粒看太阳的表情就像笑着，还有点害羞。玉枫爹也笑眯眯的，一个人站场里，光着脚板，拿着木耙子，走到西边，走到东边，用木耙搂着晒了半场的麦子，嘴里还哼哼着泗州调。等把麦子搂了一遍，抬头看了看当顶的日头，拿起场边的化肥袋子，"呼哧呼哧"装了一袋子新麦，扛着就走。各家的麦场都在村南，紧傍着麦场的是一条东西大路，朝东通到安刘河镇，朝西通到司小楼。司小楼离安大营三里路光景，甩开步子走，一会儿就到了。老赌徒玉枫爹的步子甩得很大，一漫正西而去。等他回来时，安玉枫还没吃好饭到场里呢。路上也遇着安大营其他看场的人，见老赌徒扛着一袋子新麦朝正西走，就笑着招呼他："又去送温暖了？"老赌徒也不脸红，大声回应："可不是嘛，一年也就这大夏天里能送点温暖。"样子很骄傲。问他话的人当面竖拇指夸他有种，背后头摇成了货郎鼓。

司小楼的人见他去了，也笑着招呼他，问他吃了没。一点不觉得生分不觉得怪。

连着三天看场时，每个中午，安玉枫的爹都背着一化肥袋子，装的是在场上新打的麦子，朝正西走。第四天的中午，安玉枫揾着破草帽，换件破衣服，跟到了司小楼。玉枫爹刚把一袋子新麦放到游戏家的麦场上，安玉枫就杵到了他跟前，也不说话，弯腰把爹刚放下的一袋子新麦拾起来，朝自己身上一撂，扛着就走。在麦场用木耙子摊麦的游戏娘，背对着这爷俩，动都没动。玉枫爹傻站了一会儿，眼睛飞快地眨动着，好像做梦般地看着儿子的背影，一声没吭，和儿子保持两丈远的距离，朝安大营走。回到家里，像是什么事也没发生似的，端着饭碗就吃。

重新把爹扛走的麦子倒进场里的安玉枫，拿着鞭子在场上甩得山响，直甩得安大营晒场的人个个心惊胆颤。都以为安玉枫会抽他爹几鞭子，但安玉枫只是让牛鞭在空中炸响，响得差点爆出火花。

　　玉枫爹一下午都没敢到场上来，天傍黑时，老赌徒逃跑似的去了安刘河的集上，整个麦季再没回家。安大营去街上商店称盐的人说，看到玉枫爹在供销社东边的饭店里，点几个菜吃，还抿着小酒喝，估计赢了不少钱。

　　那一年的小麦亩产超过五百斤，红芋亩产有两千多斤，真是个丰收年。家里堆了两大苫子的红芋片，还有三泥囤的小麦。多余的小麦都卖掉了，这三泥囤麦，是留着全家吃好面馍的。大年三十的上午，家家忙着包饺子炸丸子，安玉枫的娘和姐在家里忙活着，安玉枫在大门两边写了一副对子，是他自己编的词：寒冬散尽喜迎新年佳节，暖春聚来更看男儿发奋。仿佛是为自己而写。他爹的脸还烂着，是赶集时被打的，听说为着欠赌债还不上的事。一家人也不去问那脸是怎么烂的，也不是第一次烂脸，大家都习惯了。家里有个这样的人，就得接受这样的日子，各人的心都磨厚了，都钝掉了。

　　安玉枫贴好春联，看到糨糊透湿了一片红纸，把那俩字"发奋"弄得像抹了半把鼻涕。安玉枫就用卫生纸去擦那半把鼻涕，正抹着，突突突开来一辆四轮车，从车上跳下一帮男人，二话没说进了院子，根本无视站在大门口贴春联的安玉枫的存在。安玉枫看了看那几张凶巴巴的陌生面孔，没有跟着进屋，他仍旧在抹拭春联上的糨糊。很显然，他明白这帮人要干什么。这帮人进屋什么也不问，只弄出一阵动静出来。是挖粮食的动静，是装红芋片子的动静。等他们把动静弄出了好大一会子后，安玉枫这才进屋。往年有人来家挖粮食的时候，只要安玉枫进屋，他们就会停住手，看着这个眼珠安静的少年坚韧的目光，不由自主就退走了。而今天，这帮人坚决不看安玉枫的眼神，他们只看他家屋里的东西。没有可以带走换钱的好东西，除了粮食。一帮人火烧火燎地装走了泥囤里全部的小麦，苫子里堆出尖顶的全部的红芋片子，甚至，那几排刚刚包好的站在锅拍子上的饺子和瓷盆里的饺馅，也被七七八八的几双手，一股脑儿捞走。他们一声不响地把东西装到门口的四轮拖拉机上，整个院子只有他们杂沓的脚步声。老赌徒玉枫爹躲在西屋不出来，玉枫娘扎着沾满白面粉的手，无动于衷地站着，姐姐十七十八的闺女，连骂个人都张不开口，这会子只有惊恐。安玉枫安玉椿两兄弟，并肩而立，目送这伙人进进出出。

　　最后一个进屋又出去的，是个干瘦的半老头。这个半老头眼珠通红，尖嘴猴腮，长龅牙上粘着一片红辣椒皮。仿佛是为了交代什么，他站安玉枫的堂屋中间，咬牙切齿道："这都是恁爹该还的！"

家里的粮食被人装过不少回了，但过年的时候被装走，装得一粒不剩，甚至连过年的饺子馅都端走，这是第一次。一家人干干地坐着，没谁去厨房做吃的，都空着肚子，直坐到天黑，坐到安大营这家那家放了关门炮，坐到整个庄子进入梦乡又再次被除夕的开门炮吵醒。

这个年是个丰收年，安大营的人家家囤里堆满了粮食，心里喜庆，过年就起得格外早，也都舍得放鞭炮，不但开门炮放得长，下汤炮放得更长。从半夜开始，就噼里啪啦响成一片，直响到黎明时分。安玉枫一家人傻了般呆坐，安玉枫的腿都坐麻了，却感觉不出来。他娘一改往常低低哭诉的习惯，两眼发直，一动不动望着窗棂子，眼窝里的泪水无声无息地滚落着；他姐披着棉袄，坐床头，背朝里，脸朝外，身子朝前勾，完全无助。院子大门一直紧闭，屋门半掩半遮，全庄人放鞭炮炸出的火药味，你推我搡地朝安玉枫家里挤，挤得满屋烟气腾腾。老赌徒玉枫爹在呛鼻的烟雾里，从西屋的床上发出舒坦的鼾声。那鼾声非常突兀，绕着一家挨冻受饿的人，转着无形的圈。似乎，那个无形的圈，转到了玉枫娘的头顶上，停住不动。只听玉枫娘"呜"地长号一声，那声长号就变成了巨大的哭声。在安玉枫的记忆里，娘这样大放悲声，几乎从未有过。娘都是低诉每一场苦难，在无人听清听懂的状态下低泣。一家人愣怔了一下，安玉枫更是愣怔了一大会儿，他没有想到，娘的哭声和庄上的妇女一样，嘹亮，尖锐。三个孩子一起看向大声哭泣着的娘。西屋的鼾声戛然而止。

玉枫娘放开嗓门大声哭着，却没有一句诉说，哭声震得满屋的蜘蛛网乱颤。她大口大口吞咽着满屋的火药味，有几次差点呛背过气去。突然，玉枫娘猛地站起身，朝院子大门外冲去。咣当一声打开大门，她丢下一句话："枫啊，这个家，你操着吧！"

安玉枫忽然站起身，朝外猛追娘。在安玉枫的意识里，娘肯定是朝北地的机井里跑。机井里装进去庄上好几个哭着叫着的女人了。安玉枫飞奔着撵娘，庄上走动的欢天喜地四处拜年的人，蓦然止住了说说笑笑，看向一前一后奔跑着的娘儿俩。在北地地头，安玉枫一把抱住了娘："娘，我给你把那个东西撵滚蛋。你放心，我一定把他撵滚蛋，不撵他滚蛋我不是娘生的！"

安玉枫几乎是半挟着，把娘从北地扶回庄上。北地头站着庄上的人，安大营庄头也站着人，安玉枫家的门口也是乱哄哄的人群。喜喜庆庆的一庄人，你一句我一言地劝说着玉枫娘。玉枫娘又变成了那个小声低诉的女人，她微闭了眼，任泪水长流。

进到家里，安玉枫把大门敞得很开，放了一院子的人进来。大年初一的太阳，照着院子里的鸡窝和光杆的泡桐树，把无精打采的树染上一层喜色。安玉枫拎着一床铺的和一床盖的，卷吧卷吧弄成一个大包，朝大门口一撂："滚。"

在"滚"字的后面，紧跟着安玉枫的爹。那个爹的脸上，似乎还带着浓厚的瞌睡，他眼巴巴地看了大儿子一眼，又看了小儿子一眼。他没有看到闺女，闺女压根就没出屋。他当然也没有看到那个被他打得经常低泣的女人。

小儿子低垂下眼皮，匆匆进屋了。眼前站着的，只有怒发冲冠的大儿子，只有庄上的老老少少一堆人。老老少少的人堆里，发出窃窃私语声，有人小声劝说"算了吧，算了吧，毕竟是你爹"，大多数的人，是闭着嘴巴的。

安玉枫的爹委顿下身子，有些耍赖地朝大门口一蹲，那架势，他绝不会离开自家家门。大门旁站着的人，开始数落他，其实是帮着把他留下来。突然，安玉枫拿着一把镰刀跑过来，那把镰刀是夏天割麦时茬口最快的，在人们还没看清是怎么回事时，镰刀的快茬口已经在玉枫爹的腿上嘎嘣咬下一口，鲜红的血喷涌而出。

"只要让我见着你，我就割你一刀！信不信？"安玉枫面目狰狞，眼珠通红，脖子上的青筋突突直跳，手里握着的镰刀嚯嚯有声。

在场的人吓呆了。玉枫爹脸上失了色，变了形……

第六章

——

安玉枫去看安云礼

安玉枫在安大营有一座二层楼房，是几年前安玉枫给他娘盖的。玉枫娘不喜欢浙南的宁城，不是那里不好，那里啥都比安大营先进，就是话不行。她听不懂一句，走街上就像个哑巴一样。她就待不下去了，非要回到庄上来。特别是生一场大病后，怎么着也得回老家过活。安玉枫就在安大营的老宅基地上，给娘盖了栋楼房，围一个大院子，两层楼分两个单元开门，楼上楼下共有四套大房子，卫生间、厨房、水塔，样样建得跟城里一样。安玉椿成家后，就住在安玉枫的楼房里，正好照顾老娘。

这会子，安家热闹了，进一屋出一屋的，都是朝安玉枫请教哪里钱好挣。挣大钱，过好日子，庄上人开口闭口说的都是这些话。大家特别喜欢把这个话题拿出来跟安玉枫谈。毕竟，安玉枫是庄上出去挣大钱挣得很多，事业也做得很成功的人，已经是个老板级别的人了，是个有头脑有眼界的人了。没有人去谈庄稼咋样，庄稼在地里听话地生长着，到季节就种了，到季节就熟了，有啥谈头呢？

安玉枫给串门子的人散烟吸，也跟他们谈挣钱谈市场。那些见过世面的乡亲，非要他谈中国哪个地方的钱好挣，然后不等安玉枫回答，就自言自语说出来"钱难挣，屎难吃"的老话。热闹了一阵子后，安玉枫去了村书记安云礼的家。

安云礼当安大营村的村书记有些年头了，是个老好人书记。人稳重，没大言语，遇着事尽量一碗水端平，背地里庄上人都说他是"老好人"书记。但安大营的人就喜欢他这个老好人书记，因为他心里公正。安云礼辈分长，处理起庄上的事情来，有一套，他的套路也很简单，就是以长辈的身份把你熊一顿，被熊的人浑身的刺儿立刻就收拢了，就好像犯了贱病似的，就差老书记的这一顿熊了。安云礼也不瞎熊人，你没理了他才熊你。刚当书记那会子，庄上爱占小便宜的安守财，总要犁隔壁地的地边子，一年犁一点，犁个三五年，就把人家地边子犁走两三尺宽了。地头都栽有地界子，犁谁的地，谁都能发现。因为地边子的事，安守财跟庄上好几家人都打过架，挨了打的安守财，不但要把多犁的地边子还回去，还要挨安云礼一顿熊。挨熊时安守财一脸的委屈相，好像是他吃多大亏似的。没想到，安守财连他亲侄子丰收的地边子都不放过，照样犁。丰收有点老实头，心眼死，庄上人给他取外号"争一叶肺"。丰收看地头的地界子斜到二叔守财的地里三尺宽了，才去找安云礼说。吭哧了半天，安云礼听明白了，丰收是说他家的地界子，咋就跑到他二叔家的地里了。安云礼一听就笑了。这个守财，真是犁地边子犁上瘾了。就把丰收叫着，把守财也叫着，又叫上庄里几个年纪大有威信的老头，一起去北地看安守财和丰收家的地。一到地头，见斜到守财地里的地界子，大家就明白了，几个老头哄堂大笑。那地界子是带刺的小荆条，常年不落叶，冬天了还雪青着。安云礼说："守财，你咋不把地界子犁掉呢？连根一起犁了，多省事？"

"那有啥用？"守财嘴里嘟囔了一句，又引起一阵笑。守财又不是没犁掉过地界子，只是地界子太壮实，冬天犁掉了，来年春上又发出芽了。他也连根犁掉过地界子，被犁的人家先把他打一顿，再拿着量地的插子，重新量重新栽地界子。

这回守财不会挨打。就算丰收有种，也不好打他叔，何况丰收压根不是个有种的人，又是争一叶肺的人呢？安云礼叫丰收回家扛犁子，当着众人的面，让丰收把守财多犁的地边子再犁回来。地里刚刚耩上麦，还没有出芽，丰收瞅了他叔一眼，说："叔，我犁回来了呀。"把犁子拐到他叔的地里其实就是他自家的地里，把三尺多的地边子犁了回来。那些埋在土里的麦粒，已经冒出了芽尖尖，正准备顶出土呢。看着翻出土的麦芽尖尖，守财心疼得直吸凉气，嘴里叫着："我哩个乖乖，你看这麦芽芽！"打那以后，丰收也学乖了，只要地头的地界子斜了，他也不去找书记了，就直接扛着犁子再犁回来，还不忘跟他叔招呼一声："叔啊，我把地边子再犁回来啦。"他叔守财就闷着头不吱声。从这一点来看，丰收一点不像个争一叶肺的人。因为守财爱犁别人地边子这事，在安大营有人要争个高低或论短长时，喜欢这样打比方："要我相信你，除非守财不再犁别人的地边子。"

只要回安大营，安玉枫必去看望老书记安云礼。在安玉枫的心里，安云礼是庄上灵魂样的人物，或者说是皖北大平原上灵魂样的人物。不仅是自立门户时，他得到过安云礼的帮助，情感上跟别人不一样，他更加钦佩的是安云礼这个人。当了不少年的村书记，一碗水端平地为村民办事，这碗水不好端，安大营行政村有好几个自然村，每一位村民都有自己的想法，都有要求跟书记说，这个书记不好当。特别是"三提五统"的年代，安云礼对上对下都要有交待，上边领导满意，下边村民没意见，有些委屈，就只能他自己扛了。从安云礼的脸上，安玉枫读到太多的内容，因此，他每回去安云礼家说话，心里的负担挺重，到最后，就不敢多见安云礼了，不敢多见的办法，就是少回安大营。

他不敢多见安云礼，是安云礼脸上的表情让他心里难过。安云礼显老，六十不到的年纪，看起来像个古稀老人，头发全掉光了，光头上一层白苍苍，脸上东一条西一道的皱纹，那双眼睛含着笑跟你说话的时候，传递出的却有更多的忧虑。皖北大地上几十年发生的变迁，都一起堆在他心里，写在他脸上了，他不想拿出来都做不到。

安玉枫拎着几包瓜子、坚果，进到安云礼的院子里。

安云礼不吸烟，不喝酒，不摸小牌，就喜欢嗑个瓜子吃个炒豆子啥的。家里人不断他的炒豆子，他到哪去都喜欢抓一把炒豆子装兜里，没事摸出一颗丢嘴里嚼，想事情的时候，也喜欢嚼着炒豆子。安玉枫只要回到安大营，就必带坚果之类的给他吃。西瓜子葵花子不稀罕，他给他带巴达木带美国杏仁带宁国山核桃东北松子，安云礼就像宝贝似的把这些果子装进大玻璃瓶里，没事摸出几粒嗑牙。

安云礼在客厅沙发上坐着，见安玉枫进屋，朝上欠欠身子："玉枫回来啦，快坐快坐！"指着对面的沙发让玉枫坐。屋里还有其他人，在跟安云礼说话，见玉枫来了，就客气了几句，叫安书记注意休息，先走了。

原来安云礼的脚被抓钩扎住了。一个老抓钩，多年不用，躲在东屋的柴火堆里，柴火堆里还盖着一只旧牛槽。杨林镇的文化站苗站长，退休没事，要收集农具搞个农博园，就骑着电瓶车到处访，就访到安大营安云礼的家，要看他家的旧牛槽。是个青石老牛槽，有些年头了，祖上传下来的，安云礼的祖上做石匠，家里的屋子，就是他爹从山上开了石头，再一块块切好、凿平垒起来的。安云礼对家里的石墙屋住不够，感到冬暖夏凉举世无双。他带文化站的苗站长去东屋，掀开柴火让苗站长看牛槽时，不想朝后一退，柴火堆里的老抓钩就趁势抓住他脚后跟扎了一下。安云礼哎哟了一声，半开玩笑半认真地说："你瞧苗站长，老石槽不愿意离开家，派抓钩来扎我呢。"就没让苗站长拉走老石槽。苗站长眼巴巴地站半天，最后搓着手走了。

"俺爷，恁不要紧吧？"安玉枫掀开盖着安云礼脚的小毯子，去看他的伤。

安云礼忙说："没啥大碍，就扎个小洞。年纪大了，伤口长得慢。我打过破伤风针了。没事了。"说着，目光温和地看着安玉枫，"在南方咋样？生意好干吗？"

安玉枫最怕跟安云礼的眼珠子相碰。安云礼看似柔和的目光里，却长满了许多无奈，许多担忧。他不用嘴说，只用眼睛讲。

"马马虎虎吧。干时间长了，把老客户维护好，再发展着新客户，单子不断，生意就能做下去。"安玉枫躲过安云礼的眼睛，看着茶几上的旧电视机。

"那个苗站长，退休没事在玩钱呢。他儿子在上海卖石头，有的是钱，说是要把上海的一座老钱庄，清朝的吧，给他爹买回来，当苗站长的博物馆。"安云礼又说起了苗站长，"还听说，他要儿子把以前家里最珍贵的石头，再买回来。"

"有钱人都任性吧。"安玉枫笑笑，"他儿子把杨林的岱山差不多挖走一半卖掉了，能收得回来吗？"

"他家的那块宝贝石头，真叫他儿子给访到了。已经转手卖几家了，现在落在江苏一个当官的手里呢。以前苗站长儿子九万块钱卖掉的，现在涨到一百二十万了。那个当官的不想卖，但住的楼层太高，一时搬不到楼上的家里去，才松口的。说不定，苗站长开馆时，宝贝石头就运回来了。"

"这么说，他儿子的孝顺是下了血本的。"安玉枫想到那个叫苗青松的人，年纪跟自己差不多吧，最初是跟着外地的石头贩子贩石头，听说杨林镇西北角的岱山上有好石头，没事就挖了，用泥龙丝袋子装到上海去卖，五块钱一块，马上就被人抢光了。不断挖岱山的石头朝外地运，价格也涨了，就慢慢发财了。

"这孩子也算孝顺，把他爹的话当圣旨听呢。不过，苗站长办个农博馆，还怪有意思呢。他说，凡是农村以前用过的东西，他都收购了放里面，保护起来，以免绝迹了。"

说了一会儿苗站长，安玉枫就等着安云礼咋说他玉枫。玉椿说是安大营的人要他回来，安云礼见着面了，咋着得说几句吧。瞧他这打着外围来说别人的事，说不定马上就说到他玉枫身上了。

"你猜猜我当书记多少年了？"安云礼先说他自己。

"该有二十年了吧。"安玉枫想了想说。

"整整二十一个年头了。我自己都当得不好意思了。庄上人都说我是个老好人。老好人，不好哟。"安云礼苦笑了一下。

安玉枫离开安大营不少时间了，特别是近十年，他几乎都打拼在浙南的宁城，安大营已经是住他心窝里的故乡了。人总要离开故乡，再开辟另一个生活场，时间长了，那个生活场就是家乡了，至少是下一辈人的家乡了。他不知道这些年，安云礼如何当好这个老好人的，他只能从娘和弟弟口中得知，一到换届时，安大营行政村包括其他几个自然庄的人，都自发去镇政府找领导，说咋样也不能换掉他们的安书记。安书记公正，无私，他当书记，村民安心。就这样一直当下来了。

"现在的时代，跟过去不一样喽。"安云礼身子朝后靠着沙发，微眯了眼睛，"现在衡量一个人的价值，不仅仅看他人好不好，还得看他可有本事。你爷我没本事呐。"

"爷咋能这样说自己？"安玉枫抢话说，"爷你当这些年的村书记，啥事不为村里想？啥事不揽在自己头上扛？你这个书记，当得问心无愧呀。"

"你这孩子，净拣好的说我。其实我是个老无用呐。你看别的村干部，能文能武的，把上面的领导拍得舒舒服服的，把上面的好政策争取过来，让村民服气啊。你爷我不会拍，就是个瞎趴书记呢。"

"爷你这样说自己可不行。"安玉枫说，"这些年你为庄上的事，扛得还少吗？为啥大家都要你当这个书记，那是你得人心。电视上不是说，得人心者得天下嘛。"

"哈哈哈，"安云礼被安玉枫说得笑了起来，"这孩子，净瞎说。那是指帝王的，我一个小百姓，就是凭良心为大家做点事罢了。"

"爷，你当村书记，管理咱安大营这一方天下，你就是得了人心，才把这一方天下管得这样好呢。"

"好，你就这样夸你爷吧。你爷我当二十年的书记，不是工作做得多好，是咱安大营稳。你可知道，我当书记这些年，有两样事，从来没有得过第一当过先进哟。"

"哪两件事？"安玉枫目光灼灼地问。

"一件是计划生育，一件是提留款。现在早不存在提留款那档子事了。以前牵猪牵羊收提留罚超生时，我绝对不牵村里人的猪牛羊，完不成任务就倒数呗。所以，你爷我不是个好书记。"

"可是爷，你得人心的根本是你该担当的时候，能勇于担当。就像屋角家的事……"

"唔，你还记得屋角家的事啊。屋角的一双儿女都在上海打工吧。屋角媳妇的迷瞪病现在好了不少，不乱走了，就坐家里看电视。屋角也老多了……"

第七章

———

屋角拾破烂拾个媳妇

屋角媳妇是屋角从广东拾破烂拾回来的。

屋角媳妇是个傻子。

屋角家就娘儿俩，是安大营最穷的家庭。一九六〇年的时候，屋角爹饿死了，留下屋角娘和屋角。屋角娘没有改嫁，就带着屋角在安大营过下来了。屋角娘没改嫁到外庄，是想招个男的来安大营。屋角的大爷三叔也默认了屋角娘的心思，这样的好处是，屋角用不着改姓，用不着到外庄受气，也算给屋角爹留了后了。便有媒人领了一个男的过来，跟屋角娘相亲。

屋角娘一眼就相中了那个男人。

长得真叫排场，长身子白脸盘子，比屋角爹好看多少倍哪。可是，庄上的几个老奶奶却跟屋角娘嘀咕，叫她无论如何不能要这样的男人，长个蚂虾腰，一看就不是个会干农活的男人，光好看不顶饭吃，你是要找个当家干活的男人来养家，不是找个好脸盘子的人来看的。屋角娘当时在心里说，有了这样的男人，干活累死也心甘情愿。再说，两人若是有了感情，还在乎谁多干活谁少干活呢？

屋角娘可是想错了。那个男的之所以愿意下嫁到屋角家，娶黑脸短身子的屋角娘，给屋角当后爹，就是奔着屋角娘能干活来的。他才不愿意大日头底下掉汗珠子帮人拉套呢。这个懒男人很快被验证了。男的来安大营不久，正好赶上冬天上河工，家家都是男的上河工，屋角家偏偏是屋角娘，安大营的人当面不笑，背后笑屋角娘养个啥男人，就算新女婿也不带这样懒的。屋角娘在河工上抬泥兜子，住庵棚子，跟男人一样干活，那个白脸男人却在庄上串娘们场，哪里娘们多，就朝哪里串，娘们说啥话他接啥话，一点没成色。更可恨的是，屋角娘留的过年包饺子的半斗麦子，也让这个男人用庄上的石磨磨了，做成葱花饼吃掉了。屋角娘回来跟他吵，他说是屋角要吃，他才推磨磨麦子面的。"推磨累死个熊，你还怪我。也不是我自个吃，还有你儿呢。"

本来还要再忍的，可是，来年的麦季，这个懒男人就称病不出屋了。天下还有不干活的庄稼人？安大营的大人小孩都想不通世上咋有这等懒男人？连十来岁的屋角都知道朝地里跑着干活挣工分了。屋角娘这下彻底死心了，她找到媒人，让媒人一时三刻把这男人领走，她可要不起，这哪是娶个男人哪，简直是找个爹找个爷来侍奉嘛。结果这个男人还不想走，媒人唾沫星子说掉三斤，他才算应允了，却要一件蓝洋布新褂子当退婚费，真是笑掉人大牙了，白吃白喝大半年，到走了还要赔偿？屋角娘破口大骂也不管经，屋角的大爷和叔都是老实头，安大营的人却看不下去了，几个壮劳力举着铁锨，朝那个男人夯去，边夯边骂："再在安大营见到，一锨夯死你个驴熊！"吓得那个懒男一炮蹶子跑多远，再不敢来安大营了。后来有人赶集见他跟一个抱小孩的媳妇一起，还是那副懒身子懒脸的熊样，可见这个懒男人仗着脸盘子好，仍然找着了下家。

屋角娘却是发誓这一生就寡妇熬儿再不嫁也不娶了。就真这样做到了。但农村的日子，怎么熬，熬出个啥样子，不是自个儿说了算的。屋角家的日子在安大营，就穷得东旮旯摸到西旮旯，屋角娘也不是多手巧的人，针线活粗枝大叶，也没心思多琢磨，整个扑到干庄稼活上了。对屋角，尽管穷，倒是养得比别人家孩子娇，到多大了还不太懂事。后来土地到户，娘儿俩的日子也好不到哪里去，日子在庄上还是垫底的。屋角娘一门心思想给屋角娶个媳妇，无奈彩礼越来越贵，已经到了家里不盖楼媒人不上门了。后来庄上人不断出去打工，屋角又没学啥手艺，就只能跟人后面除泥扔砖当小工子，当小工子挣钱太少，听说去广东拾破烂不要手艺，只要能吃苦就行，挣钱也多，屋角就去了广东。还别说，真比当小工子挣钱多，但离盖座楼房，娶个媳妇，还差太远。加之屋角年纪也大了，三十七八岁了，要说房好媳妇，真难了。

　　然后，屋角就拾到了一个傻媳妇。

　　傻媳妇是哪里人，谁也不知道。因为傻媳妇说话不成句，光会笑。一块拾破烂的，好几个省的人都有，就一起掇搋让屋角要了这个傻媳妇吧。看女的年纪也不大，长的还能看，屋角从批发市场买了衣服给她穿，又哄着给她洗澡洗头发，一打扮，还别说，真是个不丑的媳妇，屋角就跟这个傻媳妇过起了日子。他拾破烂就带着她，给她身上挂一个兜子，他到哪，她就跟到哪。后来傻媳妇怀孕了，屋角就把她带回了安大营。

　　见屋角带个有肚子的傻媳妇回家，安大营一下热闹了，都跟着看。屋角娘不嫌孬，觉得儿子挺有本事，在庄上走路浑身都是劲。见人去家里串门子，炒花生给人吃，一屋子人说说笑笑挺热闹。老年人都说屋角娘，总算熬出来了，要当奶奶了。

　　那会子是计划生育最紧的时候，庄上的计生专干去镇里开会，在会上每人都要发言表态，她就表态说一定把超生的、怀孕没证的，该结扎的结扎，该流产的流产。然后她就汇报了一个事情：傻子没领准生证怀孕了算不算？一汇报不当紧，负责计划生育工作的副镇长，要马上把怀孕的傻子带到镇卫生院，做流产术。安大营的计生专干后怕了，不该跟镇里汇报这个事，屋角家多特殊啊。可是，不汇报也不行，万一追究起来，自己这个专干也别想干了。就这样一路心里嘀咕着回到安大营，也不敢跟村书记安云礼说这事，也不带屋角的傻媳妇去流产，就在家里装孬，想躲过这一关。没想到，镇里来了一帮人，也不跟安大营的书记安云礼打招呼，直接找到计生专干，让她带着去安大营，指认屋角家在哪里。计生专干脸都白了，哆哆嗦嗦到安大营庄头，打手一指那三间砖腿屋，扭头就跑回自己家，躲着不敢出来了。

　　不用说，屋角的傻媳妇，被强行带到镇卫生院流产了。听说傻媳妇肚子里的孩子，六个多月了，是个全活男孩儿。这一下，屋角家里乱套了。屋角娘半疯了，屋角抱着傻媳妇哭，那个傻子，被所经历的事吓得更傻了，再不会笑了。

　　一庄的人，都对屋角家同情起来，屋角的娘让屋角用板车拉着，先去镇里闹了一通，得知是计生专干干的好事，就回来了，直扑计生专干家。计生专干全家都吓跑了，屋角娘就住进计生专干的家里，见啥摔啥，水缸砸烂了，粮囤敲烂了，尿罐子、盐坛子，锅碗瓢盆，能砸的都砸了，没一样是囫囵的。又不解恨，就舀茅房的屎尿倒进锅里，倒在桌子上、床上，甚至拿出火柴要烧屋子，拿条绳子要在门梁上上吊。

安云礼知道这事时，屋角娘已经在计生专干家闹一整天了。计生专干在朱庄，是安大营行政村的一个自然庄，安云礼大步流星去了那里，拉上板车，把屋角娘拉到了自己家里。屋角娘在架车子上连声说："他大叔，你别拉我，这事跟你没牵连，谁害我，我闹谁。"

安云礼说："这事咋跟我没牵连？我是书记，安大营发生的大事小事，我都不能推脱掉，都跟我粘着连着。你想砸啥，别砸别人家的，就在我家砸，我家里的东西多，你相中哪样，就砸哪样。"

就把屋角娘扶到自家屋里，在床上坐下来，拿床新被子盖着。屋角娘前几年摔了一跤，摔得有点半拉身子不活泛，走跑歪歪扭扭的。屋角娘不愿意睡安云礼家的床，她从床上滑下来，歪歪趔趔站安云礼院子里，东瞅西看的，想砸啥，又不能动手。她反复强调说："我说过的，谁害我，我砸谁，这事跟你安书记没关系，我不砸你家东西。"

"我也说过，你就在我家砸，你相中哪样砸哪样。我是书记，你咋砸都没关系。我认！"

怕她急，安云礼又把七十岁的老娘叫过来，陪着屋角娘说话。安云礼老娘是个开朗性子，她一进院子就大声助威："屋角娘你别怕，你一个人砸不过来，我帮你一起砸！"

等屋角来安云礼家看"战况"的时候，发现他娘跟安云礼的娘，正盘腿坐床上说话呢。说到伤心处，两个老妈妈一起抹着眼泪水。之后安云礼老娘一拍大腿："你瞧我这脑子，我叫人去集上割了猪肉，咱今天包猪肉干菜馅的饺子吃！"使唤屋角去社会家看看社会娘可从集上回来了，回来的话，就把猪肉拎过来，这边就忙着泡干菜。两个老妈子，一个包一个擀，欢欢腾腾下了一大锅饺子。屋角的傻媳妇没满月，不能串门子，安云礼娘盛了一大海碗饺子，叫屋角端回家给媳妇吃。

饭罢，安云礼见屋角也在跟前，就跟他娘俩掏心窝子说话："别气她，计生专干也不是有意的，她心里估计比谁都悔。你该砸的也砸了，气也出了，现在咱想想往后的事。屋角你三四十岁也是正当年，你媳妇比你年轻，还怕没有娃？这一次是我不周到，让你们受了苦，现在，你家的事全盘交给我来办：你媳妇的户口，你们的结婚证、准生证，我要亲自跑腿给你们办好办齐！"

屋角娘真就不闹了，吃罢晌午饭，就让屋角把自己拉回家来了。计生专干也不躲藏了，一家人都回到自己家里了。安云礼跟村班子成员一商量，就从村里拿钱，把计生专干家被屋角娘砸坏的东西，照样子买了回来。

别看安云礼不牵猪不拉羊，不争着在全镇当先进，但他把屋角家的事揽到自家头上，不怕担事，这个老好人书记的威望就上来了。他兑现了承诺，真就跑齐全了屋角家的手续。上户口有些麻烦，因为屋角的傻子媳妇没有来路，安云礼就自己到派出所去磨。"我有二十年的党龄，是个老党员了，我拿我的党龄来担保，你把傻子的户口给入了，绝对没后遗症。"派出所要他拿出女方家的证明，安云礼笑了："傻子家在哪里？要不，你们帮着找？先把傻子交给你派出所？"派出所所长直摇头。"那就给她入户口，有了户口，她才能办准生证，才能生娃娃。其实我就是想给村里的屋角拢一家子人，我也不是给自己谋私事。"

第二年，傻媳妇给屋角添了一个大胖小子，紧接着，又添了一个闺女。第二胎的闺女就算超生了，屋角主动把超生款交给安云礼，又拉着傻媳妇去卫生院做了结扎手术。屋角的话也撂得响："叫咱多生也不多生，俩娃，儿女双全，就够了。多了咱也养不起。"

屋角的两个孩子都虎头虎脑的，精得很。到上学的年龄，学习成绩也好。安大营人都说屋角命好，摊个傻媳妇，有傻福。虽说屋角娘腿脚不便，操持两个孩子的功夫，可是做到家了。傻媳妇啥都不会做，也不乱跑乱动，就坐在沙发上看电视。屋角娘有时也使唤她做些轻省活，叫她扫地，她就拿着条把在屋里院里扫几个来回；叫她去菜园里薅菜，她就去了，有几回薅错了隔壁家菜园的菜，屋角娘拿着菜还给人家，邻居推脱不要："几棵菜，能值几个钱？"

第八章

你光修条路管啥用

爷两个在屋里忆苦思甜，说一大会子的话，不觉天半黑了。安云礼的脚有伤，看样子窝在家里有些时日了，所以，见了安玉枫，不觉话多起来。

“你离庄有些年头了，你可知现在的农村，跟过去不一样了。”安云礼的脸上又有了让安玉枫不安的神色，他有点不敢看他了。

“不光农村跟过去不一样了，人也不同了，没有过去好了。”安云礼接着说，“人心变了。好人变坏了，坏人变得更坏。”

安玉枫接住安云礼递来的温和而忧伤的眼神，一时不知该咋说。他确实不知现在的农村人都变啥样了。不过，有一点他是知道的，现在的农村人都有经济头脑了，都知道怎么挣钱了。他每回回庄上，庄上人都会跟他谈如何挣钱的事，还有那些挣钱的经历。可以说，现在的农村人，每个人都活得很精彩。包括他自己。他也是农村人，是安大营走出去的。

“这些天脚疼，不能走，我就在家琢磨事。想想我当书记这些年，没啥大能耐，也没给村里做出多少让人心服口服的事，遇着根本找不着合适的理由去解决的问题，我就只有熊人。我辈长，又是书记，一熊人，就把有理没理的，都熊噘嘴了，都不言声了，该干啥干啥去。现在，这个老办法不管用了，庄上人不吃这一套了，他不听你熊了。年轻人对你白鼓眼，上年纪的人对你哼鼻子。

我过时了。"

"俺爷，你咋这样说？你当书记这些年，咱庄一直太平无事，没有上访户，也没出过啥扒场子的事。"安玉枫立刻安慰他。

"稳定倒是真的。有人说我这种书记叫不作为领导。没出事，也没做事。不过，自从和西小行政村合并成大行政村，上访户有啦，孬孩子也有啦。西小庄的'红绿灯'上届当选上了咱安大营行政村的村委会主任，安大营在他手里，眼看着被掰乎坏了，我担着心呢。"

"啥？那个红绿灯，他也配当村主任？"这消息倒让安玉枫吃惊。

"是啊，他开着面包车，从西小庄开到东小庄，从刘营开到朱庄，又从小窦庄开到咱安大营，凡是有人在家的，就每家送一桶色拉油，一袋大米，一箱方便面，连吓带哄的，就贿选成功了，选民大多是老头老妈，胆子小，不愿意多事，反正对他们来说，谁当村主任都一样。"

"怎么会一样？坏人就是坏人，他还当村主任？当村民都不够格。"安玉枫有些愤怒。

安大营行政村，有西小庄、东小庄、朱庄、刘营、小窦庄、安大营六个自然村组成，这几个村子，都是大庄，每个庄有千把口人，其中安大营人口最多，两千出头了。几个庄的人，安姓占一半，其余是刘、朱、张、王、李、窦等姓氏。西小庄、东小庄和小窦庄，原先叫西小行政村，后来合并到安大营行政村了。西小庄的红绿灯，学名叫刘东强，在这一片可是很有名。他出名，一个是会策划上访，一个是会打架，是个黑社会，手里有一帮跟他混的弟兄。镇里信用社的主任，搞了个相好的，那相好的要讹主任，准备把他们的事，告诉他老婆。主任怕把事情闹大，就给了红绿灯一笔钱，要他把那女的弄走。传说红绿灯把那女的卖到山沟沟里去了，反正不管咋样，信用社主任没事了。

红绿灯真正出名，跟前些年修高速公路有关。那是省里第一条民营企业注资修建的高速公路，正从安刘河镇境内穿过，占用了好几个行政村村民的土地，但并没有安大营行政村的土地，当然也没有他红绿灯家的土地。要不咋说这红绿灯有本事呢？他家没有地被占，他照样可以把事情搞大。原先定的一亩地赔偿八千块钱，红绿灯带着手里的几个兄弟，在开工的前一晚，到占用土地的人家，挨个串门，说一定要众口一词，非一万五赔偿不可，否则，不要施工车辆进场。串过门子游说还不够，红绿灯又派手下的弟兄，扛着抓钩铁锨，在几个村子周围大喊大叫半夜，说明天工程车开过来，谁家不去人拦车，到时会吃不了兜着走，别怪孙子掉河里淹死了没人捞。话很瘆人，谁敢不去？第二天工程车开过来准备施工时，几个庄上有土地被占的人家，出动了老头老妈一大堆人，朝工程车跟前一躺，就不动了。其中大王庄王大牙的老婆，五六十岁的人了，早前有过羊羔疯病，多少年没犯了，平生第一次去闹事，又急又臊，刚挨近工程车，就口吐白沫犯了病，躺在地上人事不省，把在场的人吓得不轻，有人呼喊"出人命啦"！一下就把事情搞升级了，居然有了"修高速公路的不但强占农民的土地，还把人打死了"这样的谣传。这样一闹，赔偿款真的提高了，由原先的每亩地八千块上升到一万二。据说，在八千之外的四千里头，红绿灯抽成一半还多。普通百姓没能多要多少钱，红绿灯倒是借此发了财。这一下，红绿灯的本事就出名了，"生意"也好了起来，周边村镇凡是跟赔偿有关的事，都私下里找他出主意。为啥有"红绿灯"这个外号呢？在修高速公路那一段时间，刘东强就像十字路口的红绿灯一样，站路边手一举，拉砂子水泥的货车就得停下来，乖乖地向他交过路过桥费，谁不依从，谁就挨打。有个拉石子的大货车司机，气不过，想跟他过招，他跳起来抓过车厢里的石子，把货车司机的脸，砸出好几个洞，血流满面也没人敢问。从此红绿灯的外号也有了，提起红绿灯，没有不知道的。他肚里的烂主意真多，也真黑，不但普通百姓怕他，连镇里当官的都怕他了。

这样的人，居然当选为安大营行政村的村主任？安玉枫没想到农村变成这种样子了。

"你可知道红绿灯咋跟人说的？他说，有他当村主任，别说外村村民不敢欺负安大营，就是镇里的领导，也得高看安大营人一眼。"安云礼苦笑了一下，"咱安大营选他的人也说了，红绿灯当村主任有好处，他黑白两道通吃，敢跟镇里叫板，能为安大营要项目。你说，现在的人，还分辨得出是非吗？"

"镇里也同意他当村主任？"安玉枫不解。

"那有啥不同意的，他是村民合法选出来的村主任嘛。"安云礼眼里闪出幽幽的一道光，"现在的世道就是，好人没用，坏人反而有人拥戴。你知道红绿灯咋跟我叫板的？他说不管安大营的人多服我，他不服我，因为我那老一套，过时了，不管用了。他也说，只要我不找他的事，他就不给我使绊子。你听听，这像个村主任说话吗？"

没想到安云礼要给自己说这么多村里的事，也没想到，安云礼这个老好人，有这么个人渣搭档。红绿灯以前不属于安大营，后来行政村合并，他才一个老鼠坏一锅汤地把安大营搅乱了。安玉枫已经把他的出生地安大营，装在回忆的口袋里了，可以时不时地忆忆旧，可以把发生在安大营的故事，讲给一双儿女听。没合并前的安大营，多么单纯，朱庄、刘营、安大营三个庄，就像三兄弟，比肩而立，亲亲密密，现在的安大营，大了，也复杂了。不管单纯和复杂，他已经不属于安大营，而宁城，才是他打拼的天下。一时间，他不知咋安慰安云礼。想了想说："俺爷，我给咱庄修条路可管？"

安云礼惊愕地看了他一眼："玉枫，咋说这话呢？叫你修路弄啥？"

"我只修咱安大营门前到庄里的路。你看这条路，都烂成啥样子了？您找人估估，看得多少钱？这些年，我一直想为庄上做点啥事的……"安玉枫有些不好意思起来。

"枫啊，你朝庄里走走看看，庄子空成啥样了？你修了庄上的路，庄里人不还是朝外走吗？庄子不还是空的吗？庄上不要你修路，你回庄上来干吧，啊？"安云礼的眼神真切而执着，看得安玉枫不敢接他眼光了。

安玉枫在心里对自己说，安大营没有你的事，你的天空在浙南的宁城。

"枫啊，你爷我没本事，当了二十年的村书记，工作就那两下子，多少年来庄上没啥改变，也跟我这个人有关啊。会来事的书记，都把村庄建得好看了，让村民有事做有收入，我不行，我没能力去做啥。不光是年纪大的原因，主要原因，是你爷我没本事……如果你回庄上干，把你的聪明才智带回来，安大营行政村也就有变化有希望了……"安云礼的眼神暗淡了下去，里面是一眼睛的无奈和愧疚。

安玉枫的心剧烈地痛了一下。这位从他十六岁时起就当了村书记的安大营的长辈，那时候看他多有本事，全庄的人，哪个不听他的话？他站村头一吼，就把一村的人拢出来了；不管谁有个大错小错，他只要一熊人，就把大错小错平掉了。没文化，只念了几天识字班，可是大会小会，他照样能发表长篇大论，也能看懂报纸的大标题。现如今再看他，就是个标准的农村小老头了，一脸的无可奈何，一脑门子的迷惑。

可是，玉枫又怎能轻易答应回到安大营。

而且，回到安大营，他宁城的家怎么办？

他到安大营，又能干什么？

"你回庄上，后年换届当村主任！"安云礼仰着脸，恳切的目光，像烧红的煤铲，热热地烤着他。

"再让红绿灯当村主任，咱安大营就毁了。你来当！我这个书记再没本事，也能再顶两年，等你当上村主任，我再推荐你当村书记，把咱庄治理好，发展好。人比人气死人，庄比庄气哭腔。我不想咱安大营有哭腔。"

"俺爷……"安玉枫眼睛热热地看着安云礼。他不忍心跟老人说，当村主任村书记，是个太小的理想，他早不存在用这样的理想来激励人生了。他人生的精彩，书记爷爷哪里懂得？

"你好好想想，先别回绝了。你是咱安大营土生土长的人，咋可能对安大营没感情。我知道的……"安云礼用手制止着安玉枫不停吧嗒着的嘴，生怕玉枫说出让他失望的话来。

天，呼的一声，就黑下来了。冬天的天，黑得真快，也不过五点来钟。

"把心里话说出来，我脚疼好多了。玉枫，你可在我家喝茶？我让你奶奶回来烧茶贴饼子给你吃。"安云礼抬抬脚，要下到地上。

安玉枫马上伸手制止他："俺爷你别下来。我不在这吃，家里都做好饭了。"

安云礼还是趿拉着鞋，从沙发上下来，站到地上。又从门后找出一根棍子，拄着走，送安玉枫到大门口。

安云礼家的大门口，长着几棵泡桐树，树身子有一抱粗了，年年夏天开一树的泡桐花，老远都闻得到香。安大营的泡桐，也就安云礼家门口这几棵了，原先是个泡桐树行子，也是个老饭场，安大营的人吃饭，都喜欢端着碗，背倚着泡桐树吃饭，在饭场里侃大山。现在就剩这几棵泡桐了，都是安云礼家的。安云礼不卖树，就让它长着。原先想着做棺材的料子，现在实行火葬，要不要棺材不重要了，那就让它冲天长着吧，年年开几树花，闻着看着都让人安心。这几棵泡桐树，冒出村子一大截高，老远就能看见，成了安大营庄的标志，有人第一次到安大营来，不知道哪个庄是安大营，问路时，会有人指着说："看到没？就那个有几棵大泡桐树的庄子。"庄上人吃饭，还是喜欢到泡桐树下面来，都是上年纪的人了。过年时人多些，不吃饭也喜欢到那里聚。一个是庄上几十年来聚会的老地方，大家习惯到这里说事，一个在书记家门口，平常也热闹。

这会子天快黑透了，泡桐树行子里还有人在叽叽喳喳说话。庄上的老头老妈居多，咋咋呼呼的，都在说种地的事。说庄上人打工，把地荒掉了，谁想种谁种，谁种都是白种，讲究的扛一袋子面，打一桶豆油送给"地主"，不讲究的，就耷拉着眼皮直管种就是，反正除掉农药化肥种子还有收割除草的费用，也赚不了多少钱，没谁眼红；如果碰到涝年旱灾啥的，说不定成本都保不住呢。

见安玉枫从老书记家出来，人们停止说笑，一起巴巴地看着他。庄上的老人看玉枫，都是羡慕的眼光，因为他混得比别人强，混成个大老板了。庄上人传说他有多少多少钱，在宁城买了几座房子了，还有不少车辆。现在的人，谁挣钱多就羡慕谁。庄上安国良的儿子安玉明，大学毕业找不到称心的工作，就在家里闲着，也不去打工，一分钱挣不到不说，脾气还不好，神经兮兮的，所以，庄上人对考不考得上大学，很是无所谓。

"玉枫，这么早就回来过年啦？"

"玉枫该有三十多了吧？瞧这时间过得多快，哧溜哧溜的！"

"玉枫小时候就争气，看现在混得多拽！电视上的大老板，就是你这样的啊！"

在泡桐树行子里说闲话的人，你一句我一句，亲热地跟安玉枫打招呼。安玉枫左一口二爷右一句三奶奶地应和着。这些个经霜经雨的老人脸，乍一看，玉枫觉得有些陌生了，不像小时候看到的那样年轻了，都老得有些变形了，虽然他会一眼认出来，但朝细里看，他觉得那一张张面孔都有些异样。那么，庄上人看他，是不是也这样子呢？

安云礼拄着棍站着，一脸笑意。老头老妈又你一言我一语地问候他的脚咋样了。突然，一个人哧溜一声跑过来，扑通一下，就在桐树行子里跪下了："天啊，地啊，叫俺咋过啊。俺媳妇跟别人睡过七次了，俺还得出门挣钱啊。俺不出门，俺娃咋有钱上学呢？俺要出门，俺媳妇熬不住又咋弄呢？"

是庄上的丰收，有点缺心眼子的丰收，庄上人给他取外号叫"争一叶肺"。以前他叔安守财犁他家地边子时，他总是扛着犁子再犁回来，现在他任他叔犁地边子，他不犁回来了，他家的地界子都歪到他叔地里好几尺了。他叔自己都急了，找到他说："你个孬熊，你咋不犁回来了？"

丰收说："犁它弄啥？那一溜地能值几个钱？那一块地种一年，也没我在城里打一个月的工钱多。叔你这么喜欢地，干脆把我家的地种了得了。"那块地真就给他叔种了。他叔守财再犁地时，骂骂咧咧的，说丰收害他，让他当牛当马一辈子。安大营的人笑守财：他犁不了别人家的地边子，没动力，也没干劲了呗。

不知道这个争一叶肺今天玩的哪一出？现在安大营的人，傻子也变精了，丰收的脑子肯定也被这个时代洗过了。安玉枫吃了一惊，安云礼马上用手里的棍一指，开始熊丰收："丰收，你这是剐的哪一出？谁支派你这样干的？快给我起来。"

正熊着丰收呢，丰收媳妇怒气冲冲奔过来，啪啪朝丰收脸上扇了两巴掌："你再喳喳，俺今天就跟人睡！"

周边一阵哄笑声。玉枫朝四下里看，想找到支派争一叶肺说胡话的人。他看到的是一圈的脸，都是干丝瓜样的老皮老脸，那些皱巴巴的老脸虽然笑着，可眼睛里却凄惶得厉害。

"看来你们先演上了？这演的是哪一出啊？是《薛仁贵征东》呢，还是《樊梨花征西》？"安大营唱大鼓书的皮钱，摇头晃脑地走过来。现在安大营的人都叫他老皮钱了。老皮钱的摇头晃脑不是故作潇洒，他前些年得了中风，落下了后遗症，一走三摇头，但他唱起大鼓书来，头一点儿不摇不晃，手打板子、敲大鼓仍是板眼正，鼓点精。

见老皮钱出场，丰收别过头，偷偷笑了。

虽然天要黑了，天黑前的光亮很强，安玉枫清清朗朗看到了丰收的笑，他知道是谁支派争一叶肺丰收来上演这一出了。

安玉枫和老皮钱的眼珠子对撞了一下。老皮钱摇着瘦弱的脖颈子，对着安玉枫一抱拳："俺的有能耐的大侄子呀，多久没听过你皮钱叔唱大鼓了？今晚黑里你想听啥，叔唱给你听！"

"对，今晚黑里叫玉枫包场子，老皮钱你可要准备好喽。玉枫见过大世面，国家级人物的戏都听过，不好糊弄哩！"有人起哄。

"国家级的人物又能咋样？我正在申报非遗哩，非遗下来了，我也是国家级的人物了。"老皮钱的细脖颈摇晃得更加厉害，在玉枫看来，这种摇晃有骄傲的成分了。他心里热热地喊一声："管，皮钱叔，你想唱啥就唱啥。"

"大侄子，我唱个你没听过的大鼓，是我自己写的啊。"老皮钱得意地一笑，"叫《八个老汉守空村》！"

安玉枫的眼珠子又和老皮钱的眼珠子撞了一下。安云礼拉亮了大门口的门头灯，老皮钱的眼珠子在灯光下很扎人，这是唱戏的人才有的眼风，老皮钱唱大鼓，同样眼风不差。

安玉枫被老皮钱的眼风蜇了一下，心里头猛一咯噔。

第九章

——

在深城做小工

农瓦房要去老尾巴的麦地里找草薅。

老尾巴跟他讲，河湾里的地肥，啥都好，就是草多。时不时会冒出一根茅草来，又长又割手的茅草，也喜欢猛丁地钻出来捣蛋。河湾里的草，倔强，割不败，就算连根铲了，一开春，不知又会从哪里钻出来。

"不过，草再多，我都是自己用手薅。"老尾巴的口气很自豪，"我才不用除草剂啥的。那东西毒着呢，比农药还毒。旁边庄上一个媳妇，男人在外面打工，找了个相好的，过年时还带回家来了。这媳妇在家服侍老的服侍小的，受不了这个，一气喝了除草剂，根本抢救不过来，毒性太大了。你想，毒性这么大，打到地里，长出来的粮食，吃着放心吗？"

农瓦房说："叔，我给你麦地薅草去。我从小就喜欢薅草。"

"我的麦子壮实，草可没有你想的那么多。有本事，你找得到草，就薅。"老尾巴说起他的麦子地，就骄傲。

站在一片麦子地旁，农瓦房咋呼不止："叔，你这麦稞咋长得恁齐整？都是你种的？"

老尾巴眯缝起老眼："难道是你种的？"

"我哪有那本事。我要是不离开俺庄，光靠种地，也发家致富了，还会混得这样惨？"

"那你跟我说说，你咋就混得这样惨了？"老尾巴追了一句。

农瓦房不理他，朝前快步走，把老尾巴撇开一段路。

"这是济麦22，这一块地是周麦27，这里呢，是安农0711。"老尾巴的声音紧跟在农瓦房后面。

原来没有撇开他呀。农瓦房回一下头："你走得真快啊。"

"那是，这河湾里的路，都是我一脚一脚走出来的，路认脚哩，它驮着我走哩。"看来老尾巴并不想再追究刚才的话题，农瓦房的心宽松了一下。

两人站在一片麦子地边，这片地的麦稞，长得齐整，又敦实，就像女子额前的刘海一样。

"这是黑小麦的试验田，今年就能成功了，明年就可以大面积扩种了。"老尾巴摸着光光的下巴，做出捋胡子的动作。这个动作农瓦房发现一些时日了，只要说到高兴的事，老尾巴就喜欢摸下巴。

"俺叔，你咋啥都会，还懂黑小麦？小麦还有黑的？"

"我可不会。火车不是推的，牛皮不是吹的。这都是王大鹏的功劳。王大鹏，农业大学的高材生，小龙河的骄傲！"老尾巴的脸上写满笑意，"这都是大鹏研究出来的，他有空就到我这地里琢磨黑小麦。"

"他有空就来？那他啥时候还来？"农瓦房突然挂上一脸的紧张。

"瞧你那熊样？一说来人，就吓得屁滚尿流的。你真的犯了啥大事？杀人放火了？"老尾巴把刚才丢掉的话题又拾了起来。

"没放火，可能……杀人了……"农瓦房的声音有些颤抖。

"杀人？就你这熊样，还能杀人？"老尾巴面露不屑，"那就真得给我说说，你是咋杀人的？看能不能把我说得信服了。"

"我不能确定那个人是不是死了，估计可能死了……"农瓦房磕磕巴巴地说，"叔你得答应我，我说了你可不能把我送给公安局……"

"好吧。你先薅草，一边薅草一边说，说说你是咋杀人的。"

彩芹被农大虎带着人从海南岛拽回家，农瓦房挨了打，丢了几颗牙，这场在农瓦房村无人不知无人不晓的私奔，就此画上句号。彩芹回到农瓦房庄上，是否安心地过日子，是否会有安心的日子，农瓦房就不知道了，也不敢知道。

他连家都不能回。

农瓦房不光是没脸回家，他还怕在庄上不好混。他拐了庄上人的老婆到外面过几年，这叫谁都咽不下这口气，何况是有钱有势的农三虎呢？咽不下那口气，不找跟他跑的女人出气，那一定找他出气。他只能不回家，不当出气筒。

农瓦房喜欢种地，除了种地，他没啥本事。在海南岛，他和彩芹给当地农民种甘蔗，收甘蔗，也给蕉农割过香蕉。挣了钱，就歇一阵，两人去海边玩，去城里玩。没钱了，再劳动，再挣钱。农瓦房不叫彩芹干活，他一个人干。他给彩芹取个外号叫"退休干部"，退休干部坐等他日落而归，给他捶捶累酸的背，说半夜的可心话，日子过得又香又甜。

没了彩芹后，就是农瓦房一个人的日子了。他坠入了凄惶之中。一时间，农瓦房不知道该去干啥。他的人生，完全空了。一段时间，他这个喜欢种地的人，连地也不想挨了。他也不可能再待在海南岛，海边的每一片地方，都让他剜心般难过。他也不想干跟过去一样的活计，干哪一样活，他的心都疼，都发颤。那就离开，那就流浪。

农瓦房离开海南岛，第一站流落的地方，是深城。他喜欢南方，南方暖和，住桥洞睡天桥底下或哪家单位屋檐下，不挨冻。这是那些流浪汉告诉他的，没想到，他有一天，也成为了流浪汉。

他之所以选择深城，也是先前一起在海南岛种香蕉的工友告诉他的。说深城是个新城市，全国哪里的人都有，谁也不把谁当外地人，因为大家都是外地人。既然深城城市人口是外地人组成的，走在街上，说什么口音的话，没人会多看你一眼，会带着城市人的优越感鄙视你。这让人感到平等，不压抑。农瓦房就是冲着这一点来深城的。

他这个穷人到深城来，奔赴的点不外乎是建筑工地。那里的小工不需要手艺，只要有力气，就能吃上饭。

天桥底下是小工的集散地，小工自己设了摊位推销自己，从水果箱上随手撕下来的不规则硬纸板，用红漆写着"木工、泥水工、补漏、专捅下水道"这样的字样。小工们摆好摊，几个人围在一起打牌。农瓦房没有厚纸板，不会给自己写广告，就站在他们身后看他们打牌。不一会儿，就有找活的人过来了，吆喝着，谁乐意到建筑工地做小工，谁就跟他走。有三三两两的人站起来，农瓦房也站到他们一堆儿里面。那个招工者看了农瓦房一眼，用眼神把农瓦房搂到一帮小工堆里了，农瓦房就跟着他们去了工地。

农瓦房果真在建筑工地上混到一口饭吃，还住进了工地上搭建的工人板房。第一次在建筑工地上干活，农瓦房增长了见识。他才知道，工地上的活计分得这么细，包工头那么多。建大楼的主人叫开发商，然后又有承建商，还有若干个包工头，钢筋工、水电安装工、支板子的木工、泥瓦工，都属于各个小包工头管理。农瓦房是没有技术的小工，活计也简单，就是用小铁斗车运水泥，水泥都在搅拌站搅拌好了，直接用罐车拉过来。他只管装了水泥，朝干活的人手边运。一天跑多少个来回没算过，反正一整天干下来，累得晚上倒头就睡了。他愿意累，只有这样累着，他才没力气想别的事。

这样的日子过了半年，他习惯了累，思绪也慢慢复苏了，心里就跳腾得厉害。突然就很想家，想他离开时还没割的黄麦子。南方的天空跟北方不同，南方的天空蓝；南方的空气也跟北方不一样，南方的空气暖和。农瓦房在南方的蓝天空下暖空气里，想念北方的家，北方的土地。一开始还忍着不说，后来就有点迷迷瞪瞪了。

工人房里的工人，临睡前喜欢说各自家乡的事，除开自己的隐私，别家的事，都可以说，也说风俗习惯，也说女人。跟农瓦房同宿舍的工人，来自江西和广西，他们的话不好懂，只能听个大概。农瓦房的话，他们也听不太全面。虽然各自尽量朝普通话上靠，仍然方言太重，不得不一边说话，一边打手势。他们说冬天的深城不冷，不但不冷，还温嘟嘟的。街上还有花开，大冬天开那么多花，香喷喷的，少见。

"在我们皖北，小麦正冬眠呢。钻土里躲着，等返春的信号来，它才睁开眼。"农瓦房在南方的冬天里说麦地。说完才听见广西人在打呼噜。

春天气温回升了，街上有穿短裙子、短皮裤的女人，建筑工人站脚手架上看美女，说美女。他们说深城街上走着的女人皮肤就是白，白得亮眼，腰也细，说深城的美女不是本地产的，是全中国的美女都跑到深城来了。农瓦房不会说美女，他说麦地里的草："最好看的是老鸹嘴，开粉红花，牛见了这草，一口吞下去，眼都不眨，都说这草又香又甜的，你看牛吃草的样，就信了。这草好看是好看，可跟麦稞争地肥，麦稞争不过它，就长瘦了。所以，春季我们主要以薅草为主，用手薅，薅一荆条筐老鸹嘴，够牛吃两顿的……"

深城的夏天，又湿又热，墙上都是水珠子。工人都抱怨鬼天气折磨人，太阳太烤人，日子不好过。农瓦房却说起了麦芒："麦子炸芒在夜里听得真真的，扑哧哧，扑哧哧，一地都是。你在月亮地里听麦炸芒，以为麦芒是月亮照的呢。其实是太阳照的，太阳照了一整天，到夜里，麦芒就伸懒腰，每晚都伸懒腰，伸呀伸，伸了七八天，麦穗就黄芒了，就能下镰收割了……"

有个广西工人，实在受不了农瓦房的自话自说，发了脾气："你梦话连篇说个鸟啊。既然喜欢你的麦子地，干吗要离开？你不如回家种麦子嘛。"翻个身，再打呼噜。

农瓦房在呼噜声四起的工人房里，嘴朝两边弯了半天，想哭又哭不出来，就紧紧地闭上了。工地上高举着三百支光的大灯泡，照得工人房里亮堂堂的，能清清楚楚看到每一张疲惫困倦的工人脸。农瓦房一下明白了话不投机半句多的道理。后来再说起庄稼来，总有人熊他，他无所谓了。你熊你的，他说他的，大家都惯了。

农瓦房在深城的建筑工地干了将近一年。年跟前时，要发工钱了。平常每个工人一月只有百十块钱的零花钱，工钱都在小包工头那里，说是年底一起发。工人房里的工人兴奋地说着工钱派什么用场，给小孩子买什么玩具带回家，给老人买个真皮的护腰，给老婆买城里好看的衣服。大家议论着，半夜才睡下。第二天是发钱的日子，小包工头却不见了。很快大家都知道是小包工头把工钱全部装着，跑掉了。这可是一大笔钱，开发商也着急，影响太坏了，明明工钱付清了，工人却没落着，就帮着工人打听小包工头的老家在哪里。真打听到了，工人们就包了一辆大巴车，一直开到小包工头的老家。

农瓦房自然也跟着去了。

这个包工头，农瓦房见过几面，长得很有派头，来过工地几次，来了也不跟他们工人打交道，只找监工。那个监工，就是去天桥底下招他们的男人。监工也跑得没影了，剩下的只有他们这帮穷工人了。

这是南方山窝窝里的一处穷乡僻壤，山路很窄，弯弯曲曲走了半天，来到一个山坳的小镇上，车没法再朝前开了，没有公路了。工人里有位见多识广的广西人，就雇了一位当地人做向导，带着他们找一个叫鸟嘴的村子。一群人走了几个小时山路，才到小包工头的家里。

这个鸟嘴村不到二十户人家，稀稀落落散在山石和大树之间，房子很破旧，垒墙的石头也大小不一，房顶上的瓦片小小的，有些都碎掉了，还有的人家，房顶上长满了草，大门紧闭，门前的草有人把高，一看就是许久没住过人了。小包工头的家是三间半土半石头的房子，两个老人，两个小孩，还有一个木讷的中年妇女。这就是小包工头的父母、老婆、孩子。可是，小包工头并没有回家。他好几年不回家了，家里人都不知他在哪里，在干啥。他也不给家里打钱，家里人就当没有他了。

　　这是那两个老人说给他们听的。小包工头的父母说着，就哭了，哭声很响，男老人的肩膀哭得一耸一耸的，显然，儿子长期离家，对家里的老老少少不顾不问，他受的打击很大。孩子和中年妇女，脸上干巴巴的，看不出任何难过的样儿，听一群来讨债的工人，叽叽喳喳说小包工头携款逃跑的事，好像在听别人家的事。

　　来讨债的工人一下茫然了，不知下一步怎么办。大家包车花一大笔钱，跑了两天的路，不能白来，有人建议把这家人的屋子砸了，把屋里值钱的东西都搬走，但进到屋里一看，都不吱声了。大家都是农村人，进到这个家里，仿佛是进到自家父母的家里。黑乎乎的屋子里，破破烂烂的家具，灰扑扑的棉被，实在没什么值得砸，值得抢的。大家默不作声地走出来，个个带着一脸哭相。有人突然就哭出声来了。蹲在地上哭，声音像头老牛。

　　"一家老小就等着工钱过年哩。"

　　"大孩子的学费七八千，拿么子去缴啊？"

　　……

　　女老人坚毅地站起身，走进屋里。不一会儿，有炊烟从屋顶烟囱冒了出来，在几个工人的哭声告一段落时，女老人端出来一堆碗，碗里盛着挂面条。

　　"家里没啥像样的东西，吃点面，暖暖身子吧。"女老人的脸上努力挤出一点笑，那笑有点硌脸，估计是许久没笑过了。

　　一群农民工你看看我，我看看你，不去伸手端碗。那个见多识广的广西人，是其中几个工人的师傅，也是带头来要工钱的人，他先伸出了手："吃面吧，吃了好有力气走路回去。留得青山在，不怕没柴烧。"

　　大家才把碗端在手里。

　　一抹斜阳，穿透繁复的树杈，坚定地照过来，照得一群讨债的人，一脸黄灿灿的暖色。那一堆吃空了的饭碗，就像饥寒的嘴巴，朝天空张开着，无声地诉求着。

大家一起站起了身，想说啥，又没说。就离开了。

杂沓的脚步，走过那条磕磕绊绊的山路。那是一条干净的，少有人迹的山路。

那个中年妇女，不知何时跟在了大家的后面，离家门口一段路后，中年妇女突然开口说话。这是大半天来她第一次开口跟他们说话。

"跑多少趟你们都是白跑。"她的口气有些硬，"他五六年没回来过了，这不是他的家了。他养个小的，不知住在哪个城市里享福。你们去城里找他吧。"说过，扔下他们，扭头朝家走。走了几步，又咯噔站住："要是哪一天你们找着他了，别打他，帮着捎句话：实在过不下去，就回家来。家里人不嫌他。"

农瓦房又跟着工人们回到深城，大家商议着找建筑商要工钱，却一时不知道去哪里找人。大楼真正的主人，谁也没有见过，根本不知道是谁。心急回家过年的，就从别的工地找老乡借钱，先回家再说。留守在工地上的，骂骂咧咧耍点小脾气，有几个工人，几盅白酒盖脸后，扬言要砸工地、抢钢筋，说着说着，真的就举着工具去砸脚手架，敲高高在上的塔吊。工地上的保安马上跑过来，和工人争争吵吵中，打在了一起。双方都有受伤的。结果没走的工人，就不准再住在工地上了。农瓦房虽然没参与打架，同样挨了两电棍，被撵了出来，也就没地儿住了。

农瓦房是半道去的工地，工钱虽然不太多，也够他过个好年。他对工钱的事，不像别的工人那样上心，因为他过年不需要回家。原先想好有了钱再去海南岛溜溜，回味回味往事，现在最多不去那里了。不去也好，去了净叫人心里闹腾。

深城这个地方很好，跟皖北比，很暖和，也很豪华，可是，在这个现代化的南方城市里溜达，农瓦房心里像长了草。尽管这个城市不欺生，没人看不起他，但他自个看不起自个。他着急又着慌，不想再等年后要工钱了，也不想在他想念土地、说庄稼的时候，被人嘲笑了。他决定年关时顺着铁路线朝北走，走到一个离皖北近的地方，去完成一件事：种地。种有麦子有红芋有大豆高粱棉花的北方的地！

他丢给工友一张小纸条，上面写了他的手机号和银行卡号。如果工钱要到手了，就给他打到卡上，如果要不到，那就算了。他得走了。他要找个有地种的地方去。那个工友漫不经心地看了他一眼，把小纸条塞进口袋里。

第十章

——

农瓦房在淮河边种地

农瓦房买了一张地图，手指头顺着地图划拉了一会儿，就找到要去的地方了。

他在淮城下火车的时候，扑哧一股寒冷，正扇在他脸上，他被这股寒冷打得有些兴奋。这是北方了。他属于北方的，不是南边那个有稻田有鲜花的地方。这个淮河北的城市，会有地给他种吗？

仰着脖子，他站在火车站门口，尽情地让北方的寒冷朝全身浇一浇。他才发现，他居然是喜欢寒冷的。没有冬天的南方，太没意思，四季不分明，人就活得迷迷糊糊的。他居然在南方生活了五六年。真是奇怪啊。他咋就度过这些时光了？当然能度过了。那时候只知道离家越远越好，离家越远，越有诗情画意。现在是朝家近的地儿奔了。

出了火车站，他准备朝城外走。能种庄稼的土地，不会长在城市里面，只有走到城市外面，才能看见土地。他想第一时间看到麦子地。淮河边冬天的麦子地，一定跟皖北的麦子地没啥不同，都是喝着淮河水长庄稼的地方，只不过，这里的麦子地离淮河近，皖北的麦子地离淮河远。再远，那一片的沟渠河流，都是跟淮河通连着的，多少年都是这样。

火车站门前停一大片公交车，一定有通到城外的公交。农瓦房询问一位环卫工人，郊区怎么走？

环卫工人很和气，停止手里扫地的扫把，上下打量了农瓦房一会，问："你说的郊区不叫郊区了，都是开发区了。你到哪个开发区呢？"

农瓦房不好意思地笑了笑："哪个呢，就是土地多的开发区吧。"

环卫工人说："离城近的土地，都被圈起来做厂房了。你干脆坐30路公交车，到新城开发区吧。那里的土地多。"

农瓦房心里欢乐了一下，谢过环卫工人，朝30路公交站牌走。走了几步，又折回来："你咋知道新城开发区土地多呢？"

环卫工人露出被烟熏黑的大门牙："我家就是那里的。"

农瓦房放心了。

他上到公交车上，想起自己为啥老跟环卫工人说话了。不单单是问环卫工人路，还喜欢听他说话。淮城的话，跟皖北的话，有几分相似，不像南方话，风马牛不相及。他太想听到皖北的方言了。一时听不到老家话，多听听淮城的话，也是享受呢。

新城站是底站，农瓦房下车时，觉得他离真正的农村，还有些距离。新城街道很宽，街两边的楼房不矮，但楼房后面的麦子地，羞羞答答地露了出来，看着诱人。在一家面馆，他饱饱地吃了一碗素面，啃只烧饼，精神头起来了。多年在外打工的经验告诉他，他要向面馆老板打探，哪里有雇人种地的。

让农瓦房没想到的是，面馆老板居然是皖北县的人。好在皖北县很大，有二百多万人口，在农瓦房庄上，农瓦房是名人，但出了庄，没几个人能认得他，所以，农瓦房就敢跟面馆老板认老乡。这位皖北县的老乡很面善，从十几岁离家学徒，到在新城开饭店，已经在这个地方生活十几年了，不但生意做得可以，还娶了新城街上的女子当媳妇，自己也变成了半个新城人。老乡指着窗外的土地说："这一片的人都种大棚，有草莓和蔬菜，你只能帮他们种大棚。"

只要跟土地打交道，农瓦房乐意种大棚。

挨近年关，大棚地里挺热闹，农瓦房在大棚边站了好一会儿，清清楚楚看到他们在忙碌着摘草莓，旁边还停着一辆厢式货车。其中有个中年男人，指挥着大家干这干那，像个当家的。农瓦房就上前和他搭讪。当家的男人顾不得理他，等草莓装车运走了，他才停下手，回答农瓦房的提问："可以承包大棚，承包费一年两万块钱。"

农瓦房的眼睛眨巴了许多下，说话有些磕巴："啥意思呢？"

中年男人看着渐渐远去的厢式货车，眯缝起了眼睛："看到没？刚刚成熟的草莓，运到市里的大超市销售。知道多少钱一斤批出去吗？十八块！一个大棚产多少草莓都是你的，赚多少我都不眼红，只要你一年交两万块钱给我。这叫大包！"

"大包？"农瓦房问得小心。

"大包。你交两万块钱来，这大棚就是你的。"那人飞快地瞥了眼农瓦房的穿戴，"也有小包。包产量。必须达到我要求的产量，超过的产量，我给你提成。小包一次要签两年合同，交足两年的风险金一万块钱。"

农瓦房不说话了。

无论大包和小包，他都种不起这里的大棚。因为他口袋里总共才有三百块的救命钱。这些钱缝在他衬裤前面的口袋里，不到万不得已，他不会拿出来。

那个人看出来农瓦房的窘样，宽容地笑了笑："你也可以在这里干活，先管饭吃，一个季度结一次工钱。不过，现在是年跟前，不好雇人了。年后才行。"

"你先雇我吧。年前我不要工钱，只要吃住，可管？"农瓦房急切切地说。

这回，那人很仔细地打量农瓦房了，眼珠子像两把刷子，把农瓦房从头到脚刷了几遍，最后问："你会种大棚？大棚不好种呢。"

"不会我可以学。我从小就心巧，没有我种不好的地。"农瓦房把眼睛扑闪得很真诚。

那人一抖肩："好吧，先试用一个月，管吃，没钱。一个月后，我们有双向选择，你可以留，我也可以不雇你，等我们建立雇佣关系后，再根据情况来定你的工资。"

这个年，农瓦房便有了在大棚地边的庵棚里过年的经历。那座庵棚搭得草率，不遮寒，水桶放在里面，夜里桶里会结满冰。他裹在一床破旧的棉被里，第一夜冻得哆嗦成一片。他从衬裤里翻出一百块钱，去新城的街上买了一床旧棉絮，又把行李箱里的旧大衣拿出来，才算熬过了春节前后的冷天气。

大棚区离街道五六华里，农瓦房去新城街上买棉絮的时候，顺道去看望了开面馆的皖北县老乡，感谢老乡的指点，才让他有了安身之所。老乡也为他高兴，非留他吃面条不可。农瓦房吃了一大海碗面条，坚决要老乡把钱收了，因为他还想下次再来吃面。

也是吃面的这次，老乡跟他说了一些家里的情况。老乡的妈妈去世多年了，爸爸从老家过来跟他住，在一家公司看大门。他有一双儿女，儿子三岁时得了脑瘤，在淮城做了手术，但儿子的腿脚受到影响，走路一直歪歪扭扭的，现在七岁了，还没上学。老乡说到家事，一脸的悲伤。农瓦房真心安慰着他，内心里把自己的事想了想，把家里几年没见过面的父母姐弟想了想，就觉得自己比老乡过得差不说，人品也不如老乡。老乡自然也问了他的家事。农瓦房说得很含糊，吃完面，不敢再多留，就回大棚区的庵棚里了。

那个春节，农瓦房一个人在庵棚里度过。其他几个种大棚的，家是附近的，过小年时就回家了。那年的迎春鞭炮，把新城的天空，闹得五彩缤纷，从凌晨十二点，一直放到初一早上的八点。鞭炮炸开了夜的黑，也把农瓦房强制要做的新年梦，生生炸没了。他坐在庵棚里，围着两床棉絮，看着欢腾的夜色，第一次反省自己是否做错了事，走错了人生路。反省到最后，他流出了两行清泪，随着黎明的到来，那两行清泪冻成冰，结在脸上。

开春的时候，农瓦房的日子好过起来。大棚里的土地，仿佛受到了催生，一下鲜活了，暄腾腾地种啥长啥。按照农瓦房的愿望，他想摆几垄子葱，撒点萝卜籽和芫荽，要不是种麦子的季节过去了，他还想撒点麦种。可惜他不是土地的主人，主人要求大棚里一律种蔬菜和草莓。如果在大棚里种庄稼，那就是脱裤子放屁，多此一举；就是六个指头痒，多那一道子。这是雇他的主人亲口说的。

太阳透过塑料薄膜，把能量输送过来，大棚里响起植物生长的声音。农瓦房半夜睡不着，会蹲在大棚边听这种声音，听得人心醉。他负责的是七号大棚的蔬菜种植，如何撒种，怎样施肥，他是个熟手了。但是大棚的主人、那个雇他的屈经理——大家都这么喊他，却要农瓦房按照他制定的一套模式来种植。农瓦房劳动的这个大棚，种的是无刺小黄瓜和无公害莴苣。屈经理说，大棚蔬菜要赶的是个"早"字，上市越早，价格越贵，利润越高。所以，屈经理每天都到各个大棚巡事，他看起来的确是个内行，任何一件事，都逃不脱他的眼睛。他的嘴整天说个不停，生怕干活的人偷懒，或把他金贵的菜弄坏了。当地种大棚的工人背后叫他屈扒皮，农瓦房是外地的，不喜欢背后说这个，内心里，他觉得屈经理热爱种大棚就是热爱种地，屈经理敬业，他蛮喜欢。他自己就是个喜欢跟土地打交道的人，站在土地跟前，他就安静了，也活跃了。

农瓦房的安静和活跃，是立体呈现的。干活的时候，他安静得一言不发，嘴角挂着笑意，干得津津有味。夜晚时分，他活跃了，他跑到大棚跟前，一个人小声小语地唱曲儿。那些曲儿是皖北县的民间小调，有打场歌，打夯歌，还有娶媳妇时的闹房歌。他唱得津津有味，不管别人在背后怎么吃吃笑。后来大家就不笑他了，有个上过高中的年轻人，说农瓦房有艺术细胞，今后一定是个民间艺术家。农瓦房一听就笑了。"我就是喜欢种地，心里欢喜，不自觉就哼出来了。"农瓦房真诚地笑着，"在俺们那一片，干活好的人，戏也唱得好。"

"那不是戏，是歌，是民间小调。"那个高中生纠正他。

"你说是啥就是啥，俺那一片的人，都叫它是戏。"农瓦房一点儿都不跟他争。

"你的'俺那一片'，是哪一片？"有人带着玩笑的口吻打探他的出生地。

农瓦房略有扭捏，马上说："俺那一片，也在淮河北，叫皖北县。小麦和大豆长得好，玉米也长得壮实。"农瓦房说得坦然，他现在一点不怕别人知道他是哪儿的人了。

在黄瓜和莴苣长出土后，农瓦房晚上不唱戏了。他变得白天活跃，晚上安静了。夜晚来临，他蹲在大棚跟前，悄无声息。一起干活的人，又觉得他怪异了，出来解手时，悄悄蹲他身后，观察他在做什么。见他不说话，闭着眼睛像是睡着了，就拍一下他肩膀。农瓦房马上嘘了一声："别吵，它们在长个儿。"

原来他在听菜在大棚里长个儿呢。

农瓦房就成了大棚区的开心宝。笑他的人，心里并不嫌弃他；被人笑，他也觉挺不错，没有啥难为情的。日子就这样过到阴历的三月初阳历的四月中旬。远处的油菜田，开满了艳黄的花朵，春天的味道，浓烈起来。

春天最早的这批蔬菜和草莓，陆续跑到城市的大超市里了。那辆跑来跑去的厢式货车，最后一趟拉走所有的蔬果，再没过来。屈经理也不再来了。屈经理消失两三天的工夫，另一个人开着小车过来了。过来就骂娘。

"这个人渣，长了多少年还是人渣！"骂人的家伙很年轻，跟农瓦房一起在这一片大棚干活的人，都没见过他，但别的大棚的人认得，大家喊他屈经理。怎么又是一个屈经理！

这个年轻的屈经理骂了一大会子另一个中年屈经理，大家终于听明白了。中年屈经理，是这个年轻屈经理的亲戚，这个屈经理出了趟国，半年的时间，让中年屈经理帮他管理大棚。这片的大棚，是这个屈经理投资建设的。这半年的时间，中年屈经理把大棚的生产、管理做得非常好，非常到位，把这半年的收成也做得非常足，但这些收成，都被中年屈经理装进自己的腰包，人也玩起了躲猫猫。

就像发生在深城的那件事一样，农瓦房又成了个白干活的人。本来中年屈经理要收他的风险抵押金的，因为他身无分文，就免除了，而别的工人，却把一年的风险金全给了中年屈经理。现在，这些工人要守着这片大棚，边干活边讨要工钱。

这些外地来的种大棚的人，在春天花儿朵朵盛开的淮河北岸，袖着手，一脸愁苦地呆站着。年轻的屈经理，没精力天天守在大棚地里，他要找人承包大棚，就是中年屈经理所说的"大包"。所有想留下来干活的人，要跟在"大包"的人手下干活，让"大包"的人发工资。

农瓦房坐在庵棚里，发呆了一夜。何去何从，他茫然了。如果留下来，他可以继续在庵棚里住，如果不留，就得走人。至于工钱，年轻的屈经理说了，他不赖账，但要找到老帮子屈经理，把老帮子骗走的钱要回来，他再发给大家。反正大棚地在，他在，他无处可跑，而且也没必要跑。他投资了几十万在这里，这里是他的家，他跑到哪里去？

这些外地工人，包括农瓦房在内，一夜无眠。大家议论着是留还是走。有脾气暴躁者，号召大家明天一起跟年轻的屈经理理论，让他先给了工钱，至于两个屈经理间的账，他们自己去算，关他们这些工人的鸟事。

达成一致意见后，第二天，这十几个工人，一起把屈经理围住了。要他把工钱支付了。年轻的屈经理一脸铁青，站在工人中间，给中年屈经理打电话，电话打通了，却没人接。年轻的屈经理再一次骂起人来。骂得非常难听，人老几辈都骂到位了。骂过人，他丢给工人的话还跟昨天一样：他要找到拐走他钱的屈经理，才能跟大家结账。

十几个工人要他马上给钱，谁让他是大棚地的主人。

"怎么，讹上我了？是我给你签字了？谁签的字，你找谁要钱去！"年轻的屈经理满脸怒意，虎目圆睁。这回，他带来了一帮人，个个像黑社会，戴着墨镜。那些墨镜男一言不发，背着手站着，看不出脸上的表情。

工人也有脾气，有人举着工具，要砸大棚。这些墨镜男不知从哪里抽出了棍，高高举起来。工人偃旗息鼓了。有人悄悄拨打了110。派出所的警察不一会儿到了，看事情没有闹大，对两边的人都进行了说服教育，同时制定出了解决办法：工人可以留下来继续干活，找到拐跑钱的人，再把欠工人的工资发放到位；如果愿意走的，把联系方式留下来，等抓到拐钱的人，再把工资打他们卡上。

工人们很老实，也不傻，知道光棍不吃眼前亏，在人家一亩三分地里，逞能不行，留下也危险，只得把联系方式写给警察，带着对工资的念想，愤愤离开了。工人离开后，警察才走。那个屈经理跟着警车一道消失，而他的手下，则留下来巡逻大棚地。

就像在南方的深城一样，农瓦房又被欠薪事件缠住了。他心里难受，无处可说，第二天，心事重重走到新城的街上，进到老乡开的面馆里，吃了一碗面条，把眼下的遭遇说了一遍。老乡劝他先在大棚地里干活，边干活边要工钱。这也是农瓦房的打算之一，他身上只有一百块钱了。老乡又说到了儿子的病，说找了亲戚，联系了上海的大医院，找上海的专家再看看，只要儿子走路再稳点，他就满足了。

"或许，我做了件不光彩的事，这是报应吧。"老乡见老婆去买菜了，又跟农瓦房说起了掏心窝子的话。

"咋这样说呢？"农瓦房看着老乡愁苦的面容，不解地问。

"以前在俺庄，我和庄东头的葵花好过。俺俩上小学就同班，到中学时，两人就有那个意思了。我们发过誓，要一辈子待在一起。后来我外出学徒几年，然后来到新城这个地方，遇到了我现在的老婆。她家条件不错的，没有男孩子，我到这里就能当家。现在这饭馆就是她家买的门面。我跟葵花……我对不起她。我们最后一次在一起时，葵花说，如果我要抛弃她，生的儿子不会走路……你瞧，这不是报应吗？"

农瓦房一时不知咋安慰老乡了。他差点冲动着要把自己的事告诉他。但最后忍住了。他怕老乡笑话他。这一顿面，老乡坚决不收钱，说等领了工钱，再给他不迟。

谢过老乡，农瓦房忧心忡忡地朝大棚地里走，刚拐过街角，因为低着头，差点跟一个人撞上了。那人穿西装，打领带，很洋派的样子，但身上却有股江湖味。他冲着农瓦房一抱拳："这位贵人，没碰着你吧？"

普通话说得很别扭，一时听不出哪里人。农瓦房让了让身子："你真会说话，就我这样的，还贵人？"

"那可不一定，你没听说过虎落平阳狮掉陷阱这样的事吗？"那人笑得一脸灿烂，几乎是拦着农瓦房说话。

农瓦房又让了让身子："你说的虎呀狮呀，都是金贵物件，跟我没啥关系。我就一流浪人，要钱没钱，要财没财，你在我身上瞎浪费时间。"农瓦房猜出这人干啥营生了。在农瓦房庄附近的庄上，就有专门吃嘴饭的人。吃嘴饭，就是算命。见了生人，几句话一搭，就把你套住了，掉进他设的陷阱里了。农瓦房干脆把话说开，省得对方费口舌。

"嗯。"那人沉吟了一会儿，好像在给农瓦房找出路，"我看你这贵人怪低调，钱袋子装满了还不知道……"

"好啦好啦，你别说啦。"农瓦房被他缠得有些生气，脸涨红着，一摆手打断他的话，"尽管你是买个勺子没有把，捏着撇，我还是听得出来，你也就是皖北县安流河附近的。"

那个四十旺岁的汉子，扑哧一声笑了："江湖上哪里都有高人……"觉得自己说远了，忙掏出身份证，给农瓦房看，话也变成了皖北方言了，"你猜得没错，我就是皖北县安流河镇大李庄的。我叫李文化。"

"我知道，大李庄卖嘴的人不少。"农瓦房好像要气气他，"你们不是还会看相吗？怎么就看不出来我是连口饭都混不到嘴的人呢？"

"主要是你看着面善。"李文化挠挠头，"其实哪里会相面，都是蒙人的。老乡，你瞧多巧，咱在异地他乡遇着了，也是缘分，不如去喝两盅？"

李文化的皖北话一出来，农瓦房的亲切感就来了。谁让他离家多年连家乡的一点音信都听不着了呢？虽说李文化卖嘴不光彩，但他自己又有多少光彩的事？心里一热，说："好，咱们喝一杯去。"

当然不好去开面馆的老乡店里，就到一家小吃店，要了一盘炒肉丝，一盘千张炒韭菜，一瓶二锅头。李文化一落座就说："这顿饭我请客，前天刚刚挣了揽头（黑话：钱）。"

几杯酒下肚，李文化的话多了起来。像他们这种吃嘴饭的人，外出时，一般都要组个团队，七八个人一起出门，大家分工、分片工作，几点出发，几点会合，出发前说得清清楚楚，一旦会合时间到了有人没回来，先回来的人，要马上撤退转移，以免被一网打尽。转移的地方，也是事先说好的，这样有利于大家重新会合。李文化解释了为什么现在他一个人溜达的原因。是出事了。在淮河南边的旧城县，被他们的"嘴"点中迷穴的人，清醒了，那人又是个急性子，当天就带着一批人，连夜赶到他们住的小镇旅店，把他们包围了起来。大家互喊一声"扯活"（江湖话：逃跑），就翻墙越瓦地分散跑掉了。李文化在公路边拦了一辆跑夜班的客车，客车跑到哪，他就坐到哪，就流落到这新城区了。

"逃跑也信缘分的，你见到的第一辆车装上你，你跟着汽车跑，它跑到哪，你跑到哪，才能逃得脱。"李文化灌下一口酒，"你也知道，吃江湖这碗饭，总是有风险的，大家也习惯了。不过，这次真有点危险，他们手里都拿着家伙头子，见到我们就夯，不跑，就能把你夯死。我到现在还不知可有谁挨夯了。吃哪碗饭，都不容易啊。"

"那你换个方式找饭吃，不管吗？"农瓦房带着劝慰的口气说。

"还真不管。"李文化又灌下一口酒，脸开始红起来，"前年在河北被人撵，撵到冰河里，冰破了，差点被冻死。那次死里逃生后，我真有了洗手江湖的念头。可是，吃嘴饭是个无本生意，干惯了这桩生意，再去做别的，立刻就不管了。我道上的一个兄弟，把这几年用'卖嘴'挣来的钱，在镇上开个饭店，不到一年，饭店被镇政府的人赊账赊倒了，朝政府要钱，镇里的领导，走马灯似的换，一时哪里要得到？只得又去吃嘴饭。"

农瓦房不吱声了。尽管他没走过江湖，但这些年在外面打工，见过的事也不少，没有文化，没有手艺的农民，出外挣钱不容易。不是被骗，就是被扣工资。他自己亲历的，已经说明了。

农瓦房很少喝酒，酒量太差。他抿了几口二锅头，就觉上头了。借着酒意，农瓦房把在深城讨要工资和大棚地欠工资的事，说给李文化听。也把在新城开面馆的老乡的事，和盘托出。

"你还没感觉出来，这都是圈套吗？"李文化斜眼看着他。

"怎么会是圈套呢？"农瓦房不信，"我可是一起去那个山沟里讨要工钱了，亲眼看到的，还能有假？"

"错！"李文化用指头在桌子上划拉出一个 X 字，"越是亲眼看见的，越是假的。深城的那批工人里面，一定有小包工头的内线，内线领着你们讨工钱讨不着，让你们死心，死了心，只能走人，换个地方再挣钱。只要打发走了你们，就没事了。至于答应把欠的工钱打你们卡上，那是年五更里盼月亮，没指望的事。"

"再说这里的大棚地，"李文化继续着他的解说，"明显是个圈套。带着你们种大棚的人，先剥削了你们的劳动玩失踪，另一个来收场的人，装着是受害者，获得你们的同情，再软硬兼施地把你们轰走。这个时代叫什么知道吗？叫适者生存！"李文化笑得嘎嘎叫。

"叫你这一分析，还真有几分道理。你咋啥都懂呢？"农瓦房不由得赞许地看了李文化一眼。

"我是干啥的？我是走江湖的。你一直被江湖的圈套兜着走，只是你不知道而已。"

一斤酒差不多都被李文化喝了，农瓦房总共没喝二两。他没酒量。两人从饭店出来，李文化邀请农瓦房跟他一起住旅店，在住店等待其他兄弟的空隙时间，他要给农瓦房洗洗脑，让他也吃"嘴"这碗饭。

"我哪有本事吃嘴饭。"进到旅店，农瓦房回拒让李文化洗脑，"嘴饭，其实就是骗人的饭，我不吃。"

李文化嘎嘣一笑："你不吃嘴饭可以，但你的嘴要吃饭。瓦房啊，你还真不能误解了我们吃嘴饭的人，其实我们给别人送出去许多温暖，让绝望的人，有了出路；让得了绝症的人，有了活下来的勇气；让走投无路的人，找到了光明的方向。甚至，我们能让一个贪官，金盆洗手！从一个层面上讲，我们的职业也是救人的职业，很神圣的。"

"呸呸，你不要美化自己。"农瓦房忍受不了李文化的自吹自擂，让他闭嘴。

第十一章

贴 花

"俺叔，到最后，我还是吃了嘴饭。"农瓦房不顾老尾巴的心疼，一直走在王大鹏的实验田里，直到走出麦地，走到芦苇棵跟前，农瓦房才止住脚。他手里空空的，一棵草也没薅着。

"你个熊秧子，你吃嘴饭了？你瞧你把大鹏的麦秸踩倒多少了，你还吃嘴饭了？你咋就吃骗人的嘴饭了呢？"老尾巴啰里啰唆起来。

"俺叔你也知道吃嘴饭？"

"你个熊秧子，嘴饭我还不知道？不就是算命骗人的把戏吗？我过的桥超过你走的路。大李庄小李庄还有王小桥那几个庄，多少人都是吃嘴饭的，人老几辈都在吃，吃出瘾来了。"

"俺叔是比我懂得多。那你可知道啥是贴花？"农瓦房直瞪着眼睛，看着老尾巴。

老尾巴一时回答不上来。

"那我告诉叔，贴花是嘴饭的升级版，比嘴饭管用多了，只要逮着一个，百分百管用。李文化他们的嘴饭，就是贴花。"

"是李文化设的圈套套住了我，我才跟着他吃嘴饭的。"农瓦房站在苇棵边，看着芦苇深处的芦苇，眼睛里映照出芦苇消瘦的身影，"他说，我要想承包人家的地种，必须有本钱才管。吃嘴饭来钱最快，还不会挨人骗。等我把本钱挣到了，想种哪一片的地，就种哪一片，想种啥，就种啥，种金子种银子种瓜种豆，都是我自己说了算。他这话就叫我心动了。"

"然后你就去玩贴花了。"老尾巴紧跟了一句。

"就是。我玩了。我第一个贴的花，是咱们的老乡，那个在新城开面馆的皖北县老乡。"

"你个熊秧子，你真敢剐啊，你谁都敢剐啊！"老尾巴愤怒地吼了一声。

"其实李文化得手后，才告诉我是我帮着贴了花，他才成功的。我问他我贴啥花了？李文化笑得嘎嘎的，像猫头鹰在叫。等他把一切告诉我时，我啥都不说了。"

"他告诉你啥了？"老尾巴支棱起了耳朵。

"叔你别急，听我慢慢说。在我跟李文化住进旅店后，他并没慌着给我洗脑，他说先出去买点日用品，就出去了。谁知道他是去了老乡开的面馆，把老乡家的钱和金货骗出来了。时间短得很，不过半个小时的光景，他就得手了。他说，如果不是我事先贴好花，他哪有那么快。我当时气得要报警，他躺在床上怪笑，说，报警吧，报了警，咱俩一块进去，反正咱俩是同犯，这花就是你贴的，你先贴的花，我才取的货。气得我干瞪眼。我当即跟李文化说，以后有了钱，我一定会还给老乡的。"

"你日鼓半天，到底咋个贴的花？"

"我不是把老乡家的事，都跟李文化说了吗？我说了他腿不好的儿子，说了他以前跟葵花好过现在担心受报应的事，还说了他到新城开面馆是仗老岳家的势力和财力。这就是我贴的花。李文化拿着我贴好的花，给老乡算命，算得那个准，一下把老乡套牢了，拿钱消灾时，李文化调了包，把老乡的钱和金货调回来了。"

老尾巴摇摇头："唉，当局者迷啊。谁都会犯这个错。"

农瓦房不接老尾巴的话，还沉浸在贴花的事情上："哎叔，你说，为啥这事叫贴花呢？"

"这贴花，是不是跟一个传说有关……"老尾巴捏着胡子思忖着，"我小时候听我爷讲，咱这小龙河湾里杜员外的儿子，就被黄鼠狼精贴过花。杜员外的独生儿子长得排场，考中了秀才，不知咋的，小龙河湾里的黄鼠狼精相中了他，晚上变成一个大姑娘，到他房里跟他谈诗论文。秀才是个书呆子，哪知道她是黄鼠狼精呢，觉得这个大姑娘学问了得，就问她哪里人氏，大姑娘说是小龙河东边黄庄黄员外家的闺女。就这样过了三个月，秀才日渐消瘦，最后卧床不起了。杜员外着了慌，找郎中看，找大仙来跳大神，都不管经。有一天，杜员外夜里出来解手，听见儿子屋里有女子的说笑声，很是惊诧，待走近要探查仔细，儿子窗口突然飞出一个物件，腾空而去，把员外吓得不轻。再进屋看儿子，迷迷瞪瞪似睡非睡。杜员外意识到儿子被魔物所降，又找来高级大仙驱魔。这个大仙在员外家周围蹅摸半天，最后在大门上，看到巴掌大一片贴上去的桃花瓣，立刻说，这是黄鼠狼精所为。黄鼠狼精非常聪明，但有一样不行，好迷路，今天到的地方，明天再来时，就找不到了。它怕找不见杜员外的家，就在员外家大门上贴上花，啥季节开啥花，就贴啥花，有桃花就贴桃花，有梨花就贴梨花，有豌豆花就贴豌豆花，它只有贴上花的标记，才能找得着。正好那时节是春三月，桃花盛开。大仙让杜员外发动家丁长工，把全庄人家的大门上都贴上桃花瓣，把小龙河湾附近好几个村庄的人家大门上，也贴上桃花瓣。这一下，黄鼠狼精再也找不见杜员外的家了，每到夜晚，它便在好几个村庄上空飞腾，庄上的人，都听见半夜里有女子的哭声，贴着窗棂在哭，哭一会儿就走了。杜员外坚持贴花一个多月，终于女子的哭声消失了，他的独生儿子也好了起来。半年后，杜员外给儿子娶了媳妇，正是小龙河东边黄庄黄员外家的闺女。这个闺女还是杜员外的儿子清醒后自己说出来的，他跟他爹说，要娶就娶黄庄黄员外家的闺女。杜员外托人一打听，黄庄真有个黄员外，黄员外真有个十七十八的闺女，长得还挺排场。这就是在小龙河湾里流传的贴花。你要被啥物件贴上花，就麻烦了，相当于被人做上记号了。"

"嗯，俺叔，我知道贴花的意思了。我给开面馆的咱老乡身上，就贴上花了，李文化根据我贴的花，把他搞定了。到现在，我这心里悔得没法说。如果哪天我混好了，去新城向老乡赔个不是，把骗他的钱再还回去。"

"这么说，你就真跟着李文化干贴花的骗人把戏了？而且还贴花贴出了人命官司？"老尾巴目光变得金光闪闪起来。

"是，我要挣到第一桶金，好包土地去种。这是贴花挣钱的动力……"农瓦房望向高高的小龙河坝，望着被河坝遮蔽着的大半块蓝莹莹的天空。春天的皖北，河湾里的气候也显出了暖意，河坝上的榆树桑树和楝树，都长出了嫩芽芽。

"李文化开导我，他贴花不贴穷人，专贴贪官，贴有问题的人。他是清除他们身上的牛皮癣。这话一开始我不信，因为开面馆的老乡并不富，也不是贪官。李文化给我解释说，贴老乡的花，是为了让我没有回头路，死心塌地跟着他干贴花，是他不得已而为之的事。后来跟着李文化贴花，印证了他的确是这么说，也是这么做的。"

老尾巴看着农瓦房的嘴，等着他朝下说。

"我跟李文化干的第一桩生意，是在山南镇贴派出所所长的花。我们在山南镇住了三天，先免费送'嘴'给人家。李文化送嘴给一个炸油条的大姐，说她不出三年就成百万富翁，她的儿子有官相，未来前途不可估量。说得大姐心花怒放，把半个镇上的事，都端出来跟我们分享。李文化又送'嘴'给开饭店的老板，老板见到派出所的车经过，呸了一声，李文化便掌握了派出所所长更多的细节。就这样，李文化把花贴在了派出所所长的身上。

"在山南镇的小旅店里，我们关了一整天，李文化掐头去尾，盘点哪些人有油水，最后大家分工，东南西北四个方位的乡下，每个方位去两人组合，镇里派出所所长这一票，就让我出山。这是我第一次干贴花，心里没底，尽管我已经翻看了几本李文化提供的算命、看相这类的书，他也现教我一些江湖上的黑话，我还是有点心慌。李文化说，跟派出所的人打交道，我这样的生手最好，因为不按套路出牌，新鲜。李文化把我打扮成半仙样，黑对襟褂，黑长裤，窄脸黑布鞋，还把我推成了小平头，然后我大模大样进到派出所。李文化说得没错，我的样子面善，目光平静，心地坦荡，最主要的，我没有案底。这样的人，适合跟派出所打交道。

"经过李文化的贴花，我知道了派出所长的一些事：花心派出所所长，玩过的女人不想要了，那女的却缠着他不放，他就给女的买了一辆车，制造了一起车祸，让那女的死掉了。

"一进派出所，我直奔所长室。所长警觉地审看着我，我装作若无其事的样子，突然指着派出所院里的一棵树说，不好，这树要砍掉。说过就走。这叫欲擒故纵。果然，所长接招了。刚到派出所大门口，一个小警察就把我请进了所长室。所长把门一关，求大师指点迷津。

"眉宇间藏凶，手里有凶案，常年做噩梦，家里的门头也不对，院里的养鱼池得换方位，桂花树对着左门头，破了风水……我口吐莲花，为所长诊疗。他的家在哪里，李文化已经踩好了点，院里啥摆设，有什么树，水池子在哪里，都一清二楚。贴花就是把你的事弄个一清二楚，才好给你算命。所长第一时间请我到他家里，按照我的指示，移栽桂花树，敲碎水池子重新垒，我又在他家的大门头上贴了黄裱纸做的符……贴花的最后程序，他得拿出家里的现金和金首饰，放到他认为安全的地方，我给这些贵重物品做完法事，叮嘱他不过了二十四小时，不能拿出来看。临走时，他给我封了一个大红包，当然，那些贵重物品，也早被我调包了……回到旅店，李文化看到收获这么多，连夜带我离开，没回来的人也不等他们了，就赶到下一个会合点，蒙头大睡，等着大家聚齐了，再开始新的贴花……"

农瓦房先看见了骑着电瓶车的王大鹏，当然，那时候农瓦房还不认识这是王大鹏。见有生人来，他马上住了嘴，并朝苇棵子的后面躲。

老尾巴正听得津津有味："然后呢，你是咋样贴花贴出人命官司来的……"一抬眼，大鹏的笑脸就很近了。

"大鹏，你来得真是巧，我正听故事呢。"老尾巴的脸笑成了核桃皮，明明是欢喜着的样儿，却对着农瓦房假装呵斥，"你快看大鹏，这个熊秧子，把你的试验田踩坏了。"伸手去拽农瓦房的胳膊。

王大鹏笑看着农瓦房："俺大爷你家来客啦。麦子这会子不怕踩，不碍事的。"

农瓦房就不好再扭捏了，他把笑在脸上摊着，跟王大鹏打个招呼。他待在小龙河湾里，再隐蔽，今后也会时不时地遇见人。他得做好随时遇见人的思想准备。

"你咋得闲来啦？"老尾巴问道。

"这不星期了嘛，我来家看看爸妈，顺带来看看咱的试验田。"王大鹏笑得阳光灿烂。

说着话，大鹏和老尾巴一起，把几块麦子地仔细瞧了瞧。农瓦房在后面跟着，听着王大鹏在说种子，说有机肥。从话音里听出来，老尾巴的这些麦子，都是做种子的。怪不得老尾巴把麦子种得这么好。

看太阳当顶了，老尾巴要回去做饭，留王大鹏一起吃。王大鹏也不客气，跟着进到老尾巴的屋里。他带来了一些好吃好喝的给老尾巴，还说到明年，他导师带队研发的黑小麦黑花生黑玉米，就能大面积种植了。到时候，小龙河湾里，多种些黑粮食。

"还有黑粮食？我只知道黑豆子黑芝麻啥的。"农瓦房忍不住插嘴。他差不多把自己当好人了，而忘掉了曾经担心的通缉犯身份。

王大鹏露出一嘴白牙齿："黑品种的粮食很多的，凡是世上有的作物，我们都能把它研发出来黑色的作物。比如黑土豆、黑番茄、黑绿豆、黑包心菜、黑大麦、黑高粱，多得很。"

仿佛找到了知音，农瓦房马上问道："这些黑粮食好种吗？挑拣地块吗？"

老尾巴接话道："听听，这个种地迷，一说种粮食，他眼睛就瞪得铃铛一样大，啥都不顾了。"

"这位……瓦房大哥，刚才听我大爷叫你瓦房？你一直是种地的吗？你要是喜欢种地，我建议你种黑粮食。黑粮食市场前景广阔，价格超过普通粮食的两倍，如果进行深加工，收入更可观。你要种的话，我可以当你的技术指导。免费。"

第十二章

—

安玉枫绝对想跟温晓莉好好过日子

温晓莉把安玉枫的马灯摔了，这是安玉枫没有想到的。

起因是安玉枫要回安大营去。

温晓莉不能接受安玉枫回安大营这个事。

温晓莉来过安大营，她打心眼里不喜欢这个皖北的村庄。不喜欢的原因，除了冬天特别寒冷（她曾随安玉枫来安大营过过年），还比较贫穷、落后，也不干净。村里的路，坑坑洼洼，大车辙小车印，把土垃路轧得变了形，人走上去都硌脚。温晓莉走安大营的村路，没法穿高跟底，她挺佩服那些打工回到庄上的女子，居然穿着高跟鞋走得当当响。村子四周的小河，水都干了，里面躺着臭烘烘的河泥，乱七八糟的方便面包装袋、塑料垃圾袋，这里一堆，那里一撮，估计十年八年都没清理过了，简直可以用脏乱差来形容安大营。温晓莉还不喜欢安大营的人说话，太土气，口头禅多，脏字多。比如她就不喜欢"剋"字，做什么都喜欢用剋字，吃饭不说吃饭，说剋饭；喝酒不说喝酒，说剋酒，打牌是剋牌，打架是剋架，听得她直皱眉头。安玉枫解释说那是地域文化，但温晓莉说，她不喜欢安玉枫的地域文化。温晓莉不喜欢来安大营的另一个原因是，回到安大营的安玉枫，像是变了一个人，再不是那个在宁城说一口磁性十足普通话的爷们，安玉枫不但不再说普通话，还说粗话。安玉枫也说剋饭，也说我

85

里个孩来，你个黄子，掖个熊吧。说这些话的安玉枫，让温晓莉觉得陌生。后来温晓莉很少跟安玉枫来安大营过年了，她只推说太冷，哪怕安玉椿已经买了空调给哥哥的屋里装上了，温晓莉还是不愿回安大营。安玉枫只好把老娘接到宁城过年，如果老娘在安大营，他就带着儿子回来过年。儿子是他的种，不嫌弃安大营，跟庄上的小孩子打成一片，身上弄得鸡屎狗粪啥的，也不在乎。如果叫温晓莉看到，不知会咋呼成啥样呢。

温晓莉摔坏的马灯，是安玉枫的心爱之物，也是安玉枫从老家带到宁城的唯一旧物。一开始温晓莉笑安玉枫的马灯别不是什么定情物吧，比如，跟哪个女的提着马灯，在田野里谈情说爱啥的，或者拎着马灯，和初中女同学一起上晚自习后回家。安玉枫就笑了。那盏马灯一直是安玉枫的宝贝，他来宁城安家后，家里那么多留有他记忆的旧东西，他独独带来了这盏马灯。在没有通电的年代，他举着马灯，陪着娘在地里削红芋片子。娘坐在二板凳上，用绑在板凳上的削刀，哗哧哗哧削了一夜。那些红芋片子，在马灯的照耀下，又白又亮，像鸽子一样，飞落到荆条筐里。娘削满一筐红芋片子，安玉枫连忙把马灯挂在竹竿上，把红芋片子捋到地里撒开。在初冬的皖北，马灯的光亮格外扎眼，也不觉得天气冷了。安玉枫每回撒完红芋片子，都要回头望一眼马灯，心里就暖和起来，觉得人生有了光亮，有了方向，有了奔头。在后来的许多年里，遇到任何困难，只要看到灯光闪动的地方，安玉枫就会想到那盏马灯，心里马上热乎起来。

温晓莉早已知道马灯的来历，所以，她对安玉枫的宝贝格外小心。今天摔坏马灯，也是她失手，但心里的气愤，却是真实的。

温晓莉朝自己发怒，安玉枫无话可说。换位思考一下，他觉得自己理亏，温晓莉的柔顺脾气，变作撒野的泼妇，一点不过分。这个家，包括他安玉枫，对温晓莉太重要了。

安玉枫绝对想跟温晓莉好好过日子，尤其是生意做到今天，做得顺风顺水的时候。他这个外地人，在宁城的生意场上，也算混得不错；一双儿女，女儿念初中了，儿子也上了小学一年级，对一个男人而言，是生活和事业最好的状态了。如果不是有个安大营，他都不需要去多想其他的，只管把生意做好，把女人和孩子疼爱好。但是，他从安大营回来后，心情发生了变化。他要把心里的想法，跟温晓莉说。

许多时候，温晓莉不仅是他的爱人，更是他的亲人。对亲人，他的任何想法，都不保留。这世上，他可以跟朋友、跟生意伙伴，有所保留地交往，跟温晓莉不会。

没有温晓莉和她的父亲，就没有他安玉枫眼下的一切。

安玉枫天生是个能闯的人。第一次出门打工到上海，他没有随大溜去建筑工地当小工，那个工作，除了拼点苦力挣钱外，学不到什么。他选择的是卖菜。在上海的杨浦区，他找到了老乡，跟着老乡守了几天的蔬菜摊位，他便选在另一家菜场卖菜了。那家菜场在打虎山路上，而老乡摆摊的菜场在锦西路。两人离得不远，互有照应。过了三个月不到，安玉枫就不摆菜摊了，他直接去批发市场批菜送给菜场的摊位。从小批量做到汽车的批量，之后又发展成到蔬菜种植基地拉菜给批发市场，后来又做海产品批发。这样做了几年，他攒下五十万块钱，被镇里的招商引资招回到安刘河镇，搞掉了他人生的第一桶金。

五十万元在家乡打了水漂，是安玉枫一生的痛和教训，也是他背井离乡定居外地的根由。

当安玉枫从上海挣到第一笔钱时，他有了回家创业的念头。回家，一直是他离家的理由。安刘河镇紧靠国道，交通还算便利，当时的副镇长也是安刘河中学毕业的，比安玉枫高两届，就找到安玉枫，要他出资和镇里联办一家节能灯泡厂。安玉枫一腔热血，有大展宏图的强烈意愿，觉得是个好机会。没想到，辛苦攒下的五十多万元全部投进去后，只是建了厂房，设备还没进来，就不动弹了。后来得知，与他合作的副镇长的小孩舅，根本没有钱，只是靠办这个厂套取国家资金。资金到手了，好处得到了，却不往灯泡厂注资了。安玉枫看着自己的血汗钱，变成默默无语的围墙和空厂房，欲哭无泪。要想让灯泡厂活起来，还需要更多的资金，设备太费钱，再找合作伙伴，根本不可能。而贷款的话，没有土地指标，厂子做不了抵押。打副镇长的电话，他光打哈哈，不是说在县里开会，就是说在党校学习。有一次终于在安刘河镇街上见到，拦住他讨说法。副镇长挠着头皮哈哈半天，有点无耻地说："你瞧，咋办呢？镇里也没钱，招商不容易……地是租的，搬不走，要不，你把墙拆走？房子拆走？"安玉枫冷笑着看着他，想一把挖掉他那俩驴蛋眼："我真是被狗屎蒙了心！"副镇长说："瞧瞧，这说的啥话？只能说安刘河镇笼小，蒸不下你这个大馍……"

那算是安玉枫人生的又一个重创。交了一笔学费，他悲愤地离开家乡，发誓再不回来，再不跟家乡的人搅在一起。不久，在宁城立下脚跟的安玉枫，把老娘也接过去照顾小孩，回安大营的机会，更少了。后来安玉椿大学毕业上班了，在安刘河镇从一般干部做到副镇长，安刘河多多少少有了安玉枫的念想，那也是针对弟弟一家的。那个坑他的副镇长，终于因为镇中学新建教学楼成危房伤了学生，引出他受贿的事实，从而蹲了班房，才算让安玉枫有出了口气的痛快。

之所以选择去宁城，也是在上海做海产品时，认识了宁城的老板，老板说宁城比上海发展空间大，像他这样没有根基的人，在上海只能混成小人物，而宁城，说不定会混成大人物，开个工厂啥的。这话的逻辑在哪里他不去想，但听起来很受用，撩拨起了他的野心。本来这个野心在回家创业时打消了，现在带着一身的失败再次离开家乡，他便直奔宁城了。

事情绝不像那位宁城老板说的那样简单，像他这样的农民工，不论是在上海还是宁城，要想出人头地，同样都是困难的。刚到宁城，他的梦想就被击得粉碎。他没有想到，宁城有那么多老乡，那些老乡，要么在建筑工地做泥瓦工，要么就是蹬三轮车或开黑摩的，没有几个是开正点公司的。没有本钱，干什么都不可能。但既然来到宁城，就没有走的理，农民工的天下，就是苦作苦为的天下。

安玉枫揣着全部家当三千块钱，开始在宁城的街道和工厂区转悠，想找个什么事情好下手去做。他没有想过去工厂当流水线上的一线工人，只想干点小生意。在上海混了几年，他对做生意多少还是有些经验的，因此，眼睛瞄了几天市场，就找见了商机，选择了批发皮鞋去摆摊。宁城的鞋城真大，皮鞋的花样也真多，世界名牌也不缺少，但价格便宜到家，一双鞋卖对了价，能赚个翻番儿。

有两位朋友跟他一起做皮鞋生意，虽说大家是在火车上认识的，但都是同龄人，又各自怀揣着梦想，很能谈得来，一到宁城，就准备一起干生意了。从鞋城批了皮鞋，直接拿到农贸市场摆摊，物美价廉，不仅当地老百姓喜欢，那些居住在城中村的打工者，也爱逛他们的摊位。做了三个月，感觉生意有赚头，几个人的野心又被撩起来了，想着是否要扩大摊口。正当他们打算在另一家市场再租一个摊位时，打假行动在宁城展开。这次的打假，针对的就是皮鞋产业，他们被搂头盖顶拿下。

全部赔进去不说，还要接受罚款。售假不是他们的错，但一棍子打下来，百口莫辩。因为交不起罚款，他们三个都进去了。当大家走在多日不见的阳光下，每个人仿佛老了十岁。两个朋友投奔自己的老乡了，而安玉枫，在跟朋友的老乡挤住一天后，决定自己找工作。

那时候，温晓莉还在上高中，温晓莉的弟弟当兵走了。温晓莉的爸爸在宁城的一家菜场口摆个修鞋的摊位。安玉枫走过那个修鞋摊位时，突然倒地了。连安玉枫自己都没有想到，他会突然倒地。

其时，季节已进入冬季。宁城虽然是南方的城市，但冬天的寒流，并没有放过它，也自然没有放过走在这座城市里的安玉枫。安玉枫穿得单薄，在街上身无分文地晃荡了好几天，一直发着低烧，只是自己觉得没事。修鞋的温师傅，是皮鞋厂的下岗工人，鞋摊边楼房的三楼，就是他的家。见安玉枫倒地了，温师傅马上放下手里的活计，招呼旁边开小店的邻居，帮他一起，把安玉枫扶进自己家里。他让邻居帮瞅着鞋摊，烧水给安玉枫喝，又打电话叫来在街道诊所当医生的侄子。

安玉枫在温晓莉家躺了一周，吊了几瓶水，算是止住了低烧，渐渐能吃饭了。他只见过温晓莉飘荡的身影，在小饭厅里晃过几次，照顾他的事，都是温师傅。温师傅正如他的姓一样，非常温和，说话都是轻声慢语。这让安玉枫想到自己的娘，他娘也是这种小言小语的做派。他感到温师傅特别亲切。无亲无故地救他，还让他住在自己家里，安玉枫实在感恩不尽。天下总是有好人，如果他有一天成功了，也一定做个好人。当时他心里这样发誓，又笑自己哪有发誓的条件呢。

温师傅说自己也是外地人，小时候随着母亲逃荒到此，病在路边，被本地的一位婆婆搭救，才算活了过来。那时候他还不太懂事，都是母亲后来讲给他听的。从小到大，母亲都教育他一定要善良，遇见有人落难，一定相救。安玉枫不是他救的第一个人，但是住进他家里的第一位外地人。安玉枫感念温师傅的救命之恩，他把家里的一切和盘托出，包括他撵他爹那件事。

病好后，温师傅介绍他去本家侄子那里帮着做事。那位温老板做物流生意，刚刚起步，需要人手，安玉枫就这样跨进物流生意行业，并有了自己的公司。

安玉枫做公司后，才去温家提亲的。对温晓莉的喜欢，缘于他对这个救过他命的家庭的好感。在宁城，他把温家当成了自己的家。从小就缺失父爱的安玉枫，把温师傅当作亲爹一样孝顺着。当时温晓莉高中毕业后，去一家超市当收银员，他弟弟温晓东，还在大连当海军，凡是温家需要男人干的活计，安玉枫都包下来了。

温晓莉性格仿温师傅，不大言语，长相也和温师傅的面相一样，普普通通的，不招人。她见到安玉枫来家，只是笑笑，就钻进厨房忙活起来了。安玉枫对温晓莉的喜爱，更大的一部分来自责任担当：他要照顾好温晓莉，没有他的照顾，温晓莉不一定能幸福。

温晓莉患有先天性视神经萎缩，右眼。到初中时，右眼就完全失明了。现在长在温晓莉脸上的那双大眼睛，能正常工作的，只有一只左眼。安玉枫一想到这个，心里就疼。这，或许也是爱情吧。对于爱情，安玉枫觉得很远又很近。远的是火车上卖烧鸡的女孩给他的感觉。那个时常眯缝着眼，猛然一睁大，目光水一样泼过来的狐狸眼女孩，天知道为什么许多年来，要在他心里占个地方？或许因为如此，和宋春梅的那档子事，除了让他丢面子，内心的伤痛，并不是大家表面上看到的那么伤痛欲绝。仿佛那场情事，是小孩子过家家，很快地来，又很快地走。眼下这个叫温晓莉的女孩子，触摸到了他内心的软，让他那颗漂泊而野性勃勃的心，落到了实处。他开始追温晓莉。手里刚刚有点节余，他就买了一辆普桑。他想开着车，接送温晓莉上下班。

温晓莉从小没有娘，懂事早，也是温师傅心头捂着爱着的宝贝。每当看到温师傅看女儿时慈爱、心疼的目光，安玉枫心里就猛地一揪，他觉得，爱护温晓莉，让温师傅安心，是他的神圣职责。当他每天六点钟起床，绕道四公里来接温晓莉上班，再在下班时送温晓莉回家这样的模式开始不久，温师傅找他谈话了。

"你该知道的，晓莉眼睛不太好。不能受委屈，不能哭，不然，左眼也会受到影响的。"温师傅温言小语跟安玉枫说话。

"我一辈子不让她哭，一切难处，我来扛，您老放心。"安玉枫说的都是肺腑之言。

"我们的亲戚都在这里……"

"您的话我懂，我就在宁城安家。我的事业在这里，您是我遇到的贵人。照顾您，照顾晓莉，是我此生的大任之一。师傅，只要您不嫌弃我是乡下人，北方人……"

"哪里话，"温师傅抢言道，"你是个争气的孩子，有想法，有头脑，有责任担当。我很喜欢这样的年轻人。老话说英雄不问出处，你只管好好做事，日子会越过越好的。"

温晓莉穿婚纱的样子，非常漂亮。安玉枫圈内的朋友，没有不羡慕他的。以前一起摆鞋摊的难友也来贺喜了，安玉枫正说服他们入股他的物流公司，两人也想着买大货车入股过来。物流是朝阳产业，潜力无穷，两个朋友都跃跃欲试。

安玉枫没有跟朋友说温晓莉眼睛不好的事。这是属于温晓莉的隐私，更是他们这个新家的隐私。化着新娘妆的温晓莉，眼睛明亮，身材婀娜，非常漂亮。

成家后，温晓莉就不用去上班了，在家做专职太太，四年给安玉枫生了一双儿女。安玉枫的生意也越做越大。温晓莉的弟弟温晓东，也转业回到地方，他没去政府部门上班，直接到安玉枫的公司了，成了安玉枫的左右手。

这种时候，安玉枫提出要回到安大营，第一个接受不了的，当然是温晓莉。虽说温师傅早两年病逝了，但安玉枫对温家的承诺，对他所爱的这个女人的承诺，却像铁打的一样，不可动摇。可是，他内心的波动，却在回安大营听老皮钱唱大鼓书后，翻腾起来。

他怎么跟温晓莉表达他对安大营的那种情绪呢？

一个背井离乡多年，早已把异乡当故乡的人，突然有一天被故乡拽了一把，就拽醒了。

其实十几年的梦境里，安大营不止一次出现过。庄前头的那条东西大路，是他从小学到中学的上学路，他梦见自己数次站在上学的路上，看着路两边整齐的大杨树，听着知了猴在树上叫，有许多同学都背着书包，蹦蹦跳跳朝学校赶，而他竟忘记背书包了，可是，明明出门时背上了呀，然后记起是否挂在哪棵树上了，便顺着来路去找书包，却怎么也找不到，听到不远处的镇中学敲起了预备铃声，书包还没找到，然后就急醒了……还梦见在安大营中间的那条沟里洗澡，钻水泥筒子桥，却怎么也钻不出来，直到憋醒了……那条沟叫龙沟，很长，穿过整个安大营，朝庄外的河岔流。安大营大，被这条南北沟分为东西两块，沟面上架着一座水泥筒子桥，庄西庄东的人，来回都要走这座筒子桥。夏天时，男的在桥南抹澡，女的在桥北抹澡。调皮的男人要搞恶作剧，悄悄钻过水泥筒子，钻到桥北，桥北就会响起一片惊叫声。安玉枫梦见最多的就是上学的路和这条龙沟，也梦见过收割麦子，撒红芋片子，每次从梦里醒来，心里都酸许久。

上次回安大营，看到的景物，还没有小时候好看。虽说庄上长出了一座座楼房，茅草屋已经没有了，可是，整个安大营还是那么烂，庄里的土路都烂得不能下脚了，有老头老妈常常被绊倒。听着中风的老皮钱，口齿伶俐地唱《八个老头守空村》，都把他的心叶子唱炸开了。

农历的三月正当春，
大树下坐着一群老年人；
数一数整整八个老头子，
看穿戴既有富来也有贫。
论年龄都在七老八十间，
抬着杠各说各的不让人。
这个说，活着不如死了的好，
省得干活累成腿抽筋。
那个说，好死不如赖活着，
活一天还能闹腾一天的人。
那个说，养大了儿孙飞城里，
留下个空村昏沉沉，
留下了空村并田地，
田地里，走动的都是手脚无力的老年人。
老年人，守空村，
守到何年能翻身
儿孙都把村庄丢，
俺这代死了可有后继的人……

安玉枫想回到安大营，用他这些年积累的经验和能力，去影响或改变安大营，把家乡改变得好看些。

许多年前他做养殖的时候，就有过改变安大营面貌的理想，后来离开了，那个理想淡化掉了。现在，少年时的理想，再次浮出水面。他没有能耐改变这个世界，但可以改变安大营。生养他的那片地方。

温晓莉摔坏他的马灯，摔得有理。别说摔坏了马灯，就是抓起他来摔，他也绝不怪罪温晓莉。安玉枫把玻璃灯罩碎得稀烂的马灯，重新拾起来，擦去玻璃渣子，用钳子捏好变了形的马灯框架，重新挂在客厅里。然后，他搂住了温晓莉，下巴抵到她浓密的头发上。

跟一个城里出身的南方女子去说北方的乡村，说安大营，安玉枫知道这有些难，哪怕这个人是他的妻子。温晓莉真是个不错的女人，识大体，善解人意，尽管她不喜欢安大营，但对安玉枫的娘还是满孝顺，老人一来宁城，她就陪着去公园，去大超市，只是娘不太喜欢那些地方，说太吵人了，待了年把半年的，就要回到安大营去。而且娘一来宁城，身体就出毛病，听不惯宁城的话，喝不惯宁城的水，总之哪里都不舒服。安玉枫在安大营做了高大结实的楼房，让娘在安大营住得舒服，正好弟弟安玉椿一家守着家，护着娘，姐姐家也离得不远，时不时来看看娘，老人过得也算欢喜、幸福。此刻玉枫想回安大营，不是为着娘，他是为着一个村庄。当然，他不是那种暴发户的行为，见谁塞点钱过去，那只能是临渴掘井的行为，他要把自己这些年拼搏奋斗得来的经验和财力，注入这片土地中，让土地长出枝叶，开出花朵，结出果实。作为腾飞物流股份公司的老总，安玉枫在股东大会上，也和盘托出了自己的想法。回家乡创业，他不是冲动或意气用事，他的年龄和阅历，已过了这种冲动的季节。安玉枫说，他这是为腾飞物流股份公司，找寻新的支流。如果腾飞物流是条大河，那么，安大营就是清汪汪的小河，小河有水，大河才不会干枯，他要让腾飞一直腾飞，永不干枯。当然，如果这次在安大营投资，他不会动用公司的钱，他先用自家的私房钱。他开了句玩笑说"拿出来的都是老婆的私房钱"。这句话刚说完，他就觉得场合错了。因为温晓东也在现场，他也是股东之一，温晓东对他的玩笑话，脸绷得紧紧的，一点没笑。

"我先回去一段时间，考察一下那里的市场，看看做什么较合适，放心老婆，我不会冲动做事的，一定会稳扎稳打。这样，我们既有个新的动力点，也是给老书记一个交代。"

两个孩子都上学去了，安玉枫把嘴唇贴在温晓莉的耳朵边，温存地说着话。

"公司呢？你辛辛苦苦创建起来的公司，不比安大营重要吗？"温晓莉的声音里还带着怨怼。

"当然是公司重要，没有公司做后盾，我咋敢回安大营？"安玉枫依旧声音低缓柔和，"现在有晓东打理，他的门路比我还多，又有军人的做事风格，我放心他。另外不还有你嘛，你是公司的财务大臣，我怕啥？老婆，我有困难的时候，你可要帮我。"

"不就是在经济上给你开绿灯吗……"温晓莉的鼻音很重，声音里含着不情愿。

"使不了几个钱，我主要带回去的是信息，是我这些年的经验积累。我感到，安大营潜力巨大，资源丰富，如果运作得好，我们会有丰厚的回报。"

"我先给你打预防针，回家创业，你肯定得投钱进去。投多少是个多，这事不能你一个人说了算。"

"那当然！"安玉枫在温晓莉的腮上叭地亲了一口，"一切听老婆大人的安排。有一条得说清楚，我不在家的日子，你要多跟晓东沟通，年轻，容易冲动，你得多说着他点。也不要担心我，照顾好咱们的孩子和你自己，知道吗？"

安玉枫离开宁城的时候，温晓莉夺下他手里的车钥匙，让他把新车开走，旧车留下来。

"路太远，好车开着安全。"温晓莉赖他怀里半天没动。

安玉枫再一次抱紧了温晓莉，眼睛热乎了好半天。

第十三章

安玉枫用大脚板子把家乡量一遍

"玉椿，你在哪里？"快到杨林高速公路出口时，安玉枫给安玉椿打手机。

"哥，我不在安刘河，我在北京呢。明天回，如果顺利的话。"安玉椿的声音很急躁，说话背景挺乱，还听见有熊人的声音，是安刘河人的口音在熊人。

"不是告诉你我回来吗？"安玉枫想先跟弟弟聊聊。他开着车回来，方便，想让弟弟带着他在安刘河四周遛遛。

"昨天半夜里的事，来不及跟你说，也没火车了，就开着车过来了。来接人。哥我回去跟你说，先挂了呀。"安玉椿急躁躁挂断了电话。

高速出口在杨林，离安刘河镇有十五六里路。别看这十五六里路，因为杨林有铁路，又有高速出口，就把安刘河镇比下去一大截子。看杨林的集镇建设，再看看安刘河，两厢里差距再明显不过了，简直就是城乡之差。

开了一路的车，几百公里也够折腾人，虽说在服务区休息过，喝过水，但饭没吃。安玉枫不喜欢服务区的快餐。现在特想吃家乡的饭菜，杨林的饭店多，他想找一家好点的饭店，好好吃一顿，解解馋。

杨林的街道也算干净整洁，那条通往火车站的水泥路，拓宽了，街两边开着一溜店，小吃店居多。安玉枫慢腾腾开着车，眼睛朝两边睃着，过了十字路口，他朝左一拐，往老街区开。老街区也拓宽了，两边的老房子不见痕迹，统一新盖的楼房，五六层高，非常气派。服装店和小饭店琳琅满目，服装店装修得很时尚，美发店的招牌，丝毫不亚于大城市的。其中一家饭店，大红的门脸，门脸上方，横着一块金字招牌：剐好再来。太会取名字了。安玉枫的脚轻轻点着刹车，在"剐好再来"门前停下来。

把车靠路边停好，进去找座位。是中午一点多光景，饭点错过了，所以就餐的客人不多。冬季的皖北，最受大家钟爱的是羊肉，店里墙上挂着菜肴单子和价格，羊脑炖豆腐、煎羊血、红烧羊蹄、清炖羊头等等，看得安玉枫直流口水。拣靠马路的桌子坐下，点了清炖羊头和煎羊血，又要了手擀面条和地锅"喝饼"。如果不是考虑到吃不完浪费，安玉枫真想再点一份红烧羊蹄。

等上菜的工夫，安玉枫透过玻璃窗看马路。

马路是宽大的水泥路，新崭崭的楼房，斑斓漂亮的店面，杨林变得真有城市的味道了。

杨林镇是皖北县唯一有火车站的集镇。火车站是个老站，建国初期就有了。不但有货运站，还有客运站，当年杨林曾被周边称为小上海。安玉枫小时候的梦想，是有一天去杨林看火车，用手亲自摸摸火车铁轨，再跳上火车坐一个来回。念小学三年级的时候，安玉枫用一个夏天的星期天撸洋槐叶，晒干了卖给镇里的收购站，攒了一笔钱，和班里的几个男生一起，徒步走到杨林，不但亲眼见到火车进站，听火车发出的"哞哞"叫声，摸了摸伸出老远，无边无际的火车道，还坐上火车到了下一站的淮城。但回来就没钱了，几个孩子下了火车也不敢走，就在站台上站着，站到天黑，又怕又饿，有人带头哭了起来。还是火车站派出所的民警收留了他们，让他们在值班室待了一夜，很快问出来他们来自哪里。第二天，接到通知的学校，派副校长到淮城接走了他们。不用说，这几个旷课的学生不但在学校的全体师生大会上作了检讨，还被家长狠狠剐了一顿。安玉枫平生唯一的一次挨娘的打，就是那次坐火车。娘边用鞋底抽他的屁股，边抹眼泪，抽一鞋底子，问一声："下次可敢了？"安玉枫小声说："不敢了。"连问了七声，抽了七鞋底，才算住手。安玉枫的同学后来告诉他，安玉枫挨打算轻的，他们有的被爹吊起来用皮鞭抽，身上的伤，一个星期都不见好。

热腾腾的清炖羊头上来了，安玉枫开车，不能沾酒，不然，他一定要来半瓶皖北县自产的白酒皖北小烧，好好喝一杯。或许饿的时间太长了，安玉枫低头卖力地剐起来，边吃边听隔壁桌上的人在骂娘。

　　隔壁桌两个骂娘的人，是中年男人。两人看来已喝到七八成了，其中一个脸上长块胎记的男人，骂人声音非常大，把筷子摔得啪啪响："我哩个乖乖，我还真不信邪了，你开发我的地，让我成了失地农民，你倒好，拿我的地挣钱，还全部装进自己腰包，门面房自己卖，好事都叫你摊上了？不给我两间门面房，我绝不会答应！"

　　"就是！"另一个火上浇油说，"咱们要连成一条心，狠狠跟他剋！都是咱老祖宗留下的东西，凭啥让蛮子占了去？拿咱老祖宗的东西变钱，老祖宗也不会答应！"

　　"死剋！跟他死剋！看看谁能剋过谁！一会儿我们去镇里，找镇长，要当面指着他鼻子，问他使了蛮子多少钱！"

　　"就是！我当我的农民，你当你的官，你建小城镇跟我屁关系，你升官我管不着，你毁我的地，我就跟你剋到底！"

　　两人越说声音越大，最后碗一推，筷子一扔，骂骂咧咧走出饭店。

　　店外的马路真宽，太阳光照着，高楼上贴的马赛克，明晃晃的直闪人的眼睛。安玉枫觉得嘴巴里的饭食不香了，这个现代气派的杨林老镇和镇里的领导，背后就这样被老百姓骂吗？他想到了同样在安刘河镇工作的弟弟，当个副镇长，是否要少一些压力，少挨点骂呢？

　　他觉得自己茫然了一会儿，端上来的一碗手擀面，居然只动了几筷头。饭店的老板是个粗腰男人，安静地坐着剥蒜头，对骂人的食客，一副见怪不怪的模样，嘴角挂着固定的职业微笑。老板娘开始拖地，大声地说着镇里的趣事，不时瞥一眼唯一的食客安玉枫。

　　安玉枫想找点话说。他问男老板："老板，你家店名取得真好，有学问。是你取的吧？"

　　粗腰的老板咧嘴一笑道："让老板见笑了，俺没文化，是个实诚人，随口取的。"

　　拖地的老板娘拄着拖把，拉开跟安玉枫聊天的架式："看这位大哥面生，不是本地人吧？俺们这小地方，没那么多讲究，这叫通俗易懂。你瞧街东头的那家店，还香格里拉呢，鬼知道香格里拉是啥玩艺？里面的东西死贵，不是坑人吗？瞧咱这店，看一眼忘不掉，物美价廉，剋一顿再回头，俺家做的都是回头客。老板你要是来俺杨林投资，今后多多照顾小店生意啊。我再送你份豆油炸小杂鱼可管？"放下拖把，就往后厨跑。

安玉枫的确饱了，面前还剩着不少东西，但老板娘还是端出来一小碟炸杂鱼，放安玉枫面前："你尝尝，咱当地的小吃，<u>鱼都是河里的野生鱼</u>，我一条条择干净的，刺都炸焦了，不扎嘴，又香又脆。"

一股香气直扑到鼻子底下，安玉枫举起了筷子。这样的小杂鱼，皖北县长大的人，哪个没吃过？窜条子、雷面牯子、翘嘴白这样的小杂鱼，安玉枫小时候在庄上的龙沟里，用扎网子罩过。那会子还有生产队，队里组织人逮完了鲤鱼、清混这样的大鱼，小杂鱼就从大网眼里漏进河里了，然后放风让大家下河逮，谁逮归谁。家里只有扎网子，安玉枫也能罩上来不少鱼呢。那时候油比较紧张，不可能放油里炸着吃，安玉枫的娘就把小杂鱼拌上面粉，摊在擀得薄溜溜的面饼上，放锅里蒸着吃，味道也美得掉舌头。后来条件好了，小杂鱼蘸上面糊糊，放豆油里炸熟了吃，也不用筷子，直接用手捏着朝嘴里送。捏过小杂鱼的手指头，都舍不得洗，香腥相杂的味道，闻一次，馋一次。

这最后的一碟小杂鱼，把安玉枫打入了童年。他心里舒坦起来，仿佛喝了酒，话头子也多了，便和饭店的老板老板娘闲叙起来。问杨林的变化大不大？杨林哪些地方最热闹？老板言语不多，老板娘心直口快地抢话说："集上的店面可多了，特别是美发店，许多打工的闺女小子，在城里混几年，染着黄头发红头发，就回来盘个店，做起美容美发了。也有开网吧的，生意好得很呢。镇中学的学生，半夜翻墙来网吧上网，校长夜里亲自巡查，都管不住。爹娘不在家，小孩子没人管，住学校里也关不住，没长成的小猫小狗样任性，家里的爷奶咋管？幸好俺两口子都在家，俺的孩都是俺电动车接送，不然，也要朝网吧里钻呢。唉，现在这世道咋变得有些让人迷瞪了呢？还有开发这个开发那个的，要把俺家的饭店挪到新开发的美食城去。本来俺们就买了这个门面，钱还欠银行一大堆没还清呢，难道要去租那里的门面……"

"哎，老婆子，你胡咧咧啥呢，看把外商给吓跑了咋办？镇里不找你的事才怪？"粗腰的老板一边冲老婆喝斥，一边瞟着外面安玉枫的车。车牌号是外省的，老板眼尖着呢。

安玉枫笑了："大嫂说得多好啊，我爱听。而且我不是外商……"

"外地来的商人，我们都叫外商。你肯定也是被招商招过来的吧？俺全镇上下的领导，人人头上有招商任务，就是要把你们这样的外地大老板招到俺杨林来呢。"老板胸有成竹地说，"看你这派头，又开着宝马，就不是普通老百姓。镇里的领导就喜欢你们开宝马车的外地人，瞧你没有前呼后拥，那你是私访的吧？"

安玉枫没想到身腰粗壮的老板，心挺细。"我哪是什么外商，我是本地的，安刘河的。"安玉枫这才发现，自己一直说的是普通话。也是呀，在外地多年，普通话说惯了，一不留神，嘴里冒出的就是普通话。怪不得被指认为外商呢。

"那你肯定在外面混得不错，是衣锦还乡吧。安刘河跟杨林是邻居，不远，都不是外人。"老板的口吻马上转变得柔软起来了。

"安刘河可没有杨林发达。瞧瞧这街道和店面，就知道两个镇的差距。"安玉枫由衷地说。

"杨林有个火车站，地理位置上占了优势。"老板面露得色，"加上离瑶城近，瑶城比咱们省城都过劲。其实早些年，安刘河也不错的，就是后来怎么就不前进了。不前进就是倒退呀。"老板惋惜了一阵子。

他说得没错。安刘河镇曾经有过三家工厂，一家缫丝厂，一家轧花厂，还有一家水泥厂。三家的厂子都非常红火，特别是轧花厂和缫丝厂的女工，长得扎眼，洋气得很。因为工资高，就有钱打扮，一打扮，没有不漂亮的。街道上一旦出现这两个厂的女工，街上的人就回过头看，嘴里啧啧有声。镇里的中学、银行、工商所、邮电局和供销社几家好单位，都以能找到两家厂里的女工当老婆为荣。因为有这几家厂子在，餐饮、娱乐业都比较红火。后来几乎在一夜之间，工厂发生了变故，一下就倒闭了。原因很简单，国有企业改革。一倒闭，负面的东西扑面而来。几家工厂的工人纷纷另寻出路，镇上居民锐减，学校生源也锐减，商场消费不用说，也人烟稀少了，影响最大的，是餐饮业。一下子，安刘河镇变得没有生机了，渐渐就是落后的代名词了。

说了一会子的话，安玉枫看看时间超过下午两点半了，就起身买单告辞。老板娘送的油炸小杂鱼，果真没收钱。出门时，老板粗亮的嗓门高喊一声："谢谢光临，剞好再来！"

安玉枫的脸都笑疼了。这下，他彻底明白这家店名的威力了。杨林的人，真会做生意，可见，离瑶城近，受这个大城市的影响确实蛮大。

从杨林到安刘河有省道，安玉枫慢悠悠开着车，抬眼就瞧见了那座岱山。现在再叫它岱山就名不副实了，叫岱坑还差不多。在皖北县，有好几座这样的小山包，其中杨林和安刘河镇境内各有一座，安刘河的那座山叫贝山，离安大营几里路。如果搁到崇山峻岭的山窝窝里，这些小山包，只能算作小石堆，但在皖北大平原上，这些石堆却有了山的巍峨。有树有石，石头的质地又好，不仅仅是杨林和安刘河镇的人，周边几个镇的人，人老几辈盖房子，都去山上切石头，用石头垒墙。据说抗战时期，日本鬼子的炮火，都没有把藏着中国伤员的石头屋子打穿。后来不知谁发现了岱山的底下藏有好石头，就开山炸石，把炸出来的石头，拉外地卖掉了。现如今，岱山除了留下半个瘦削的山头，其余都成了惨不忍睹的大坑，这一个坑，那一个坑，把山的肚子都掏空了，五脏六腑都没有了，丑陋无比。多亏有了红头文件制止，岱山才算保留下满目疮痍的半个轮廓。

对着像怪兽一样张着大嘴的岱山，安玉枫叹了口气。不是说大家没有保护意识，谁叫这地方穷呢，穷得连地里的土都有人拉着朝外卖，别说石头了。拐个弯，安玉枫把车开到岱山跟前。那些被掏得七凸八凹的大坑里，积了不少水，就像岱山流出的眼泪。冬天的岱山一片萧索，细瘦的树木，像得了一场大病，在寒风里弯着腰，卑微而羸弱。在山边，矗立着一块大石头，石头上写着饱壮的红漆字：还我河山，佑我福地！！后面是两个大大的感叹号。一看就是出自民间之手，可见民意鲜明，无可阻挡。

后来安玉枫才知道，杨林镇早制定了硬政策，谁再挖一块岱山的石头，就罚款坐牢，没得商量。这才保住了仅存的山体。

岱山很小，又被炸成七零八落，所以，十分钟就走到山后面了。安玉枫发现，山后面是另一番天地。那是顺着岱山朝下走的一段长长的大坡地，坡上是被炸后胡乱扔的没价值的石头，时间长了，那些石头拼命让自己又长回土里去，而土里的杂草和小树丛，也拼命顶着石头长出来，这一压一顶，使这一片坡地显得铁骨铮铮，杂草和小树丛，个性十足，也有别的树种跟风跟雨地飘过来，野枣树、野桃树、野石榴树、楮树、白桑树、紫桑树、苦楝树、刺槐树，一些皖北快消失的树种，在这片坡地上，好模好样地生根开花结果了。这片坡地最好看的，不仅仅是与石头争地盘的小树丛，还有大片大片的红茅草地。虽说已是冬季，因为尚未落雪，那些红茅草就像皖北任性的小闺女，仿佛刚刚跟谁吵过架，还红头涨脸地支棱着缨缨，一副不肯罢休的样儿。

安玉枫顺着红茅草地走着，那些棱角分明的石头，一个劲绊他的脚，每走一步，都要找好下脚的地儿，否则，石头会把他摔个嘴啃泥。他心想，这样的好地方，就这么空着，真是可惜。要是搁在发达地区，这片地就被圈起来做度假村了。但又一想，这山坡坡，离地面不过半层楼高，要水没水，土层又浅，石头又烂，树木像永远长不大、营养不良的孩子，开发起来也困难。站在石头坡上回望岱山，感到岱山像一位饱经风霜的老奶奶，吃尽了苦，却没一句怨言。

这样走了一会儿，走过好几片茅草地，下面出现一片凹地。凹地里长着一片野石榴棵。虽说冬天树叶全落了，但那些黑灰的枝杈，安玉枫一眼就认出是野石榴。野石榴树有上百棵，树棵里坐着一座精致的石头房，房子三间屋大小，中间安两扇紫红铁门。安玉枫觉得好奇，谁在这地方建房子住呢？说护林房吧，又没林可护，而且，护林房哪有这样气派。那些石头，块头很大，切得规规正正，石头的颜色青幽幽的，一看就质地很好。安玉枫走到门跟前，见紫红色防盗门锁得铁紧，他眼睛贴门缝想朝里看，才知门紧得无一丝缝隙。又围着房子转一圈，房前房后空落落的，看起来久不住人了，但石头墙上留下的干枯的爬山虎，说明这石墙在夏天是被绿叶包围着的。

安玉枫转了一会儿，站乱石堆上，看远处淡淡的一个小山包轮廓，那是贝山，是安刘河境内的石头疙瘩，因为形状像一只趴着的贝壳而得名。贝山离岱山并不远，如果腿脚勤快的人走路，两个小时就走到了。安玉枫慢慢走回停车的地方，他感到，自己对皖北县的许多地方，都是陌生的。哪怕是离安大营不远的杨林、岱山。年轻时净想着挣钱的事，对家乡竟生疏到如此地步。看来，今天他要先好好看看他的安刘河镇了。

上到车上，安玉枫朝安刘河镇的地界进发。皖北的冬天，落光叶子的大杨树，站立道路两旁，一副沉默寡言的谦逊样儿，就像皖北的老农民。枯瘦的河流，像谁忘记擦干的眼泪。冬小麦刚刚蒙上一层绿，那种倔强的样子，表达了一种决心，就是整个冬天，只睡觉，不生长。跟数年前离开时比，村庄里的房子，要气派多了，时不时有两层楼房从趴趴房堆里长出来，就像烂衣服上补的鲜亮补丁。蓝底白字的村庄名牌，不时闪过，有的村庄，他小时候串同学家时来过，现在看来，还是一派荒凉。麦子地头的小河沟里，堆放着沤得稀烂的秸秆，有小麦秸秆，还有玉米秸秆。安玉枫记得，小时候拾柴火，能捡到一根玉米秸秆，会高兴得跳唱一番，现如今，谁还烧这些柴火呢？别说烧柴火了，煤球都懒得烧了，买个电磁炉，光烧电了。

　　过了一个庄，前面出现一长溜棚子屋。是一家小型养殖场，因为太小，就不讲究，养殖场后面的小沟里，被鸡屎铺了厚厚的一层，尽管关闭着车窗，安玉枫还是闻到了一股钻脑子的臭气。就没人过问鸡屎这样堆放，会污染环境吗？再走一段路，安玉枫又发现了两三家小养殖场，情况大同小异，鸡屎的处理全部顺其自然，让它在空气中自行消解。在一家养殖场的门口，一个老人呆望着麦地一会儿，又走回屋去了。安玉枫断定，这是一家空壳养殖场，虽说场子后面堆有鸡屎，但那些鸡屎就像地上结的疮疤癞，干枯多时了，场里肯定没有鸡了。他是从老人的面部表情看出来的。为了核实自己的判断力，他停下车子，走进养殖场。果然里面空空如也。但相较一些简易的鸡舍来说，这家养殖场的建设，还是用了不少心的，规模上还行。老人说，鸡场是他儿子养的，一场禽流感，鸡三天全死光了，儿子只得再出去打工了。

　　"干啥都不能干养殖，太冒险！"老人的话里饱含风霜。

　　安玉枫无话可说，但他要下了老人儿子的手机号码。老人迟疑了好大会儿，才把电话号码给他。安玉枫说，他就是想做养殖，到时请教他儿子。老人连忙摆手："我看算了，你自己也别养，又累又坑钱！"

　　安玉枫的车轮子带着他的大脚板，把整个安刘河镇的地界梳头似的走了一个遍，走得安玉枫心里瓦凉瓦凉。整个安刘河辽阔的土地上，居然没有一家像样的工厂，也没有一家像样的养殖场。除了麦子地，就是麦子地，还有长在村路边灰头土脸的杨树。庄子的四周，也没有好的规划，各盖各的楼，各吃各的饭，生存模式千篇一律，都是向城市里要钱，而不是向土地讨要，土地的样子就是自生自灭。第一代农民工打不动工了，回庄上当老人继续种地，第二代又出去当农民工，却不回庄上了，把第三代生在城市里，当了城市人，第三代就不知道还有个根在农村。村子越来越瘦，庄头庄尾走动的，都是老头老妈。老头老妈张着呆愣的脸，东瞅瞅，西看看，像做梦似的。加上冬天本就萧索，安刘河给安玉枫的印象，就是一片荒凉的麦子地，一堆发呆的老人脸，一溜溜没嘴没牙的大杨树。

　　他把车子拐到镇上，已近黄昏。安刘河镇的变化不大，他上中学的时候，镇上的几家工厂还在，觉得街道比现在还热闹。供销社的二层灰楼，一直保持原貌，不同的是，门脸做了装修，招牌字写得很大；而镇政府，还是二十多年前的老楼，三层高的楼房，大杨树都超过它的个子了。后院的老厕所，一进大门就味道冲鼻。整个集镇就像一位老人，天刚黑就来了瞌睡。幸好十字街口的超市门灯亮堂，音响放着周杰伦的歌曲，才找回一点现代气息。

安玉枫开车在东西南北两条街上走个来回，其中的南北街，他上学时走过多少遍数不清了，去南北街上找赌博的爹，也不记得有多少次了。那会子来街上找爹，街上人都熟悉他噘着嘴气哼哼的样子，现在，街上老的小的都不认得他了，他也没有熟人，不需要打招呼。他心里空落落的。

准备回安大营时，安玉椿的电话打过来了："哥，到家了吧？我们出北京了，连夜回去。你先在家陪陪娘！"

"你真比国家领导人还忙啊！"安玉枫苦笑道，"就这个破镇，还有啥需要去北京办理的？"

"截访。这是死任务，我得把扑楞接回来，他又到北京来了。哥，我跟你说过扑楞，还有印象？"

第十四章

安玉椿截访

　　安玉椿说的扑楞，是安刘河集北头小窦庄的上访专业户，也是安大营的村民。

　　扑楞能成为上访专业户，完全是红绿灯刘东强一手调教出来的。

　　扑楞是个木讷的庄稼人，一辈子就生一个闺女，三十多岁的时候，他老婆跟着一个贩牛的跑了，他就带着闺女一起过，也没再娶人。就把闺女养得很娇贵，从小到大，东草不拿，西草不捏，上学也不好好念书，还喜欢打扮。因为小窦庄就在集边上，抬脚就能上街，扑楞的闺女就喜欢在街上玩。十七十八的闺女了，跟在街上的一帮小子后面，打小牌，喝啤酒，上网。时间长了，身上就有了小混混的做派。那几个跟她玩的小子，一副痞不拉叽的样儿，没个正经职业，游手好闲，在街上东游西逛的烦人。

　　有一天，几个人一起去扑楞家打牌，扑楞见闺女玩得开心，也不多想，一个人去地里干活了。几个人一边打牌，一边喝啤酒，其中一个小子，跟扑楞的闺女眉来眼去了一番，一使眼色，扑楞闺女就跟他进里屋了。过了一会儿，两人出来，仍旧打牌。然后另一个小子也跟着扑楞闺女进了里屋。一下午，三个打牌的小子都跟扑楞闺女"好"了一回。扑楞闺女就问他们每人要五十块钱。几个小子没有钱，就是有，也不想给，觉得扑楞闺女不值那么多钱。为着钱的事，三个小子就跟扑楞闺女吵了起来。吵到最后，一人给了二十块钱算了事。这事不知怎么就被扑楞知道了，扑楞骂自家闺女没成色，闺女就哭，就气，就找那几个男的要欠下的钱。扑楞怕闺女惹臭事在身上，马上找媒人，要媒人赶紧给他闺女说个婆家，最好嫁得远远的。但闺女咬着牙说要嫁就嫁安刘河街上，她可不想到乡下去。但街上的人，谁不知道这个妮子有点二呢，没人家敢要。扑楞的闺女气不过，再找那几个小子，说必须有一个人娶了她，否则，她告他们。那几个小子，怎么可能娶她呢。怕她了，就跑出去打工了。

这事本来也就算了，扑楞就当闺女被狗咬了，忙着想早一点把闺女嫁出去。集南头的小马庄，有个开小诊所的，年纪不小了，从小出过车祸，坏了半条腿，走路有些点脚，愿意娶了扑楞的闺女。已经下过聘礼了，就等腊月里出嫁呢，红绿灯刘东强就找到了扑楞。

"怎么着，你闺女被人轮奸了，你就哑巴吃黄连，认了这个亏？"红绿灯一进门就咋呼起来，吓得扑楞差点跪着求他了。闺女都快成人家媳妇了，这事哪还敢乱说。

红绿灯才不管他这一套，一个劲地说自己的："这几个小子，不治治他们，你咽下这口气，我还不愿意呢。我的职业告诉我，这事我不能袖手旁观。你别问了，一切交给我吧。输了官司我算白忙活，赢了，你吃稠的，我喝稀的，可管？"

扑楞一个劲摆手："算了算了，俺可不能不顾俺闺女的名声，她一辈子，还早着呢。"

"我说扑楞你是真傻呀，你闺女被几个小子白睡了，全大街的人，谁不知道？就你还在这里装。这叫一叶障目知道不？这叫自欺欺人知道不？我不给你出气，谁有这个能力给你出气。这事就交给我吧，保证让你不用干活就有吃有喝有钱花！"

就这样，红绿灯也不问扑楞同意不同意，就着手教他如何上访。红绿灯这时候已经在小印刷厂，印了一部白皮书，叫《上访指南》。凡是找他上访的人，他都免费赠送。扑楞识字不多，红绿灯就指着书里的内容，逐字逐条教他。扑楞先是去镇里找人，那时候安玉椿还在上初中呢。镇里领导也知道扑楞闺女不是个规矩人，劝扑楞算了，但怕事情闹大，就找到三个小子的家长，让他们一家掏几百块钱了事。这几家人，也觉得大事化小，小事化了，还真掏钱了。扑楞尝到甜头后，有了信心和动力。红绿灯再进一步点化他，扑楞就有了新的诉求，他不要钱，要把那几个小子送到监狱里蹲几年。这一下，那几家人又慌了，主动找到扑楞，又是给钱，又是买东西，让他饶过他们的孩子。扑楞又多了一笔收入。按扑楞的想法，这事到此就可以了。但红绿灯不同意，他说，这事才是个开头，好戏还在后面呢。

红绿灯说的好戏，就是要扑楞直接去省里，找信访部门喊冤。这时候的扑楞，已经不是以前的木讷之人了，嘴皮子变得利索起来。特别是说到闺女的悲惨遭遇时，眼泪水流得哗啦哗啦的。扑楞的眼泪水，有一半是真的，在红绿灯的开导下，他的木讷少了，变得喜欢思前想后，想着老婆怎么跟人跑了，他一个人带大闺女多不容易，闺女又出了这样的事，眼泪水越发多了起来。上访省里，那可不一样了，上级部门过问后的结果是，那几个小子被判了三年刑。

然后，红绿灯说的好戏才正式开始。扑楞的上访之路就此展开。理由是，轮奸案判得轻了。其实在判几个小子入狱前，公安部门来人调查数次，扑楞闺女是个什么人，街坊邻居嘴里都说得差不多了。根本不是轮奸，但扑楞一口咬定是。扑楞的闺女也一口咬定是。扑楞闺女早没法朝外嫁了，那个点脚小医生哪敢再娶她这个"大名人"？谁也不敢娶了。每回上访，扑楞都会获得上级部门的同情，镇里、县里都会给他一笔钱。这几年，扑楞的上访内容更加惊悚了，这都是红绿灯给他写好，让他背会的。他闺女得了神经病，常常半夜夜游，有几次差点掉到河里淹死了。他闺女的身心受到严重摧残，一辈子就这样给毁了，毁了他闺女，也算毁了他，爷两个在这人世间，没法活了。他闺女现在靠吃药才能稳定情绪，没有药，就是个疯子，就乱喊乱叫乱咬人，把他身上咬得没一处是好的……越来越惨的故事，让扑楞说得跟真的一模一样。他闺女照样在街上逛，也不要脸了，见有男人场，就偎过去看。没人敢跟她打牌了，她也不要打，就是光看。看困了，打着哈欠回家睡觉。一多半的时间，家里就她一个人在，她爹的工作重心，早已从种庄稼转移到上访上了。她家的地，也不种了，租给别人种了。扑楞现在不用汗珠子摔八瓣地种地了，一年朝外跑几趟，钱就来了，不但能挣到钱，还免费游山玩水看世界，多好的事！红绿灯当了村主任后，他张口闭口喊红绿灯是贵人主任。红绿灯人前板着脸训他说，主任就是主任，加什么"仁"呢？还"麦仁"呢。

安玉椿刚到镇里上班不久，就跟着领导去北京截过扑楞。后来他当上副镇长后，镇里就把扑楞分配给他，让他负全责。这个全责，说白了，就是出了事他得兜着。只要扑楞外出上访，他就得带人去截访。两会要开了，扑楞必去北京。交通越来越方便，扑楞的上访路也越来越熟，越顺畅。

　　这一次去北京截扑楞，连夜开车走高速，安玉椿也一夜没合眼。两个司机轮流开车，目不转睛，直奔京城。这次扑楞去北京上访，是针对镇里的，他要在镇里新开发的商业街上给闺女要个门面房。他的理由很充分，他闺女被几个流氓整残疾了，生活无着落，镇里的父母官不能不问。如果镇里不答应，他上访，去喊冤。镇里当然不答应，给他门面房，挨不着的事。如果给了他，镇上的难缠户，人人都要给，还有因为赔偿的事一肚子意见的村民，又怎么解释？

　　扑楞就去了北京。

　　扑楞是半夜出的门，先从杨林坐绿皮火车去瑶城，再坐瑶城到北京的特快列车。这个车次一天只有一班，是夜里十一点半发车，到北京正好上午八点。安玉椿一定在上午八点前赶到北京，从北京西站的出站口拦下扑楞，比在北京找他要简单多了。车子一路上都在超速，这时候也顾不了那么多了，七个小时的车程，出发时都接近凌晨一点了，不赶时间，来不及。跟着火车赛跑，不容易。

　　进北京时，天已大亮。上班的高峰期，堵车严重，这时候开车行走，肯定不明智。这一点，安玉椿也有经验了，让司机送到就近地铁口，几个人直接坐地铁赶到北京西站，司机一个人开着车，一边堵，一边慢腾腾朝西站接他们。地铁里也挤得够呛，鼻子压着别人的背，男男女女贴一起，各种味道的喘息混杂一起，谁也不嫌弃谁了。好在地铁再挤，不堵车，快。不久就到了西站。从地下浮出地面，离八点还差五分钟。那趟车如果不晚点，八点十分准点能到。京城的太阳，光辉灿灿地迎接他们，北京西站巍峨的门脸，把安玉椿撞得有些头晕。来不及想一夜无眠和担惊受怕，眼光像挠钩一样直接抓在出站口。人潮在滚动，各类口音，各种肤色，大大小小或疲累或迷茫的眼珠，把安玉椿挤得脚步直趔趄，但眼珠却是坚定地瞄准、锁定那个再熟悉不过的面孔。

　　车站广播在播报进站的车次，安玉椿用心听着，但声音太嘈杂，他就关闭耳朵，集中眼睛聚焦。不过十几分钟的等候，感觉有半世纪那么长，扑楞终于出现了。

　　第一时间安玉椿差点没认出他来，几乎就让他溜走了。扑楞穿得很周正，那件半长的藏青色短大衣，配条花格子围脖，使他看起来像个周游世界的退休干部。这一身打扮，在安大营，也没谁见他这样捯饬过，如果不是他那顶枯草般的头发，安玉椿真把他放过去了。那头头发太抢眼了，穿得这样体面，却把最需要修整的头发忽略了。枯草般的头发衬上鲜艳的花格子围脖，安玉椿一眼就把扑楞从人群中抓了出来。其实，安玉椿的眼珠把扑楞从人群里抓出来时，并不知道他是扑楞，只是觉得这个人怪。等抓出来一细看，不是扑楞是哪个？惊得安玉椿倒抽口凉气，如果扑楞把头发修理齐整，这次肯定就放过他了。一旦他跑进大北京，等于一条鱼游进大海，没有个三五天，还真找不见他。

安玉椿小声而威严地说一个"快"字，大家马上心领神会，扑楞刚从出站口钻出半个身子，这几个人立刻饿虎扑食般把他扑住了。扑楞愣怔了一下，第一反应就是想跑。四下一看，跑的可能性不大，四个人就像一条张开的口袋，把他严严实实包围了。扑楞老江湖样地笑一下，还四下扔眼珠，不知他想用眼睛抓住点啥。在这个人潮涌动的地方，抓住点啥都有可能，都有麻烦。安玉椿不想找麻烦。他冲几个人一使眼色，其中两个人一边一个抓住扑楞的胳膊，那份亲热样，仿佛接站接到了久别的亲人。扑楞挣扎着说："我爱北京天安门，我来看看天安门不管吗？"

安玉椿说："管，现在就陪你去看。"

"我还得看看长城，听说八达岭的长城最好，全国正数第一，我得看看。"

"管，我们陪你看。"安玉椿应付着扑楞。堵住了扑楞，安玉椿心里轻松多了，以四比一的人数，怎么着也不能让扑楞跑掉了。截访把人截跑掉的，也不是没有，安玉椿不能掉以轻心。

司机还在路上堵着，电话过来不停地跟安镇长汇报走到哪儿了。安玉椿见近处有家饺子馆，就推搡着扑楞，一起进到馆子里，找个包间坐下来。

进到房间的扑楞，老实多了。眼睛也不四下乱瞟了，把头低下去。暖气开得太高，扑楞就把身上的半长短大衣脱掉了，这一脱，就把里面的真容露了出来。仍是街上人常见的那件灰旧褂子，不用说，穿在外面的行头，是专为上访准备的。

吃过饺子，司机赶了过来。让司机赶紧把饭吃了，几个人一起往外走。扑楞又把新大衣套上了，站饭馆门口，低着头系围脖，突然身子一弯，头一缩，就朝人多的地方跑。安玉椿早料到他会玩花招，快跑几步，一把逮住。没想到扑楞早有预防，让安玉椿逮住了那件大衣，他好像会缩骨术似的，穿着里面的破衣服狂奔起来。安玉椿一看，如果不拿出看家本领，这黄子怕是会跑掉。便脚下生力，飞身上前，一把捞住了扑楞，在他两个肩上分别摸了一把，便朝胳肢窝一夹。扑楞在安玉椿的胳肢窝下面挣来挣去，却毫无力量，安玉椿夹着扑楞照走自己的路，待走到车跟前，顺势把扑楞塞进车里了。

　　一直出了北京城，上了回程的高速路上，扑楞还耷拉着两只胳膊，嘴里发出咻咻的叫声。安玉椿这才把他脱臼的胳膊，再整上去。扑楞瞪着眼睛看了一会儿安玉椿，说："你还会这一手啊，乖乖。"

　　"你不知道的还多着呢。"安玉椿说罢，再不理会他。

　　一路奔波，到家接近天黑。安玉椿安顿好一切，才给他哥安玉枫打电话。

　　回到安大营，见安玉枫正跟娘在灯下叙话，安玉椿说："哥，我困死了，我得先睡觉。"

　　玉枫说："瞧你一身疲惫，这趟进京，干的啥差使？"

　　安玉椿打着哈欠，盯着哥看了一会儿，猛地想起来，哥为啥不年不节地朝家奔的重大意义了，连忙说："哥，等我睡足觉，明儿跟你细说，你回来该剞什么，不该剞什么，怎么个剞法。这世道，有些事，很掰乎人啊。"

　　把安玉枫说得愣了一下。

第十五章

——

农瓦房把麦季弄出花样来了

这是午收后宁静的夜晚。

老尾巴和农瓦房，两人坐在小龙河湾的地垄上，盯着天上的星星看。那些星星，已经不像小时候那么清朗了，但农瓦房依旧看得很投入，看到星星的深处，渴望看出一位神仙来。小时候跟着小伙伴一起看星星，就是怀着这样的心情，希望星空下突然掉下一位神仙，给他们变出好吃的糖果和饼干来。

一滴冰凉的露珠，砸到农瓦房高昂的额头上，砸得他打了个冷战。季节已经进入夏至了，但小龙河湾的夜晚，还是显得有些清凉。农瓦房不擦掉那颗露珠，就让他凉凉地挂在额角上，再顺着额角滑到腮帮上。他耳边猛地响起了彩芹的笑声："你说是不是七仙女亲了你？你说！"彩芹揪他的耳朵，要他老实承认，不然就揪着不放。那会子是在海南的椰子林里，两人干了一天的活，就乘着南国的夜风，纳凉玩耍。夜露不但打湿他们的头发，连衣服也湿漉漉的。彩芹说他额头上的露水是七仙女亲吻时留下的口印。那就是一种神仙日子！现在没有神仙，如果有，就是老尾巴。老尾巴的日子，就是神仙般的日子。原来，他从火车上掉下来，掉到神仙身边过日子了。

"你个熊秧子，这麦子也收了，豆子也种了，打场歌你也唱了，扬场歌你也哼了，该回你的农瓦房庄了。"老尾巴眼睛看着天，嘴里说开了。

“俺叔，我咋回？你就好人做到底，留下我吧。不叫你吃亏的，我是个合格的庄稼把式。”农瓦房口气恳切。老尾巴也不是第一次撵他，他有话堵老头延时收留他。

这一回老尾巴的口气却很硬，很当真：“我跟你说真的，你待小龙河湾不合适，这是我养老的地方，不是你发展的地方。河湾里的地才有几沟几垄？只有回到你自己的庄上，你才有好地种，才能机械化，才能种黑粮，才能为所欲为。不，大有作为。”

“俺叔，你哄我开心吧。我还大有作为呢。我躲你这里，还有日子过，回到庄上，立马就被公安铐走了。”农瓦房说得一嘴苦水。

不等老尾巴再做他的思想工作，农瓦房又接着说：“俺叔，你看你把麦季剋得多热闹，比整个庄子的午收都热闹，要机子有机子，要镰刀有镰刀，有说有唱，有打有闹，跟过年一样。”

农瓦房的甜话，真把老尾巴撵他走的事堵住了。老尾巴眯缝起了老眼睛，沉浸在刚刚过去的午收热闹里。

老尾巴确实把午收弄出了一些花样来。附近庄上的人，接到他的信息后，一大早赶了过来。男男女女一扑子十几个人，简直就是一个收割队。他们不图一分钱，只是拿他们自家的麦子，等量来换老尾巴的麦子，换的麦子不是做口粮，是当种子。他们劳动的目的是换良种，这是老尾巴和他们达成的协议，两厢里都没意见，甚至帮他来割麦的人，生怕老尾巴变了卦，不让他们来干活了，老早就打好了招呼，麦子一熟，立马抱着镰刀过来了。

老尾巴地里长出的麦子多好啊，比种子站卖的种子强多了，种子站的种子，有许多不可靠，吃亏的人多了去了，也找不见说理的地方，吃亏只能吃个哑巴亏。而老尾巴种出来的麦子，颗粒饱满不说，还没有农药和除草剂，还丰产。不过，老尾巴要给哪片地的麦子做种子，得老尾巴说了算。因为有些麦子不是他的麦子，是省农业大学的实验田，他老尾巴都不能动一粒子，别说其他人了。大家也心领神会，没人敢打那些地块的主意。大家也知道，老尾巴种下的麦子，本身就是省农业大学实验田的种子，差不到哪里去。

老尾巴用种子换来的麦子，会电话叫来镇上面粉厂的人，让他们一次性拉走。他把麦子存在面粉厂里，要吃面了，再打电话叫面粉厂的人，驮新鲜的麦面过来。老尾巴的日子，真叫一个爽。

这次午收让农瓦房开了眼。这种热闹，还是他小时候见到过的，分田到户后，各家种各家的地，各人收各人的庄稼，哪还有闲心搞热闹呢？虽说来的都不是年轻人，应当说都是中老年人了，但这些人年轻时个个是种地能手，大家收种起来，又欢喜又有责任心。有一个老大娘，是不远处小龙庄的，老尾巴特意介绍给农瓦房："小龙庄的龙翠萍，你得喊大娘。"农瓦房老老实实喊了声"大娘"。龙翠萍笑得一脸菊花。这个标准的皖北大娘龙翠萍，六十左右的年纪，白净脸膛，不胖不瘦，穿着干净，花白的头发，在后面绾了一个纂，还插了一根银簪子，显得清爽利落。农瓦房只溜了一眼，就断定，这个大娘年轻时不丑。

其实农瓦房已经不是第一次见龙大娘了。落脚小龙河湾不久，龙大娘就来了。她来给老尾巴洗衣裳，收拾屋子，蒸花卷，烙烙馍，包了几锅拍的饺子，把冰箱都放满了。从早忙到晚，天黑才回家。十天半个月，龙大娘就过来一次，把老尾巴的屋子，收拾得干净整洁。还去菜园里薅草，把菜种子带过来种。龙大娘的做派，就是小龙河湾的女主人。不用说，龙大娘和老尾巴关系不一般。农瓦房问过老尾巴，老尾巴嘎嘎一笑："我请的钟点工呀。"眼睛闪个不停，一看就是骗人的。农瓦房有些内疚，他明白，自己待在这里，妨碍老尾巴和龙大娘了。

龙大娘的做派，像午收队的队长，指挥大家怎么割麦，怎么使机子，怎么造场、堆垛，好像这地是她家的。因为来午收的人大都六十岁开外了，大家开起玩笑来也放得开，各人揭年轻时的那点老底，谁跟谁相好过，谁掰乎过谁，说得有鼻子有眼的，被说的人也不生气。有人就开老尾巴和龙大娘的玩笑，说他们什么时候拜堂成亲呢，拜堂的话，要喝喜酒散喜烟的。老尾巴笑得嘎嘎的，龙大娘却有意虎着脸，但欢喜却从心里溢出来，最终把脸上的菊花笑得摊开了。老尾巴指着农瓦房说："这个熊秧子在这里赖着不走，咋拜堂嘛。"说得像真的一样，搞得农瓦房真有些紧张了。

河湾里的路不行，大机子进不来，再说这地块也用不了大机子，就来了手扶收割机，长得跟手扶拖拉机差不多，就是前面多了三颗牙齿样的镰刀。这种机子只能把麦秸割倒，很适合老尾巴这一溜那一溜的河湾地。麦子倒地了，来干活的人，就把麦秸子绑起来，用架子车拉到事先造好的场里，摊着晒。机子割机子的，人割人的，机子、镰刀齐动手，两天的时间，老尾巴的麦子地，就被收拾得一片干净了。然后是打场。

没有牛拉石磙打场了。在这一片，没有一家再喂犁地干活的牛了，除了养牛场有牛，谁家都不会再养牛。养了牛干什么？一头牛派不上用场，得三头牛，才能配合起来犁地、打场，朝哪里找齐了三头牛呢？到处都是打场的机子，小型的、大型的，最不济的是手扶三轮机子。能开到小龙河湾里的打场机，就是手扶的机器。

龙翠萍龙大娘，就像小龙河湾里的当家人，来收麦的机器手、割麦扬场的庄稼能手，都是她事先安排好的。进展和顺序也是她定的。麦收季节，人可以闲，机器却不能闲，不事先定好时间，就找不到机子过来。

麦子堆在场上晒了一天，被晒得焦干了，打场机子开了过来。

开手扶打场机的也姓龙，跟小龙庄挨边大龙庄的，叫龙大河，六十五了，年轻时就会开拖拉机，当过公社的拖拉机手呢。因为喜欢摆弄机器，生产队的时候，手扶拖拉机归他开；土地到户后，没有机子了，都使牛了，他只好喂牛，犁地时，以为自己开的是机器呢，嘴里驾驾有声，把牛赶得飞快，累得牛浑身淌汗。跟他合伙犁地的人家，舍不得自家的牛受累，心里有意见，就不跟他合伙了。因为他使牛太狠，本庄上和外庄上的人家，都没谁跟他合伙使牛种地，他气了，一生气，就卖掉门前的泡桐树，又卖掉半芡子黄豆，买了一台手扶拖拉机。买这台机子，害得他家里人一个冬天没豆子换豆腐吃，害得他闺女出嫁没树打嫁妆，但手扶拖拉机却派上了用场，他家犁地种地比哪家都快，手头宽裕的人家，开始请他帮着开机子犁地，一亩地该给多少钱给多少钱，龙大河终于把买机子的钱挣了回来。

龙大河年年来给老尾巴收庄稼，是龙翠萍请过来的，按族谱上记载的，他们是同一个祖宗，也是同辈人。一开始大家不好当着龙大河的面，开老尾巴和龙翠萍的玩笑，怕她的娘家人有意见，但龙大河带头说起了他这个苦命的妹子，如果当年跟了老尾巴，老尾巴就不是这样的日子，他这个妹子也不会过这样的日子。既然他提起来了，不避讳了，大家就七嘴八舌说起两人的前世今生，就起哄叫他们早一天拜堂。说惯了，就把龙翠萍和老尾巴，说得跟一家人一样。龙翠萍确实不把自己当外人，大家在地里忙活，她钻锅屋里烧茶，蒸一大锅的馍，擀两钢筋锅的面条，有时还叠葱花油饼，让大家吃得饱喝得足——老尾巴的协议里，收庄稼时，中午得管顿饭吃，也是为着节约时间，省得大家再回家吃饭。十几个人的饭，在龙翠萍的手里，不是难事。老尾巴有口地锅，河湾里的硬柴烧不完，烧硬柴火旺，蒸馍、炒菜、煮面条，龙翠萍袖子一捋，不一会儿，可口的饭菜摆上桌面。

晚上跟老尾巴坐场边说话时，农瓦房感叹道："叔，你真管，躲在河湾里当神仙，还有个红颜知己。"老尾巴说："红颜知己？别说得那么洋乎，不就是老相好嘛。"

农瓦房想了想："也对，老相好更容易让人懂。"

"别仗着你在城里卖过嘴，就瞎说。"老尾巴嘴里反驳着，脸上的样子却很受用。农瓦房就想套出点他跟龙大娘的佳话，但老尾巴坚决闭着嘴，不说往事。不但不说，脸上的样子还黑下来了。

那么，属于老尾巴和龙大娘的往事，肯定不是太让人欢喜的往事了。就像他跟彩芹的往事，又有多少不是苦涩的呢？

想到各人肚里都有一腔苦水，听龙大河唱打场歌时，农瓦房也跟着唱了起来，不但唱了打场歌，还唱了扬场歌。一开始他不想张扬，怕他待这里被人传出去，听到龙大河的老公鸭嗓子，把打场歌唱得七零八落的，他就情不自禁开了腔。开着手扶机子的龙大河，把机子停下来，连翻场的人，也停止了手里的活，一起听他唱。

　　二月二，龙抬头，

　　大龙小龙躲着走，

　　家家户户把剪子收，

　　别碰着龙的头。

　　三月三，逢大会，

　　西街的扬琴东街的口（技），

　　叽叽喳喳赛不休，

　　大人孩娃猛劲儿瞅，

　　咋也瞅不够……

龙大河就跟农瓦房对唱。龙大河的本领是现编，看到老尾巴捏着细胡须眯缝着眼，就唱道：

谁说皇帝的日子好，

不如尾巴的福星高，

白天睡到日头饿，

晚上熬到月落梢，

你还想咋着？

人家种地为种地，

你的种地是玩的，

四季种的不重样，

麦子甜来豆子香，

日子亮旺旺。

农瓦房把家乡的小曲拿出来唱了：

收罢麦子娘家转，

俺给俺娘送大雁，

路过恁庄搭眼看，

相好的可在麦垛边。

新打的麦子香喷喷，

新做的大雁白生生，

秫眉子给它当翅膀，

豌豆子给它当眼睛。

大雁的眼睛再亮堂，

没有俺哥的眼神亲。

俺哥俺哥你瞅一瞅，

妹是胖了还是瘦？

胖了有力气来见你，

瘦了俺的日子不如狗……

扬场的时候，农瓦房把庄上几辈人唱过的扬场歌，也亮了出来：

嫡亲哩个皇天嫡亲哩个地，

嫡亲哩个日子分出四季，

四季里的庄稼养活几辈人，

人老几辈子都是这样活的。

早起顶着露水摸着黑走，

夜里披着星星摸着黑回，

头茬子收的是小麦，

二茬子收的是黄豆，

收过豆子砍秫秫，

秫秫秸还能盖屋子，

盖好屋子娶媳妇，

娶了媳妇生小子，

人老几辈就是这样过的……

在歌声里，农瓦房把麦子用木锨除起来，高高地朝天上扬，麦糠顺着风跑到一边，麦粒子直直地落到场地上。农瓦房一锨一锨扬得很有章法，脖子就像给他的歌声打拍子，一扬一挫，一起一落，天人合一。

几个扬场的老手，没想到农瓦房扬场扬得这么好，最后一天收工的时候，就问老尾巴："你个老尾巴，庄稼活做得不咋样，这收的徒弟咋这么管呢？都把麦季弄出花样来了。"

"他天生就是有花样的家伙，聪明，脑子够使。"老尾巴有些得意。大家说说笑笑一大会子，见太阳在西边红了脸，就各自收拾了家伙头子，离开了小龙河湾。龙翠萍走得最晚，她把老尾巴的厨房和卧室里里外外收拾干净了，才笑眯眯地离去了。老尾巴跟她招手说："耩地的事早找人啊。把豆子耩地里，下雨好有豆芽吃。"

龙大娘剜他一眼，心领神会地走了。

收罢麦子的小龙河湾，有天干地净的感觉。爷两个坐着乘夜露，说闲话，老尾巴又撺起了农瓦房。

"在我这里过了收种庄稼的瘾，你该回到你庄上去。"老尾巴说得很真诚，"你不像我，是个老年人了，在这里坐吃等饿的。这片地，虽说是我一抓钩一抓钩硬刨出来的，说不定一个政策过来，就被收公了。这是公家的河湾嘛。"

"那我再收了这季豆。"农瓦房赖着，"哎，尾巴叔，是不是我在这里，龙大娘就不好来侍候你了？"

"哪里的话！"老尾巴把脸一绷，"人家龙大娘才不待在这河湾里受大罪呢。"

"我看大家开你俩玩笑，开得冒锅淤灶的，证明你俩肯定有故事。说说吧，叔？让我开开眼。我都把我的事全说你听了。"

"你说完了吗？你害死人，背人命官司的事，还没说呢。你得先说。"老尾巴讲起了条件。

农瓦房身上收麦子的喜悦，一下跑光了，只剩下满肚子的苦水。这苦水要不要倒给老尾巴呢？他咬牙想了一会儿，算了，全说给他吧。如果离开小龙河湾，被公安铐走了，连说的机会都没有了。

"俺叔，那俺就跟你说说，俺出人命的那档子事……"

第十六章

——

农瓦房最后的贴花生涯

　　农瓦房跟着李文化贴花卖嘴，确实是为着挣够承包土地的钱。有了钱，无论在哪里过活，都能有条件种地。地种好了，钱也挣到了，手里也活泛了。如果有了钱，就包个车，半夜跑回家一趟，见见爹娘和兄弟，也算放心了。把家里人的脸全丢个精光了，就回家让他们朝脸扇几耳刮子解解气吧。

　　卖嘴就是算命，江湖俗称"卖钢口"。李文化他们这一帮吃江湖饭的人，把算命叫成"卖嘴"。算命打卦的，满大街都是，城里的过街天桥上，商场背后的阴影里，都坐着摆摊算命的人，到底有多少人相信路边的"仙人"指点迷津呢？那真是越来越少了。因此，算命的生意并不好做，这碗饭吃起来越来越费劲了。贴花便流行起来。贴花是卖嘴的升级版，把黄鼠狼精磨人的那一套，用在贴花上，算是与时俱进。贴花的方式却很多，多到一个师傅一种招数。李文化这一帮贴花的，同出一个师门，花样是收古钱币。到了你家，首先亮出自己是收古钱币的生意人，不管你家有没有古钱币，都会坐下来跟你拉呱。哪怕你拿出来的不是古钱币，是普通的铜钱，也会出高价，按古钱币的价格收过来，这样，就能把你的家底套个底朝天了。当然，进到哪一家，也得事先踩好点，家里有老人的，是首选。一般选在晚辈上班不在家的时候。

　　一帮人沿着铁路线跑，去过全国不少地方。到达宁城的时候，夏天正热。

宁城是个发达的城市，有钱的人多，然而也并不意味着这里的钱好挣。这是个南方城市，南方人比北方人的心眼子足，钱再多也不会把钱看轻，相反的，想把宁城人的钱从口袋里掏出来，需要费一番功夫。在宁城溜达了几天，贴了几票花，就摸清了头绪。原来这里的人，还是挺迷信的，相信因果报应，只要按照他的思路贴花，差不多都能成功。

　　然后就贴到一个老太太家了。

　　说她是老太太，也并不太老，六十旺岁的样子吧。但不是宁城本地的，普通话捏着说，听出来是个北方人，李文化出马收购了她私藏的几枚没用的铜钱，还非说她那个摔瘪没用的烧水壶，有年代有价值，硬是二十块钱给收购了。把她感动得心里直热乎，连李文化捏着说的皖北普通话都没听出来，就把她家里人的情况和她正担忧着的事，一一说了出来。原来她儿子做生意，车在广东地界出了车祸，被扣下了。车上装的东西，正急着朝外运，如果耽误了，不知要赔多少钱，她正烧香祷告呢。李文化安慰了她一番，告诉她，只要她心诚，她儿子保证化险为夷。这是给农瓦房铺路呢。然后，农瓦房这个知今生懂前世的"赛诸葛"就上场了。

　　为什么要农瓦房出面贴这票花呢，因为他的样子像个好人、善人。农瓦房刚走江湖，脸上身上的江湖味少，不像李文化，再怎么装，一张口就是江湖，一卖眼就叫人多些提防。农瓦房却是一脸的实诚，被大家断定，他吃江湖饭吃不长。农瓦房对吃江湖饭多长无所谓，他就想赶紧挣够能承包地的钱，金盆洗手。

　　农瓦房是在街道口和老太太不期而遇的，他喊老太太大娘，盯着大娘的脸看了半天，猛地一拍脑门："哎呀大娘，我怎么看你印堂发暗呢？你家里一定有事！"

　　大娘摆着手说"没事没事净瞎扯"，快步离开街口，朝家走，走得脚下生风，生怕被农瓦房撵上了。农瓦房当然紧跟其后，嘴里念念有词："大祸临头不知躲，大水涌来没有船哪，可惜了，可惜了。"嘴里啧啧有声。

　　大娘生气了，猛地站住脚，冲农瓦房骂道："你这是咒谁呢？谁大祸临头了？谁大水涌来没有船了？"

　　农瓦房连忙双手合十，低眉顺目说道："我看到不说，不忍心啊。得，看你老人家这样动怒，我再多说，就不厚道了。有缘千里解忧愁，无缘对面不相识啊。您老走好，走好！"朝前伸着手，让大娘先走。

大娘走了几步，回来了，仍是怒目而视他，说："有本事，你三句话里能说对一句，我信你！"

农瓦房把指头竖在嘴中间，示意大娘小声点。这是李文化教他的招，李文化说，多躁动的人，只要一竖指头，保证声音会小下去。这叫神示！果然，大娘声音小了下去，说："你先说三句给我听。"

"请借一步说话。"农瓦房慎重地四下看了看，指引大娘来到花木带的一棵香樟树下，"我从你印堂上看到三道杠，你有三个儿女，最长的杠代表你的长子，你的长子一定不离你左右。你家里还有一女一子，女为长，目前就是你不离左右的人有事情，因为第一道杠中间断开了。"说罢，盯着大娘的脸看。

刚才还一嘴钢牙样的大娘，立刻嘴一撇，要哭了。她努力控制着自己的情绪："你说得有点靠边。那你说说，我家的……我儿子到底有啥事，怎么破解掉？"

"你长子的事应当跟车轮子有关……让我想想……这里太嘈杂了，我脑子的信号一时接不太准……"

不用说，农瓦房被大娘请回家了。

这是贴花的第三步。第一步是搭讪，第二步是放信号，第三步是进家门。

只要进了家门，贴花的事，就成了百分之六十了。

农瓦房一看这家里的摆设，心里略略放了心。这个家怪富裕的，家具都是紫红色实木的，也不知可是人们所说的红木家具，农瓦房也不认得红木。管他啥木头，他的活跟木头无关，跟钱相连，得让大娘掏钱。

农瓦房喝过大娘递来的茶水，让大娘找个干净盆子，倒上水，他要净手，焚香。做完这一切，农瓦房对着天花板，闭目喃喃自语。他嘴里喊出了祖师爷，谁也听不出是哪一位祖师爷。他喊祖师爷指点自己，便闭目再不吱声。当然这不吱声不能时间太长，否则家里的晚辈回来就麻烦了。大概有五分钟的时间，农瓦房把眼睛睁开了，在屋里来回转着圈。这个转圈也是李文化传授的，这叫自己没转晕，先把别人转晕。果然。大娘忍不住说："你转啥转，快点给破了呀。"

农瓦房咯噔站住脚，食指在嘴中间竖起来，嘘了一声。大娘暂时安静了。农瓦房再转五圈后，才站着不动，伸出左手和右手，把左右手的指头掐算了一遍，才说："你儿子的事不在本省，出省了，在东南方向，该在广州的地界里。"

大娘点点头。那表情，要农瓦房快点接着朝下说。

"如果说跟车轮子有关，不是火车轮子，是汽车轮子。轮子有事了，也就是你儿子有事了。不过呢，你儿子没伤一根毫毛，从推算上看，他应当就不在车里。但这出事的轮子又是跟他相关的，跟他自己出事一样严重。这么说吧，轻则，关进去，重则，不但人关进去，还要破财。"

大娘哇的一声哭了："你说得在理，俺儿子的车……出事了。被扣了……他两口子都去处理了，这要是被关起来，这个家，咋办呢？"

"本来就不好办了，已经缠住你儿子的手了，但谁让你碰上我这个赛诸葛呢，碰上我，那就好办了。就看你心诚不诚了。""赛诸葛"继续朝下演。这个环节很重要，演好了，一派丰收，演砸了，白忙活一场还算轻的，要是被人报了警，得进局子。进去后的事，就复杂了。李文化进去过，进去先挨打，打过朝地上一扔，什么都不问，连着打三天，才问一句话："知道为什么打你吗？"你说不知道，那就继续挨打，说知道吧，就得老实交代，交代完还要挨打，还要罚钱，罚得连小袄子都没得穿。

哪怕逃跑，哪怕不要一分钱，也不能进去。

真进去了，打死也不交代，就算交代了，就咬死是头一回，还不能出卖"组织"。但谁能做到呢？公安是吃哪碗饭的？好欺骗吗？

"大仙，你快给指条明道吧。"大娘的嘴唇哆嗦了。

"要破这个难题，就在今天，在六个小时之内。否则，谁都无力回天。"农瓦房卖着关子，开始下猛药。这猛药，就是把后果说得恶狠狠的，要多悲惨就有多悲惨。

"你儿子碰到克星了，生意场上，要多复杂有多复杂，都是你死我活的事。是吧？要不，咋能发财的是少数，多数人都粗茶淡饭呢。这些年你儿子在生意道上混，对手不少，他发了财，对方的钱就少了，所以，结怨是不可避免的。这回发生的车轮子碰车轮子的事，就是个套，对方有黑社会，他们不光是要钱，还要命。要解这个套，只有一条，就是靠大娘你的诚心了。大娘你该问了，我的诚心怎么表达呢？我这样跟你说吧大娘，口说无凭，你只能把家里最贵重的东西，拿出来交给我保管，就足以证明你的诚心了。我也不放别地儿，就放你的房间里，我是代表祖师爷帮你保管的。打眼一瞧，大娘你一生行善积德，吃苦受罪的事也没少经历，你吃苦行善，都积到你后代人身上了，他们才发达才称心，现在，你还得为解他们的灾难表达诚意，心诚则灵，否则，我也没法救你儿子了。"

大娘被农瓦房说得哆嗦成一片了，脸上现出苦痛表情，手不自觉地抓过桌上的一把钥匙。农瓦房虽说卖嘴时间有限，对江湖上的事经验不足，但一眼看出，那一串钥匙，个头不大，都是开抽屉柜子这些个放贵重物品的钥匙。大娘抓住了钥匙，要不，大娘打开柜子找出金银首饰，要不，抱住钥匙不撒手。农瓦房继续加大着语气的血腥味绝望味，就像抓着一根绳子，把一个人朝井里送，送得越深越好，越黑暗越好。他期待着被送下井里的人，发出求救的号啕。

大娘的确号啕了，她抱着钥匙，站立客厅中间，仰天号啕。农瓦房心里扑腾扑腾跳得厉害，他期待着大娘下一步的冲动表现，比如，扑到放贵重物品的橱柜跟前，把大柜小柜全部打开，捧出里面的金银宝贝，一股脑儿地交给他，而他呢，会从随身的包里找出一个包袱皮（这可是重要的道具啊），把这些宝贝全部用包袱皮包起来，暂时给大娘存放着。存放宝物也是讲究的，为表达自己的诚意，大娘得待在客厅里，让他帮她存放。放哪里呢，当然会放在卧室里，放好了，对着存放物吹法气，念咒语，就算被大娘偷看也没关系，他在做法事。等做完了，再指给大娘看，不外是衣柜顶上或最最上面的抽屉里。放哪个方位不重要，重要的是，必须在规定的时间外打开。注意，是时间外。比如，如果定在六小时外，一定坚持过完六个小时后才能打开。当然了，打开了包袱皮，里面肯定是一团废纸，或者几块小石头。否则，卖嘴的人喝西北风也没人刮啊。就算大娘醒悟了，或家里的晚辈回来发现上当受骗了，那也来不及了。六个小时的时差，骗子们早逃之夭夭了。这个时差是贴花者为自己定的，很重要，就像定的闹铃，不到点不响，闹铃响时，大家已移居到另一个城市。贴花的单子越大，大家逃得越快。也有意外的时候。李文化在河北贴花时，那边刚刚到手，抱着宝贝下楼时，正遇见这家的晚辈下班回家，还跟那个一脸文化戴着眼镜的男人对视了一下。李文化吓得小腿肚子直抽筋，生怕还没到楼下就被抓到了，三步并作两步朝楼下冲，跑到小区门口，拦了一辆出租直奔车站。结果那次是有惊无险。据道上的朋友递话说，那个老太太谨遵大师教诲，就算儿子回家了，她也压根没说出财物被人"管理"的事，直到"闹铃"到了，她才长出一口气，跟儿子表功她"保护"了他的安全，否则，今天一定大祸临头。儿子这才慌了，但哪里还能追得到骗子？

在农瓦房焦急的期待中，大娘号啕了五六分钟，才慢慢止住哭泣，但她并没有按农瓦房预想的那样，直扑到藏宝物的地方，迫不及待地拿出代表自己诚心的宝贝，让农瓦房帮她保管。非但没有，她更加用力地抱紧了那串钥匙，这让农瓦房心里焦急起来。这个老大娘，她想怎么样？犯迷糊了？还是压根就不信他这一套？还是她没听懂她要怎么个表诚心？还是自个儿把话说轻了，不足以让她拿出表达诚心的决心和勇气？

农瓦房只得再加猛料，以达到预期目的："大娘你该知道，人这一生吧，挺不容易的，特别是做老人的，只要儿女需要，哪怕把自己身上的肉割下来，那都毫不含糊。可是，别人就是地狱！您的贵公子，宝贝儿子，此刻就站在地狱的门前，朝前一寸，就掉下去了，朝后一寸，就一切平安无事。这平安无事，全仗你老人家出手相救啊。我估算了一下，你儿子犯的这个血灾，不是一般的车祸，这车祸背后别有因由。他是被人设套陷害。一个外地人（大娘的口音暴露了她不是宁城本地人），在别人家的地盘上发财，别人能不眼红？江湖上的狠角多着呢，使出的招数也多着呢，说出来大娘别害怕。我之前在河南去救一个人，结果那家人舍不得财富，不诚心，我眼睁睁看着他跳火坑。你猜他遭了什么罪？他被他的对手拉到大山沟里，硬是切去了他的一颗肾！结果呢，他回家后，啥也不能做了，没过半年，呜呼哀哉了。值吗？我跟你讲大娘，这江湖上的狠招可是真多，挑断脚筋手筋，挖走身上的一个器官，比如，半块肝，一颗肾，甚至两颗都帮你挖走，让你生不如死。大娘，你总不能眼睁睁看着你最亲的人，惨遭如此不幸吧？"

大娘再次号啕起来。这回她的号啕加入了动作。她在手里团巴那串钥匙，团巴来团巴去，最后抽出一根黄铜颜色的钥匙，眼泪汪汪地递给农瓦房："我真不知道……该打开哪一个抽屉，这都是我儿媳妇管着的，我平常从不挨她的东西……"抽泣着，又抽出一根钥匙，"这一根，我也不知打开哪个地方，我真的不知道……"突然扑过去，扑到卧室的柜子跟前。那里有一排夺人眼目的抽屉。农瓦房的心怦怦直响，响得快要从嘴里蹦到地上了。他希望出现的场面终于出现了。然而，大娘并没有去开抽屉，而是扑到柜顶的另一个物体上。一直到她摘下来电话听筒，农瓦房才反应过来。

"大、大娘，你老要干啥？"农瓦房吓成了结巴嘴子。

"俺给俺的儿打电话，告诉他不用怕，大师赛诸葛正给他做法呢。让俺的儿给俺媳妇讲，别怪俺打开她的抽屉，俺都是为了救他们。也让俺的儿媳妇告诉俺，哪个钥匙开哪个柜，让俺省点时间……"

没等大娘说完，农瓦房夺门而逃了。一直逃到他们藏身的小旅社，农瓦房还没想明白，他这是遇到了一等一的高手呢，还是遇到祖师奶奶了？

听完农瓦房的诉说，李文化长叹一声："劫难哪！连铜钱带废烧水壶，我们投资了三百多块钱哪，怎么都打了水漂了呢？你是不是露出了啥破绽？"眼睛把农瓦房瞅个底朝天。

"我不知道，真不知道，她咋会打电话呢？就算打电话也不怕，她儿子回不来那么快。就是她哭得太狠了，哭得全楼的人都能听见，我不敢再多说了，只有拔腿就跑。"农瓦房为自己临阵脱逃狡辩。

"你以为打电话不要紧？"李文化剜了他一眼，"他儿子跑不回来，不会打电话报警？是你的腿快，还是警察的车轮子快？你咋就让她打上电话了呢。"

大家劝李文化别埋怨了，吃卖嘴这碗饭，卖好了就有饭吃，卖不好就竹篮打水一场空，很正常。

"真是可惜了，钥匙都拿出来了。唉，瓦房也尽力了，只能说咱跟这堆揽头（江湖话：钱）没缘分。算了，我们再踩点吧，我还负责贴花踩点，瓦房负责起点。"李文化把情绪调整好，反过来安慰着大家，重整锣鼓再开张。

卖嘴贴花这门卖"钢口"的营生，江湖上又叫"干金"。讲究的是自觉自愿，决不强买强卖，更不能强抢。一定是对方自觉把东西交给你，而且是心甘情愿地交。就算事后他醒过来了，也怪自己一时蒙了脑子，同时多少佩服你的口吐莲花巧舌如簧。本着破财消灾的心理，大部分人都会自我安慰一番，念叨着经一事长一智的励志语录，并没把算命贴花的穷追猛打。如果你是强抢，那就另当别论了。比如，帮对方打开抽屉或柜子，拿走那些东西，那就变成入室抢劫了，性子一变，就摊上大事了。吃江湖饭就得遵守江湖规矩，这一点，江湖老大第一时间就会给你上课洗脑。

农瓦房蒙头先睡觉，把精神补一补，刚才脑仁用疼了，虽说无功而返，但脑筋花可是累掉不少。

在李文化忙着踩点的时候，农瓦房终归不死心，把自己打扮成收破烂的样子，又去了大娘住的那片街区。在小区门口的公共活动区，几个老阿姨正在拉家常。农瓦房隐约听见她们在说一件事。

"真是不经吓，就病倒了，满嘴说胡话，她儿子回来了她都认不出，抓住儿子的手直叫祖师爷，让祖师爷快点救她儿子。反复埋怨自己胆小没有用，连自个的儿子遇难都不会救……茶水不进，粒米不沾，看那样子，可能撑到七巧节啊……"

农瓦房又听到自己的心怦怦乱跳起来，眼看就要跳落到地面上了。怎么，他把那位大娘吓病倒了？而且还病得不轻，有性命之忧了？他想上前听仔细了，又怕人家起疑心，就慢慢朝前靠，拿出李文化教化的那一套，一直走到说话人的跟前。说话的阿姨们马上发现了他，不满地瞪着眼睛，用眼珠朝他身上抓几把。农瓦房憨憨一笑，小心翼翼地说："阿姨，我在等您手里的矿泉水瓶子呢，省得您朝垃圾筒扔了。"一脸的笑，一脸的真诚，把几位老阿姨说笑了。农瓦房趁机问道："阿姨也相信有吓死人的事呀？俺老家也有过这事，说家里进了土条子（江湖话：蛇）精了，就是蛇精，就把一个老头吓死了。"

"还有蛇精？"其中的一位老阿姨显然对话题很感兴趣。农瓦房就接着说蛇精，说蛇精能托人的口吻说话。能说吉祥话，也能说灾难话，所以不能得罪了土条子精。就把老阿姨的话引出来了。"这回被吓的是个乡下阿姨，听说平常胆子就小，没大言语，被街头算命的给吓住了。"老阿姨话多了起来，"也真是的，算命的话也敢信？他能会算命，先把自家的命算好了，也不至于蹲在天桥上喝凉风费唾沫星子了。"

农瓦房想，如果城里都是这样觉悟高的老阿姨，他们卖嘴的真该饿死了。正要接话再说点啥，看到有人举着大花圈进了小区的院门。两个老阿姨呼噔一声站起来，其中一个把手里的瓶子朝农瓦房跟前一杵，嘀咕道："天哪，这么快，就死了？也太不经吓了。"抬脚就朝小区里进。

农瓦房的心就像在结了冰的河里涮了一下，立刻拔凉拔凉。他马上"扯活"（江湖话：逃跑），公交"迫轮子"（江湖话：车）也不敢坐了，拐大街走小巷，来到避身的城中村小旅社。正好李文化刚刚踩点回来，见到农瓦房马上说："瓦房，你下午就出马，这一回我把花贴得足足的，连他的相好在商业街三十八号摆摊我都知道，你只管去。他想要个儿子，他老婆地里不长庄稼了，他相好也一直怀不上，急着呢。盼子心切，这头货好上钩……"见农瓦房脸色铁青，问道："你这是咋的了？遇到条子（江湖话：警察）撵了？"

"比这个还要惨。"农瓦房哭咧咧的，"我前几天起点的那家，那个大娘，被我吓'土了点啦'（江湖话：死了），花圈都扛家里了。"

"这、这、可信吗？"李文化手直哆嗦。

"千真万确！我亲耳听到亲眼看见。哪想到这么不经吓，真就土了点啦。"

几个人饭也不吃，屋也不出，立刻蹲下来，商议这个事怎么办。一商议，真就麻烦了。李文化在江湖上混的时间长，知道破财不当紧，出人命才叫"顶了瓜"（江湖话：叫人害怕），主家肯定会报警，农瓦房长什么样，几时进的小区，门口监控拍得准准的，网上一通缉，一抓一个准。

农瓦房的脸立刻由青变黄，由黄变绿，他傻了。

屋里的其他几个人，忙着收拾东西，看架势，这是要集体"扯活"。

李文化是舵把子，他抓住农瓦房的手跟他掏心窝说话："你是我领进来的，咱干金卖嘴的人，图的就是挣钱'安根'（江湖话：吃饭），别的事，咱挨都不能挨，这回子你出了事，把'苍果'（江湖话：老太太）掰乎'土了点啦'，咱一扑子人都沾了麻烦。江湖人讲究个'义'字，这回轮着你讲'义'了，我讲'义'没用，我讲'义'把你留下来，会把大家都团巴进去，都挣不到'安根'了，只有你讲'义'，你才能救大家。"

农瓦房心里扑腾得厉害，万念俱灰，眼前一片茫然。

"你讲的'义'，就是主动脱离我们，自己走自己的江湖，先躲过这一劫，再做别的打算。"李文化继续劝解农瓦房，"这也不算啥'抹盘'（江湖话：丢脸）的事，相反的，大家觉得你不拖累大家，给大家留一碗饭吃，反而让人佩服。"

"我、我到底咋个走自己的江湖？"农瓦房露出生手的一面。

"大不了，你先'化锅'（江湖话：乞讨）一段时间，等这事平息了，再做别的打算。"

"你是说，网上会通缉我？"农瓦房欲哭无泪。

"那是肯定的。所以，你不能坐'迫轮子'（车），火车汽车都不能坐，车站的老警最有经验逮人。就你这样的，一露脸，就会被逮住。你哪有逃亡的经验呀。从现在开始，你不能剃头了，把头发留起来，胡子也留起来，这样，至少跟网上通缉你的样子不太一样。你只能靠脚走了，不能出现在任何公开场合，住也只能住叫花子村和桥洞底下。"李文化安排着一切，把该分的钱一分不少地分给了农瓦房。有五千多块钱。农瓦房把钱重新塞给了李文化："你帮我捎给我爹娘吧，带我身上，有啥用？"就攥了二百块钱的零花钱。

"行，我不带到不是人生父母养的。我会再涨二百块，算我代你孝敬二老的。"掏出二百块，放农瓦房的那一卷钱里头。

有人开始哼哧鼻子了。李文化的眼睛里也挂了泪花："日他奶奶的，这日子，何时是个头？我巴不得早一天结束这日子，这阳埝（江湖话：南方）密埝（江湖话：北方）的跑，'迫轮子'把屁眼都硌穿了，还动不动'扯活'地担惊受怕。"

"我其实……一直不太喜欢吃耍钢口的饭，如果我有能力承包了地……"

还没等农瓦房说完，李文化抢话道："你要真有一天时来运转了，包了一大片地，我就跟着你种地去。谁不跟着你种地，谁是孬熊！种地安稳！我看趁着'浑天'（江湖话：黑夜），我们就此作别。宁城不能待了，我们换个地方，继续向南走。你咋走，瓦房？"

"我向北走，离家近的地方走。"农瓦房说。

"行，你'青天'（江湖话：白天）少出来，'浑天'多活动。等风头过去了，就安稳了。"

"我就这样，在'浑天'里离开了宁城。夜里有火车，但我知道我不能坐'迫轮子'，我只有靠脚走。我买了张地图，顺着公路走，这一晚走到半夜。实在太累了，我随便在路边就睡了。天不冷，南方到处都是工厂，一家连一家，哪家工厂门口都有空场子给我睡觉……"

"然后，你就被火车运到我这里来了？"老尾巴在星光下瞧着农瓦房乌青的脸，"你咋敢坐火车了？不怕被老警抓起来？"

"扒火车怕啥老警，只怕摔死这一条。我扒火车有经验了，摔不死的。"农瓦房恶狠狠地说，"从宁城一路走，走了一半的路，我一直靠'化锅'生活，直到头发长了老长，我才敢跟人打招呼，帮人家出点苦力啥的，挣碗饭吃，就走到了淮河边。我就不朝外走了，就在淮河南飘荡，坐火车站广场上摆摊子，认识了一批同行。这样省劲多了。"

"你在我这里是不是更省劲了？你真打算在我这长待啊？你不想承包地了？"

"你叫我咋承包？就我这身份，通缉犯呀。一出小龙河湾就被抓走坐牢了。"农瓦房的口气懊悔无比。

"或许那个人没死呢，我觉得她没死。"老尾巴说得有些板上钉钉。

"你咋觉得她没有死？我亲眼看到举着花圈的人进去了。"

"咱打个赌，我说她没死就没死。如果她死了，这小龙河湾的地全归你。你现在可以大摇大摆走出小龙河湾，回到农瓦房庄上。庄上的地荒那里呢，你爱咋种咋种。"

"咦，她又不是你亲戚，你非说她没死。"

"说不定她真是我亲戚呢。"老尾巴神秘莫测地笑笑，"你要是回庄上的话，我来想个办法，保证让你风风光光地回去。"

"你能耐不小，我看得出来。你咋个风光法让我回去？"

"你是返乡农民工，回乡创业当种粮大户！"

"俺哩叔，只有你把我这样定位啊。我是啥人，你又不是不知道。再说，你说了可算？"农瓦房被老尾巴的话逗笑了。

老尾巴把脸绷起来："当然算，别看我被发配到小龙河湾里了，我在安刘河的街上走一走，喊一喊，你就能回家去种地了，保管行！"

"咱就打个赌。那俺叔，你得跟我说说你。你咋就到这小龙河湾里了？是跟那个龙大娘有关吗？我看你俩之间有故事。"

"我跟好多人都有故事，你要听哪出呢？"老尾巴呼隆站起身，"回屋睡觉，明儿再聊。唔，你看到远处那片星星了吗？星星的下面，有一个姓虞的女人，为了她爱的那个姓项的男人，就把自己杀死了。"

第十七章

老尾巴有过两次想死的心

"我第一次想死，是年轻那会子。"在夜里乘凉说老故事，两人好像都上瘾了。犄下地的黄豆，在土里憋着劲，准备着哪一天突然冒出头，狠劲呼吸小龙河湾水气很重的空气，把自己铺得满坡满地。

老尾巴开头先说年轻时的事，语气挺沉重，把农瓦房的神情也说严肃了。

"谁年轻时不是心高气盛的？反正我就觉得我年轻时长得光滚，比谁都强。我找女人也得找我中意的女人。是不是？你敢说你不也是这样的人？哪朝哪代，男人中意了哪个女人，就认准那是自己的女人。"

"俺叔，你没有娶上你中意的女人吗？"农瓦房的问话里带着夜气的清凉。

"没有。不但没有，还看着她被别的男人娶走了。"老尾巴的腔调变得更低沉了，"我跟她是在上河工的时候认识的。你知道河工是咋回事吗？你年轻，肯定没经历过，只有我们这个年纪的人，才经历人欢马叫的上河工。顺着咱这小龙河朝北，八里开外的地方，东西一条人工河，叫解放河。嗯，你到过那里是吧？那条河是咋整出来的？被成千上万的人挖出来的。

"为什么要成千上万的人挖河吗？排涝用呗。咱中国有许多条人工河，都是六几年那会子挖出来的。这条解放河，原本是条小河，在咱皖北县，这样的小河小汊也不少，但像解放河这么重要位置的小河，却不多，如果把解放河跟别的河道挖通了，就和隔壁县的河道相连了，不但能排涝，还能开船直接到淮河到长江。该是六五年的事吧，上级下达兴修水利的文件，几个县的人一起行动起来，开始挖幸福河。这就是上河工。咱县的人包一段，别的县包一段，十几里路的一条河，三个县的人齐上阵，一下子热闹起来，像打淮海战役似的。

"上河工的人，是每个庄、每个队抽上去的青壮年劳力，也有妇女，是给大家做饭的。大家吃住在工地上，整整三年哪。她就在工地上负责送饭。咱安刘河公社的人在一起干活，对，那时候叫公社，住一个大工棚，热闹得很，米面啥的，都是吃公家的。

"她还是个小丫头，十五六岁，干不动重活，淘米洗菜烧锅，等饭做熟了，就跟几个妇女一起，把饭送到工地上。做饭的棚子离得也不远，考虑到我们吃饭省劲，就大锅小盆地送过来了。第一次她送饭，挎着半篮子的大蒸馍，经过我跟前，我带着两手泥，抓一个馍就朝嘴里咬。她气哼哼道，你是狗啊。我说我就是狗，咋的了？旁边的人都笑了。就这样，我们算认识了。我是属狗的，小名叫尾巴，她后来跟我说，你别叫尾巴，叫狗尾巴吧。我说，那我就跟你后面混，做你的狗尾巴。

"那会子她真没开窍，听别人说笑话，傻不拉叽地跟着笑。我后来熊她说，小闺女家的，别人讲笑话，要学会躲一边去，不但不躲，还跟着笑，真是傻到家了，这样的闺女，将来谁敢要？她也不示弱，躲什么躲，大家说的都是人话，又不是狗话，又不会咬人。没人要怕啥，我当尼姑去。瞧瞧这嘴皮子，不饶人！

"开放？噢，你说我们说话放得开，是吧？那个时候是多严肃的年代呀，大家平常说话可不敢这样，都是因为在河工工地上，大家各自离开了家，形成了一个大家庭，一家人不说两家话，就说得没遮没拦了。不过，对这个小丫头，大家还是很照顾的，有她在跟前，尽量不说散黄的话。丫头不容易，这么小到工地上来，是家里没有壮劳力，她爹是个瘫子，她娘就是现在大家说的那种女强人，撑起整片天的人，她娘在照顾她爹，她妹妹弟弟，她爷爷奶奶，家里能上河工的就她了，就把她这个小闺女送到工地上来了。

"喜欢上这丫头，我也没想到。心里咋就生疼生疼地那样喜欢上了呢，唉，不知道。反正看不见她的影子，就失魂落魄的。挖出好看的砂姜子儿，就洗干净了带给她。你说她多不懂事吧，闲下来的时候，还盘砂姜子儿玩。你也知道玩砂姜子儿？咱这一片的农村，哪个闺女没玩过砂姜子儿呢？别说闺女玩过，小子也玩过呢。赢了，就把别人的砂姜子赢到自家手上了。这丫头就喜欢收集砂姜子儿，平常小河沟的砂姜，长得泡，不像深河里的，砂姜子儿硬得像铁疙瘩，在手里盘着，带劲。丫头先是自己捡，后来我碰到好的，就帮她捡了。

"丫头嘻嘻哈哈，没心没肺，给河工工地带来欢声笑语。杨林公社的工地，跟我们安刘河挨肩，杨林公社的人，没事朝我们这里跑，就是来看这丫头的。说长得银盘大脸弯弯眉，雪白干净细条腰，咋看都好看。有爱揽事的，就张嘴要给她说媒，听得我心惊肉跳的。

"丫头在解放河工地上干满一年，她娘就把她替换走了。说是她被人相中了，媒人找上门，把她说给了一户人家，丫头就不能抛头露面了。她娘是个厉害人，走哪里都别着烟袋抽几口，上河工也是这样。抽着烟，吐着烟圈，说她闺女要进城当城里人，不跟土坷垃打交道了。丫头的娘都说自家闺女有婆家了，我只得信了，只得把牙咬碎往肚子里咽了。但我不能咽，我得找丫头问个清楚。

"偷跑回家一次，半夜里。啥也不怕了，反正丫头厉害的娘在河工工地上。把丫头家的大门别开，敲她西屋的门。她跟我说过她是睡西屋的。丫头把门开个缝，我劈头就问，你说好婆家了？丫头说小声点，俺爹的腿瘫，耳朵可好使，咱俩外面说。就跟到大门口的柴火垛边。我心里急，把她娘在工地上宣布的事，重复一遍。我说那男的干啥的？她说下煤窑的；我说长得咋样？她说没见过，她娘说长得不孬也不好，城里人，吃商品粮，有正式工作；我说你决定嫁给他了？她说嫁不嫁她不能决定，都是她娘决定，但要是嫁给尾巴，她能决定。

"就是她这句话，我一辈子就算交给她了……我说那咋办？她说找你的爹娘，让你爹娘再找个大媒人去俺家说媒，找到俺娘，挑明了说咱俩在工地上好了，嫁给别人不合适了。我问不合适是啥意思？你娘信？她一下就哭了，说你个蠢驴，不合适你都不知道，咱俩好了，嫁别人咋还合适？你就这样说！

"我一直长到三十多岁，才明白人小鬼大的含义。这丫头别看人小，心里的主意真足。她不怕朝自己头上扣屎盆子，承认我们好了。其实我连她手都没拉过。那是个啥年代，男女说话都要站远远的，还得拣人多的地方站，生怕别人看不见，别人看得见，就说明没事，这叫好话不背人，背人没好话。如果说这也叫谈恋爱，那就是大明大亮的谈恋爱。丫头使出的这一招，叫'撬媒'，有的定了亲的都能撬掉呢。听了丫头的话，我连忙朝自家跑。丫头的家离我家不少里路呢。跑到家，把俺爹从床上拉起来，我朝他面前一跪。大半夜的，俺爹以为我闯祸了呢，连忙说，儿呀，你是要盘缠跑路吗？你朝哪逃？我说不是逃哪儿，是你天亮就找媒人去说媒，你不去说媒，那闺女就被别人娶走了，她嫁了别人，你儿我也活不成了。

"算你个熊秧子聪明，结果都想到了。是，这媒没撬成功。那丫头还是把事情想简单了，俺爹找的媒人，去她家堂屋里，对着她当家的爹，口吐莲花说半天，也是嘴上抹石灰，白说。她娘真厉害，别着烟袋从河工工地上回来了，见家里坐着媒人，二话不说，伸出烟袋锅就砸人，吓得媒人一旭蹶子跑了。她娘追到门口大骂一通："明知俺家闺女说好了婆家，还来胡吣啥？"又回屋把丫头一顿大骂："死了这份心吧，还想撬媒？再埋汰自己也没用！"

一招不行，再出一招。丫头说，你把我拐跑吧。我真想拐跑她。可是，朝哪里跑？在河工工地上干活时，听人闲扯过新疆，说新疆地广人稀，农场多，好活人。我说，好，我们朝新疆跑！

丫头在家，白天黑夜忙着做鞋，她说跑路少不了鞋，要多带几双，路上好穿，叫我安心上河工。然后，在秋玉米熟透的季节，我夜里从河工上跑回来，先借口拿换洗衣裳，从家里拎出来自己的随身衣物，然后，到丫头家院墙外，学三声老斑鸠叫。这是跟丫头定好的暗号。一只大包袱，从墙头上扔下来，我赶紧接过，一旭蹶子跑到庄南的玉米地里。不一会儿，丫头呼哧呼哧跑过来了，脸上汗津津的。扯过她汗津津的手，啥话都不说，顺着玉米地垄跑。只要跑出连片的玉米地，就能到小龙河湾的渡口，过了渡口，就能跑到外县去，就能坐上汽车远走高飞……

小龙河湾的夜气浓烈起来，老尾巴脱掉趿拉着的鞋子，把沾着泥土气和汗气的左脚，伸到农瓦房跟前："你摸摸。"农瓦房迟疑了一下，捧住了老尾巴的脚。他摸到了四个脚趾头，老尾巴的小脚趾，连根没有了。农瓦房的手一哆嗦，像是被马蜂蜇了一下，他赶忙丢掉老尾巴的脚。

"这根小脚趾，就是那次被人砍掉的。也不知是谁的刀，谁的手。"老尾巴对天长叹一口气，"谁能想到，还没跑出玉米地，就有人举着火把追过来了。丫头的娘明明在河工工地上呀，这会子却听见她的咋呼声：'赶紧的，把镰刀、斧头、磨棍，都拿结实了，逮着男的砍男的，逮着女的砍女的，就是要当场夯死砍死他们！'丫头当然没被当场夯死砍死，她堂哥一把薅住她，夹胳肢窝里就弄回家了。我像个野兔子，在玉米地里瞎跑一气，最后被地埂子绊倒了，咔哧一声，脚上吃了一刀，小脚趾被连根削去。也顾不得疼，连滚带爬地朝前跑，算是逃了一命。在家躲半个月养伤，跟我爹讲是工地上受的伤，爹也没多疑。丫头的家离我家有些路，消息传不了那么快。后来我爹知道了，啥也没说，就是光摇头、叹气。"

"这事就算了？"农瓦房问。心里一惊，这世上，拐跑人的不止他一个呀，可见，跟这老头，真是有缘分。

"不算了咋办？我脚还没好清，丫头就出嫁了。新事新办的婚礼，一辆飞鸽牌自行车，把她推走了。男方的家离我家不远，那男的后来也打听清楚了，啥城里人，也是土生土长的农村人，他大爷在矿上，就想办法把他招成了煤矿工人。男的先把丫头娶在农村的家里，三天回门后就带到城里了。我坐在解放河的工地上像老牛一样哞哞地哭，谁都听得见，也不怕丑。当时真想一猛子扎进新挖的解放河里，把自己淹死算了。那是我第一次想到死。"

老尾巴闭嘴了。

"第二次呢？"农瓦房小心地问。

"就是到这小龙河湾之前。我想爬到一口井里，可是，一路上没找见深井，就是机井。我想死在深井里，省得被人找见尸首看着难看。一路上流着血，我就想，那就让血流干了再死吧。可是，那个丫头出现了。她坚决不让我死，她说，好死不如赖活着，你换个活法就是了。你瞧，我就没死成，换了个活法才发觉，我贪活得很呢，是从头开始的那种活法。"

"俺叔你是勇敢的叔，你找到了新活法。我不管你为啥到了这小龙河湾，犯了哪门子事，但你把新活法找到了。那我呢，我咋个活？你说我咋个活？"

"我打电话找农民过来，让他告诉你咋个活。"

"农……农医生……"农瓦房的舌头打了结。

"你个熊秧子还装，那晚上你爬到我这里，发着高烧，要不是打电话叫他来给你扎吊针，你早死了。人家救过你呢。"

"那，俺叔，他可是一眼就把我认出来了？"

"你又不是鬼，你在他跟前晃荡了多少年，你说？他当了几十年的乡村医生，在你们那一片，给谁没扎过针？从小到大，头疼脑热，他给你的屁股扎针也不下一百次了，他当然把你认出来了。"

"俺哩个亲娘来，他认出俺来了？咋不举报俺？"农瓦房吸了一口凉气。

"你以为你是谁？那个通缉犯李国富？"

"可，我也是出过人命的人哪。吓死人不也算变相杀人吗？"

"就你那两下子，还能吓死人？你来吓吓我，看可能把我吓死了。"

"叔，你又说玩笑话了。俺吓你？你吓俺还差不多。你倒是说说，我咋办？在你这里也不是个事呀。我才三十旺岁，日子长着呢。"

下 部

第一章

—

安玉枫回到安大营

是老书记安云礼，非要安玉枫参加行政村村民大会的。

村委会的会议室小，不达标，村民大会就在院子里开。把会议室的桌子抬出来两个当主席台，来听会的村民，各自带着自家的小板凳，三三两两过来了。

按着安玉枫的本意，他要坐在台下，跟村民坐一起。他不想让自己太扎眼。可是安云礼不同意。他说，你是安大营盼回来的大能人，来带动村里人发家致富奔小康的，怎么着也得坐在台子上。

"你坐台上，就是给我壮胆嘛。"安云礼带着调侃的口吻说。安玉枫笑，自己有啥能耐给爷壮胆，爷是老书记，不需要谁来壮胆了，爷给村民服务了那么多年，胆气十足呢。

"你朝台上一坐，红绿灯心里就慄了。他一慄，就等于给我壮胆了。"

这一下，安玉枫心知肚明了。

他并不想一开始就跟红绿灯剋上，他甚至希望能感化了红绿灯，让红绿灯当好村干部，他呢，办好企业。可是，刚一跟红绿灯打个照面，他就知道，他的设想很幼稚。红绿灯虽说笑脸如花地跟他握了手，但那个笑，假得就像一泡鸡屎糊在红绿灯脸上。红绿灯第一时间就把他划归到安云礼一派了。红绿灯把他划到安云礼这一派，太正常了。他跟安云礼的关系，还用划吗？

　　坐在场院里开会，多少年没有过了。安玉枫觉得新鲜。看着来开会的人，都是老头老妈一大帮，中年人少数，年轻人就那几个，都能数得过来，他心里就咯噔一家伙。其实早就知道庄上的人都出去打工了，第一代打工的上了年纪，回到庄上仍旧当种地的农民，第二代在城里继续挣钱，挣着挣着，有的就不回来了，在城里买了房，把生出来的第三代，就变成了城市人，哪怕没有户口，也照样在城里待，在城里念书。反正有的是私立学校，有的人办学，就专门办给农民工的子弟念书的。全国的许多农村都这样，安大营也是这样。安玉枫自己不也是把家安在城里了吗？他也是农民工出身啊。

　　心里咯噔过后，安玉枫开始理思路，因为他有话要讲。

　　老书记安云礼先来段开场白。这次的主题是针对安玉枫回安大营的事。"玉枫回来了，回来就不打算走了，要把咱庄改个样子出来。咋个改法呢？咱听玉枫来讲。"

　　老头老妈就拍起了巴掌，张大了嘴巴在笑。那是真笑，他们希望这个安大营的大能人，把能耐使出来，把安大营来个大变样。

　　红绿灯也说了话，村主任在村民大会上，咋能不说话呢。他说得比较客气，也比较漂亮，对安玉枫回乡创业给予了高度评价："都说外来的和尚好念经，但咱们的安总，他不是外来的，他是咱本土的，他带回了他的眼界、本领，来改变咱们的村庄。他的本领怎么样？是驴子是马，咱拉出来遛遛，不就知道了？"

　　话说得很在行，像个村主任的话。安玉枫笑笑。他不知红绿灯是有意把骡子念成了驴子，还是他就一直念驴子？管他驴子骡子，在农村，这俩家伙都是敬业爱岗的货，都很好。

　　然后就是安玉枫表态了。

　　安玉枫回安大营这几天，没闲着，除了跟安云礼唠嗑，听安玉椿说安刘河，说苦逼副镇长的苦逼生活，就是自己在周边走动。他知道安大营落后，但没想到多少年过去了，安大营的样子没改变多少。要说改变，就是河床窄了，河水浅了，河沟里的脏东西更多了，说不定一二十年没清理过了，那条穿村而过的河，也脏得像个多年不洗澡的疯子，河底的那一点水，就像河自己的洗脚水，污黄污黄的。庄里的路更烂了，烂到深坑一个接一个，就像天坑。虽说有楼房长起来，但楼房是空的，楼房前后的地方，是坑洼不平的，使安大营看起来，就像穿着烂裤子新袄子的要饭花子，再怎么打扮，仍然有些蓬头垢面。要说一点改变都没有的，就是庄前庄后的土地了。从这庄铺到那庄的土地，老实巴交地趴在那里，你种豆它长豆，你構麦它生麦，秫秫开花的时候就开花，玉米结穗的时候就结穗，老老实实，悄无声息。安玉枫多不希望是这样！为什么土地这么老实，不能像别的地方那样，也长出花样来，长出蔬菜、水果的塑料大棚，长出花卉苗木的鲜模嫩样，长出桔梗、辣根的气势，长出比麦豆秫秫玉米更有价值的东西？

土地自己想长，是没有人给它长的机会啊。

人呢？人都走了。都抛离了这片土地，到别的地方去了，都叫着另一个名字"农民工"，在别的地方显聪明了！

在别的地方显聪明，把自己的家园弄空，空得天长日头白，空得桃枯李树瘦，空得楼堂瓦舍夜夜掉眼泪！

想到这里，安玉枫的嗓子眼有些哽咽，话没出口，眼睛先湿了一层。

"我和咱安大营的许多人一样，从十几二十几年前，就背着行李，离开这里了。有的人离开后，又回来了，回来是恋着这片地方，恋着这里的穷家；有的人呢，出去就不回来了，因为外面的世界比这里更好，更有发展的机会。"

村民先还是嗡嗡一片，听安玉枫这样说，就安静了下来。

"在座的叔伯们，大娘婶子们，有不少人都出过门子，见过世面，外面好不好？一个字，好！咱出门的地方，都比咱这里好，都是发达地区，有工厂，有工地，有高档住宅区，咱可以在那里当工厂的工人，当保安，当环卫工人，干得好的话，一个月的工资，就抵得上咱一亩麦子的收成了。"

下面又有了嗡嗡声，有打工经历的人，在忆旧说话。

"咱在大城市里打工，给城市的街道铺花砖，给花木带修枝剪叶，掏堵塞的下水道，给大楼上的玻璃洗脸，送快递，送外卖，送水送报送饭，在饭店里端盘子，扫地，洗碗，客人吃着咱站着，客人笑着咱饿着。反正吧，城里人不愿意干的活，都叫咱干了。这也不能怪城里人，城里人都有正式工作，工资拿得足足的；没工作的那叫退休，退休也有钱，有钱就能使唤别人干活。咱帮城里人干了许多活，不亏，咱也挣了城里人许多钱。你瞧咱庄上的楼房，哪一座不是从城里挣了钱盖的？地里的收成，只能够口粮。光够吃哪行？还要上学，还要应对门事，还要娶妻生子，还要生病，这些钱，朝庄稼地里要，要不出来多少，庄稼撑死了，一年也就那两季，土地累死了，也就只能长那几样东西，那几样东西，也就只能换那一把钱。咋办？打工，出门，问城里要钱。"

"大侄子你已经不是问城里要钱了，你帮城里挣钱了。"说话的是出过门子到广州拾破烂的棉花娘，安玉枫得喊婶子。棉花娘也早已从拾破烂大军里"退役"了，回家抱孙子外孙，像是开了个幼儿园，儿子的闺女的，四五个小孩都找她带了。

"俺大婶你说对了几分。"安玉枫笑笑，"我不仅帮城里挣了钱，我自己也挣了钱。像我这样由农民工到自己做企业的，咱皖北县有不少，咱庄也有。不是说能做企业的，是多么聪明，多么幸运，但可以肯定的是，我们一直在奋斗，在拼搏。老话说得好，春不播种，秋无收成。我们在外拼搏的人，多多少少都有了收成，也多多少少都有了经济和经验积累。那么，我们是否一直就远离家园，做个外乡人呢？是否可以把我们的财富和经验积累，带回到家乡来呢？"

"枫啊，你这不是回来了吗？"棉花娘说，"你就把你从城里挣的钱全带回来，放在咱安大营这片地方，把咱安大营改变好。"

棉花娘的话，把开会的人都说笑了。几个老头老妈还为此争论了一番。半天没吭声的老皮钱插话说："棉花娘你咋说的话呢？让枫把钱都带回来，那他在宁城的家咋办？他还有公司呢？总不能把公司关门停业了吧？"

"我咋能让他把公司关门停业了呢？就是说，把他手里的活泛钱带回来。没钱咋办事？"棉花娘脸红了一下，为自己争辩道。

"就是。枫啊，你随便从钱捆子里抽一摞出来，也够咱安大营用的了。"安守财带着哄孩子的口气说。

又是一阵笑。老书记安云礼朝下面摆摆手："别瞎起哄，听玉枫把话说完。"

"大叔大婶说得没错，干任何一件事，前期的经济投资肯定是不可少的。这一点上，我会竭尽全力。但我更要依靠在座的父老乡亲的支持。你们的智慧和经验，才是保证安大营发展的原动力。我刚才说了，咱皖北县，二十多年当中，出门在外的人，有许多都做了自己的企业。我们把青春献给了外乡后，又在外乡办企业继续帮着外乡发展经济，为什么就不能把我们的聪明才智带回自己的家乡，发展自家的经济呢？我有个同学在金融部门工作，回来前，我咨询过他咱安刘河镇的存款情况。咱安刘河镇的经济，是皖北县的锅底，属于最穷的乡镇，没有像样的企业，老百姓除了出门打工，就是老实巴交地种地。全镇的居民存款数，超出放出来的贷款一倍，就是说，我们自己挣的钱，有一半都在那里闲置着，并没有为我们所用。"

见下面的一张张风霜脸上，漫上了一层迷惑，安玉枫知道自己不是对着公司的高管讲话，他扯得有点远有点太专业了。顿了顿，他又接着说："我们这些在外面做企业的，应当回到自己的家乡来，把自己的钱财带回来，把经验带回来，在家乡干，把智慧和才干奉献给家乡，让家乡富裕，让皖北大地充满生机！"

这回大家全听懂了，哗哗地响起了一片掌声。老皮钱用中风后的手掌，比别人慢半拍地拍着，说话的语气却是清晰无比："听见了吧，枫这是要回家乡来干大事了，今后咱安大营，还愁没有好日子过？咱还要八个老汉守空村吗？我得编一段大鼓书，枫你看你啥时候开业，我要在你开业大会上，唱给咱老少爷们听！"

安玉枫朝老皮钱拱拱手："谢谢皮钱叔支持我。咱不是办公司，我要带着大家种地！"

下面的风霜面孔上，又落了一层迷惑。安守财说："枫，你是办企业的，哪能带着我们种地呢？这地有啥种的？常言说，庄稼活，不要学，人家咋着咱咋着。再说，我们种地的时间比你长多了，你都多少年没种过地了，哪能带我们再种地呢？"

"人家咋着咱咋着的种植模式，已经过时了，你看咱庄，光种麦种豆，一年的收成，雷打不动，想多收都不可能。所以，我们要打破这个种植模式。我种庄稼哪能种过叔叔大爷大娘大婶呢？我不种庄稼，我要支大棚，在大棚里种宝贝。"安玉枫说。

"支大棚？就是电视上看到的那种大棚？蒙着塑料纸，大冬天里也长黄瓜，长西红柿？"安守财问。

"是，我们要拿一部分土地出来，种反季节大棚蔬菜，这样，一亩地的产出，可以抵十亩地的庄稼。"

"我哩个乖乖，那可真不少。"下面立刻嗡嗡声一片了。安云礼示意大家别吱声，听安玉枫把话说完。

"咱安大营，离瑶城不远，我们把反季节蔬菜，销往瑶城的批发市场，一年四季大棚都不得闲着，一年四季咱都有钱挣。"

"那真好，咱一年四季有钱挣，真好！我大鼓书的开头有了，就是：一年四季咱都挣钱，钱挣恁多咋花完。"老皮钱兴奋得把腔调拖成了大鼓唱腔。

棉花娘抢白了老皮钱一顿："老皮钱你一辈子都是唱得比说得好，说得比做得好。有本事，你也支大棚。"

玉枫笑了："大爷大娘大叔大婶们，皮钱叔说得没错，只要有了大棚，咱一年四季都能挣钱。我这样想，我来投资技术和支大棚，愿意跟我种大棚的，就以土地作为投资成本，咱们合作种大棚，可管？"

"大侄子，咋不管？技术和大棚你出钱，俺们只拿土地玩，玩得好来大家赚，玩得不好地还是我们的地。"老皮钱拉长了腔调，说出大鼓词才有的喑哑嗓，仿佛把大家带进了说书场。安守财嘟哝道："老皮钱真会剋，啥时候嗓子都不孬。"

"皮钱你就会瞎嗷嗷。"安云礼比老皮钱长一辈，年纪没他大，但直呼其名却有权利。说罢老皮钱，安云礼开始总结发言："刚才玉枫已经把设想说给大家了，这次玉枫回安大营，就是想打破多年来一年麦豆两大季的种地格局，让我们的土地获得最大的产出，也让我们的生活得到改变。我跟东强主任、玉枫议了下，目前先拿出一片地试点种大棚，就是咱南湖的那片地。南湖的地，有安大营的，还有东小庄的，种大棚连片的地比较适合，南湖摊着谁家的地，你要没意见，咱就把合同给签了。这次是三方签合同，村委会、安玉枫和村民。村民拿出土地，安玉枫拿出资金建大棚，种蔬菜和草莓，也不白白种大家的土地，五年后，你地上的大棚就归你所有了。你想想，支一个大棚，少说三五万，好点的要十来万。你五年后，白落个大棚，多划算。"

听完这番话的老头老妈，都仰着一张脸，很迷茫地看着安玉枫，那样子，是要安玉枫给他们说得再明白一些。

安玉枫知道，安云礼的话让大家有了不解，那不解写在脸上，清清楚楚的，就是，安玉枫要回庄上白占用大家的土地种大棚了。其实这个方案，是安云礼给他想出来的。安玉枫给安云礼透了家底：他并不是大家传说中的千万富翁，如果加上物流公司的四部货车、办公用房和住房，他确实是千万富翁了，但那都是不能变现的钱，他手里流动的资金，要一直流动着，否则，公司就断血了，一断血，就呜呼了。他能拿得出来的，也就二百来万，这是他这个董事长、大股东一年可支配的钱。这还要跟温晓莉好好商议，达成共识。所以，安云礼才想出一个方案，让村民先拿出土地支大棚，五年的时间，如果玉枫能收回成本，那么，大棚归村民所有，也算双赢的事，等于玉枫拿出钱给大家支个大棚，让大家有致富门路了。眼前看，村民吃亏了，往后看，村民赚了。但村民会同意吗？村民的眼睛会看多远呢？土地是农民的命根子，他空在那里不种可以，你要拿过来种了，那就动了他的命根子了，他不一定愿意。一个大棚的诱惑，会成为他们自觉自愿让你在他的地上种大棚吗？

"就是说，你在俺的地里支大棚，白使俺家的地五年，五年后，还个大棚给俺？"棉花娘不愧在外面待过，听懂了安玉枫的计划，"五年后，大棚可管种了？地墒可被拔光了？俺听着咋觉得不靠谱呢？"

女人说薄话好出口，男人不管。但棉花娘的话，显然代表了不少村民的心声。安玉枫见那一双双迷茫而真诚的眼睛一齐看向自己，心里扑通了一声。他知道安大营的人，对这个方案产生疑虑了。对方案有疑虑，也是对他安玉枫有疑虑。他该把自己的方案说出来了。这是安云礼让他排在第二的方案。第一个方案行不通，才能拿出第二个来。他看一眼安云礼，见安云礼眉头紧皱着，眼睛眨得飞快，就明白，老书记也不知咋个解释能让村民信服了。他微微一笑，说道："我玉枫也不是白占老少爷们的土地，如果大家对五年后拥有大棚所有权有存疑，那么，大家可以拿土地入股。"

"入股？什么样的股？"棉花娘问。问后看了看大家，证明她的话也是大家想问的话，就哗啦一声笑了，"枫啊，你心里别有负担，你想咋说就咋说吧。反正你的用意是好的，就是让咱安大营变个模样，让咱的生活变个模样。可对？"

棉花娘的话，就把气氛又调节活泛了。安玉枫心里也宽松了一些。他知道他得跟大家解释清楚，便说："比如，占用你家一亩地，你家就用一亩地入股，一亩地的股是多少钱，我们根据周边省市的价格来定。然后是我支大棚的股，支大棚花费多少钱，就是多少钱的股。所以，我玉枫不会白占大家的土地，我要让大家都有股份，都有收成。另外，种大棚要人手吧？你们可以在大棚地里干活，拿工资。这样，大家就有了两份收入，一份是种大棚的工资收入，一份是土地入股的分红收入。"

"这么说吧，"安云礼进一步解释道，"你们只拿出土地当股东，而玉枫，他要投资支大棚的钱，还要投资种植的钱，还有请专家来指导，聘请技术员过来，给他们发薪水的钱，这个投资，真是不小啊。"说到最后，安云礼脸上和眼睛里的心疼，都能吧嗒掉下几斤来。玉枫知道，老书记万般无奈接受了他的第二个方案，自然知道他投入的增加、风险的增加。而这一点，村民不一定能懂得。

"那有啥意见，我看管，就按玉枫说的做呗。这么好的事找上门来，这叫做梦娶媳妇，睡梦里都能笑醒了。"安守财连忙表态，不过，又很快摇了摇头，"咋弄？南湖没我的地咋弄？谁跟我换地？"

棉花娘说："你口里吣的哪有好话？咋叫作梦娶媳妇了？这个比方不对。谁跟你换地？我南湖有地，才不跟你换呢。就是我跟你换地，挨边的人家也不愿意。你说可是的？"

眼看着就要说道起安守财犁人家地边子的事上了。安云礼不想把重要话题岔到啰嗦事上去，就说："守财你要换地，我跟你换，我南湖有地。"

安玉枫见大家对种大棚的事，开始上心了，但又不是完全懂了，就接着说下去："大棚支好后，需要人手来管理，咱安大营的人，愿意到大棚地来干活的，热烈欢迎。来大棚干活，按天计算工资。等大棚支好后，我们再细说。再有一个多月就过年了，家里有年轻人回家过年的，就帮着说说，看谁愿意留下来种大棚。在自家门口发展，总比外出打工好，又能照顾老的，又能照顾小的。如果我们的种植业兴旺发达了，工资并不比在外面打工少，也不用受那个罪了。"

"那我就劝劝俺儿子，让他过罢年就别出门了；我也叫棉花两口子不去拾破烂了，在家种大棚得了。"棉花娘马上表态。

丰收媳妇撇撇嘴："心都跑野了，谁回家种大棚？我估计庄上的年轻人，你说叫他干别的可以，叫他回来种地，肯定不愿意。都懒透了。我家丰收肯定愿意留下来，他早就不想出门了。"丰收媳妇显怀了，这是她怀的第二胎，有计生指标的。第一胎是个闺女，都上小学一年级了。

哄哄闹闹开个会，把该说的事都说完了，就散会了。各朝各家走，不一会儿村委会大院就静了下来，只剩下村两委班子的成员，留下来议事。安云礼要大家再议议支大棚的事，土地入股的事，村两委班子，一定要齐心协力支持玉枫，把大棚种植的事做好。安玉枫表态说，他要支就支最好的那种钢管大棚，抗灾能力强，能用十几年不坏，朝地下深挖三米，冬暖夏凉，采光、保温条件好，土地利用率高。"做就做最好的。"安玉枫说。

红绿灯腮上的肌肉跳荡了几下，堆出一脸笑："你一定能成为咱安刘河镇的楷模，村两委班子会全力支持你。"说罢，还在安玉枫肩上拍了拍，就像亲兄弟那样的拍法。

安玉枫心里一热，看着红绿灯，真诚地说："刘主任过奖了，楷模的事谈不上，但我会尽全力，把咱安大营的种植业做大做强。我的想法很单纯，就是想咱安大营的百姓，都能过上好日子。也请安书记、刘主任和各位多支持我。"

几个人说了一会儿，就散了。红绿灯骑着摩托车，跨上摩托绝尘而去。安云礼和玉枫要留红绿灯在安大营吃饭，红绿灯说他真的有事，就没留。其他的人，也各自回家。

太阳正当顶，是吃中饭的时间了。安玉枫看一眼头顶的太阳，安云礼也跟着看一眼。冬天的太阳，不扎眼，也不晒人，但暖暖的像小时候大人抚摸小孩头顶的手。安玉枫觉得太阳正伸出温暖的手，在他的头顶上抚摸。

两人站在村委会院子里，半晌，安云礼语调沉重地说："枫，叫你回安大营，是不是错了？"

"俺爷咋这样说呢？不会错的。"安玉枫知道老书记心里有了负担，马上灿烂地笑着安慰他，"我估算了一下，只要有科学的管理，我们的大棚当年就能获利。至于前期的投资，那是个漫长的过程，这个符合经济规律，是正常现象。如果不出意外，两至三年内，就能收回全部成本。"

"那就好，那就好。"安云礼长出一口气。

"爷你只管放心吧。你孙子我是干啥的？做企业的。我当然会首先考虑投入和产出的问题喽。"

第二章

——

安玉枫给自己挖了一个大坑

安玉枫回到安大营，第一个规划，是种植业。

这个决定，他是经过周密考察，深思熟虑的。

在开村民大会之前，安玉枫就围着安刘河镇琢磨了许久。他在用脚板丈量这片土地，也是用心在叩问这片土地。既然要在家乡做点事情出来，那就不能盲目而为。他在浙南历练了十几年，对地处中原的家乡，有了一个明晰的地理概念。在用脚板阅读安刘河镇这片土地的时候，他明白了什么叫心疼。他心疼这片生机勃勃的土地，如此安睡不醒，那么多的资源，不能得到充分利用，那种传统的种植模式，就像小脚女人穿着小鞋走路，举步维艰，难以与健身走的发达地区相媲美。那么，他安玉枫如何来激活这片土地呢？这片土地孕育了他生命，跟他血脉相连。那一晚，他跟弟弟安玉椿促膝长谈，弟兄俩一直谈到院子里的公鸡打鸣。他安玉枫回到安大营，如何在安刘河镇写下回乡创业的精彩一笔呢？他担忧着。

弟弟安玉椿是省农业大学农学专业的高材生，对皖北县的区域优势有着准确的定位，他跟哥哥有板有眼地说道起来："咱这片地方，属于黄淮海平原的一部分，地域广阔，土壤优质，最适合种植业。千百年来，咱这片的人民，靠土地为生，并且活得有滋有味。三十亩地一头牛，老婆孩子热炕头是咱这一片广

146

为流传的民谚，大人孩娃哪个都知道。为什么近三十年来，大家对土地上获取的利润不满足了呢？因为别的地方靠工业或靠别的产业，发达了。而我们这里的土地，还一片沉寂，当年的老民谚已经没有吸引力了，所以，大家都抛下土地出门挣钱了。哥，我当年报考农业大学，就是想离咱家近些，咱家的几亩地，靠咱娘种不行，我得帮着种，种地要懂科学，我就上了农业大学。很单纯的想法。这些年也没能力和野心，为这一片的土地做点啥，这就要哥来做了。"

"玉椿啊，你在镇里战斗着，我在咱安大营战斗着，咱弟兄俩虽没能耐改变太多，但至少能在咱安大营，来一场轰轰烈烈的改变。你哥我是粗人，文化程度不高，凡事都靠摸索，而你专业知识丰富，可以当我的指南针。"安玉枫笑着拍打安玉椿的肩膀，"我还听说你拳使得不错，这也是一个好技能啊。"

安玉椿苦笑一声："哥，你不知道，这乡镇领导吧，就是个万金油，什么都要会抓，大事小事，无所不能。要不，怎么能上管天，下管地，中间管空气呢。凡是发生在安刘河镇的任何一件事，你都得过问。书本上的东西，在现实中，有时是行不通的。碰到软的，你得学会用软的一套，碰到硬的，你拳头该派上用场时，也得派上用场。唉，这就是乡镇干部。我大学学的那点货，早消耗光了，现在最主要的任务，是跟人打交道。社会上流行一段名言，叫与天斗其乐无穷，与地斗其乐无穷，与人斗其乐无穷，这三个斗法我都得经历，哪里是其乐无穷，叫苦海无边还差不多。唉，不谈我的工作，谈哥的事。哥你放心，我一定会全力以赴，跟哥并肩战斗。我永远是哥的坚强后盾。"

玉枫玉椿又抽空去了省里的农业大学，当面聆听了玉椿的老师、博士生导师牛中华的谆谆教诲，安玉枫对在安大营发展种植业，心里的谱子更明确了，也有了信心了。牛教授让安玉枫去山东的寿光参观考察，那里有个全国知名的蔬菜种植基地，可以学习他们的模式。"我有个同学，就在那里做科技顾问，也姓安，跟你本家。你可以去找他，如果可能的话，你起步阶段，让他扶持你。我这个老同学呀，是个难得的热心肠。"

从省里回来，安玉枫马不停蹄，开着车就去了寿光，在那里整整待了六天，不但考察了那里的蔬菜种植基地，还去了寿光市的蔬菜产业集团商品交易所进行参观，这让他对安大营的种植业信心满满。跟寿光不能比，但发展模式可以全盘借鉴，用不了几年，安大营就是一个小寿光了。在寿光种植基地，他终于见到了牛博导的同学，他的本家安博士，两人谈得很投入，安玉枫当场要聘安博士来安大营做大棚种植的技术总监，并请他带两个徒弟过来，当技术指导。安大营蔬菜大棚种植业的起步阶段，如果没有技术力量的渗透，只能是纸上谈兵。

"我是做物流的，种植上是一张白纸，你不帮我，我可能就寸步难行了。至于待遇方面，你可以提条件。"在他们接触两天后，安玉枫就把自己的担忧和盘托出。

这位叫安守福的博士，是中国农业大学的高材生。他的老家在寿光，为了家乡的种植业，他放弃了北京优厚的生活，回到故乡，整天跟蔬菜打交道，痴迷程度到了忘我的境地。因为都姓安，两人叙起了家谱。安守福说，他听老人讲，他的祖上在河南洛阳，而洛阳的安姓，起源于远古的黄帝时代，说黄帝有个孙子叫安，建立了安息国，安息国王传位到太子安清时，安清对当国王一点兴趣都没有，宁愿出家为僧。就在东汉桓帝时代，安清来到了河南洛阳，专门宣传佛教，然后就定居洛阳了，子孙后代都姓安。安守福的太爷辈，从洛阳跑反跑到了山东寿光，安姓这一脉便在寿光落下根来。

听完安守福的叙说，安玉枫激动了："咋这么巧呀，我也听庄上的老辈人讲，我们祖上在洛阳，也是跑反跑到皖北县的。皖北县姓安的还真不少，连镇子的名字都叫安刘河。河就是俺家乡的小龙河，安和刘是两家姓氏，说是清朝的时候，姓安和姓刘的，一家开药铺，一家开商铺，都是镇上的头脸人物，先是姓刘的人势旺，镇名叫作刘安河，后来姓安的比姓刘的人势旺，镇子的名字就叫安刘河了，这一叫，就叫到今天。看来，咱们是一个老祖宗的。论辈分，我得喊你叔呢。你到咱安大营帮我们，不就是帮自家人吗？那更是责无旁贷了。"

"那是，那是。"安守福笑得一脸真诚，五十岁的人，笑起来的样子，像个孩子。

"我跟村委会达成协议了，支大棚的地方也选好了，但我对那一片的土壤和墒情，还不太有把握，长辈的，你看你可能百忙之中先去安大营一趟，吃住都在我家，你给支大棚的地方先把把脉，如果寿光这里有支大棚的公司，你帮着介绍一个。我想做最好的温室大棚，寿命长，产出多。"

安守福真跟着安玉枫的车来到了安大营。安云礼老早就在村头迎接，握着安守福的手叫大侄子。论辈分，云字辈比守字辈长一辈。安守福不顾鞍马劳顿，先去南湖看地。抓一把土壤在鼻尖下闻闻，又捏几星土用舌头尖舐舐，点头称道："这里的土层比较厚，也很肥沃，土壤的有机质含量不错，很适合种蔬菜。"

一行人在看了南湖的那片土地后，选择了离风口远的地块，作为支大棚的场地。安守福先回寿光，等这边大棚支好，播种时，他再过来。

安守福回寿光不久，经他联系的江苏一家支大棚的公司，杂七杂八拉了两大货车钢材料，浩浩荡荡开来了安大营。支大棚的地亩也划好了，就等着跟村民签合同了。安玉枫打算先支十个大棚，每个大棚造价在八万元左右。一个大棚占地三亩，十个大棚三十亩，连同大棚周边预留的空地，共占用土地整整四十亩。这四十亩土地，分别是安大营五户村民和东小庄五户村民的承包地。村主任红绿灯忙前忙后，带着村里的会计，走访土地入股的这十户人家，要大家在支大棚前把合同签了。安玉枫这边带着工程师和工人，在南湖的地块上，开始画支大棚的线，又找了泥瓦工，来打地基。温室大棚的造价之所以高，是要深挖土地四尺半，墙壁的厚度和钢结构的支架，属于国内最先进的。安云礼叫来庄上的几名妇女，帮着把儿子楼上的空房打扫干净，让支大棚的工程队吃住在儿子家里，反正儿子一家在外地打工，楼房一直空着。

正画着线呢，东小庄的刘学习风风火火跑到南湖，一拉安玉枫的袖子："安总，这地，你先不忙着画线，我想了三天三夜，头脑壳都想疼了，还是觉得不能跟你签合同。"

一句话，把画线的工人说愣住了，一起停了手里的活，看着安玉枫。安玉枫脸上一热："村民大会上不是定下来了吗？这咋又变卦了？"

"我们思考了。几家子人都思考了，思考来思考去，觉得我们吃亏了。所以，这入股的合同，就不能签了。"

安玉枫不想让支大棚的人听见这些话。但不叫听又不行，没法捂住人家的耳朵。其实听到也没什么，问题是，这线要不要继续画了？大棚要不要支了？过年前支好大棚，栽上菜苗，过罢年的春荒时节，蔬菜就能长出来了，就能高价上市了。如果不抓住这一个多月的宝贵时间，就少了一季的收入。一季的收入，对十个大棚而言，是什么概念？这个时段，多么重要。那么，大棚，一定要支！

东小庄的其他几户村民，也呼喘呼喘跑过来了。随着他们的呼喘声，一辆运红砖的拖拉机，也停在了地头。安玉枫心里别别扭扭地跳荡起来。这个节骨眼上，村民不叫建大棚，这让他措手不及。

安玉枫抱歉地跟支大棚的人笑笑，叫东小庄的几户村民先回家歇息，待他回报给了村书记和村主任，再作定夺。

东小庄的村民并没有散去，而是袖着手，站地里，像是在看护着他们的土地。这时候，安大营被占地的人也跑过来几个，不过，他们没进地，就远远在地头看着。

安玉枫的心又别别扭扭地跳荡了几下，想，是不是自己把建大棚想得太简单了？

给支大棚画线的人，只得收拾了工具，跟着安玉枫走出地。

冬天的风，在这一刻突然猛烈起来。安玉枫感到自己穿少了。早晨起来都不觉冷，这会儿咋感到冷了？他抬眼看看天，太阳还没当顶，离吃中饭还有个把小时。一望无际的麦子地，绿意很浅，却有捂不住的生机，暗地使着劲，等着勃发的时机。安玉枫大踏步走着，想几步走到安云礼的家里。后面跟着的支大棚的人，很快被他甩后十几步远。

"这里面有文章。"听罢安玉枫的话，安云礼的脑门子皱了起来，"肯定背后有人戳事了。那个刘学习，精明归精明，可他只会背地里嘀咕，青天白日头下，跑你跟前说事，没人撑着，他心里没底气说。"

"俺爷，我可是错了？可是占老少爷们的便宜了？"安玉枫心下非常不安。

"你还有便宜可占？你赤心热胆地回来帮大家，上天都看得清朗朗的呢。让大家以土地入股，我问过了，别的地方有这样的样式。孩子，我现在心里生疼生疼的，我怕你吃亏呢。你要投多少钱哪！你家里也不是印票子的。我跟他们说去。就不信，不把他们说服了。你等着。"

安云礼利用中午的饭时，骑着破自行车，先去了东小庄。安大营的人，毕竟是安大营的人，好说。先把东小庄的人说服了。

经过南湖，空空的麦子地里，留下了支大棚的一大堆材料，那辆运红砖的拖拉机，孤零零地站在地头，进退两难。拖拉机上的红砖，愣头愣脑地盯着安云礼看。安云礼朝拖拉机的轮子上踢了两脚，把脚趾头踢疼了。他到东小庄时，一庄里的饭食都香了。

刘学习正蹲在堂屋门口的太阳地里吃面条。手里掐着一个馍，也不就菜，喝一口面条汤，吃一口馍。见到安云礼进院，手里的馍一哆嗦，差点掉地上。慌忙站起身："书记来啦？可吃了没有？"

安云礼把车子朝院里的柿树上一靠，跟着刘学习进屋，在大桌子边的椅子上一坐："哪吃了？气也气饱了。你说你，答应得好好的，咋就变卦了？"一脸的不高兴。

刘学习朝安云礼的脸上看看，故作惊讶道："书记说的啥变卦了？"

"好了，别给我装了。你不才从南湖回来吗？怎么，不去看着地了？不怕被人偷偷支了大棚？"安云礼拿出书记的威风来。

刘学习扭捏了一下："也不是我一个人的意见，俺庄的几家人，都是这样想的……"

"你给他们几个打手机，叫过来说话。还要我一家家跑啊？"

安云礼看着刘学习打了电话，胸膛子还气得一鼓一鼓的。按照以往的做派，他应当先到东小庄的村民小组长家说事，让组长逐个招呼这五家人过来。但这回事急，顾不了那么多，让组长找，不如他自己直接来说。他这个老书记，早不像当年那样，一声咳嗽都会被人站下身子等着问好的威风书记了，现在的老百姓，过自己的日子，种自己的田，睡自家的炕头，生自家的娃，才不管你书记不书记呢。你也不能帮他致富，也不能帮他娃考大学、就业。你书记也是个农民，除了那个头衔外，其他跟老百姓一个样。你书记买化肥农药种子也得掏自家腰包，你坐车也要打车票。

刘学习的老婆，端过一碗面条，新炒了鸡蛋粉皮，一起放大桌子上："书记别嫌孬，你吃点暖暖身子。"

安云礼也不客气，拿筷子扎起一个馍，吃起来。刚吃几口，其他四户的当家人都到了。建设家是建设娘来的。建设爹去世早，建设在外打工，家里的地是他娘种，也是他娘当家。

几个人过来，都还端着面条碗，用筷子扎着馍。刘学习让大家就鸡蛋炒粉皮。没人下筷子。毕竟，书记坐那里呢。心里不把村书记当领导，可真要你跟他平起平坐，还没那个胆。刘学习就不敢跟书记坐对面，他蹲地上吃，其他的人，一进门也蹲地上了，有靠门蹲的，有靠二板凳蹲的，还有靠桌子腿蹲的。

建设娘是个欢脾气，一进屋就说笑开了："书记啊，现在流行开小灶，你也来给俺开小灶了？"

安云礼被建设娘的话，说得脸上放松了一些，微微一笑："可不是咋的，你们不就是想让我来开小灶的吗？咱村民大会上说好的事，这又变了不是？我不来，谁来？你们痛快点说，是谁的主意？"

　　既然安书记直接说出来了，几位村民也不遮着掩着了。几个蹲着吃饭的人，相互看看，然后就一齐看向刘学习。刘学习蹲不住了，呼嗵站起来，把碗朝桌子上一放："安书记，俺说心里话您可别气。这安玉枫回来，明着是来帮咱的，暗里呢，他是想自己发财呀。这您都看不出？"

　　安云礼"叭"地把碗朝桌上一蹾："这说的是人话吗？你可知道他要投资多少钱？他发财还用回咱庄吗？外面的码头有多大可知道？这是我叫他回来的，让他改变改变咱庄的面貌，把日子过好点。"

　　刘学习的脸憋得通红，小眼睛乱眨动了一大会子，刚才的那一股狠劲好像用光了，仿佛挑着很重的担子站风口上。

　　"我干脆全部说完吧。"刘学习不知从哪里又攒了力气，"书记你想，他要我们的土地入股，这地呢，就算交他手上了，种好了还好，种不好，他拍拍屁股走了，我们的地咋办？地被他挖得像墓窑子样，种都不能种了，墒情也被他弄得不知可长庄稼了。要是找人来平地，得花钱吧，这花的钱又要找谁要？就算把地平好了，啥时候能种，能收，又是个问号吧？你说，土地入股谁敢呢？"

　　安云礼听了刘学习的话，心内暗暗吃惊。连他也没想到，入股种大棚会这么复杂。看来，玉枫搞种植第一步就行不通。强压着内心的绝望，安云礼问："你们几个的想法一样样的？"

　　"一样样的。"刘学习代他们回答。

　　"那，我们村委会再议议，看重新找地块。安大营的种植业，我是一定要搞下去的。"作为村书记，安云礼必须口气强硬地表态。

　　刘四是个老实人，说话慢，他一直靠着桌子腿蹲着。这会子他还蹲在那里，挪了挪身子，开了腔："你再找地块，也还是这样。人人都有脑子的，都会想，为啥俺们的地块不给种大棚了呢？俺们的地块不给种大棚，一打听就清楚了，一清楚人家也不会同意了。"

　　从刘四的话里，安云礼明显感觉到，这五户村民，包括安大营自然村的五户村民，已经让人在背后说过话了，或者说指点迷津了。一定有人不想让安玉枫回安大营种大棚。

　　建设娘的欢脾气，在关键时候，是不乱欢的。见话说到这个分儿上了，她才开了口："书记呀，我一个女流之辈，啥都不懂，就知道种地，虽说粮食不值钱了，但种地就有口粮吃，这万一在城里打工的孩儿，混不到饭吃了，家里有地，有他一口吃的，他就不心慌。"

刘四慢吞吞瞪建设娘一眼，建设娘知道自己把话扯远了，马上回转过来："我们几家商议了下，这地呢，仍旧叫安总种大棚，我们不入股，我们租给他，可管？不是算我们一亩地一年五百块钱吗？那就按一年五百块钱来租。这样呢，我们手里有了钱，心也不慌了，就算以后土地上有个啥闪失，大不了我们自己把地平了，等几年能种庄稼了，再种就是。反正那地就在地里，也是跑不掉的……"

"建设娘的话，就代我们几家全说了。书记你定夺吧。"刘学习说罢，叫老婆把碗都收了，再给安书记倒开水喝。安云礼摆摆手。刘学习的老婆就站大门口，暂时让空饭碗干着。

安云礼感到自己心里很急，手想摸点啥。在家里着急时，他会摸几粒瓜子嗑。他不抽烟，不喝酒，就有嗑瓜子这个毛病。

几个人又蹲地上了，都皱着眉，没谁发现安云礼手在桌子上乱摸索。安云礼想，再待在刘学习家，也没多大意思了，入股的事，谈不好了。土地入股能省下安玉枫一笔钱，虽然钱不多，但往后还会增加大棚数量，土地用量就多了，如果都是租赁的话，那安玉枫的投资就太大了。

一直站着的建设娘，仿佛看穿了安云礼的心思，她以安慰的口吻说："书记你也别多想，安总他有的是钱，租金能占他多少呢？九牛一毛都不到。他租地，他支大棚，他发财，可是？"

"他发财？"安云礼脸气得有些歪，"他要发财，真的不需要回到安大营。他在南方的财路，广着呢。既然他能种大棚发财，那你们咋不入股，跟着他种，跟着他发财呢？建设娘，你家建设这些年打工也挣了不少钱，你先把钱拿出来，支一个大棚，跟着安玉枫种大棚，跟着他发财。可好？"

"那可不管。"建设娘脸一黑，把欢脾气收起来了，"那钱是攒着给俺孙儿盖楼娶媳妇的，哪能种大棚呢？谁知道大棚会种成啥样？"

"你瞧，你这不是说话矛盾吗？别人种，就是发大财，你自己种，就不知会种成啥样。"安云礼抢白他。

建设娘的脸嘟噜着："我也没说不租给他种大棚……等他种成功了，我再跟着种。他要真心待我们，就租我们的地，然后种给我们看，真要种成功了，我们再跟着他后面学。"

几个蹲地上不说话的男人，看着安云礼。

安云礼无话可说了。

推着自行车，他一路走回安大营。他后悔六十岁的人了，还当这个村书记，还想着为村里做点啥，这一想，还连累了安玉枫。本来人家在外好好地做生意，非叫人家回来。瞧瞧村民的态度，整个是扶不起的阿斗嘛。一番苦心，他们不理解，有啥法子？

进了自家院子里，见安大营五户被占地的村民，正蹲他家堂屋里呢。那样子，是在等他。安玉枫在楼上和支大棚的人说话，村主任红绿灯正和五位村民大眼瞪小眼。看样子，好像发生过争执，因为老皮钱的脸子嘟噜得很难看。

见安云礼进院，红绿灯连忙站起来："书记可回来了，他们几个正磨我呢。说是土地要租赁，不入股。都不愿跟我理论，说是等您回来说。"

老皮钱呼地站起身，手哆嗦成一串麻花样，嘴也说话不利索了："谁、谁不愿跟你理、理论。我理、理论了，你听、听了？"

红绿灯不理老皮钱，只盯着安云礼看。安云礼一身疲累，想找个地方坐下来歇息。见本庄上的安姓人，像东小庄的男人一样，倚着他家的桌子腿和门蹲着，说着跟东小庄的人一样内容的话，他的疲累立刻变成了心碎。他突然大声说："都别蹲着，跟要饭的似的！"

几个人像受到外力击打的弹簧，猛地弹跳起来。但他们的眼神不像东小庄男人的眼神，紧紧锁定着安云礼的眼睛。他们把眼睛低垂着，不看安云礼，不接安云礼的眼珠，甚至连嘴都不愿拿出来跟安书记说话。他们只把身子杵着，杵得像冬天的干枝子枣树，刺刺地扎人。

安云礼看着杵在他面前的安大营的人，他想拿出长辈的身份，朝他们怒骂一顿，熊他们一顿。但听到楼上安玉枫洪亮的笑声，他忍住了。他只拿眼珠去砸他们。很显然，他的眼珠砸到空处了，因为安大营的这几个人，根本不接他眼珠射出的光。

老皮钱的手突然不哆嗦了，嘴唇也不哆嗦了，他拿拳头朝安云礼的大桌子上一拍，击打出唱大鼓书的拍子，可着嗓子吼唱起来：

"安大营的地，

安大营的天，
安大营的人心有改变，
唾沫星子吐到地皮上，
哈哧一口又舔干，
到底为哪端？
还不是为那千刀万剐
万剐千刀的银子钱……"

安玉枫笑眯眯地从楼上走下来，他看着老皮钱，赞许道："皮钱叔你唱得真好，中气还是那么足，你最好是唱着过，唱着过你啥事都没有了，是吧，棉花婶？他也不哆嗦了，也不结巴了。"

老皮钱得意道："还是大侄子会夸我。"

那几个杵着的人，被安玉枫的话松了绑，浑身放松下来，跟着傻不拉叽地笑了。

安玉枫马上转头笑着跟安云礼说："俺爷你回来了？正好刘主任也在这里，咱下午就把合同签了可管？就按租赁的方式签。"

安云礼眼睛里的心疼太稠，从眼神里一星点一星点地漫出来。他心疼站在他面前的这个笑得清清朗朗的男人。他还想再给村民做点思想工作的，没想到，玉枫这么爽快地就答应了。是他安云礼给玉枫挖了坑让玉枫跳，还是玉枫自己给自己挖了坑？

老皮钱嘴巴里倒出一串皖北大鼓的念白："怎么，没经老夫同意，竟敢擅作主张？这个押我不画，这个名我不签。我坚持拿土地入股，一定入股！"嘴里念叨着，怨愤地看了棉花娘一眼。棉花娘把脸扭到一边，假装在看安云礼门上褪了色的春联。

老皮钱事先做了棉花娘的工作，棉花娘答应见机行事。她就见机行事了，独独撇下老皮钱一个人在坚持。

晚饭前，十户有九户签了租赁合同。东小庄的五户人家，跟着村民组长，来到村委会。夜晚的村委会，灯火通明，一派热闹。但安云礼心里却凉寡寡的，怎么也热不起来。

在落笔签字前，东小庄的刘学习，一字一顿地说："我可要签了，不过，你

155

这里的一句话得改一下，不然，我不签。"

安玉枫笑道："你说，是哪一句？"

"你自己过来瞧。"

"我不瞧，你念。"安玉枫不动声色。

"'一次性付清一年的租赁费'这句。这句不对，不是一次性付清一年的，是一次性付清四年的。这上面写着租赁期是四年，那就得一次性付清四年的。不然，俺不签。俺要是签了，俺家孩子回来非熊俺不可。他在外打工也不容易的，把家里的地不帮他看好，不管。"

安云礼终于忍无可忍了，他的嘴唇有些哆嗦。刚才十户人家一起开会，定下了租期四年，一年一付，一次付清一年的租赁费，这怎么又变成一次性付清四年的？

"这不是得了上风扬石磙吗？刮大风吃炒面，你咋张开口了呢？"安云礼熊着人，双眼像刀子样朝刘学习身上割，可是，刘学习一点不觉割得疼，他一脸无辜地看着其他几户："你听老少爷们可都是这样想的？"

那几个老少爷们一言不发，都袖着手站着，一起静默。

安玉枫不能再让安云礼受折磨了。这跟生意场上的谈判相比，简单多了。不过，生意场上比这规矩，不会临时还有这么多的变数。

"好。就按照学习叔说的办。一次性付清四年的租金。安会计，你帮核算一下。大家把各自的账号也写清楚，银行卡、存折都行。家里不都有折子吗？农补的折子也行啊，只要是银行里的。我马上安排公司打款给你们。"

合同修改后，盖上村委会的大印和安玉枫的签字。九位村民，一一在租赁合同的下端，签上自己的大名，按上手印。在签字现场，安大营有不少人在围观，在大家签字的时候，围观的人一句不吭，现场一下变得安静起来，静得只能听到喘息声和指头朝纸上按指印时跟桌面的碰撞声。

屋里有人抽烟，烟气浓得熏人。脸色难看的安云礼，走到窗子跟前，用力打开后窗玻璃。一股北风吹来，冷气逼人，吹得房里垂下来的灯泡，打着晃悠，把人的脸晃得虚虚实实。

在摇晃的灯光里，唯一签订土地入股合同的老皮钱，又一次吼起了大鼓书：

"胯下一匹赤兔马，

手中一柄偃月刀，
提刀立马来叫阵，
身后的鼓点也敲得紧。
面如重枣目若朗星，
此等人物好威风，
要问这是哪一位，
正是咱红脸的云长公。
关公挑战的是何人，
长沙城里的老黄忠……"

　　是一段《关公战长沙》的大鼓书。唱的跟今天的事没一点关系。老皮钱一边唱，一边往外走，步子有些趔趄，口齿却异常清晰。

第三章

——

农瓦房回到农瓦房

按照农瓦房的要求，老尾巴让他在小龙河湾安安稳稳过了一个囫囵年。

龙翠萍过来给他们包了饺子和扁食。饺子是年五更里下的，扁食是年初五吃。龙翠萍的手真是巧，扁食包得比肉饺还好吃。干芝麻叶泡软剁碎，再放上馓子和鸡蛋饼，还有豆腐渣，香得人不想住嘴。农瓦房不知多少年没吃过这样好吃的扁食了，一口气吃了三大碗，一边吃一边喊大娘，叫龙大娘干脆就住小龙河湾，别当龙大娘了，给他当尾巴大娘得了。

龙大娘头也不抬地说："三碗扁食都堵不住你的嘴呀。"

农瓦房看着老尾巴的反应。见老尾巴很受用的样儿，就放心了，嘴里的话更增加了胆量："哎呀俺叔，你说的那个……丫头，可就是龙大娘？"

"什么丫头，她可是正宫！"老尾巴打个岔，就把话题转到别的地方了。这别的地方，就是农瓦房得回到农瓦房。

关于回到庄上的事，从进入冬月开始说，年前说到年后，说得农瓦房终于动了心。最主要的，老尾巴跟安刘河镇的安副镇长通了几次电话，当着农瓦房的面，在电话里说起返乡回村的农民工农瓦房，如何热爱种地，留恋故土，让安镇长把农瓦房作为典型，亲自安排他回到故乡农瓦房村，安心地耕种自家的承包地。正是这样的电话，让农瓦房回到农瓦房庄有了底气。

其间，农医生过来了几次。

正是因为农医生过来了，才坚定了农瓦房回农瓦房庄的决心。

农民再来时，农瓦房就和他相认了。农瓦房很紧张又有点羞急地看着农医生，一肚子的话，却一句也不敢朝外冒。这个乡村老医生，多少年的走村串户，他对走过的每一个村子，都在脑海里有个大概的轮廓，对每个村子里找他打过针、吃过药的人，也有个大概的印象。连小龙河这么远的地方，他都能来出诊，可见他的足迹在安刘河有多大。

农民仍旧和和气气的，对再见到农瓦房，一点不觉得怪。好像他一直都知道农瓦房待在这小龙河湾里似的。

他咋能不知道呢？是他的吊针瓶，把农瓦房从死里逃生中救了过来。而且，谁能保证，背地里老尾巴不跟他保持着联系呢？

老尾巴说，农民也救过他的命。对救命恩人，老尾巴肯定是无话不谈的。

农民是大农庄的，离农瓦房庄五六里路，说近不近，说远也不远。方圆五六里路的村庄，谁有个啥事，特别是不好的事，就传得很快。这叫"好事不出门，恶事传千里"。对农瓦房拐走彩芹的事，农医生肯定早就耳闻了。他去农瓦房庄给人看病时，病人第一时间就会告诉他。农民还给农瓦房的爹看过病。农瓦房不敢跟家里人联系，怕被公安抓到，对爹娘的事，一点都不知情。电话不能打，短信不能发，连弟弟也不敢联系。当农民第一次（那次来扎吊针不算）来小龙河湾时，农民就跟农瓦房说起了他爹娘的事，说得农瓦房眼泪汪汪的。作为乡村医生，农民为人处事一直温和敦厚，找农民看病的人这样说他：听农医生讲话，看他的笑脸，病就好了大半了，比吃药都见效。

农民也说起了彩芹。他知道农瓦房肯定也想听彩芹的消息。彩芹被找到后，并没有被带回农瓦房庄，而是直接住到瑶城了。农三虎也不回农瓦房庄了。好像彩芹跟着农瓦房跑海南的那几年，不是跟着农瓦房跑的，而是跟着农三虎住瑶城了。这个假象，慢慢竟像真的一样了。

这就是日子。啥孬事，日子一长，就被人忘记了，就好像没发生过一样了。

农三虎在瑶城有房有车，彩芹的日子不孬。农瓦房庄和周边庄上跟在农大虎几兄弟身边干活的人，嘴也严得很，回来谈天谈地，就是不谈彩芹。如果被人问起，三虎过得咋样，可有娃了？被问的人就说，过得好哩很，有娃了吧。再朝下问，就不愿多说了。

农民毕竟是医生，带来的消息要全面些。他走哪儿都能听到各类消息，把消息汇总了，再挑出来跟彩芹有关的说给农瓦房听，彩芹的事，就有了眉目。

日子不像说得好，挨打，有一回被人看到，坐农三虎的车里不下来，鼻青脸肿的不能下车见人。农三虎喝了酒打她，赌输了钱也打她，骂她是个贱货，却不准她离开瑶城，不跟他过都不行。哪怕是死，也得跟他过到死。农三虎不缺女人，玩得再晚也要回家，回家就叫彩芹给他倒洗脚水，帮他洗脚，说他付了她家盖楼的钱，侍候他洗脚不亏。彩芹一声不吭地侍候着他，对他的行踪不管不问。有个女的，是他哥农大虎公司的，长得也排场，农三虎跟她摽上了。农大虎睁一只眼闭一只眼，尽着他的兴。农三虎就把那女的带到家里去，彩芹看着像没看见。那女的开始还省事，后来就吵着要嫁给农三虎。是乡下的打工妹，见农三虎日子不孬，想着嫁他算了，秃就秃点吧。可是，农三虎不要她，农三虎把那女的拉彩芹跟前一站，说："你瞧瞧，你可有她俊？"那女的就不吱声了。

彩芹也不吱声。她吃瓜子，逛街，都是一个人独来独往，跟谁都不玩。在家就狂做好吃的，把自己吃胖了一圈。穿着也不讲究，头发乱蓬蓬的，农三虎拽着她去商场，买好衣服朝她身上穿，但回家她就把好衣服扔柜子里，仍旧穿得又旧又土。倒是跟三虎好的那女的，穿得花蝴蝶般。就这，农三虎还是不离婚，说这辈子彩芹别想跟他离婚。

农民再次来小龙河湾的时候，又说起了彩芹的事。彩芹回到农瓦房庄上住了。不再回瑶城了。听得农瓦房耳朵直支棱，这么说，农三虎不要她了？

农民说，农三虎放彩芹一马，是跟他好的那女的，怀了他的娃了。

怀了娃，那女的就不在农大虎的工地上做饭了，就住进农三虎的家里了。彩芹好模好样地照顾着她，一直到她快生产了，彩芹才笑眯眯地跟农三虎说："虎啊，你瞧，咱的娃快出生了，我回庄上，逮点土麻鸡过来，好给咱娃的娘过月子呀。"

农三虎开始坚决不同意彩芹回农瓦房庄上来，一打听，庄上的农瓦房根本不敢回家，一直云游在外，但他还是不放心。庄上没有了农瓦房，还有其他男人，彩芹待家不安全。农大虎找农三虎谈了话，不知咋谈的，农三虎就放彩芹回农瓦房庄上了。有人说，农三虎已经三十好几朝四十奔的人了，彩芹不争气帮他生个娃，但别的女人让他有了娃，他的心思一下扑到娃身上了。还有的说，是农大虎的谈话起了作用，农大虎已经是皖北县的政协委员，他比农三虎看得远，想得通。总之，农三虎放过彩芹了。

能放过彩芹，农三虎还算个心地善的人。彩芹就回到了农瓦房庄上。她不回自己娘家，她住在农瓦房。农三虎给她家盖过楼，帮她弟弟娶上了媳妇，她待在农瓦房庄上才是对的。

而且，农三虎并没跟她离婚，三虎说过，这辈子，离婚这个事，彩芹别想。那么，在形式上，彩芹还是农瓦房庄上的媳妇。

彩芹懒得管离不离婚的事，她住农瓦房庄上，一个人住一座楼，日子多自在啊。她有胳膊有腿，自力更生不成问题。就把农三虎家租给别人种的地，又要了回来，自己种。头脸也干净了，身上穿得朴朴素素整洁大方，见谁都有笑模样。庄上人对她，也没多少议论了。那点事，议论一段时间，也没啥新意了，而且三虎跟别的女人有了娃，和彩芹的事，就算扯平了。甚至有人看彩芹的眼光，还多了些同情。

正是农民带来的彩芹回庄上的消息，让农瓦房打定主意回到农瓦房庄上的。

过罢年，早春季。小龙河湾里的麦子地，还浅浅地绿着，顺着河坡的风，刮得有些冷。河坝顶上的泡桐树、楮树、楝树、枣树，在冷风里寒着身子，安静地等待发芽长叶的日子。

老尾巴和农瓦房爷两个，坐地头上，晒太阳，说闲话，等安镇长过来。

今天是农瓦房离开小龙河湾的日子。

真到农瓦房要走了，老尾巴却不舍起来。

"你个黄子，真走了，我还清静不惯了呢。"老尾巴的老眼睛直眨巴，像是被风呛着了，有点潮漉漉的。

"俺叔，我能走多远？一迈腿，不就过来了？"农瓦房心里勾着回庄上的事，忘了伤感，"哎俺叔，你说的那个安镇长，他来接我？你能使得动他？"

这是老尾巴自告奋勇为农瓦房做的事。按老尾巴的设想，农瓦房要大模大样，有鼻子有脸地回到庄上去，他这个返乡创业的农民工，回家回得要有理有据，荣荣光光。

"我就能使得动他。他不听我的，我还敢抹掉鞋，用鞋底子抽他。"老尾巴说得洋洋得意，边说，边给安镇长打电话，"安镇长，你到哪儿了？你不是有意拿架子吧？"

老尾巴接手机，喜欢摁免提键，说是怕吵耳朵。安镇长在手机里说的话，农瓦房听得真真的："哪能呢，这不是被人堵在镇里了吗？是我包片的小农庄上的跑反，非要找到我，抱着我一起从楼上跳下去。我哪敢露面啊。正找人搜他呢，搜走了我才过去。"

安镇长过来的时候，农瓦房已经收拾好了东西。也没几样，就随身的衣服，一个双肩包就背差不多了。冬天的袄子，都是穿老尾巴的，现在还被他穿在身上。早春的皖北，冷起来的时候，风跟冬天差不多，带着刀子割人呢。

安镇长骑着摩托车过来，戴着头盔，顺着小龙河坝，哧溜一声就滑到河坡上老尾巴的院门前。农瓦房不知道安镇长多大年纪，以为跟老尾巴玩得好的，一定年纪不小了，可是，摘下头盔的安镇长，却是个跟自己差不多的年轻人。

"安镇长，农瓦房。"老尾巴分别指指他们，算是作了介绍。

安镇长怀里抱着一箱子牛奶，像进自己家里一样，先把牛奶端进屋，伸手跟农瓦房握了握，问他都在哪里打过工。农瓦房咕噜了一会儿嘴，说在海南打过工，在深城也打过工，还在淮城干过，也去过宁城。其实贴花的时候，去的还不止这些地方，他不敢说太多了。

安镇长说："你去的地儿真不少呢，很喜欢跳槽呀。见过大世面，估计经验丰富，回到家乡，一定大有作为。听说你对种地特有兴趣，国家已经颁发了农村土地流转试点文件，等试点工作开始了，你可以当种粮大户。"

农瓦房被安镇长说得眼睛发亮，一会儿左手搓右手，一会儿右手搓左手。老尾巴在旁边站着，眯缝着眼睛光笑。安镇长想多招呼几声老尾巴，老尾巴摆摆手："别的废话不说，农瓦房在小龙河湾劳动改造年把时间，规规矩矩的，种地确实是把好手。人家都朝外跑，他却朝家跑，是个典型吧？农村人宁愿在外拾破烂，也不回来种地，他回来种，值得宣传吧？你就把他领他庄上去，找他庄上的书记，让书记多关照他，给他在庄上树威望，也好让他安心种地。"

农瓦房听着老尾巴真真假假的一番话，脸有点发烧。老尾巴真够可以的，敢这样跟一位镇长说话，哪怕是副镇长，也是个乡镇级别的官啊。

"正好，农瓦房行政村是我包的片儿，哎你那一片姓农的真不少，小农庄有个叫跑反的，七十多岁了，一头劲，非抱着我跳楼。今天又找我跳楼了，要不是他，我早来了。"

"跑反呀，那个人瞎能屌台……"农瓦房意识到自己说了粗话，马上改口，

"脾气大得很，生产队的时候当过队长吧，我听家里长辈说，跑反年轻时脾气暴得很，当队长的时候，就喜欢打人。"

老尾巴急躁躁地说："说别人弄啥，你说你咋个把农瓦房交给他庄上吧？"

"坐我摩托车，我护送他回庄上，找着他庄上的村书记，让村里多关照他就是了。镇里的土地流转马上就开始试点了，如果农瓦房愿意，农瓦房村就作为试点村之一，农瓦房当种粮大户，可管？"

"你说可管？"老尾巴把眼睛转向农瓦房。农瓦房除了点头同意，已经激动得说不出话来了。

就跨上安镇长的摩托车后座，一溜风似的离开了小龙河湾。上到河坝，再回头看时，老尾巴已经被刚爆骨朵的几棵杏树遮住了。农瓦房后悔没有跟老尾巴再多抒情几句，看老尾巴的做派，他不想农瓦房当着安镇长的面，多说私话。那就以后再单独过来吧。

穿过安刘河镇街道，拐上去农瓦房庄的那条路时，农瓦房的心脏扑腾得厉害起来。他紧紧拽住安镇长的后衣襟，两眼不停地睃着路两边的庄稼地。大片的庄稼地，一望无际的淡绿色小麦苗，萌动着像小娃娃刚会吃奶的嘴巴，朝着农瓦房大喊大叫起来。农瓦房觉得那些不懂事的小麦苗，一边欢迎他，一边嘲笑他。他一腔子的血液，沸腾起来。

他的爹娘，他庄上的书记农学农，都得到了他要回庄的消息。是安副镇长告诉农学农的。农学农也是刚刚当选为书记，当年农学农在东北的大兴安岭抬大木发了财，就回到庄上，在安刘河镇上开了家具厂，除了加工床和桌椅板凳，主要以加工棺材为主，后来实行了火葬，他就改行卖家具了。他发财后的第一个举动，是为农瓦房庄上打了四眼机井，让北地、南地和西地的庄稼，旱的时候有水浇。村里的老书记到龄后，就推荐他当书记，说他脑子灵，又有致富经验，跟镇里的领导也熟悉，让他当农瓦房村的村书记，可以带领村民致富。

农学农比农瓦房长一辈，两人也是多年没见过了，彼此一打照面，农瓦房看到他脸上的惊讶，估计自己脸上也有惊讶。不用说，两个人的样貌改变太大。农学农老态露出来了，不到五十的人，脸上横一道竖一道在抬大木时刻下的皱纹，就像被翻了新，更加清晰深刻了。农瓦房不知道自己脸上刻下了什么，估计这几年的流浪生涯，一脸的惊慌失措一定是清清朗朗写着的。

农学农很给农瓦房面子，在握过安镇长的手后，就紧紧握住农瓦房的手了，还说着客气话："咱庄就缺你这样的年轻人哪，年轻人都出门了，谁愿意待家里？你回来得好，回来得好！"

农瓦房一句话也说不出来，他只是笑，脸成了毛红布。庄上的老年人，他喊伯喊爷喊奶喊婶的，都站着看稀奇。他的爹娘，站在农学农的身后，像两个刚刚梦醒的人，带着一脸噩梦初醒的痕迹，不相信自己醒转过来了，就怔怔地看着农瓦房。还是他娘一声"房啊"的啼哭，让在场的人，都接受了农瓦房回到农瓦房，是真实的，不是他娘天天做的梦境了。

"房，房……"他娘只会这样叫，都忘记上前去抓他的手，看他的头脸了。他娘就知道用袄袖子抹着眼角，嘴里喊着他的名字哭。还是他爹经事，他爹拽他娘一把："老婆子，到家再哭，听领导跟咱讲话。"

安镇长不打算多讲话，他笑笑看了一眼农瓦房的爹娘，脸对着农学农讲了几句话："农瓦房回庄上是好事，庄上的年轻人都能像农瓦房这样，回到庄上，庄里的地就不抛荒了，这对今后我们实行土地流转，很重要。庄上的地，不能只让老人家种，年轻人更是发展地方经济的生力军。农书记，你要支持农瓦房。"

"那还用说？"农学农不外地拍拍农瓦房的肩膀，"大侄子回来得好，你以前可是庄上的种地能手，谁都知道的，你看你相中了哪家的地，我把地要过来给你种。"话说得好满，一听就是村书记的口吻。

农瓦房的嘴是哑着的，千言万语不知如何开口。多年没回庄上，放声大哭三场都不足以表达他此刻的心情。他有点傻地看着脚边的地，连爹娘都不敢抬头看。他的样子，像是在地上找地缝，让地缝把自己装进去。

这时候，安镇长的手机叫了起来。安镇长接听手机，对着手机啊啊地说话没多久，一辆小汽车停在人堆外边。农瓦房庄上的人，对小汽车也不稀奇了，庄上已经有人买得起小汽车，过年的时候，从打工的城里朝家开了。小汽车里下来一个人，人高马大，很有气派，样子跟安镇长很像，安镇长喊声"哥"，他哥就笑他这个"片长"又在巡片了。

安镇长说他巡片也是，送人也是。他送个返乡的农民工来家创业。

"噢？"安镇长的哥对回乡创业的人很感兴趣，他自己不也是回乡创业嘛。顺着他弟安镇长手指的方向，他看到了农瓦房。

本来低着头的农瓦房，见来了外人，顺势把低得脖颈发酸的头抬了起来，脸和那张脸照了面，闪闪烁烁的眼珠子跟另一双眼睛对了光。

安镇长哥的脸一惊，脱口喊道："赛诸葛！"

农瓦房混混沌沌地"嗯"了一声。他事后一直回想不起来，他到底应没应那一声喊。反正安镇长的哥猛几步上前，一把拽住他衣服领子，把他死死薅住了。

"你这个赛诸葛，这回你咋没给自己算算，遇到克星了呢？嗯，你咋不给自己算个命？"安镇长的哥怒不可遏，薅着农瓦房，几大步赶到车门跟前，一拉车门，一搡，就把农瓦房扔进车里了。

安镇长的哥几乎是在十秒钟之内，完成了这一系列的动作，农瓦房脑子还处于空白状态中，待他被锁进车里，他才如梦初醒般地拍打窗玻璃。

而安副镇长，农瓦房庄的村书记农学农、农瓦房的爹娘，以及围着看的农瓦房庄的老少爷们，都把嘴张得井口大，愣怔住了。安副镇长第一个先回过神，跨上摩托车，冲着他哥车屁股后面卷起的黄土，高喊："俺哥你想弄啥！"追了过去。在他摩托车启动的一瞬间，农学农飞身跨了上去，说："我得跟你一起瞧瞧！"

瓦房娘在小轿车和摩托车都跑得没了影踪时，才猛然哭出了声："房啊，房啊，俺的房啊……"

她的脚边，是农瓦房仓皇丢下的双肩包。那个褪了色的牛仔双肩包，糊着几块鲜黄泥，就像还没愈合的伤口。

第四章
——
安玉枫把农瓦房跺跪下了

安玉枫的车很愤怒，一路喷着黄尘，一直喷到安大营，才停下来。他拽着惊魂失措的农瓦房，一直拽到他娘跟前，朝农瓦房的屁股上跺一脚，把农瓦房跺跪下了。

农瓦房跪地的那一刻，终于接受了严酷的现实。这就叫法网恢恢，疏而不漏，这就叫在劫难逃。他在心里绝望地叫了一声，闭上了眼睛。

与此同时，在后面追赶着安玉枫、喝了一肚子黄尘的安玉椿，也在安大营自家的门口，停住了摩托车，带着农学农，一阵风一样进入院子里。

在一楼中间的大厅里，农瓦房耷头缩脑地跪着，安玉枫的娘，端坐在椅子上，被农瓦房鸡啄米样的磕头孝敬着。农瓦房每磕一个头，安玉枫就呵斥一句："我不说停，不准停！磕，使劲磕！磕够一万次！"

"俺哥，这是咋的啦？为啥叫农瓦房给娘磕头？"安玉椿跨进屋门，弯腰要拉农瓦房。

安玉枫连忙制止道："你说错了，他不叫农瓦房，他是神算赛诸葛。是差点把咱娘吓死的赛诸葛！"

听哥说这话，安玉椿也愣住了。他低头看着不断朝娘磕头的农瓦房，忘了伸手去拉他。

关于"赛诸葛",他听他哥说过。哥人生的愿望之一,就是活捉赛诸葛,给娘报仇。

没想到,他安玉椿把赛诸葛送到哥的面前,让哥活捉住了。

更没想到的是,这个赛诸葛,竟然是返乡种地的农民工,安刘河镇农瓦房行政村的村民农瓦房。世界真是太小了。

还是农学农机灵。农学农伸手抓住了农瓦房,止住他不断朝地下磕的脑袋。农瓦房的前脑门上,已经出现一片暗红。

农瓦房却不让农学农制止自己,他像上了瘾似的,仍然朝地上磕着头,嘴里还嘟噜着梦呓般的话:"我罪有应得,我罪有应得……"

农学农终于搂抱着农瓦房,把他从地上提了起来,并提坐到旁边的沙发上。在农瓦房还准备朝地下赖,继续磕头的时候,农学农发出了村书记应有的吼声:"好啦,瓦房,我是村里的当家人,安镇长也在这里,有啥事,咱先说清楚了再磕头!安镇长,你看可管?"

安玉椿这才想起来自己的身份,面对村民和村支书,他得拿出副镇长应有的反应。

"管,先别磕了,先说清楚事。"安玉椿一边表着态,一边给哥使眼色,希望哥哥支持他的工作。

虽然是怒气冲天,但在农瓦房磕过四十三个响头后,安玉枫的怒火已下降不少,加之他弟弟眼神的明示,安玉枫终于点了下头:"好,赛诸葛,你先说清楚你的事。"

农瓦房恨不能把头耷拉到裤裆里,他嘴里呜噜着像蚊子一样的响声,但屋里的人还是都听清楚了:"真是想不到,真是想不到……"猛然把头抬起来,直盯着玉枫娘:"俺大娘,原来你是咱家门口的人啊,俺大娘,原来你没有死啊……"

"咋,你还巴望着俺娘死?俺娘差点就被你害死了。你这个害人精!你学啥不好,非学吓人!你差点把俺娘吓死了。俺娘一辈子胆小怕事,你偏偏吓俺娘……"安玉枫又把怒火燃了起来。

"只要俺大娘没死,俺受啥惩罚都行……"农瓦房重新耷拉下脑袋,断断续续,把自己在宁城贴花吓人,和这几年以为自己背着人命案,一直流亡讨饭的事,说了出来。

农学农叹道："瓦房，你可是个老实孩子，在咱庄上，你是一等一的种地高手，咋就去学贴花了呢？"

农瓦房把嘴闭上了，他没有脸当着别人面说拐走彩芹，不敢回家的事。正像常言说的那样，他是一步错，步步错。

"你说他老实？"安玉枫怒气渐消，但说话的火药味还十分呛人，"你可知道他是咋咒我的？说我遇到了黑社会，掏心扒肺割器官这样吓人的话，都敢说出来！俺娘本来胆就小，经他一吓，就不得了啦，以为自己打不开柜子拿贵重东西让大仙保管，救不了我，我被人家害死了，又气又悔，俺娘就吓神经了。七天七夜不认人，满嘴胡话，发高烧，差点就没命了。"

"我看着有人扛花圈进你家了……不是，是进入你住的小区里了……"农瓦房怯怯地小声嘀咕道。

"扛花圈的人进入你家了！"安玉枫抢白了他一句，"小区里万把口人，死人是常有的事，别把你看走眼的事套在我家身上。"

"幸亏是看走眼了，不然，瓦房你就摊上大事了。"农学农在中间做着和事佬，"既然没出事，安总你就原谅他吧。哎，大嫂子，我看要大嫂子原谅瓦房才对。大嫂，你原谅瓦房吧，你要打打，要骂骂，你原谅他吧，可管？"

安玉枫的娘，一直没说话，正目不转睛地盯着农瓦房看，这个把她吓得差点见了阎罗王的"赛诸葛"，居然是她的乡亲，那一口"买个勺子没有把——捏着撇"的普通话，她当初咋就没听出来？咋就把他当作了救自己儿子的大仙了？她一辈子没大言语，在庄上一句骂人的话都没说过的人，倒是被这个小子咒她儿子那么狠，让她以为儿子遇害了，是因为她没有尽力去救，悔恨交加就病倒了，连儿子回来都认不出！都是这个小子害了她，现在这小子就在她面前，她不用鞋底子抽他的脸，不用锥子扎他的腮帮子，哪能解恨！还亏着儿子玉枫长个心眼，从小区监控里调出照片，拍到手机里，满世界里找他，居然就找到了！杀他揍他都不足以解心头之恨，不足以抵消他对这个家庭的伤害！她一辈子受的伤害还少吗？到老来，还被江湖骗子伤害了一场！

玉枫娘的眼泪唰啦一下，就滚下来了，她颤抖着手，脱下自己的鞋，对着农瓦房的头，没头没脑地抽打了起来。农瓦房也不躲，任那双手纳的鞋底子抽自己。他的脸上立刻红肿了起来。

大家都不拉玉枫娘，任她抽打农瓦房。玉枫娘抽打了七八下，停住了手，眼泪却没止住。

农学农提着的心放松下来，嘴里说着："大嫂，你直管打，不打疼他，他不知道悔改！"

玉枫娘把鞋穿脚上，不打农瓦房了。她盯着农瓦房问："你先说，你可骗人了？"

"早不了，我老老实实种地了。回来一年多，我一直在小龙河湾里，跟着老尾巴种地……尾巴叔救了我的命，给我讲许多做人的道理，我才敢回到家里来……"

"老尾巴也是你叫的……"玉枫娘愣怔了一下，立刻追问，"老尾巴也能教你做人的道理？他嘴里会有好道理？"

"他懂得不少呢，天上地下，古今中外，无所不知，像个修炼的仙人。"农瓦房咕哝道。

玉枫娘突然对农瓦房说："你起来吧，杵我面前我嫌碍眼。再听到你干啥害人的事，我的鞋底子就没这么好讲话了。"

农瓦房的刑罚就这样结束了。

安玉枫看着安玉椿问："他住在小龙河湾里，一直？"

"是，这年把时间，他就一直在那里。"安玉椿说，"还帮着种地啥的，是个种地能手呢。这不，我正送他回庄上呢。刚到他家庄头，你就过来了。"

安玉枫拿出手机，打开相册，把农瓦房的照片调了出来，拿给农学农看："瞧见没有，这个货，我找他几年了，只要出家门，我就找这张脸。没想到今天找玉椿，给撞上了。这叫踏破铁鞋无觅处，得来全不费功夫。"

几个人把农瓦房扔到一边，说了一些种大棚的事，农学农要安玉枫把种大棚的经验介绍给农瓦房行政村，让农瓦房行政村的人也能提高土地产出，只要土地的产出多了，日子就好过了，外出的人就恋家了，不外出打工了，也不用干投机取巧的算命、贴花的事了。在家千日好，出外一时难啊。

眼看时间不早，日头都朝西倒了，早该吃中饭了，农学农要赶回农瓦房庄。他跟安玉枫安玉椿握握手，带着农瓦房走出安家大院。

刚出院门，耷头耷脑的农瓦房，突然咯噔站下了，扑通朝地上一跪，冲着安玉枫的娘又磕了一个响头，抹了一把泪，才离开。

玉枫娘正站堂屋门口，牢牢地接住了农瓦房磕给她的响头。

安玉椿要接着完成他护送农瓦房回庄上的手续，刚才只完成了一半，现在还得赶回到农瓦房庄。他跟安玉枫解释说，他得给小龙河湾的主人一个交代。

安玉枫便发动汽车，一定要开车送农学农回农瓦房庄，农学农也不推脱了，就上了安玉枫的小汽车。安玉椿发动了摩托车，让农瓦房坐上去，紧跟在小车后面。

正午时分的皖北早春原野，这里那里都蓄满了即将开放的春意。农瓦房大口大口呼吸着凉意爽爽的空气，眼睛四下里乱瞟。铺天盖地的春小麦，比小龙河湾里亮堂多了，漂亮多了，威武多了，这才是要种的地，要过的日子！跟刚才回庄上的心情比，农瓦房觉得放松了不少。他身上的一个事，终于解套了，他不是犯了命案的网上通缉犯了，他可以好好地待在农瓦房庄上种地了。刚刚挨了鞋底抽的脸，并不太疼。他知道，玉枫娘下手的劲并不狠，这真是个心善的好大娘。想想自己在宁城对她的忽悠，实在该朝脸上扎锥子才对。也不知那会子他被什么附体了，居然干出那些事。他伸手朝自己脸上呱叽猛抽了一巴掌，抽得安玉椿的摩托车猛地晃荡了一下。

第五章

安玉枫踢好了头三脚

　　连安玉枫自己都没想到，他支的这十个大棚，居然有这么好的收成。瑶城蔬菜批发市场的车辆，天不亮就过来，装满车出发时，皖北县的村庄，还在酣睡当中。在荒春时节的安大营，往年哪来的蔬菜呢？现在却有了，头上顶着小黄花，身上长着白毛刺的嫩黄瓜，粉嘟嘟欲说还休的西红柿，紫丁丁的茄子，绿莹莹的青辣椒，妖妖娆娆的长豆角，首先让安大营的人开了眼。从栽种到结果，一直留在安大营帮着技术管理的安守福，真是一个好专家，好得让人心里生疼。他跟农民一样，守在大棚里，手把手教大家如何施肥、管理，还把原理一点点说给大家。安玉枫心里过意不去，要开高薪给他，把他留在安大营。安守福笑得慈眉善目："玉枫，等你发达了，再谈薪水的事，人活着不光是为了钱，我的技术能在安大营复制，这本身就是件有意义的事，我心里满足着呢。我又不缺钱，等我需要钱了，我朝你要。"话说得就像一家人。

　　这个好收成也不是一帆风顺。刚栽下秧苗时，先给安玉枫带来一场小虚惊。该长菜稞的时候，菜稞却趴着身子不动，把安玉枫看得两眼发呆。蹲守的安守福也有点着急。查看墒情，连续几天测量温度，安守福终于找到了原因。是气温太低造成的。后来接连几天的好太阳，大棚吸饱了太阳光的暖，加上施了有机肥，蔬菜长势一天一个样，当黄瓜顶着鲜亮的小黄花，在大棚里抛眉挤眼，

171

长出细溜溜的样子时，安守财把过年时留下的鞭炮，在大棚地边放了一串。老皮钱拄着拐杖，颤颤巍巍来到南湖，敲着支在自家地里的大棚钢骨，现场来了一段大鼓书：

> 我能算南山顶上有几只虎，
> 我能算北海的浪里龙几蟠；
> 我能算刮风和下雨，
> 还能算阴天和晴天；
> 要是有飞禽打我的头上过，
> 我能算它的羽毛全不全。
> 天上地下的都算过，
> 没算出咱南湖地里的大景观。
> 呼啦啦一片大棚地，
> 扑哧哧长出果一片，
> 这个果，细条溜溜的叫黄瓜，
> 洋柿子圆滚滚的红了脸，
> 青辣椒朝着众人直咧嘴，
> 豆角子顺着架子拖到了地上面……

老皮钱把《罗成算卦》的唱词，在这里改头换面地一唱，效果就出来了。《罗成算卦》的大鼓书，安大营的人都听他唱过。棉花娘摘着大棚里的豆角，朝袋子里码着，被老皮钱的洋洋得意，衬得有些脸红。这一回，她没有抢白老皮钱，谁让老皮钱是大棚唯一土地入股的股东呢。

大棚里也忙活着几张年轻面孔，这在往年可是没有的。这几个过年回安大营的年轻人，过罢年就不走了，就成了安玉枫大棚蔬菜基地上又懂技术又会劳动的超级农民了。对，"超级农民"，这是安大营几个种大棚的年轻人，给自己取的新名字。他们不是传统意义上光会种麦豆的老农民，他们有文化，懂技术，还懂销售。

在"超级农民"队伍里，还有安大营安国良的儿子安玉明。这个念了十几年书的本科生，在安玉枫串了三次门，请他做蔬菜销售后，他终于答应"试试"。喜得安国良背后直抹眼泪。

说到销售，安玉枫可是费透了脑筋。头三脚难踢的事，他深深领悟到了。冬天紧赶慢撵支好了大棚，及时栽下菜苗，年一过，春风还没吹动呢，大棚里的菜就噌噌噌朝上长了。跟造价两三万的普通大棚比，温室大棚的优势显现了出来，一个大棚八万块钱的投资，不白费。蔬菜长出来，去哪里销售才能卖上好价钱，这是安玉枫首要考虑的问题。他早已考察了周边的城市，离安刘河镇最近的大城市瑶城是首选。瑶城有家规模较大的批发市场，第一批蔬菜刚出棚，他就直奔瑶城而去。

其实在蔬菜刚刚挂果时，安玉枫就去瑶城"踩点"了。他得找到一级批发商，让大棚蔬菜第一时间进驻瑶城的蔬菜批发市场。在批发市场逛了几个小时，他相中了市口好的批发商老马。老马一脸的憨厚样让他喜欢。不知为啥，这些年做生意，安玉枫喜欢"以貌取人"，他乐意跟相貌忠厚的人打交道。或许，他自己心慈仁厚不善用心计吧。老马不但面相显得忠厚，他垒到天花板的蔬菜，也会在早市被批发一空——这是个会做生意的人。安玉枫在下午市场较清闲时，跟老马拉起呱来。

老马为难道："我有定点送货的老客户，合作好几年了。我的仓储已经饱和，没条件再发展新的合作伙伴。"

"如果马哥看到我的蔬菜，你会改变想法的。"安玉枫脸上充满自信，"我的蔬菜品相好，不施化肥不用农药，完全的绿色食品。你可以到我基地现场考察。"

安玉枫这样说，并不是盲目自信。从支大棚的那一刻起，他就决定，要么不做，要做就做到最好。为此，他跟专家安守福进行了探讨。要做最好，就是全部施用有机肥，人工捉虫、拔草，成本增大没关系，他可以根据质量，中气十足地在价格上叫板。不但占据批发市场的一席之地，今后再多栽种高端品种蔬菜，可以入驻大型超市。只有做好品牌，才能傲立市场。

老马忠厚，但生意场上的事，还是较为谨慎，他没法答应跟安玉枫合作，但产品出来后，他先看看样品。这就是突破口。机会来了，抓住机遇，是安玉枫的强项。

很快，大棚里的第一茬蔬菜，亮旺旺地生长出来了。下午开始采摘，装上一整车，连夜赶到瑶城。批发市场赶的就是早市。安玉枫给老马打电话，对方让他等在场外候着，明天早上再看样品——老马哪里知道，安玉枫带了一车的样品过来。这叫孤注一掷，安玉枫必须让安大营大棚的第一茬蔬菜，第一时间占据瑶城的批发市场。

市场西南角的过街天桥旁边，停着几辆外地货车，安玉枫就把车跟那些车拢在一起，驻扎下来。

批发市场忙在早市，凌晨三四点，就有成车的蔬菜，从四面八方涌进来，然后再被二级批发商批走，就会在早晨各大菜市场出现，然后中午摆在市民的餐桌上。安玉枫让同来的几个年轻人先去吃晚饭，他守着一车的菜。饭后，几个年轻人劝安玉枫去住旅馆，但安玉枫没有去，而是跟着大家一起守车。第一次来批发市场，他得守着，这难踢的"头三脚"，他不跟着踢，或者说，他不亲自踢，那不行。

从驾驶室拿出席子，铺上被子，几个人在车后面围坐着打盹。早春的瑶城，有着北方城市的寒意，渐渐安静下来的街道，只有街灯通亮，行人隐去了，车辆也稀少下来。安玉枫猛然想到第一次去上海贩菜，也是这样在批发市场外面等候，一旦市场开门，便骑着三轮车冲进去。后来就雇车做二级批发市场，专门给饭店和菜场配送蔬菜。没想到，事隔多年，他早改了行，做物流做得风生水起，咋又回过头来做蔬菜生意了？所不同的是，这次他是直接生产商，做得好了，他会是最大的赢家！

安玉枫再一次体会到了夜的寒冷和漫长。

这是多年没有过的经历了。

天气冷，瞌睡少，时间可以用来回忆往事，他就想到念初一的时候，跟着同学去杨林搭火车，在火车上卖烧鸡的经历。同学的亲戚家在杨林镇做烧鸡，同学说，火车上的烧鸡都是从他亲戚家批发出去的，他们可以利用寒假，去火车上卖烧鸡赚钱。安玉枫就动了心，真在寒假时，和同学一起，在火车上卖过三次烧鸡。那是安玉枫终生难忘的经历。打张火车票，从杨林坐到淮城，一路卖，悄悄地，不能大声说，只捅捅别人的胳膊肘，让人家看包里的烧鸡，相中了，谈好价格，就做成生意了。一只烧鸡当时要卖三块钱，除掉成本，能赚六毛呢。在火车上，他见到了真正卖烧鸡的，是一男一女两个小孩，跟自己年岁差不多大，男孩子长得白白净净，女孩子尖下巴，狐狸眼，一副精明样，走路很快，一阵风似的。估计他们长期在火车上卖烧鸡，经验很丰富，连列车员都熟悉了。两个小孩在人缝里钻来钻去的，像泥鳅，他们走过的车厢，安玉枫和同学就卖不动了，生意被抢走了。虽然是带着好玩的心情卖烧鸡，卖不了同学的亲戚还能收回再加工，但安玉枫还是想最好全部卖掉。他就找了那两个钻来钻去的小孩，跟他们谈条件。一看就是女孩当家，男孩光顾着笑。安玉枫的条件是，能否给他们留两个车厢，让他们卖。

女孩子眯缝着的狐狸眼，猛地睁得老大，把安玉枫电了一下，她尖锐地看着安玉枫，说："凭啥呢？"

玉枫目光坦诚地看着女孩，说："不凭啥，就是寒假挣点学费，留两个车厢就行。"

"你给我留个名。"女孩很霸道。

"安玉枫。安刘河中学的。"

"好，我照顾学生娃。"女孩的口气像个大人。安玉枫不想得罪她，默认自己是个"娃"。

两个车厢的消费是有限的，安玉枫和同学一人带六只烧鸡，结果从淮城返回杨林时，还剩了十只，他们只卖掉了两只。在淮城火车站站台上等候回杨林的火车时，安玉枫看到那个女孩快乐地跟男孩在说笑，还说烧鸡带少了，不够卖了。一副骄傲样。他们选坐的往返车都是慢车，杨林到淮城，中间有三个小站，上上下下的人也不算少，但就是卖不动。舍得吃烧鸡的人，毕竟是少数。

然后四个人分别从两个车厢门上了返回杨林的火车，安玉枫和同学只能活动在属于他们的那两节车厢里。他们艰难地在人丛里钻动，讨好地去碰别人的胳膊肘，叫人家看他们带的烧鸡。冬季的车厢里，也没暖气，烧鸡的味道香气扑鼻。尽管很香，但买的人不多。走到一半路程时，他们才卖掉一只，还余九只。两人正发愁，那对卖烧鸡的男孩女孩过来了。

女孩说，要批他们的烧鸡，因为他们缺货。女孩给的价，可以让他们每只鸡赚两毛钱。安玉枫想了想，同意了。结果他们的烧鸡全被那对男孩女孩批走了。安玉枫和同学安静地站在车厢接头处，看着那两个男孩女孩一阵钻动，就没了影。等从杨林下车时，四个人在站台相遇，男孩女孩的手里已经空空如也。

安玉枫跟同学卖了半个月的烧鸡，赚到寒假开学的学费，还买了一只新书包。搞笑的是，他们每次带的烧鸡，十只也罢，十二只也罢，没一次全部卖完的，最后都要批发给那两个小孩。混得有些熟了后，那女孩说，他们一直在火车上卖烧鸡，有经验了，知道哪些人不会买，哪些人在买和不买之间，他们会让在买和不买之间徘徊的人，掏钱买烧鸡。"这就是经验，你们要学。"女孩一副老江湖的腔调。

最初，安玉枫对那个霸道的女孩，有些不喜欢，接触长了，发现女孩不过是刀子嘴、豆腐心。她指使跟屁虫样的同伴，去车厢里卖烧鸡，自己站车厢连接处的过道里，跟安玉枫说话。玉枫同学见这阵势，也一头钻进车厢，跟着去卖烧鸡。玉枫问她怎么不念书了？女孩眯起狐狸眼，看着车窗外飞过的田野："我的野心，比念书大！"安玉枫不懂了，一个人不念书，能实现什么野心？仿佛看出安玉枫的疑问，女孩又说："你是个学生娃，有些事，你不懂的。"

安玉枫说："张口闭口学生娃，那你是个什么娃？"

"我是学生娃的头子娃。"女孩扑哧一笑。

"你当头子？最多不过是土匪头子。"安玉枫想杀杀她的威风。

女孩把狐狸眼又一次瞪大了："你咋知道的？每回玩游戏我都当头子，不过，不叫土匪头子，他们叫我司令。"

安玉枫终于被这个叫香的女孩逗笑了。

在杨林下火车时，他们破例没有立即散去，而是在火车站旁边的小店里，"司令"请大家每人吃了一碗素面条。当晚，安玉枫做了个梦，梦见他在麦地里追着香跑，香揪了几枝麦穗，在手里举着，边跑边笑……第二天卖烧鸡时相见，安玉枫想到梦里的情景，不自觉地红了脸，倒是香，仍旧大大咧咧说说笑笑。

事后想来，卖烧鸡挣学费的动力在其次，主要喜欢和狐狸眼的女孩香说说笑笑的感觉。因为家庭原因，安玉枫很少有开心笑容，半个月卖烧鸡时的说笑，抵得上他好几年的。

后来同学转学去城里了，又一个寒假时，安玉枫就没卖烧鸡了。初三那年的寒假，他心血来潮，一口气跑到杨林火车站，在站门口呆站了好久，希望碰到那个咯咯笑的小闺女。怅惘了好一会儿，才离去。一晃，许多年，匆匆滑过去了，一切都淡得天高地远了……

夜气更加浓郁起来，夜火车从远处跑过来，大声喘着粗气，呼哧呼哧朝车站进；路灯亮了大半夜，却不知疲倦，仍旧目光炯炯。安玉枫把少年时卖烧鸡的事在脑子里过了一遍，加上天冷，瞌睡更浅了。他突然想，那对卖烧鸡的小孩，是否还在杨林呢？可发大财了？说不定早成了生意精，家财万贯了呢。唉，世界多么大，又多么小，如果他们还在杨林，说不定，哪天自己真能碰到他们呢。

同来的年轻人，心思少，睡得香，轻微的鼾声，使冬夜显出几分暖意。借着灯光，安玉枫看着静静立着的装满蔬菜的大货车，就像瞌睡的怪兽，站立的轮子，像兽的爪。调皮的大货车，没有了白天奔跑时的威武，变得安静而听话。安玉枫猛然想起了自己在宁城的物流公司，那些四处奔波的大货，不知歇在哪个地方，累不累？虽说每天他都在网上浏览公司的运作情况，每天按时给温晓莉通电话，给温晓东通电话，但心里的挂牵，在这一刻，一下跳荡起来。温晓莉曾在电话里笑他，回安大营种菜，要不就是脑子有病，要不就是犯贱。安玉枫定位是自己犯贱。虽然当笑话说，但如果温晓莉知道他大半夜蹲守在瑶城的蔬菜批发市场外守候、挨冻，一定说他贱到家了，傻到家了。想到这里，安玉枫一笑，摸摸自己的脸。他觉得脸也没以前光滑了，皮肤糙了起来。跟南方比，皖北的气候还是干燥的，他天天在南湖的大棚地里跑来钻去，任凭风吹日晒，这张脸不变糙才怪呢。好在脸再怎么糙，温晓莉是不会嫌弃的了。

安大营人喜欢说那句老话，"篱笆子伸头容易回头难"，安玉枫觉得这话就是说给他的。回到安大营种菜，就是篱笆子伸出了头，没有回头路可走了，那就要坚持。坚持把这十个大棚做成样板，做给庄上的人看，让大家明白，钱不是大风刮过来的，是苦挣苦熬干出来的。走对了第一步，下一步就顺理成章了。在土地上做文章，做足文章，不下苦功夫，真不行。

或许想得比较多，想得自己热血沸腾，困意全无，寒冷也减轻了。他悄悄起身，在四周走动起来。安静的天桥，没有脚步走它，没有人声吵它，听话得像个孩子。桥脚下那个烤红薯的摊位早已撤走，好像还留有红薯的余热和香味；旁边的吊炉烧饼，生意好到要排队购买，安玉枫刚把车停在这里时，吊炉烧饼已经收拾东西准备撤了。这世界，多少人在安分守己地讨生活，以不同的方式，却有着相同的辛劳。安玉枫心里涌现一层伤感，正要细细品味，一阵尖锐的开动铁门的声音，把他抓回到现实当中。第一辆运菜车要进市场了，紧接着，各种车轮呼呼响动的声音，把批发市场全部淹没起来。

市场最繁忙的凌晨开始了，那些静静站着的装满蔬菜的货车，一下活了起来，张开肚子，把里面装的瓜果蔬菜倒出来，倒进各色的塑料网眼袋里，再装进手推车里，流向四面八方，流到在外等候的大货车里、小货车里、燃油三轮车里，电动三轮车里，女人的声音，男人的声音，车轮刹车时的刺耳尖叫声，袋子不小心掉地上的咕咚声，一起把批发市场撑得满满的。

许多人腿、车轮，走过安玉枫的车辆前，却没有停留下来，他们似乎都有自己固定的点，直奔过去，根本不需要站下来看，停下来挑选。他们奔向该到的地方，价格也不要问，呼隆隆装上车，呼隆隆走出去，轻车熟路。

安玉枫穿过生鲜食品区、干果区、粮油区，来到蔬菜区。各家摊主的蔬菜在逐渐减少，天亮前的热闹在渐渐回潮。透过人群，安玉枫抓住了老马忙碌的背影。老马批发的生姜和平包菜，堆到天花板棚顶，平包菜装在鲜黄的尼龙网袋里，黄绿相配的颜色，十分壮观。刚才的一阵热闹，平包菜堆已去掉了一个顶尖。忙得一头大汗的老马，终于看到了一脸笑意的安玉枫。他脸上迷茫了一会儿，才想起这是来送样品的蔬菜大棚的主人。看到安玉枫两手空空，他脸上又起一层迷茫。玉枫笑道："马哥早，生意不错，要不要帮忙？"

"早饭前还有一阵忙，就能闲一会儿了。"老马接着问，"你带的样品呢？"

"在场子外，我把车开进来？"安玉枫回答。

"好。进场时，你报蔬菜区三十八号马祥瑞。进场要收十五块钱费用，你报上我的名字，就免除了。我们商户的费用里，都包括了。"

安玉枫把一车黄瓜、西红柿、辣椒、豆角、吊瓜，运了进来。老马一见，惊道："你这样品也带得太多了，销不掉，咋整？"

"不会销不掉，马哥你看了就知道了。"安玉枫眼睛里传达着满满自信。

老马亲自拆开尼龙丝袋，一样查看一下，眼睛一亮："你这菜，品相确实不错。我来腾腾地方。"

跟着安玉枫来的年轻人，马上帮着老马，把平包菜朝顶上摞，忙碌了一阵子，安玉枫的菜堆放了进来，正好赶到了早饭前的又一轮生意。早饭前的这轮生意，主要是本城的菜场经销商，为了省下中间环节，他们亲自过来批菜，量不大，但人员多，他们对菜品精挑细选，对质量非常在意。几位老客已经在别处批了黄瓜和西红柿，再来老马这里，是批平包菜的。见到新码上的黄瓜，个个鲜亮，品相亮眼，马上喊："老马你上新货了，也不早讲，不够意思。"

老马解释这是第一次上新货，正在试销。几个人又从老马这里少量进了一些西红柿和黄瓜、豆角。等生意告一段落，安玉枫要请老马喝早茶，老马说走不掉，还会有零星的客户过来，而且市场里一会就有卖早点的小贩，推着车子挨个儿给摊位送包子稀饭。玉枫脱口而出："这就是产业链！"老马请安玉枫一起早餐，体验一下市场里的"产业链"。玉枫说："好，今天就吃马哥的！"

匆忙的早餐间隙，安玉枫坦陈自己的种植规划，并邀请马哥一定去南湖大棚种植基地看看，在瑶城的市场，今后全赖马哥支持。

"俺们安总，放下南方的大生意不做，专门回家带领村里人发展种植业呢。"庄上的安改革，比玉枫小一辈，喊玉枫是叔，这次跟着一起来瑶城了。本来在上海一家外贸企业打工，看到安玉枫回乡种植大棚，他就辞掉工作，跟着安玉枫干起来了。整天围着寿光来的专家安守福身边，耳听眼看心记，不懂就问，毕竟在职校念过书，有文化，领悟能力强，已经是半个种植专家了。

"这叫男子汉大丈夫，能伸能屈。"安玉明看安玉枫的眼神，有了真心实意的钦佩。安玉明和安玉枫同辈，这回也跟着过来了。他对蔬菜销售很上心，要么不做，要做就做最好。本科生言语不多，难得赞许谁几句，看不起庄上人做的营生，又不愿去城里当打工仔，一直窝自己家里。是安玉枫用激将法把他激"活"，才放下"架子"，愿意一试身手的。

听安改革安玉明夸赞安玉枫，老马看安玉枫的眼神温润多了，叹道："这个时代，各人发各人的财，谁愿意顾谁？你能回故乡发展种植业，了不起！种植业前景很好，就是前期投资较大。"

吃过早餐，安玉枫放空车回家。把货车停在城边的停车场，安玉枫带着安改革安玉明，打车去了瑶城市新华书店，买了一大抱子有关养殖种植营销方面的专业书。

送第二车蔬菜来瑶城时，老马就跟着安玉枫的货车到安大营来了。站在南湖的大棚地里，老马感叹了许久。他没想到，安玉枫做得这样好、这样细。他支的大棚，现代化的温室棚，质量好不说，种植的蔬菜，全部上的有机肥，也难怪蔬菜品相那么好。安玉枫说，这是他做的第一批工程，马上他会上马第二批，再支二十个大棚，已经跟周边乡镇的养殖大户达成协议，把动物粪便作为有机肥利用起来。

老马被安玉枫的远景规划所感动，当场表态："在瑶城，仅靠我一人的能力还不够，我要联合批发市场的几位朋友，我们好好合作。我那几个朋友，做得比我大，可以让你的产品在周边城市铺开，这样，你就不用愁销量了。只要你的产品好，市场反过来求你呢。"

安玉枫开着宝马车，把老马送回瑶城，当场签下几份供货合同，不光是跟老马，还跟批发市场的老商、老赵和老侯。

安玉枫不用再去瑶城送菜了，瑶城来车拉了。不是一辆，是好几辆，直接开到安大营南湖的大棚地边，等着装菜。这边安玉枫让人忙着采摘、装车，整个南湖一片沸腾。刚刚还长在棚里的蔬菜，不过几个小时的功夫，就到了瑶城，就摆到消费者餐桌上了。正应了瑶城批发商老马的话，一批商在求等安玉枫的菜了，不是安玉枫求他们了。

安玉枫在南湖地里支的十个大棚，不但轻轻松松收回了成本，还赚了一笔。安云礼热火朝天地开了一场村民大会。在会上，安云礼中气十足，理直气壮，陈述了安玉枫种大棚的高瞻远瞩，无私奉献。实践证明，安玉枫种大棚，是成功的，走对路子的。安云礼也忍不住数落了一些人的目光短浅，自私狭隘。有人听着听着，把头耷拉下去。

唯一分到红利的老皮钱，当着众人的面，摇晃着手里的一张银行卡，当场来了一段大鼓书：

小小卡片真神奇

有钱都能装进去

大票小票朝里装

走到哪里不慌张

小小卡片真不差

全国各地都能花

出门腰里不带钱

又省劲来又安全

吃饭购物逛商店

省时省心少麻烦

对着机子刷一刷

想买什么都不作难

……

这回，老皮钱不夸种植大棚分到钱的事，他夸他的银行卡。庄上的人谁都知道，那张银行卡，是安玉枫帮他办理的，安玉枫把老皮钱该得的分红，一分不少地分给了他，全部打进他的卡里。这是老皮钱拥有的第一张银行卡，安玉枫开车带着他到安刘河镇上，告诉他密码是多少，让他在信用社取钱。老尾巴哆哆嗦嗦搞了好一阵子，才把卡塞进取款机里，并学会了输密码，然后，从取款机的下面，捧出了一堆鲜红的大钞票。安玉枫再教他把取出来的钱存进去，又是一番操作，又成功了。之后，在镇里的幸福超市，老皮钱给老伴买了桂圆和梨罐头，在收款台付钱时，不需要掏现金了，只把卡递过去，超市的老板朝一个小机上一划拉，打出一张条子，就把钱付好了。实在太方便了。

老皮钱唱过大鼓，得意地眯缝起眼睛，四下里瞟着，那意思谁都知道，他在显摆呗。

听罢老皮钱唱过大鼓书，村民大会进入另一项议程，就是以土地入股的形式，跟安玉枫合作种大棚。村主任红绿灯进一步强调了种大棚的重要性，这个重要性，就是种菜和种庄稼比，收成翻了十几倍，如果种高档蔬菜，会翻几十倍。然后村主任宣布，让为安大营父老乡亲带来福音的安玉枫讲话。

安玉枫的话像拉家常。昨晚他就跟温晓莉拉了半夜的家常，也不怕温晓莉骂他脑子有毛病，把去瑶城送菜，半夜挨冻的事都说了。温晓莉没骂他脑子有病，而是问他可感冒了？她要快递姜汁红糖茶给他喝。安玉枫顺势央求温晓莉把自己递过来吧，哪怕是住几天呢？突然想起晓莉眼睛不好，还没一个人独自出过门呢，平常到哪儿去，不是安玉枫陪着，就是温晓东陪着。安玉枫马上又改口，说他安顿好这一切，就回宁城看她。

现在，当着安大营老少爷们的面，安玉枫又拉起了家常，他看了看坐成一片的父老乡亲，还有旁边跑来跑去的小孩子，就想起小时候娘带着自己在生产队开会的事，心窝里一热，说："在座的爷爷叔伯大娘大婶，都是看着我长大的。我们家难，特殊，咱庄的人都是知道的。我十六岁立门户当家，啥活都不会干，还是个小半拉橛子，哪个爷爷伯伯叔叔没教过我用农具、使牲口、垛麦秸垛、犁地耙地？本来我要在庄上扎根一辈子，好好当个庄稼人，后来还是外出打工了。也是形势所逼吧。在南方待这些年，大大小小也经历了一些事，三十好几眼看着也是奔四的人了，恋家的情结就有了，就想回到庄上，看能帮着父老乡亲做点啥？咱这一片地方，包括咱整个皖北县和周边的县，都是墒情好土地肥沃的地方，适合种植业，但光种麦豆玉米这些普通庄稼，确实收入不了几个钱，还得出去打工。怎么能增加土地的收成呢？朝北去的亳州，种药材的多，那里有个中药材大市场嘛，那我们这一片，适合种啥呢？我们就改种大棚。南方的大棚像海洋一样，一望无际，我也要咱安大营包括周边的村子，能有南方那样一望无际的大棚地。我想今年在十个大棚的基础上，再建三十个温室大棚，明年，我再扩大到一百个，让咱庄的年轻人，附近庄上的年轻人，都不再外出打工，都在我们大棚地里种菜挣钱。有啥能耐都使出来，你喜欢种就专管种，喜欢跑市场就做销售，让咱们的大棚蔬菜，走进批发市场，走近宾馆酒店，走进大小超市，走进社区。现在，我不担心没市场，只担心产品供不应求。南湖的地肥，第二批大棚还支在南湖，三十个大棚要占用土地百余亩，加上之前的大棚，我们会有一个较上规模的大棚蔬菜基地。在这个基地，我们不但要种植中高档的蔬菜，还要种植水果。在座的乡亲有啥意见，可以当面来提。我们商量着办。人生的理想是啥？昨晚我临睡前给理想一个定位，就是：再不要东奔西跑地挣钱了，就在家门口挣，和家人热热乎乎地过日子，培养孩子，照顾老人。大家想想，可是这个理？我们的大棚种植基地，就是圆大家这个理想的！"

安玉枫的话音刚落，东小庄的刘学习，呼噜站起身，一脸怒气道："这回我拿土地入股，日他小姐的，这回谁劝我租赁我也不听了，就拿土地入股！"

刘学习的话，让本来安静的会场，起了一阵嗡嗡声。很明显，刘学习话里有话。安大营和东小庄跟安玉枫签订租赁合同的九户村民，互相瞅了一眼，又把眼睛调转到别处去了。虽然眼神不及年轻人尖亮，安云礼还是在台上看得真真切切，他心里一直怀疑，这几户人家土地入股突然变卦，红头涨脸地要租赁费，而且一次付清四年，背后一定有人怂恿，刘学习一说话，他的怀疑就千真万确了。安云礼和安玉枫心照不宣地互看一眼。

东小庄的建设娘，脸汕汕了一会儿，就把刘学习当作靶子打了一通："你日他小姐？你日他大姐也不管经，你南湖没地了，大棚支不到你地里了，想入股也没门。"

刘学习的脸子就挂拉了下来。

"没有土地入股的也没关系。"安玉枫说，"一，我们还会扩大种植面积，不仅在南湖种植大棚蔬菜，还在其他地里种经济作物，我们要让每一寸土地生金挂银；二，有愿意种大棚的，哪怕不是你的地，你也可以承包大棚来种植，这也是一种致富的门路；三，下半年，我还要再建大棚，种植反季节水果，南湖只是我们的大棚种植基地之一，西小甸跟南湖紧挨着，地块大，可以种植经济作物。我要让咱整个安大营行政村的六个自然庄，人人有事做，有钱花，有责任心，有信心！等时机成熟后，咱们村要成立农村专业合作社，我们和大棚种植的关系，就是风险共担，利益共享的关系。"

"安……安总，我西小甸有地，三亩旺还多。"刘学习兴奋地看着安玉枫，脑子里估计净想着地，对专业合作社的事，他一点没听进去。

"我的地在西小甸也有二亩半。"许久不说话的安守财，这时也插话了。他可能听到了成立合作社的事，就眨着眼睛问："玉枫，啥是合作社？我咋迷糊了？"

安玉枫一笑："关于农村专业合作社，南方早就有了，咱北方起步晚一些。用大白话说，就是咱们抱成团，一起种植，互相帮助，共同发展经济，共同致富过上好日子。"

下面又响起一阵嗡嗡声。

第六章

——

农瓦房搬兵

农瓦房到小龙河湾搬兵来了。

在得知农业大学的王大鹏要来小龙河湾时,他骑着电驴子,一刻不停地赶了过来。

自从回到农瓦房庄,农瓦房两三天就给老尾巴打个问候电话,说说自己的事。听说王大鹏要来小龙河湾,他就过来搬兵了,正好也来看看尾巴叔。

一波三折回到农瓦房庄上的农瓦房,在度过了没皮没脸的过渡期后,已经敢抬起头在庄上走路了。有人开他玩笑时,也不往心里去,也不挂在脸上了。农瓦房自己接受了自己回到农瓦房种地的事实。在家窝了三天,他就跟着他爹娘去地里给小麦施化肥。碰到庄上的人,他娘就站下身子说话,他娘一站下,他也得咯噔站下。跟他娘俩碰面的人,一边说话,一边看农瓦房的脸,农瓦房的脸没地儿搁,干脆就扛在肩上,任人看。讪讪了几天,就自然了。他娘总把他朝前捞捞,让他说话主动点。喊爷喊叔,喊奶喊婶子,啥辈分的人,喊啥称呼。也有生面孔的,他娘就仔细介绍,这是铲子媳妇,这是更生媳妇。都是庄上这几年新娶过来的媳妇,虽说第一次见面,但对农瓦房这个村级名人,已经如雷贯耳了,新娶的媳妇抱着小孩子,让小孩喊农瓦房伯伯,眼睛贼精地偷瞅农瓦房。开始农瓦房对这些小媳妇们瞅自己,羞得想钻地缝,后来就习以为常了，扛着脸让她们瞅，瞅惯了，就自然了。老一辈的人，为人含蓄的，见着农瓦房娘俩，总夸农瓦房结实了，懂事了，比以前沉稳了；性子直来直去的，就开导人无十全瓜无滚圆，年轻人哪个不犯混呢？言下之意，不说自明。农瓦房就像被当场赦免的犯人，表现出应有的唯唯诺诺，说话的人就特有成就感。差不多有一个多月，农瓦房都会遇见这样的说辞，总算要见要说的人，都见过说过了，再说，就重复了。农瓦房终于可以和庄上的人一样，不再被说旧事了。可以说庄稼，说收成，说挣钱，说盖楼。

农瓦房一直想见的人，却不得见。他没法朝任何一个人打听，但庄上年轻的媳妇多灵活，没话找话地就把"她"的事告知给农瓦房了。走过一片麦子地，小媳妇见农瓦房瞅麦稞子，就边打招呼边自自然然地说："三虎家的麦子长得排场，多亏他媳妇会种啊！这个巧娘们，去外地的农场拜师了，说是回来改种经济作物呢。"一句话，把啥都告诉给农瓦房了。说话时的小媳妇，一脸的成就感。

瓦房娘知道儿子的心事，就正言厉色地告诫瓦房，人第一次吃屎是不知道屎是屎，第二次再吃就傻了，庄上没谁能看得起了；三虎媳妇是有主儿的人，她待瑶城是三虎的媳妇，待农瓦房庄上，更是三虎的媳妇！

彩芹在农瓦房庄上的名字，是三虎媳妇。这是庄上人的惯称。瓦房娘一口一个三虎媳妇地叫着，把农瓦房的心叫得直发颤。他明白娘的用意。如今，他只能在心里偷偷喊几声那个名字了，娘的话没错，人重复吃屎的话，真比屎还臭了。

农瓦房庄上的人用眼睛检阅了农瓦房，用说话或教育或表扬了农瓦房一番之后，安刘河镇的安玉椿副镇长，在"巡片"的时候，也来他家巡视了一番。正是这一番巡视，让农瓦房当种粮大户的心思活泛起来。

安副镇长巡事农瓦房，是有他道理的。在农瓦房被安玉枫薅住衣服领勒回到安大营给他娘磕头赔不是，又被安玉椿送回到农瓦房庄时，农瓦房把自己这些年的经历一股脑儿全告诉了安玉椿。不知道为啥，他觉得安玉椿看他的眼神，跟老尾巴的眼神很接近，都是透着亲切和信任的眼神，他忍不住就把自己心里话倒出来了。虽说因为玉枫娘的事，他和安玉枫结了"梁子"，但安玉椿却并没因此而疏远他。这个基础首先是老尾巴打下的，老尾巴和农瓦房是患难朋友嘛；其次，安玉椿评判他的行为，是不得已而为之，都是为了生存需要。对农瓦房而言，不仅仅是生存需要了，他是为了人生的理想，是要挣到租地的钱。

"你不用想着到哪儿租地种了，庄上的地就够你种的了。"安玉椿说，"镇里的土地流转试点，收罢麦子开始进行。就设在我包片的这几个行政村，我跟农学农书记沟通了，先在你们农瓦房行政村试行。种粮大户的人选，第一条是真正热爱种地且有一定种植技术和经济基础，而不是打着当种粮大户的幌子，套取国家补助资金。人品方面也要综合考虑……"

农瓦房的脸红巴了起来。

"这个对别人重要，对你而言不重要，龙主跟我说了你的事。那些事都是有原因的。"

"龙主是谁？"农瓦房好奇地问。

"你小龙河湾里的救命恩人哪。我们家里人说起他，一律喊龙主，方便。"安玉椿笑道。

"原来尾巴叔还有这个大号啊。"说起老尾巴，农瓦房脸上铺开笑颜，就像老尾巴是他们两人的老亲戚。

"不过，也要召开村民大会，听听村民的意见，还有土地流转涉地农户的意见。同时，对报名要求承租流转土地的种粮大户，要公开公平竞争，当众进行答辩。你得准备准备。"

农瓦房急了："我准备啥呢？我文化不高，又没口才，就是种地的那些事懂一些……"

"爱种地，懂种地，有责任心，这个才重要。"安玉椿看了看农瓦房家的旧瓦房，"庄上人住楼的不少了，你家不咋样。经济上肯定是个弱项。看来，我得帮你找个经济实力强的合作伙伴，不然，你得不到高分。"

进入夏季前，麦子刚刚顶穗子，镇里轰轰烈烈开展了土地流转试点工程。农瓦房行政村的一千亩土地，流转成功，农瓦房以高票当选为村里的种粮大户。当农瓦房在电话里向老尾巴报告好消息的时候，老尾巴笑得嘎嘎叫，连说三个"好"字，最后对着话筒说："瓦房你好好干，你可不能像你尾巴叔似的，大半辈子才明白过来，明白过来也只能老死在这小龙河湾里了！"

农瓦房知道，要是他在老尾巴跟前，老尾巴一定还会给他说一段自己的故事。

说好了收罢麦子量土地，签承包合同，农瓦房还是心里不安，他怕有变。

在等待麦子成熟的日子里，农瓦房终于来到了小龙河湾。因为老尾巴电话里说，王大鹏从省城的农业大学回来看他了，有啥想法，过来找大鹏。

农瓦房就来搬王大鹏这个兵了，搬到自己的千亩"大土地"那里，让王专家指点迷津。农瓦房一口气看了十几本农业方面的书籍，心里有了谱了，但他还是想跟王大鹏当面请教一下，让王大鹏像对待小龙河湾里的土地那样，厚待他的土地。他的千亩大土地！农瓦房对还没到手的千亩土地，已经取名为大土地了，他张口闭口就和老尾巴电话里说大土地的事，说得老尾巴生气了几回，说他显摆，拿大土地气他河湾里的小土地！

农瓦房从集上买了一堆好吃的，兴冲冲来到小龙河湾。站坝顶瞅了半天小龙河，瞅了河湾里长叶发枝的泡桐树苦楝树，回想了一会儿自己刚来时的情景，觉得像做梦一样。

老尾巴站院子外迎接他。

"你个熊秧子，还知道来看我！"老尾巴先咋呼起来。

算起来，两人有一个多月没见面了，乍一见，农瓦房觉得挺想老尾巴的，忍不住给老尾巴来个大熊抱。老尾巴穿着挺括的休闲褂，农瓦房抱他时，觉得他身子骨瘦瘦的，有点硌人，心里狠狠疼了老尾巴好一会儿。心里一疼，眼睛里就流露出来了。唉，以前待在小龙河湾里不觉得亲，这会子一重逢，才知心里怪亲怪想的。要不咋说人有感情呢。

老尾巴不喜欢抒情，苦事乐事都一副嘻哈相。见农瓦房眼窝里有点湿印子，立刻转移话题，咋咋呼呼说："你可知道小龙河的传说？我来说给你听。"

农瓦房支棱起耳朵。

"早先这里是没有河的，是一片砂姜地，除了几棵老楸树，一片庄稼也不长。老楸树中间有口老井，井沿和井帮上长满了青苔，也不知有多少年了。旁边的大龙庄有个小伙叫龙娃，长得五大三粗，相貌堂堂，他有个老娘，常年有病卧床，龙娃很孝顺，除了种庄稼，就是照顾老娘。因为家里穷，负担重，二十好几了还是光棍汉一个。龙娃是个乐天派，平常干活再累，都会坐在砂姜地的楸树底下吹笛子。有一天，正吹着笛子呢，老井里蹿出来一股风，吹得砂姜乱飞，迷住了他的眼睛，等龙娃能睁开眼睛的时候，发现面前站着一位标致的女子。女子说，她是东海龙王的小女儿，因为龙娃的笛子吹得太好听了，她不知不觉顺着笛子声音，从东海游到这里来了。这口古井能通到东海龙宫呢。

小龙女就让龙娃再吹笛子给她听。龙娃一直吹到天黑透了，才和小龙女依依惜别。从此以后，只要龙娃坐在古井边的楸树底下吹笛子，小龙女就从井里飞腾而出，听龙娃吹笛子后，再陪他唠嗑。时间一久，两人产生了感情，小龙女不愿回东海龙宫了，要留下来做龙娃的媳妇，就跟着龙娃回到了大龙庄。一庄的人都出来看，夸小龙女长得排场，龙娃的娘更是欢喜得合不拢嘴。小龙女不但人长得俊，还心灵手巧，帮家里缝缝补补，给她的手一碰，家里的旧衣服旧棉被，就变成了丝绸做的新衣新被了，她的手朝麦囤里一放，麦囤就满了。龙娃家从此不缺吃不缺穿，小龙女也有了喜，一家人和和美美过着好日子。但好景不长，东海龙王发觉小女儿三天三夜没回家，心里很着急，派龟大帅一查，小龙女竟私自跑到人间三年了，还跟一个凡间小伙结了婚，这还了得，立刻派龟大帅前来捉拿小龙女回宫。小龙女不愿离开龙娃，兴风作浪和龟大帅对打，龟大帅逃回龙宫向龙王汇报，气得龙王龙须乱颤，亲自出马，把小龙女擒回龙宫。行到半空中时，小龙女挣脱掉龙王的龙爪，把自己摔到砂姜地上，化作了一条龙形的河，一生陪伴着龙娃。那条河就被后人叫作了小龙河，那口古井成了河里的龙潭。不久，龙娃在小龙河边发现了一只木盆，是小龙女送回了他们的龙凤胎儿女。从此，龙娃带着一双儿女，世世代代生活在小龙河边，想小龙女了，龙娃就坐河边吹笛子，跟小龙女唠嗑，说地里的收成，说儿子念私塾了，女儿会做女红了，小龙河就化作一条鳞光闪闪的龙，在笛声里舞动。后来谁有了冤屈，就朝小龙女诉说，小龙女就显灵了，就惩治恶人，成全善人。有人想不开，也朝小龙女哭诉，哭诉一阵子，心里就开阔了。"

"叔不说，我还真不知道呢。怪不得叫小龙河，原来河里住着小龙女呀。"农瓦房顿时觉得，水气旺旺芦苇苍苍的小龙河，有了几分神秘。"俺叔你这么多年在小龙河湾里住，可见过龙舞吗？"农瓦房充满好奇。

"别打岔，我再来跟你说说大鹏。这个熊孩子，他差点弄污了我小龙河湾里的水呢。说起来，我和大鹏这孩子，也是天生地有缘分。那一天，晌午顶，太阳大得连狗都钻树棵子里不出来了。我在屋里睡了一小觉，就热醒了，觉得待屋里没事干，不如去地里干点活。就去玉秫秫地里了。玉秫秫地离我的屋最远，接近小龙河水边的苇棵子了。玉秫秫棵砍掉了，被太阳烤得焦干，正好可以捆起来，再堆个垛，阴天下雨好烧火。捆了一会儿玉秫秫秸，出一身汗，就在泡桐树下乘凉，这时候，王大鹏走到小龙河湾来了。这小孩我一看就不对劲，大晌午的到这里来，要不神经有问题，要不就是来朝小龙河喊冤诉苦。

"熊秧子你刚才说啥？我可见过龙舞吗？我当然见过，半宿半宿睡不着的时候，我就站小龙河水边跟小龙女说话，小龙女就劝我说，好死不如赖活着。你瞧，我现如今活得多好！咱再说大鹏。王大鹏，晌午顶一个人到小龙河湾里干啥来了？就见他对着热灼灼的天空大声喊道：'小龙河，你就把我收了吧！'就朝小龙河里扎。我哪能让他扎进去？我就甩出给玉米秆打捆的绳子，把他的腿缠住了，扑通摔他个嘴啃泥。我说话的声音比他的还大。你知道我说了啥话吗？"

老尾巴得意地瞅着农瓦房。农瓦房像个小学生一样，张着嘴，巴巴地静等老尾巴的"且听下文"。这样跟老尾巴对话，真叫过瘾。

"我说：你听好了小东西，小龙河收不收你，小龙河不当家，小龙女也不当家，现在我是小龙河龙主，这事我说了算，你得先过我这一关！"

"龙主叔你把他救下了？"农瓦房听懂了。

"不就是考了三年没考上大学嘛。真是，死都不怕，还怕当老油条？我说，有种你就再当一年老油条，一年后你考不上，再让小龙河收你，反正小龙河又没盖盖子，你爱从哪跳从哪跳。"

"他后来考上了。叔你说过的，他上的省里的农业大学。"农瓦房接话很顺，差不多会抢答了。

"在我这住三天，我把我的故事说给他听了三天三夜，小屁孩啥都想通了。唉，当时他家里也怪困难的，爹在建筑工地上把腿摔瘸了，妹子十六岁就去浙江打工供他念县里的高中。没考上他有愧啊，就不想活了。我的私房钱也不多，供他复读一年还是没问题的。小屁孩还算争气，分数考得不孬，可以上一本重点，他偏要学农，就在本省上，说是离家近。第一志愿填的是省里的农业大学。上过本科又念硕博连读，就被农业大学留校当研究农业的专家了。孩子仁义，寒暑假都过来看我，跟我说种庄稼的事，肥料咋个施法，有机肥咋个沤法。没有大鹏，我的小龙河湾，哪有今天这阵势？"

说过了王大鹏，农瓦房就跟老尾巴说道起安玉枫掰乎他的事。"他勒住我脖颈子，像拽狗一样把我拽到车里，再拉到安大营，朝我腿弯里飞起一脚，我就在他娘跟前跪下了。说真的，我跪得心里那个安坦哪！知道吗叔？我那一跪，就把自己是通缉犯的事，给跪没了。"农瓦房说得眉飞色舞，"这一点，我要感谢安玉枫，没有他勒住我，我哪里知道那个大娘没死呢。哎叔，你咋知道大娘没有死？"

老尾巴得意一笑："小龙河流过的地儿，没有我不知道的事。我说她没死就没死。"

"那个安玉枫，真能屌台，他调出小区监控录像里的我，再把我拍在手机里，就拿着手机全国各地地找。他更能屌台的是，居然一眼就认出我来，冲着我喊赛诸葛，我好像还答应了。他真会掰乎人。"

"他掰乎人也不是一天两天了，他十几岁就会掰乎人，硬是把他亲爹给掰乎晕了。"

"他从小就会掰乎人？还把他亲爹掰乎晕了？他咋掰乎他爹的？"农瓦房对安玉枫充满好奇。他知道安玉枫才是真正的返乡创业农民工，应当不叫农民工了，他成功了，当老板了。

"以后让他爹亲自告诉你吧。"老尾巴一抬头，就见王大鹏在小龙河坝顶出现了，"大鹏来了，你别打岔说那个姓安的，说你的地种得咋样了吧。"

来的不止王大鹏一个人，还有一个老头跟着过来了。老尾巴和农瓦房连忙迎到了坝顶。不远处有辆黑色小汽车，停在树下的茅草地上，王大鹏大老远咧嘴笑着："俺大爷，你这里啥时候能走车呀。"

"啥时候都不能叫它走车，一能走车，还不得把我吵死呀。"老尾巴脸上笑成了核桃皮，"大鹏呀，你这是把哪位贵客请来啦？"

王大鹏连忙郑重介绍："这位是省农业大学农学院的副院长、我的导师牛教授，这是我的救命恩人尾巴大爷，小龙河湾的龙主。这位是返乡创业、即将荣升为种粮大户的农瓦房。"

王大鹏这回是开着牛教授的车过来的，师徒俩从省城一路走，一路拉话，中间在淮城停留一阵，那里有片实验基地，第二站，就到小龙河湾，第三站，到安刘河镇政府找安玉椿。安玉椿也是牛教授的徒弟，虽说没读过硕士博士，也是牛教授根正苗红的亲学生。

"我导师一直想来小龙河湾里看看。我多次跟导师讲过小龙河湾的原生态自然风光，还有小龙河的传说，导师可感兴趣了。"几个人站河坝上观景，王大鹏嘴里说个不停。

"这个河离公路远，处于三县交界处，没人管没人问的，暂时有我管着。"老尾巴一脸的得意。

"我听说这里有一片大鹏的自留地，我倒要看看他自留地里种的什么。"牛教授笑吟吟地说着，指着不远处的河床说，"这是条古河，该梳通一下，河床太高了。我听说有关部门正在考察，看这可是黄河故道的一部分。"

"这下好了，小龙河又多了一个传说。"老尾巴让大家先坐树底下吃皖北酥瓜，歇一会儿，再看大鹏的自留地。

牛教授问："这么早，酥瓜就长出来了？我听说皖北酥瓜还有个别名叫贡果，说是清朝的哪个皇帝吃过后，念念不忘，地方官就年年向朝廷进贡皖北酥瓜，名字也改了，叫贡果。"

"现在贡果又把名字改过来啦，还叫皖北酥瓜。这是温室大棚里种的，有人送过来孝敬我，我也不客气，爱送就送，哈哈。可巧教授您来了，咱就一块吃吧。"

几个人坐树下的小茶桌边，一直笑着没说话的农瓦房，忙着切瓜，就像在自己家待客一样，把瓜放托盘里端出来让大家吃。

吃过瓜，老尾巴领着牛教授，去看王大鹏的黑小麦、黑玉米，玉米地里还套种了一种叶子又长又宽的植物，牛教授指着问道："大鹏，你就这样种辣根？"

王大鹏咧嘴一笑："我在试验玉米地套种辣根，导师您瞧，这是早玉米，目前正长势良好，争养分抢阳光，而辣根的旺长期，正好在玉米收割后。现在辣根不需要太多养分和阳光，附在玉米根边，慢腾腾生长，一点不影响玉米生长。等玉米熟了，就是辣根成长的天下了。辣根生长期长，到冬季才能收割。这样，一片地两样收成，土地的收益不就提高了？"

"看你平常呆呆的，挺会动脑筋呢。"牛教授得意地夸自己的弟子。

老尾巴连忙接腔："那是，大鹏可会掰乎事了，不过，可不是瞎掰乎啊。"

"辣根是做啥的？成收咋样？"一直没说话的农瓦房马上不耻下问道。

牛教授微笑着看着王大鹏，那意思是让弟子来解答。王大鹏不好意思地笑笑："导师我说错了，你当场再指导啊。这辣根啊，是经济作物，制作芥末的原料，可以直接出口。下一步，瓦房哥你要在自己的承包地上种植啊。销路好得很，有多少销多少。省里的一家外贸公司，就专门做这个。"

"那我就种黑玉米，在黑玉米地里套种辣根。"农瓦房抢话说，"大鹏你说过的，你要在技术上帮助我。"

"这就是我请导师来的用意。"王大鹏看着导师说，"导师，您得说话了。"

牛教授微微一笑："大鹏自留地里产的黑粮，我们做过分析，总体是成功的，但小龙河湾里的土地，虽然肥沃，微量元素含量高，但因为受地势的局限，不具备大田地块受风和光照的优势，还一个原因，地块小，品种单一，也不利于授粉。所以，院里决定，在农瓦房的承包地里，辟出一块试验田，作为农业大学农学院的繁育基地。由大鹏来具体负责，农瓦房托管。院里会跟农瓦房签个协议，具体情况，大鹏会跟你细说。"牛教授最后的话，是看着农瓦房说的。

农瓦房一时有些激动，嘴也结巴起来："省里的教授也、也种地……也喜欢种地……"一时表达不好了。

王大鹏帮他解释道："瓦房哥，你可能不了解搞农业的专家，一谈起粮食作物，那比农民还要热爱还要热血沸腾。早几年我导师在淮城的繁育基地，为了研发黑粮品种，没日没夜地待在试验田里，一身泥巴一身汗水，比老农民还吃苦啊。一位当地村民不解地问，教授是不是发不上工资吃不上饭啦，要不，咋这样辛苦呢？一个品种的研发，不知要耗掉多少心血，生出多少白发！……"说到动情处，王大鹏看导师的眼睛湿润了。

"我一定不辜负你们的心血，把你们研究的黑粮种好，管好，一定做个合格的种粮人！"农瓦房激动起来。

"瓦房哥，一看你就是个热爱种地的人。"王大鹏夸起了农瓦房，"在这样的时代，多少人都进城挣钱去了，你能回到乡村守候土地，是土地的福乐啊。咱们国家，并不是土地多得种不完，是不够种，可是，多少人，却把土地抛掉了。"

"他的外号叫地迷。"老尾巴揭着农瓦房的"短"。

"俺娘把我生在庄稼地里，天生是种地的人。"农瓦房不好意思地挠着头。

"我记得南方的一家报纸上，曾刊登文章，针对中国的土地，到底由谁来守护展开大讨论。最后守候土地的，还是农民自己啊。"牛教授用赞许的目光，看着农瓦房，"小伙子，你对土地的这份情结，难能可贵。但你理解的种植和现代农业的种植，是有区别的。"

"请专家给我上上课！"农瓦房谦恭地说。

牛教授看着小龙河湾的天空，一脸忧戚，"大集体年代，中国的粮食亩产量，小麦最高不超过三百斤，大豆甚至只有几十斤。那时候，土地以施农家肥为主。我也是农村出来的人，曾记得我们村庄有个大的沤肥池，提供着全村土地肥料的使用。后来土地到户，市场放开，化肥、农药不缺了，土地的产量也上去了，农民种地渐渐依赖化肥。目前，中国的土地已经被广泛地化学化，板结严重，墒情破坏厉害，表层土壤到了没有化肥长苗困难的地步。现代农业形势严峻，那么，小伙子，你要采取什么种植模式呢？大量施用化肥，使土地更加化学化，还是施用有机肥？并且又能保证产值？你是传统意义上的麦、豆、玉米种植，还是种植、加工、销售一体的现代种植模式？这才是你要研究的课题啊。"

牛教授的话，把农瓦房说得愣怔住了。他不知道，一个热爱种地的人，原来不一定能把地种好，不一定能种出成果来，种出理想来。尽管他买回了一堆书，并拼命恶补了一番，但严酷的现实，还是让他这个农民摸不着头脑。

或许看出农瓦房的沮丧心理，牛教授又接着说："小伙子你不要有压力，我们农业大学农学院，有不少专业科技人才，除了完成必要的专业课题，我们还有许多研发繁育基地，院里有作物栽培、作物遗传育种、耕作与农业生态、农业推广、种子科学与技术、农业企业经营管理、农业技术与设计、推广与开发、经营与管理等一大批高级人才，我不少学生也是其中一员，包括王大鹏在内，这些专业人才随时支持你。"

农瓦房看看牛教授，又看看王大鹏，最后对着老尾巴，结结巴巴地说："尾巴叔，你看，牛院长这么支持我，这叫我咋说呢？咋说呢……"

老尾巴的小眼睛立刻眯缝成一条线："你个熊秧子，不知道咋说就不说呗，就把地种好呗。这下你不眼热我小龙河湾里的地了吧？那我可就高枕无忧不再操心你捣乱我喽！"

"我刚刚退休，我这个六十岁的老头，也可以到你的承包地里打工啊。"牛教授开了一句玩笑，又马上严肃起来，"搞农业研究的人，心就是闲不下来，腿脚也闲不下来，没事就想到田野里转转，想着有关农业的大课题。唉，这可能就是大家所说的责任心吧。做农业研究，是一项奉献的工作，也是光荣的工作。中国是个农业大国，长期以来，三农问题，一直是我国社会进程的关键问题。改革开放以来，没有农业的积累和支持，就不可能有国家的繁荣；没有农村的稳定和全面进步，就不可能有整个社会的稳定和全面进步。农业问题是个大课题啊。"

虽然牛教授讲的话比较深刻，农瓦房还是听出了其中的道理，连忙问道："那咱的农学院，培养的不就是研究中国农业问题的专家吗？有您和那些专家坐镇，咱怕啥？"

"咱啥都不怕。"牛教授学着农瓦房的口气说，"有你这样坚守土地的农民，咱怕啥？咱咋奉献都义不容辞。"

大家被牛教授学说的皖北话，逗得笑了起来。这时候，王大鹏接到安玉椿的电话，问导师到哪儿了？他本来要骑摩托车来接导师的，现在又走不掉了，进了一屋子的人，把他围住了，一个事接一个事的说，没法动弹……

王大鹏手机开的免提，安玉椿的话，大家都听得真真的，牛教授把手机抓过来，跟安玉椿说话："玉椿，一时走不掉，你就处理你的事。哎我说你真是万能镇长啊，我教你的专业，你用得着多少啊？"

话筒里的安玉椿激动了："哎呀俺的亲老师，您到哪儿啦？我被一帮人缠着走不掉呢。这不，上个洗手间，外面一个老头站岗看着我，生怕我跑了。唉唉，一言难尽哪。您教的专业我都荒废啦，我现在就是葱花啊，哪里需要哪里抓……"

牛教授让他的高徒先处理好手头的事，他们在小龙河湾自由活动，就把电话挂掉了。然后一摆手，要去安刘河镇政府，现场看看高徒安副镇长如何办公。

老尾巴要留大家吃了中饭再走，他已经把喂的土麻鸡提前关起来了，就等着挨刀呢。他还打开锅屋的门，让大家参观他的大地锅大锅台。牛教授让他把鸡养着生蛋，他下次来吃鸡蛋，并邀请小龙河龙主也跟着去镇里看看，反正车能坐下。老尾巴眨巴着眼睛想了好一会儿，锁上门，就上到牛博导的车里，嘴里咋呼道："我倒要看看，教授的高徒咋办公。"

第七章

安玉椿的"堂审会"

安玉椿的办公室在镇政府办公大楼的三楼。这座三层楼房，紧邻街道，在安刘河这样的小集镇上，还算威武，就是楼体灰尘太多，白色的马赛克，被风吹日蚀，这里掉一块，那里掉一块，斑驳一片，就像一张长满疮疤的脸。王大鹏路熟，头前带路，就把大家带到安玉椿的办公室了。

安玉椿的办公室有两个门，门口人进人出，屋里的男男女女，坐哪儿的都有。安玉椿端坐在办公桌后面的椅子上，对面的五人沙发，排排坐般坐着男女老少，沙发扶手上也坐了人，沙发后面还站了一排人。沙发前面，一个妇女正蹲着身子照顾小孩，那个刚会走路的小孩，正把一泡鲜亮的屎巴巴，拉到了安副镇长办公室的水泥地面上。

因为一对一地处理着事情，对门口出出进进的人，安玉椿根本无暇过问，哪怕是他的导师、他的学弟、他管辖的村民、小龙河的龙主。几个人不进屋，就站门口几个劳力的后面，差不多被遮住了半个头，难怪安玉椿察觉不到他们。

"你看俺的事咋办？您镇长大人得给个话。"沙发上的一个老头，一副兴师问罪的口气，"我在粮站干了十年，怎么就不能算粮站的职工了？我也不要补助金，你得算我退休，把退休工资发给我。"

安玉椿笑道："老人家，那会子你自动离职去淮城家具厂上班了，你上班没履行啥手续，离职也没有，哪能享有退休职工待遇呢？"

"上回你也这么说。行，我这次把证据带给你看。我领工资有签字，这总算证明吧？我不是粮站的职工，工资表上会有我名字？会有我签字？"说着，老人抖抖索索摸出一张复印纸，颤颤巍巍站起身，递给安玉椿，"镇长你瞅瞅，这可是我签名？"

安玉椿接过看了下，又还给老人："这个没错。就算有工资表为证，也只能证明你在粮站干过活，是粮站的临时工，那个年代的临时工，没有退休一说……"

老头气得浑身发抖，手指差点碰到了安玉椿的鼻子："你讲的啥话？那个年代是共产党领导的天下，这个年代就不是共产党领导的天下了？现在哪里干活不办理五险一金？我不过是要本该属于我的退休金！……"

站在后面的老尾巴首先存不住气了，要朝前挤，那样子，好像要帮着安玉椿去理论，王大鹏把他拉住了："俺大爷，你别急，不会有事的。镇长只要朝屋里一坐，天天都有这样那样的人来找他。"

果然没有啥事。安玉椿纹丝不动地坐着，一句话不说，端起杯子喝水。老头耍了一通后，又坐回座位上。安玉椿定睛看了老头一会儿，这才说话："老人家，上个月你过来，我都跟你说清楚了，还让镇民政从救济款里给了你二百块钱，这才几天呢，你又来了，想月月到镇里领工资吗？小于，小于！"政府办的小于马上跑了过来。"快，把矿泉水拿给老人家喝。"

小于不太情愿地拿瓶矿泉水递给老头，老头接过矿泉水，狠狠瞪了安玉椿一眼，蹒跚着脚步，走了。

"安镇长，俺公公的事，你可处理了？"刚才给小孩擦屁股的少妇，抱着小孩冲上来先说事，那泡屎还在水泥地上躺着，被她盖上了一张卫生纸。

安玉椿不急不躁地给少妇解答问题："你公公当过三年民师不假，但他超生被辞退了，不享受教龄补助，省里有文件规定的，让你公公自己找文件念念。"盯着妇女看一会儿，一笑，"听说你老公就是超生生的，事实摆在这里嘛。"

少妇脸一红，抱着孩子就走了，边走边说："是俺男人叫俺来说的，俺男人光打牌，不想打工了……"咯噔站住，回过头，拿出几张卫生纸，蹲下身把地上的屎抓走了。

屋里起了一阵哄笑。剑拔弩张的气氛轻松了一些。但坐沙发上排排坐的另一个老头，话一出口，就把刚刚活络的轻松气氛搞没了："镇长，我这是最后一次找你，下一次，我就出现在北京了。你不仁，别怪我不义，我知道你们领导就怕上访，一上访，你的乌纱帽就掉了……"

安玉椿仍是表现得不动声色，他站起来，抓过茶杯，瞅放茶瓶的地方，想倒水喝，一站起身，就看见了人高马大的王大鹏的半张脸，尽管王大鹏有意半弓着腰，让别人的脑袋尽量把自己遮住；紧接着，安玉椿发现了导师、小龙河龙主和农瓦房几个人，都在认真旁听他的"堂审会"。安玉椿脸上现出惊讶，但这惊讶马上被他收回了，他并没有立刻上前去接待导师一行，而是抓过手机，接听起电话来（手机是静音状态，安玉椿已经接过几次电话了）："哎，李所长，到楼下了？好，我马上下去接！"给一屋等他的人打个招呼道："派出所送来一个老上访户，我下去接一下，马上上来！"从后门夺路而逃。

不一会儿，王大鹏接到安玉椿的电话："快到利民超市门口来，我在那等你们！"

王大鹏开着车，在十字街东南角的利民超市门口，把安玉椿接上了，一路直奔街东而去。安玉椿要带大家去杨林镇和安刘河镇接壤的桂楼吃土菜，并在车上电话订好了包厢。安玉枫说，去那里吃饭，安全。

上到车上，安玉椿热情地跟导师打招呼，轮到跟老尾巴招呼时，老尾巴指指自己说："我的，龙主的干活。"

安玉椿干干地笑道："龙主好！"

桂楼在杨林镇的地界，是个村，村前有片水塘，水塘里养有鱼虾，水塘边一片房子，做成一个四四方方的大院落，院门口挂着一块牌子"桂楼大院"。院落周围长满了槐树，正开着一串串白花。一间间包厢门口，挂着各种农作物，玉米、高粱、豆角、大蒜头、辣椒、茄子等，应有尽有，包间名字却取得和庄稼毫不搭架，怡红院、潇湘馆、稻香村、秋爽斋、蘅芜苑、紫菱洲、缀锦楼、藕香榭、大观楼、缀锦阁、含芳阁、沁芳阁、梨香院……都是《红楼梦》里园子的名字，看来，开饭馆的人怪懂文化哩。

差不多到饭点了，桂楼大院里挺热闹，几个人进到稻香村包间坐定，安玉椿心里才算松弛下来，他忙着给导师倒水赔不是："老师啊，我刚才都不敢认您哪。我要是认了您，不但我走不掉，您也走不掉。那些人，一定会把您围起来，把您当作省城来的大领导，直接向您上访了。所以，我来个金蝉脱壳，逃之夭夭！"

"这样不好吧，你怎么在上班的时候，溜号呢？"牛教授神色严肃地说。

"我溜号又不是第一次。唉，我还翻窗逃跑过呢。就是农瓦房行政村的跑反，他堵在我门口，哭着喊着要抱我一起跳楼，我反锁了门，从玻璃窗翻到隔壁屋，才跑掉。"

"你这是镇长的日子？我看你怎么干的没正事呢？那些找你的人，都说的什么事呀！"牛教授很不解地看着安玉椿，"你一天到晚都干什么？就是这事？"

"俺老师，您刚才也看到了。我就一天到晚干这事，只要我一开门，全镇的人民，凡是有问题要反映的，就到镇里来了。现在的村一级组织吧，在许多事情上是摆设，村民不找村书记，也不找村主任，也不找民兵营长，也不找妇女主任，就直接到镇里找镇党委书记，找镇长、副镇长。"

"你们的工作没有分工吗？"看来牛教授对基层工作不熟悉。

"原则上当然有分工，但每位领导都是一肩双责或多责。这样跟老师说吧，'上面千条线，下面一根针'，我这根小针，在基层第一线直接面对群众，是党的各项方针政策的宣传者、执行者和落实者。如今的老百姓，思想观念已发生了深刻的变化，参政意识、民主意识和维权意识日益增强，乡镇工作千头万绪，其中有四项硬性工作，如果哪一项没做好，就是一票否决，一年的活白干了。我跟老师说是哪四项。"安玉椿把手指头伸出来，右手扳着左手指，"一项是计划生育，一项是环境保护，一项是安全生产，一项是信访。现在叫属地管理，谁的地盘出事谁倒霉，所以我睡觉都是睁一只眼闭一只眼。"

"这哪有心思搞经济搞发展嘛。"牛教授不解了。

"发展是硬道理，大家嘴上都这么讲，可是，各类工作，哪一项不达标，哪一项出了纰漏，你就死定了。就说咱安刘河镇，是个农业大镇、财政小镇，全镇还没一家达到两千万以上的规模企业。越穷吧，事情越多，上访户在全县都出名。这就叫信访不信法。我跟老师说，现在不怕刁民，就怕民刁。就像您刚才看到的那个要退休工资的老人，他明明是个临时工，却要求获得退休职工的待遇，镇里本来也没这个权利给他退休啊，他就天天跑镇里找，先找的我，就抓住我不放了。他放出话说，镇里不解决，他就上访，到省，到中央。你说麻烦不？无理要求说多了，就变有理了，被他缠得没办法，镇里就从救济款里拿出几百块钱给他，这下好，隔不多天他就来，给了钱安分一段时间，钱花完了，又来。这就是乡镇工作！"

说着话，菜上齐了。蒸槐花很香，地锅烧野生鱼贴饼子、凉拌面皮都是有名的地方菜，牛教授却说没胃口，他皱着眉说："玉椿你念了几年大学，带着专业技术回到乡镇，却做跟专业毫不搭架的事。国家培养的人才，在乡镇是不是没有用武之地啊？"

"老师，乡镇工作比学校的课堂丰富多了，我早练就了一身本领，努力做到胆大皮厚不灰心，不然，咋承受得这繁重工作啊。我们的工作，叫作'五加二，白加黑'。五加二，是五个工作日，加上两天双休日；白加黑，白天和黑夜。一周周，一月月，一年年，日子全赔给工作了，我都不想做这个镇长了，跟着农瓦房当种粮大户得了。"

农瓦房马上说："安镇长笑话我了。我还要靠安镇长你这个学农的专家，来领导我，给我政策让我好好种地呢。"

老尾巴脸上不高兴起来，他虎着脸冲安玉椿说："安镇长你就不能说点高兴的事？你这不成心叫你老师操心吗？你把乡镇工作说得这样狠，你老师咋还敢在咱乡镇待？"

"龙主你多虑了。"牛教授换了轻松的口吻说，"对乡镇，我多少有些熟的，这些年，可没少跟乡镇打交道。记得淮城繁育基地刚开始种植时，承包商和当地村民，因为土地租赁问题发生矛盾，打了起来，我当时正好在场，几个村民把我搂住了，有人喊，这是农业专家！村民才把我放了，说，专家是为农民想点子找出路的，要保护专家。真有村民站我跟前当人墙，说不能伤着了专家，要打就打奸商。从这一点看，农民对为他办实事的人，是记着好的。我觉得，干群之间矛盾的恶化，不能一味地说成是刁民或民刁，我们的干部，到底为农民的事用心思，还是为自己的仕途用心思？"

边吃边谈，不觉过了下午两点。饭后，几个人坐上车，老尾巴要先回小龙河湾，说等麦收后农瓦房的一千亩地流转到手，种上庄稼了，他才去看。小车先把老尾巴送回小龙河，就直奔安刘河镇农瓦房行政村了。农瓦房给村里的书记农学农打电话，通报专家要来村里了，叫农书记做好接待准备。安玉椿歉疚地看着导师说："俺老师，以您的级别，怎么着也得咱县的最高首长县委书记陪同着啊。我们几个的级别太低了，真对不住老师。"

牛教授又严肃起了面孔："跟当官的人在一起，我不自在。而且，我是来看学生，看种粮大户，来看繁育基地，跟级别一毛钱关系没有。"

农学农在通往农瓦房村的村村通路口，身子站得笔直，迎接着专家和镇长一行。看到专家不过是个一脸褶子的瘦老头，多少有些失望。但当一行人站在正在灌浆、已经确定流转的一千亩麦子地前，听了专家牛教授的一番话后，农学农书记和农瓦房，都被专家的话震住了，明白了什么是农业专家，也才第一次知道自己脚下的这片土地，是多么宝贵，多么的有分量！

"整个皖北地区包括皖北县，都属于黄淮河大平原的一部分，黄淮海平原是我国最大的平原，也是我国最重要的粮棉油肉等大宗农产品的生产基地，毫不夸张地说，粮食和棉花产量接近全国的三分之一。因为黄淮海平原土地肥沃，地大物博，又是人口密度最大的地区，总共生活着三亿多人口，又是工业化、城镇化高速增长的区域，城镇化发展加速了土地永久性流失，而农村人口离别乡村，大量涌入城镇，又使许多土地得不到很好的管理和产出，因此，土地的供需矛盾十分突出，土地利用面积面临巨大挑战。土地是有限的，怎样优化土地利用空间结构，提升土地的功能和质量，改善土地利用环境，提高土地最大产出化，不仅是摆在农业科技工作者面前的艰巨任务，也是政府部门面临的大课题。"

站在一望无际的麦子地边，牛教授滔滔不绝地讲着，就像面对课堂里的学生。可能感觉到自己说得太专业，便停下脚步，蹲下身子，抓把麦地里的土，在手里捏看许久，又放鼻尖下闻闻，并用舌尖尝了尝。王大鹏连忙把一直捧着的牛教授的杯子递上去，牛教授漱了漱口，说："天地的灵气都凝聚在土壤之中了，这是淤土地。皖北县的土地特征鲜明，被黄河冲积而成的沙土地，适合栽种果树；淤土地旱涝保收，种大豆小麦产量高，还有一种土地是岗地，栽种棉花丰产。整个皖北县，就是一片风水宝地，最适合发展种植业。在这一千亩小小的土地上，可以书写中国的大农业。农瓦房，如何书写，就看你的手笔啦！"

"俺啥都不懂，就会种地。"农瓦房有些紧张。

"庄稼活，不要学，人家咋着咱咋着，这个传统思想你可要打破。"农学农书记朝农瓦房使着眼色，"专家就在眼前，要让专家多指导，多上课，你才能在咱农瓦房的土地上种出大农业来！还有咱们镇的父母官也在这里，你怕啥啊？可是的，安镇长？"

安玉椿知道，这是要他这个小小的芝麻官表态了。土地流转试点确定后，国家对种粮大户的补贴政策也落实到位，即每亩地补助一千块钱，作为辅助种粮大户的启动资金，也是为种粮大户鼓劲加压。安玉椿及时表态说："对种粮大户，国家有一定的扶持政策，镇、村两级领导的通力合作，村民的自愿参与，一定能把试点工作做得更扎实、到位，并有良好的收获。我这个副镇长，也会尽自己所能，把国家政策，及时传达并落实到位。"

"刚才我们的农书记说'庄稼活，不要学，人家咋着咱咋着'，说的是小农业。"牛教授又开课了，"小农业指的是单一的种植业，已经在中国延续了几千年。现在国家提倡大农业。那么，大农业是个什么概念呢？就是现代农业联合体，种植、养殖业的生产、加工、销售，与之配套的产业链，也叫循环农业。要把大农业这篇文章做好，需要融入现代元素，机械化的耕种收，市场化的产品销售，生态化的生产过程，仅靠一人力量是不行的，要有一个智慧精干的团队共同打造。"

"我们的团队已经形成。"农学农代农瓦房回答了这个问题，"这次土地流转试点放在我们村，我们一定抓住机遇。我这个村书记没多大本事，村里的集体经济也薄弱得很，怎么办？我们就请到一位高人，跟农瓦房合作。"

"噢，这位高人是谁？"牛专家很感兴趣。几个人说着话，已经走进了村委会，坐在会议室里休息、喝茶。刚坐下一会儿，安玉枫就虎虎生风地赶了过来。

"说高人，高人就到。"农学农连忙做着介绍，"这是安玉枫安总，这是省农业大学的专家牛教授、牛院长。"

"什么安肿？我一点不肥不肿，减肥了呢。"安玉枫开着玩笑，连忙跟大家一一握手，嘴里呼着"久仰久仰，牛专家"。轮到农瓦房时，也照样跟农瓦房握了手。

这是农瓦房回村后，第三次见安玉枫。他做梦也没想到，安玉椿找的支持他的人、村书记农学农请出来的"高手"，居然是安玉枫。他差点吓死安玉枫的娘，安玉枫揪着他袄领子，把他踩跪下，让他给他娘磕头赔了不是，这事差不多够一段落，谁欠谁的，先放那里再说。没想到，现如今自己回来种地，凭空冒出的合作伙伴，却是安玉枫。

至于为什么安玉枫出场，农瓦房只知其一，不知其二。安玉枫是农瓦房村的村书记，农学农请来的。庄上的农大虎，也想参与土地流转承包种植的竞争，农学农怕他的意图是套用国家资金，听说他的房地产在走下坡路，农大虎在庄上横得出名，大家都不喜欢他，小心他，怕他瞎搅和，农学农才想到让安玉枫出场。安玉枫的根在安大营，但那有什么关系呢？合作方不一定就是本庄的人哪。为此，农学农跟安玉椿副镇长请求了好几次，安玉椿顾虑的是安玉枫是他亲哥，别人会以为他以权谋私，帮他哥套取国家资金，经农学农多次做工作，理由搬出来几大车，安玉椿才打消顾虑。其实农学农请安玉枫，也有他的小算盘，他要把好容易争取过来的一千亩土地流转试点工作，做好，做出业绩来。把一千亩土地交给农瓦房种植，他一百个放心，但农瓦房一穷二白，而老百姓的土地，每亩一年五百元的流转租金，一年一结算，农瓦房连第一年的租赁费都结不起，国家的扶持资金，还不够先期的种子、化肥、机械、人员工资等等的投资。农学农必须再帮农瓦房找一个合作伙伴。

　　第一次听村书记农学农说起安玉枫跟自己合作，农瓦房几乎不想做了。但农学农的话，让他坚定了种地的信心。农学农这样跟他说："你怕啥？安玉枫都能放下前嫌跟你合作，你还放不下？你吓得不仅是安玉枫的娘，也是安玉椿的娘，你跟安镇长不是处得挺愉快吗？再说，一千亩地的流转费用，可是不小的一笔钱，你出不起，村里也没钱帮你垫，安玉枫乐意出资，这样不好吗？他花钱，你种地过瘾，多乐和的事。"见农瓦房还在皱眉头，又闪动着小眼睛说："安玉枫是镇长的亲哥，有他参与，镇里的工作就好做多啦。你种地，等于你掌舵把子，大家心里才有底气。再说，他又不能把土地搬走，如果合作不愉快，让他走人就是。""舵把子"三个字让农瓦房记心里熨帖，农瓦房虽然别扭了几天，还是接受了跟安玉枫的合作。

　　农瓦房第二次见安玉枫，也是在村委会。跟农学农一起坐着，三人当面锣对面鼓地说了合作的事。安玉枫对农瓦房淡淡一笑，点个头，算是打招呼，而农瓦房紧张得头都没点，想想自己真是没经过大世面。一切都是农学农代言。都是事先商量好、农瓦房同意的事，不过是一起把合同签了。签好合同，临分手时，安玉枫意味深长地一笑，给农瓦房撂下了一句话："别紧张，咱俩说不定能成亲戚呢。"这句话，过了好几年，农瓦房才解其中意思。

　　安玉枫的合作条件，是收入五五分成，先期投资由他出，土地种植和管理，由农瓦房负责。

　　安玉枫一过来，谈话场面热闹起来。王大鹏跟牛教授说起过安玉枫回乡创业的事，牛教授便用赞许的目光，看着安玉枫说："农业是个高投入、低产出的行业，而且，也存在着市场风险哪。"

安玉枫笑道："做大农业，我也在摸索当中。安大营的土地，已经以入股的形式，种植蔬菜大棚，农瓦房庄的土地，以种植黑粮为主，我们要打造黑粮品牌的深加工产品。"

"噢，这个想法好，这才是大农业的主题！"牛教授赞许道。

"我是个做生意的人。"安玉枫揶揄了一下，不好意思道，"不赚钱的事，我不做。赚钱当然要有超前意识，还要有市场开拓能力。现在一斤黑小麦面粉，市场批发价不过六元钱，带壳黑花生市价才十元一斤，而如果我们进行农产品深加工，做成黑麦片、黑挂面、黑花生乳，那么，我们一亩地的产出，就会数倍增长。安大营已经有个市场销售队伍，在瑶城和宁城，我有两个成熟市场。保健身体是全民意识，特别是经济发达地区，人们的保健意识非常鲜明。蔬菜市场扎根瑶城，黑粮市场在南方不愁销路。不说大超市，我朋友开的小超市，供货渠道就足够多。"

"如果有许多像安总这样的精英人物，皖北大地还愁没有生机？"牛教授感叹道，"你要是像你弟弟一样念了大学，那还得了？"

"不瞒牛专家说，我就是没念过大学，才无知者无畏地走到今天。要说摔的跟头呀，几马车都拉不完。"

静静听着大家说话的农瓦房，不免对安玉枫多扫了几眼，心里有了敬佩之意，对吓他娘的那件事，愧疚感加重了几层。瞧这个人，多是个人物，人家心里装的可不是那一点点私利，哪像自己，小农意识这么浓。光知道种地，都不问种地出路在哪里。唉，这个大农业，和小农业比，差别真是太大了啊。刚开始说每亩地一年租赁费五百块钱时，他头都大了，再勤劳的人，一年种地的收成，一千二百块钱就到顶了，去掉农药化肥种子和机械费用，也不过赚个三五百块钱，给别人五百，那不是折本的买卖吗？叫安玉枫这一倒腾，一亩地多产出十来倍，那肯定稳赚，这样种地才有劲头嘛。

"大农业要有机械化，机子在哪里，要不要有自己的机械手？"农瓦房说出了心里的困惑。

"我正要讲这个事呢。"安玉椿说，"咱省里的民生工程，其中的一项新型农民培训工程，正好能解决农瓦房担忧的这些问题。"

"那，要花多少钱？"农瓦房对钱的事很敏感，但马上又表态说，"没问题，为了学技术，当个新型农民，花多少钱都值。安镇长，啥是新型农民呢？"

"新型农民，就是要懂农业生产经营、动物防疫、种养大户的创业理念和技巧，懂农业机械化操作等技术的农民。咱们皖北县已经定下培训日期了，请国家级的专家来县里讲课半个月时间。不但不收费，还给培训人员发补助呢。这几天镇里要研究召开各行政村书记、主任会议，专门部署落实新型农民培训工程的事。农书记，你们农瓦房村谁参加新型农民培训，你到时要报到镇里统一审批啊。"

农瓦房抢在农学农前面说："我得参加培训去，不然，我种地就不合格喽。正好麦收还有个把月时间，我得外出一趟，把几个黄子叫回来，让他们也参加培训，学到真技术，当新型的农民。"

安玉椿说："农瓦房你这是要招兵买马吗？"

"也不是……就是一起……打工的，之前说好的，如果我能实现愿望，有一大片地种，他们乐意回来跟我一起种地。"农瓦房差点说出来"一起贴花"。他眼前闪动着李文化那张辛苦得起了皱皮的脸。听庄上人说，贴花的生意越来越不好做了，报纸、电视和网络，到处揭他们骗人的把戏，大家的防范意识增强了，他们那几招子，不好使了。如果他出去找到李文化他们，把他们劝回来，大家一起成为新型农民，一起种地拿工资，过安乐的日子，比在外面提心吊胆强多少倍啊，他们一定乐意的。

"他们不知云游在哪里呢？"农瓦房开始走神起来，他望着变得阴沉起来的天空，神思缥缈。一阵小雨掉在树叶上，发出沙沙的响声，不久，雨点变大起来，发出哗哗的响声。

夏天的雨，说来就来了。

第八章

——

第一个汛期

进入夏季，雨水多起来，一连下了六七天。南湖的水，一片汪洋。南湖边的四十个蔬菜大棚，就像披挂齐整的卫士，守护在南湖边。大棚地里的菜苗出齐整了，正喜气洋洋地长着个儿呢。

安云礼和安玉枫，在南湖地边巡事。安玉枫不让安云礼出来，路不好走，他年纪又大，但安云礼说雨下得他心里急，不出来看看不放心。

远远望去，白色大棚和苍茫的南湖水，交融在了一起，大棚就像翻起的浪花，映衬着浑黄的天空。一老一小在大棚区里四处走动着。大棚周边的积水，顺着地垄沟，哗啦啦朝利民沟里排放着。这个利民沟，是个老的水利工程了，六几年的时候，家家摊义务工，挖得又深又直，佑护了南湖及周边土地的旱涝保收；一九八〇年土地到户，在谁家地头的沟，谁就把土地朝沟边撵，渐渐就把利民沟填埋得跟土地差不多平了，种上庄稼，栽上树，根本起不到排水的作用。这次安玉枫新支三十个大棚，加之前的十个，一共四十个大棚，专家安守福建议，排水工程必须同步完成，因为进入夏季，汛期就到了。种大棚的排水工程，可是非常重要的，尤其是深挖的温室大棚，排水必须畅通，才能确保大棚种植万无一失。为此，安云礼行使书记的权利，要庄上的人每家出一个义务工，开挖利民沟。没想到，在实施时，老书记的权威受到了挑战。挑战之一，谁家地头的地，都不想再变成沟了，便嘟嘟囔囔闹情绪不给挖；挑战之二，多少年没有义务工了，国家都不让老百姓白白干活了，行政村有啥权利让老百姓再白白干活呢？庄上有把力气、年纪不大的人，磨蹭着不愿意干活，倒是七八十岁的老头老妈，踊跃参加，扛着工具，气喘吁吁地来到地头开沟。这几个老人挂着工具站地头跟过往的人说着心里话："又没有改朝换代，咱就不能做义务工了？也不是方便一家人的土地，全庄的土地，都受益呢。再说，俺几个跟云礼处了一辈子，知根知底的，云礼指到东，我们就打到东，指到西，就打到西。"

安云礼气得在村里的广播里喊话发脾气，还骂了人。几个中年人笑嘻嘻地听着他在广播里骂人，边听边笑："啥年月了，骂人管用吗？老一套早不管用了。"

最后是安玉枫花钱，请来镇上的工程队，开着挖掘机，用了一周的时间，把利民沟还原成了当年的排水工程，气势比当年还宏大。安云礼看着挖掘机轰轰隆隆举着大胳膊，把先前的沟再抓挠出来，又开骂了一阵子，那骂人的话是骂给站地边嘟噜着脸，对重新把占去的沟再变成沟，一心一脸不高兴的人听的。这回利民沟又加长了距离，跟人工河解放河相通了，解放河又通到小龙河，小龙河曲里拐弯能通到淮河，不愁雨水没地儿排放。

两人看着欢欢腾腾朝外排水的利民沟，放下心来。大棚地里还有村民在守护，安守财忙不迭地跑过来说："枫你只管在家动脑筋想点子，俺在这里看着，忙啥？我晚上扛个被子，睡地里看水看大棚就是。"

安云礼笑道："守财就这点好，能守财。"

玉枫说："守财叔不用看大棚，排水做得好，不怕雨水大。我看了预报，过一两天就没雨了。"

安守财气道："春天该下的时候不下，这不要雨了，它又下个不停了。"

安云礼说："天能听人的？都是人听天的。天要下雨，娘要嫁人，不好管呢。"

说笑了一阵，又四处查看了一会儿，感觉雨小了下来。安云礼笑看着安玉枫说："枫，你给爷脸上增光了。这一次，那小子不叫谁入股也不行了，他没招了。"

两人都知道那个"他"是谁。当刘学习骂出那句"日他小姐的"话后，安云礼就想到"他"了。千方百计游说村民，不叫大家以土地入股，还张口要一次性付足四年的租金，这个人的用意，不言自明，就是想在经济上给安玉枫施加压力，给玉枫支大棚带来障碍。眼下，这一点算克服了，不但克服了，第二批的大棚，大家都踊跃入股了。

"爷，也是你支持的结果呀。你老有威信，大家信你。"玉枫看着安云礼一头的白发，想到他在广播里骂人的情景，不觉心酸起来。

"还哪里有威信噢。"安云礼苦笑了一下，"这年头，大家都实际着呢。你只有给大家带来好处了，他才支持你。比如你支大棚，一庄的人，除了老皮钱外，都眼看着你支，你支好，又眼看着你种，眼看着你卖，卖上好价钱了，成功了，他才跟着你干。风雨不能同舟，日丽才会共船呀。"

"爷你放心，我们一起努力，一定把这艘船开好开稳，不出三年，咱庄就会大变样！"

"爷信你。瞧这土地，就是神奇，支上大棚，收成咋就变得这么不一样呢。我看不是土地多少年不长进，是人多少年没动脑筋。这不动脑筋的人，其中就有我啊。枫你就大胆地带着大家动脑筋，朝土地要东西吧！"

第二天一大早，安云礼没听见雨声，比平常醒得晚一些。他睡眠不太好，这个把星期差不多听了一夜的雨，在天亮前才迷糊一小会儿。他怕雨水把大棚淋坏了，冲走了。其实大棚长在地上很结实，一米五的地基，雨水冲不动它，风也掀不翻它。昨天去地里转了一圈，才完全放下心来，心里一踏实，睡眠好了。

是安守财的电话把安云礼吵醒的。

安守财负责种一个大棚，他主动找到安玉枫，要安玉枫给他一个大棚承包。新大棚支好后，四十个大棚如何经管，安玉枫按照南方模式，做了精细分工，即，以三种模式种植大棚，一是大包模式：把大棚交你种，一年的承包费定下来，除掉承包费，其余全归承包人所有；中包模式：成本加管理，收入分成；小包模式：包产量，完成既定产量，多收的产量归承包人。在村民大会上，村民对承包模式自愿选取，棉花娘把一双儿女都留下来，不外出打工了，女儿棉花嫁到外乡了，算外乡人，也可以过来承包大棚，大棚不光是安大营人可以种，外庄人也可以来承包，棉花两口子就大包了一个棚；儿子高粱两口子，中包了一个大棚；安守财咬咬牙，当场签下合同，大包一个大棚；丰收两口子更积极，丰收媳妇买了瓜子送给安云礼，要安云礼给安玉枫"开后门"说说，让丰收小包一个大棚。安云礼收下瓜子，让老婆子给丰收媳妇一塑料袋鸡蛋，说他一定找安玉枫"开后门"。安玉枫的四十个大棚，除了六个种高档蔬菜的，其余都包出去了。没有承包大棚的，可以在大棚地里干活领工资，这样一来，土地入股的人家，不但能年年分红，承包大棚后，又能多一项收入，在大棚地里干活，又多拿一项工资。满打满算，比在外打工还划算。庄上外出打工的，被父母电话叫回来几个，说别打工了，回家种大棚吧。

安大营发生了前所未有的变化。安云礼一高兴，就在行政村广播里开大会，自己先讲个开场白，后面的让安玉枫讲。开始安玉枫怕太张扬，影响不好，安云礼说："你早晚得当村主任、书记，这个话筒是属于你的！"说得安玉枫心怦怦直跳。他人生的目标，可不是要当行政村的领导，但不好跟安云礼直说，怕老书记难受。安云礼的做派很明显，就是一步步把他朝村领导的位置上推，已经让村主任红绿灯，在安大营行政村全体村民面前坐了冷板凳。

专家安守福这下可忙了，不但自己留下来不走，还带来了两个助手，安大营的年轻人，有五六个跟他后面学技术，进步很快，像安改革，已经在技术上单打独斗了。

持久一周多的雨水，让安大营的人，心里慌乱起来。安玉枫主动要求安云礼开广播会议，在广播里，安玉枫安慰大家不要着急，雨水存不住，只要大家注意看管好大棚，别让水灌进大棚里，就没问题。

然后，安守财的电话打了过来。

安守财是个喜欢早起的人。在安大营，如果说谁是第一个起早的人，不用举手表决，大家都会一致同意是安守财。在生产队的时候，安守财大半夜就起来拾粪，挎着粪箕子，在北老荒地里，在南湖的地里，在西小甸的地里，四处撵野狗，拾野狗粪。那会子，家家都把粪看得金贵，队里的牲口拉饲养屋里，各人家的猪狗都拉各人家的粪坑里，只有管不住的野狗，才把粪四处拉。棉花娘曾数落过她家的一条大黄狗，大黄狗不安分，总是跟野狗一起玩，把屎拉到外面的多，拉自家粪坑里的少。棉花娘一手端碗，一手拿筷子，用筷子点着大黄狗的脸，骂了半个饭时，骂大黄狗没良心，吃里爬外，不体谅家里人，骂得大黄狗低着头，挂着泪，一副悔过自新的样儿。后来大黄狗果真不把屎拉到野地里了。为着棉花娘骂大黄狗的事，安守财还跟她争吵了几句，说她不是在骂狗，是在骂他，他早起捡的粪，说不定也有她家黄狗拉的。棉花娘气哼哼道："这年头，有拾银子拾钱，还有拾骂的。行，你要愿意拾就拾吧，我不收费。"

也有人说，是安守财气不忿，棉花娘把狗骂得不朝地里跑了，影响他拾粪了。

虽然不拾粪了，安守财起早的习惯却改不了，承包了蔬菜大棚，他又有了目标，早睡早起总让他第一个出现在南湖地里。这天天没亮，雨还稀稀拉拉落着，他就朝南湖走。还没到南湖地边，就见面前一片晃眼的亮。他想是不是哑巴月亮天呢？庄上人把阴天下雨有月亮的天气，称为哑巴月亮天。安守财算了一下，不对，这才阴历初几，小月牙上半夜就落下了，这会子可是天快明了。觉得奇怪，又紧走慢赶几步，到地边一看，嘴里就咋呼一声："我哩个娘来！"

但见南湖地里的水积得满满的，漫住了正抽穗子的麦稞，而露在地面的大棚，就像漂在湖里的船。我哩娘，这是咋的？水咋都积地里了？安守财朝地里走几步，水没到膝盖以上，一走脚朝地里一泄，好容易摸到承包的大棚边，用手电一照，见大棚已经喝得饱饱的一肚子水。我哩个娘！嘴里再呼一声。又看看相邻的大棚，个个都喝饱了肚子，棚里长的尺把高的蔬菜，已经被水漫金山了。那位安守福专家，在广播里多次讲过，大棚最怕水淹。这可不能淹啊，要找抽水机来抽啊！得找抽水机！

就摸出手机，打给书记安云礼。

"安书记，你快调抽水机，咱地里进水了！"

安守财带着哭腔。

"啥地里进水了？"安云礼呼隆坐起身，抓过褂子披身上，伸腿跐上鞋，拉开门边朝外走边说，"守财你把话说清楚，别急！"

"俺叔我能不急吗？南湖地里进水了，大棚被水灌饱了！"

安云礼握着的手机差点掉地上，他像发癔症似的看看头顶还没亮的天，连雨伞都忘记带，就朝大门外走。老伴披着衣服赶过来，赶紧给他撑开一把伞交给他。走到大门口，安云礼把伞朝地上一扔，站雨地里一会儿，又拐回屋里，就着灯光，看手机，不知该给谁打电话。想了想，第一个电话打了寿光的专家安守福。他没敢打给安玉枫。安守福刚刚回到寿光，给八十五岁的老娘过寿。

"安专家，咱南湖地里的大棚，泡水了。咋抢救？有啥后果？"

安守福从梦中醒来，立刻清醒了："怎么可能进水？我回来时排水还好好的？"

"我马上去南湖地里看看。到底咋弄的。可是下雨下得太厉害了。"

"我今天就赶回去，安书记别着急，先找人排水当紧。"安守福语气非常不安，嘴里还安慰着安云礼。

安云礼这才给安玉枫打电话。他不想告诉他，又不能不告诉他。这些大棚，安玉枫的全部心血……

"枫，咱的大棚，进水了……"

安玉枫比安云礼还早一点到南湖。天变白了，接近天亮了，已能看得见路边的树。而南湖的地，和南湖的水一个颜色，远远看，分不清地和湖的样子了。湖和地离得远，湖滩很长，虽说南湖的地地势洼，但湖的海拔更低，多少年湖水都没有倒灌现象，南湖说是湖，其实不具备湖的威力了，就是一片水洼地，里面长蒿草，不能行船不能养鱼，一片废水塘而已，跟解放河的水深差远了。安玉枫看着湖水和大棚地连一起了，不相信自己的眼睛，等近了才发现，是地里的水，在朝南湖的方向淌。

整个南湖的地，包括南湖边其他几块地，都被水泡了。

安玉枫猛一愣怔，脑中突然蹦出许多年前，他的鸡场起大火的情景。那会子人嫩，对着冲天大火，只知道发呆，蹲地上哭，今天劈面相逢的大水，他脚底下慌，但心里没乱，只想着如何挽救。

给玉椿电话，让他想办法找抽水设备，全镇总能调出来抽水机组。安大营是没有。又给专家安守福电话，讨教哪种方法抢救大棚最便捷，大水泡后的大棚，会出现什么状况。之后，才卷起裤腿朝地里进。安云礼也要朝地里进，安玉枫一把拉住他："爷你别进去了，水大，绊人，你的腿脚不方便。"让安云礼站路上。路基高，水没漫上。安云礼甩开安玉枫的胳膊，像戴上笼嘴的老牛，一股劲就朝地里扎了。

然后就看见承包大棚的人，棉花娘、高粱、丰收，都来了。连丰收媳妇也跑了过来，把几个月大的孩子用背带绑在后背上。整个南湖的地里，响起一片人声，和人踩水的哗哗声。

一地的水，一大棚的水，不能用盆舀，不能用桶提，舀了也没处泼，就只能眼睁睁看着它们泡在水里，喝饱，撑死。安云礼招呼大家到地头去，却没人愿意离开。

"我哩个菜啊，我哩个菜啊……"安守财带头哭了起来。哭着，他想朝地上蹲，发现没法蹲，一蹲，就蹲到水里了，便哭声更大起来。其他承包大棚的人，都默不作声，也不敢看安云礼，也不敢看安玉枫。

"瞧你那熊样，哭啥哭？能经得起啥事？"安云礼熊着安守财，尽管中气十足，但尾音在颤抖，谁都能听出来。

安守财不哭了，却断断续续抽泣着。

安玉椿正在镇里值班，马上找来了镇派出所的人，镇水利站的站长，一帮人赶到地里时，抽水设备还在四处电话调配中。安玉椿跟他哥并肩站一起，两人不对视，就一起看着亮汪汪的大棚地。安玉椿又电话给杨林镇当副镇长的同学，叫他调运抽水设备。同学在手机里呜噜了一阵子，安玉枫离安玉椿近，听得真真的："朝哪里找设备，哎呀，这些年，哪个还想着水利的事？杨林闸闸口的抽水机子，都叫人偷拆了当废铁卖了……"

这跟安刘河镇的情况一样的，刚才镇水利站站长也犯难找不到一台抽水机。站长自己也不咋管水利的事了，被镇里领导安排搞计划生育，搞民生工程的收费，还包片包点，但都是跟水利无关的事。水利早就在这片地方自生自灭了。但站长毕竟是学过水利的，他提议，现在的关键，不是找抽水设施，而是疏通水道排水。把水排掉才更加重要。抽水机，撑死了一天能抽排多少水呢？

天光放亮，人人一脸的紧张，各自都看得真真切切。安玉枫的嘴上起了一串泡，不知是这些日子下雨急的，还是咋的。安云礼年纪大，在水里站的时间一长，脸上的颜色都变了，青白青白的，安玉枫再一次拉着他，要他去地头路上站。见老书记执意不肯，就冲着地里的人高呼："大家都到大路上去吧，站这里也没用，干着急。"自己带头朝地头路上走。

安云礼被丰收扶着，一边朝地头走，一边又打个电话："苗站长，吵醒你了吧。嗯，我想通了，你啥时来拉牛槽都行，不要钱，真的！你现在给我找抽水机，能找多少台找多少台，运到我南湖地里来抽水，价格好说，老牛槽就送你了！"

安玉椿跟着水利站站长、派出所所长，沿着利民沟朝西走，看看地里的水是哪来的，为啥倒灌了这么多？是自然现象，还是人为事件？派出所所长跟安玉椿关系不错，两人都会几套拳，英雄相惜。派出所的职业特点，让所长首先想到的是人为破坏事件，水利站站长也在分析，就算下了几天的雨，也不过是中到大雨，不是一夜成河的大暴雨，不足以造成这样大的灾害。一行人说着，就朝西走去。

在西边不远处，有一道废沟，早被乡村面源垃圾堵死了，也没人清理，就让它自生自灭，渐渐，沟就废掉了，成了垃圾场。是个南北沟，中间有个小闸，也早是个废闸，因为沟不畅，水也不畅，小闸就长期不用，大铆钉早已锈死了，那个小闸只是摆设，人们走闸边过，就像没看到一样。几个人走到小闸跟前，突然就被小闸惊呆住了。

小闸被打开了。

小闸就像一个作怪的鬼，被符镇压多年，符咒失了灵，它猛然醒转过来，开始了兴风作浪。闸北被垃圾填埋的废沟仍是纹丝不动，但闸南的废沟，却涌满了水，被提起来的小闸，解除了捆绑，带着浩浩荡荡的水，流进了利民沟，把利民沟全部淹没，倒灌进了地势低洼的南湖地里。按理小闸放开，水也不能流进南湖地里，只会顺着废沟朝北流，但水道却改了道，好像是被小闸北边沟里的垃圾阻挡住了，它私自改了道，冲开不高的堤坝，直接流进了利民沟。

水利站站长站着看了许久，又顺着闸南的沟朝南走，几个人紧跟其后，走了半里路，就发现了不对的地方。这条废沟弯着朝西南方向而去，可以跟南湖最西边的水面相连，废沟地势高，南湖地势洼，水往低处流这个原理却在这里被破坏，很明显，越往前走，越觉得水路出毛病了，不是南湖被垫高了，就是这条沟变低了，因为水正滔滔而来，气势不可阻挡。等到了南湖与水沟相连处，一群人惊住了。

南湖的水，在这里被做了文章，显然不是一天两天的功夫做的。这里的湖滩，被深深朝下挖了一大片，南湖的水，被源源不断引到这里，而这片深水区与小沟之间，却被一道坝子挡住。现在，这个坝子破了，水才汹涌着，顺着废沟流进了南湖的地里。

关于南湖这个没用的湖，因为缺乏治理，就被人忽视了，这个湖，连着三个行政村，安大营行政村在湖的东北方，叫南湖是南湖，而隔壁的行政村，在湖的西南方，他们叫北湖。不管是南湖北湖，这个水面不大的湖，因为缺乏治理，废掉了，好在它温顺，听话，不会造成水灾，再过些年不治理，可能就变成一片低洼的长满杂草的废地了。处于三不管地带的南湖，这几年被人偷着拉湖滩上的土，因为开发小城镇建设，废坑废塘需要填土，卖土也有了市场，也能赚钱，有的败家子，甚至卖过自家可耕地的土！这些年可耕地的土被严厉禁止挖卖了，而废湖废地的土，不时被人偷挖走，有时半夜碰到拉土的小货车或拖拉机，也没人觉得稀奇。显然，这片深水域，就是被人一点点挖土挖的，从而把湖水挖进这个洼地，然后再流进了利民沟。谁能想到，这个没多大用的半残废南湖，在关键的时候，却起到了破坏作用。

水利站站长多年不用自己的专业知识，那些专业知识差不多都就馍吃掉了，但对最简单的水路改道，他一眼便能看懂，这是个小儿科。那么，利民沟的下游呢？那是通到解放河的水道，虽然中间有小沟小河，但都是畅通的，难道那里也有堵点？只有下游被堵起来了，南湖地里才灌进去这么多水。想到此，又马不停蹄顺着利民沟走到南湖地的东边，一看，傻眼了。本来顺顺当当朝下游流的利民沟，在那里拐了一个弯，直接流进了南湖的地里。拐弯的理由是，朝下流的沟被堵起来了。猛一看还看不出来被堵了，就是觉得水到那里流得慢，慢得像流不动了，因为嫌慢流不动，那水才不得已改变方向朝南湖地里流的。那个堵点，是被一堆乱蓬蓬的玉米秆堵住了，这个一点也不稀罕，哪家的人懒散，不想要玉米秆了，随便丢地头，任风吹日晒，沤烂为准，也不管被风吹到哪里，被水冲到哪里。那么，既然玉米秆能随时被水冲走，水流这样急，为啥在这地方冲不走，反而成堵点了呢？派出所所长一摆手，叫大家不要动，他从拿着铁锹跟在后面的丰收手里，一把夺过铁锹，对着玉米秆挑。玉米秆下面露出两扇大磨盘。磨盘的下面，垫着一堆装沙子的蛇皮袋，石磨很沉，把沙袋压得纹丝不动，水也冲不动石磨，也冲不动沙袋，玉米秆只是遮蔽这些物件的掩体了。这是乡村废弃的红石磨盘，有人拿它垒猪圈，垒院墙，都是废物利用，现在堵在这里，就不是废物利用了。派出所所长电话叫来民警，要现场拍照取证。这是明显的人为事件，但南湖边被挖深的水面，算不算有意为之呢？

"我们马上立案调查！"所长拍拍安玉椿的肩，"镇长别急，给我时间，我会给你满意的答复！"觉得这话应当跟安玉枫说，又转脸看着安玉枫："请安总放心！"

安总当然放心，可安总不放心南湖地里的大棚。安守福已经在来的路上，苗站长让儿子从杨林养殖大户那里借来两台抽水机，很快运到现场。安大营谁家有四轮拖拉机的亲戚，也叫开着拖拉机过来，只要能借到水泵，拖拉机一开，就能抽水。

安云礼打开村里的广播，声如洪钟般开开广播会，要求凡是在家的安大营行政村的村民，只要不缺胳膊少腿，都到南湖出义务工，疏通水道，排放南湖地里的积水。这一回，安云礼没有日爹骂娘，就是直接命令。安书记话音刚落，安大营行政村各个自然庄，都走来了扛着农具的人，大部分的人，都是守在村里种地的老年人，有的老人，腿脚都不利索了，在泥路上一走一个趔趄，但肩上却稳稳扛着铁锨或抓钩，还有的老人，抱着一怀的蛇皮袋，嘴里喊着"可要袋子，可要袋子"……水利站站长一身泥糊，手里举着村里的扩音器，大声指挥着大家朝源头堵水，朝下游疏通水道……

又像那次鸡场失火那样，安玉枫心里翻卷着灾难带来的剧痛。他立住身子不动了。小雨，这会子又密密地下了起来。安玉枫脸上被雨水糊满了，雨水顺着两腮，东一道西一道朝下流，流到鼻凹那里，停了停，拐进去嘴里几滴。

顿时，安玉枫尝出了泪水的苦涩味来。

第九章

———

农瓦房去找李文化

农瓦房去大李庄李文化的家，打听李文化的下落。

大李庄在农瓦房庄西北角，离农瓦房庄七八里路的样子。农瓦房骑着电瓶车，不一会儿就赶到大李庄了。

李文化家也盖了楼房，两层，楼房透新，一看就是才盖不久的。

皖北县的农民盖楼，差不多都打圈墙头，李文化家也不例外。楼前是两间厢房，中间是过道，安着大铁门。李文化家的大铁门上，锁冷冷地挂着，像只生气的拳头。趴门缝朝里看看，见一楼的堂屋门也锁得嘎嘣响。农瓦房想到庄上问个人，看李文化是出门在外呢，还是赶集上店去了。庄上的人少，狗多，农瓦房不敢在庄里走，怕被狗咬。他从小就怕狗，一听见狗叫，腿肚子直转筋。

就站李文化家的大门口等，等了好大一会儿，才见一个老头，一手抓着一只马扎，一手握着一只小收音机，放在耳边收听里面播放的豫剧：

"花木兰我羞答答施礼拜上，

尊一声贺元帅细听端详……"

农瓦房叫了三声大爷，老头才站住脚，把收音机从耳朵边拿开，瞪着农瓦房。

"大爷，我是农瓦房庄的，来找李文化。你可知道他去哪儿了？"农瓦房一脸的恳切。

"这个熊秧子，管他跑到驴年马月里。"老头又警惕地瞪着眼问，"你找他弄啥？"

"我……"农瓦房觉得，跟老头表达他找李文化的理由，不大合适，就说，"我是他朋友，问他出门的事。"

"你打他手机不就管了？还来庄上问？"老头不想说，估计是怕人找李文化的事。贴花的后果说大不大，说小也不小，上当的人，如果死心眼子，就四处打听着，真能找到家门口来，也有案底大了，被报了案，公安的便衣也会这样找人，也难怪老头不说。看来，大李庄贴花的人多，庄上的人都怪心齐，警惕性也高。

"我跟他一起贴过花，我叫农瓦房，就是东南方农瓦房庄上的。两三年没跟他干了，手机号也弄丢了……"

"贴花？……"老头迷惘地看了农瓦房一眼，突然一跳脚，手舞足蹈起来，"贴花值，贴花好，贴花能穿大皮袄；大皮袄，真怪厚，贴花能吃大肥肉；大肥肉，真怪香，贴花能游新安江；新安江，真怪美，贴花能看大姑的腿……"

老头蹦着唱着，把农瓦房吓得不轻。大李庄的人，被老头跳蹦出来一片，都是老头老妈一帮人，也有少数的中年妇女。学龄孩子估计都在学堂里了，有个老妇女抱个小孩，小孩瞪着眼睛，被老头吓得大哭起来。老妇女就边哄边骂："俺宝宝不哭，奶奶保护你。这个疯老头，你不要怕他，等他醒转过来了，他还是个好爷爷，他不打人，不咬人，是个好爷爷。俺宝宝不哭……"

"你哪庄的？来惹他弄啥？"一个拄着拐杖、走路点脚的中年男人，腮帮子瘦得朝里塌成坑，两只金鱼眼显得更大，他恼怒地质问着农瓦房。

"我来找李文化，就问了他李文化去哪里了……"农瓦房有点愧疚地看着点脚男人。

"你可是说贴花了？"点脚男人瞪着眼问。

"我……说了，我怕他不信我，就说跟李文化干过贴花……"

"哎呀你这黄子，你说啥不好，非说贴花。只要一提贴花，俺叔就犯病。你这个黄子……"点脚男人说着，撇开农瓦房，对着老头大喝一声："俺叔，贴花走了，没事了！"

老头咯噔站住，不跳不唱了，看着点脚男人问："贴花走了？"

"走了，被我们打跑了！"点脚男人举起手里的拐杖，摆出刚刚打过人的样子，身子摇摇晃晃一阵，重新把拐杖夹胳肢窝拄着，才站稳。

围着看热闹的老头老妈，七嘴八舌地说："贴花被我们打跑了，一炮蹶子跑没影了。"

老头弯腰拎起他的马扎子，捡起被他扔到地上的收音机，好像才看见旁边站着个生人，疑惑地看了农瓦房一眼："这黄子弄啥的？"

点脚男人说："下乡收鸡的。"

老头重新打开收音机，边听边走开了。收音机声音开得很大，走多远都能听见：

> "花木兰我羞答答施礼拜上，
>
> 尊一声贺元帅细听端详……"

农瓦房呆呆站着，围着的人看了农瓦房一眼，等着老头走远了，就一起埋怨他，提什么贴花，老头犯一次病就减寿一次，不是闹着玩的。就慢慢散去了。只有点脚男人还站着陪农瓦房。

"你找俺哥弄啥？"点脚男人虎视眈眈看着农瓦房，"我看你跟俺哥也不咋亲，他的事你都不知道。"

"我叫农瓦房，前边不远农瓦房庄上的。曾经跟李文化一起干过贴花……好几年没联系了，他咋啦？"

"农瓦房？"点脚男人沉思了一会儿，说，"好像听俺哥提起过你。你不是把一个'苍果'（江湖话，老太太）掰乎'土了点了'（江湖话，死了），自己'扯活'（江湖话，跑）'化锅'（江湖话，要饭）了吗？"

"我'化锅'一二年呢，一直不敢沾家，这不，才知道'苍果'活得好好的。虚惊一场，算是给江湖缴学费了。你刚才说李文化出事了，出啥事了？"

"也是两年前的事，俺哥贴花起了一个点，没跑多远，人家醒转过来了，就报了警，还带着庄上的人，拿着刀棍在后面撵。俺哥在前面跑，累得不行了，眼看就被撵上了，要是被撵上，乱棍打死也有可能，打不死，被抓到局子里，跟死了差不多。你知道俺哥跑哪儿躲起来了？公共厕所化粪池子里，差点被粪呛死过去……暂时逃过一劫，却不敢回家。那段时间，俺庄总有陌生人来，来的人，样子怪怪的，说捏腔捏调的普通话，打听李文化家在哪里。庄上人心齐，都摇头说庄上没有叫李文化的。俺大爷打电话要俺哥不要回庄，说有警察在找他，俺哥就不敢回来了。俺哥不回来，那些人把俺大爷吓得不轻，夜里睡不着，一睡着就做噩梦，不是俺哥被人抓了，就是被人拿刀砍死了。俺大爷睡不着，就半夜里在庄里走，自言自语个不停，时间一长，俺大爷神经上出问题了。时好时坏，好的时候，听个收音机啥的，跟好好的人差不多，犯病的时候，不认人，乱唱乱跳，嘴里喊'贴花'来了，把贴花当个人来防了。"

农瓦房心里扑通一声，酸酸的感觉涌上来。

"刚才疯老头就是俺大爷，你也看到了。不能听谁提贴花，一提，就犯神经了。那一回俺哥躲了一整年，才敢回来。俺大爷一见俺哥，高兴呀，跟好好的人一样。庄上的人问俺哥，贴花生意咋样？俺大爷就犯病了。后来就懂了，俺大爷不能听人提贴花俩字，一提，保准犯病。俺大爷这是落下病根了。犯病时，只要有人喊贴花跑了，打跑了，骂跑了，撵跑了，反正只要说贴花跑了，俺大爷就好了。我跟文化是亲叔伯兄弟，先前也跟着他贴花，咋就碰到'条子'（江湖话：警察）了，吓得从屋顶上朝下蹦，就把腿摔折了，治得不及时，就瘸了，成了残疾人，待家里吃闲饭了。我叫计划。"

"计划，"农瓦房脱口叫一声，"你啥活都不能干了吗？"

"不能挑不能抬的，废人一个，有时能给地里的棉花逮逮虫啥的。"

"好，以后我种菜，你就帮着给菜逮虫子。"

"你现在在干啥？种菜卖？"计划不解地问。

"我现在包了地，一千亩。"

"我哩个咣当哎，一千亩？你不成大地主了？"计划大声叫道，"你被啥洗了脑，从江湖洗手不干了？"

"本来我也不懂江湖的，我就喜欢种地。"农瓦房说，"我来找李文化，就是找他跟我一起种地。原先说过的，他说我只要能包到地，他就跟我种。我得去找他。你可知他现在哪里？"

"他在哪里不重要，重要的是他可愿意回来。"计划撇撇嘴，"这回俺哥连俺嫂子一起带出门了，说朝北边跑，北边生意好做些。南蛮子太难讲话了，不信这一套……我估摸着应该在河北那一片。"计划掏出手机，查到了李文化的电话，报给了农瓦房。农瓦房当场就把电话拨通了。手机放在耳朵边，听着话筒里响着歌声"我在遥望，月亮之上，有多少梦想在自由的飞翔……"，农瓦房有点小激动，可是，李文化不接电话。连着唱了三遍"月亮之上"，都不接。计划用自己的手机打，通了。计划眨眨眼："瞧俺哥警惕性多高，陌生号码他才不接呢。"

"俺哥，你的'并肩子'（江湖话：朋友）找你说话啊。"把手机给了农瓦房。

"农瓦房？"李文化在手机那头笑了，"兄弟你现在是'耍纲口'（算命）呢，还是玩'叩瓢儿'（磕头讨饭）呢？"

"我早就'出盅儿'（不干了）啦，那个'苍果'（老太太）压根就没事儿，我把情报弄错了。"农瓦房咋呼道。

"算你小子命大。这回没事了？那就再出来跟着我干吧。"李文化的口气轻松起来。

"我现在回庄上了，包了一千亩地，你快回来跟我一起种地吧。早先说好了的啊。"

李文化笑得嘎嘎响："你挣够'揽头'（钱）了？真包地种了？你还怪有种哩。"

"没有'揽头'，说起来话长。你可回来？回来参加新型农民培训，咱一起种地。"农瓦房急切地说。

"还培训？我看还是你来找我，让我培训培训你吧。现在道上又变了，与时俱进了，不培训，你还真上不了岗。"

农瓦房有点气恼地说："好，我明天就打个火车票去找你。你说你在哪儿吧？"

"你真来啊？好！来河北，我正在河北……"就说了一个地名。

农瓦房把手机还给计划，骑上电动车就走。计划在后面喊："说动他了？我看没咋说动啊。"

"我亲自去请他回来！"农瓦房撂下一句话在风里，被风刮得乱跑了一气，计划还是听清楚了。计划把拐杖提手里朝前面农瓦房的身影一指，自个儿身子晃悠着："你个黄子能屌台吧，你能把他拽回来，算你能屌台！"

农瓦房坐了一整天火车，又转了汽车和农公班车，才辗转到了河北的大口子集。一见面，李文化掏出拳头在他身上狠劲捅了几下："你小子，看着怪结实哩。可找着'尖果'（漂亮女人）成家了？"

农瓦房脸微微一红："没呢，谁跟咱这个一穷二白的小老百姓？"说起了在火车站门前"叩瓢儿"讨生活的事。也说到了小龙河湾，说到"龙主"老尾巴，安大营的安玉枫。"你说巧不巧，那个'苍果'是他娘，我一露面，就被他一把薅住了。现在好啦，安安坦坦回到农瓦房庄，一大片地尽我种了，我还跟他成了合作伙伴！"

"你小子也算苦尽甘来！"李文化叹道，"你转频道快，我不行，我吃惯了这碗饭，丢不下了。就是像屎一样难吃，我也得吃下去。"

"别把话说得这么肯定。"农瓦房说，"我就是来请你回去的。别贴花卖嘴了。'纲口'饭吃长了，不好。"

李文化脸一暗："兄弟说得对。可是，吃惯了这碗无本生意饭，再干别的，没劲啊。"

"我包了一千亩地，你跟我回去，一起干。早先不是说了嘛，我哪一天包了地，你一起干啊。"

"我那也就随口一说……"李文化抵赖道，"你还真拿根棒槌当针使了。"

"这担惊受怕的日子，你还真过出瘾来了？"农瓦房气哼哼道。

"人在江湖，身不由己。你问屋里这帮兄弟，哪个愿意跟你回去？在庄上啃那几亩地，只能填饱肚子。楼房怎么盖得起？儿媳妇怎么娶得起？吃喝穿戴靠大风刮啊？像我这样的，四十多朝五十奔的人了，啥手艺都没有，还能管干啥？"

"我电话里跟你说过了，县里马上要搞培训，免费的，我们一起去培训，回来过正常人的日子不好吗？现在种地是机械化，又不是叫你一抓钩一铁锨地刨地扒土，你怕啥？你学农机操作技术，回来开机子。"

"瞧这话说的，像个当官的口气。"李文化龇牙咧嘴地笑了。

"你怎么就是嬉皮笑脸呢。"农瓦房说起了难听话，"非要哪天被人卸胳膊锯腿弄个死无全尸好吗？你不想你自己，也得为俺大爷想想。我去李大庄看到你家老头了。俺大爷被你吓成那样，你还有脸笑？"

农瓦房话没落音，一旁的李文化老婆，"哇"一下哭出了声。李文化闭着嘴，嘟噜着脸，再不吱声了。

"全世界的噩梦我都做过一遍了，每次像真的一样，这日子，一天也没法过了！"李文化老婆呼哧呼哧收拾起东西来，也不管李文化咋想。李文化嘟噜着的脸，被农瓦房盯着死死看，看得他勾过了头，手胡乱抓起床上的衣服，朝他老婆的大提包里扔。

天快黑时，农瓦房陪着李文化夫妻俩和其他几位贴花"干将"，坐上去县城的农公班车，再从县里搭乘长途汽车，直奔市里的火车站。在火车站广场上坐着，等天快明时的那趟终点站是瑶城的慢火车。夏风吹得人身上爽爽的，李文化的老婆小声唱起了皖北小调：

> "两只抽斗对抽斗，
> 抽斗里头藏猪油；
> 河里走的盘盘草，
> 地上跑的大窜鱼；
> 树上钉的嘣嘣叫，
> 场上飘的龙摆尾……"

高兴得像个孩子，把一帮人的情绪都调节起来了。小调里每句话都是一个谜语，两只抽斗是人的鼻孔，藏的猪油是鼻涕；盘盘草是长虫，也叫蛇，大窜鱼是兔子，嘣嘣叫是啄木鸟，龙摆尾是风筝。

或许太轻松了，李文化跟着老婆对唱起来，其他人跟着合唱。大家开始是捏着嗓子唱的，不知不觉，声音就大了起来。四周楼房的灯光很亮，大电视屏闪动着热水器的广告画面，一个大美女站着淋浴，水声哗哗作响，李文化老婆说："回家，咱也买台热水器用用！"

回到农瓦房庄，见培训班还要几天才开始，农瓦房又去了长江边的水城。水城跟周边的城市比，算发达地区了，吃喝玩乐的场所多，皖北县有不少人在这里打工。女孩子要么在酒吧里当服务员，要么在化妆品店当店员，或者是足浴城里当技师。男孩子做美发的多，也有送快递送水送外卖的，还有在写字楼办理信用卡或卖理财产品的，这个工作要有一定的学历才管。

农瓦房庄上在水城打工的也不少，农瓦房的私心里，希望能从水城喊回来一帮年轻人，在庄上跟他一起种地。庄上的年轻人几乎都出门了，全国各地都有，有混好的，也有混得不咋样的，不管混好混不好，年年都外出打工，这个城市不行，就再换个城市，哪个城市都能挣到钱，钱再少也比种地强。农瓦房庄的中年人也跑得到处都是，中年人是定了型的农民了，有些庄稼把式也养成了庄稼活不要学，人家咋着咱咋着，种子播到地里，人就出门了，收庄稼时才回来，叫台机子割割，粮食不朝家拉，直接在地里卖掉了。然后门一锁，又出去了。这一批中年人，回家种地的可能性大一些，他们对土地还有感情，对人生的规划，是打不动工了，被城市嫌弃了，就回到农村来养老。村里最靠得住的是六十岁以上的人，他们是绝对不会移民城市的，哪怕儿女在城里安了家，叫他们去住楼，他们也住不惯，就喜欢庄前庄后的树凉荫，就喜欢没事时提着马扎子，坐树凉荫里听收音机，或跟一帮老伙计玩一毛钱输赢的小牌。农瓦房希望在他一千亩的承包地里，年轻人有一小帮，中年人有一大帮，老年人有一小帮。这是他心里的愿景，能否实现，也不是他说了算的。但他会努力。

他努力的第一步，是先把弟弟农高楼一家找回来。

把弟弟农高楼拉回来参加培训班。

农瓦房的弟弟农高楼，带着媳妇在美食城一条街上卖唱，侄女已经四五岁了，也不叫上幼儿园，夫妻俩卖唱的时候，会叫侄女也唱上一出，唱的不是"妹妹你坐船头"，就是"别说你的柔情我永远不懂"，说是小孩子一开腔，客人给的小费多。一个小孩子，还没长成人呢，啥都不懂，一天书没念，就学唱这乌七八糟的歌，长大了怎么办？农瓦房要把农高楼叫回来，好好学门技术，安心待家里侍弄土地。城市有城里人去侍弄，农村有农民来侍弄，上天分好了工，不能乱来的。

农瓦房是第一次到水城来，在陌生的街道上摸着问着，就找到了美食城一条街了。是半下午的时光，夏天的阳光掉在城市的水泥路上，显得比农村炎热，走了半小时，农瓦房就一身大汗了。美食城在下午不热闹，家家店面的门脸，半遮半掩的，就像刚过门的新媳妇，有点想被人瞧见，又怕被人瞧见，就站门帘后面偷偷卖眼。一家玻璃门很大的小店，门头上写着"足浴"，玻璃门后面一排沙发，沙发上坐着的女孩，短吊带裙，蓝指甲，脸上抹着演员妆，皮肤白得照眼，农瓦房不小心朝里一瞥，便撞见了女孩的白身子，女孩的红唇突然朝他绽放了，惊得他猛然扭头走开。骗鬼呢，还足浴，足算老几？以前在深城，也见过这种足浴房，工友攒了钱，进去开过眼界，一个脚趾头也没洗到，却花了一大把钱。唉唉，啥世道啊，笑贫不笑娼，大鸣大放显摆了。场景怎么像电影里看到的旧社会画面呢？旧社会才有这样的职业，一解放就被灭掉了，咋现在又遍地开花了呢？

可别是庄上的闺女呀！听说庄上的闺女，长得好的，也有到城里去做洗头小姐洗脚小姐的。农瓦房心里有些悲愤，空叹了一口气，继续朝前走，走过了胖子龙虾店、瘦子龙虾店、不胖不瘦龙虾店、驴肉火锅、羊肉火锅、羊蝎子火锅、牛肉火锅、鸡公煲、鸭煲、烤鱼馆、香辣蟹，真不愧是美食城，各类美食，一应俱全，也是不少动物的宰杀场。这会子，每一家都在瞌睡，只有一家驴肉火锅店，靠玻璃窗边，坐着两个吃酒的男人，光着膀子，喝着啤酒，猜着拳。声音被玻璃挡住了，两个人像在演哑剧。

农瓦房沿着美食城一条街，朝南走了一会儿，就看到街东边的一条小巷，巷子窄得只能过架子车，不能过小汽车。巷子两边的楼房却高，五六层的样子，楼和楼的窗子，一迈脚就能跨过去了。在深城，这样的楼被称作亲嘴楼，没想到，内地的楼也会亲嘴了。听说这样的楼，都是城中村的村民自己盖的，专门租给外地人住。城中村的人，祖祖辈辈生活了好几代了，本来是农村，城市一扩大，就把他们扩进城市了。城中村的人被涌过来的外地人吵，外地人个个会做生意，把城里人的钱都赚到腰包里了，城中村的人只能把房子垒高，坐收房租。这叫谁的地盘谁做主。

农瓦房要在一片亲嘴楼里，找到一个小旅社住下来。这是庄上的人告诉他的。要想找到庄上打工的人，就住亲嘴楼里的小旅馆，说不定，门挨门就是你要找的人。这些人，白天流落到城市的角角落落，晚上就跑城中村了。而农瓦房要住下来的目的，除了希望能在城中村遇见农高楼，主要是为了守株待兔，在美食街找到农高楼。农高楼和农瓦房，从小感情不错，农高楼比他小四岁，因为农瓦房种庄稼是把好手，农高楼就把长兄当榜样来学习。可是，自从农瓦房拐跑了彩芹，把家里的一摊子交给了农高楼，还让爹娘在村里人面前挨白眼，农瓦房在农高楼心里的位置，一下降到十八层楼之下了。这次农瓦房回庄上时，农高楼把老婆和女儿留在打工的水城，他一个人跑回家一趟，来劝农瓦房不要待家里让人指脊梁沟子，干脆到水城打工吧，正好建筑工地上缺人手。但农瓦房执意要在家种地，他就一扭头又走了。当农瓦打电话叫他回家，要他跟自己种地时，农高楼鼻子里哼了一声，不再理他。农瓦房问他住哪里，他要去水城找他。农高楼说："你别来找，你找也找不着我。"

农瓦房不信在水城找不着农高楼。他打听清楚了，农高楼早不在建筑工地上干活了，他带着老婆和女儿，在美食城的夜场上卖唱，白天睡觉，晚上唱歌，很来钱，比在建筑工地上干活强多了。农瓦房没想到弟弟能卖唱为生。听庄上人说，主要是靠他媳妇唱，他女儿也唱，他不过提提音箱，有时唱几句走调调的歌，反而能活跃气氛。还说，美食街主要是夜场热闹，客人喜欢点歌助兴，也有说客人不老实，听歌的时候喜欢动手动脚，叫唱歌的人陪喝交杯酒，要把酒盅子从衣服里面走一圈才喝。真是丢死人！居然卖唱，有手有胳膊的，干点啥不好？

农瓦房在亲嘴楼的小旅社里住下来后，洗把脸，冲个澡，喝饱了水，就顺着美食街南北走个来回。把路摸熟了，想晚上找农高楼方便点。

总算天黑了。城里的天，没有黑的时候，白天亮太阳，夜晚亮灯光。大路灯，又高又扎眼，地上掉根针都能看见。美食城的灯，不光有大路灯，还有店门头上的霓虹灯。红的，绿的，黄的，粉的，闪闪烁烁，比天上的星星颜色美，但看着没有天上的星星叫人舒坦。城里是看不到星星的，城里的空气太厚，城里的灯光又太亮，天上的星星都远远躲起来了。

农瓦房在美食城吃了一碗羊肉汤面条，啃俩烧饼，在霓虹灯下等着热闹的夜场。饭点来了，三三两两的客人，在店铺前的露天大排档上坐下来，叫上火锅和啤酒，开始了吃喝。车声，人声，尖叫声，啤酒瓶甩地上的咣当声，各类声音混杂起来，难道这就是人们所说的灯红酒绿吗？农瓦房觉得咋这么吵人呢？

从街南头很远的地方，传来音乐声和一个女子的歌唱，农瓦房耳朵马上支棱起来，这是弟媳妇在唱歌？对这个弟媳妇，他还没见过。听说长得不算丑，实在不知道还有唱歌的天赋。据说他跟彩芹跑走后，弟媳妇的家里人别扭了大半年，才同意这门婚事。也难怪弟弟农高楼对他气不顺，应该的。

顺着歌声，农瓦房有点心跳地找了过去。在这个场合，跟弟弟一家人相见，他心里还真有点怪怪的。走过龙虾排档、驴肉馆排档、烤鱼排档，好几个排档走下来，觉得绊腿。真是的，明明都有店铺，却在店外面再设排档，不是多吃多占吗？这可是人行道啊。由此想到安副镇长来。安副镇长如果负责这条街道，会不会也敢拆除大排档，也能落个"安老拆"的外号？

终于到达正唱歌的排档跟前。一个年轻的女子，捏着话筒，在一个饭桌边唱着《真的好想你》："……天上的星星哟也了解我的心，我心中只有你……"女子边唱边做着动作，腰身粗笨，动作做得别扭、难看，听众并不买账，只顾喝酒。旁边一个提音箱的男人，有点驼背。不是农高楼，那么，这个唱歌的女子也不是弟媳妇了。女子唱完一曲，喝酒的人扔过二十块钱，女子连忙弯腰答谢:"谢谢老爷,谢谢太太……"农瓦房晕得差点摔地上。得赶紧找到农高楼,他今晚不能让农高楼跟人家说"谢谢老爷、谢谢太太"。继续朝前,又一个唱歌的组合,也是一男一女,上了一些年纪了,女的穿着不合乎年龄的超短裙,脸上画得花里胡哨,嘴角还点了一颗大黑痣,嗓子倒是不孬,唱高腔都能上得去。还会唱戏,豫剧,唱戏跟男的对唱,河南豫剧红脸王刘忠和的《打金枝》。女的唱男声,男的也唱男声,俩人一人一句朝下唱。戏比歌唱得好,看来是乡村戏台上练过的,实力派,不过,点戏的不多,都是点歌的。一首歌十块钱。

再朝前走时,就见到了农高楼。农高楼果然在这条街上混。还没有开场唱,农高楼正递着歌单让人点歌。喝酒的人并不太乐意点,直管喝自己的酒,农高楼就半弯着腰,低眉耷眼,脸上的媚笑能刮下来半斤。

农瓦房真想一下冲上去,薅住农高楼就走。但他忍住了。他看到了未曾谋面的弟媳妇和侄女。三四岁的侄女,紧紧拉着弟媳妇的手,脸上的表情怯生生的,弟媳妇人长得不孬,穿着打扮十分得体,长衣长裤,领子扣得严严的,梳着一根很少见到的长辫子,像个本分人。很难想象,这样本分的人,怎么在大庭广众之下,张口卖唱?

农瓦房站路灯杆后面,静静地看着,看下一步农高楼到底怎么表演。

农高楼挨个桌子递点歌单,原来他手里有好几张歌单,终于有人点了一首歌《鸿雁》。农高楼把音箱打开,伴奏响起后,他捏着话筒,身子扭扭着唱了起来:"鸿雁天空上,队队排成行,江水长,秋草黄,草原上琴声忧伤……"农高楼唱得不像歌,倒有豫剧的味道。有人喝起了倒彩。等喝倒彩的人停止欢呼后,农高楼抱拳致歉了:"俺从小学戏没学成,这唱歌又唱得四不像,这样吧,俺把俺师傅请上来给大家表演!"手一指媳妇。弟媳妇扯着孩子走上前,对大家鞠个躬,接过话筒,音乐重起时,唱了起来:"……鸿雁向南方,飞过芦苇荡,天苍茫雁何往,心中是北方家乡……"

农瓦房没有想到,看似平常的弟媳妇,歌唱得真不孬,唱完后,气不喘,脸却红成毛红布。一只手捏话筒,一只手还紧紧牵着侄女的手。

有人拍起了巴掌。这时候,农高楼又把话筒抓过去了,清了清嗓子,又开始了小品样的表演:"老爷太太,贝勒格格,大家该问了,我师傅咋唱得恁好听?各位有所不知,我师傅的师傅也来了,一听便知道了!"就抱过来侄女,小孩拿过话筒,开始有模有样地唱起来。虽然唱得有点上气不接下气,但奶声奶气的样儿，却招人喜欢。掌声多了起来，点歌的人，不但付了十元的点歌钱，还多给二十块钱小费放小孩子手里。

收拾好音箱，把散布在酒桌上的歌单收回来，农高楼带着媳妇、闺女，朝下一个大排档走去。到地儿后，不外又是刚才的一番表演。这回喝酒的人霸气，不但连点了两首歌，还点了京剧《红灯记》里铁梅的唱段《都有一颗红亮的心》。弟媳妇却不会唱京剧。有人起哄道："梳根铁梅的大辫子，不会唱铁梅的戏怎么行？"

农高楼连连作揖打躬赔不是，可起哄的人不肯罢休，不但不罢休，还升级了："不唱也可以，坐爷这里，让爷摸摸你的大辫子，看是真是假。这年头，啥都不可信，大闺女不是大闺女，小媳妇不是小媳妇，小媳妇的辫子会是辫子吗？"用手指着弟媳妇，再指指身边的凳子。

弟媳妇羞得抬不起头来，拉过侄女的手就要走。农高楼却不走，仍旧给人赔不是，想把刚才点歌的二十块钱要过来："各位爷，小的不懂事理，贱内也不懂事理，等我回家修理她，让她学唱京剧……"

刚才说话的醉汉不依不饶，站起身，挥舞着粗蛮的手指头："丫的，不给爷面子，咋整？不识抬举……"

农瓦房像个皮球一个，"咚"地弹到农高楼面前。大排档上喝酒的人没被吓住，农高楼倒是吓得不轻。农瓦房拽过农高楼的手就走。如果是早先前，以农瓦房的个性，他会跟那个醉汉打一架。现在农瓦房不喜欢打架了，这个时代，靠打架不能解决问题了，而且他的性子，这几年也被磨平了，他觉得打打斗斗没意思，还有，农高楼卖唱，本身就是自取其辱，怪不得人家。

一直拽到街角的灯影里，农瓦房才把手松开。弟媳妇扯着孩子紧跟后面，一连声地问："可是俺哥？可是俺哥？"

弟媳妇眼尖。农瓦房跟农高楼，两人站一起，一看就是一母同胞。

弟媳妇撵到跟前时，有点羞赧地站着，让女儿喊大爷。

小孩子不认生，马上脆脆地对着农瓦房喊一声"大爷"。

在皖北县，大伯哥对弟媳妇，如果没有特殊事情，是不能"正眼"去看的。正眼看，会被认为不规矩，不够尊贵。

农瓦房只看着孩子说话："这就是小朵儿吧，乖，大爷明天给你买好吃的。"摸摸侄女小朵儿柔柔的头发，心里涌出一股疼爱和千头万绪来。按理自己得先成家生子，然后才是弟弟成家生子。现在整个翻过来了。农瓦房心里有点愧，想多骂几句农高楼的话，就生生咽下去了。

"就让我站街角说话？也不带我去认个门？"农瓦房缓和了口气说。

"高楼，带咱哥去家里看看吧。"弟媳妇看着自家男人，邀请着大伯子哥。

"我要大爷抱！"小朵儿一撒娇，亲融融的一家人，心里暖烘烘了。

农高楼一句话不敢吱声，带头朝前走去。到了街南头的一家超市门口，取过电动三轮车，自己骑着，让哥坐前头，媳妇和女儿坐车后厢里。

农瓦房看着农高楼低着头，弓着腰，两眼直视着马路开电动车，心里升起一片暖暖的兄弟情谊。记得准备带彩芹走时，他半认真半玩笑地问农高楼："哥要是一时忙，你会帮哥好好种地吗？"农高楼连连点头应允："哥你要忙直管忙，我帮咱家的地种好就是！"

谁知道他农瓦房就真走了呢，而且一走这么多年没沾过家，把整个家的担子都压给农高楼了，还不知庄上的人要扔出多少白眼子让农高楼受着。

听着车后厢里弟媳妇和侄女母女俩小声说话，农瓦房心里熨帖了不少。看得出，尽管人前农高楼像个撑事的爷们，但在家里，还是弟媳妇当家，就从刚才弟媳妇让农高楼带他去"家里看看"的邀请，就知道，这个家，弟媳妇说了算。这样最好，这个女人沉稳，能拿捏得好这个家。

电动车走到快没电的时候，到了城乡接合部的一片村不像村、城不像城的地方，在一处破旧的房子前停下来，农高楼说："哥，到了。"

停好电动车，提着电瓶，这边弟媳妇已开门拉亮电灯。一片蚊子的叫声嗡嗡作响，农高楼连忙把门掩起来，打开天花板上的吊扇，吊扇把蚊子吹得没地儿盯。

这个屋真叫简陋，好像扒了一半留一半的样子，西山墙的上半截子没了，又新加了一段石棉墙，把屋子遮成一个囫囵屋。农高楼给电瓶车电瓶充上电，才说话："这里的房租便宜，房东是废物利用，本来已拆迁一半了，因为赔偿问题，就停止拆了，糊巴糊巴租给我们这样的人住。"

弟媳妇出去了一会儿，拿回来几瓶矿泉水，让大伯子哥喝。兄弟俩坐着喝水，听电扇扇出的呼呼风声，弟媳妇很给男人当家的机会，带着闺女，躲到布帘后面的睡屋里，哄孩子睡觉了。

"啥都不说了，你跟我回家种地吧。"跟自家兄弟说话，不需要拐弯抹角，农瓦房直奔正题，"我这次来，就是搬你回家的。"

"你真弄了一千亩地种？"农高楼半信半疑地问。

"那还有假？"农瓦房说，"现在国家有了新政策，让土地流转，就是给喜欢种地的人种地的机会，土地也不会抛荒。咱国家的地，不是多得种不完，是不够种，粮食也不够吃，可是，全国各地的农村，哪个地方都有抛荒地，败家啊！"农瓦房忧国忧民地叹口气。

农高楼想说"忧国忧民也轮不到你呀"，但他没敢吱声。从小到大，他都知道哥是一根筋，在农瓦房庄，哥对种地的喜爱，人人皆知，如果不是和彩芹的那档子事，哥早就在土地上种出花样来了。周边庄上的人，有种药材的，种蔬菜的，种花木树的，哪家日子过得都不孬。哥跑外这些年，把自己青春耽误了，也把种地耽误了。

"你一个人不管？城里也能挣到钱呢……"农高楼还想作最后的挣扎。

"别跟我提城里挣钱的事，丢光老祖宗的脸了……"突然收住骂农高楼的话。农瓦房自己拐跑人家的新媳妇，跑出去这么多年，难道不也丢尽了祖宗的脸？他心虚地瞄了一眼布帘子，怕农高楼当着外人的面（刚刚见面的弟媳妇，他总觉还是外人），跟他还嘴，揭他的短。农高楼有揭他短的资格。

"一千亩地，我跟村里签了合同了，靠我一个人，哪管？我就算块铁，能打出来多少根钉子？常言说，上阵亲兄弟，我亲兄弟都不回家帮我，庄上别的人，谁愿意回来？"农瓦房用舒缓的口气说，"正好咱县里请专来搞培训，一分钱不要，费用全由国家承担，俺兄弟俩一起听培训课去。我们有地种，怕啥？不是说土地没有大收成，那得看是谁种，种的啥？今后咱家的日子，过不孬，你听哥的。"

"一定听哥的，哥你说啥时候走？"农高楼还没有表态，弟媳妇猛地撩开布帘，先表态了。农瓦房知道她肯定没睡着，正隔着不挡音的布帘，支棱着耳朵，把兄弟俩的话听个根是根，梢是梢呢。

就是要让能当家的弟媳妇听到他们兄弟俩的谈话，或者说，听到他农瓦房的话。弟弟回不回家，不是弟弟说了算，是弟媳妇说了算。弟媳妇不留在城里卖唱，弟弟挣不到饭吃，肯定回家。

"俺哥，今晚的事，你也看到了。"弟媳妇不看农瓦房，看着农高楼说，"丢死人的事。我忍了许久了。可是，咱家也要盖楼，没有楼房，在庄上活得抻不直腰！趁小朵儿上学之前，挣点钱，就不出来了。现在有哥带着我们种地致富，还待城里丢啥人，现啥眼？"

农高楼见媳妇表了态，默认了。他跟哥哥说起了缘由："其实也不是有意走这一步的……工地上的工友，会唱黄梅戏，见要工钱没指望了，就把媳妇带出来，在水城的美食城卖唱了。又掇撺我也跟着他学，我学不会，小朵儿妈管，一学就会，就学会唱了一些歌，混日子吧。唉，要不是那栋烂尾楼，也不至于走到今天……"

那座长在水城南区的烂尾楼，因为老板跑走了，工程款拖欠着，农民工的工资也全部拖欠了。

"咱庄的人，欠款的多不多？"农瓦房问。

"十几个人呢。咱庄的瓦工头子农大斧，我们都是跟着他出来的，是大家的师傅呢。他心里最纠结，心眼子也最死，整天坐在烂尾楼前唉声叹气，说对不起庄上的老少爷们。他小包了泥水工程，负责给大家结工钱，结果老板一跑，一分钱没结到。没有人骂他，他又不是有意的，就是他自个儿纠结。"

"他还在烂尾楼那里？"

"应该还在。听说在研究咋样能讨要到工钱。跳楼讨要效果不管了，正在琢磨新的方法。"

"跳楼？傻不傻？"农瓦房惊住了。

"庄上的二杆子成天跟着农大斧，自告奋勇要爬到十八层楼顶，去跳楼吓政府，好让政府出面解决。农大斧坚决不同意，说太下作了，不好。"

"我明天去找找他们。"农瓦房表态。

"哥，农大斧种地也是把能手，他现在纠结得不知咋样好呢。你把他喊回家，最好了。"

农瓦房看看弟弟租屋的窄巴样，要农高楼把自己送回美食城的小旅社里，明天再去接他，一起到水城南区找农大斧他们。

农高楼抓过充好电的电瓶，重新装到电动三轮车上，带着农瓦房，冲进水城的夜色里。

一辆摩托车从他们身旁呼啸而过，掉下的歌声擦着兄弟俩的耳轮子："流浪的人在外想念你，亲爱的妈妈，流浪的脚步走遍天涯，没有一个家……"

南区是水城的新区，马路宽，楼房高，地场大。农瓦房和农高楼赶过来的时候，刚刚过了上午八点。太阳从一栋高楼身后，斜着身子照过来，铺天盖地的热气，把兄弟俩罩住了。

农高楼指着高楼说："就是这栋楼。"

农瓦房迎着太阳，看着这座烂尾楼。楼房已建到顶层十八层了，全部框架完好，就差在框架上垒砖装玻璃了。然而，却停工不动了。在皖北，这种工程叫半拉子楼。这个停工不建的半拉子楼，把农瓦房庄的一帮人，坑住了。农高楼说，每人的工钱，多的三万，少的二万余，农大斧是小包工头，不但自己折钱，又欠跟着他干的乡亲的钱，他气头大，纠结，很正常。

半拉子楼前，果真坐着两个男人，农大斧和二杆子。二杆子是外号，他干活和为人，都有点实心眼子，从小就被人叫成二杆子。二杆子瓦工活干得不咋样，别的瓦工班不带他，农大斧带他，他对师傅农大斧，就特孝顺，现在师傅纠结，别的工友都各找出路，二杆子还一起陪着，并天天央着农大斧，让他爬到楼上朝下跳，帮着要工钱。

两个人像傻子一样，盘腿坐地上，盯着烂尾楼看。二杆子不时指着楼体，手指头朝下一顿，做出朝下跳的动作，农大斧朝他一挥拳头："掖熊吧，咱不干那事。"一回头，就看到农瓦房了。

也有不少年没见过农瓦房了，乍一出现在他面前，农大斧有点吃惊，第一反应是农瓦房可是来找他干瓦工活？他现在没活可干了，有活也不想干，就盯在这里等着要工钱呢。只要半拉子楼在，欠钱的人就跑不远，这叫守株待兔。

"瓦房？"农大斧慌忙站起身。

"俺叔！"农瓦房一把拉住农大斧的手，"你这是守啥摊呢？"

"你都听高楼说了吧？"农大斧看了一眼农高楼，"我守龟孙欠账的驴熊呢。他这楼上亿块钱，说扔就扔了？他只要来收楼，我就能逮住他，龟孙欠钱不还，不是人生父母养的！"一身的气都冲头上，面孔涨红了。

"俺叔，听我一句，别待这里了。你守啥？你看这里就一个光楼了，人芽都没有，肯定是开发商出事了，他比你摊的事大，你手里才几个钱？"农瓦房劝解道。

二杆子插话说："我跑到楼上朝下跳，就能把人引来了，把当官的，把电视台、报社的记者，都能引来，可俺师傅不让跳楼……"

"你个熊秧子胡呇啥，跳楼早就不流行了，尽丢人现眼。瓦房，你是在外面混过的人，你说，这个楼的一摊子账，会不会引起当地政府的重视呢？我就守这里，哪天说不定就有人过问了……"

农瓦房知道二杆子有点二货，农大斧也被带着走到牛角尖里了。守株待兔的人，并不是人人都能等到兔子。他得劝农大斧回家。

"我听高楼也讲了。"农瓦房说，"这个楼吧，不光是开发商的事，和开发商熟的这个城市的领导，不是进去了吗？楼只是暂时停建，相关部门会有办法解决的，也不是你一个人的事，牵涉到那么多人，那么多建设单位，造价这么高的楼，不会扔下不管。你先跟我回庄上可管？咱先种地，这边有消息了，再过来？"

见太阳越来越烈，农瓦房拉着农大斧，要去树底下坐。南区的路宽，树是新栽的，不大，遮荫效果差。几个人坐在花花嗒嗒的树荫下，农大斧顿时委顿起来。他脸上汗流不止，嘴唇焦干，胡子好久没刮过，一副邋遢相。而平常的农大斧，可是个很讲究的人，作为村里的瓦工头子，他对自己形象很注意。这回，真是不管不顾了。

"叔，咱先回庄里去。"农瓦房让农高楼骑电动车去买水，他跟农大斧说着小话，"城里人总把我们拍在手机里，四处传播，说我们讨薪、跳楼、卖唱，卖血，因为要养活全家。其实没这么惨，为啥把我们埋汰成这样呢？就是为了博取别人同情，却把我们丑化得不成样子。我们不能当别人眼里的小丑，得活得有尊严。我们有自己的一方天下，有属于自己的自在生活，为啥要舍近求远呢？叔，你也是讲究的人，别在这里坐守了，坐守到最后，来了报社记者，来了电视台端机子的人，把我们拍一通，引导我们说出伤心话，再拍下我们的眼泪水，告知天下，让天下人都来看我们的笑话，有意思吗？咱不能再坐这里让人看笑话了，叔跟我回庄，我们过自己的日子！"

农大斧有点悲哀地看着农瓦房，好像有一肚子的话，不知从哪里说起。农瓦房接过农高楼买来的矿泉水，拧开一瓶，递给农大斧："我知道叔心里有纠结，你总觉得庄上跟你干活的人，都没拿到钱，是你欠大伙儿的，其实人心都是肉长的，这又怪得了你吗？又不是你拿了钱装腰包里不分给大家。我不反对来城里挣钱，现在城里能挣到钱，家里也能挣到钱。安大营的安玉枫，他支大棚种蔬菜，让庄上的人到他大棚地里干活拿工资，也不比城里干活挣得少，还省得背井离乡住城里的石棉屋、简易房。叔你想想？"

"就是，就是。"农高楼接着话把子。

"就说高楼两口子在大排档卖唱吧，这是正当的事吗？跟要饭的有啥区别？咱人老几辈没要过饭，怎么到如今这样的时代，到城里要饭来了？活人不嫌钱扎手，卖笑不卖身，笑贫不笑娼，哪一句都听着别扭。非得选要饭的门路挣钱吗？不要饭就活不下去吗？"农瓦房盯了农高楼一眼，农高楼把脸扭过去。农瓦房接着说："我也要过饭，干过丢人的事，现在不也回庄上了？叔你在庄上威信高，咱一起回去，种地挣钱。我们种黑粮，用地膜种，高产，还想办法深加工再出售，照样在家数票子，又体面。今后庄上盖楼，你要拉人成立施工队，一拉一个准。"

"二杆子，你去叫花子村拿咱的衣服。"农大斧嘱咐过二杆子，留恋地看着眼前的烂尾楼，"你瞧这座楼，盖得真排场，沾满了俺们的汗星子，咋就死这里不动弹了呢？"

说罢，立时泪如雨下。

第十章

安玉枫遇见杨二香

安玉枫想给自己透透气。

他觉得无处可去。

一抬眼，就看见了贝山。

贝山在安大营正东，离安大营估计有七八里路。有大路，也有穿庄过田的小路。山太小，被这庄那庄的楼房树木遮住了。

安玉枫想走小路，又怕不好开车，就沿着大路直朝正东而行。安大营庄前的这条大路，是村村通的水泥路，太窄巴，会车时麻烦。幸好大卡车不多，路宽也只够走辆大卡车的。

朝前开了一大会儿，在鲍庄的庄东头，要朝路北的贝山拐时，路口两辆机动三轮抵在了一起，把朝北的路口拦得严严实实，两个有点年纪的车主，正卡着腰吵架。搁以往，安玉枫会停下车子，劝解几句，让他们把路让出来。今天他没这心情了，不但没有，听到吵架声，反而觉得躁。稍作停顿，就飞驰直奔正东。

错过鲍庄的路口，朝东开了许久，才有朝北拐的路，这时候，已经离开贝山一些路了。安玉枫突然不想走回头路，就直线朝前开，很快，前面一个面目疮痍的大石堆，有气无力地朝他招手。

这是岱山。

居然开到杨林镇的地界了。

那就去岱山转转。

记得去年刚回安大营时，到岱山转过。那里汪着水的大石坑，就像山无声呐喊的嘴，而那些散布在红茅草丛里的灰白石头，就像山不屈的骨骼。安玉枫想坐到一块大石头上，吹吹风，听听草怎么说，树怎么说，石头怎么说。

找了一片不挡道的草地停好车，安玉枫开始朝山上行走。除开那些被炸的大石坑，山顶到地面的高度，不过几十米，顺着石头坡和茅草地，不一会儿就走到山顶了。安玉枫站山顶朝西看了一会儿，看到了一片又一片麦子地，麦子地里，这里蹲着一个村庄，那里蹲着一个村庄。这些村庄，从新中国成立以后到现在，一个没多，也一个没少，都一副安分守己的样儿。这是个好事，在别的地方，有的村庄就消失了，要么是被水淹住了，要么是被移走了，这一片真好，没有被移走的村子，村庄和村民，还都相安无事地度着光阴。

每个村庄里，都长着一些树，皖北特有的杨树，这就使每一个村庄，都显得郁郁葱葱。那些杨树，就像村庄的厚衣服。不知道杨树咋就这么旺，而以前的泡桐树、楝树、楮桃树、楸树、枣树、榆树，很难找到几棵了。

村庄和村庄之间的麦子地，平得像案板，每过一阵风，麦子地就掀起了一层泛黄的波浪。麦穗的顶端已现出微黄来了，要不了多久，午收就来临了。

安玉枫关了手机，坐在山顶遥望了许久，想了许久。是上午十点钟光景，尽管太阳有些烈，坐在太阳底下，人还能扛得住。汗从安玉枫的额头上滚下来，一粒，一粒，又一粒。安玉枫摸摸坐着的大石头，想，这块和山体连一起的石头，你不知它有多少年了，反正年数是老早老早了。它看到了什么，想到了什么，有什么要给人说的？因为是石头，它就不像人那么多嘴，它什么都不说，把什么都藏起来包起来，就那么静默了许多年。

安玉枫想把一切，在石头面前梳理梳理，让石头把一切包容下来，让石头给他一个智慧的提醒，一个出路来。

那个事，很快查出来了。水灌进南湖大棚地里，是人为而非天为。先从南湖把水引到一处存起来，再在一天晚上扒开，顺着利民沟淌进南湖的地里。利民沟的下游，朝解放河排水的地方，被大石磨堵了起来。不过一夜的工夫，大水成功灌满了南湖的地，让四十个大棚吃得肚子饱到打嗝。

尽管排水救灾工作及时，但泡了水的大棚，根基很快塌了，根基塌的后果是棚子歪歪扭扭地倒下身子，棚子里安安稳稳的小菜苗，还没照几天的阳光，就被淹死了。

事是查出来了，而做这个孬事的人是谁，却一时难以查到。

那片被挖成深水区的大坑，也不是一个人所为，南湖偏远，是三不管地界，今天你拉一车土，明天他装半车泥，都是大明大亮去做的，也有晚上加班拉土的，开着拖拉机，轰隆隆来，轰隆隆走，谁问谁？法不责众，你说是谁有意挖的？

民利沟朝解放河排水的地方被堵上石磨，却是有意的。谁堵的呢？

安云礼在村广播室坐着，吼破了嗓子，骂一阵子人，恐吓一阵子人，说谁能检举出破坏分子，谁能提供石磨是哪家的，村里就奖励谁。一时间，整个安大营像陷入一片战争当中。大家走路都叽叽咕咕在议这事，都一脸的神秘，都王顾左右而言他。村主任红绿灯，也在广播里骂了人，骂得声泪俱下，说这事一定严查，村民一定配合公安调查，把这事一查到底。

安玉枫没法在安大营待了。这些声音就像子弹，嗖嗖嗖飞过耳轮，虽然伤不着他，但吵着了他。他更不想看到安云礼那张欲哭无泪、懊悔万分的脸。安云礼反复说："枫，你损失了多少钱？多少钱？咋办？咋办？我咋就叫你回来了？就叫你回来了？"

安云礼的每句话都要说上两遍，一天说了多少遍，安玉枫已没法记了。以前老书记可不是这样说话的，他一定急糊涂了。安玉枫觉得自己要跑出安大营，弟弟安玉椿那里也不能去，家里也不能待，宁城也不能回，那么，他开车跑走得了。

关于他到底损失了多少钱，其实安云礼根本不清楚。就算他知道四十个大棚的准确造价三百二十万，但那只是建大棚的钱，而人工和四年预付的十个大棚占地租金，请技术专家来来回回的费用，在瑶城的租赁摊点费用，聘请的市场推销员，先期投入的菜苗、有机肥料，这些费用，连安玉枫一时都没法算出来。安云礼和安大营的人，还有一点不清楚的是，安玉枫到底有多少钱？真的是他们想象的那样，他安玉枫的钱成捆放在那里，需要花钱的时候，随时从钱捆子上抽出来一摞？

这些，只有他安玉枫知道。连他弟弟安玉椿都不清楚，他的老娘，他更不会吐半个有关钱的字。

开在宁城的腾飞物流，安玉枫占51%的大股，温晓东占30%的小股，温晓莉也是股东，占9%，其余的10%，是两位朋友。安玉枫的钱是有一些，但大部分都在流动中，都在钱生钱的活动里。安大营的人，哪知道做生意的人，没谁把现钱放家里的，都是在外流动着，在银行里出出进进着，只有这样，钱才越积越多，公司才越做越大。属于安玉枫个人可支配的钱，没有多少。花十万八万的私房钱，是要夫妻俩共同商量的，花百儿八十万的大钱，就要放在公司的会议上，跟股东一起开会研究的。安玉枫的第一笔十个大棚的投资，是股东大会做出决定后实施的，亏了算自己的，赢了是公司的。

第一笔是赢了，然而再朝下投资时，公司股东有了分歧，也就是温晓东有了分歧。另外两位朋友投资做别的生意，温晓东就买下了他们的股份，这样，温晓东就拥有了40%的股份，这个公司，变成安、温两家的了，是典型的家族企业了。家里人好说话，也不好说话。温晓东第一时间争取到姐姐温晓莉的支持，尽管拥有51%的股份，算是大股东，但安玉枫发出的声音却是微弱的。现在，公司有温晓东在打理，温晓莉管账，姐弟俩齐心协力，生意也越做越好。安玉枫投资的第二批三十个大棚，资金上就出现了困难。为此，安玉枫专程回宁城一趟，两口子亲亲热热地说了半夜的话，对安玉枫在故乡安大营的人生构想，温晓莉只是温柔地摸着他晒黑而消瘦的脸颊，小手放在他的大手里，是一副"但凭老公做主"的听话媳妇模样。

但温晓东却不这样。他理性而坚定，宝马车，可以给安玉枫开，钱，第一次的八十万，也尽安玉枫玩，后期再投资，那就得安玉枫自己想办法。安玉枫把结婚前的那套在市区的学区房抵押给银行，贷款三百万，算是启动了安大营的第二批大棚种植工程。对房子抵押贷款的事，温晓莉听话地交出所有证件，"但凭老公做主"，温晓东故意假装不知。没想到，一场大水泡碎了安玉枫在安大营的人生规划，银行的还款期尽管还有些日子，但拿什么去还？不良记录对一个做企业的来说，是致命的，不能拖欠贷款，唯有把宁城的房子卖掉，但就算卖房，也凑不够三百多万的本息啊。而卖房，夫妻俩要一起出面，麻烦倒不怕，温晓莉也好说话，但温晓东不行。

温晓东出面了。温晓东在电话里说得很直白。"房子你不能卖，学区房的升值空间大，比我们做生意要强，而且租金也是我姐稳定的一笔收入，你懂得……现在物流行业竞争很激烈，我们公司小，只是在夹缝中生存，稍不留神，就会折本。"温晓东的口气冷静得像冰，"你唯一的选择，不是卖房，是卖股份，股份卖给我，我来帮你还款。我不得不为我姐考虑，还有我的一双外甥外甥女，他们必须受到良好的教育，才能撑起天下！"

"请相信我，我不是个坏人。"安玉枫为自己辩解道。

"哈哈，我亲爱的姐夫！"温晓东在电话那头第一次笑得轰轰响，"我巴不得你是个坏人。你要是坏人，哪还用我操这份心！你这个北方佬，你就是太好了，太实心眼子了，才让人不放心哪，姐夫！"顿了顿，温晓东又说："那么也请姐夫相信，我也不是坏人，我只是比你更理性，更现实！考虑好，回我电话。"

卖了股份，还贷的人找到了，现在的安玉枫，虽说没有了外债，但却成了一无所有的穷光蛋了。不错，还有这辆宝马车，可，那是温晓莉名下的车。当然，宁城有他的房产，还有孩子和妻子，但那都是不动产，现在他再别想打房产的主意了。温晓莉躺在他怀里的哭泣，把他的心揉得碎了一地："枫哥，别怪晓东，他也是为咱们这个家着想。股份他没要，都放在儿子女儿的名头上了……"安玉枫还有脸去想宁城的房产，还有脸打妻子儿女的主意吗？

一阵风吹来，热嘟嘟里夹带些微凉，还有麦穗的清香味。安玉枫又摸了摸坐着的石头，自言自语道："别笑话我，神仙！你这个老石头，你不是神仙是什么？这么多年，人间生死多变，只有你不变不老，你什么都看得见，都听得到，可是，你不言，不语，你就是神仙！"

"啪啪，啪！"身后传来三声掌响，惊得安玉枫猛一回头。

一位身材修长，戴顶宽沿藕粉色牛仔帽，身穿灰蓝薄牛仔装，长着一双丹凤眼的女子，笑模笑样地站他身后，拍巴掌的一双手，没有放下来，反而做出了双手合十状。

"你叽叽咕咕说个啥？可别吓住了石头！我的石头，都老实着呢。"女子朗声笑着，微眯着一双丹凤眼，说着一口皖北话。

安玉枫慌忙站起身："对不起，打搅了。"丹凤眼在当地，又称狐狸眼，安玉枫觉得狐狸眼女子说话挺逗，马上还击道："怎么，这石头是你的？难道这山也是你的？"

"这山不是我的，我可要不起。不过，这石头却是我的。"女子仍旧笑盈盈的。看不出多大年纪，三十出头总有吧。安玉枫觉得女子说话有意思，既然这山不是她的，凭什么说石头是她的呢？

仿佛洞察出他心之所想，女子笑道："这石头都是从山下跑上来玩的，整个石头坡，都是我的。你说石头能不是我的？"

且不论真假吧。安玉枫在心里笑笑，想，这女子说话怪入耳，听着熨帖，是个满会说话的人呢。刚才坐石头上内心的一番苦逼挣扎，被女子的话，撵跑了。

一时，安玉枫不知说什么合适，站着东张西望了一番，就看到了远处山洼里的那片野石榴树。此刻，野石榴正举着满树火红的花朵，把山洼染得一片猩红，和遍布的绿叶纠缠着，非常壮观。红花绿叶当中，那座精致的石头房子，就像一位端庄的大家闺秀，透出一股神秘和沉稳。安玉枫想起来了，去年冬季他见过那座房子，那时候显得荒凉，而这会子，房子生机勃勃，充满活力。

"你说是你的，就是你的吧。"安玉枫笑笑朝山下走了。在一个特殊的地域，听一位陌生女子有趣的谈话，站山顶看一会儿田野，安玉枫觉得心里好受了一些。

陌生女子跟在安玉枫的身后，一同下山。安玉枫不予理会。世界很复杂，他现在不怕复杂了，他只想安静。

很快走到停车的地方。跟安玉枫的宝马车并排摆着的，是一辆摩托车。摩托车并不稀罕，但这辆宝石蓝的摩托车，跟安玉枫的车，叫着同一个名字，价格比安玉枫的宝马3系车，还要略贵一些。安玉枫没有立即打开车门走人，而是盯着这辆摩托看了一会儿。

"喜欢吗？喜欢咱俩换换。"女子的狐狸眼仍旧笑盈盈的，开锁、上车，朝摩托车上一坐说，"今天碰巧我狐狸大巡山，就觉得奇怪，谁把车停在我的地盘上？难道在打山上石头的主意？我可是跟乡亲们签了合同的，山上少了一草一木一石，唯我是问。"

这是间接解释为什么她会跟到山顶上去。

"不害怕的话，去喝点茶？"朝前一努嘴巴。

安玉枫正是无处可去，马上点点头，上车后，跟在女子的摩托车后面。

"我还怕被你绑架了？"安玉枫心里说了一句，立刻有点悲伤地想，如果他这会子被人绑架了，温晓莉的眼泪，是否能打动温晓东掏钱赎他？

路况太差，小车行走困难，安玉枫听到汽车底盘在坑坑洼洼的路面上，不时发出低哑的碰击声时，他心疼手里唯一的财产，就看着路边可有停车的地方。

一棵石榴树旁，有片空地，他直朝那开过去。

安玉枫明白，为什么女子要驾着摩托车在这里出没了。这不是个开小车的地方。

女子在前面停下摩托车，看着安玉枫从车里走下来，大拇指朝后一指，示意安玉枫跟在她的摩托后面。安玉枫大步流星地走着，女子慢腾腾开着摩托，让摩托车散着步走路。

穿过一片火红的石榴花，安玉枫和摩托车一起，停在那座石头房跟前。

和冬天完全两种样子，石头房周围葱绿一片，石屋墙上的爬山虎，经过一冬的休眠，更长了精神，虎虎生威地爬了厚厚的一墙。石头房门前，新铺了青灰色花砖，石头房东侧，新砌了一个石亭，亭下摆着石桌、石凳，女子把遮阳帽拿下来，两根盘在头顶的发辫，扑棱落在肩上，瞬间更改了女牛仔的形象，使她显得女味十足。女子朝着正东高喊一声："老鲍，老鲍！"

就见石榴树丛里钻出一个人来。是个四十多岁的男人，中等身材，小眼睛，长相粗朴，样貌倒没啥特别，但仰起的那一脸笑，会让你的心柔软得受不了。安玉枫是第一次见到这样的一张笑脸，憨厚，纯朴，实在，就像婴儿的笑一样让人心里软和，舒坦。安玉枫顿时被这张笑脸融化了。

"杨总好！"老鲍憨憨地站着，看着杨总的脸，等待着杨总派活给他。

"老鲍，我来了朋友，烧点水，泡壶茶过来。"女子指了一下安玉枫，示意安玉枫在石亭的石凳上坐下。老鲍连忙笑着应诺，打开石屋的门，走了进去，很快就拿出一只电烧水壶，朝东走。安玉枫看到，东边多了一长溜的筒子房，筒子房半遮半掩在石榴花枝之间，红色的铁皮房顶，显得俏皮喜庆。老鲍从红色房子后面，提着灌满水的烧水壶跑过来，冲女子喊一声"我洗干净手了啊"，扎进石头屋里，不一会儿，就端着泡好的茶壶和两只杯子送过来。

"杯子洗好烫好啦。"老鲍放下杯子，笑眯眯地看了安玉枫一眼，回屋再拿过来灌满开水的暖瓶，就闪身到筒子房后面了。

女子笑吟吟地一伸手："你好，安玉枫！我是杨二香！"

"你好，杨总！你怎么知道我是谁？"握住杨二香有点发凉的手指，安玉枫觉得好奇。

杨二香嘴咧得很大，笑得很放松："听说啦。说是安刘河的安大营，回来一个能人，带领村里的人发家致富。"

说过，又神秘地抿嘴一笑。

安玉枫有点发愣，不知杨二香说的，有几分真，几分假，她又从哪里得知自己是安玉枫。是不是就像庄上人常说的俚语，"好事不出门，坏事传千里"？他回庄上种大棚应当不是坏事，大棚泡水才是坏事。

这个奇女子，手指纤细，指甲上涂着粉紫色指甲油，标准的时尚女。而肩上垂的发辫，又平添她乡村女子的素朴，那一身软薄的牛仔装，则使她显得野性十足。这个杨二香，真是个立体、感性的女子。她是做什么的？

"在想我是干啥的吧？"杨二香真是头脑灵动、心算超常，他心里刚刚冒出个想法，她那边就猜得一字不差。

安玉枫没有说话，只是不好意思地笑笑。

"真是贵人多忘事啊。"杨二香清风拂面地一笑，"我年轻的时候，在火车上见过你。你跟你同学两个小屁孩，傻不拉叽卖烧鸡，差点搅了我职业烧鸡卖家的场儿。你还把大名报给我了。看你跟小时候没咋长走样啊。呵呵！"

天哪，那会子遇见的那个在火车上卖烧鸡，带着一个小跟班，一路畅通的能呱呱的叫香的小闺女，原来学名叫杨二香？女大十八变说得太对了，眼前的这个杨二香，跟当年火车上卖烧鸡的香，根本就是两个人。不过，能呱呱的样子，一点没变。这个世界真小！谁能想到，两人居然以这种方式重逢？她对自己的印象还有多少？他可是想过她的，还傻傻地跑到火车站去找过她。安玉枫神思缥缈了一会儿，脸上现出呆相。杨二香笑道："怎么，回顾往事呢？"

安玉枫回过神来。"你那会子真能……啊。"安玉枫本来要说"能屌台"，回到安大营，他也喜欢说粗口了。突然明白面对的是位女子，男人的粗口不能露，"我那会子也算年轻呀。哎，你不也有个跟屁虫样的小屁孩？"

杨二香脸色暗了一下，立刻又风轻日暖起来："听说你在外混得不孬，是个大老板了，回家开创新局面咋样了？"

一语戳到安玉枫的痛处，安玉枫的眼里涌现出一层满含委屈的湿气。刘德华唱过"男人哭吧不是罪"，但安玉枫不会哭。男人的错误很多，如果再搭上哭，那就错上加错了。他控制着一腔的委屈，想说。但又一时张不开口。

"大家都说杨林有个很二的杨二香。殊不知，安刘河的安大营，也有个很二的安玉枫。"杨二香浅浅一笑，示意安玉枫喝茶，自己端起杯子，轻啜了一口。

"我也不是名人，你怎么知道我回来……创业的？"安玉枫先解开自己的困惑。

"我最近几个月很无聊,成了事儿妈,就专门找人打听事。"杨二香微眯了狐狸眼,看着不远处的野石榴林,"这一打听,就打听出来,安大营有大棚,生意还不错。是谁支的大棚?安大营人脑袋开窍了?我让老鲍去问。这不就问出你来了?你知道,我对没事找事干的人,是充满好奇的。"杨二香把脸转向安玉枫,"我就是那种狗吃豆腐脑,闲(衔)不住的人,喜欢没事找事。我给自己找了很多事,也爱打听跟我有差不多爱好的人的事。原来是那个在火车上卖过烧鸡,抢过我生意的老安回来种菜啊。"

"幼稚吗?"安玉枫眼睛更加湿润。

"有一点儿。"杨二香给二人杯子里续了开水,"咋就把水放进大棚里了?温室大棚能抗八级大风,可是,它的克星是怕水泡。咋就给泡上了?"

"纯属意外。"安玉枫神色惨淡起来。

"我还听说公安查出一些眉目了。也就只能查出这些来,再朝下查,不好查了。天衣有缝也是天衣,懂吗?"

安玉枫苦笑一下。

"你在南方待的时间长了,不知道咱这一片,有了怎样的变化,你回来创业,要从哪里下手。"杨二香一直微眯的狐狸眼猛地睁大了,这让玉枫想起第一次在火车上遇见她,向她讨要两节车厢卖烧鸡,她猛地把眼睛睁大,质问他"凭啥呢"的情景。

"你其实挺理想主义,挺书生气的。跟我年轻时一样样的。"杨二香接着说。

"你年轻时?好像你老很多似的,你老人家芳龄也不一定有我大。"安玉枫说。

"许多年前我就老喽。"杨二香脸色淡淡,"你应当像我这样,弄一片荒地,在自己的地盘上,想弄啥弄啥,一切依你说了算。你咋就整到村子里去了呢?我跟你说,现在的乡村跟以往可不一样。现在的世道也跟以往不一样。你难道没有经过调查就投资?我看你在商场也是老手了,咋就栽在自家一亩三分地里了?是有啥情结吧?"

安玉枫一直湿润的眼睛,不争气地漫上水雾。他看着杨二香再次微眯起来的狐狸眼,觉得那双眼就像柔软无形的指头,伸到他的心弦边,轻轻叩动了起来,又仿佛他身后涌现一股力,猛地把他朝前一推,使他不能自已地旋转着,旋转着……

从十六岁撵爹出家门说起……连去年偷偷扒门缝看杨二香的石头房子也说了。快速的述说当中，他只记得频频点头的杨二香，一句话不插，只不停给他杯子里加开水。当杨二香摇了摇空了的暖水瓶时，安玉枫漫长的述说告一段落。

杨二香冲安玉枫狐媚地一笑。后来安玉枫明白，杨二香不是有意作狐媚状，她天生的狐狸眼，狐狸眼里流出的笑，就是狐媚笑。他也明白她为什么把自己巡山说成狐狸巡山。

"老鲍！"杨二香冲着东边喊。

笑得像孩子一样的老鲍，连走带跑地过来了。带着两手套水泥，手里还抓着一把泥抹子。

"收工，回家，让妗子整几个菜来。我跟朋友喝一杯。"

老鲍头点得像鸡啄米，冲安玉枫暖暖地笑一下，马上跑走了。推上石榴树边上靠着的电动三轮车，出了树林，一迈腿，无影无踪。

"老鲍，当地的呀？"安玉枫问。

"不远，东边鲍桥的。这一片姓鲍的多。"

"有啥讲究呢？"

"也没啥，说是鲍叔牙的后人，从山东逃荒过来的。还有祠堂呢。"杨二香说着，邀请安玉枫参观她的筒子房。安玉枫好奇，问是弄啥的？杨二香说："到地儿你就知道了。你也不陌生的。"

到地儿一看安玉枫就明白，这是孵鸡苗的炕房。多少年前他就熟悉这个了。

"正在建的孵化基地。不赖吧。"杨二香有点得意，"你瞧，这房子多得劲，中间支火道，两边放孵化蛋架，一次两万枚没问题。"

见安玉枫不解地看着自己，杨二香笑道："我不跟你说了嘛，我喜欢没事找事，就把孵化的事捡起来试试。你该知道的，咱本地有名的皖北麻鸡，当年咱们一起在火车上卖李大旺家的烧鸡，为啥他的烧鸡畅销，除了独特的配方外，就是鸡种好。现在这个鸡种快灭绝了，我就来捞一把。我说过了，我最近挺无聊的。唉。"

安玉枫随着杨二香在孵化房里走了个来回，中间的火道，被老鲍垒了一多半了。杨二香很内行地指着房子两头在什么地方搭厚棉帘，怎么加温，散热，时间多少。又指着房子支炉灶的地方说："满坡的树枝子，有得烧。温度也好控制。这一点，老鲍是行家。"

孵化房东头，单留一间屋，一边是灶口，一边是老鲍住的地方。这房子留得好，烧灶时风吹不着雨淋不着，又便于工作，累了就在旁边歇息。房子角落伸出一个压水井的水龙头，安着电开关。杨二香找到电烧水壶，一推电闸，水管里流出井水，不一会儿就把烧水壶灌满了。

安玉枫抢过烧水壶去拎，杨二香丢掉手让他拎着。两人走出孵化房，来到石头房前。

杨二香做出"请"的手势，安玉枫迟疑了几秒钟，走进石头房里。

这个他从门缝里偷看不到内容的石头房子，是普通的农家房子装扮，三间堂屋，中间是客厅，东西两边是厢房，这里人叫东间、西间。东为大，东间门关着，西间门敞着，从敞着的门里，看得到西间靠南窗的地方，放着一张大案子，铺着毡子，放着笔架、笔洗、墨汁和砚台。杨二香把电水壶在西间的案子上放好，插上电，请安玉枫进西间看看。

原来是书房，靠西墙一排书柜，装得满满腾腾。东墙放一组布艺沙发，沙发前放张茶几，茶几上面是茶具，下面放茶叶、烟缸。后墙是张单人床，床被花被单整体蒙上了。除了放书柜的墙外，其余三面墙上都挂着书画作品，其中一张书法四尺斗方，写着一个粗粗大大的隶书"痴"字，是当地知名书法家的作品。杨二香说："这个痴字，是专门为我量身打造的。像吧？"

安玉枫还没来得及回答，老鲍赶到了。他让电瓶车鸣了几声喇叭。杨二香笑了："你瞧，老鲍心里可不憨。"

杨二香和安玉枫走出来，只见老鲍已经进入当中的客厅，挎着一只农村婆媳妇用的大食盒，当地人叫盒子，娶亲时的抬盒子，抬的就是这个，是用来装鸡鱼肉蛋这些好东西的。老鲍把盒子里的饭菜，在客厅的桌子上摆出来。青炒莴苣叶，凉拌倭瓜秧头，蚕豆米炒鸡蛋，红烧鸡块土蘑菇，整整四个菜。还有铁鏊上现烙的馍。杨二香咋呼道："哎呀，妗子真好，知道我喜欢吃烙馍卷倭瓜秧头……老鲍，你又让妗子杀鸡了？资源要保留下来，不能杀，不听话！"

"是公鸡，公鸡有机动数量，你说的……让咱朋友尝尝土麻鸡的味道嘛。"安玉枫从见老鲍，第一次听他说这么多的话，语句流利。之前给安玉枫的感觉，以为老鲍有结巴嘴的毛病呢。

摆好饭菜，老鲍很快跑到筒子房干活去了。杨二香在后面叫："老鲍，你陪着喝两盅！"

老鲍一脸憨笑，笑出一嘴白牙："我跟恁妗子，在家喝过吃过啦。"

杨二香从书柜底层，抽出一瓶红酒，又找出两只高脚杯，说："尝尝法国的正宗货。"

安玉枫有点犹疑，杨二香说："估计你也不想开着车到处跑了，再跑，你加油的钱都没了。"说得安玉枫脸一嘟噜，杨二香咯咯一笑："英雄不问出处，英雄不怕短处。你就在这石头房子里混几天吧。白天跟着老鲍干干活，晚上帮我看屋。我得去找蛋蛋。土麻鸡的蛋蛋鲍桥有不少，别的庄也有。我骑着摩托跑两天，差不多可以找够一万只蛋，然后让老鲍一起拉过来。先孵一万只蛋再说吧。"

两盅酒下肚，安玉枫说："杨二香，我有几个问题要问你。你咋就知道我是我呢？"

"你这辆外地牌号的宝马车，在咱这一片显摆过来显摆过去，你押着青菜坐货车顶上去瑶城，志得意满，嚯嚯，这一片，谁不知道安大营回来个大老板啊。我不是说了嘛，"杨二香轻抿一口酒，"我最近挺无聊的，就对安大营回来的这位大老板特感兴趣，安排老鲍完成对你的调查，一，用手机拍下你的尊容；二，打听你的出处；三，回到安刘河做啥营生，是不是我的竞争对手。"

"第二个问题，你刚才说你要完成抢救土麻鸡的大业？我虽然养过鸡，当年养鸡主要是国外的品种罗曼伊沙，产蛋多，消耗饲料少，利润也大，这土麻鸡，不是农户家自己在养吗？怎么就要消失了呢？"

"说你在南方待时间长了，不接皖北的地气了吧？"杨二香给安玉枫斟上酒，"就是你说的那个罗曼伊沙，走入中国市场后，对土麻鸡冲击很大，就算农户自家散养，也不养皖北土麻鸡了，一是炕房里不再孵这种蛋，很少买到鸡苗，一是养这种鸡，长得慢，个儿又小，生的蛋也小，不赚钱，渐渐没人养了，不是要绝种是什么？就算有人养了土麻鸡，但都是和外地鸡种杂交的，不纯了。我现在做的工作是，从农户家收鸡蛋，自己孵化出鸡苗，对土麻鸡进行提纯，经过两到三年的时间，正宗的土麻鸡，就能形成养殖规模。刚才说到你同学的亲戚、烧鸡王李大旺，李大旺的后宅子里还留了一些纯种土麻鸡，是专为自家烧鸡品牌保种的。李大旺老成树精了，不在烧鸡厂掌舵把子了，现在是他儿子李小旺当家，李小旺打的牌子还叫土麻鸡，但做的烧鸡，大部分都是杂交鸡品种，要想吃到正宗的土麻鸡烧鸡，不容易，连送给领导的都不够。我找李小旺开了几次后门，想从他家后宅里要些正宗的土麻鸡鸡蛋，他终于答应并给了我五百枚，算是天大的人情了。这是去年的事。我叫老鲍在他庄上一家废弃的老炕房里孵化出来，鸡苗长到一个月，我一看，不对劲，长成半大时再看，哪是土麻鸡，典型的杂交鸡嘛。李小旺要滑头，但他的心思也对，他要保住他的独家经营嘛。那我就自己抢救。"

"第三个问题，你老说最近挺无聊的……我看你开这么好的摩托车，也不像个无聊的人啊，咋就无聊了？能说说吗？"安玉枫渴望的眼神看着杨二香，那样子很明显，他把自己的故事卖给杨二香了，杨二香也得拿点自己的故事出来说说。

杨二香低垂下狐狸眼，手指在高脚杯的细脚上飞速地捻着，捻了一会儿，突然抬头一笑："瞧你，把你的破事都说给我了，我要不说一点我手里的故事，挺不仗义的对吧？那好，我先从老鲍说起吧。"

鲍桥的老鲍人有点憨，二十七八了还没找着老婆。老鲍整日憨笑着，一点都不急的样儿，他爹娘急了。他们家是单传，不能到他这儿，不朝下传了。但家里太穷，媒人领了几个闺女来相家，人家闺女只看一眼那三间趴趴屋，就一句话不说，水都不喝就走了。

那会子杨二香已经做面粉企业了，她先前的养鸡场有点顾不过来，就缩小了规模，专养蛋鸡。二香的娘有一次跟二香唠叨，说二香的远房表舅快三十了，一直说不上媳妇，家里老人挺揪心的。杨二香想了一会儿说："娘说的可是老鲍？"二香娘说："你喊什么呢，没大没小的，他是你表舅呢。"二香一笑："小时候我见过他，就喊他老鲍，也不比我大多少。你叫他去公司，我瞅瞅他啥样了，都多少年没见过这个老舅了。"

老鲍就去"香香面业"公司找杨二香。一见面，杨二香就被表舅一脸的憨笑击中了。她没想到，她这个表舅，比小时候见时还要憨厚。凭直觉，杨二香明白，表舅是个老实人，也是个能守住家的人。她连忙说："老鲍，我把鸡场交给你，第一年，你只拿工资；做得好，明年盘给你，咱五五分成。条件只有一个，把鸡养好。销售的事，不用你操心。不就是娶个媳妇吗？明年，我保证我表姈子进入咱家门！"

先送老鲍去外地规模鸡场学习养鸡技术，然后就把鸡场交给了他。在外人看来，老鲍有了一家养鸡场，那可是富户了。老鲍果然就娶上了媳妇。老鲍带着媳妇住在鸡场里，连生的娃娃也一起住鸡场里，鸡场成了他的家。杨二香根本不要咋问事，老鲍慢慢把养鸡的那一套，全盘掌握了。

第二年，杨二香果然把鸡场无偿盘给了老鲍。也没履行什么手续，杨二香只有一个条件，就是保护好鸡的品种。收入让老鲍记账，年底五五分成。老鲍一丝不苟，把账记得精细，一笔一笔，毫不含糊，连烂了几只鸡蛋，都记得清清楚楚。

老鲍连养五年鸡，家里起了楼房，在养殖户里面，也有了名气。在第五年分成的时候，收入增加了不少，杨二香整天忙于公司的事，虽然不太在乎养鸡场的收入了，但对分成的提高，还是很高兴，就顺道表扬了老鲍。老鲍得意道："卖鸡真赚钱！"

杨二香一惊，说："老鲍，你说啥？卖鸡？除了定期淘汰老龄蛋鸡，咱们不卖鸡。你收入增加了是卖鸡得的？咱是卖鸡蛋，不卖鸡好不好？"

老鲍说："我没卖母鸡，只把公鸡卖了。"

杨二香一听就炸了："你这比卖母鸡更可怕！老鲍，你要坏我的事了！"

老鲍傻傻地看着杨二香："农家乐要逮公鸡，论只逮，一只六十六，我看比卖鸡蛋划算，就……让他们逮了……"

"老鲍，你知不知道，公鸡是保种的关键！这是正宗土麻鸡！为什么我们的鸡蛋在瑶城有市场，就是因为生它们的鸡娘鸡爹是土麻鸡！"平常嘻嘻哈哈的杨二香，气得脸都变色了，"我们的土麻鸡蛋，不但食用营养价值高，孵化同样受人欢迎！这些年，不用操心就能保证市场销量，就是因为鸡蛋的品质好！……你卖掉多少只公鸡？"

"还有几只没有卖……"老鲍吓坏了。

"等我回来再跟你说！"当时杨二香要去青岛处理公司的事，来不及去鸡场看。如果当时去鸡场看，就没有后来鸡场的倒闭。

趁杨二香不在家，老鲍自作主张地去市场上，购买了几十只样子跟土麻鸡相似的大公鸡，放到鸡场里，来遮掩他卖鸡的事实。他把鸡场的公鸡，只留了三只种鸡，其余全以六十六元一只，卖给农家乐了，想以卖鸡增加的收入给他的表外甥女一个惊喜，没想到自己的无知让表外甥女气坏了。那就赶紧弥补错误吧，弥补方式就是把卖出去的鸡，再买回来，哪怕是出高价。然而，那些鸡早变成食客的盘中美味了，别说把鸡买回来，连根鸡毛也找不见了。他便自作聪明，购买了别的鸡种。

杨二香从青岛回来后，立即赶到鸡场，那些半圈养半散养的公鸡母鸡，都在鸡舍门口的树底下吃虫吃草，见公鸡的数量还算可观，就按下了心里的怒气。表妗子慌忙烙烙馍，炒香椿芽鸡蛋给她吃。杨二香握着一张卷了菜的烙馍，刚咬了一口，一只大公鸡振动着翅膀，昂扬地"喔喔喔"叫了一声。正是这一声叫，让杨二香猛然觉得不对劲——那只公鸡不是她鸡场的土麻鸡，那是杂交鸡！再放眼一看，乖乖，跟母鸡混在一起跑着玩着闹着的公鸡，差不多全是杂交鸡！

"老鲍！"杨二香炸雷一样吼了一嗓子。

老鲍哧溜一声钻进住室，"咣当"关了住室的门，再不敢出来。

表妗子抱着第二个小孩，一副要哭的样子，哆嗦着站在她面前。

"妗子你告诉我，老鲍买这些公鸡多少天了？"杨二香看着表妗子，声音降低了八度，急躁地问。

"有半个多月了……"表妗子声音小小地回答。

杨二香气得把吃了一半的烙馍，摔在鸡舍门口，那些鸡亢奋地扇动着翅膀，扑在烙馍上，你争我夺地啄食起来。

"老鲍你给我听着！这一辈子，你都欠我的！"对着紧闭的门，杨二香狂吼了几嗓子，扬长而去。

"我苦心保护的土麻鸡，就这样被那些外来的杂交公鸡，给破了纯。"杨二香对安玉枫笑笑，"其实如果把杂交公鸡没进鸡场前半个月的鸡蛋挑出来孵化，仍旧能提纯出土麻鸡来。但当时因为商标的事，我的一批一百多万元的货，被扣在青岛了，而我又要朝省里跑商标注册，心情糟透了，也无心再去多想土麻鸡的事。就算了。"

"你现在咋又开始做土麻鸡的保护工作了呢？"安玉枫问。

"我得把老鲍的故事说完。"杨二香抿口红酒，"我这个表舅，也算个人物，他知道自己错了，就想办法弥补。这回他不要小聪明了，他踏踏实实去做。鸡场停办后，我把所有鸡和鸡蛋都处理了，他也住回家里了。你知道他做了啥事？他把我卖出去的鸡蛋，能找得到下落的，他又买回来了，把庄上别人不用的炕房，重新修整一番，自己孵鸡蛋。经过这几年的努力，他把土麻鸡又提纯回来了。他不但自己养土麻鸡，还让庄上的人养，把土麻鸡苗卖给周边的村，让大家都养土麻鸡。但因为养殖不规范，土麻鸡的纯度很难保证。尽管如此，纯种土麻鸡，零零星星还能在周边村子里找得到。现在，得有我杨二香出面来保护土麻鸡了。我保护土麻鸡，因为不想让这个宝贵的鸡种绝种！这也是我年轻时的梦想！"

最后一句话，是回答安玉枫的问话。杨二香说完，举起杯，跟安玉枫碰了一下，一口干掉了。

"你瞧现在的老鲍，多乖！"杨二香话说得没大没小，自个儿先笑了，"他再不敢自作主张了。老鲍！"冲着东边又吼一嗓子。老鲍马上跑过来。

"帮我烧点开水，你这菜驹人。"杨二香说。

老鲍立刻笑模笑样地拿过电烧水壶，去筒子房那里接水了。

"你这个表舅，真逗。"安玉枫看着老鲍灵活跑动的身影，感叹道。

"老鲍是个奇葩，这年头，这类人太少了。他虽然把土麻鸡差点玩没了，但心地非常善良，真纯，又执着，还有一点最叫人放心，不是自己的，绝对不要。就是放一捆钱在他那，他都不会动一分。"

老鲍提来一壶井水，插上电插头。站那里，不知是想等水开灌了再走呢，还是先离开，水烧开了再过来。他温暖地笑着，看着杨二香，又看着安玉枫。把两人都看一回后，就看着客厅后墙上的中堂画。也是当地名人的作品，传统的钟馗画《天地正气》。其中钟馗的两道眉毛，像两把利剑，直刺苍天，力道尖锐强劲。

"你这个傻老舅，快忙你的去吧，水开了我会灌啊。"杨二香终于开口叫了声舅，把老鲍乐得嘴咧大了一倍，几乎像孩子一样，带着蹦跳的节奏，快乐地干活去了。

酒足饭饱，两人坐着喝茶，又聊一些老鲍的事。从杨二香不时感叹的"无聊"里，安玉枫以为，她无聊的背后，一定有不想为外人道的事情。这个有着一家超大面粉加工企业的老板，遇到什么事情让她突然无聊起来了？或许就像自己此刻的心态，不也一样有点无聊无趣无所适从吗？之所以有这种心态，是因为这场大水，泡灭了他的人生规划，就像乘风破浪的大船，突然倾覆，从而迷失了方向。那么，杨二香的人生之舟，遇见了什么？

杨二香的电话突然响了。她按下接听键，冲安玉枫礼貌地点点头，径直走进东边的厢房里，啪叽关上门。

过了好一会儿，杨二香才走出来，对安玉枫平静地笑笑："真对不住了，我得出去办事了。这叫树欲静而风不止。如果你没事，想静一静，今晚就住这儿。你怕不怕？来去自由哈。"

安玉枫点点头。他想，在石头窝的石头房子里住一夜，听听夜风敲打石头的声音，一定很好。至于怕不怕，他还怕什么呢？

"老鲍也不走，他会安排你。"杨二香临走时回眸一笑，把两根垂肩的发辫在头顶一系，戴上头盔，便像一股风一样，飘然而去。

安玉枫坐着又喝了一会儿茶，想眯一会儿觉，看看客厅，又瞟瞟西间的书房，再瞟瞟东厢房杨二香的闺房，突然想，老鲍不会安排他住杨二香的卧室吧？

正想着，老鲍闪身进来了。温暖地点头一笑，先冲进西厢房一会儿，又冲进杨二香的卧室里，扛着铺的盖的一堆床上用品，再走进西厢房。出来时，老鲍笑得温暖极了："安总，我都给恁弄好啦。"

安玉枫心里一惊，随即叹道，这个世界，最了解杨二香，最忠实于杨二香的，恐怕就是她的表舅老鲍了。

第十一章

——

香香面业的前世今生

杨二香一连两天没露面。

老鲍已经垒好了孵化房里的加热通道。

老鲍每天回鲍桥吃饭，饭后再用保温桶带饭给安玉枫吃。

杨二香的表妗子就是手巧，饭食好得安玉枫乐不思蜀。

安玉枫袖着手，吃饱等饿地过了两天。

他没有杨二香的手机号。也没问老鲍要杨二香的手机号。他觉得自己进入了世外桃源，就这样一个人待着，挺好。

安玉枫吃饱饭，就去这个叫岱山的大石堆上坐。想想这个大石堆，居然敢跟泰山重名，可见山不在高，有理想才是王道。大石堆的顶端，有成片成片铺排得很壮观的灰白色大石头，也有长势低矮的杂树。安玉枫或是跟一块大石头坐一起，或是跟一棵野枣树坐一起，或是跟一片茅草坐一起。不管跟哪个物件坐一起，只要一坐下，他心里都是安静的。突然就想，如果时光像磨盘一样，可以正转，也可以反转，他就反转回去，继续在宁城宽大的办公室里，指挥着那个每天都有钱进账的公司。但又一想，他把时光反转了，就回不到故乡，看不到安大营的人数着钱、快乐的样子了。至于出现的意外，那只能是意外。意外，是谁都不好阻止的……

安玉枫晚上也喜欢走走路，石头窝子不好走，他就在旁边的野石榴树林子里转。这时候，老鲍会跟在他不远的地方，陪着他。老鲍话真少，几乎不说啥，只有安玉枫问他时，他才回答。

"几个娃？"

"两个。"

"男娃女娃？"

"老大女娃，老二男娃。"

"多大了？"

"老大念高中了……"老鲍这时候表现得有点紧张，两个手拽了一下衣裳角，"俺结婚晚……"

安玉枫想问一下杨二香，他最想知道的也是这个。但又怕老鲍以为他好打听。一个男人去打听一个女人，总归是不好的，何况这个女人有点神秘。而且，他也试过，想从老鲍这里打听杨二香的事，那是买个劁猪想下仔，没指望的。他就只好跟老鲍谈庄稼，谈娃娃，谈土地。老鲍的话虽少，但简明扼要地一说，安玉枫也能明白个大概。

"你真能屌台，咋就把土麻鸡保住了呢？"安玉枫说老鲍最有把握说的事。

"俺对不起表外甥女，俺鼠目寸光……"老鲍的话有了情感色彩，话也多了起来，但也就多这一点点。安玉枫要继续跟他说。他们在野石榴树林里走得磕磕碰碰，树太矮，枝子横七竖八，动不动就拦人。

"杨总说，保鸡的纯度，主要是公鸡。你当年咋就把公鸡卖了呢？"安玉枫揭着他的老底。

老鲍果然更加难过，一难过，话就多了。

"俺外甥女，都跟你说了？"夜里黑，看不清老鲍的脸色，要是看得到，这时候的老鲍，一定是一脸的极度内疚和难过。

"说了一点。"安玉枫承认道。

"俺是救急没救场。当时怕挨骂……"又不往下说了。那么，对那个鸡场，他一定注入感情了，为啥不表达一下感情呢？

"要是那个鸡场一直办到现在，会是什么样子呢？"安玉枫问。这回有点自言自语的味道。

"会比李大旺家的鸡品更好更多。"老鲍说话快了起来，"不过，现在努力也不晚。俺表外甥女厉害，只要她想做，啥都能做成。"

眼看话题转到杨二香身上了，老鲍又不吱声了。安玉枫第一次领教什么叫惜字如金。

两人在夜风里说着话，被野石榴树枝子刮来刮去，绊绊磕磕走了一会儿，安玉枫又站空场处仰望了一下星空，闻闻麦子成熟前的清香味，就回屋了。

老鲍住孵化房东头那大半间屋里，安玉枫住石头屋的西厢房。

石头屋没有后窗，听不见房后的风，穿越山冈和树林时的脚步声，安玉枫却睡得不安宁。他脑子里晃动着杨二香的面影，真是奇怪，这个杨二香，让他有亲人般的感觉。为什么她的一颦一笑让他有这种感觉？虽然少年时有那一段交往，甚至他朦胧的少年心，有过一些念想，但这些年的时光，已经把那份念想打磨平了。然而，这次相遇，一下激活了某种记忆。这，就是生命中注定的一种缘？

安玉枫辗转反侧了许久，下半夜，才算睡熟了。

这是待在岱山脚边石屋里的第三个早晨。安玉枫醒来的第一件事，是打开石屋大门，站门前呼吸新鲜空气。他的人生，多少年都没这样闲过了，没这样认真地呼吸晨起第一缕带着麦穗香味的空气了。

打开门，刚刚扬起手臂，尚未来得及深呼吸，安玉枫就呆住了。

石亭里坐着杨二香。杨二香背对石屋，目视前方，身体微微前倾，左手肘抵着石桌，手掌托着下巴，右手指间夹着一支香烟，像雕塑样一动不动，香烟在她手里自燃，大半截烟灰缀在烟头，有点软弱地要落不落。原来，杨二香是个烟民，但她沉思的样子，显然让她忘记了抽烟。

安玉枫静静站立许久，不敢出声，怕惊扰了杨二香。看样子，杨二香已经来了好一会儿了。

突然，杨二香的手抖动了一下，显然，自燃的香烟，已经把她烫着了。杨二香把即将燃尽的香烟，放在石桌上，一回头，看见了傻站着的安玉枫。她疲倦地咧嘴一笑："把你吵醒啦。早啊，安总。"

安玉枫有点不好意思："睡过头了。杨总早！"

"嚯，老鲍说你吃得好，睡得香，一点不假。"杨二香马上恢复成大大咧咧的杨二香，"怎么，这个石屋还养人吧？"

"真不错，安静。像世外桃源的仙境。"

"那是。"杨二香得意道，"这可是我养老的地方啊，当然选好风水了。"

说着，站起身，朝石屋走。今天的杨二香，是一身裙装打扮，酒红色的长袖连衣长裙，削弱了她身上的野性，倒显得有几分居家女人的温婉。随身还有一只大包，那辆宝马摩托车却没有骑过来，看样子，好像从别处刚转回来。

杨二香进到东厢房里，安玉枫去筒子房的水井龙头下面接水洗漱，那是老鲍的地盘，好在安玉枫车里带了自己的洗漱用具，摆在那里好几天了。

洗漱结束，脸也刮得干干净净，安玉枫才回到石屋。刚到石屋门口，回家带饭的老鲍，已经骑着电瓶三轮车赶到了。打开食盒，摆了半桌子，显然是两个人的饭量。杨二香一见面就表扬他："老鲍干得不错，我参观过啦，孵化房的加温通道垒得不孬。瑶城的光彩城，有孵蛋架，下一步，先把蛋架进过来，再选鸡蛋，你有得忙啦。"

老鲍憨憨地笑着，站那里，头点得像鸡啄米。

吃过早饭，杨二香带上那只大包，大大咧咧冲安玉枫一笑："走，带你看个地方，顺便把我送回家。"

两人走到安玉枫停车的地方。

阳光透过野石榴树，在车顶上画出斑斑驳驳的一片，几片微黄的树叶，落在车顶上，使车顶看起来，像罩了一块印染花布。两人坐上车，按照杨二香的指点，顺着岱山朝南拐个弯，便进入宽广的阳光大道，直朝南走，远远就看见杨林镇的街景了。

离杨林镇三四里路的地方，阳光大道的路东边，一片壮观的厂房，披着明亮的阳光，威风凛凛站着，湖蓝色的屋顶，显得素净整洁。在厂房的对面，杨二香让安玉枫停车。

车就泊在阳光大道的路西旁，安静的阳光，给每一辆过往的汽车，给每一个人，都镀上一层金色的光亮。透过耀眼的光亮，看着电动门紧闭的厂房，安玉枫觉得哪里不对劲。待细看之后，他的心呼通朝下猛地一坠。深咖色的电动伸卷门上，一条长长的白纸，斜着身子贴在那里，白纸上两个张狂的黑色大字"查封"，异常醒目，就像一个健康的人，在脖颈处，人为地开了一道口子，再糊上一堆厚重的纱布。

"香香面业"几个金黄色的大字，是在安玉枫抬头朝上看厂房大门楼时，才发现的。

"她正在慢慢死去。"杨二香眯缝起眼睛，看着香香面业的门牌，声音突然变得苍凉起来，摸出一根烟，点上，却并不放嘴里吸，而是夹在指间，伸到开着的车窗外面，让烟自燃。

安玉枫不知说什么话来表达此刻的复杂心情，只随着杨二香的眼睛，看着香香面业四个闪光的字体。门楼下面的大门口，还挂着两个长条的铜质招牌，"香香面业有限责任公司""香香粮油购销公司"。这两个牌子，就像饿了许多天却不愿屈服的老虎，正虎视眈眈地看着马路上的车水马龙。

"今天是她的生日。十六年前的五月二十二日，她出生了。已经走入花季了，没想到，我要看着她慢慢死去。"杨二香手里的香烟，再一次烫着了她的指头，她弹了弹烟灰，那些细微的灰烬，很快被马路上的风，吹得无影无踪。"你问我，为什么老说挺无聊的，我看到我心爱的孩子在一天天死去，我不能说心痛，只能说无聊。因为心痛期已经过去。"立刻转过脸看着安玉枫。惨淡的笑，涂在杨二香的脸上，使她的脸显得有些怪异，"你说，这不是无聊是什么？"

杨二香的脸离安玉枫很近，近到他清清楚楚看见，贴在她耳根后的几根白发。

那一年你有多大？我是说你在火车上卖烧鸡的那年。喔，你十二岁。八四的事。你确实比我小，那一年我十三。说真的，我看你在车上卖烧鸡，真的紧张了一下子。我第一个想法，是把你掀下火车去。

从杨林到淮城的这段火车上，烧鸡是我的天下，没人敢争我的地盘。从十一岁起，我就开始在火车上卖烧鸡，列车员列车长，都熟悉透了。我一个大舅，是我妈的亲堂兄，在铁路段当个小头头，大舅没多大权，但为人豪气，朋友多，列车长就是他的好兄弟。你说，有这层关系，谁能抗得了我在火车上的市场？连火车上推小车卖货的，都让着我三分。

从杨林到淮城，一百二十公里，正好当天来回，也安全。没想到，你一上车，把我心里的安全打破了。不过，只一会儿工夫，我就知道，你俩嫩娃娃，早着呢。果然，你们后来收兵了。

本来可以不买下你们的烧鸡，让你们作难，让你们的烧鸡臭下去。但打听到你俩的情况后，我决定帮你们。其实也是帮我自己。可对？

当然得打听你们了。你想想，我的地盘，一百多公里的铁路线上，我杨二香的烧鸡顶呱呱，突然哧溜一声，钻进俩人抢生意，我不担心啥来头？比如你大舅是铁路段的大头头啥的，那就跟我有得一拼，也是我大舅跟你大舅有得一拼。从杨林中学打听到安刘河中学，我明白了，安玉枫，有点脑子，学习成绩不错，人老老实实，没啥背景，卖烧鸡只是一时的心劲。

猜对了吧？

猜对了，就啥都不怕了。不过跑了半个月，你们就收兵了。这一别，也有小三十年了。仁弟啊，没想到咱又遇上了。

我念书早，念书少。五岁就跟我大姐杨大香念一年级了。我大姐正好七岁。念到初一，我一直跟我姐一个班。初一的时候，十一岁。我们家是城镇户口，就是大家说的吃商品粮，有商品粮吃，就没地种。可是，我爸妈都没有正式工作，属于城镇贫民。我爸就长期在镇上的搬运站扛大活，就是大家说的扛大包。我妈是家庭妇女。搬运站的车朝哪里运东西，或者从哪里运回来了东西，装车卸车啥的，都是像我爸这样扛大活的人来干。

我十一岁念初一的时候，我爸的腰突然就不行了，躺床上不能动弹了。是扛大活硬累的。这一躺就躺了许多年，一直到前几年，才算躺够了，走了。爸爸一躺下，家里的两个大孩子，就是家庭的顶梁柱了。我姐人老实，做生意不行，只能帮着我妈操家，我胆子大，爱说爱讲的，就开始了在火车上卖烧鸡。是我大舅提议的，我大舅说，他只能在火车上说上话。

嗯，你说得没错，我算出道早的。正应了那句老话，穷人的孩子早当家。我家三个孩子，下面一个是弟弟。只有我弟念了大学。没想到，我这个小学文化的人，做到了今天。别忙着夸我，你看看香香面业在死去，你还敢夸我？

在火车上卖了四年烧鸡，真的能养家糊口了，虽然还是艰难，但至少，能生活下去了。四年当中，我感到自己成长得太快了，简直有点拔苗助长。真的，一想到拔苗助长这个词，我就会想到火车，想到天不亮赶火车时我奔跑的样子，想到咣当咣当火车进出站时，我站在两截车厢中间，呼呼朝上长个子的情形。十四岁的时候，我觉得自己有二十岁人的心智和能力了，也有了二十岁大姑娘的害羞心理了。真的，我之前从不知道啥叫害羞，十四岁的时候，我知道了。

所以，我决定不做火车上的流动商贩了。我要做生意。只有正儿八经做生意，才有出路。我就跟我妈说，我要做生意。我其实不跟我妈说，也可以自己当家做生意，只是，我挣的钱都交给我妈了，做生意需要本钱，我妈得把本钱给我。

第一桩生意做什么？你猜不到吧。我贩卖鸡蛋。

我是在火车上获得这个商机的。坐火车的人，干啥的都有。有个大叔，慈眉善目的，人挺好。差不多每个星期，我都会在火车上见到他。我朝他推销烧鸡，他回回都买一只，看样子手里不差钱。渐渐就熟悉了。如果他身边有空位，我就坐一会，跟他聊天。他说他是养蛋鸡的，有个大鸡场，就在瑶城不远。因为养鸡需要掌握技术，他就每个星期到省农业大学听畜牧专家讲课，连着听了两年，就能拿到畜牧专业的大专文凭了。他对文凭不在乎，学到技术才是硬道理。我就突发奇想，问他，我帮你销鸡蛋得了。他定睛看看我，说，我看你是销售人才，不妨一试，但我从不赊账。我说，没问题，我一定现款进你的货。

这位大叔真是不错的人，我常拿他跟我爸比较，想着要是我爸有他这头脑，或许就不用扛大活，出苦力，把自己累躺下了。我爸爸做不到，那就我来做吧。我来扛起家里的经商大旗。

第一次去瑶城的倒流河集贩鸡蛋，吃了大苦。对了，忘记告诉你，大叔的鸡场就在倒流河集北头，离杨林三十八公里。我骑着自行车，车后面架着两只大荆条筐，每只大筐能装五百枚鸡蛋，两筐就是一千枚。一枚鸡蛋净赚五厘钱，一千枚赚多少？你给算一算。搁现在不算什么，在那会子，一天驮一千枚鸡蛋卖，就赚不少了。五块钱一天，当时拿工资的人，一个月才多少钱啊？

苦不苦？那种苦，真不敢回想。不跟你说也罢。当时骑着家里的永久牌自行车，男式的，车座高，就找人朝下放点，空车骑着还好过，满载鸡蛋而归时，一个小坡路骑下来，都哭了好几回。都是心里在哭，眼泪直接流肚子里了。唉，好姐不提当年苦。也许现在更是苦不堪言啦。

第一次是把鸡蛋倒卖给别人的，赚三厘钱，骑到杨林镇上再倒卖，后来觉得不划算，第二次就自己卖了。第三次，就不骑到杨林集上卖了，直接倒腾到瑶城的倒流河集上，倒腾给鸡蛋贩子，这是第一车。倒腾结束，才上午十点钟，就又到鸡场进鸡蛋。大叔的鸡场叫喜乐乐养鸡场。再到喜乐乐时，大叔吃惊了，看我车后筐里空空如也，以为遭到人抢劫了呢。我说就在倒流河集上倒腾掉了，少赚少操心。然后说再进一千枚运回杨林。就这样，我每天骑车来回跑，干到半年，就开着小货车进货了。

人有多大胆，地有多高产，是讽刺吹牛的人的。但对我来说，人有多大胆，就能撑多大天。我突发奇想找小货车进货来卖，也是受我爸朋友的启发。我爸的铁哥们，有的还在扛大活，有的已经贷款买了小拖挂的货车，帮别人运货啥的。都是从杨林火车站货运车站朝外运。我就问他，如果雇他的小货车进鸡蛋，能赚多少钱？他认真地给我算了一笔账，一车鸡蛋多少斤，除掉运费和鸡蛋成本，我能赚多少钱。这一算，把我激灵一下，我感到，我骑着自行车贩鸡蛋，真是小孩子玩过家家，太幼稚了。马上就雇他的车去了倒流河的喜乐乐养鸡场。

看我坐着小货车来进货，把喜乐大叔都惊住了。对了，我火车上遇到的这位贵人大叔叫梁喜乐。喜乐大叔吃惊地看着我说："妮儿，你真管，自行车换成小货车，就好比小米加步枪，换成了飞机大炮，你进步也太快了点。"我得意道："叔你不知道，自从我上了火车卖烧鸡，见天就长知识，我整个成长过程都是拔苗助长。"

当然，一车鸡蛋，我就不能自己在街上摆摊卖了。我配送给集上的商店，先赊给他们。因为梁喜乐大叔也把鸡蛋赊给我了。这是他第一次朝外赊账，他说我这个小闺女太不容易，他赊账给我，等于也是拔苗助长，那就让他也拔苗助长一次吧。

光配送给商店还不行，我还找镇里的食堂，各单位的食堂，镇政府，粮站，食品站，供销社，邮电局，税务所，银行，还有我爸扛大活的搬运站，总之，把能想到的单位，都跑遍了。都是口头下的订单，有了订单，我就大胆地去喜乐乐鸡场进鸡蛋了。半年后……

对，你说得没错，半年后，我又有新变化了。只是安总你猜对了一半，我有进展了，不仅仅是换大货车进鸡蛋了，不仅仅是让鸡蛋遍撒杨林镇，还撒到了你们的安刘河镇，还撒到了皖北县的县城里。同时，我又揽了另一项生意。不知道吧？哈哈，估计你猜不出来了。我开始了贩卖麸皮。

怎么想到做麸皮生意的？说起来真是巧合。那次去喜乐乐拉鸡蛋，空车走到半路上，正巧碰见一辆运麸皮的小货车，抛锚不走了。又正巧这辆车是给喜乐乐送麸皮的。我马上让车主把货转到我车上，我帮他送过去。他留下司机等修理公司来拖车去修，就坐上我雇的车，到了喜乐乐鸡场。或许是因为主动给他帮忙吧，车主显得很热心，一路上说这说那，就说到麸皮生意上了。说者无意，听者有心，我就向他请教做麸皮的事。他说，麸皮是养殖场和饲料加工厂最宝贵的原料，不但本地需要，也可以朝外地调运；皖北县及周边地区，盛产小麦，而且质量有保证，山东、河北等省市，把此地当作收购小麦麸皮的重镇，市场潜力巨大，跟贩鸡蛋相比，就是大生意了。我一听就上心了。真跑到他的公司，跟他学习如何做麸皮生意。

没想到，我一沾手麸皮生意，竟然越做越大，不仅是山东、河北、江苏有市场，最远的地方，剋到了黑龙江边。虽说北方的黑土地不缺粮食，可我就是有本事把咱皖北县及周边地市的麸皮，给运到黑龙江边去。生意最忙的时候，一天能从杨林火车站，发送七十节火车皮的货。而且这边朝北方发麸皮，那边再把北方的土豆运过来——贩土豆只是顺手牵羊，产地那么便宜，不贩可惜了，也简单，找个当地的经销商合作，他负责提供货源，我负责销售，土豆运过来，直接从火车站就批发走了。你不知道，天还没亮时，杨林货运火车站外，就排着一长溜的小货车，等着拉我的土豆了。当火车进站，我从火车上跳下来的那一刻，真有种指挥千军万马的将军的感觉。真的，一辈子最重要的经历，一个十七岁的小妮子，跟别人五厘钱五厘钱的谈价格，南里北里跑，跟着货车四处收购，押运火车，指挥若定，咋就那么有能耐呢？那会子人也真好，各地的生意人，讲义气，讲信用，都不用想赖账拖欠这档子事，大家都是正儿八经做生意，不像现在，各种猫腻，让你摸不着头脑，让你目瞪口呆……

扯远了。还没讲到香香面业上是吧？女人说话就是啰唆，好姐不提当年勇，我来跟你说说香香面业吧。

怎么想到做面粉企业的呢？也是跟麸皮有关。你想想，我一直从外地的面粉加工企业收麸皮，为什么杨林就不能办个面粉加工厂呢？有了面粉加工厂，不但能解决麸皮问题，还能为当地的优质小麦，找到新出路，真是一举两得。想到这一层，我就去苏北的一家面粉企业寻求帮助。

说起来，香香面业的成功，跟这家叫大发的面粉企业有很大关系。大发的老板也是农民企业家，吃过苦，受过穷，经历过挫折，是我的父辈。他被我小小年纪就敢闯敢干敢创业的精神所感动，知道我资金上不是太富足，就把厂里的旧设备，以低于市价几倍的价格，卖给了我，还派两名技术人员，来厂里支持我，终于，在杨林镇，一家面粉企业诞生了……关于办厂初期的艰难，关于申请土地的艰辛，还有商标注册，市场销售，难事多了去了，不说也罢。而今，香香面业已经走过了十六个年头，一直走到今天，此刻就站在你面前。她想跟你说什么呢？她没有嘴，贴不贴封条，她都不会跟你说一句话。可是，香香面业跟我一同走过风雨，一同见证起起伏伏，她是我心头的宝，是我这一生的梦想……

第十二章

我一生欠着一个人的债

　　杨二香又摸出一根烟，点着，放右手里，摇开副驾驶的车窗玻璃，把右手搭在外面，任香烟在车外自燃。这一回，安玉枫观察得很细，杨二香没吸一口烟，她只是燃烟。怎么有燃烧香烟的习惯呢？可见，这个从十一岁起，在火车上做第一宗生意的女子，十五六岁就能驰骋商场，所向披靡，二十岁出头就创办面粉加工企业，一定有着非同一般的经历，一定是个奇葩的女子！

　　安玉枫安静地支棱着耳朵，一边看着马路对过的香香面业。阳光已经显出了上午的热度，杨树叶被晒得耷拉下耳朵，漫天飘飞的杨絮，却兴奋异常，迷人的眼，挡车的玻璃，落地上，就像下了一层雪。

　　杨二香的手指，又被香烟烫了一下。她弹了弹烟灰，回眸朝安玉枫一笑。这个笑，一下把杨二香笑老了。

　　还记得你说你的故事给我听吗？你能说那么多给我，我很感动。谢谢你信任我！我也信任你。今天，我不光说香香面业，我还说说他。他的名字可以告诉你，刘大庆。这一生，我一直欠着大庆的，一直还不完，一直。

　　在杨林街上，我有三个外号，一个是生意经，从十一岁就有了；一个是二货。现在流行叫二货，那会子叫争一叶子肺。十一岁之前，我的外号是司令。这是小伙伴们给取的。

为什么叫司令呢？都是电影上看到的。电影上的司令，都是后面跟着一帮为他卖命的人。我后面也跟着一帮人，最贴心最卖命的，就是刘大庆。

刘大庆一直比我胆小，却一直跟着我，左右不离。从光腚孩开始，直到二十五岁……

我刚才说，我是杨林街上的二货。如果说在杨林街上有两个二货，那么，一个是我，另一个，是刘大庆。他甚至比我还二。

你问过在火车上买烧鸡的小屁孩是哪个？不错，就是他，刘大庆。从我在火车上卖烧鸡的第一天起，他就一起陪着我。包括后来我们一起骑车贩鸡蛋，雇车拉鸡蛋，贩麸皮，贩土豆，都是他跟着我。

第一次去火车上贩烧鸡，他自告奋勇跟着上火车，帮我背装烧鸡的大包。我让他也卖点，他拼死了也不干，说就是帮我扛包，帮我卖眼找买家，帮我打坏人。我赚了钱给他分，他气得脸红脖子粗，当场要跳火车。你瞧，世上有这样二的孩子吗？幸好他肯吃我买的烧饼，不然，我这个司令就真算以权谋私欺负手下人了。

第一次骑自行车去瑶城的倒流河镇喜乐乐鸡场进鸡蛋，我跟他说，你也驮两个筐，咱俩一起贩。他头摇得像拨浪鼓子，说啥都不干，就骑空车陪我。这不是浪费体力和时间吗？也是浪费生意。我这个生意经，可不能放过他，就借来筐让他也驮鸡蛋，本钱我来出。这个他乐意，他说是帮我贩鸡蛋，跟他一毛钱关系没有。我气道，有你这样的孩子吗？放着眼前的钱你不挣。他说就不挣，要挣你挣。

二不二？就是这么二。他不挣，拉倒，我可不能放过。我们一起驮了半年鸡蛋，他就是个驮鸡蛋的搬运工，一切靠我张罗。他家里的经济条件咋样？比我家好。我们两家一个街南头，一个街北头住。国道从街南头过，他爸就把自家朝街的大门楼，当成门面房，专焊白铁桶卖，生意不错。所以，刘大庆家不缺钱。他家三个儿子，没女儿，刘大庆是家里的老二。咱们这一片，爱说"头生娇，末生娇，当中夹个现世宝"，这刘大庆就是现世宝。他真是我行我素，爱咋咋。我因为家里有困难，歇书不念了，他呢，也跟着不念了。我要到火车上卖烧鸡养家糊口，他不用养家糊口，却陪着我卖烧鸡；我贩鸡蛋挣到了生意经的名号，他挣到了小跟班的名号。

我跟你说刘大庆有多二，他十二岁之前，对男生女生都分不清，以为男生女生都是一样的。我们俩同年，我心里比他懂事多了。那一回，我们卖完烧鸡，从火车站朝家走，看着路两边的麦地一望无际的，怪好玩，我建议一起到麦地里翻前滚翻。前滚翻是我最喜欢的一项运动，可以从地这头翻到地那头，当然不能被人看见了，看见了不得了，要挨骂的。会骂我们这些没有土地的孩子，对土地不爱惜。那时候的土地，已经责任到户了，不再是集体的地，是私人的地了。

我们把随身的包朝地头一放，看看太阳就要落下去子，就朝地里翻起来。麦子地真舒服，像绿毯子。我闭着眼睛朝前翻滚，刘大庆翻斜了，滚到我这边来，一下把我拦住了。我气得不行，因为这影响我的速度，就狠狠地推了他一把。他以为我跟他玩游戏呢，也推了我一把。然后他就愣住了。他喊我，二香，你衣服里面咋还穿棉袄呢？这个二货，他男孩女孩都分不清。我气得不理他，继续完成前滚翻。等玩过了瘾，我们一起朝家走时，他又撵上我问，二香，我看你没穿棉袄啊，刚才我推你，咋就觉得你里面穿了棉袄了？

你说这个二货，叫我怎么说他？气哼哼不理他，朝前走。一直到十七十八的年纪了，他才明白，原来，男孩女孩是不一样的啊。这个二货！

我刚才说，我欠刘大庆的，一直还不完，不夸张，这是我的真实想法。你说，是不是上天造了一个我，然后再派个他把我绑定了一起活？从我记事起，我眼前除了爸妈、姐姐和弟弟，就是刘大庆，他就一直跟着我，他不跟男孩子玩，就跟我玩，把我当老大，对我言听计从。你说这个磨人精，哪辈子我修来的啊。还有他的爸妈，回回见到我，也是一脸的笑，街坊邻居都说，他爸妈早把我当儿媳妇看待了，说是刘大庆三四岁的时候，大人问他长大了娶谁当媳妇啊？他说，娶二香当媳妇。把大人都说笑了。再过两年，又这样跟他说笑，他还是说娶二香当媳妇。他妈就开玩笑说，把二香说给他哥当媳妇，结果气得他把筷子都摔了，饭也不吃，咧开大嘴，哭得不行，直到他妈说，二香谁的媳妇都不当，就当大庆的媳妇，他才止住了哭。

刘大庆一直跟我后面混，他爸妈也放手让他跟着我混。卖烧鸡，贩鸡蛋，贩麸皮，开面粉厂，我们一直绑在一起，努力在一起，吃苦在一起。就好像，我们天生就是一家人。

十七岁的时候，我已是杨林的名人了，我站在杨林火车站的货车车厢顶上，指挥着大家卸土豆，手里的计算器按得啪啪响，腰包里的钞票呼呼呼就装满了，都是现金交易，直接从火车皮上批发出去。刘大庆负责磅秤称重量，也是手脚麻利，我们两个配合得天衣无缝。

十七岁定亲，十八岁结婚，在杨林镇，我算是结婚早的人。但我自己觉得没什么，从十一岁开始，我就感到自己成人了，我一直是以一个成年人的步子和心态朝前走的。十五岁时，我觉得自己的心态有二十多岁。我对自己的婚姻，不是大家眼里的小妮子和小半拉橛子的婚姻，我觉得，我和刘大庆，我们从小到大，都是一家人，已经是老夫老妻了。

你从来没有见过那样一个人，什么事都以你为中心，有喝的，先尽你喝，有吃的，先尽你吃，有用的，先尽你用。在刘大庆的眼里和心里，他没有别人，也没有他自己，他只有我。连他的爸妈都说，他们家的这个现世宝儿子，是专门养了这辈子来疼爱我的。

我跟刘大庆商量，我们先多挣几年钱，到二十五岁时再要孩子。刘大庆满心欢喜，说，他从来没想过要孩子，他讨厌孩子，他就要我就行了。瞧瞧这话说的，一听就不成熟。我才不这样想。孩子是一定要的，我们可以结婚早，但不能养孩子太早，要把事业的基础打牢了，真的是大家眼里的大人了，再养育下一代。

那一回拉麸皮，从河南一家面粉厂拉的，满满一车，两拖挂的重型大货车，整整装了五十吨麸皮。头天去，太阳高照，第二天往回走，快到杨林的路上，天起了风。冬天的风，呼呼的，冷得够呛。天也阴了下来，不久就下起了小雪。气温太低了，雪下到路面上，马上成了冻雪。驾驶室除了司机，还有一个跟车的。本来还能挤着再坐一个人，我当然不好挤在俩爷们中间，叫刘大庆去坐，打死他也不愿意，结果我俩就待在车顶上。雪不大，但密，我们就钻到盖麸皮的帆布篷下躲避风雪。在一个拐弯的路口，先是听到刺耳的喇叭声，紧接着，我们的车厢忽然剧烈地扭动了一下，好像有一股天大的力量，拽着车厢猛地朝地上一摔，咣当一声，我们还没反应过来，就被巨大的黑暗和重压吞掉了……我醒来的时候，已经过去三天了。我迷迷糊糊看着雪白的一片，以为是躺在雪地里，感到浑身发冷。然后就看到我妈的脸了。

看我醒来了，我妈"哇"的一声哭了："妮儿你醒了？醒了就好！"

慢慢我想起来咋回事了。下雪，喇叭叫得扎耳朵，车厢在天旋地转，又黑又重的东西紧压身上……为了避让对面的货车，拉麸皮的货车，猛打方向盘时翻了，车厢把我和刘大庆狠狠地磕出去，又把几十吨的麸皮，紧紧压在我们身上……两个司机也受了伤，但还能打报警电话。那时候手机还比较稀罕，大部分人用不起，司机也没有手机，我有。但我的手机被压在麸皮底下。司机央求村民去商店的座机上打报警电话。雪天，又快黑了，路上人少。旁边的村民先看到了，他们真是好人，你呼我唤，一起过来，在交警和120没到来之前，已经用手在扒拉我们。一麻袋一麻袋的麸皮，被他们抬到一边去，终于在麻袋的最底下，找到被压得快变形的我们。万幸的是，麸皮比较轻，短时间内不会把人压死，只是闷晕了。我晕了三天三夜醒转过来，大庆却没有……我妈到好久才跟我说，我头上别的大发夹，就是外面有花里面带长铁柄的那种发夹，铁柄和花面断裂开了，长铁柄扎到大庆的颈动脉上……抬到镇里的医院时，大庆的血流干了……镇医院没有输血的条件，也没血库，又往县医院救治，已经太晚太晚了……

我一辈子都不会再戴发夹，任头发疯长，长长了，就编个辫子，用线扎起来。对大庆的记忆，就永远停留在我们一起钻帆布篷时，他冲我憨憨一笑的样子，他把帆布掀开，把麻袋用手砸出一个窝，然后对我说，老婆，你卧里面吧，一定像席梦思……我还朝他身上打了一拳……

那一年，我二十二岁。大庆也二十二岁。我准备二十五岁时，给大庆生个娃。我要是早点生娃就好了……大庆的爸妈说这都是命，是大庆上辈子欠我的，他就用命来还我。难道我不欠大庆的吗？我也欠他一条命。如果我不戴发夹就好了，可那是大庆买的发夹，本地买不到，我们贩土豆时，大庆在佳木斯买的……

这些年，有过多少迈不过的坎？有不少。大庆离世，应当是第一个坎吧。我差点就过不过来了。我想最后送大庆一程，再看他一眼，都没做到。我躺在医院里时，他们就把大庆下葬了。那时候还没有火葬。我挣扎着要送大庆，我妈找人抬了一扇石磨，把我手脚绑床上，再用一只大铁链，拴在我脚上。直到葬好了大庆，才给我解开。这些家乡的规矩你是知道的，用石磨拴住我，大庆就是想带也带不走我了。

出院后，我妈直接把我接到家里。从十一岁在火车上卖烧鸡，到二十二岁，我第一次感受到什么是心灰意冷。火车站还堆着几车皮麸皮，我也懒得过问，我姐姐和妈妈、弟弟，都到火车站忙乎，但忙不到点子上去。他们只能找地儿把麸皮先存放好。我自己躺家里，看着天花板，觉得天花板上的灰垢像地形图，我就在地形图上找，哪个地方有尼庵，我想出家得了。我要躲在深山里，任谁都找不着我。我要远离这个世界！

我爸长期躺床上，每天咳嗽不断，我妈在给他喂水。我弟背着书包，临上学前，特地到我床前看我，给我掖掖被角。我弟那会儿正念高三。我忽然从床上跃起来，说是跃，其实是从床上软软地撑起身子，但我用的是跃起的劲头。我喊了一声妈。我妈惊喜地看着我，眼泪吧嗒吧嗒朝下掉。我说，妈，你给我擀点面叶吃，炸点葱花，要一大碗。我妈欢喜地流着擦不干的泪，跑到厨房里，噼里啪啦忙活起来。

我至今最喜欢吃的，就是手擀面叶，我叫它还魂汤。连吃两天我妈擀的面叶，跑掉的魂，又回来了。第三天，我推出那辆雅玛哈摩托车，直奔火车站。一边飞快地骑着摩托车，一边大声叫自己的名字：杨二香，杨二香……

我杨二香，可以自己内心无比绝望，但绝不能因为我的绝望，让亲人绝望。所以，我要站起来，从压在我身上的装麸皮的麻袋堆里站起来，继续做大庆未完的事。

我又站在火车车厢上呼东吆西了，又叭叭叭地摁着计算器，背着腰包算账收钱了。姐姐姐夫帮着称秤，妈妈帮着调度来运土豆的车辆……在贩麸皮的过程中，我获得了办面粉加工厂的商机，并一举成功。那一年，我二十七岁！

刘大庆的父母，我一直喊爸妈，他们对我也不见外，但有一点我明显感知到，他们不想让子女再跟我有生意上的来往。杨林街上人说，我杨二香是个克夫的女人，不但克夫，还克夫家的人。刘大庆的弟弟刘二庆，从包在襁褓里我都认识了，我进他家门的时候，他还是个没变声的小家伙。二庆不像大庆，二庆很调皮，家里尽着他念书，念到高中，他再朝上念就念不动了，就闲在家里了。二庆从小就跟我亲，没有了大庆，他还是嫂子长嫂子短地喊着，我也没把他当外人。那时候我刚办面粉厂，问他可愿意到我厂里干活，就在办公室帮我做做材料啥的。他说想自己干生意。我问他想干点啥？他说想在县里开个网吧。我想，他是大庆的弟弟，就随他吧。

办面粉加工厂，不但投入了我这些年的全部积蓄，还朝银行贷了款。这是我第一次贷款，心里紧张了许久，生意上的朋友告诉我，做企业，哪有不贷款的，就是钱够，也要放那里当流动资金，流动资金就是血液，一点也不能断，断了，企业就死了。正在我资金最紧张的时候，刘二庆要在县城开网吧，我二话没说，就给了他十万块钱。我调查了市场，开家网吧，十万块就能运作了。这样，二庆就安安稳稳在县里干起了网吧生意。我觉得给他钱，是该的。他是大庆的弟弟。二庆和大庆，脾气不一样，样貌非常相像，看着二庆，有时我恍惚觉得那是大庆。去县里时，我就到他网吧里转转，看看他。我比他大七岁，心里一直把他当小屁孩，看他坐在收银台那里当个小老板，一下感到他长大了，成熟了。我摸了摸他的头说，小家伙，好好干。他嘴里甜甜地喊，嫂子放心就是。

我确实对他放心了，不但放心，还放手任他干。两年后，一家小贷公司的老总找到我，问我可是刘二庆的嫂子。我点点头。他说，怪不得二庆花钱像大爷，敢情有你这样有钱又能干的嫂子，那就代他还了我们的欠款吧。我吃了一惊，怎么？二庆还有欠款？他开网吧生意不错呀。那个小贷公司老总也是年轻人，其实就是做高利贷的。小贷公司，叫起来好听。那是我第一次跟小贷公司打交道，从而知道了它的深不可测。我一共见了五家小贷公司，从而知道，活宝刘二庆，是如何败祸钱财的。他没过过挣钱难的日子，起家不白手，花钱就不留手。网吧生意不孬，他花钱手脚更大，居然一下处了两个女朋友，两个女孩，一个不得罪，要什么买什么；还有一帮哥们，一起玩一起喝酒抽烟。有一个女孩，要自己做老板，开网吧。那时候城里流行开网吧，赚钱快。他真答应了，平常挣一个花俩惯了，一下拿出十万块，真没有。也不好问我要。其实真问我要了，也没后来的事了。他张口要钱，我能不给吗？他哥们马上推荐给他一家小贷公司，一毛的利，贷了十万块，转手交给女孩子。其实只有九万，人家扣了一万，算当月的利息。一个月后，又要结利息。拿不出一万的利息，哥们又介绍一家小贷公司，借贷一万还利息。然后到了要本金一起还的时候，他没钱了。怎么办？再找一家小贷公司，再贷。就这样，扒东墙，补西墙，利滚利，利生利，不到两年时间，他连本带息，总共外欠五家小贷公司一百万元。一百万元，我要碾碎多少斤麦子的粉，才能赚得到！

等几家公司一起朝他要钱时，刘二庆也傻了眼。他根本不了解高利贷，根本不知道开始的十万块钱，会滚到一百万。这还不算他平常偿还的钱。你想想，他败祸了多少钱吧。那些小贷公司，只管朝外放高利贷，为什么不查查刘二庆，可有还贷的能力？我不能再让他玩了，再让他玩，也把我玩完了。

你说这可算我人生的又一个坎？一百万，在我的香香面业起步阶段，也算一笔大钱，一下抽走一百万的血液，我真的残喘难熬了许久。好在企业运作还算顺利，国家也出台了相应的扶持政策，算帮我渡过了难关。

帮刘二庆还了钱，强令他关闭网吧，让他在家待着，大不了我养他。他一副要哭的样子。要哭的样子，不像刘大庆，他笑的样子，才更像。我喜欢他嬉皮笑脸的样儿，就像看到刘大庆在那里笑。刘二庆笑，就是刘大庆在笑，我这种心态是不是很怪？那就让刘二庆笑着过日子吧。我问他想干啥？他说干不累人不费脑筋的活儿。世上有这种活吗？最后还是我为他量身打造，让他开间男装店，代销一家不大不小的国产品牌的服装。这一次的服装店，就开在杨林的街上，在我的眼皮子底下，总不会再有差池吧？

开店，意味着再一次投资。这次我有教训了，不投大。之前我和刘大庆，在杨林镇的繁华街区，买了三间门面房，租给人家开饭店了。我找到饭店老板，好说歹说，才让出了半间屋，装潢得满精致，让刘二庆的男装店开张了起来。

总算安稳了几年。刘二庆靠着这家店，生活上没问题。二十五岁的时候，他成了家。女孩是我厂里的员工，一个很本分的乡下女孩。她追的刘二庆，说二庆没心眼，不会害人。二庆确实没心眼，没心眼的人，不会有意害人，但无意中也会害人哪。

后来，那个店成了夫妻店，一面墙卖男装，一面墙卖女装，在杨林街上，"大庆服装"也算小有名气了。店名是我取的，也是为了纪念刘大庆吧。同时也是提醒刘二庆，我们之间的因缘，因为中间有个刘大庆，我们要努力，要珍惜在天堂看着我们的刘大庆。

市人大代表、省劳动模范、省龙头企业……名头多了起来，我也更累了。但累并快乐着，收获着，这样的人生，让你觉得，一切的付出都值得。

然后？

然后，我的另一个坎又来了。

那天刘二庆请我到他家，他媳妇做了一桌子菜，抱着小孩又去了服装店，单留下我和刘二庆。刘二庆打开一瓶白酒，先把自己灌醉，然后又是哭又是说，有一个小时。刘二庆要创办公司。他对自己待在服装店，已忍无可忍到崩溃的地步。"如果我哥在，他绝对不会让我做娘们做的事！"他哭着摸出大庆的照片。我的泪水静静地流淌。透过泪水，我看到刘二庆成了刘大庆，刘大庆在对我哭泣。我不要刘大庆哭，我要他笑。他留给我的最后的样子，就是笑的样子，他掀开货车上的帆布，笑得憨憨的，傻傻的，说，老婆，你卧吧，一定像席梦思……

圈地、审批、盖厂房、进设备……锣鼓喧天，鞭炮齐鸣，大庆饲料厂隆重开业。刘二庆任总经理。鲜红的条幅，带着长飘带的花篮，燃放一地的鞭炮纸，朝天叫着、喷撒着花朵的焰火，作为香香面业的老总，我去祝贺刘二庆，生意圈里的朋友，都过来捧场了。刘二庆西装革履，浅灰色西服上，别着大红的胸花。笑逐颜开，神采奕奕，春风满面，志得意满，这些都可以形容那天的刘二庆。中午我喝了一点白酒，然后驾着摩托车，去刘大庆的坟上，坐了许久。我给刘大庆带了一瓶酒，洒在他的坟墓上。大庆的坟很大，长着一层结实的扒地筋草。这种草根系发达，有着浅紫色的茎，相互攀缠着长，最能护卫土层不被雨水冲刷。每年的清明节，我会用一整天的时间，陪着他说话，给他添坟，把坟上的扒地筋草，一星点一星点地拔光。但春风一吹，春雨一下，那些草立刻就冒出芽来，严严实实护卫着刘大庆。

我把一盅酒洒下去，对着大庆说，大庆，饲料公司办好了，这是以你的名字命名的公司，你要保佑二庆，保佑他一切顺利。又洒了一盅酒，我说，我在努力做好自己，做到让你满意，让你骄傲，如果我做得不够好，你就托梦给我说……

我公司的麸皮，是大庆饲料厂源源不断的资源，加上咱皖北盛产玉米，刘二庆不用咋操心，饲料厂就红火起来了。为了带动饲料产业，我又办了一家养鸡场，这也是受喜乐乐养殖场梁喜乐大叔的启发，他让我养土麻鸡，说保住这个品种，比挣钱还重要。我就忙中抽闲地做了，并把他交给我表舅老鲍饲养。办养鸡场的另一个原因，就是喂养大庆厂的饲料，从而带动周边的养殖场，成为大庆饲料厂的客户。

用哪句话来形容那会子的香香面业？如日中天，对，这四个字名副其实。从初办厂拉别人淘汰的旧设备，到进口新设备，来了一个大跨越，产品不仅满足皖北县的客户，还远销河南、山东、山西、河北和东北地区。甚至我的客户中，有在火车上买过我烧鸡的人。世界真是太奇妙了。

而大庆饲料厂，也如雨后春笋般，蓬勃发展。那几年，是我人生最顺的几年，在刘大庆的坟前，我第一次唱歌给他听，让他感知，活着的人，活得很精彩，让他在天堂放心。

但做企业就像在海洋里行舟，随时会遇到风浪，要学会观察天相，眼光要看到五年后的发展趋势，不然，你就落后，落后，就意味着挨打。这话真是经典！面粉企业，利微，占用资金大，风险也大。比如，要有足够的收贮，要有足够的流动资金。特别是流动资金，就是企业的血液，不可一天断流，一旦断了，企业就死了。和所有发展中的企业一样，我也有资金断档的时候。因为一批价值几百万的面粉，牵涉到商标不相符的问题，全部被扣押在山东青岛，我的流动资金立刻出现危机。找第一个救命的，是高利贷公司。因为银行的贷款没有还，一时难以再贷，而且手续繁杂，也无法救急。我知道为什么有那么多高利贷公司了，高利贷，就像白蛋白，贵，但是救命的，多贵都得用。而用高利贷，表面上看是救你，其实你在为它打工，高额的利息，会让你一分钱都挣不到，但能挣到一个"活"字。至少，它让你挺过来，活过来。

杨林镇有数家企业，做面粉的，除了第一家我的香香面业，又有了新星面粉厂和前进面粉厂，还有塑料厂、木器厂、节能灯具厂、墙体材料公司和商贸公司。几家公司的老总，着急时就互相叫急，需要资金周转时，你帮我一把，我助你一臂，都能互相帮衬。时间长了，大家发现，银行联保资金，可以从根本上救我们的急。于是，我和其他五家公司，向银行联合贷款共计两千万元，大大增强了各家企业的"造血"功能。

你猜得真对，大庆饲料厂也参加联保了。本来没想到要他参与，二庆找上门来，说啥也要带上他。你撇下我是啥意思？他愣着眼睛，连问了我三遍，问得我哑口无言。他的饲料厂，我只负责先期投资，等他发展壮大了，我先期的投资，不要一分钱的利息，只收回本金。关于收回本金这件事，不是我贪财，是要他知道有压力。开网吧就是个例证，无本生意，会让他没有责任心。现在要他知道，他先赚的钱，是要还我的。但几年过去了，他也算发展得不错，设备也在更新，关于本金的事，却只字不提。

而银行联保资金，是一荣俱荣，一损俱损的游戏，玩好了，大家都是赢家，玩失手了，人人引火自焚。所以，哪家企业参与联保，我和牵头的开放商贸公司的老总李开放，反复商量了许久，最后从积极要求参与的十二家企业里，选出四家，加上我们两家，共六家，参与银行联保资金贷款。大庆饲料厂是我提出来的，李开放马上点头，一秒钟都没有停留。他比我小一个月，一口一个香姐地喊着，有时也喊我老大。这次他说，老大你定夺的事，没问题。老大这个称呼，喊得我心里一激灵。我知道，大庆饲料厂，谁都知道是我出资创办的，无形之中把它当成我的企业，或是香香面业的子公司，其实不是。这是两家公司，两套人马，各自发展，财权人权独立。事实是这样，然而，谁去探询这个事实呢？

六家公司，共向银行联保贷款两千万元，我和开放商贸各占四百万元，其余一千二百万元，四家公司均摊，期限一年。新鲜血液的注入，让各家企业如虎添翼，生机勃勃。大家很快品尝到了联保贷款的甜头，也有了拼劲和奔头。到期还款的时候，各家企业按时按额还上后，继续新一轮的联保借贷。

又让你猜对了，六家公司，只有大庆饲料厂没钱还。李二庆跑到我面前，高喊"嫂子救我"！他没钱还不说，还有一家小贷公司，正盯在他屁股后面要账，限他一周之内还清本利三十万元，否则，他的胳膊腿，就得有一样跟他的身体分家！

事情是这样的，跟他一起玩的哥们，在做小产权房屋开发，向他鼓吹小产权房如何赚钱，让他合伙投资。刘二庆的特点是心实，另一个特点是没脑子，又爱走捷径，想一夜成为千万富翁。两者加一起放一个人身上，真是太可怕了。这是我现在给他总结的，那会子还没想到这一层，只觉得他被人鼓动蒙蔽了，是受害者。这或许叫偏爱吧。刘二庆拿出能够支配的现金，投入到小产权开发上，他的朋友负责开发、协调，没有一分钱的投入，只是借他的钱财做发财梦。结果是，地也弄到手了，房子也朝上盖了，盖到一层时，资金链断了。刘二庆才知道是他出钱，别人只出力。但篱笆子伸头容易回头难，他只得硬撑着，又借了高利贷，继续朝上投，很快被赊欠沙子水泥的商人要走了，房子半半拉拉亮在那里，再也做不下去了。别说还银行的联保资金了，连高利贷也还不起。倒是那个合伙的朋友，以协调的名义，从他这里拿走几十万元。

如果说还不上三十万的高利贷，能让刘二庆少只胳膊断条腿的话，那么，还不上银行的三百万本金，五家公司都要被断血了，虽不至马上死掉，但至少是重创！在中国如林的大企业面前，杨林镇的这几家企业，都是农民尽半生积蓄，创办的小微企业，像行驶在大海中的小民船，一点点风浪，就会摇摆不定，随时有倾翻的可能。联保贷款的风险就是，有一家企业没还上本息，其他几家企业，立刻还贷，让贷款清零，一旦银行贷款清零，就意味着企业断血。断血，就等于自杀！

我怎能因为大庆饲料厂的贷款问题，让几家兄弟企业断血死掉呢？唯一的拯救措施，是替他还贷！要么五家一起还，要么是我自己一家还。你想想，我能让其他几位兄弟企业来偿还大庆饲料厂的贷款吗？当然是我来还！

现在想来，我的头发，在刘大庆去世时没有白，在许多困难来临时没有白，而这一次，我一夜白了几百根头发。我向小贷公司伸出了求助之手。这个时候，只有民间借贷，才能凑到钱。我有时恨高利贷公司，可是，没有高利贷，谁又会救活你？我借了一个月的高利贷，还上了刘二庆的高利贷和大庆饲料厂的联保资金贷款，那一个月，我香香面业等于给高利贷公司，整整打了一个月的工。作为小微企业里的微利企业，香香面业一个月的毛利润，仅够还清高利贷公司的高额利息！

一年十二个月，有一个月是白干，这对一家企业来说，是致命的打击！我认了。我跑到刘大庆的坟前，半晌无语。然后我问他，我是对了，还是错了？大庆坟上的扒地筋草，无声无语，只紧紧扒着地面，一节节通红的茎干，一芽芽尖利的叶片，把大庆的坟，密密实实遮盖起来了。

因为及时还上了联保贷款，银行的血液又旺旺地流向了我们，大家的企业保住了，我的企业也保住了，当然，刘二庆的大庆饲料厂也保住了。刘二庆比以前老实了许多，他很殷勤地向我请教一些问题，哪怕进一台地磅，他都会打电话给我商量，要我陪他去看样品。我说，地磅这样的小事，你自己看着定，有一样你必须牢记，做企业不是小孩子过家家，来不得半点的玩笑，更别想走什么捷径，小微企业在中国的企业舞台上，本来就是夹缝中生存，我们只有实干苦干拼命干，才能有饭吃，才能有发展！

"听累了吧？一点不精彩，你也是做企业出身，经历的比我多多了。"杨二香又摸出了一根烟点上，手指捏着烟，让烟在车窗外自燃。

"那么，这又是怎么回事？"安玉枫指指香香面业电动伸拉门上的封条，问。

"那是法院的封条。"杨二香的语调软弱了起来，"我累了，让他们封起来吧。"

"还是……那个刘二庆？"安玉枫小心地问。

杨二香的手猛地抖动了一下，又被香烟烫住了。她弹掉烟灰，捏着半截烟看了看，把它摁在车上的烟灰缸里了。

"这个世界上，克我的人，还能有谁？"杨二香疲倦地闭上眼睛，朝后靠着身子，"这一回他玩大了，他其实踏踏实实把饲料厂做好，这一生也有得他赚，有得他活了。他非不干，仍然好了疮疤忘了疼。或许，上苍派他来磨我，就给了他这种本能吧。原来刘二庆真聪明极了，看起来长相跟刘大庆相似，其实他不是大庆，他是二庆。大庆怎么会是他这样子的……"

或许感到情绪浓烈了起来，杨二香停顿了一下，又换成刚才懒懒的腔调："人的聪明有许多种，刘二庆属于超级聪明的那种。政府有一笔扶持资金五十万，无息给他用，他就把银行联保资金和政府扶持的资金，全部拿到小贷公司放高利贷了，觉得那样来钱快，不辛苦。结果，小贷公司的人自己跑掉了，他的钱，当然也有去无回。这一回，我真的帮不了他了。因为他触犯国家的法律了。他难道不知道，拿国家的钱放高利贷，是犯法的吗？"

"那，他进去了？我是说刘二庆？"安玉枫听到这里，心里疼了一下。

"十年。"杨二香去摸烟，烟盒里空了。安玉枫的车里也没有香烟，他自己不抽烟，车里极少放香烟。安玉枫要去买烟，杨二香摆摆手："不碍事，老毛病。"

没有烟自燃，杨二香就十指绞握在一起，扭来拧去，终于伸出嘴去咬指甲，看得安玉枫心里一激灵。他本能地朝口袋里摸摸，碰到了裤带上的钥匙串。钥匙串上面除了钥匙，还有一枚橄榄核雕刻的大肚佛像，是几年前他去周庄，让苏州的一位非遗传承人雕刻的。他飞快地摘下佛像，递给杨二香。

这一段时间，安玉枫用指肚抚摸佛像的次数太多了，憨态可掬的大肚佛像，已经被他摸得熠熠生辉，光泽鲜润。当佛像与指头相触时，他的心会顷刻间安静下来。

杨二香接过橄榄核佛像，先松开绞着的指头，放在掌心细细观看，之后交换着两手，用指肚轻轻在佛像上划动起来。她不再咬指甲了，刚才的惊慌不安也没有了，她又成了安玉枫眼里的那个能干、爽直的杨二香了。

"那段时间真想不开，去他的坟前枯坐，一坐就是一整天，絮絮叨叨跟他说了一堆话。想知道他可听到我说的话了，就燃了一根香烟，看着烟气袅袅飞升着，有时笔直，有时弯弯转转，似乎能代表他的情绪。笔直的烟路，说明他听得仔细，弯弯转转的烟路，说明他听得愉快。一个人在房里待时，心里空得不行，就咬自己的指甲，一咬，心里就静了，就把十个指头的指甲全咬光了。没有指甲咬，就燃了一根烟，看着香气飞升，心里就安静了。所以，就给自己惯了一个老毛病，想事或情绪波动时，就点烟燃，以至到了没烟不行的地步。"杨二香摸着佛像，叹了口气，"我跟大庆说，不是我不想救二庆，是救不了。不但救不了他，我自己也鸣锣收兵了。"

安玉枫不好再问什么了，如果杨二香想说完，她会告诉他，香香面业怎么就被封了。

果然，杨二香有佛像把玩，说话的语气淡定了。

"大庆饲料厂居然被二庆玩成空壳了，资不抵债。算了，就当一开始就没这个厂吧。大庆公司虽然破产了，但我们这几家参与联保的企业还在，银行不怕，我们五家不但要还清自己公司的银行贷款，同时也要还清大庆饲料厂的贷款，否则，银行将对我们五家企业的贷款清零。要不，怎么叫联保呢？这是金融怪圈，联合起来保护企业，也得联合起来共担风险。几家坐在一起，无言相对。大家心知肚明，我不还大庆饲料厂的贷款，谁也不会还。

"沉默是金，沉默也会暴发，也会消亡。我打电话给开放商贸公司的老总李开放，是他牵头提议做联保的。李开放来到香香面业。我开门见山地说，开放，解铃还须系铃人，你同学在市金融办当主任，你找找他，说明原委，让你同学代表政府出面找银行，你几家赶紧解除联保贷款。老大，你呢？李开放眼睛潮乎乎的。我说，别管我，你们先解套，有我在后面垫底，银行无后顾之忧，否则，就算政府出面，银行也不答应。

"你猜对了，他们几家还清联保贷款，解套了。又各自从农发行贷了款，继续他们的发展。这时候，我才安心清点我的企业。如果拿出一千万还掉香香面业和大庆饲料厂的银行本息，香香面业会瞬间断血、死亡，连垂死挣扎的机会都没有；而如果不还，银行就会起诉到法院，由法院执行封掉香香面业。经过再三考虑，我选择了苟延残喘垂死挣扎方式，即偿还银行香香面业的本金和利息六百万元，对大庆饲料厂的本息，装聋作哑。六家联保企业，最终只有香香面业和大庆饲料厂两家企业，而大庆饲料厂破产了，资不抵债，我香香面业不欠银行一分钱，银行也心知肚明。最后银行还是把香香面业和大庆饲料厂一起告上法庭，法院出面封了香香面业。这种心照不宣的处理模式就是：冻结你的银行账号，责罚香香面业不准生产，只要你的机器一响，产品朝外走车，对不起，还钱！"

"香香面业，全面停产了？"安玉枫心里波涛汹涌。

"只要香香面业开门生产，银行马上过来要我偿还大庆饲料厂的欠款，我只能再借高利贷，否则企业资金链立刻断掉无法运作瞬间死亡，而我，已无力再借高利贷；不还银行钱只能关门歇业，看着它慢慢死去。这种温水煮青蛙式的死亡，很悲壮，一百多位失业的本地农民工，会再次背井离乡外出谋生路，这并不是我所愿……我一直在等，是否政府有相应的政策，或政府出面与银行调解……现在，我在慢慢收回一些流动的资金回笼。虽说资金有限，但至少，有了这些钱，我可以再作打算，比如，养土麻鸡，做个养鸡婆。"

杨二香一转头，突然变了腔调说："你撞见我，也是缘分。我呢，是个被银行掐住脖子慢慢等死的小企业主，你呢，安刘河镇回家创业的初升太阳般的企业家，我们何不联手来做？"

安玉枫惊诧道："联手？跟我？身无分文的人？你没糊涂吧？"

"我清醒得很呢。我是个清醒的二货。当二货遇见二货，这样的好机遇会白白错过？"

"悉听指教！"安玉枫立刻坐正了身子，脸上的表情现出少有的严肃。

第十三章

——

安玉椿的脑子被彻底搞乱了

有三件事，像三根闷棍，同时敲击安刘河镇副镇长安玉椿的脑门。一个是他哥安玉枫的四十个大棚全部泡水倒塌，损失惨重，哥哥也关掉手机失联；一个是北京一家报社的记者，拿着一篇摁着鲜红血手指印的《一个失地农民的血泪史》打印文章，杵到他面前，让他配合他们的采访；一个是农瓦房行政村小农庄的跑反，突然从镇政府三楼的走道里冒出来，拦腰抱住了他，把他拖到走道栏杆边上，一定要和他一起跳下去。

朝细里说，事情的进展应该是这样的：当时安玉椿正在包片的行政村，处理一件省民生工程建设当中的纠纷。一位村民，把民生工程中正在建造水泥桥的工程车，拦了下来。理由是，这座桥正对着他家的大门，冲了他家的水风，弄不好会死人，必须挪地方重建。村民睡在刚刚落过雨的泥地上，滚了一身的泥巴，花白的头发、眉毛和胡须，沾着泥水，让在场的人，包括安玉椿在内，都束手无策。安玉椿看了看躺在地上的年老的村民，不敢伸手去扶。要是搁在以前，刚上班的时候，遇到这种事，他会马上把老人从地上抱起来。自从几年前，他刚刚当选上副镇长，把一位因土地征用而阻拦施工车辆的农民扶起来，被农民反身紧紧抱住，并摁倒在地上，还赖他打人的事情发生后，他再不敢轻易去蹲下身子扶人了。他是副镇长，副镇长打村民这样的事，是很恶劣的，会让书记、镇长朝他嗑牙花子的。安玉椿让随同下乡的文化站的小宫，把老人扶起来，他才蹲下身，跟老人一五一十地讲道理。正在此时，镇党委一把手夏书记的电话，像呼叫的火警警笛，向他袭来，要他火速赶到镇里，接待北京来的两位记者。

自从去年镇中心小学，因为男老师猥亵留守儿童女学生事件发生后，一直想调往县里某局当局长的夏书记，进城梦暂时破灭，人便委顿起来，住在县城家里的时间增多，只要不是非他出场的事，就电话让镇长、副镇长来做。和镇长尿不到一个壶里去（夏书记原话），凡事他喜欢找比他年纪小许多的安玉椿去办。安玉椿叮嘱行政村书记，妥善处理好村民阻拦民生工程建设的事情，立刻发动摩托车，朝镇里跑。边跑边打电话联系哥哥安玉枫，仍是关机。而老娘的电话，紧跟着追过来，他只得撒谎说，哥哥在镇里他的办公室休息呢，让哥哥静一静，这才骗过娘。没想到，刚刚上到三楼，就让一直蹲守他的跑反，拦腰抱住了。

安玉椿被跑反紧紧抱着腰，摁在走道护栏上。按他的体能，一甩就能把跑反甩掉了，但他不能甩，他就任跑反抱着。跑反抱他跳楼是假，来磨他才是真，一旦甩掉跑反，跑反肯定会趁势躺地上打滚，会赖他出手打人。尤其是北京报社的记者在镇里驻扎的时刻，他千万不能再创造新闻了。

下巴抵着跑反的苍苍老白头，一股脑油味，把安玉椿熏得脑仁炸了一下。一边想着如何巧妙摆脱跑反，一边想着如何应对待在镇会议室，等他解释"失地农民血泪史"的北京记者。跑反是七十五六岁的老头子了，个子没安玉椿高，头就窝在安玉椿的胸前，一身脏兮兮，头发至少半个月没洗过。想想这个曾经威风凛凛的生产队长，如今像无赖一样缠着他，安玉椿的心里，有种说不出来的滋味。

这时候，从后院上完厕所回来的镇办公室主任小于，见到被跑反摁在走道护栏上的安玉椿，三步并作两步，气喘吁吁跑到楼上，上前抱住跑反，用了好大的力气，才把跑反从安玉椿身上摘下来，嘴里抱歉地说："我才去一会儿厕所，他咋就来了呢？安镇长，你不要紧吧？"

安玉椿整了整被跑反弄皱的衣服，发现衬衫扣子少了一颗，一定是小于摘跑反下来时，被跑反生生拽掉的。安玉椿把衣襟拉了拉，大踏步朝会议室走，回头朝小于叮嘱道："让农队长到我办公室等着。放心吧农队长，这一回我一定把你的事情录上像，录上音，找上大律师，给你彻底办好。"

会议室在三楼最西头，门敞开着，里面坐着两位戴眼镜的年轻人，由镇民政办曲主任陪同着，正在一边喝茶，一边浏览墙上挂的各种奖牌。组织工作创新奖、招商引资三等奖、统计基层基础工作进步奖、拥军优属先进单位、广播电视村村通先进单位……两个年轻人一边看，一边念叨出来，又问曲主任，统计基层基础工作进步奖，具体是什么意思？老曲张了张嘴，正不知如何回答，安玉椿就大步流星进来了。安玉椿跟刘记者蔡记者一一握手，并抱歉自己刚刚从村里过来，让他们久等之类的客气话。

两位记者一看就是80后，脸上很干净，很真诚，没有客套话，就直奔主题。安玉椿接过他们递来的A4纸打印的《一个失地农民的血泪史》，仔细浏览了一遍，眉头不自觉地皱了起来。

两位记者互看了一眼，长相老成的刘记者，语气严肃地说："材料里写得很详尽了，但为了慎重起见，我们还是要见见这个窦宏连，想当面采访他。"

安玉椿说："没问题。我带着你们，一起见见他。你们也可以对周边的群众进行走访，听听大家怎么说他。是真如材料里所说的那样呢，还是咋回事。"

"那当然，我们肯定进行全面调查，绝不会听一家之言。"严肃的刘记者说话的时候，随同的蔡记者，把安玉椿和刘记者说话的场景，录了音，拍了照片，又把墙上的奖牌，一一拍了下来。随便拍随便录吧，看他们从安刘河镇，能挖出多少素材。安玉椿在心里对自己说。

这回不能自己骑摩托车了，得用镇里的车。镇里一共有三部车，一部是书记的专车，一部是镇长的专车，一部是机动车辆。办公室小于为难得直摇头："车都不在家。书记带着司机回城里了，镇长到县里开午季麦收工作会议了，小陈给战友帮忙去了……"

安玉椿连忙摆摆手，不让小于再朝下说。司机小陈不是镇里的在编人员，是以前镇上跑黑车的，后来镇里租下他的车，需要用车时，他随叫随到。小陈大部分时间都待镇里，赶上饭时，就在镇食堂就餐，也没人说他，权当多添一双筷子。而且小陈特勤快，像烧水和打扫领导房间这样的事，他都顺手做了。昨天小陈就跟安玉椿说好了，他老表结婚，要用他的车接新娘子。

两位记者一个劲摆手，再三说不要车辆，他们走着去。听说窦宏连就在安刘河集西边的窦寨，不过一公里多路，他们更是坚决不要安排车辆，说正好一边走，一边拍些渐渐泛黄的小麦地，配在他们的文章里用。

几个人正要出门，跑反"嗵"的一声冲进来，后面跟着的小于，满脸通红地追撵到会议室门口，不顾羞耻地大声说："你这个老头，还当过队长哩，居然什么都不配合……安镇长，我肚子坏了，刚刚下楼去厕所一会儿……"

"嚯，有端照相机的人啊？"跑反马上来了精神，说话的声音中气十足，"我听说凡是胸前挂照相机的，手里提电脑包的，都是有来头的人。不是银行来办信用卡的，就是外头来的记者。你们是记者？"

两位记者点点头，重新坐下来。那样子，他们要听听这个老头子说什么，做什么。

或许是受到记者眼光的鼓励，跑反马上变成了人来疯，滔滔不绝地说开了："俺跟恁讲，现在的政府可黑了，不管老百姓死活，你吃什么，喝什么，有没有钱花了，生病没有，挨打没有，他们才不问呢。吃过晚饭，小车屁股后面一冒烟，回县城的家里睡大觉了，早起老百姓都在地里干活了，他们还老婆孩子热炕头地享着清福呢。"

安玉椿看着跑反越来越伶俐的口齿，无奈地叹口气。他知道，这时候，他多说一句话，就能引出来跑反的十句话。哪句是真，哪句是假，他安玉椿一清二楚，记者未必清楚。现在还有撅着屁股睡懒觉的乡镇干部吗？就算住在县城里，也是天不亮就起身，天黑透才回家，也不是天天回家，哪个人的办公室里头，没有一张折叠床啊。行，让跑反满嘴跑火车地乱说一通吧。记者是党的喉舌，个个火眼金睛，甄别能力不孬。群众可以乱说，他们不会乱写。

果然，在跑反过足了瘾说得两只嘴角冒白沫，亢奋得手舞足蹈告一段落时，一直平静坐着的刘记者，不动声色地问道："老爷爷，您高寿？"

跑反愣了一下，只得回答记者的问话："俺七十五。"

蔡记者马上对着跑反拍照片。跑反站稳了些，把手里拄着的拐杖朝镜头前送送，好拍得清楚些。

"大爷，我听说您差不多每天都拄着拐杖，到镇政府来说事，真的不觉辛苦？是什么事让您有如此大的毅力，按时按点地过来呢？"刘记者打开采访本，专注地看着跑反。那样子，他要先采访跑反，对"失地农民血泪史"的事，要搁一搁了。安玉椿心里一咯噔，都说记者神通广大，果然如此，连跑反按时按点来镇政府"上班"的事，他都摸清了。肯定是民政办曲主任诉的苦。他欣慰地看了老曲一眼。每年经老曲的手发给跑反的救济，多了去了。

记者的问话，正好给跑反找到诉说的理由，他比刚才冷静了一些，叭哧一声在椅子上坐下来，语调也放缓了："我这一把年纪了，被人打，被人欺负，住进医院，到头来，还要包赔别人的医疗费。你说公平不公平？当然不公平。我找谁呢？只能找政府。当官不为民做主，不如回家卖红薯。他当官的，吃老百姓的，喝老百姓的，不该给老百姓办事吗？"

"大爷您说说，您为什么会被人打？为什么又要包赔别人的医疗费用呢？这其中肯定有原因的。"刘记者问。

"记者大人，这话你真问到我的心窝里了。"跑反面露得色，语调也提高了，好像就等着记者来问这个问题，"俺庄的老无赖起反，开车把俺家的果树挂断了，我让他包赔，他不但不赔，两口子一起动手，把俺老两口全部打伤了。这还不算，他还占用屋前屋后的地场，那地场都是公家的地场，我当队长时亲自量过的，他家没那么多地场，怎么现在都成了他家的了？我无处申冤，找到镇政府要解决，镇政府也是推来推去，一直没解决，到现在，我还欠着医院的医疗费，起返还占着公家的地场不退……我就要三问政府：一，你当官可为民做主；二，你对违法的村民可处置？三，你对一个老干部，难道就不管不问了？"

说到最后，跑反的情绪高涨起来，还站起身，腿脚利落地走来走去。他完全忘了，他是个拄着拐杖走路的人。此刻，他手里的拐杖，已变成一个指指点点的工具，在他"三问政府"时，他用拐杖指着安玉椿，离安玉椿的面门，只有半尺的距离。

安玉椿看着拐杖头上那片闪闪发光的金属片，眼睫毛直颤。这个拐杖头的金属片，少说也有五次，在他的面门前闪闪放光彩了。

蔡记者不停地拍着照，终于引起跑反的注意，他下意识地看了看在自己手里舞动着的拐杖，突然反身坐下来，大口地喘着气。办公室的小于，马上递过来一瓶矿泉水，安玉椿接过来，打开，递给口干舌燥的跑反。

跑反狠狠地拽过瓶子，猛灌了几口水，那气哼哼的样子，并不领安玉椿递水的情。

刘记者在本子上记着，蔡记者拍着照，两人有板有眼地工作着。刘记者问道："大爷，你刚才说你当过队长？是哪一年的事？"

"生产队的时候，我当过八年队长。队里的工作也不好做，我能一碗水端平，能为队里的社员，尽心尽力服务。起反家的自留地，就是那时候分给他的，我亲自带人给丈量的，多长多宽我清楚，他还要抵赖吗？"话题又回到这场纠纷上。

"那么，老爷爷你想要政府给你个什么结果呢？"刘记者继续在本子上记着。

"把起反两口子抓起来关进局子里，让他们赔偿我五千元的医药费、精神损失费和误工费，让他家占用的公家的地场，全部退出来。"跑反说完这段话，回头狠瞅了一眼安玉椿。

"老爷爷，请问你尊姓大名？"

"我叫……农铁军……"跑反眨巴了一下眼睛，好像才想起自己还有个学名农铁军。这个学名，村子里很少有人叫，那是属于户口本和身份证的，村里人，张口闭口都叫他跑反，叫别的，他还不知道答应呢。

"铁军爷爷，你目前的生存依靠，除了种地，还有什么？比如，你的孩子对你有赡养吗？他们是种地还是做什么？政府出台的民生工程里的养老工程，你享受吗？"刘记者问得事无巨细起来。

"种地，我肯定要种地。我还能干啥？"被人喊学名农铁军的跑反，显得正襟危坐了，"就那几亩地，除掉化肥农药种子抗旱和机器收种费用，就赚了一点口粮。民生的那一块，"跑反眨眼想了一会儿，"也有点，庄上六十岁开外的人，都有这一块的补助金。我儿子早就单过了，全家人在广东拾破烂，哪有精力管我？"

刘记者冲跑反点点头，似乎他要问跑反的，都问完了，便转过头，对着安玉椿说："安镇长，你是安刘河镇的干部，针对村民农铁军陈述的事情，镇里一直没出面解决吗？为什么没有解决？"

蔡记者立刻端起照相机，跑反忙站起来，站到安玉椿身后，嘴里还嘟囔着："我得跟镇长合个影，到时候你们别光登镇长的相片，不登我的。"

一直严肃着的刘记者，终于被跑反逗得嘴角牵了牵，牵出一朵笑意来。他继续审视着安玉椿，等待着安玉椿的回答。

安玉椿微微一笑道："其实刚才最精彩的一幕，记者同志没有拍下来，就是跑反……农铁军抱着我朝楼下跳的时候……关于村民农铁军和起反两家的纠纷问题，镇里已多次出面协调，并拿出了处理方案。事情起因是，村民起反……

对不起，我们这里叫小名惯了。"安玉椿顿了顿说，"事情的起因是，村民农铁铧拉着一电动三轮车玉米秸秆，经过村民农铁军家院墙外时，挂断了他家的桃树枝，两家为此发生争执并升级为肢体打斗，各自都有受伤，两家人一起住进镇卫生院进行治疗。经镇里多次出面协调后，两家的责任各担一半，所产生的医疗费用，两家自行承担。农铁军家被农铁铧挂断的桃树枝，农铁铧家被农铁军摔坏的电瓶车，也都各自承担损失。"

见记者笔走龙蛇，安玉椿略作停顿，又接着说："村民农铁铧和农铁军目前居住的宅基地，是以前的自留地。至于村民农铁铧的住房是否占用集体土地，得找到该村最原始的分地数据记录，重新丈量后才能定性。"

短暂的沉默之后，刘记者抬头问跑反："刚才农爷爷说自己当过生产队队长，亲自丈量了土地，分配给了农铁铧。那么，具体数字是多少？您手里还有吗？"

跑反连忙说："那哪有了，早弄丢了。不过，我脑子里记着呢，是三分半地。"

刘记者一边记录，一边朝前翻看着刚刚采访的内容。这时候，安玉椿说话了："镇里一直想组织人，去农瓦房行政村，重新丈量农铁铧家现在的宅基地，看是否占用了集体的土地。我看，记者同志，来得早不如来得巧，就劳您二位大驾，一起去农瓦房行政村，参与这件事情的解决过程，怎么样？"

刘记者合上本子说："我看行。就按安镇长说的办。"又看了看跑反，"农爷爷，谁是谁非，一量便知。你觉得如何？"

"管，那有啥不管的？"跑反回答得干脆利索。

安玉椿马上给镇土地所的负责人打电话，又给农瓦房行政村书记农学农打手机。一切安排停当后，当着记者的面，安玉椿看着跑反，一本正经地说："咱把话说前头，如果起反家的宅基地不存在占用集体土地问题，你可不能再天天再找我跳楼了。"

一行人到了农瓦房行政村，从村委会保存的老材料里，找出了各自然庄当年分自留地时的材料，其中一张带表格的纸上，用圆珠笔清清楚楚写着，哪家哪户分几分几厘自留地；还有一张纸上，记录着一九九五年"宅田合一"时，每家土地的具体数字。起反家当年的自留地即现在的宅基地，总面积是三分七厘整。村书记农学农立即组织人，到小农庄自然村，重新丈量起反家的宅基地，仍然是三分七厘，包括院墙占用的土地在内。又重新丈量了跑反家的宅基地，比材料上记载的数据，足足多了半分地出来。这多出的部门，就是房后的那条本来是小沟的地方，十来米长的小沟，被跑反用土填平掉，围在了自家院墙内了。

蔡记者忙着拍照，刘记者忙着记录。安玉椿听到他们嘀咕了一句"全是干货"。真正的干货还在后头呢。安玉椿在心里嘀咕了一句。

在场的人，眼珠一起砸到跑反身上。跑反拄着拐棍，双脚在原地踅磨。见大家都看他，跑反反而生气了，大声怒斥道："都看着我弄啥？沟又不是路，又不是地，沟是废沟，是我拉土填平的，当然我要把它围在院子里了。"一扭身，掂着拐杖，朝自己家快步走去。走几步，才想起忘记拄拐杖了，又把拐杖拄手上，腿步显出一瘸一拐的样儿。后面盯着看的人"轰"一声笑了。农学农忍不住说："还装个啥呀？掖熊吧。"

有个老头，一直站在人群后面，见跑反走远了，这老头才朝人群边走近几步。安玉椿指着老头说："刘记者蔡记者，这位就是起反……农铁铧。"

起反的年纪也有七十开外了，瘦弱，矮小，一脸的核桃纹，刚才大家丈量他家宅基地时，他也是这样远远站着一言不发。见记者对他拍照，脸上马上不自在起来，抬手去摸光光的头顶，手腕上缠着的白纱布，显得有些触目。农学农附在安玉椿耳边小声说："前天跑反又发飙，掂着拐杖把他搞伤了，要不是跑得快，头也会给他搞出个窟窿。"

虽然声音小，起反似乎也听到了，脸上的悲切立刻厚重起来。安玉椿不是第一次见起反了，两家的纠纷已经发生两年多，大大小小的仗也刴了不少次，回回都是跑反找事，起反只能奋力反抗。最严重的那次，跑反扛着铁锹，把起反老婆搂头拍倒在地，头上鲜血直流，要不是抢救及时，真的会闹出人命来。打人的跑反反而回回有理，打过人，还跑镇政府去闹。找书记，找镇长，最后就落到包片副镇长安玉椿的头上。

跑反的诉求很明确，就是要政府把起反两口子关起来坐牢，说是起反两口子揍了他老两口；如果政府不出面把起反两口子抓起来，他就到县里闹，到省里闹，到中央闹，要把自己的冤屈说给天下，要叩问政府为啥不为民做主。跑反显然是吃透了政府怕上访的心理，装瘸装弱，把去镇政府找事当作上班来做，把磨缠安玉椿当作乐事来干，扬言如果不处理，就抱着安玉椿一起跳楼。这两年，安玉椿都让他缠麻痹了，镇里的其他领导也被缠疲了，只要跑反到镇政府，镇里就安排民政部门，给他一袋子面，或一袋子米打发他，春节时，还会给他几百块钱的补助。回回跑反拿着钱物回小农庄，都一脸一身的骄傲，进庄就大声说笑，说政府如何优待他这个"老干部"。很显然，跑反的目的，就是去镇里领东西。

安玉椿想，如果自己把这一切陈述给记者听，他们未必相信，以为自己在袒护政府袒护自己，那不如今天就多抖点干货给他们，让远在京城的记者，体会一把什么是基层最苦逼生活。

想到此，安玉椿几步上前，抓住起反的手，拉到记者面前，说："刘记者蔡记者，请你们到农铁铧家里采访采访吧。"说着，给起反使眼色。

起反木讷，手还在头上杵着，不知道放下手，打手势请记者到家里去。两位记者显然已不需要他邀请，直接跨进门去。

三间普通的瓦房，一个四方的院落，院子里有棵石榴树，一棵柿子树，一口把柄上搭条破毛巾的压水井。靠南墙拴着一只白水羊，见有生人进来，白水羊咩咩叫了两声，抖抖下巴上的胡须，眼神迷茫了一下，便低头喝掉盆子里的汤水。

外面的阳光很强，屋里很黑，大家进去眼睛都不太适应。起反连忙找到门后面的电灯开关绳，拉亮电灯，给屋里增点亮光。黄黄的灯光下，屋里的摆设清晰起来，几条哆哆嗦嗦的蜘蛛网，从屋顶的梁头上垂挂着，后墙上贴着过时的中堂和年画，后墙角裂开了一个大口子，用一张美女画遮挡着，靠堂屋西山墙边的床上，躺着一个老奶奶，床前还放着一根拐杖。老奶奶见有人来，想坐起身，安玉椿忙上前扶住，不让老人起来。老人拿过双手，盖在脸上，手指下传出低低的哭泣声。

一时，屋里挤进来五六个本村村民，大家七嘴八舌说开了。

"老跑反生性难移，起反奶奶的腿前年被他打断，头被夯出血窟窿，还没好利索呢，这又掂着棍子撵到家门口打人！"

"他一辈子就好打人，从年轻时候起，两句扛没抬完，举手就打人；当队长的时候，看谁不顺眼，连骂带打的，队里的社员都被他打了个遍！连新嫁来的媳妇都不放过！"

"年轻时就孬，长老了是个大老孬！"

"不就是那点子事吗？咋说也是本家弟媳妇，人家不往心里去，他倒是记恨一辈子！"

最后这句话是个瘦老头说的，瘦老头摇头晃脑的样儿，一看就是得了帕金森症。起反连忙拢拢手："哥，咱出屋说，出屋说。"

瘦老头鼓着腮帮子，走出屋子。

"我是他亲哥。跑反的亲哥，起反的亲堂哥。我们是亲堂弟兄。"瘦老头已经看出谁是记者，他直接对着记者说，"我看他还能打我？庄上也就我没挨过他的打。"

"骂你可是没少挨。"有人笑着插话道，"他不是说要牵着羊到你的坟头上吃草吗？"

院子里响起一阵哄堂大笑。

"他想得倒美，谁牵羊吃谁坟头上的草，还不一定呢。"瘦老头说，"记者俺也不怕你笑话，世上就没见过这么孬的人，俺弟起反媳妇刚过门那会子，有人怂恿跑反可敢摸弟媳妇的奶，摸了给他弄瓶酒喝。摊别的大伯子哥，早掉头走开了，他倒好，真敢去下手。弟媳妇当然不给他得逞，甩了他一耳光，这就记恨了一辈子。处处刁难起反一家子，起反又是个老实头，任他欺。现在都七老八十了，还打打骂骂，把弟媳妇拍得头破血流。记者你一定在报纸上好好写写他，把他的孬事都写出来，看他可要脸。"转脸冲着安玉椿说，"安镇长，回回他一闹腾，你就给他发米发面发钱啥的，他尝到甜头了，还不常常去闹？钱花完了，面吃完了，又去找你上班了。政府也得管管他了，别惯着他。"

安玉椿苦笑笑。咋好跟群众说自己的苦衷？维稳是大事，群众事无小事，镇政府要听上级政府的话，给点小恩小惠算是政府的小投资，要是被他上访成功，那才叫吃不了兜着走呢。

"现在清楚了吧，不是起反家占了集体的地，是他跑反家的围墙把队里的地圈进去占领了。就这还要上访？还嚷着要把亲堂弟老两口关进大牢？那牢又不是他家开的。"庄上的几个老头又说开了。

"他点子多，不知又会想出啥点子呢，他刚当队长那会子，要不是孬点子多，会掰乎人，能一口气当八年队长吗？"一个老头掀起了几十年前的旧事，大家的眼珠子马上亮了起来。

"说来听听！"年轻的记者也超级兴奋起来。

说话的老头看了看跑反的哥，见跑反的哥没有反对的意思，就说开了："那会子下放知青都要返城了，小农庄一个打过篮球的下放女知青，人高马大，全庄女的，没有一个比她个子高的。这个女知青出身不好，最后一个返不了城，很着急，公社、县里到处找人，急得团团转。也是像现在这样的季节吧，应当比这还早点，麦子正要抽穗，跑反挎着粪箕子，撵着一条狗拾粪，一直撵到麦地里，才把粪拾到手。就发现地中间的一片麦子，被人盘倒了，留下一个清晰的人形印子，在人形印子两边，各有一块清晰的膝盖印。跑反拿着尺子，把人形印子量好，马上向公社反映。公社来了人破案，跑反出点子叫公社的妇女主任去量庄上女的身高，谁的身高跟地里的人形印子一样长，就是谁。结果没咋量就知道是谁了。一米七二的身量，庄上除了女知青，谁也没这么高。就开始盘查女知青，问那个膝盖印是哪个男的，就查着退伍出身的队长了。虽说队长也没结婚，俩人算正当恋爱，但还是被戴上破坏上山下乡的帽子。结果是，知青照样返城，队长的帽子被撸下来，跑反当上了队长。你说这个跑反可有头脑？孬点子可多？"

一片笑声把起反的小院撑得满满的。在嗡嗡的说笑声中，也有人说那个人形印子是跑反自己压出来的，跑反的身高正好一米七二，膝盖印子也是他压出来的，目的就是为了撸掉别人，自己当队长。

刘记者边听边记，蔡记者给院子里的人拍集体照，又给白水羊拍照，给树拍照。两位记者各自从口袋里掏出二百块钱，塞给起反农铁铧，叫他给老伴买点牛奶喝。镇里陪同的人，也纷纷掏了腰包，五十、一百不等。安玉椿掏的是二百，他这个副镇长，咋样也不能比记者掏得少。

车是面包车，安玉椿借镇上个体户的。他亲自开着，离开农瓦房行政村，再朝安刘河镇的方向跑，直奔镇西边的窦寨。他征求过两位记者的意见，先采访，还是先吃中饭。两位记者异口同声道，先采访。

今天是逢集。安刘河的集"逢双"，今天正好是阴历的闰四月初二。快十二点了，集市上的热闹在渐渐减退，赶集的人，推着自行车，骑着电动车，三三两两朝家走。窦寨离集二里旺路，到地方的时候，赶集的人，陆陆续续回到庄上了。

把面包车停在窦寨庄正南的大路边，几个人走着朝庄里进。快到窦寨时，一个骑电瓶三轮车的老年妇女，朝他们鸣喇叭。刘记者有意不往路边让，妇女只好停下车，对着他瞪眼珠子。刘记者笑嘻嘻地问老年妇女，可认识窦寨的窦宏连？老年妇女眨巴了几下眼睛，说："你说的是俺庄的吃饱蹲吗？吃饱蹲可叫窦宏连？我记不清了。"

"吃饱蹲？"刘记者忙问道，"怎么这人有这个名字？"

"他还有个'抄手站'的名字呢。"老年妇女说，"你是来给他扶贫的吧？这个人有啥可扶的，啥活都不干，摸小牌，推牌九，扶也扶不起来。"咣咣当当，电瓶车跑远了。

安玉椿揪着的心，松弛下来了。去小农庄找跑反他不紧张，到窦寨找窦宏连，他心里多少有点嘀咕，因为对这位失地农民的"血泪史"，他事先不知道，心里没底。两位记者也说了，他们接到的是特快专递寄的材料，国家对失地农民这一块很关注，也是热点问题，报社安排他们一定要弄个水落石出。

安玉椿分析着这位有两个外号的失地农民，心想，窦宏连绝不像他自己在材料里写的那样血淋淋，而真实的版本，又是什么呢？从刚才这位老年女村民不屑的语调中，可以看出，窦宏连的口碑一点都不好。

到了窦寨庄头的水泥桥边，几个老头正在那里说闲话。其中一个老头，推着自行车，车把上挂着提兜，露出用塑料袋包着的一把油条。小窦庄的几个老头，喊推自行车的老头是老表，一看就是亲戚门前的人，赶集经过这里，逮住说会子闲话。这个问在外打工的儿子可回来收麦，那个问孙子大学毕业找到工作没？说的都是体己话。

安玉椿知道，两位记者采访是把好手，跟这些老人打交道，不一定知道因地制宜，特别是他们一口外地话，一开口就会让人警觉，心里有戒备。就走上前去，拉起了家常，边拉边掏出烟盒，给每位老人，一人递上一根烟，又拧亮打火机，递上火。老人接过烟，先瞅瞅啥牌子，见是十几块钱一包的皖烟，就高兴起来，会吸的不会吸的，都点着火吸起来。

安玉椿的举动叫打场子。就像卖狗皮膏药的，先耍几拳，踢几脚，把场子打开，把人吸引住。

场子果然打开了。

"你问吃饱蹲呀，"一个老人被烟呛了一下，咳嗽了好一会儿，才说，"他把卖地的钱捯乎完了，不出去拾破烂，真不管。"

另一个老头说："你叫抄手站拾破烂？他受得了那份苦？最多，他当门岗，抄着手站着，适合他。不过，年纪一大把了，不一定有单位要。城里的单位，当门岗也得长得好才管。"

安玉椿朝两位记者瞟了一眼，发现他们正用心听着。这次讲好，先不记录，也不拍照，从外围的闲聊中，了解一下窦宏连。

"一个人咋会有这么多外号？咋来的？"安玉椿又掏出烟，挨个散了一遍。

"这有啥稀奇的？从十来岁起，他就有吃饱蹲这个外号了。吃饱了饭，东草不拿，西草不捏，哪儿舒服朝哪儿蹲，冬天朝屋山头一蹲晒太阳，夏天朝树凉荫一蹲吹凉风，谁有他享福啊。"一个老头不屑地吐个烟圈。

"叫他抄手站也不冤枉他。把两手抄着，站大路边卖眼，走个大闺女就看大闺女，过个小媳妇就看小媳妇，跑辆车就看车，把啥都能看进眼睛里，一看就大半天，也不嫌累。"另一个老头补充道。

"他还有个外号叫懒腰呢。"说话的老头不会抽烟，只把烟点着吸几口尝尝，就掐灭夹耳朵上了，"他娘活着的时候，他睡懒觉睡到太阳升多高，起来了站大门口打哈吹，伸懒腰，那动静，大得全庄人都能听见。不过，这个外号叫得少了，他娘过世后，站门口伸懒腰这个福，他享不到喽。"

"土地到户后，他自家的地，难道不种吗？不能光吃饱蹲啊，也不能光抄手站啊。"安玉椿继续问。

"他哪能自己种，找人种啊，打出来的粮食，跟人对半分啊。你说，这像过日子的人吗？"最后说话的老头，把眼睛一凛，"哎恁是干啥的？问恁清楚弄啥？"

安玉椿不好说是镇里的，怕几个老人说话有顾虑，只得指着两位记者说："这是上面来的专家，想调查一下被征用土地的村民，生活和就业情况。"

两位记者连忙颔首微笑。

"噢，是大学里的教授吧。"那个把烟夹在耳朵上的老人，很肯定地说，"一看你们就是大城市来的专家，去年也来过专家，是大学里的教授带着学生来做调查，问我们留守老人的情况，问得可细了。问我们文化生活咋样？我们说，文化生活是不是包括看电视？听广播？一起闲聊天？"说着，老人哈哈笑了。

"那么，你们的土地被征用后，生活发生变化吗？土地补偿款发放到位吗？"刘记者终于逮着他想问的问题了。

关于窦寨的土地征用，安玉椿是知道一些的。他没当副镇长时，窦寨部分村民的土地，被镇开发区征用了，按国家规定的赔偿标准，对失地农民进行了赔偿，没出现太多的麻烦。

"只有十来家子离集近的土地被征用了，也就征用了一小部分地，每家还都有地种，除了吃饱蹲。"一个老人说，"吃饱蹲是一个人，二亩地正好在开发区征用土地的地块上，就全部被征用了。嘿嘿，一下得了一提包钱，喜欢得他，不知干啥好了。"

"那他干什么了？他没地种靠什么生活？"刘记者问。蔡记者适时地拿出了照相机。几个老头瞥一眼相机镜头，立刻把身板站直了，有个老头还朝脸上摸了一把，生怕沾有馍花子啥的。

"有了钱他就烧包啊。他谈恋爱了。"老头说，"是跟集上的人谈恋爱，是个寡妇，开麻将馆的。"

"然后呢？"刘记者急于揭开窦宏连的庐山真面目。

"然后，谈了一年的恋爱，把钱谈光了呗，恋爱也谈完了，回家干生气没门儿。"

"他年龄多大？光谈恋爱不结婚吗？"刘记者继续追问。

听到这里，安玉椿对失地农民窦宏连的"血泪史"，心里有了数。说不定，这个"血泪史"，就是从红绿灯的《上访指南》里抠出来的。红绿灯整天骑着摩托车，东跑西颠的，背地里忙活着呢。

"结婚？他倒是想结，谁跟他结啊？"不抽烟的那个老头，有点气愤地把烧了半截的烟，又从耳朵上拿下来，在手里捻。安玉椿连忙拧亮打火机，递上火。老人哆嗦着抽了一口。

有个老头马上嘀咕道："这是吃饱蹲的小叔。"

不抽烟的老头，又把烟掐灭，别到耳朵上了："年轻的时候，也没少找人给他说媒，女方一打听，就黄了。谁家闺女愿意嫁给一个吃饱蹲、抄手站？半辈子就这样过去了。现在五十出头的人了，家里三间砖腿屋，东旮旯摸到西旮旯，要啥没啥，谁嫁给他？集上的寡妇，不过是哄他的钱花。"

"窦宏连现在在哪？"真相差不多快被揭开了，刘记者估计要见到真人，才能画上一个句号。

"谁见他沾过家？可能还在集上跟谁混吧。有人给他出主意，叫他朝上级反映。上级早把钱给他了，他这是自作自受，反映个啥？"窦宏连的小叔恨铁不成钢地说。

安玉椿又散了一圈烟给老人。在他们的带领下，蔡记者拍到了窦宏连的三间砖腿屋。这是窦寨唯一的一座砖腿土墙屋，屋龄少说也有二十年了，破旧得灰头土脸；院子不大，除了中间走人的道儿，其余地方都长着杂草。更没有猪羊鸡鸭的影子，整个院子一片沉寂。

中饭两位记者坚持在镇食堂吃饭，大馍、西红柿炒鸡蛋、面条，因为过于简单，安玉椿掏出一百块钱，让小于去街上的烧鸡店，买了一只烧鸡。

饭后顾不了休息，安玉椿又陪两位记者去街上找窦宏连。先去那个寡妇开的麻将馆看看。正走着，迎面一上人，捂着半张血脸，飞快地跑过；后面跟着一个半大的小子，手里拿着一根钢筋，紧追不舍，嘴里骂道："窦宏连，你个驴熊，下次再瞎捣乱、胡呲，小爷我一钢筋穿死你……"

从街两边看热闹的人的议论中，听出来举钢筋追人的小子，是寡妇的儿子。两位记者对着窦宏连跑远的背影拍照，还朝背撵了几步。安玉椿也跟着朝前撵，一抬头，哥哥安玉枫的车，"哧溜"一声正抵到他脚跟前。随车走下来的，除了哥哥，还有一位梳两根长辫子的女子。

第十四章

——

安云礼指挥了一场战役

　　"我安云礼一辈子没吹过牛，没骂过街，今天，我就吹一次，骂一次。吹牛我不吹自己，我说咱安大营的人。这也不叫吹，叫摆事实。咱安大营的安国栋，是全庄人的骄傲，是咱安大营的荣耀！日本鬼子进中国时，他才十三岁，就能给游击队送情报；淮海战役时，他背着伤员，在石头窝子里整整爬了一夜，一身衣服磨烂了，只看得到血糊流啦的皮肉，看不到衣服；他把伤员解放军驮到后方抢救，被抢救的伤员，后来成为咱北京部队里的将军！咱安大营的安国栋，会使盒子枪，会打大炮，在淮海战役中大显身手，立下汗马功劳，壮烈牺牲！他牺牲时，才二十五岁！你敢说，你站着的土地上，就没有他流下的血，他流下的汗？你敢说，你生在新中国，长在红旗下，新中国是谁的血汗换来的？红旗是谁的血汗染红的？这其中，就有咱安大营人的血汗，咱安大营的安国栋！咱安大营的骄傲！我说这些，就是告诉大家，咱庄的人，有种，不孬！"

　　安云礼的嗓门从未有过的大，把村里的广播喇叭震得直打战，庄上走着站着的人，就像中了孙悟空的定身法，咯噔站住身，静静听他"吹牛"和"骂街"。

　　"我骂街，不骂别人，我骂我自己！我首先骂我没本事，一辈子没给庄上人办过啥大事，得过且过地过了这些年，在全镇的行政村工作排名中，咱庄不说垫底，也是倒数，这都是我这个没本事的书记没带好头，也就是大家说的不作为。我其次骂我心眼子孬，把日子过得舒舒坦坦的安玉枫，从宁城叫回来，要他带着全庄的人过好日子。结果他撂进去几百万，有家难回……我这个当书记的没本事带领大家过上小康日子倒也罢了，反而还连累了玉枫，玉枫这些年在外打拼，发展到今天，容易吗？我却让他返贫了！这都是我的私心，我光想着咱庄让一个能人带着朝好日子里过，却没想到我会坏了安玉枫的好日子……"

整个村庄的人，还在安静地听，每张脸上都有悲壮色。

村口出现几个在外地打工、回庄上收麦子的人。庄上的人，没显出多大的热情迎接，就点个头，还仰着脸看着大喇叭，听着安云礼的声音像滚雷一样砸过来。刚回庄的人，也咯噔站住身，家也不先回，跟着一起听广播。

"最后我再说义务工。这次的义务工家家都要出！不要给我找理由，没有理由！安国栋当年驮着解放军伤员，在石头窝子里把一身肉爬烂的时候，他没找理由；他朝敌人扫机枪时，没找理由；他一盒子枪撂倒一个敌人时，没找理由；他挺直胸口帮战友挡子弹时，没找理由……凡是咱庄的人，能提动泥兜子的提泥兜子，能扛动铁锨的扛铁锨，会使瓦刀的使瓦刀，会泥墙的泥墙，会烧砖的烧砖。做长辈的把晚辈从城里叫回来，不是有当钢筋工的吗？不是有当电焊工的吗？不是有会支壳子倒水泥板的吗？都叫他们带着手艺回来，一起把安玉枫的大棚扶起来！咱扶起了安玉枫的大棚，也等于扶起了散落的人心！扶起安玉枫发凉的心！想想咱一起说说笑笑干活的日子，多少年没有过了？都是各过各的，各干各的；说说笑笑一起干活，你骂我一句，我侃你一句，多得劲！这一回，咱就一起说说笑笑干一场活……"

在 2011 年的麦收前，安大营行政村的几个自然庄上，呼啦啦回来一扑子外出打工的人，这一次，他们由城里的农民工，恢复成农民身份，同时，仍然保持着农民工在城市里干活的特点，提着瓦刀，举着焊枪，扛着倒水泥板用的厚木板，齐聚南湖的大棚地里，一口气干了一星期的义务工。

被大水淹泡过的土地，稀软得每走一步，都朝下陷尺把深，每提一次脚，都吃力得淌汗。他们不怕淌汗。为自家土地上的事淌汗，比在城里淌汗舒服，淌出来的汗，也干净。一边干活，一边大声说笑，得劲得很。这些壮劳力，多少年没在一起干活了，平常都是你到这个城市，他到那个城市，站在脚手架上，攀在高楼的玻璃墙上，钻进深不可测的下水道里，各干各的活，各挣各的钱，像候鸟一样飞来飞去，就算回到庄上，也是各顾各的家。这一回，大家是为着四十个大棚来干义务工。家里有建大棚用得着的东西，就拿出来用，水泥、石灰、钢筋、沙子，有啥拿啥。安云礼叫村里的会计跟在后面记账，被记账的人马上恼了："记啥记，朝脸呼我呐？都是不值钱的东西！"几个以前烧过窑的人，去不远的煤矿上拉来一卡车煤矸石，拉到别的窑场，先把窑场的砖头赊过来垒大棚，再答应收麦后帮人家烧出来一窑砖。窑场场主二话没说，让他们拉了砖先走，啥时有空啥时烧砖。

家里的老人帮着照看孩子，妇女忙着做吃做喝，地里干活的男人，仿佛回到了当年的岁月，侃大山，讲八卦，天南地北地说了几车皮的话，比几年内说话的总和都多。

山东建大棚的公司也来了人，他们是技术总监，有些材料，庄上人是拿不出来的，得他们运过来。跟支新大棚比，修复大棚的费用可以节余一半。这就是说，安玉枫的损失也能降低一半。

寿光的专家安守福过来后，一直没走，跟着一块忙大棚的事。村书记安云礼，第一次给人家打白条，盖上村委会的大红印，写上还款日期。然后问人家，怕不怕落下呆账死账？公司建设大棚的人笑了："看这阵势，弄得像个战役似的，一点都不用怕。这个庄，一看就不是个赖账的人家！你这个老书记，一呼百应，有凝聚力，像指挥战役的将军，我们怕啥？"

"好，我们的庄，不是赖账的人家。'人家'这俩字我喜欢听，听着心里舒坦！"安云礼脸上露出久违的笑。

安云礼用喇叭把庄上的人撺到地里后，干脆提着一只扩音器，到现场指挥了。干活的人，都忙中抽闲地开这位老书记的玩笑，说多少年也没见他这么能干过，这么有魄力，这么潇洒。安云礼任大伙儿说，他对着扩音器，说着他的重要指示：村里的那片机动地，这次要派上用场，发挥能量，承包给有能力的人经营养殖，本村人行，外村人、哪怕是外地人，都行；现成的水塘，树林子，杂草地，拾掇拾掇，当年投资，当年获利。

"有些行政村，不是把机动地卖掉了，就是把机动地上的土卖掉了，那些钱流进哪里了，村民是算不清这笔账的。咱庄的机动地好算账，它就一直在那里长着树，长着庄稼，杀多少棵树，打多少斤麦子，收多少斤豆子，会计一笔笔记得清清楚楚；水塘里的鱼，过年就分给大家，哪个村民都能分到半斤八两的。现在，村里要把它承包出去，承包费用于重建这些个大棚，咱这个全镇最大的行政村，不能凉了一个回家创业人的心！"

安云礼说得正带劲，根本没有发现，站在他身后的安玉枫，两眼被泪水糊住了。他一声不吭地听着老书记说话，看着老书记满头稀朗的白发，看着正在劳动着的人。本村的人，有些是小时候一起玩的伙伴，有些比他年轻，显得面生，他居然叫不出名字来了；还有西小庄、东小庄、小朱庄、刘营、小窦庄几个自然庄上的人，看着面熟的有，大部分都面生。他没想到，在他一个人躲在岱山的石屋里发呆的时候，老书记发动了一场战役，并亲自指挥着，号召整个安大营行政村的人，把倒下的大棚重新支起来了。

他安玉枫，千万不能装熊！第一次受创，就一蹶不振了？从哪里跌倒了，再从哪里爬起来，虽然是句老话，这句老话却是经过了实践检验的。那就再从这四十个倒塌大棚的泥糊糊里爬起来吧。

六十开外的人了，跟现在遇到的事儿比，安云礼感到，年轻时那些事，都不算事。现在是几百万块钱被弄没影了，他这个书记就是失职，没法跟庄上人交代，更没法给安玉枫交代，带着这种罪孽的感觉下台，他到死都惭愧。安云礼不管不顾了，把年轻时羞于咋咋呼呼说话，通过村里的大喇叭，吆喝了出来。

站他身后的安玉枫，静默地听着，内心的波涛，一浪卷过一浪。跟安玉枫站一起的另一位听众，先是静默，而后拍响了巴掌。

"如果每个村的村书记都像您这样，中国乡村会是什么样子？"拍巴掌的人话一出口，立刻把许多目光吸引了过来，"我刚才听您说要把村里的机动地承包出去，我第一个报名承包！"

安云礼回身一看，见说话的是个梳着两根长辫子的女子，年纪也不小了，却穿戴得利利朗朗，一副精干样儿。女子旁边站着的安玉枫，脸上笑着，眼睛湿着，安玉枫的湿眼睛，把安云礼的心又碰疼了一下，来不及回答女子的问话，先叫一声"枫"："枫，你弄啥去了？"

"我去访高手了呀。"安玉枫的口气非常轻松，把安云礼吊着的心放落下来了，"这位是杨林镇香香面业的杨二香杨总。这是我们安大营行政村的安书记。"

安云礼不好意思跟一个女的握手，特别是这女的又是晚辈，就改为抱拳打招呼："你好你好！欢迎欢迎！"

"这么说，安书记欢迎我承包村里的机动地了？"杨二香微微一笑。

"我个人先欢迎你！不过，村民的意见如何，我得开个现场会再定！"安云礼笑得实在，手里的扩音器放在嘴边，转头对着南湖地里干活的人，又说开了："咱行政村当家的人，差不多都在这南湖地里了。那咱就在南湖开个村民代表会吧。先停下手里的活，听我说个事，耽误不了几分钟。"

一指身边的杨二香："香香面业的杨总，第一个报名来承包咱村的机动地，这可是雪中送炭的好事，但我也不能私自答应她，要全体村民同意了，要村里的班子成员同意了。"

干活的人，嗡嗡声一片。有人说，香香产的挂面，家里人都吃过，筋道好，香。有人马上接话茬，当然香，人家的牌子就叫香香。又有人小声说，咋乱叫人家的名字呢。

杨二香大大方方，一脸笑意。

"另外，我还要问一下，咱庄可有人愿意承包机动地的？如果有，要先尽咱庄的人承包，这叫肥水不流外人田。"安云礼对着杨二香抱歉地一笑，"杨总你不要多心啊。"

"那有啥？"杨二香一派和风细雨，"你甚至可以公开面向社会招标呢。我跟着竞标就是了。"

安云礼拨打村主任红绿灯的手机。能看到红绿灯的身影，在很远的一只大棚那里，跟来支大棚的人，在比比画画地说事。

红绿灯刘强东马上跑了过来。

安云礼把杨二香介绍给红绿灯。红绿灯对握手很习惯了，马上跟杨二香握手问好。安云礼让他去把村班子成员找齐，就在南湖地里开个现场会，定下承包机动地的事情后，马上就签合同。

"咱庄今天也来个现场办公！"安云礼志得意满地说，"我就不信，没有剐不好的事！"

村民没意见，村班子成员也意见一致，下午就跟香香面业签了承包合同。一片两亩水面的水塘，十亩可耕地，四亩坡地，坡地上所有树木的归属和处理权，归安大营行政村所有，杨二香只有看护权；坡地上可以建设养殖场，可耕地只能种庄稼和果树。承包期限十年，一次交清费用。承包费差不多可以和安玉枫重支大棚的费用相吻合。这又达成了村里和安玉枫签订了一项合同：安玉枫南湖地里的四十个大棚，安玉枫和安大营行政村，各占百分之五十的股份，由安玉枫全权经营管理，今后风险均摊，利益共享。之前安玉枫和村民签订的土地入股合同不变。

麦收前，阳光好得像菩萨的脸，风吹大地，万物生长，麦子黄了嘴，炸了芒，麦穗饱盈盈颤巍巍，随时都准备着朝人笑出牙齿来。

然后，麦子地在一夜之间，窸窸窣窣，窸窸窣窣，集体笑出了声音，露出了牙齿。村里所有的镰刀，从磨刀石旁一跃而起，露出饥饿的白牙齿；路上跑动着的大大小小的收割机，直扑麦子地。大块的田，给机器吃；小块的田，给镰刀吃。呼哧呼哧大刀小刀吃麦秸的声音，一浪高过一浪；麦粒被收割机吐出来，运到晒场上晒；长麦秆还在地里杵着，黄生生地扎眼。

安玉枫的四十个大棚地，又进了一批种苗，那些种苗就像新学期来上课的学生，排列得齐齐整整，时刻准备着成长。杨二香在岱山和安大营之间来回跑，岱山边的孵化房，成百上千的小鸡娃，已经叽叽喳喳滚成团了，她要亲自带着老鲍，给鸡娃娃选种提纯，提纯后的鸡苗，再运到安大营的养殖场。

那片安玉枫早年间养过鸡的坡地，摇身一变，成了"土麻鸡原种鸡安大营保护基地"。安玉枫跟杨二香开玩笑说，没想到，自己年轻时的梦想在此处破灭，而杨二香的梦想又从此处崛起。

杨二香马上纠正道，她养鸡的梦想，从来没有放下过。

说起来，杨二香承包安大营行政村的机动地，并没有经过深思熟虑的谋划，是跟着安玉枫来看他南湖的大棚地，听见老书记安云礼宣布对外承包机动地时，她才灵机一动，突然决定的，连安玉枫都觉得意外。这就是杨二香的办事风格，抢抓机遇稳准狠。事后她跟安玉枫坦言，当她站在南湖的地边，她首先相中的是南湖的那片湖水，南湖是片宝地，得会利用；然后是安玉枫的那片大棚。虽然大棚正在修复重建，但她闻到了种养加产业链的气息。这是她不久前，去北京的中国农业大学听课时获得的信息。心血来潮去中国农业大学蹭课听，去拜访她的函授老师，是她一直不间断的行为。当决定放手香香面业，抢救土麻鸡鸡种的那一刻起，她就准备把自己丢掉的专业，再拾起来，打造种养加农业产业链。正当她在杨林镇周边四处物色，哪里适合兴办土麻鸡原种鸡保护基地时，安刘河镇安大营村的风水宝地，不寻自来地送到了她面前。

"为什么相中了安大营的机动地，我有自己的道理。"安玉枫和杨二香，坐在岱山顶的大石头上，遥望西边的贝山和被贝山遮蔽的安大营村，杨二香这样跟他解释，"办养鸡场，得有水源，岱山是石头窝，水少，不管，而安大营，水源丰富，我一眼相中了那个地方。还有一点，你的大棚地，给鸡粪寻找到了出路。再一个，我也想换个地儿，过点新鲜的日子。在杨林生，在杨林长，几十年都在杨林过，走哪儿都有人认识，有时会被人看作是个怪物。我也累了。"

安玉枫对杨二香拥有的高级畜牧师资格证书深感惊讶。这个从十一岁起就到火车上卖烧鸡的女子，怎么把这个证书拿到手的？她身上还有多少传奇？

"人人都能书写自己的传奇，只要愿意。"杨二香淡淡一笑，"记得我跟你说过我弟弟。我弟弟读过的书本，都交给我用。初中、高中、大学，能读懂的，我都读了。我还喜欢死记硬背，反正脑袋就是皮口袋，只管朝里装就行。养鸡时，我报名上中国农业大学畜牧专业的函授大专学习，从大专到本科，陆陆续续上了六年，终于拿到毕业证书，而我的专业资格证书考试，从初级、中级到高级，都是一步步完成的，就是后来我办香香面业了，仍然把高级畜牧师评到手。"

一阵风，把杨二香松散开的长发，张扬了起来。"我其实最喜欢的不是面粉制作业，而是养殖业。说白了，我喜欢养鸡。"杨二香看着安玉枫粲然一笑，"绕了一大圈，我又回到养鸡的原点。或许，我从小就卖烧鸡，跟鸡有缘。"

安玉枫以为，自己有企业管理的经验，但跟杨二香比，他感到自己落伍。杨二香的头脑，没有一天不在转动，而她的管理模式，也极具她的杨氏风格。

杨二香在岱山的孵化基地，让老鲍负责，这个，安玉枫可以理解，他见证过老鲍的认真和忠诚；在安大营的土麻鸡原种鸡保护基地，则交给了大王庄的王淘气。这一点，让安玉枫心里不爽。

并不是他对王淘气当年跟宋庄宋春梅的那点事耿耿于怀，现如今，王淘气早跟宋春梅成了家，生了娃，那一页对他安玉枫而言，早掀过去了。他不爽的原因是，王淘气是个养殖失败者。养猪不行了，他改行养鸡，倒也养了头十年鸡，加上先前养猪的时间，有二十年他都在做养殖，算个老养殖了。如今四十多的中年人了，还有啥前途？

杨二香却不这么看。她跟安玉枫说出了她把王淘气"淘"出来养鸡的原因："不是王淘气不努力养殖，而是他一直没抓住养殖的要领。养鸡也是有学问的，养少了不行，养太多也不行。王淘气养鸡失败的原因，不是技术问题，是管理问题。开始他盲目养殖，数量太大，经历两场禽流感后，损失惨重，他又减少养殖量。他从一个极端走向另一个极端，又因养得太少，难成规模，形不成规范管理，最后只能以失败而告终。这样养殖经验丰富的人，我岂能放那里不用？给他股份，让他以技术入股，这个保护基地，是我的，也是他的。"

安玉枫也听说了杨二香请王淘气的过程。杨二香要请的不是一个普通干活的人，她要请个行家里手，经过对周边养殖户的筛选，杨二香最终"看上了"王淘气。王淘气不相信杨二香会请他，杨二香说："我不但请你，我还给你股份。"王淘气眨巴着眼睛，看杨二香不像是在开玩笑。杨二香严肃地说："我请你，因为我相信你的技术和责任心，你有二十年的养殖经验，不能白瞎了；现在这个养殖场，不仅是我的，也是你的。我投的是资金，你投的是技术，这叫一荣俱荣，一损俱损。"王淘气感动得要命，当场拍着胸膛子，对天发誓："我王淘气不用心养鸡，不是人生父母养的。"立刻带着宋春梅，搬到养殖场住下了。

"像王淘气这样养殖经验丰富又经历过波折的养殖户，你只要轻微一点拨，他立刻通透了。一个生手，要操练多久才能成为专业人才啊。"杨二香说到最后，哈哈一笑，"我的保护基地，不可能是生手操练技能的培训场。"

见安玉枫的眼神有异，杨二香马上解释道："我知道你心里在想什么。对土麻鸡的保护和养殖，我早已有一套方案。保护基地是重中之重，有了纯原种鸡，才能对周边形成辐射，扩大土麻鸡的饲养。在安大营和岱山的周边村庄，要发展和扶持纯种土麻鸡养殖户，安大营保护中心免费送技术，有偿提供鸡苗，过不了几年，濒于绝迹的土麻鸡，将会在岱山和安大营两地，得到成功保护和广泛养殖。这就是我的人生理想！"

杨二香说得目光迷离，安玉枫听得如痴如醉，岱山顶上的大石块和杂树丛，仿佛受到他们说话的影响，一起发出嗡嗡的低回声。

瞅见安玉枫的眼神在目不转睛地看自己，杨二香微微红了脸，别过头，从大石头缝里，抠出一块小石头，左看右看，转移了话题说："猜猜看，这块石头多少岁？"

安玉枫不答她的问题，而是顺着自己的思路说："我看你的脑袋也不比我的大多少，咋就装了这么多东西呢？"

"只能说，我比你更二吧。"杨二香扔掉手里的小石块，大方地笑了，"我名字里带个二字，你没有。"

两人说话的时候，大地正渐渐被黄昏所笼罩。麦收后的皖北大地，一片苍黄，刺眼的麦茬，无辜地朝天空张着嘴巴，像一个哑巴在对天呐喊。机子收割的麦茬，有尺把高杵在地里，再好的播种机，也不能把豆子播种到土里，急着抢种大豆的农民，围着麦茬地团团转，他们在盼着天黑。只有等到天黑了，才好给地里放把火，把麦茬烧掉。

"地里的麦茬，一直都是直接在地里烧掉吗？"安玉枫外出多年，对麦茬地，已经陌生了。

"自从有了收割机，烧麦茬好像成为一种正常行为了。村村都是老年人，留着这么深的麦茬，不烧掉，朝哪儿处理呀，又哪有力气处理啊。"杨二香语气淡淡，"年年午季一到，哪个人的嗓子眼不被熏黑？现在上面下达了禁烧文件，镇、村干部也大会讲小会说不准烧麦茬，村民却不听话，还是烧。偷偷烧。"

"真烧了咋办？"

"真烧了，还不是干瞪眼？他本身就是农民了，你还叫他变成啥？烧自家的麦茬，还能犯法？听说有卫星监测火点，哪里有火点，哪个地方的领导受批评。"

安玉枫看着远远近近，渐渐被黄昏盖住的麦茬地，陷入了沉思。过了片刻，他脱口而出道："焚烧秸秆，会成为中国农业面临的一个大难题！"

杨二香说："瞧我们的安总，你的思考，才是忧国忧民的大思考。跟你比，我这个养鸡婆的主题小多了。"

两双眼睛不觉又撞在了一起。杨二香的手机挂件，正是安玉枫的那枚橄榄核佛雕像，她用细长的手指盘玩着，狐狸眼神悠远而迷人。一股栀子花的香气袭来，是她身上的香气，还是她手里佛像的香气？安玉枫心里扑通扑通直跳，先慌慌地把脸扭到一边。怎么这么喜欢听她说话？两人像是寻找了一百年终于谋面的亲人，一点不设防。特别是在香香面业门前，听杨二香说了她的故事后，他心里涌出一股摁也摁不住的疼爱。在此刻，这疼爱又哧溜一声蹿了出来。

两人的心跳，似乎彼此都能听见。就一起把眼神抻到田野里了。远远的地平线那里，有缕清烟慢慢升腾起来，像是从土地里伸出来的手，柔弱地朝天空抓挠着。这一定是心急的人等不及天黑了，先给地里的麦茬点把火。安玉枫呼隆隆站起身，他要赶紧到南湖的大棚地里去。烧麦茬最怕的是火烧连营，危及他刚刚栽上新苗不久的大棚地。

"我听说，你们庄上一个唱大鼓的，牵头组织了巡逻队，给南湖的大棚地巡逻保驾呢。你担心啥？"杨二香安抚着安玉枫。

"你说的是老皮钱，皮钱叔。他真是个能闹腾的人。庄上的一帮老头老妈，爱听他的大鼓书，他就一边说书，一边带大家巡逻。"安玉枫脸上挂出欣慰的笑意，"老皮钱有意思，中过风，平常腿脚不咋利索，只要一说大鼓书，手也不抖了，腿也不扭了。"

老头们组成的巡逻队，晚上是没法出动的，安玉枫还是急急忙忙往南湖赶了。杨二香想自己一个人在山顶上再坐一会儿。

安玉枫走了一截路，一回头，见杨二香小小的身子，蜗在大石头窝里，又无助又孤单，他心里猛地一咯噔，这个无人疼无人爱的小女人哪……有种热热的东西，呼呼从心底冒出来，他不由自主地拐了回来，对着杨二香的身影说："你一个女人家的，别傻坐石头窝子里，小心有成精的石头缠磨你。快回去吧。"

也不等杨二香搭腔，安玉枫掉身走了。

走到车子跟前，发动机器走了好一会儿，总觉得杨二香的眼珠在后面跟着撵他。快到安大营的地界时，才靠路边停下来，回望岱山的方向。黄昏里的村庄，已经层层叠叠遮住了小小的岱山和小小的杨二香。重新启动车子，一直到南湖地边，安玉枫才承认一个事实：他心疼她了，喜欢她了，或者，爱上她了。这咋管呢？他有妻子儿女呀！

老皮钱居然还在地边上跟几个老头说大鼓书。安玉枫马上散烟给叔伯爷爷们抽。老头们把烟夹在耳朵上，说是听完老皮钱说的这一出大鼓书，大家再回家。

老皮钱没有大鼓可敲，也没有铜板可打，他唱的是"干书"，就拿拐杖在地上打拍子。见了安玉枫，老皮钱像个老小孩，连唱腔都提高了：

> 小女子虞姬她翩翩舞，
> 手里的宝剑放光明，
> 你爱他，男儿堆里的柔情汉；
> 你爱他，沙场上的真英雄。
> 今儿个，为霸王来跳壮行舞，
> 一招一式你更从容，
> 今儿个，要断了夫君的后顾之忧，
> 帮助他，杀出重围回江东。

霸王是高山你是流水，

高山天天映在水的怀中；

霸王是天来你是云彩，

云彩永远依偎着大苍穹。

那霸王，刺溜跨马冲疆场

这虞姬，是追随霸王

绵绵柔柔密密亲亲

片刻不离生死相随的

一缕风……

　　老皮钱的沙哑嗓，碰撞着粗啦啦的麦茬地，唱出了悲壮，把安玉枫唱得心窝子眼窝子一起湿了。这个《霸王别姬》的大鼓书唱段，打小安玉枫就听老皮钱唱过。今天听的感觉，咋就如此不同呢？

第十五章

农瓦房去小龙河湾里大哭一场

收罢麦子，一千亩地的种植分配，摆在农瓦房面前。幸亏有王大鹏这个高参，有王大鹏的导师牛博导在后面指挥，农瓦房才没有乱了阵脚。一千亩地分为十个片区，第一片区，第二片区，第三片区……每个片区种植什么，也分工明确。黑红芋、黑豆子、黑芝麻、黑花生、黑玉米……农瓦房的合伙人安玉枫，虽然经过了大水泡棚的重创，但修复后的大棚，又给他带来了收益，安玉枫总算活过来了，不但活了过来，还活出了勃勃生机，去宁城跑几趟，就把融资完成了，还引进一套现代化的生产线，专门进行黑粮深加工，再把加工好的产品，直接供应给宁城的超市。市场不愁，就等待着地里的好东西长出来。

不仅是农瓦房庄上，大农庄、小农庄的人，都骑着电瓶车来农瓦房的一千亩承包地里干活。农瓦房贴花时的一群"并肩子"，也骑着摩托车过来了。大家说说笑笑，热热闹闹，也不怕丑了，把贴花时那些又惊又险的事，端说来说叨。李文化的感叹最形象："我哩个乖乖，什么叫提心吊胆？你没经过贴花，根本体会不出来心和胆在手里提溜着，有个风吹草动，就四处乱窜的惊惶样儿。多少年了，我都忘了头顶还有个太阳照着，就想着赶紧天黑，天黑了就没危险了！就能跑路了！"

这一帮"并肩子"称农瓦房是地主，还夸他是个好地主，不但不欺压他们，还比他们干的活细，干的活多。农瓦房只有抿嘴笑。农瓦房坚决不用除草剂，扛着锄头带头耪地。李文化的堂弟文件，骑着电瓶车过来薅草。开始他不愿意来，是农瓦房三番五次请他来的。车后面带个马扎子，他坐花生地里，马扎子朝地上一支，扒开花生秧，把草一棵棵拣出来薅掉。薅净一小片地，再朝前挪挪马扎子。腿坏了，他双手特别灵活，像个薅草机器，李文化的锄头都撵不上他。

因要急着上马黑粮深加工生产线，村书记农学农召集村班子特事特办，把村委会后面的废旧小学腾出来，旧教室改装成仓储中心，旧操场上再新建一座现代化的厂房，这边的秋庄稼刚刚成熟，那边的生产线试生产成功。庄上的农大斧，这回有了用武之地，建厂房时工资待遇都不谈，带着一帮徒弟，先建设再说。农大斧又把脸刮干净了，衣服穿戴讲究，走哪儿，都是师傅级的做派。

让人想不到的是，安玉枫的小孩舅温晓东，亲自开车跟着两部厢式货车，带着姐姐温晓莉和外甥外甥女，利用双休日，从宁城赶过来了。事先不跟安玉枫说，当两个孩子扑向他，温晓莉的眼睛略显羞赧地朝他笑时，安玉枫站院子里幸福得傻掉了。玉枫娘一手拉过一个孩子，左瞅右看，咋也看不够，抓米花糖给孩子吃，现炸的黑玉米爆米花。"宝娃，放心吃，没有一滴子农药的。"奶奶说得慈祥。

黑粮深加工产品，已经在宁城的超市铺开，居然供不应求。运输黑粮产品的物流公司，通过竞标，由腾飞物流夺得。温晓东又添了三部大货车。参观黑粮加工厂时，温晓东对一片空车间产生浓厚兴趣，听说是预留的生产黑麦、黑豆、黑绿豆挂面车间，马上问农瓦房生产线上没有？农瓦房说，安总已经考察了几个厂家，还在择优选取中，厂家要以设备入股呢。温晓东马上说："姐夫，我带设备入股吧。宁城自己产的设备，出口海外的订单一大沓，我了解这家公司，质量靠得住。"

安玉枫脸上笑着，心里有点小犹豫，温晓莉紧紧扣着他的手，一直没放。安玉枫点头了。

这边的冬小麦耩到地里，那边的黑粮加工的机器声突突突响成一片。这庄那庄的人，一边种自家的地，一边在农瓦房的承包地里干活，收入是双份的；土地流转的农户，流转的土地有租金，到流转的地里干活也有工资，收入也是双份的。李文化的媳妇，一边干活，一边说笑："睡在自家的大房子里，再不做噩梦了。农瓦房，你咋不早一点租地种呢？"

"他早一点租地，就不会贴花了；不会贴花，就认不得咱们了；认不得咱们……"李文化正在贫嘴，他媳妇抬腿踢了他一脚："驴熊，再胡诌贴花！小心被爹听着了！"挨踢的李文化，有点讪讪地把嘴闭上了。

地里干活的人，哄一声笑他们两口子半天。

李文化不说话了，眨巴着眼睛想点子，想了一会子说："瓦房，也不能光你一个人种黑粮吧，我听说黑粮很走俏，供不应求，你能不能把种黑粮的地块扩大一些呢？比如，我们都有地，也均点黑粮给我们种？"

农瓦房笑道："文化哥不愧是我的师傅，你脑子里想的这些事，俺庄的人也都想到了。我也跟安镇长汇报了。咱们县已经有不少乡镇，成立了专业合作社，我们也准备成立个专业合作社，除了我流转的这一千亩土地种黑粮外，合作社的社员也可以种黑粮。为了保证质量，黑粮的种植要统一发放种子，统一管理，统一收种。这样，我们的深加工产品才能走得更远。"

"瓦房你的口才，比贴花时还顺溜呢……"李文化意识到话又说刺溜了，马上转过来，"我看管！那，啥时候成立专业合作社呢？俺们又不是恁庄的人。"

"不论是哪庄的，本庄的村民能加入，外庄的也能。合作社社员也不是光种地。咱让专家王大鹏来说两句，给大家指点迷津。"农瓦房把王大鹏推出来。

王大鹏正在第八片种植区忙活。那一片的十亩地，是农业大学的实验田，农瓦房代管，农业大学农学院租赁，正在试验种植黑小麦的改良品种。王大鹏带着两手泥土过来，微皱了一下眉头，对农瓦房说："瓦房哥，咱这地的墒情还得进一步改善，得增加有机肥的投放。这些年，土地被化肥搞坏了，沙化太严重了。几家养殖场可联系了？"

"正在联系。我要在地头腾出一片地方，挖个大池子，放牲畜的粪肥。"农瓦房连忙回答。

"有机肥的问题，是一个大课题，急不得，得慢慢改善土壤环境。"听大家要他说农民专业合作社的事，王大鹏笑道："刚才农瓦房已经回答得很专业了，农民专业合作社，是种植能手、种植大户通过土地流转，建立的合作发展平台，合作社的土地统一开发、统一经营，打破了传统的一家一户小农生产模式，变分散经营为组织化、集约化经营；成员呢，以农民为主题，参与者自觉自愿，社员地位平等，管理民主。国家对农民专业合作社，有相应的鼓励和扶持政策。

这也是农业发展的大机遇。"

"这么说，我们只要申请，就能加入了？"李文化眼睛亮晶晶的。

"是啊。专业合作社社员不仅仅从事种植业，也可以从事养殖和营销。比如，合作社成立后，大家不可能都种黑粮，也可以养鸡养羊养牛，可以种蘑菇、木耳，有人在家种植养殖和生产加工，有人就跑市场。什么叫新型农民？各位有的参加过培训了，新型农民，就是会种地会生产技术懂市场营销。"

说着话，王大鹏看到了一大片晒垡地，大犁铧把土块翻得很深，肥嘟嘟在那里晒着。忍不住问道："瓦房哥，你留这片地弄啥？"

农瓦房脸红巴了一下，李文化代他答："那是留着种辣根的。"

"噢。"王大鹏心领神会地笑笑。其他人也跟着哄哄笑了。

这片种辣根的晒垡地，是专为农瓦房村的村民王彩芹留下的。辣根要在早春时节下种到土里，所以种辣根的地要空余下来。辣根跟栽红芋有点相像，先在家育种，然后早春时节栽下地。比栽红芋的时间提前，挖的沟要深，埋的土要厚。什么人的手，种出来什么样的辣根。这是王彩芹挂在嘴上常说的。还有一点，土地要经过一冬的晒垡，墒情才好，辣根才长得壮。

农瓦房行政村的村民王彩芹，第一个报名承包这片地种辣根时，别的人没法跟她竞争，因为她到外面学过种辣根。

去年麦前，农瓦房一出庄，顶头碰见彩芹。心里没有一点思想准备，想躲已经没处躲了，想打招呼，又不知说啥。农瓦房决定装孬，低头走过去，装作啥都没看见。

彩芹却把他叫住了。

"瓦房哥！"彩芹声音放得很轻，生怕被谁听见了。

农瓦房只得硬着头皮，上前搭话："回来啦？"

"回来啦。你也回来啦？"彩芹比他大方，站住身子，继续跟他唠，"我到外县种粮大户那里干活去了，其实就是学习人家种辣根。"

"学会了吗？"一说到种辣根，农瓦房心里的芥蒂减少了。

"差不多吧。你一千亩地不可能光种粮食吧？你要种辣根，我来种。"彩芹还是那个彩芹，敢说敢讲的彩芹。

农瓦房想着娘嘱咐的话：一定不能再沾彩芹了，这是大忌讳，千万不能在同一件事情上再栽跟头。

农瓦房咬紧牙不能栽跟头。他冷酷地说:"我不种辣根,种黑粮。"

"我的地都流转给你了,我得去你地里干活。"彩芹笑模笑样地说,"别怕瓦房哥,咱大大方方交往,比勾着头强。咱总不能一辈子勾着头过吧?你忙吧。"转过身,先回村里了。

农瓦房勾着头走到地边,还在想刚才跟彩芹说话时,庄上可有人看见了?看见了又会咋说他?担心了好大一会子,才在脑海里慢慢放映彩芹的脸。跟先前在海南时蹦蹦跳跳的小丫头比,彩芹也成熟了,脸上的样子很平静,大大方方的样儿,心里也不消极。不消极最好,他心里也会好受些。他跟彩芹之间,不管先前是谁的错,都不重要了,重要的是眼下,不能再犯相同的错误。她还是农三虎的老婆,还住在农三虎家的楼房里,不管农三虎对她咋样,在户口本上,他们还是夫妻。

农瓦房把自己反反复复叮嘱了一遍,咬了咬牙,对着天发了个哑巴誓言,心里平静了。

让农瓦房没想到的是,彩芹也报名去县里参加新型农民的培训学习。一开始村书记农学农也不同意她报名,农学农顾忌着农瓦房的感受。农瓦房是安副镇长再三关照的人,又是农瓦房庄土地流转试点的承包者,他为农瓦房着想,也是为农瓦房行政村着想,当然更是为自己着想。谁知道他不同意没用,彩芹有路子,直接跑到镇上找安玉椿,安玉椿让她参加培训了。原来,彩芹的娘跟安玉枫的娘是亲表姊妹,她喊安玉椿是表哥。她跟表哥说,她一辈子就跟土地打交道了,但不能当个二百五样的农民,她要有知识,有技术,懂科学,会管理,要当个能精精的、不被人小看的女农民。加上参加培训的女同志少,安玉椿直接让她去县里听课了。

农瓦房听课时见到彩芹坐在前排,真是吓了一大跳。他生怕彩芹又出啥点子来缠磨他,但自始至终,彩芹都表现得大大方方的,她跟农瓦房庄上来学习的人,跟其他庄上的人,都表现得大大方方,不多言,不多语,认真听着课,不卑不亢。倒是农瓦房,心里沉重得很,觉得农瓦房庄上知道他俩事的人,包括外庄的人,肯定都在注意着他们的一举一动。也不知来学习的李文化可清楚,笑不笑话他。农瓦房心里真没有底。

半个月的培训学习中,彩芹只跟农瓦房说过一次话。两人在走道里相遇时,她喊住了他。彩芹目光直视前方,前方是走廊的窗玻璃,窗玻璃外面是繁华的皖北县城街道。彩芹看着前方说："瓦房哥，我绝对不会害你。我已放下了一切，关键是，你也要学会放下！"

把农瓦房说得惊诧了半天，但就是彩芹的这句话，他心里扑通一声，真有放下一切的感觉。

培训结业考试时，农瓦房庄的王彩芹，理论考试和实际操作能力，成绩排名第一。在培训结业典礼上，她还代表新型农民培训人员发了言。她没有念稿子，而是直接抓着麦克风说话，言简意赅："人生有许多次的起点，这一次的学习，是我的一个新起点。努力才是我的方向。我会努力！"

彩芹的努力，是否就从种辣根开始呢？

农瓦房把乱跑的思绪收回来，看着王大鹏走向八号片区，看着紧挨着的七号片区、六号片区……四号片区那里种的是黑豌豆，比黑小麦略迟一些下的种，迟播是怕下雪前，豌豆苗长得太盛，会被冻死。太晚了播种，又怕来年春上，豌豆开花迟，影响收成。不像以前，麦子和豌豆套种，一起撒种子。这次种豌豆，都是在王大鹏的指导下播种的。农瓦房想，王大鹏学的一肚子知识，都是跟庄稼有关，跟农村有关的，他要是待在农村，那真是农村的宝，是派上大用场的人。这样的人才，多少钱能请得回来啊。自己要是有钱，就请这样的人才来种地，来发展大农业！

让农瓦房想不到的是，他的大农业的美梦，在黑小麦丰产在望，正咧着嘴冲人笑时，被一场突如其来的大火，给烧个精光。

收割机割过的麦秆，农民一把火在地里焚烧了，省劲又省钱。烧了几年了？没人算得清哪一年开始烧，反正有些年了。自从机器收种庄稼开始，家家的土灶变成了煤球炉、电磁炉，耕牛也慢慢减到一头也没有了，除了养殖户养的肉牛外，地里见不到一头耕地的牛了。牛不吃，灶不烧，麦草没用了，没用又扔在哪里呢？就地烧掉是最便捷的，烧过后就能直接耩豆子种玉米了，烧过的灰还能变成肥料。每一个农民都是这么想着，这么做着的，吃啦划一根火柴，轰隆起一阵火舌，大地在火焰里挣扎了一阵子，一切归于平静，豆子就出土了，玉米就发芽了。这家烧，那家烧，说说笑笑，打打闹闹，天地间的小麦秆、玉米秆、黄豆秸秆，都被一把火消除掉了。

这庄那庄，这户那户，一直都是这么做的。前些年，没有文件规定不烧，只要不烧死树，不烧掉村庄，就不算犯法。农瓦房离家前，大家烧麦秆没这么厉害，许多人家还要拉到场里垛起来，等着派上用场。有些麦秸垛，垛了好几年，旧得像堆破棉絮，沤时间长，烂掉了。麦草不熬火，没人喜欢烧，地锅没有了，更没烧的地方了。就点火在地里烧了。

农瓦房前年待在小龙河湾里，看到附近烧麦秸的场景，就像电影上放的战争场面一样，通红的火，呼呼的，然后是狼烟滚滚，发出呛人的气味，嗓子眼里难受得很，天上的白云彩都遮住了。老尾巴一看到烧麦秸，就长吁短叹，说做梦梦不到小龙女了，小龙女被熏跑了。又叹息看不到白云彩，听不见姓虞的女人唱歌了。农瓦房去年回到庄上，听到镇里开广播会，叫大家不要烧麦秸，拉回家，堆着，等哪天有发电厂来拉，还能换俩钱花。又举了例子说烧麦秸不好，污染空气，影响交通。就有领导下乡来巡查，在高速公路、铁路两边查，叫路两边不要烧，不然，交通受影响，有危险。见领导一来，老百姓就不烧了，领导一走，马上点火。不抓人不罚款，光嘴上说，力度不大，根本管不住人，明里不烧暗里烧。

今年农瓦房就不是一个看客了，今年他有一千亩麦子，这一千亩麦子，会有多少麦秸啊。他坚决响应上面不叫烧麦秸的号召，这是签订土地流转合同时的条款之一，清楚得很。农瓦房向王大鹏讨教，怎么处理麦秸最好？王大鹏说路子好几条，看哪一条适合农瓦房。先用机器收割，把麦粒收完后，再用旋耕机把麦茬粉碎，深翻到地里面，就能种豆子和玉米了；也可以把麦秸收起来，拉出地。农瓦房要把麦秸拉出来，他在地头挖了一个大池子，把麦秸沤在里面当有机肥。王大鹏说这样最好，但费工夫，增加费用。农瓦房说，宁愿一亩地增加几十块钱费用，也不能图省事烧麦秸。他一个种粮大户烧麦秸，影响多坏？

就把池子在地头挖好了。是农大斧带着施工队，用抓机抓出来的，还在池子四周砌上砖，抹上水泥。万事俱备，就等着麦子熟了。新买的两台收割机快到了。一台十五万，国家补贴八万，收割机是安玉枫投资的，他说先买两台，等条件好了，再买两台，种粮大户怎么能没有机械呢？不但添置收割机，还要买播种机、旋耕机、秸秆打捆机。

黑小麦比普通小麦晚熟几天时间。农瓦房庄上和周边庄上的普通麦子，陆陆续续成熟了，这里那里，麦子炸芒的声音，响成一片，就像大地在唱合唱。收割机开始在地里忙活，凡是大块田，家家都找机子割，只有不好进机子的小地块，才使镰刀。

皖北大地响彻收割机吃麦稞的声音。

凡是有脚有手能动弹的人，男男女女，老老少少，都在麦子地里忙活开了。壮劳力不多，壮劳力在城里挣工资呢。打电话给家里人说，在城里随便挣挣，就超过二亩麦子地赚的钱了。做爹娘的也就无话可说，好在胳膊腿没生锈，还能干活，又是干了半辈子的熟练活，又有机器帮着收割，省力多了。就是那些麦茬扎人的眼。麦子被机子割掉后，麦茬留得太深，还得再割第二遍。第二遍又要多付一次钱。就不想付了，觉得多花一道子钱，冤。就瞅着没人时，一把火烧了。

广播里仍然在说，禁止焚烧秸秆；发现哪里有火点，哪里的干部受处分。果然干部们下乡来了，找行政村的领导，都一起站地头，现场向村民宣传禁烧的重要性。村民就问，禁烧很重要，抢种也很重要，过了这个村，就没这个店。干部就说，那就粉碎麦秸，打捆运出来。村民就说，我们老头老妈哪有力气干这些？都要找机子来干，一亩地多出几十块钱，这麦子本身又能挣多少钱，麦秸又能值多少钱？干部就笑。村民也笑。到夜里，就有人偷偷点火烧麦秸了。干部们第二天看不见麦茬，只看见一地的黑灰。不承认是自己烧的，说是别家烧麦茬，把自家地里引着了。

村里的大喇叭又叫了一整天。不能烧麦秸，谁烧谁负责。怎么负责没说。是罚钱呢，还是蹲监？都没说。镇里开过广播会后，村里的领导再开广播会。农学农对着广播，把镇里领导的话又重复了一遍。

农瓦房站在一千亩承包地边，看着麦地里这一块那一块的黑灰，心中惭愧。他惭愧的原因，是不能为别家的麦秸解忧。他地里的麦秸，已联系好了打捆机。而别人家，他帮不上忙。就目前的投入成本看，他已经是焦馍裹馇子——自身难保了。

农瓦房站到天黑，掐了一穗麦子，在手里搓着，吹掉麦糠，对着鲜黄的夕阳，看着黑褐色的饱满的麦粒，心里的惭愧跑远了，嘴角挂上丰收的喜悦。

把搓好的麦粒装兜里，又掐了一穗，搓干净，吹掉麦糠，放嘴里几粒嚼一下，真香！

情不自禁地掏出手机，给李文化打电话。

"明天开镰！你机子日摆得咋样了？"

"昨天我开到自家地里试了一把，没问题！"李文化兴奋道，"庄上人说，我比当年的拖拉机手还要威武。"

"好，明天你就给我来耍威武，把油加满，一早过来！"

夜里的风大起来，焦干的空气里，有麦子的香味，有麦秸灰的呛人味，还有镰刀口的铁腥味。农瓦房把搓干净的两穗黑麦粒，攥在手里拿回家，撒到枕头底下睡觉。

多少年没有这样枕着新麦子睡觉了。但他的睡眠，却并不像他以为的那么香甜。

整个农瓦房庄，甚至整个大农庄、小农庄的人们，几乎都被大火在同一时间烤醒。

大家不相信天咋会这么热？麦季的天，晚上还要盖厚单子，老年人甚至要盖薄被子。咋就热醒了？蹬掉身上盖的东西，朝窗外一看，天地间彤红一片！

滚滚烫烫的一片红！

狂妄的火舌头，呼呼呼吐着火信子，把地上的每一片草，都舔干净了；把焦干的麦稞子，都囫囵吞下了。火苗腾空跳跃，麦粒在火焰里炸裂的声音，就像当年打仗时的机关枪！

一天一地的黑烟，也像当年战场上的硝烟！

农瓦房不相信自己的眼睛，他以为是在噩梦里。揉一次眼睛，再揉一次眼睛。不是噩梦！

他的一千亩地的黑小麦，在欢跳着的烈焰里，噼噼啪啪炸成了爆麦花！

农瓦房直着眼睛，朝大火熊熊的麦子地里走，他感觉不到热，只听得见麦粒被烤熟时的爆炸声，把耳朵塞得满腾腾。跟跟跄跄，迷迷瞪瞪，农瓦房走路的样子，像在发癔症。

"瓦房哥！" "哗哧" 一声，一桶井水搂头盖顶浇过来。彩芹扔掉水淋淋的铁皮桶，发疯般来拉扯他。农瓦房像个机器人，根本不听人的拉扯，人的呼唤。

瓦房娘扑住农瓦房的腿，瓦房爹架住他的胳膊，光着膀子的农学农，指挥着几个回家割麦的壮劳力，先把农瓦房抱住，又叫大家朝地里泼水救火……

电线被烧断了，大杨树被大火缠身，手机也打不通。有人骑摩托车到镇里，打火警电话来救火！

警车鸣着长笛，救火车鸣着长笛，救护车也鸣着长笛，一起开过来了……

好在没伤着人，伤的都是树，都是麦子地……

好在救火车把大火扑灭了，把靠近麦子地的村庄保住了……

农瓦房憋了几天，家里人看守了他几天。他就像个木雕人，一句话也不说。

他娘对着他哭道："房，要哭你就哭吧。要骂就骂吧……"

农瓦房傻愣愣地看着黑乎乎的麦子地，突然驾起摩托车，一口气跑走了。

一直跑到小龙河湾的老尾巴跟前，他才"哇"地大放悲声。

第十六章

牙摔掉不要紧，人要爬起来

老尾巴并没有劝农瓦房，就放了两条新手巾在他跟前。

坐在老尾巴门口的树底下，农瓦房哭湿了一条半手巾，才住了声。

"我刚来小龙河湾的时候，也是像你这样，大哭了一场。丫头递给我两条新手巾，我把两条都哭湿了。"老尾巴提过来一只暖瓶，倒两碗开水，又捏点茶叶放进去，"喝点茶叶水，静静神。"

两碗茶叶水，映着摇摇晃晃的槐树枝，使茶水看起来透青透青。

"只要人活着，一切都不是问题。"老尾巴把茶碗朝农瓦房跟前一杵，撂下这句话，看着眼跟前的麦茬地。老尾巴的麦茬留得浅，他把麦秆绑在一起了，要留给龙大娘养蘑菇。

并不多劝慰农瓦房麦子被烧的事，而是扯别的话题。

那时候，我是爬着出家门的。那个熊孩子，他有种，敢搡他爹！他的亲爹！

在搡他爹出门前，还朝他爹的腿上猛剁一刀！这个熊孩子！

也幸亏他把我搡出门，不然，还不知我要作践到啥程度。

还记得我跟你说过吗？有两次，我想死的心都有。

对，第一次，是年轻的时候，我喜欢的女人被别人娶走了。有好几年我都想不开。这一次，被亲儿子搡出来，还朝腿上剁一刀，让我像狗一样，拖拉着血糊糊的腿，朝外爬，你说，人到了这种程度，不一头撞死在树上，或一头扎死到井里，还想干啥？我脑子里想着哪里有井，就朝脑子想的地方爬。北地有眼机井，我不朝那儿爬，那眼机井吞掉几个女人了，我不喜欢跟女人窝一起死，我要找个干净的机井。临死前就这一点要求了，就是寻个干净的地方去死。我爬到庄子的南地里，又从南地朝西地爬，我记得西地有井机，是别庄上的机井，这样更好，死了让庄上人找不着。

可我就是找不见机井。大年初一的天很冷，太阳涂在身上，一点不毒，冷气嗖嗖的。地里一片荒芜，麦子才出土皮，被冻得比年前还要瘦。我朝地里爬，眼看着爬不动了，血流得太多，我有虚脱感。你猜得没错，正在这个时候，丫头出现了。

她说话很难听。她说，你要死早些年咋不死，你作摆到今天了，把大的小的都作摆一遍了，你才去死，谁也不让你去死！还要看你再作摆呢。

话说得难听，眼泪水也流得凶，把我抱起来，放到架车子上，就拉回家了。半个庄的人，都站家门口，看到她拉我回家。

也不知谁给她报的信，咋知道我被赶出家门了，还受了伤。她就拉个架车子，顺着路找我。路上有血，她很快就找见我了。

这个庄的人都熟悉我。土地到户后，每年的麦季，我都会扛几大袋子自家场里的新麦，扔到她家场里。每年我扛麦子过来，她庄的人都笑我。我习惯了，她也习惯了。今年麦子没扛多少，最后一袋子，都扛到她家麦场上了，被我儿子从后面撵到场跟前，我儿子拉过袋子，二话没说，又扛回去了。

她拉我住她家里，又帮我找了医生。我跟你说过没？就是农医生。大农庄的农民，给你们那一片的人，扎过根，号过脉，量过烧的农医生。丫头把农民请过来，农医生给我打消炎针，把我的伤腿包扎起来。丫头说，流了这么多血，咋办？农民说，好生调养着，孬血流掉了，剩下的都是好血，好血再生好血，人就活了，就变了。丫头问，变个啥？农民说，变个有血性的汉子！

连着三天，农民每天都过来看我，给我换药，还说了些宽慰我的话。他说，这次被撵出来，看起来是坏事，说不定又能变成好事呢。又说我，死都不怕，活着怕个啥？又不老，还有好些年要活呢。

我就决定活下来。那就活出个样子来，别让人背后指脊梁骨。不知为啥，觉得跟农民农医生有缘，心里特亲，特想把心里话说给他。我指着丫头端猪盆喂猪的背影说，这个女人我年轻时就喜欢，她却嫁了别人，帮别人生娃；我也娶了不喜欢的女人。农民笑道，你不喜欢的女人，也帮你生了一堆娃。女人不喜欢就算了，娃可都是你的亲娃，你瞧你是咋对待你亲娃的。

一句话，把我说红脸了。

农民说，你赌博，喝酒，不务正业，不帮你不喜欢的女人干活，看起来是要个性，其实你害了你的娃。你的娃大了，懂事了，不把你撵出来才怪呢。这叫罪有应得！

我跟农民说，那我朝哪里活。

农民说，你朝三不管的地方活。

腿伤好后，我就来到了小龙河湾。

小龙河湾就是三不管的地方。一河流三县，一河占三县，河湾里的茅草地，河湾里的乱树棵，是咱皖北县的，也是其他两个县的。我不占好地，我开挖茅草窝，摊平乱坟岗。我就把自己当鬼活，把自己当鬼活的人，人也怕，鬼也怕。

人鬼都怕的人，才敢在小龙河湾里活。

丫头也陪着来了。她说帮我开地，跟我一起挖茅草根，平乱坟岗。我撵她回家好几回，她不回。她说，她几十几的人了，啥都不怕了，嘴长在别人鼻子底下，爱咋说咋说去，谁把舌头说闪了腰，谁受着。

对，她没有男人了。她男人在井下出了事，没了。现在你知道我为啥要送新麦给她了吧？矿上赔了钱，安排她俩儿子去矿上念书，说长大了就在矿上就业。她孩子的大爷怪有本事，在矿上说话算话得很，赔的钱也被他捏着呢，说替孩子保管着。丫头就一个人在庄上住，种地，喂猪，开菜园，也不再嫁人。丫头那个厉害的娘去世了，没人逼她再嫁人了。

我跟丫头在小龙河湾开出了一片地，种上菜，又搭了一座大庵子，能支锅能放床，她就回家了。

回家忙好家里地里的活，她时不时就过来，拆拆洗洗，缝缝补补，做点改样的饭吃，把这小龙河湾，弄得越来越像家。后来她的俩孩子工作了，她就搬回娘家住，离我这里近了。说住得离我近些，她才放心。

你小子聪明，猜得没错。大龙庄的龙大娘，就是她。司小楼的人喊她是游戏娘，她大儿子小名叫游戏；在这里，她就是龙大娘。

现在你都瞧见了，小龙河湾里的这些地，都是我一点点开出来的。我种地种上瘾了。说给别人不信，说给你，你会理解。这人跟土地打交道，最安心，最不吃亏，土地不欺负人，只要你朝地里撒东西，撒上啥，它长啥，绝不亏待你。

这一晃，就十几二十年过去了。这二十多年我待小龙河湾，思前想后，想透了很多事，把自己的心结打开了。有人说赌瘾难戒，我就会跟谁抬扛。我说，难戒，那得看是谁。我就戒掉了，我不用剁手指头，不用发毒誓，我心里不想沾它，就一点不沾了。有人说人着急了没法过日子，我又要跟他抬杠了，人着急了照样能过，看你心里想啥了。

说说我娶的这个女人吧。

她是这一片没人娶的女人。

我是这一片没人嫁的男人。

我爹娘找到媒人，让去说说看，要是愿意的话，就嫁过来，我们家不嫌她，她也不要嫌我家娃。

娶她时，我快三十了，她也二十五六了。

咋就没人娶呢？你年纪小，有些事，你没经历过。

她是地主羔子。在那个天天批人的年代，她爹是被批斗的靶子。有一回批厉害了，关在黑屋里不给吃，不给喝，她去瞧她爹，看着爹快不行了，就跪那里朝人拜，说行行好，给他松松绑，给他喝点稀的吧。几个人看着地主羔子大闺女，梳长辫子，可怜兮兮的样，就动了孬点子，说，给点稀的可以，你得让我们摸摸……就这样，她爹挨批的次数越来越多，她就去公社一次次救她爹。后来这事怎么就传开了，说她被多少男人摸过……要不是家里爹娘哭着求我娶她，为家里传宗接代，我才不娶这样的女人，被多少人摸……我审她这个地主羔子，她哭着跟我说，没人咋着她，怕被她沾上惹麻烦，就是摸摸……她一说到这里，我就劈脸一耳光呼过去。后来看到她的脸，我就想呼耳光。这种屈辱让我待家里都受罪，听到她声音都想打她，她后来说话声音越来越小了。我不想跟她一起干活，一起吃饭，总之，就想躲得远远的，找哪样事能把屈辱忘掉呢？我干亲家拉我试试手，一试，觉得赌博可以让我忘记屈辱，就跟赌博干上了……

一住到小龙河湾，我就从另一个角度看她了，觉得她比我活得更不容易。虽说我没有喜欢过她，今后也不可能喜欢她，但我觉得她是个了不起的女人。她没念过书，她爹懂文化，她就知道文化的重要，两个儿子，也算她培养有方了。这一点，我老尾巴真得感谢她……

"好啦孩子，我把自己的那点孬底子，丑得不敢见人的事，都说给你啦。为啥跟你说这些？我就是要把自己悟出来的一句话告诉你：牙摔掉不要紧，人要爬起来。"

农瓦房看着老尾巴，把半条潮毛巾还抓在手里。他被老尾巴的事打动了，忘记了自己身上的事，淡化了一千亩被烧光的麦子地给他带来的损伤。

老尾巴又开着免提打电话了。

"我说安镇长，你现场也去看了，烧掉一千亩，那可不是小数目，你镇里得拿个方案出来，救济方面不能少！别人烧的是麦茬，他这可是麦子，沉甸甸的黑麦子！"

"我心里正扑腾着呢。镇里正在开会，上面派了调查组过来。不仅咱这片有麦子地被烧了，咱省里别的地方也有，河南省的也烧掉不少麦子。省里要颁发禁烧文件了，龙主你放心……"

"你喊我啥？你再喊一遍？"老尾巴大声咋呼道。

"龙主……爹！"

那声爹，从手机话筒里冲出来，直接砸到农瓦房的耳朵眼上。农瓦房吃惊地看着老尾巴："谁喊你爹？安镇长？"

"不是他，还有哪个驴熊！"老尾巴洋洋得意。

"他怎么喊你是爹？"农瓦房还不敢信。

"他这会子就得喊我爹，他不喊我是爹，喊别人是爹，我不愿他的意！这个驴熊！他得把你的事当事，这可不是一件小事！"

第十七章

———

寻找姓黑的粮食

安玉枫从别人手机拍的录像上，看到火舌如何在夜晚，偷舔农瓦房的千亩黑麦田。可怕的火舌，就像恶魔的巨爪，几乎以迅雷不及掩耳之势，把就要到手的熟透的麦子，顷刻之间化为灰烬。

自从和农业摽上劲，安玉枫就深知其中的风险。让他没想到的是，已经丰收在手的粮食，没受旱涝困袭，没被病虫害侵扰，却被一场莫名的大火吞没。哪个朝代有在地里放火的啊，除了战争。这个意外，有点太意外！

越是艰险越向前，虽然是句大口号，但现实中，确实能派上用场，你不向前走，艰难会更大，正如逆水行舟，不进则退。比如，和宁城市场签订的黑麦片供销合同，不能因为一千亩黑小麦一夜成灰，合同就化为乌有。白纸黑字，是负法律责任的，亲兄弟还要明算账呢，何况是生意合作伙伴！温晓莉刚刚平缓的情绪，又坏透了："要不，你回来吧，我和孩儿的股份，也够你吃饭的……压根，你就不该回安大营……"

安玉枫对着话筒温暖地笑着。尽管温晓莉看不见他的笑，他却能感知到她的愁眉不展。一个男儿的担当，不仅是对家乡，对父母，还有对妻儿。现在不是讨论他该不该回安大营的事，该不该回，他都回来了，而且扑腾出了这一大摊子，已经是篱笆子伸头容易回头难啦。

他没有回头路可走，至少现在没有。

安玉枫先在心里狠狠把自己安慰一番。放眼看南湖地里的大棚，风和日丽中，大棚地像一片笑脸，让他揪心的同时，也给他安慰。

大棚已发展到一百个，像一片海洋。有人称这是白色工程。安玉枫不想它是什么工程。他做这一切不是为了打造什么工程，那是不做事的人说出来的概念，他是做实事的。他只知道，这一百个大棚，把整个安大营的人心凝聚在一起了，整个庄上的人，有事做了，连七老八十的老头老妈，只要身体没毛病，都能拎着马扎子，在大棚地里薅草了。庄上牛气哄哄染着黄头发红头发的年轻人，仗着在城市里送过外卖跑过快递当过送水工美发工，就吹牛城里比农村好，安玉枫说你吹啥吹，有本事你把大棚里的好东西推销掉，一个季度的提成，就抵你当送水工一年的工资。一激将，年轻人真去了，好嘴皮子用在刀刃上，能耐小的当推销员，能耐大的，就在城里的小区开直营店了。这一片大棚地，已经不是安玉枫一个人的了，村民家家参与了，以土地入股，统一种植、管理、销售，也有个好听的名字了，"安大营有机蔬菜专业合作社"。这个牌子挂在哪里都撑门面，光瑶城就有二十家门店，五家连锁超市也打进去了。这个时候，安玉枫能回宁城吗？

想着宁城销售黑麦片的合同，安玉枫心里躁。他没有给农瓦房打电话，因为不知道跟他说啥，说啥都是苍白的。别难过，想开点，这样安慰他，等于嘴上抹石灰，白说。之前他的四十个大棚被水泡的时候，他也不想听到啥安慰的话。一切的安慰，都赶不走心里的那股悲怆。安玉枫也没找弟弟安玉椿。安玉椿正配合省里来的调查组，查访农瓦房行政村黑小麦被烧事件。这是皖北县发生的最大的起火点，而且烧毁的是小麦而非麦秸，把整个皖北县都轰动起来了。安刘河镇各级领导也被推到事件的前头。安玉枫不想再给弟弟添乱。

掏出手机，自然而然的，安玉枫打通了杨二香的电话。听到杨二香一声"喂"，他吊着的心，扑通一声松弛了下来。

杨二香的土麻鸡保种基地，做得有声有色了。岱山孵化的鸡娃娃，经过第一道提纯工序后，在安大营的土麻鸡原种鸡保护中心安了家。长到三个月，又进行第二次提纯。提纯后的原种土麻鸡，当蛋鸡养，杂交鸡，当肉鸡养。两座鸡舍南北呼应，中间是绿化带。通风、送料、饮水、捡蛋、出粪，一套全自动化设备，让鸡场显得干净整洁。仓库也做得漂亮，通风采光一流。王淘气两口子，一人忙活一个鸡舍，因为现代化帮了忙，精力完全够用，只有外地来车拉鸡蛋时，才临时找工人过来帮忙。包装盒也印得漂亮，小巧玲珑的土麻鸡，饱满圆润的鸡蛋，喜气得很。这都是杨二香的大手笔。相较香香面业而言，鸡场只是一个小平台，杨二香用一整天的时间，就能把半个月的工作安排妥当。

鸡粪也好处理，一部分直接撒到鸡场边的水塘里喂鱼，大部分鸡粪送到安玉枫的大棚地里当有机肥，小部分留给承包的机动地里当肥料。春天是孵化小鸡的最佳季节，老鲍抓住了春末夏初时节，成功孵化第一批鸡雏六千只，经过两次提纯后，有近五千只纯种鸡和千余只杂交鸡落户安大营保护基地；老鲍马不停蹄，在天气不太热的情况下，又接着孵出第二批，这样，安大营土麻鸡原种鸡保护基地，已有原种土麻鸡万余只。杨二香实现了当年养鸡，当年获利，并在安刘河镇和杨林镇，技术扶持两家养殖分场。

发展和保护原种土麻鸡已胜券在握，杨二香暂不去想香香面业悄无声息的机器，安静如眠的厂房，似乎，她心里只有那些叽叽叫的鸡娃子了。

杨二香此刻正在安大营的原种鸡保护中心。在盖仓库时，其中的一间房子，做了她的办公室，虽然简陋，却一应俱全，连茶具都摆得周周正正。这的确是个对生活一丝不苟的女人。

安玉枫走着去了保护基地。这个地方，有着他当年养鸡时的记忆，那场大火，时不时还在他的梦里回放一下。因为王淘气和宋春梅住那里了，安玉枫能不去就不去。不过，杨二香一过来，他就去她那里蹭茶喝。这个皖北女子，对江南的茶道还真懂一些。安玉枫在南方生活时间长了，也喜欢上了喝茶。两人都忙，但也能时不时地喝茶聊聊天。

安玉枫去保护基地，已经不止一次见过王淘气夫妇。第一次，安玉枫真觉得别扭，但人家两口子，倒是大大方方的，该打招呼打招呼，该干活去干活，样子不卑不亢。安玉枫想，人家这才叫能屈能伸呢。就把别扭放下了。时间过了这么久，什么坑都能被风沙填埋掉，何况年轻时的那点破事？

安玉枫快到时，正好宋春梅戴着口罩和帽子，从鸡舍里推出一手推车鸡蛋出来。鸡蛋都装在大塑料篮里，放仓库分拣后，直供瑶城的月子中心。鸡舍离仓库不远，仓库门口有点坡度，宋春梅微弯着腰，加了几分劲朝仓库推车，安玉枫就疾步上前，帮着推了一把。宋春梅淡淡地说："谢谢！"声音隔着口罩传出来，怪怪的，加上她穿着蓝色工装，捂着帽子，这使她看起来像个外星人。

安玉枫的嘴边挂出一个不自然的微笑。

杨二香已经把茶泡好了，安玉枫一进屋，她笑道："干大事的男人，就得有这胸怀，不计前嫌。"

看来，她看到他帮宋春梅推车子了。跟宋春梅的那点事，他第一次在岱山见她，一股脑儿告诉她的那些事里，就有跟宋春梅的事。

"我才不是干大事的男人，我心里整天想着的，都是鸡毛蒜皮的小事。"安玉枫握起一只杯子，一口把茶喝干了，"比如，我现在想……"

杨二香打断他的话："你现在想，宁城订购的黑麦片，拿什么生产给人家呢？"

安玉枫的心里呼隆响了一声，这个女人，真是他肚子里的蛔虫，他想什么，都瞒不过她。

又抓过杯子一口喝干茶，杨二香白了他一眼："注意喽，你这是牛饮！吹什么会喝茶，你喝的哪门子茶。"

"心里急，也真渴了。"安玉枫故作嬉皮笑脸状。

"现在最着急的不是你，该是你弟弟和农瓦房。"杨二香优雅地品着茶，"农瓦房着急，那是干打雷不下雨；你弟弟大小是个镇长，一千亩地的流转，他做了许多工作，一下被大火烧了，他不但要争取对种粮大户的及时救济，还要争取上级政府的政策扶持，不然，土地流转在安刘河镇的试点，就得宣布失败。"

见安玉枫像看外星人样看自己，杨二香脸一热："别拿干部看群众的眼光看我。"

"我在听你上课呢。接着说。"安玉枫一见杨二香，觉得哪儿都轻松了，说话也放得开了。

"不过，你弟也不需要太着急，天塌下来，有个高的人撑着呢。书记、镇长才首当其冲，你弟，最多被顺带批评一下，副镇长的帽子抹不下来。至于你的黑面片，"停顿了一下，吊吊安玉枫的胃口。

安玉枫优雅地给杨二香倒上茶，双手捧着献上去，嘴里嘟噜着："娘娘，您请！"

"罢了！"杨二香摆出心安理得的受用样，狐狸眼眯成一条缝，撒出几星眼风，打在安玉枫身上，"也不打听姐是做什么的？"

"姐做什么的？你不是在当养鸡婆吗？"安玉枫有意激将她。

"姐姐我是做面业的。面是谁生的？是粮食生的。"杨二香故作得意状，"哪片地产啥粮食，我清楚着呢。"

"姐，我知道你要说黑粮了。"安玉枫巴巴地看着杨二香。这一回，他是真心巴结她。

"山东有家种黑粮的，河北也有。"杨二香喝完茶，放下杯子，"河南有两家，我们货比三家，有得挑选。"

安玉枫笑得合不拢嘴："二香，怎么每次你都是我的贵人呢？"

"把你那甜嘴闭住。"杨二香说，"我这都是为着农瓦房着想，农瓦房这个种地迷，不能挫伤了他。谁让我们都是农民呢，不像你大企业家。"

这回安玉枫让着杨二香了："是，是，我是大企业家……"突然不朝下说了，因为再说，就说到杨二香了。杨二香关掉香香面业，在安大营当养鸡婆，怎么说都不能跟做香香面业老总时相比。

杨二香心里特敏感，安玉枫想说没说的话，她从他眼睛里，看得焦干。脸色淡淡的："忙过这二天，我陪你去山东看看。"

"小生我一定鞍前马后……"安玉枫心里一轻松，语调就变了，立刻觉得不妥，马上收敛起自己的放浪形骸，"我开车，你放心，一定一路护送。"

这回开的是杨二香的商务别克。过皖北县与山东接壤处的收费站时，收费员马上喊一声"香姐好"！安玉枫羡慕道："你真是门缝里吹喇叭，名声在外啊。"

杨二香淡淡一笑："不过是来回路过的次数太多而已，有时一天能过两三趟。这个出口，是杨林唯一通向外地的出口，无论是去河南河北或山东甚至是省城，都要从这里过。"

阳光灿烂，一路畅行。收割过麦子的田野，一片空阔。一些麦子地头，堆放着收割后的麦秸，东倒西歪的麦秸堆，有的已倒在地边的小水沟里。原来秸秆禁烧问题，不仅是皖北县的问题，是全国有秸秆的地区共同面临的难题。越往北走，地头堆放秸秆的地方越多。老百姓无计可施时，把秸秆堆在自家地头，占用自家耕地，或许是最好的选择了。安玉枫对着车窗外一堆堆触目的秸秆堆，叹道："看来，秸秆问题越来越严重了。谁能想得到，连秸秆也成为问题了。记得小时候，队里分秸秆，论堆分，为着哪堆大，哪堆小，有人还跟队长打架争呢。现在却扔得到处都是，没人要了。"

"你要操心的，是谁供应黑粮给你啦。"杨二香说，"我做面业的时候，也像你这样感叹，让皖北的好麦子面粉，走出大平原，走到全国各地，让老百姓种粮的积极性提高，让粮食的价格也能涨上去。唉，理想和现实，总是矛盾的。"

"你这是意外，跟市场没关系。"安玉枫说，"说不定你能东山再起呢。"

"那要看太阳愿不愿意从西边出来了。"杨二香疲倦地闭上眼睛，马上又睁得大大的，"我其实已经再起了，不管东山再起还是西葫芦变南瓜，做个有理想的优秀养鸡婆，也是伟大事业啊。"

"二香，我知道你为了香香面业，付出了很多……"安玉枫左手握住方向盘，右手很自然地盖住杨二香的左手。杨二香一下不吱声了，小手在安玉枫的大手里静静地卧着，两眼平视前方，只感觉自己的心怦怦怦跳出了声音。

安玉枫也不说话。两个人，两只手，车内的冷气，发动机的低鸣，扑在车前玻璃上的热太阳，超车道上飞驰的小车，或动或静的一切，把嘻嘻哈哈的两人，胶冻住了。直到前面出现一辆小山样的大货车，杨二香才意识到，这是高速公路，她自然地抽出左手，朝前一指："爷们，超它！"

"瞧我的呗！"安玉枫的声音也活跃起来，打开转向灯，审时度势地从大货的左边加速冲过。

"我第一次在高速上超货车，心里居然有障碍。"杨二香恢复成爱说爱笑的杨二香了，"老担心货车扭身子欺负我，就跟它隔得远远的，几乎是擦着隔离栏跑，感到货车的车身，比一列火车还长。紧张死了！"

"哈，我们的杨总也有紧张的时候啦！真看不出来。"安玉枫逗她。

"后来厂里的货车老司机说，隔离栏可不能靠太近，太近危险。货车跑路可老实了，就在自己道上跑，谁让自己是高速路上的慢牛呢。"杨二香只管说自己的。

"货车和老实人一样，都安分守己。只有小车才刺溜刺溜跑。"

"那，你是货车，还是小车？"杨二香的狐狸眼笑成了弯月牙。

"那要看工作需要喽，可以是货车，也可以是小车，或客货两用车。"安玉枫耍着嘴皮子。

"好，你就是客货两用车。"

两人逗着嘴，时间过得快，不觉就到了山东德州。当地一家面粉企业的老总，杨二香熟识，带着两人一起拜见富贵专业合作社的当家人，这让安玉枫眼界大开。德州的富贵专业合作社，不仅生产黑小麦，还有黑高粱、黑荞麦、黑土豆等许多姓"黑"的品种。瞧人家黑粮种得多好，品种多样。皖北也是北方地区，这里的品种完全能复制到皖北县种植，一定得让农瓦房来这里参观学习一下，这样，农瓦房村的黑粮深加工，才更有保障。想到这里，忍不住给农瓦房打了个电话。

"我正要跟你讲呢，咱镇里的书记被撸下来了，现在镇长是书记了，安镇长是代理镇长了……都是这场火灾造成的……安镇长具体负责咱的地块，已经申请到无息贷款给我用。省民政和县民政，也拿出专项资金救济我，种子和机械补助都到位了，可以种黑豆黑玉米了……"农瓦房在电话里絮叨了一会，听说在山东找到种黑粮的企业，高兴得不行，又检讨自己半天："哎呀安总，我都忘了想黑粮深加工这个事了，心里只顾难过粮食被烧的事。那我得去参观，看咱这里适合种啥。对了，王大鹏也来皖北县挂职了……"

和富贵专业合作社签订了黑粮购销合同，两人急忙往回赶。对方非要留吃饭，还安排他们到周边玩玩，看看黄河故道，说德州地名就是取自德水，德水是古黄河。安玉枫用眼光征求杨二香的意见，二香立即婉拒了对方的盛情，说家里一摊子事，哪有心情吃玩啊。

离开德州，已是下午四点多。他们的目标，是一路向南，饿了就在服务区吃碗面，连夜返回。

车过济南，在服务区一人一碗牛肉面，进入泰安地界。还不到晚上七点。夏天黑得晚，此刻，天上铺满鱼鳞状的白云彩，白云彩里，还藏着一牙俏俏的白月亮，非常漂亮。车在高速路上走，那些白云彩，仿佛擦着人的眉毛和面颊，熨帖至极。签下黑粮购销合同，两人都很轻松，坐在副驾驶的杨二香，心情很好，忍不住哼起了皖北民歌："一呀一更里，月亮渐渐升，听为奴我来对你细说根由。想当初初次见了面，奴拿你当情哥哥待呀，你却把奴丢……"

安玉枫沉醉地听着。他唱歌不行，但《盼五更》的民歌，从小就听人唱过，版本有好几个，忍不住跟着合唱了几句："一呀一更里，月亮照纱窗，我对你私下的好半点没改变，奴说出这话为了把我嫌……"

"哈哈哈！"杨二香放声笑起来，"一对怨男怨女，都哪跟哪啊！"

　　两边的田野，碧青的玉米，蹿出尺把高，厚厚实实遮盖着大地，白云彩、白月牙、青玉米，西天粉色的流云，人像走在童话里。杨二香张开双臂，侧身向着西天的晚霞，做拥抱状，狐狸眼现出微醺："拼却生命最后的激情，绽放铺天盖地的醉红！好喜欢这两句写晚霞的诗啊！"

　　安玉枫面露微笑，方向盘轻轻一带，朝着西南方的匝道驶去。直到ECT出口提示音响起时，杨二香才醒悟车驶出高速了。

　　"哎，怎么回事？"收拢拥抱晚霞的双臂，她嗔问安玉枫。

　　"带娘娘走进晚霞的怀抱，去看铺天盖地的醉红啊！"

　　杨二香再望一眼像撒了碎石榴籽般的西天，不觉莞尔："正合哀家心意。好，直奔晚霞的怀抱！"

　　出口处的小镇，干净整洁，楼房错落有致。拣一条朝西走的大路，穿越小镇，向着晚霞驶去。在一片空阔地带，安玉枫停下车子。

　　两人站路边，沐浴在晚霞里。壮实的玉米棵，一起偎在他们身边，在风里絮絮叨叨。杨二香伸出圆润的胳臂，抓摸着晚霞的光泽，让它们缠绕在她的手腕上，开心得不行："多少年没这样专心地看晚霞了，她还是那么美。"

　　"万变的是天，不变的也是天。"玉枫看到杨二香像孩子般高兴，心里也快活。

　　那片阴历六月初的白月亮，泛出微黄光泽，而晚霞的碎红，不知不觉聚拢一起，织成一片厚厚的火红；不久，那片火红渐渐淡去、淡去。

　　安玉枫站杨二香身后，双手情不自禁地落在她肩上。他的掌心被一阵战栗突袭。

　　杨二香敏感的身体，感知来自另一个身体的亲昵。久违的被疼爱，使她有瞬间的眩晕，身体不觉朝后倾倒。安玉枫轻轻拥住她，下巴抵着她柔软的头发。一股麦子的香味飘荡开来。

　　两人静立不动。从天空消失的晚霞，落满他们一身。

　　微黄的小月牙，离地平线越来越近，最后随晚霞一同消失。这是六月的第一个月亮天，很短。

　　天，完全黑了下来。蚊子机不可失地朝他们发出问候。两人猛一愣怔，杨二香顺势移开身体，朝车子走去。"晚霞很美，哀家很受用。我开车奖励你。"仍旧一副嘻嘻哈哈的样儿，眼睛却不看安玉枫。

有几只蚊子跟到车里，两人一通撵打，杨二香咋咋呼呼一阵："咱可不能随便带人家的孩儿，要犯法的。去，去！"立即关上车窗，回眸一笑："朝哪走？"

"南行，再西走，然后北拐。"安玉枫指挥着。

"直行，右拐，再右拐？可是？"

安玉枫张着两只手，看看左右手，一时分不清哪是左，哪是右。

这两人实在好玩，一个不分东西南北，一个不分左右。杨二香不相信安玉枫不分左右。女人没方向感可以理解，男人怎么会不分左右？有一回两人去瑶城办事，杨二香坐副驾驶指挥交通，明明说右拐，安玉枫却打左转灯，走左车道，杨二香终于信服安玉枫不是装的。后来摸出门道，不说左右，说写字的手，不写字的手，真管用。幸好安玉枫不是左撇子。

"拿筷子的手！"杨二香提示他。

安玉枫放下左手，举着右手，咧嘴一笑："对，顺着这只手拐。"

"右，右，你背会也不管？"杨二香恨铁不成钢道。

"绝对能背会，永远分不清。"

安玉枫左右不分的毛病，拜小学老师所赐。有一回，他把左右两个字写错了，老师罚站又猛剋他，提着他耳朵让重写一百遍，从此他左右再分不清了。

说说笑笑，嘻嘻哈哈，直行、右拐、再右拐，走到进高速入口的路。

不远处的小镇，灯火一片通明，有射灯朝天空划着光柱。看来，这小镇挺热闹。一辆大货车，在前方行走。路灯很高很亮，能看清货车上装的东西，是编织的草苫。草苫重量轻，堆得高高满满，货车走起来摇摇晃晃，颤颤巍巍。

超不超它？杨二香心里有点犹豫。路不宽，货车占去大半个道，笨拙的身躯，让跟着它走的人着急。杨二香不觉轻点油门，鸣了声喇叭，打算从左边超过。这时候，货车扭动了一下肥身体，似乎向左摇摆。杨二香立刻点刹车。原来路右边停辆面包车，没有亮尾灯，车内好像没人。大货车扭身体是为了让开面包车，可是，它却没有打转向灯。

跟着大货车行走，大货车遮蔽住前方，杨二香觉得憋闷，终于，她有了超车的机会。打着左转灯，加速，靠左车道，笔直前行。在超越大货车巨大的臀部时，一团强劲的黑暗，大吼一声，搂头向她砸来，她本能地连声尖叫，慌乱中，仍然点准了刹车。她和她的车，瞬间被黑暗埋葬。

她感到黑暗中的刘大庆，张开无形的黑翅膀，把她团团护住。她闻到了呛鼻的麸皮的味道。

"大庆！"杨二香锐声惊叫，双手在黑暗中乱抓，她的手，被一双大手，紧紧握住，同时，一只长手臂，有力揽住她的肩。

"二香，别怕，我们没事！"安玉枫声音很大，手不停抚着她的手。两人都被安全带系着，动弹不得。片刻的安静后，安玉枫先解开安全带，然后帮杨二香解。之后，他探过身子，把二香搂怀里，拍着她的手，反复说着"不怕、不怕"。

杨二香仿佛被催眠，脑袋渐渐迷糊起来，那个缠了自己许多年的梦境，再次将她吞没。只不过，这回刘大庆没拿着滴血的发卡，他两手空空，面孔模糊，看也不看她，转身而去。杨二香嘴里喊着"大庆"，想去追，可是，眼前一片烟云，她完全迷失了方向……

杨二香在小镇医院醒来时，已是第二天中午。睁开眼，她看到安玉枫湿润的眼睛，马上坐起身："这是哪里？"

"铁塔镇中心卫生院。"安玉枫笑得满面春风，"你可真能睡啊，整整十六个小时！"

"真的呀？"杨二香羞涩地一笑，"我连个梦都没做，多少年了，这是第一次睡觉不做梦。"

医生马上过来，再次给杨二香做了全面检查，之后笑笑："你真是个奇人呀，我们检查你一点事没有，就是呼呼大睡。你老公急坏了，一整夜陪着你。这下好，醒了。"

杨二香的狐狸眼，笑弯成一片月牙，瞟了安玉枫一眼。

"医生，我没啥事，是否可以出院了？"杨二香问。

"完全可以。"

杨二香饿坏了，要安玉枫带她先去吃饭。正好医院对面有家小饭店。边吃，安玉枫边给她讲了事情的原委。

货车上的草苫，因为绳索突然绷断，瞬间从车上崩塌，把他们坐的车，厚厚埋住。随着惯性，他们的车，推着草苫，朝前走了一段路，才停下来。好在草苫重量轻，他们车、人无碍，就是杨二香昏睡了十几个小时有点蹊跷。

"我想起来了，那个装草苫的大货车，在我们前面晃晃悠悠的。"杨二香喝了一口面汤，"幸亏是草苫，要是钢铁啥的，还不把我们拍扁了。"

"货主是个老农民，在家编好了草苫子，送到镇上的草苫收购中心，以为路不远，就装得满满的，又没绑结实，没想到出了事。"安玉枫还在向二香陈述，"他吓得不轻，怕你有啥事，在医院门口蹲一夜没回家。"

"经过了这个事，我心里的一个事，被摘掉了。"杨二香眼睛低垂下去。

"我听见你在喊……大庆……"

"突然陷入黑暗中，像当年的那场车祸……大庆不理我，他走了……"杨二香猛一抬头，"我们回家吧。"

杨二香的别克车，被草苫子弄得有些花脸，她说得闲再去瑶城的 4S 店给车整容，便拉开驾驶室，坐了上去。

"你可管开？"安玉枫担心地问。

"你姐我开了十二年的车了。别担心。"

两人轮番驾驶，终于在天黑前赶到岱山的石头屋跟前。

去石头屋的路被修整过，能走车了。不但能走车，石屋西边还有片停车场。

老鲍一见他们，推着电瓶车就要回家拿吃的。杨二香笑道："老鲍你别忙活了，我们在路上吃过了。"

老鲍还是那个憨笑着的老鲍，他站了一会，把水烧开提过来，跨上电瓶车，回家了。

晚饭后老鲍没来。土麻鸡岱山孵化基地，是季节性的。这会子天热，孵化工作告一段落，老鲍就是来守这个摊的，给果树捉虫子，给一片菜园浇水，给房前房后打扫。今晚，他可以休工了。

安玉枫第一次走进了杨二香的闺房。他居然有点害羞。

老鲍早上提来一食盒好吃好喝的，都是杨二香的最爱。早饭后，杨二香要带安玉枫去看一个地方。

"你这山上，还有什么宝贝没给我看？"安玉枫坏笑道。

"昨晚我做了个梦，我想应验一下我的梦。"杨二香脸红了下。

在野石榴林的东北方，长着一棵老石榴树。老石榴树枝干遒劲，果实不多，但枝繁叶茂。石榴树旁边，是一丛茂盛的苇草。杨二香扒开苇草，突然惊叫道："真的应验了！"

安玉枫低头一看，苇草里现出一片澡盆大小的水面。水透清，飘着几片树叶。杨二香撩起水，朝安玉枫身上撒，问："可凉？"

"怪凉的。"安玉枫摸了摸脸上的水滴，"这就是你的梦？"

"我先给你讲讲这个泉眼。它叫宝灵泉。"杨二香说开了宝灵泉的来历,"相传一对情男情女,女的送男的赶考,一路相送,难舍难分,后来迷路了,两人又饿又渴,最后男的晕了过去。女的抱着男的,对天说,让我变成一口泉眼吧!然后扑地一倒,就成了一汪清泉。不久,男的便清醒过来,趴在泉眼边喝了个饱,却不见了妻子。千呼万唤了半天,最后含泪一个人赶考去了。后来男的高中,在京城为官,娶了高官的女儿为妻。他的发妻便托梦给他,说自己就是岱山下的那口泉。男的便访到岱山,给泉眼取名宝灵泉,并在泉眼边,栽下一棵石榴树。现在,这棵石榴树还枝繁叶茂,开花结果。你看到的岱山边的野石榴树,就是这棵石榴树的子孙后代。"

安玉枫听得入了迷,忘记问二香应验梦的事了。杨二香接着说:"这口泉眼,干了多年了,去年有湿湿的一小窝水,今年一直没有水。我有个心愿,如果宝灵泉的水泉满了池子,我的生活就会有新的开始……"

"你的心愿是在遇见我以后才有的吗?"安玉枫扯住杨二香沾着泉水的凉凉的手指。

"昨晚我做了一个梦,梦见宝灵泉水池满了。这一瞧,还真是的……"

"那我们今天再去贝山看孝灵泉。那个泉眼或许也泉满水了。"安玉枫轻轻搂一下杨二香,"你这个好女人,我的女人……你把两处的泉眼都感动得泉水啦!"

杨二香羞怯地揍他一拳:"快说说你的孝灵泉,是个啥传说。"

"嗯,跟宝灵泉有点相像呢。"安玉枫说开了孝灵泉的传说,"在很久以前,一对母子逃荒到此,又累又饿又渴,眼看走不动了。最后,儿子渴晕了过去。母亲对着天喊:苍天,让我变成一口泉眼救活我儿子吧。母亲朝地上一倒,果真变成一汪泉水了。儿子醒过来,见有泉水,马上喝得饱饱的,却不见母亲在哪里,就一边哭一边继续赶路。后来母亲托梦给儿子,说自己就是贝山上的那口泉眼,让儿子发奋读书,成为有出息的人。儿子后来考取了功名,当了清官,找到贝山和泉眼,在泉眼边种上一棵榆树,并给这口泉眼取名叫孝灵泉。这棵榆树与泉眼,相守许多年,哪怕是冬天下雪天,别的树都落光叶子了,榆树仍青枝绿叶,生机盎然。"

"两处泉眼,两个传说,却都是一个主题,关于爱。"杨二香的嘴唇、眼睛一起湿润着,"我们今天就去贝山看孝灵泉。"

"可以。正好回公司路过。"

　　两人蹲在宝灵泉边，看着水里的两张喜盈盈的脸，不约而同地问："你相信爱吗？"说完便笑了。

　　杨二香扑闪着眼睛，要让安玉枫来说。

　　"我相信我又爱了。"安玉枫把杨二香的手捂在自己胸口上，"爱有很多种，青春冲动的，道义的，责任的，都是爱。有一种爱，在你心智最成熟的时候发生，从未有过的那种感觉，笃定的，灵魂安静的，一句话，一个笑，一件事，都丝丝缕缕春意融融，趴在你心窝口那里，又疼又暖，又甜又软，不能碰掉一点点，不能少了一点点……二香，你说，这些年，你可是一直等我的那个人？"

　　杨二香笑得有点傻，有点花痴有点醉："我不知道我还可以爱，以为再也不会了，没能力了……"湿眼睛渐渐被泪水充满。

　　"你这个苦女人，傻女人。我的女人啊……"安玉枫的手轻轻一带，把杨二香揽入怀中，下巴在她的长发上来回蹭着。那些微鬈的绒绒的发丝，沾着时光的风尘，倔强中有了驯服。

　　回安大营的公司时，两人去贝山看孝灵泉。那口泉在北山坡的山坳里，旁边是一棵独立的榆树，树不高，但青枝绿叶。离树不远的蒿草里，就是苇席大的孝灵泉。

　　孝灵泉也汪着一池清水。

　　安玉枫拉过杨二香的右手，再伸出自己的左手，两人的手一起握着，之后张开五指，两只手叠放在一起，慢慢放泉水里浸着。那十根调皮的指头，在清亮的泉水里纠缠着，又紧紧握在一起了。

　　"在火车上卖烧鸡时，我就喜欢上你了。那时候太小，啥都不懂。有一年寒假，我还冲到杨林火车站，找过你呢。"安玉枫把两人相握的手从泉水里拿出来，"现在想来，你一直是住在我心里的……"

　　杨二香有点傻地笑着，猛然把狐狸眼睁大了："你找过我？是真的呀？"

　　安玉枫掸了几星泉水在二香的脑门上："当然是真的。凉不凉？"

　　"怪沁人的。"二香也沾了泉水朝玉枫的额上掸，"真是神奇！两个泉眼都有水了。咱这片就是水源不足，要搁江南山清水秀的地方，这山这泉这传说，早被开发啦。"

　　"也把我们俩的相遇相知，融进这传说里……"安玉枫再次握住杨二香沾着泉水的清凉的指头。

第十八章

这是一场什么战役

　　"尽管我跟书记尿不到一个壶里，把他撸下来的本事，我可没有。"镇长刘国泰说这话时，厚手掌在安玉椿的肩上，搁了有十秒钟才拿下，压得安玉椿的肩头，热乎乎的。

　　随着镇书记夏长生被撤职，刘国泰由镇长而一跃成为镇书记，安玉椿成为代理镇长。

　　"受命于危难之中，这个官不好当啊。玉椿，我们要齐心协力，并肩战斗！"刘国泰平常眯缝着的眼睛，猛然睁得老大。安玉椿才发现，原来刘国泰是双眼皮的大眼睛啊。

　　刘国泰对他这个小十来岁的下属，不太热，也不太冷。不太热是因为书记夏长生对安玉椿热，从某个角度说，书记先把安玉椿争取到自己麾下，刘镇长就不那么热乎对待安玉椿了；不太冷，因为安玉椿跟他没什么过节，不存在恩怨情仇，他留着随时可以争取过来的尺度。

　　现在，他把手在安玉椿的肩上一放，这个尺度就调换过来了，安玉椿就成了他的左膀右臂。

　　"工作是一种缘分。拿国家的俸禄，为人民服务，大家是平等的。"刘国泰的大眼睛坦诚地看着安玉椿，"我们镇的工作变得严峻起来了。以前是县里有名的上访大镇，镇里大部分工作放在接访上；现在呢，又多了个让人挠头皮又麻爪的秸秆禁烧。禁烧和计生、安全事故、上访一样，一旦出事，一票否决。如果再有事，下一个撸掉的，肯定是我了。"刘国泰说到撸掉二字时，脸上现出悲色。

之后他话题一转："我这个年龄，书记最多当一届，未来是属于你的。你懂的。"眼睛意味深长地眨了眨。

安玉椿确实懂得刘国泰眨眼的意思，他这个代理镇长，一定要跟刘国泰"尿一个壶里"，协助刘国泰做好镇里的工作。

镇里班子成员都知道，如果不是县财政局的副局长夏长生，空降到安刘河镇当一把手，书记的位置一定是刘国泰的。刘国泰是土生土长的安刘河集上人，就在集南头，他爹开茶馆出身，改革开放后，茶馆改成饭店了，是镇里招待的定点饭店。刘国泰当上镇长后，为了避嫌，立刻让他爹赋闲在家，饭店转给别人。刘国泰一直待在安刘河镇自家的地盘上，就是等着朝书记的位置上迈进的。他家几代单传，在集上的人势较弱，他就想把官做到镇上最大的，好给家里增势头。没想到夏长生把他的升迁梦阻断了。打夏长生一到岗，他就跟他尿不到一个壶里了。夏书记主持镇里工作，以不出事为前提，他年纪比刘国泰大，就想在镇里混几年，顺利回城，上个台阶好退休。所以，对本地人刘国泰，他能迁就就迁就，尽量表面上两人一团和气。他也巴不得自己升半级赶紧回城里，把位置让给刘国泰。

没想到升迁的大任没完成，半道被撸下来了，原来乡镇工作存在这么多风险！

暂不说夏书记待岗在家，等待重新分配工作的命运了，单表刘国泰吧。刘书记这回要拿出浑身解数，把各项工作做精做细，尤其是秸秆禁烧工作。一把大火，能把书记的升迁梦烧掉，同样也对他存在威胁。必须谨慎，一天不能松懈。

一把大火，把皖北县的秸秆禁烧推到工作前沿，皖北县委县政府，就把安刘河镇的禁烧工作，推到前沿。

禁烧，是动一发而牵动全身的事。

再出事的话，不但要罚钱，镇里的一把手还就地免职。

刘国泰不能被撸。不被撸，就得拿出魄力来，把禁烧工作做好。

这边刚刚种上大豆、玉米、棉花，那边全县的秋季禁烧工作大会，就在安刘河镇隆重举行了，并出台了一系列针对禁烧的奖罚措施。

根据省、市出台的有关禁烧秸秆的文件，皖北县也出台禁烧文件，即三级网络化责任管理体系，把禁烧秸秆责任到人，县里抽调人马进驻乡镇，乡镇领导包片包点，村里干部包组包户，二十四小时值班、巡查。一旦发生焚烧秸秆，首先处理三级网络责任人，并对县、乡、村各级包联干部，进行问责。

县里会议结束，安刘河镇马不停蹄召开全镇行政村领导班子会议，制定出具体禁烧方案，要求全体镇、村干部，集体出点子，想办法，并把点子写成书面材料递交镇里。一时间，镇里收到五花八门的各类禁烧"点子"。

书记刘国泰，半宿半宿不睡觉，关在办公室里，研读这些"点子"，看哪些点子适合。有的行政村领导，出的点子太"傻"太"孬"，就像中药的剂量，加太大了反而有毒。先把一些"傻、孬"点子剔除掉，留下一些尚可斟酌的点子，拿到镇领导全体班子会议上研讨。

很快，安刘河镇的禁烧方案新鲜出炉。

在广播大喇叭里轮番宣传禁烧；每个行政村设立检查站；给每户村民发放"禁烧明白书"；在每个行政村和自然村路口，悬挂宣传标语口号；在二十四小时巡查的基础上，对重点地区进行二十四小时蹲守；组织村里五保户和老党员，义务在田间地头巡查，发现可疑之处，马上汇报……

秋收在望，皖北大地一片金黄。大豆、玉米、棉花、芝麻、花生……秋庄稼不因禁烧而停止生长，相反，它们成熟得那么亢奋、忘我，大豆果荚饱满呼之欲出，玉米紧抱自家孩子不肯撒手，花生鼓绷绷胀满土地胸膛，芝麻咧开嘴欲笑还羞……

在呼啦啦四处流淌着的丰收喜悦里，醒目鲜红的横幅标语，这里那里扯挂着，亮白的大字，只柞到人的眼睫毛上："严厉打击焚烧秸秆违法行为！""把禁烧工作进行到底！""争当中国守法公民，不做焚烧违法分子！""禁烧秸秆光荣，焚烧秸秆可耻！"……

安玉椿骑着摩托车，像一阵风，在田野上来回跑动着。一箱油跑完了，加满再跑。一天到晚，从这个村，跑到那个村，查看宣传标语悬挂情况，各检查组巡查情况，庄稼收割情况，秸秆堆放、处理情况。摩托车后座上，绑着两只灭火器，随时做好灭火准备。发现可疑人员在堆放秸秆处走动，及时劝其离开，见哪里有冒烟的地方，立刻赶到，看可是起火点。村里的烟囱快绝迹了，冒烟的村庄越来越少了，袅袅之烟，成了令人触目惊心的焚烧秸秆疑点！

经过一条村级土路，安玉椿被一辆架子车挡住了去路。是两个上了年纪的老头老妈，拉了满满一架子车玉米秆。车子横在本来就不宽的土路上，两个老人正在那里吵架。男老人说拉不动也不多使劲帮着推，女老人说劲使光了，没劲使了。吵着架，干脆停下车子，蹲路边赌气。

安玉椿支好摩托车，劝说两个老人一会儿，帮他们把架子车推正。老头朝身上套着车襻，嘴里骂骂咧咧："也不知哪个没良心的出的点子，非不叫烧，不叫烧，秸秆弄哪儿去？拉又拉不动，找人干又没钱找，不是脱裤子放屁，多一道子事吗？你政府不叫烧，拿钱找人帮我们拉啊。"

安玉椿不敢搭话茬，怕惹火烧身。是啊，如果政府有钱，庄稼归农民，秸秆由政府统一处理，不就啥事没有了？说起来简单，处理起来太难。谁能处理好秸秆的事，谁是神仙！皖北大地上，那可是铺天盖地的秸秆啊！

经过一个村口，几位老年村民，在看一条标语，然后发生了争执：

"乖乖，瞧这写的啥！'争当焚烧模范，争做文明公民'，这焚烧模范，是烧得越多越模范呢，还是不烧才模范呢？"

"老东西，还用说，当然不烧才是模范了！"

"不对，这明显是越烧越模范，鼓励我们烧秸秆呢。"

"老东西，你敢烧？你点把火试试？派出所马上把你铐起来关了。"

"可不是，你瞧这条标语，'谁点一把火，谁进拘留所'。"

"还用看标语吗？家家发放的'明白书'上早写清楚了，先点火的罚多少钱，跟风点的罚多少钱，造成巨大损失的，不但罚钱，还蹲大牢！"

"没道理可讲，咱自己的秸秆，咋处理是咱的事……"

回头一看安玉椿，骑着摩托车，带着灭火器，也不认得他是镇长，就齐声笑道："你这是灭火队的？"

安玉椿苦笑笑，不跟他们多搭腔。走出一段路，停下摩托车，给这个村的村书记打电话："你村南路口的标语，快改换个字，什么争当焚烧模范，哪有这句话，是争当禁烧模范。"

村书记也骇了一下："咋，弄错了？镇里统一发的口号内容……"不敢多作解释，答应马上重新换个条幅。

整整一个秋季，漫长的百余天时间，眼睛熬得通红，裤裆骑摩托车磨得稀烂，好在，整个安刘河镇的二十八个行政村，没发现明显的着火点，也没造成经济损失和人员伤亡。代理镇长安玉椿，总算长出一口气，对当家人刘国泰，他也有了交代。当然，也时有发现哪个沟沿边，有烧火留下的痕迹，好在都是这里一片，那里一堆，不算大火点，又是夜里偷偷点的。

安刘河镇的当家人刘国泰，一直到秋季禁烧结束，进入初冬了，上面没有"问责"的消息，才算真正舒一口气。这么说，那些小打小闹的起火点，没被卫星拍到？只要没被拍到，上面就不会找他的事，不找他的事，他就没有事，就不会被撸下来。

眨眼的工夫，午季禁烧到了。

午季禁烧和秋季有根本的区别，这区别就是，秋季庄稼收割后，不急着播种，秸秆的处理时间相较要长一些，老头老妈慢腾腾拉回家，垛起来，不用抢时间。而午季是抢收抢种，时不我待，前后二十天时间内，必须收掉麦子，种下大豆、玉米；而要做到及时播种，首要任务是处理秸秆。

6月5日，天干地燥，遍地麦子金黄，麦粒呼之欲出。禁烧宣传车在田野间来回跑着，高音喇叭叫个没完没了，车轮掀起腾腾烟尘，弥漫在麦田之上。铺天盖地的宣传条幅，像彩旗一样，在大地上飘扬。按照上级的部署，每隔三百米就要拉一条横幅，所以，条幅需求量很大，镇里的两家裁缝铺，为了争抢做条幅的生意，大打出手。然后那些条幅，带着刀光剑影，齐刷刷亮相在村庄、田野周围，马路边显眼的地方。条幅的内容也是人尽其才，口号式，陈述利害式，威胁式，丰富多彩。"把禁烧工作一抓到底""狠抓秸秆禁烧工作，留一片蓝天给大地""蹲到地里点把火，拘留所里过生活""焚烧秸秆，拘留罚款""谁点一把火，谁进派出所""冒烟就罚款，点火就抓人""焚烧秸秆，罚款五千""点火就拘留，冒烟就罚款"……

宣传口号到底怎么写，在全镇大会上，也议论过。不能太文乎，太文乎了不可读，也不能太直白，太直白就显得粗暴了，总之，既要通俗易懂，又有震慑作用。村里和镇里的"秀才"们，齐心协力，总算拟出个"标语库"，所有标语摆在安刘河镇当家人刘国泰的桌子上，经过刘国泰"终审"哉定后的标语，才能书写悬挂。

安玉椿骑着摩托车，用一整天的时间，跑光三箱油，把全镇的行政村跑了个遍，查看标语悬挂情况，各村驻点人员吃住行安排情况，还顺手处理了一起村民把刚悬挂的禁烧标语，拿回家盖柴垛的事。村民对天发誓标语是在路边捡到的，她不识字，就捡回家废物利用了。说起来把标语私自拿回家，算破坏秸秆宣传，也不是小事情，但到到地里点火相比，没啥了不起，安玉椿不想节外生枝，就把标语卷巴卷巴放摩托车上带走了。

安大营行政村秸秆禁烧工作进行得有板有眼，为此，安云礼的脑壳子都想疼了。第一要保南湖大棚地的安全，第二要保杨二香的土麻鸡原种鸡保护基地的安全，第三不能给在镇里当领导的安玉椿脸上抹黑。所以，哪怕谁家的锅屋冒一股烟，安云礼都提着灭火器赶过去。庄上人喊他"神经书记"。他笑道："神经就神经吧，只要大家不神经，不乱点火，咋着都好说。"

也有庄上老头老妈朝他抱怨的："书记你说，不叫我们烧，机子收割麦子花一道子钱，用机子把麦茬打碎又花一道子钱，把麦秸打捆运出地又花一道子钱，这得多花多少道钱哪。书记你再跟上面说说，让上头再补些钱给我们，不然，种地真蚀本啊。"

安云礼只有笑笑。国家每亩地给予村民秸秆补助二十块钱，确实只够这其中的一道子钱的，村里也没钱补，他这个当书记的，除了笑笑，有啥话说？

村里的集体收入，至少要两年后，才能见效益。农业是个大投入，这回他是深深体会到了。跟村民解释村里没钱有啥用？你要是个响当当的书记，有本事的书记，像苏南浙南地区的村书记那样，把村子整得比城市还美，把村里经济搞得钱花不掉，就拿钱请人来旋碎秸秆，来打捆，来拉走……做不到，至少现在。

安云礼就把精力用在禁烧秸秆上。

禁烧……一想到这个词，安云礼心里就迷惘了。像他这个年纪的人，谁小时候没拾过柴火烧锅？就是比他小许多岁的人，也有拾柴火的经历，现在却没人拾柴火，也没人烧柴火了。麦秸秆、豆秸秆、玉米秸秆、秫秫秸秆，这些都叫柴火。在这些柴火里，最宝贝的就是麦秸秆了。整棵的麦秸秆可以缮房子，编草苦子，碾碎的麦秸秆可以喂牛。生产队的时候，有麦场专门用来垛麦秸垛，队里的牛，一年四季都靠吃麦秸，拌上熟豆子粉的麦秸，牛喜欢闻，喜欢吃，吃了就上膘。土地到户后，家家都喂牛，麦秸还是牛的主要口粮。从啥时候开始，麦秸没用了呢？机械化了，家家都不喂牛了，盖房子也早用砖瓦水泥了，家家都烧电磁炉而不烧柴火了，麦秸真成了人的累赘了，这是安云礼实在没想到的事。年轻的时候，村里人头脑中的共产主义好生活，就是"楼上楼下，电灯电话，洋犁子洋耙"，这不都实现了吗？过上了理想中的好生活，咋又遇见这头等难事呢？

想不通不想，该干的事，得干。安云礼背着一只灭火器，就像军队里的战士背炸药包一样背在身后，一天到晚在田野里走动。割麦子的人，见着了老书记的做派，笑得合不拢嘴；也有人看着他身后的灭火器，愁眉苦脸的。这是那些包点的干部。干部们愁的是压力，一旦发现着火点，大家的辛劳就白费了。

突突突叫着的收割机，比老早大家见的"洋犁子"更洋派，更先进，从地这头走到地那头，就把麦籽儿全吃下来了。这里那里，到处响着收割机吃麦籽儿的声音，收割机这边吃下麦籽儿，那边就爽快地吐出来，一亩地的麦子，要不了多久，就能被收割机吃完，运到地头收吐出来，装进袋子里，这收割就算结束了。但人们的脸上，却看不到丰收后的喜悦，大家眼仁盯着的，不是刚刚离开麦稞的麦粒，而是齐刷刷长在地里的麦秸秆。这些麦秸秆，粗硬硬壮实实地杵着人的眼睛，就像拙手笨脚理发师的劣质活计。

要禁烧的，就是这些把人眼睛杵痛的麦秸秆！

在安刘河镇，不论是干部还是群众，人人心里想着麦秸秆，念着麦秸秆，盯着麦秸秆，痛着麦秸秆。干部们想着的麦秸秆，一定是不能烧出一点火星、变成灰烬的麦秸秆；村民们想着的麦秸秆，是让它马上变成灰变成泥变成肥料，跟地里的土掺和在一起，育着新播种的玉米和大豆，顺利成长的麦秸秆。一个是争分夺秒地想焚烧秸秆，一个是寸步不离地守着秸秆不给焚烧，就像南辕北辙的两条道，硬拽着朝各自的方向走，你不让我，我不让你。

安云礼心里只有一个念头：禁止秸秆焚烧。

安大营的老皮钱，第一次没有在禁烧的热闹中唱大鼓。他站在地头，看着自家地里扎眼刺心的长麦茬，苦皱着一张脸。不唱大鼓时，老皮钱手抖腿颤，是丧失劳动能力的人，见老书记安云礼背着灭火器过来，上前拉拉书记的手，小声嘀咕道："书记，现在咋唱？我没词了，嘟噜不出来了。"

"你再想想，再想想，镇里的书记不是在广播里讲过话了吗？按照书记的讲话精神来唱。"安云礼开导着老皮钱。

在安大营行政村，安云礼制定了一整套禁烧秸秆的措施，共有四个方面。其一，是让村里的老党员组成巡逻队，不但要巡查本村的麦地里不能点火，还要防守相邻村庄麦地的火点；其二，组织村里的五保户，轮班看守大路上不出现抛撒麦秸现象，一旦发现，立刻止制；其三，从村里抽调专人，日夜轮班看守麦地，一天一夜没发生起火点，再按天发放工资；其四，让老皮钱把禁烧秸秆的宣传内容，编成大鼓书在田间地头唱出来。

唱了一辈子大鼓书的老皮钱，心里焦急着呢，他完不成老书记交代的任务。

"你瞧我家的地，老太婆一个人累死了，也干不完。"老皮钱指着自家的地。他老伴腿脚也不咋利索了，噘着嘴，气鼓鼓的在砍扎眼的深麦茬。

"灭茬机呢？"安云礼问，"国家每亩地补助二十块钱灭茬，钱要用在刀刃上啊。"

"这不在等灭茬机过来嘛。"老皮钱苦笑笑，"灭了茬有啥用？麦秸不还是摊在地里？还是不能耩豆子。"

安云礼没有接老皮钱的话茬。如果老皮钱心里有疙瘩，村里每个人心里都有疙瘩，安云礼没办法解得开，除非他指挥着灭茬机、打捆机、旋耕机，把地里的麦秸统统解决了。

"也想过用旋耕耙深翻了还田。"似乎不需要书记的回答，老皮钱看着一望无际的麦秸地，叨唠着，"一亩地多少钱不要紧，反正灭茬也好，打捆也好，都是花钱，问题是，麦茬太深，看起来旋耕耙把麦秸翻地底下还田了，实际上耩下去的豆子玉米，都被麦秸蓬住了，发不了芽。去年大家都在补种豆子，减产了，今年没人去旋地……"

安云礼也是个老农民，这一点，他心里清楚着呢。就不接话茬，任老皮钱说。老皮钱唱不了大鼓书，就得说自己唱不出的理由。

果然，老皮钱又开始叨唠："就算打捆拉走了，堆哪呢？作啥用呢？发电厂也不要，说不熬火，白送给他都不愿来拉；造纸厂又能要多少？离咱远的山东的造纸厂，人家本地的秸秆都用不完；高温堆肥在哪儿堆？堆的肥啥时候管用？"见安云礼眯缝着眼睛不说话，老皮钱索性把肚子里的话全倒完，"老头老妈干不动，就把麦秸朝地头一堆，瞧瞧去年堆在地头的麦秸，被雨水冲到壕沟里，水都沤成啥颜色了？堆在堆放场里的麦秸，不还在那里烂着？又占耕地，又起不了啥用，光堆着咋办？庄里人都说，秸秆还田，一烧了之，简单得很……"

"这么说，你要唱个鼓动大家烧麦秸的大鼓书了？"安云礼猛地转过头，目光锥子般扎向老皮钱。

老皮钱本来打哆嗦的腿和手，突然不哆嗦了。他受惊吓般地愣怔了一会儿，又还回了神，仍旧捏着嗓门小声说："瞧恁说的，我咋能乱唱这个？我这不过是把咱庄上人心里的真实想法告诉你呀书记，庄上人咋想，你心里不也是一本清账？"

生怕别人听见，老皮钱说过后，眼睛四下瞟了瞟，见大家都在闷头干活，略略放了心。

安云礼也没把声音提高了说，但地头干活的人还是听到了："你说说，皮钱，烧秸秆把高速公路上的车眯得没法开，出了车祸，可是真的？把白天熏得跟黑夜一样黑，把咱自己的嗓子眼熏得生疼熏得睡不着觉，可是真的？把飞机场上的飞机熏得没法起落可是真的？农瓦房庄有人烧麦秸，把没割掉的千亩黑麦子烧毁，西大庄人烧麦秸，把一个老头困在麦地里活活烧死，可是真的？你说，这遍地秸秆，能一烧了之？"

正好灭茬机开到老皮钱家地头，雪亮的刀片，虽说吃了半上午的麦茬了，仍然像没吃饱的样儿，哗吃哗吃把刺眼睛的麦茬，没头没脑地嚼碎了。不过一袋烟的工夫，老皮钱家的两亩麦秸秆，都被灭茬机灭趴倒地上了。老皮钱哆嗦着手脚，想去地里箍麦秸，他老伴连忙止制道："老东西，你省省吧，摔跟头了，我哪有时间侍候你？咱还是等旋耕机旋地吧。"

安玉椿骑着摩托车，从村村通路上赶过来，正好跟安云礼走顶面，停了车，要取下安云礼身上背着的灭火器，替他拿着，安云礼不让："万一有个火星子，我咋对付它？还是背着放心。"

两人站着说了一会子的话，村主任红绿灯也背着灭火器过来了。安大营的丰收，正好把吸过的烟头扔地下，红绿灯马上打开灭火器，朝着烟头就喷。丰收气道："主任你这是弄啥？不知道的还以为我点火了呢？"

红绿灯说："我试试这灭器可灵光。"马上朝安玉椿龇牙一笑，"安镇长视察工作来啦，你放心，咱安大营不会出那没底子的事。"

几个人站着说了一会子的话，见老皮钱的老伴一个人箍麦秸，安玉椿马上过去帮忙，红绿灯也过去捆麦秸。安云礼站了一会儿，没进老皮钱的地里跟着干活。老皮钱反复朝他递过来的眼光，他读得明明白白，如果他这个年纪的人再去帮忙捆麦秸，老皮钱还不得当场哭啊。

安云礼站了一会儿，就朝南湖的地里走了。那里是安玉枫的大棚地，不，应当说也是村里的大棚地，大棚地的东边，连着南湖的麦子地，每天他不去一趟南湖，饭都吃得不香。

老皮钱制止了安玉椿帮他家干活，老皮钱说，咋样说他也是镇长，不能光顾着他老皮钱一个人，别人看见了还有为镇长偏心呢。安玉椿知道老皮钱舍不得他累，就笑笑走出老皮钱家的麦子地。他确实还要到农瓦房行政村走一趟。

安云礼围着南湖的大棚地溜一圈回来，老皮钱一颠一颠从后面撵上来："书记，我知道我唱啥了。你给我开广播，我在广播里唱。"

不一会儿，老皮钱的大鼓书《小鸟拉呱儿》，在大喇叭里滚动起来。这一回，他唱得鼓点精准，板眼清晰。老皮钱把唱大鼓的家伙头子，都搬到村广播室里了：

　　　刺槐树来开白花
　　　一群小鸟把呱儿拉
　　　黄鹂说今年的小麦大丰收
　　　农家的粮仓装满啦
　　　燕子说麦子丰收是件大好事
　　　怕就怕庄上的农民他烧麦茬
　　　斑鸠说麦茬一烧那个浓烟滚
　　　害得咱东躲西藏乱搬家
　　　老鸹说飞得快来还能逃生路
　　　慢一步就熏倒呜呼趴地下
　　　大鸨说就算咱俩幸活下来
　　　地里头害虫益虫都烧光啦
　　　小鸨说烧光了虫子不当紧
　　　活命的口粮没有啦
　　　麻雀说咱没吃的咱难活命
　　　农民的土地自己烧毁啦
　　　杜鹃说焚烧秸秆害处大
　　　只弄得烟雾弥漫空气差

斑鸠说土地结成了硬块块

烧毁了地里的氮磷钾

老鸹说蜥蜴长虫都烧死

草棵里难见蟾蜍和青蛙

……

安玉椿担心着一个人，那就是农瓦房行政村小农庄自然村的跑反，学名农铁军、嚷着抱他一同跳楼的老头。这个口口声声称自己是"老干部"的难缠老头，被北京的记者采访后，表面上看有点蔫了，骨子里却在酝酿着啥。他早在村子里放出话了：一定要在秸秆禁烧时点上一把火，把安玉椿的乌纱帽给烧掉。这是被跑反打得不敢出门的起反，打电话告诉安玉椿的。他叫安镇长一定要小心，一定要看好跑反，可别让跑反点火了。

上午的天，阳光很烈，风很尖。一路走过来，扑到眼睛里的，都是麦收的繁忙景象。收割机在忙活着，灭茬机在大口大口吃着刺扎扎的麦秸，它可真能吃，一刻不停也吃不饱。回来夏收的年轻人，手忙脚乱地干着活，不时看一眼太阳，再看一眼刺扎扎的长麦茬。安玉椿心里明白，这些看天看地的年轻人，是想尽早把麦子收了，把大豆玉米种下了，好进城务工拿工资。在城里一个月的工钱，就抵得上两亩麦子的价钱，之所以回家收割庄稼，是在履行一个庄稼人的本分，难不成，会为了挣城里的钱，把熟透的庄稼烂在地里？那是要遭天打五雷轰的。

安玉椿心里清楚，今年的禁烧工作重于往年，农民对烧秸秆的危害还没完全理解，只顾眼前的"一烧了之"。政府下大力气禁烧秸秆，百姓千方百计焚烧秸秆，政府和百姓之间，就形成了拔河格局。特别是那些从老远的城市返乡割麦的村民，他们想在最短的时间内割罢麦种上豆，好进城务工，只要有机会，就给地里点火；有的人，临进城时，给自家地里的麦秸点一把火，坐上火车就走，找都找不见人影。还有的人，先点别人家的麦茬地，等火着起来了，自家的麦茬地也烧光了。镇文化站的小管，爱好文学，常在报纸上发表豆腐块，写了一本《禁烧日记》，什么"我禁民烧，我追民跑，我现民隐，我疲民扰，我哭民笑"等，把禁烧写得像一场战争。安玉椿告诫他不准朝网上发，小管说他保证不乱发，就是自己写着好玩。今年的禁烧，又会是什么样子？

抢收抢种的特点，就是突出一个"抢"字。这个"抢"，会不会包括"抢烧"呢？毫无疑问的一点是，只有消灭了秸秆，豆子玉米才能播进土里，抢种才算圆满成功。

中午时分，地里的机子不歇，人轮番歇工、回家吃饭。农瓦房行政村的麦地里，机器和人都在忙碌中。农瓦房的一千亩黑小麦，仍然比普通麦子晚熟那么三五天，这三五天对他而言，比三五年还要慢长。现在已经不仅仅是他的一千亩黑小麦面临风险了，还有另外的两千亩黑小麦。庄上成立了合作社，农瓦房代管代收代加工、农户自愿参与种植黑小麦，目前总共达到三千亩地。这三千亩晚熟的黑小麦，是所有合作社社员的共同心病。他们轮班在黑小麦地边巡逻，一有情况，就第一时间跟村书记农学农和农瓦房汇报。

农瓦房见安玉椿停下摩托车，马上迎上前，握手问候，又递过去一瓶矿泉水。两人站地边看着摇头晃脑的黑小麦，各自的担心不说出来，从眼神里便看得一清二楚。见地边有个帐篷，安玉椿问："你睡的？"

"可不是咋的？晚上不看着，哪能放心？"农瓦房苦笑道，"不知咋的，现在大家心里就想着焚烧，而不是禁烧。就是睡在地边看着，我也做噩梦。"

安玉椿苦苦一笑："禁烧是解决问题的根本，焚烧秸秆已严重破坏土地墒情，污染环境，还危及地面和空中交通安全。"

"不烧秸秆，有没有其他处理秸秆的好办法呢？"农瓦房挠了挠头皮，"我只会种庄稼，别的不懂。现在我把地里的秸秆堆放着，做高温堆肥，变成肥料的过程有点慢，好像也不是太理想。秸秆变成啥，才算合理化？老百姓才能心安理得地接受禁烧？"

一抬眼，见西南方有股黑烟，安玉椿丢下一句"好好看着你的黑小麦"，抬腿跨上摩托车，一溜烟跑了。

路上还遇见拄着拐杖的跑反，跑反站他自己地边冲安玉椿瞪眼睛。安玉椿顾不了这么多，先去着火点看着。

还没跑到着火点，农瓦房行政村第三巡逻队的人，已经提着灭火器把火灭掉了。安玉椿赶到时，几个队员正围着着火点看蹊跷。村书记农学农看见安玉椿，马上指着起火点给他看。这片地的麦秸已经灭茬结束，着火点是堆放在地头的一堆麦秸，不及时扑救，大火就会顺风朝地里蔓延，瞬间会造成火烧连营。看点火的位置，就知道点火人是内行。奇怪的不是谁点了这把火，是这块地正是村书记农学农家的。农学农当时正跟几个巡逻队员在田间地头巡视，那么，这火肯定不是农学农自己放的，也不是他家里的其他人放的，因为他家地里一直就没人，不光他家的地里，相邻的几片地里，都没有人。没有人而着火，火是打哪儿来的呢？天上掉下来的？

"谁给我家地里点的火呢？咋点的呢？难不成从飞机上扔的火柴？"农学农无奈地笑着。

安玉椿陷入沉思。

去年午季的时候，禁烧宣传车在路上跑，村民站地头看，宣传车一离开，村民就点火；村民一点火，警车就开过来抓人。村民见警车到了，四散跑开，无影无踪。也有没跑掉的，被抓到派出所，接受罚款。其中就有小农庄的跑反。跑反点了火，压根就没跑，站地头看自己家的麦秸烧光了，才放心。在派出所，安玉椿亲自审问了跑反。问他为什么要烧秸秆时，跑反回答得理直气壮："一直都这样烧啊，烧了多少年了，你不知道？不烧咋种豆子耩玉米？你不是庄稼人生的？"

安玉椿知道跑反难缠，他强压怒火道："这么说，你烧秸秆是对的了？"

"不对，当然不对。"没想到跑反承认自己不对。

"不对你还烧。"

"我要种豆子耩玉米。不烧咋种？"话又弹回来了。

按照处罚措施，要罚跑反两千块钱，跑反眼朝天瞪着："别说两千块，两厘都没有，你要闲着没事，我就在派出所安度晚年。"

安玉椿只得让派出所放人。

今年跑反又能有啥新招？起反报告说，跑反要点火把他头上的乌纱帽给撸下来，那么，他点村书记农学农家的秸秆，是不是要把村书记和他安玉椿的帽子，一起撸下来呢？

问题是，没人看见跑反点火。他确实拄着拐杖在地里走动过，走动是他的自由，你不能管着不叫谁走路吧？再者，他走过一个多小时后才起的火，跟他半毛钱关系没有。

今年的火起得蹊跷，点得聪明，都说高手在民间，真有道理！安玉椿心里暗暗惊叹，嘴里不好说出来。

"要仔细巡查着，一个火星子都不能有。"安玉椿部署着工作，一抬头，东北方向的地里，又冒起一缕青烟。

巡逻队立刻又跑过去灭火。

跑反拄着拐杖走过来了，看到安玉椿，马上喊起来："哎哟，镇长大人哪！你还不赶紧去扑火？真烧死了，也是烈士，你怕啥呢？"

安玉椿被他气得翻个白眼，怒道："农铁军，注意你的言行！"

"我言行咋啦？这火又不是我放的，我怕个屁！"跑反阴阳怪气地瞪着安玉椿。安玉椿哪有闲心跟他斗气，撇开他，朝着火点跑去。

在中午一点到两点之间的两个小时内，农瓦房行政村的麦地里，共发现五处起火点，其中最大的一处火点，是种粮大户农瓦房的黑小麦地附近，在救火车未赶到前，农大斧开来了挖掘机，生生挖去农瓦房的一长溜总计五十亩即将收割的黑小麦地，才算切断了火源，避免了更大灾难的发生。虽说农瓦房损失了五十亩的黑小麦，王彩芹损失了三亩地的辣根，但看着大片麦地完好无损，在场的人反而有了欣慰。

看着一片狼藉的麦茬地，安玉椿跟派出所的人站地头分析案情。几家地里着火的村民，赌咒发誓火不是他们点的，着火时，他们正在家里吃饭。这一点绝对可信，因为村书记农学农的麦秸，同样也是莫明其妙着起来的。中午天，地里人芽稀，人的瞌睡重，天干风燥，很显然，点火者抓住这一有利时机，好让火势来得更猛烈些。但只见火光，却不见点火人，这一点真值得琢磨。安玉椿想疼了脑壳在地头踅磨，脚底下猛丁被一个东西扎了一下。弯腰捡起来一看，是一片插蚊香的铁片。虽然小插片已经被烧得黢黑，仍然一眼能认出来是插蚊香用的。安玉椿马上把蚊香插片装进口袋里。抬眼四看，但见拄着拐杖的跑反，安闲地站自家地头。中午的一场火，已经把他家地里的秸秆烧个精光。跑反家的这块麦地，离农瓦房的黑小麦地最近，火舌顺着他家地垄朝农瓦房地里游走时，如果不是挖断了火源，估计农瓦房的黑麦地，已经被烧得差不多了。

跑反同样证明自己没给自己地里点火，他也回家吃饭了。

安玉椿想到跑反当队长前，通过丈量地里倒伏的麦子，"破获"一起通奸案，从而把一个队长给撸下来的聪明举动，这没人点火就着起来的反常现象，说不定跟跑反有关。必须派专人盯着他。

安玉椿当然没工夫去盯跑反，农瓦房一听，就说："让彩芹看着他。在农瓦房村，跑反没怕过谁，就怕彩芹。"

"为啥他只怕彩芹？"安玉椿好奇地问。

"因为他怕农大虎……"农瓦房脸一红，"农大虎曾经要卸掉他一只胳膊，是彩芹讲情才保住了。跑反说他欠彩芹一条胳膊。"

"那就让彩芹来盯他。他走到哪儿，彩芹得跟到哪儿。"

"你放心，安镇长！"发觉自己好像在替彩芹表态，农瓦房脸又一红，"彩芹她胜任这个工作，谁让跑反欠她一条胳膊呢。"

"你把这个交给王彩芹。"安玉椿把蚊香插片递给农瓦房，"我这表妹聪明，她知道该怎么做。"

农瓦房接过插蚊香的铁片，在手里看了好大一会儿，抬头再看看安玉椿，然后若有所思地装进口袋里。

这时候，安玉椿的手机响起来。是一个陌生号码。一个老妈的声音惊慌失措地喊道："快来啊，你爹被火困到地里啦！"

安玉椿连忙跳起来，跨上摩托就跑，边跑，边打电话给他哥安玉枫。

从南湖大棚地里接了安玉枫，两人跨上摩托车，一溜烟朝小龙河湾跑。

今年的夏收天，小龙河湾的"龙主"老尾巴，表现得有点反常。虽说龙翠萍龙大娘仍旧带着原班人马来帮他收麦子，王大鹏也在第一时间过来检验自留地里的黑粮食。老尾巴表现反常的原因，只有龙翠萍心里清楚。她跟他说，夏收后要进城了，她孙子上学要人接送，煤炭行业不景气了，儿子家请不起保姆，只有她去当保姆了。老尾巴一听，心里猛一咯噔。

他之所以能在小龙河湾里待下来，待了二十年出头，是因为丫头一直在他身边不远的地方。一年当中，丫头来小龙河湾的次数有限，可是，她说来就来，单的棉的，都是她在照料着。真去了煤城，住她儿子家，她要来就没那么容易了。

"你儿子要当镇长了。你大儿子也是本地有名的企业家了。他们早晚会让你回家。"丫头说话的口气也有忧伤，"我们老喽，老了反而不能为自己做主。"

老尾巴为自己做主了许多年，现在真的不能为自己做主了？收割后的小龙河湾，有点空落落，老尾巴站在河坝上，朝远处看。远处的田地没有那么空，因为远处的田地大，远处的人多。收割后的麦子地，麦茬杆多高，扎人的眼珠。老尾巴看了一会儿，头脑猛一迷糊。他很少有迷糊脑子的时候，但这一刻，看着杆多高扎人眼珠的麦茬，不知咋的，就迷糊回到小时候拾麦茬的情景。当年的农村人，哪个没拾过麦茬呢？那时候的麦茬，只从土里露出一点白茬茬，麦秆是个宝，谁留的麦茬深，谁就是败家子。割麦技术好的人，镰刀贴着地皮割，留下的麦茬浅得找不到影子，拾麦茬的时候，就希望碰到手拙的人留下的麦茬地。钢粪铲拾麦茬最顺手，朝地上一刨，多浅的麦茬都能拾起来。麦茬好引火，蒸馍、煮红芋，都是好柴火。拾过麦茬的麦子地，等于被搒了一遍，耩豆子点玉米，一点都不用费事了。

现在别说麦茬了，就是麦秆，也没人要了，就手在地里烧成灰了。不知谁先烧的麦秸，轰轰隆隆烧了这些年，农民烧上了瘾，烧成了一种污染，一种危害，各人心里都有一本明白账，但该烧还是烧。老尾巴脑子里刚刚闪过一个烧字，就见麦地里又升起一股黑烟，接着，腾出了一团火苗。

又有人烧麦秸了。政府不是不让烧了吗？

老尾巴能听到附近村庄的大喇叭在吼叫，宣传为啥要禁烧，不禁烧会产生污染，发生火灾，带来损失。喇叭叫喇叭的，火烧火的。

"我得去地里看看。"自言自语似的，老尾巴回住处拿过一只塑料桶，装了半桶井水，呼哧呼哧提着，就朝起火的麦地走了。

这是汪庄的地。地里有稀稀拉拉的几个人干活。都是老头老妈。面孔不陌生，叫不上名字，大号能叫出来。其中有老憨和老憨的老婆，七十开外的人了。这对老头老妈正在捆麦秸朝架子车上装。老憨招呼道："老尾巴你弄啥？还想救火呀？让它烧就是了。早晚都是烧，只有我们老实人，才朝外拉。"

老尾巴笑笑，看着远处的那团火。咋没人管呢？不是说有巡逻队吗？

"晌午顶，鬼露影；晌午错，鬼推磨。"老憨老婆接着叨唠，"这晌午错的光景，巡逻队也是人，也要吃饭吧。让它烧就是了。"

大家对烧秸秆的场面早稀松平常了，你点一把火，他冒一阵烟，谁都不会大惊小怪。老尾巴不理两个老头老妈，还是朝着起火地走。一个笆麦秸的外号叫噘嘴的老妈，见他走远了，噘嘴跟老憨两口子招呼道："人家儿子当官，烧了官帽就没喽。"明显是让他听见的。

老尾巴不理会他们。现在人心理真怪，胡说八道看热闹，就没人真心实意帮帮人吗？不过，话说回来，噘嘴说得也没错，他心里不就是怕火着起来，影响了儿子的官帽子？虽然蜗在小龙河湾里当神仙，他啥时候放下过儿子玉椿？只不过，先前是掖在心里，这会子明显起来了。特别是玉椿喊他"爹"后，把他这个神仙，生生喊回到人间。

　　走过几块割过或没割过的麦地，老尾巴发现他走不到着火点了。火势大起来，叭叭叭的烧麦秸声直扎耳朵。他得打电话。小龙庄属于汪庄行政村，他打龙翠萍的手机。"着了，火不小，快喊你们书记。"

　　"你别逞能啊。"丫头吩咐他，"别往火点跑，快把水倒自己身上，回你的小龙河湾。"

　　然后火就把麦子地漫起来了，也把老尾巴漫到麦子地里出不来了。割过的麦秆，被太阳烤得焦干，火苗刚刚挨上，就轰的一声腾空而起，火连成了片，火苗子窜出一树梢子高。

　　二十四小时的巡逻，汪庄行政村没坚持到整整二十四小时，中间的时段，巡查的人吃饭去了。这两年，汪庄的村民还算听话，不叫烧就不烧。这回咋发起了癔症，点着麦秸了？

　　漫天的火光，疯狂的火苗，把来不及收割的麦地也引燃了。等消防车过来时，大火已经烧得肆无忌惮。

　　安玉枫安玉椿弟兄俩赶过来时，火势已得到控制。龙翠萍正坐在地头放声大哭。她哭"我哩个人啊"。安玉枫还能认出来，这是司小楼庄的游戏娘，当年爹背着场里新打的麦子，朝她家场上送时，他见过她。安玉枫顾不了那么多，他蹲下身子摇晃她："大婶，你可是亲眼看见俺爹跑麦地里了？"

　　龙翠萍抽抽咽咽地说："我没看到，老憨和噘嘴都看到了。他提着桶，非要去扑火……"哭得不管不顾，鼻涕眼泪一大把。

　　安玉枫猛地站起身，朝着火的地里跑。安玉椿抱住他的胳膊："哥，别冲动！别冲动……"

　　大火在下午三四点钟被扑灭。这次的大火，烧掉四百亩麦秸和百余亩未来得及收割的麦子。安玉枫拿着杨树棍，在黑乎乎热腾腾的麦子地里疾走，嘴里呼喊着："俺爹，你这个老倔头！你这个老倔头！俺爹！俺爹呀！"忍不住放声痛哭。

　　安玉椿也跟着哭喊："俺爹，你别怪俺哥，俺哥这些年不理你，其实一直在照顾你，面粉厂的人，为啥总自觉自愿去河湾里买你那一点粮食，都是俺哥事先安排的；还有你的三间大瓦房，房里的摆设，还有两间锅屋，也是俺哥出钱盖的，还有平时的零花钱，也是俺哥捎来的，我的工资，哪够啊……俺爹，你好好走吧，不要怪俺哥啊……"泪如泉涌。

　　兄弟俩互相搀扶着，在麦秸灰堆里扒拉，希望能找得见爹的尸首。哪曾想到，被撺到小龙河湾二十多年的爹，以这种方式告别人世。

　　有人拉住这兄弟俩，叫他们去地头歇着，找人的事，交给别人就是了。"一定没事的，老头是个大命人。"一边安慰着他们。安玉椿心里明白，这是不叫他们看到爹的惨样子呀。

　　有人听到微弱的呼叫声，是从一口井里发出来的。那口废弃的老井，多少年没用过了。消防队员马上下到井里，吊出来一个人，正是老尾巴。原来，老尾巴被大火围困后，越跑火舌越粗，他无处可逃，也逃不动了，腿被井沿绊了一下。他牙一咬，就朝井里跳了下去，好在井水不深，里面的泥糊子又厚，没淹着他，只摔伤了腰。

　　当老尾巴被人从井里捞上来时，安玉枫还在哭喊着他的爹。老尾巴用剩余不多的力气，指着安玉枫说："你个黄子，你个能屌台，你狗日的先喊爹了，你认爹了，你个狗日的……"

　　夜里起了风，风尖溜溜的，听着怪响。庄上的庄稼把式直夸这是扬场风。麦季哪有不刮几次扬场风的，不刮扬场风，怎么扬场？可是，现如今不需要扬场了，麦粒麦糠直接被机器分开了。安云礼现在倒担心刮扬场风了，扬场风收潮，如果这时候谁给地里的麦秆点把火，被扬场风一吹，一定顺着地墒垄子跑，火自个就能烧起来了。夜里饭碗一推，他又开起了广播会，反复说刮风防火的事。他自家地里的麦秸天傍黑刚被灭掉茬，现如今还躺在地里，不放心，他又去地里转了转。老伴说他脑子神经了，他也不多理会，走到地里，抓把麦秸搓一搓，仿佛才放了心。又见地里手电筒乱闪，走动着巡逻的人，还听见驻点干部相互打招呼，知道大家都战斗在禁烧第一线，心里略略平坦了。走过去给大家打招呼后，才放心回家。

　　可能白天太疲劳，加上年纪不饶人，安云礼浑身酸疼了一阵，还是睡着了。也不知睡到多久，被庄上乱跑着的声音吵醒，影影绰绰听到有人喊着火了。安云礼呼隆从床上爬起来，两腿朝床下伸着找鞋，划拉两下没找到，就赤着脚朝外跑了，临出门没忘抓住灭火器。

　　扬场风还尖溜溜吹着，空气里都是烧麦秸的呛人味，地里一片火光，有跑动的脚步声，摩托车声，远处开过来头顶旋着灯鸣着笛的警车，整个田野里，响动着人声、车声、轰轰响着的火焰声。安云礼一时头脑有些迷糊，好像是在看一部战争场面的电影。头脑一迷糊，脚下就不稳当，他天天走得熟透了的路，就开始绊他的脚，扑通一声，安云礼把自己摔在一片路牙子上，抱着的灭火器咕噜噜滚出去好远。

他准备去村委会开广播喊人救火，却把自己摔趴下了。掏出手机，连忙给红绿灯打电话。红绿灯的声音背景很吵，一听就是在救火一线。"北地着火了，南地也有，共有三个着火点，西地的被扑灭了。"红绿灯在电话里心急火燎地跟他汇报。安云礼一边听电话，一边去摸滚落地上的灭火器。红色的灭火器在火光的映照下，像一头舌头通红的小兽，蹲得远远的，朝他做着鬼脸。

"北地？……"他朝灭火器爬去。他家的麦地也在庄子正北，庄上人老几辈都称那片地是北地。

他的腿疼得厉害，他想朝北地爬，北地的麦秸在焚烧，他要去看看；又想朝村委会爬去开广播会，他要招呼大家去救火，招呼的办法是开广播。

"安书记你在哪？"红绿灯急急地问。

"我去村委会开广播，你快组织人救火……"尽管红绿灯我行我素惯了，不吃他这一套，但焚烧阶段，大家一定团结一心，共同对付大火。

"安书记你放心，救火车已经在路上了，马上到。驻点干部都在用灭火器灭火，村民自发提着水桶救火呢。"

挂断红绿灯手机，安云礼知道自己爬到村委会的可能性不大了。以前的安大营行政村，村委会设在安大营庄上，后来合并了东小庄西小庄刘郢小朱庄几个庄，行政村变大了，村委会也挪到村外几个自然庄的中间位置，离安大营一里多路呢。这一里多路，中间是麦子地，安云礼要爬过去难。

他看了看那只虎视眈眈的灭火器，想了想，给安玉枫打电话。

安玉枫守在南湖的地里。那里做了一排板房，是专业合作社蔬菜调运基地。这个季节，安玉枫肯定住在那里。

"玉枫，南湖可有着火点？大棚没问题吧？找人四周巡逻着，一定不能出现任何问题啊。还有啊，杨二香的土麻鸡保种基地，也不要被火舔了啊！"

安玉枫说没问题，公司派专人二十四小时在大棚四周巡逻。杨二香的养殖场旁边的麦秸，已经打好捆垛起来了。然后问他在哪里？安云礼不敢说自己摔倒了，说他马上去村委会开广播会。正说着，村里的大喇叭狂烈地响了起来，红绿灯的声音响彻火焰轰隆的田野上空："各位父老乡亲，现在我们面对的是一场风与火的战争，这是一场胜似淮海战役的攻坚战！凡是胳膊腿全乎，没病没灾的村民，都要加入到战斗的行列中来，有桶的拿桶，有盆的端盆，有灭火器的拿灭火器……"

红绿灯的声音高亢激昂，被他声音滚过的地方，人声鼎沸。安云礼不想让安玉枫听到这些，正要挂断他电话，玉枫说："俺爷，我不在南湖地里，我在镇卫生院，俺爹被火烧住了。"

"你爹……守信？"安云礼多少年没叫过这个名字了，庄上也多少年不出现安守信这个名字了。

"不碍事，他只是被烟呛着了，吊点水就好了。我在卫生院陪着他，玉椿回安大营了。"

"好，好，先照顾你爹，回来再说。"挂断安玉枫的电话，安云礼悲喜交加了一阵子，没想到，一场火把这对冤家父子团聚了。安云礼想了一会，一时不知该打谁的电话好了。老伴是不能打的，知道他摔倒了，她说不定怎么慌张呢，万一脚底下不留神，她再把自己摔了，两个老东西就麻烦了。儿子一家都在南京拾破烂，麦季也没回来，只把收割麦子的钱打过来了。想想自家儿子都不愿回庄上种地，他心里一阵难过，趴地上半天不动弹，口鼻里全被浓烟呛住了。耳朵贴着地皮，他听见麦秸焚烧时的噼啪声。难道，火要朝这里跑了？

焚烧秸秆的呛人味道，一阵阵袭来。对这种味道，哪个村民没闻过不下十年了？他太熟悉了，忍不住剧烈咳嗽起来。这时候，他听见丰收媳妇哭咧咧地朝地里跑："死丰收，我说早点割，你不同意，这下好，快到嘴的粮食，要被火吞了……"

丰收手里拎着铁桶，铁桶襻子咯吱咯吱响着，任他媳妇数落。

"丰收，你把我扶起来一下……"安云礼的声音很弱，丰收跑出去一截子路了，又拐了回来："老书记，你咋的啦……"

安玉椿顾不得亲爹在医院里吊水，眼睛通红地在安大营行政村的地盘上疯跑，恨不能自己的眼睛是三百支光的灯泡，把整片麦地照得如同白昼。

火是从西北方向燃起来的，那是离安大营庄最远的麦地，还有许多麦子没有收割，这要是烧起来，损失可就大了。安玉椿怎么也没想到，他的出生地，老书记治理有方的安大营，也会着这么大的火。今天真是奇怪的一天哪，白天和夜晚，连轴转地着火，好像火都商量好了，要在今天烧麦秸。

　　火势顺着麦茬地轰轰燃烧着，烤得人已经不能靠近。救火车第一时间开过来了，田间土路太窄，一边有壕沟，一边是麦茬地，救火车的右边轮子一直轧着麦茬地走，那片麦地还没被碎茬，长得愣愣的，拐弯处一个深坑，被麦茬遮住了，直到卡住了救火车的轮子，大家才发觉。发动机轰鸣半天，车身纹丝不动。

　　安玉椿指挥大家推救火车，这个大家伙，被人推着，毫不理会。夜晚的麦地里，走动着包点干部，有市、县部门抽调的干部，也有镇、村的干部。推救火车的，也是这些干部们。村主任红绿灯，拿着扩音器招呼村民推救火车，叫了半天，稀稀拉拉跑来几个老头，看着救火车喊道："这个大家伙，谁能推得动？"说是说，还是伸出手扶到车帮上，就像蚂蚁推坦克。消防队官兵见车子推不动，开始接长水管，看可能伸到着火点。见差得太远，又电话调别的车辆过来。

　　安玉椿电话叫人调运抽水机，四轮车突突突开过来，正好旁边有机井，水泵伸到井里，四轮车轰响着，哗哗的水从井里被抽打出来，喷到村民的水桶里，洗脸盆里。一时间，人与火，机器与火，水与火，展开了搏击。麦粒的炸裂声，摩托车、电瓶车的叫声，人的吆喝声，此起彼伏……

　　"除了没有枪炮声，当年的淮海战役，是不是也跟这差不多？"安玉椿的心里刚闪了这个念头，手机立刻又响了，是镇办的小于打来的："安镇长，后陈行政村也发现了起火点，听村民说，不知谁造的谣，说今晚卫星监测不到咱皖北这一片，大家都去地里偷偷点火了……"

　　天终于亮了。

　　太阳在夜里躲了起来，没有被烟熏到，此刻，它正神采奕奕地照着万物，照着被大火烧得面目全非的土地和烤枯的速生杨。杨二香的养殖场西侧靠麦地的地方，一溜十几棵速生杨被烤得半熟，耷拉着黑不溜秋的叶子。好在养殖场没事，土麻鸡们却热得叫了一夜，杨二香提心吊胆，给农业大学的导师打电话咨询。导师让她第一步给鸡舍浇井水降温，第二步开排风扇、挂水湿帘和遮阳布，第三步，改善饲喂方法，并开了"处方"，从手机上发过来。王淘气两口子夜夜值班站岗，两眼通红，蓬头垢面。倒是杨二香，表面上不惊不诧，一派清风明月样。

在医院，老尾巴跟安玉枫说道起他和"丫头"的事。老尾巴嗓子不利索，但跟亲儿子相逢，精气神很好。安玉枫看着变成小老头的亲爹，也是百感交集。说了半夜的"丫头"，"丫头"天一亮就去医院，替换安玉枫，来照顾老尾巴，让安玉枫回家休息。对这位龙大娘、司小楼村的游戏娘，安玉枫心里的别扭感，居然淡了。或许，他跟杨二香好上后，心理也发生了变化？

把刚刚相认的亲爹交给龙大娘，心里惦记着安大营的大棚地，安玉枫在集上雇了一辆车，立刻回到了安大营，才听说老书记安云礼摔伤了，决定马上去看他。在养殖场边，顶头碰见杨二香。两双湿润的眼睛碰撞在一起，彼此会心一笑。正好安玉椿也骑着摩托车赶过来。兄弟俩简短说了老父亲的情况后，要一起去安云礼家。安玉枫看了看安玉椿，发现安玉椿的头发被烤煳了一层块，成了鬈毛。一定是昨晚不小心被哪道火舌给舔的。玉枫伸出手，心疼地搭在玉椿的肩膀上，无声地苦笑笑，眼睛潮潮地看着前方："走，去看看咱爷云礼老书记，他摔断了腿，还躺在床上呢。"

杨二香本要请两兄弟去她养殖场办公室喝点茶降火，听说安云礼摔断了腿，杨二香也要去看看。三人刚走几步，安玉椿的手机响了起来，免提键正好开着，一个男人的吼叫声听得清清朗朗："好啊安玉椿，你包片的地方，你的老家安大营，咋那么巧全烧起来了。相煎何太急！你撸我就撸嘛，换个方法才有创新！"啪，挂断电话。

弟兄俩互相看看，无言地耸耸肩。杨二香哂笑道："安镇长，你这叫跳进黄河也洗不清。"

安云礼在床上半歪着，见玉枫玉椿兄弟俩进来，眼窝子马上湿了："你瞧瞧都是啥事？咱庄咋就起火了？还是从我家地里先烧起来的。"

"不仅是咱庄，全镇的起火点大大小小不下几十处，其中最大的是咱庄、农瓦房行政村和汪庄行政村。有白天点的火，也有晚上点的。"安玉椿苦笑笑，"这是场人民的战争，防不胜防，无可奈何。"

"咱这片地场，从古至今，发生的战争多了去了，哪里想到，现如今跟烧秸秆干上了。世道啊！"安云礼仰天叹息一阵，才想起问老尾巴的事，"守信没事吧？"

"头发和胡子，一撸就掉了，被烤焦了，其他没啥大问题，腰伤有点重，要躺床几个月。"安玉枫说。

"你和你爹，就这样相认了？"安云礼说，"看来，这场大火的收获也是有的。不是烧大火，你和你爹，还不知要别到哪年哪月。"

"俺哥这些年，哪一天放下过老头子？"玉椿瞅了玉枫一眼，"老头河湾里收的粮食，镇里的面粉加工厂年年去收，为啥？还不是俺哥事先安排的？差价先打给人家，能不去收吗？老头还以为自己种的粮食金贵呢。"

"听这话，好像故事很多呀。"一直没说话的杨二香，把一纸袋蒌瓜子放安云礼桌上，笑眯眯地插句话。

"看你这瓜子的长相很面生，也是有啥故事吧？"安玉枫接话道。

"我姐们从大别山寄来的，人家靠山吃山，山里的蒌瓜子，营养高，降血压，健筋骨呢。"杨二香一笑。

"二香，谢谢你！我这筋骨，还真得好好养一养，等养好了身子，把烧我家秸秆的人查出来。"安云礼提高了声音。

"书记啊，你家先着火，是不是得把你的书记撸下来呢？"二香有点担忧。

"上面开会就是这么定的。撸就撸下来吧，撸下来，我也得查个水落石出。"安云礼有点惋惜地说，"没想到，干了一辈子书记，因为禁烧的事给撸下来了。"

第十九章

——

得把这片土地弄暄乎了

"这个村主任，你不当，谁当？你不但要当村主任，我还推举你当村书记。"老书记安云礼的话，把安玉枫说慌张了。

他本来是立刻回答"不可能，我没想过要当这些"，但他怕伤了老书记的心。他说："让我想一想。"

这一回，安玉枫坐在贝山上想事。

贝山也是个白石头堆。在大平原上，石头堆就是很壮观的山。

山下是一望无际的田地，冒出了嫩绿的黄豆苗和玉米苗。

还有一些麦茬长在地里，黄豆苗就从麦茬地缝里钻出来，钻得一头一脸的汗。阳光打在上面，闪着星星点点的光。

旁边陪坐的杨二香，安静地看着田野。她没有劝说安玉枫当村主任当书记。她只看田野。

"露水真大。"安玉枫先说话，"小时候拾柴火，露水也是这么大，去杨树行子里拾树叶，鞋子越走越沉，鞋底带的露水泥，成了大泥坨，走路就像踩高跷。"

"你说的那是大叶杨，很少见到了。现在种的叫速生杨，外来的品种，把咱本地的树种都弄灭了。灭就灭了吧，它还吐出这么多杨絮，一天一地糊的都是杨絮，见火星就着，烧掉多少电线，多少猪圈、屋子啊。连人喘气都受影响，一不小心，就喝一朵杨絮进嗓子眼里。唉，咱这一片地方，咋就这么多灾多难呢？"

"是有点多灾多难……"看着地里劳作的人，安玉枫陷入沉思。那是给豆子、玉米补苗的老头老妈。就算旋耕耙把麦茬旋到土里了，但性子倔的麦茬，仍旧蓬在土壤里面，蓬住种子挨不了土，出不了芽。不补苗的话，就得减产了。

尽管地里有人在补苗，但土地安静下来了。想想不过月把的时间，人欢马叫的禁烧大战，把皖北大地闹腾得像战场。现在的安静才是真实的，而禁烧大战，就像一场梦。却年年都上演这样的梦，多可怕！

"打我记事起，从老辈人嘴里听到的是打日本的战役，是淮海战役，是跑反，是大炼钢铁家家砸锅上交吃食堂……都是听说的事，没亲眼见过。"安玉枫叹息，"这回要把亲眼见过的禁烧大战的战役，说给孩子听了。但愿他们看不到，否则，真麻烦了。"

"已经有许多孩子看到了，不需要你讲了。"杨二香微笑，"杨林中心小学，有位学生写禁烧秸秆的作文，老师没给他打及格分，学生不服气，说写得句句是真。不知被哪位路见不平的同学，撕下来张贴到学习栏里了，全校同学都会背那篇作文了。'人欢马叫，火光冲天，仿佛外星人来烧杀抢掳地球……'，写得像星球大战。"

想想自己去找爹的情景，地里的火着得没边没沿，跟一场战争没啥区别。安玉枫说："这位同学写得真形象。"

离开故乡许多年，回到故乡，从改变一个村庄的愿望入手，支大棚，做黑粮加工，又遇到秸秆禁烧，他像是被一种魔力牵着朝前走。特别是禁烧当中发生的离奇之事，都是安玉枫没有想到的，所谓高手在民间实在说得在理。

高手之一的红绿灯刘东强，从见到他的第一眼起，就把他当作竞争对手，而他又不能解释自己没有竞争的想法。四十个大棚泡水的案子迟迟破不了，是红绿灯的马仔狗急跳墙出卖了红绿灯，加上东小庄的刘学习，跳起脚骂红绿灯说话不算数，红绿灯终于自个儿把自个儿掀下了马。谁能想到，一个基层行政村的村主任，聪明点子不用在工作上，反而用在掰乎人上呢？

对红绿灯的怀疑，在第一次支十个大棚租赁土地，十户村民除了老皮钱外，一律要求先收四年租金时，安云礼心里就犯嘀咕了，只是没有证据。等这一次的大水倒灌，大棚被泡，安云礼心里更加肯定跟红绿灯有关。正等着镇派出所查个眉目出来呢，它自个儿倒是水落石出了。

　　估计红绿灯自己也没想到，他苦心操练的这场游戏，在这么短的时间内就收场了。跟他后面混，为他立下"赫赫战功"的俩半拉橛子，被他安排在家"休息"。俩痞子哪里能安心待家休息呢？干脆到镇上的游戏室过瘾了。在游戏室几天几夜打疯了手，欠下一屁股账，俩小子急于在短时间内发一笔财，就从安刘河镇跑到杨林镇，在杨林镇一个半空的村庄里，半夜掏开一户人家的后墙，将人家喂的一头老牛偷走了。喂牛的是一个独守老人，把牛当作自家的一口人来养，三间屋，老人住东间屋，牛住西间屋，中间当厨房和客厅。牛早不耕地了，就是陪老人的伴儿。地里产的粮食，一半人吃，一半牛吃；地里的豆秸、玉米秸和麦秸，单留着给牛过冬吃。其中一个小子，把牛牵走还不过瘾，还在墙上留下一行字："你喂牛，我发财；你还喂，我还来。"老人被牛临走时打的喷嚏惊醒了，赶紧起身去西屋看，见牛正被人从后墙洞里朝外拽，牛屁股还在屋里呢。老人紧走几步，拽住了牛尾巴，仍然没能夺回牛。

　　老人气得不行，磕磕碰碰跑到外面，深更半夜的，哪还有牛的影子？打电话报了警。第二天派出所来人看现场，见到墙上的字。老人不识字，听人念过字后，就气病了。

　　老人的牛，一路上哞哞叫个不停，凡是牛走过的地方，都有人听得见。杨林镇派出所顺藤摸瓜，就摸到安刘河镇杀牛的屠户刘允和家了。牛肉被肉贩子拉走了，牛皮还在院子里。案子很快破掉了。两个小子想立功减罪，不但如实交代了偷牛的全过程，还把如何帮着红绿灯放水淹安大营行政村大棚地的事，也和盘托出了。红绿灯开始坚决不承认，三人对质时，一个小子说："老大你就认了吧，好在你有一儿一女了，俺家是单传，俺大说了，坦白从宽，立功减刑，过几年俺就能出来了。俺才十八，出来后还照样娶媳妇，生儿子。"

　　这下，红绿灯就算长一身的嘴，也说不清楚了。据说，他这步棋走险了，找傻不愣怔的半拉橛子干活，便宜，以为给点好处，俩半拉橛子外出打工个三年两载的，这事就算平了，没想到他们不出去打工，反而在家门口干出偷牛的事！

　　这是红绿灯摊上的大事之一。另一件事，是烧秸秆。说起来真够寒碜的，他一个村主任，鼓动村民烧秸秆，那真是老鼠给猫当伴娘，自毁前程。如果说他以前不正混，写《上访指南》，指使人上访是真坏人的行径，那么，当了村主任，他的一切言行，都是假好人的做派了。假好人，比真坏人要可怕得多。

　　他指使烧秸秆的人是刘学习。关于这次烧秸秆，红绿灯颇费了一番心思。他清楚刘学习贪小便宜，便发动东小庄愿意烧秸秆的村民，兑钱给刘学习，让刘学习负责点火，如果被抓了，刘学习负责进派出所，罚款的钱大家兑。条件是谁家兑钱了就给谁家地里点火，附加条件是，得把村书记安云礼家的麦秸第一个点着。这叫一箭双雕，既能让书记家第一个烧起来，又能造成全村起火的恶劣影响，安云礼不被撸下来都不可能。

　　刘学习烧秸秆的任务完成得很棒，采取声东击西的游击战术，天亮前需要点火的地块，都点着了。不但烧了兑钱给他的村民的麦秸，还连带着烧了地边相连的人家没割的麦子，也烧毁了不少树，这是刘学习没想到的。刘学习最后去点棉花娘家的麦秸时，被巡逻队抓了个正着。他理直气壮地进了派出所，第二天才知自己惹了大祸，不仅仅是拘留罚款那么简单，明目张胆地点火且损失巨大，是要坐牢的。在派出所见到安玉椿时，刘学习哭得一把鼻涕一把泪，怪红绿灯没有说清楚后果，害他坐牢。一下就把主使人供出来了。

　　红绿灯不但没有撸下来安云礼，反而让自己栽进去了。安大营行政村，暂时有安云礼书记、村主任一肩挑。所以，安云礼才对安玉枫说出"这个村主任你不干谁干"这句话。

　　而农瓦房行政村大白天麦秸"自燃"现象，被王彩芹盯了三天的跑反，终于招架不住，如实招来。

　　"跑反爷，你真有招。哪儿学来的？教教我？"彩芹也真有招，她见到跑反时，立即摊开手心里的蚊香插片。跑反啥没经历过？根本不买她账，扭头就走。

　　彩芹在后面撵："放心吧俺爷，我不问你要胳膊，只问你要蚊香。咋发明的？"

　　跑反把自己关在家里不愿出来，但他总有出来的时候。只要他走出屋，顶头就会碰见彩芹。

　　"俺爷，你教教我。"彩芹把蚊香插片杵到跑反面前，"明年午收时，我也拿着蚊香放火，混口饭吃。可是，俺爷，我试点了几次，蚊香着完了，麦秸咋就是不着呢？"

　　跑反采取"沉默是金"来应对彩芹。彩芹就围追堵截死缠烂打，甚至跑到了跑反家里。跑反爱打人，但他不敢打彩芹。彩芹曾当着跑反的面，给农大虎打过电话："俺大哥，我彩芹啊。没事没事，我在跟跑反爷爷学点蚊香呢。"彩芹后来跟农瓦房说，她这是诈兵计，老跑反懂个啥，哪知道她拨没拨农大虎的电话，她不过对着手机买空卖空地说了一通瞎话。

"俺爷，你说，我也是鬼精灵的一个人，咋就点不着麦秸呢？"当彩芹再次跑到跑反家，把蚊香插片杵到他面前时，跑反终于存不住气了："你确实也算鬼精灵，那要看你在谁面前！"

"比如，在爷你的面前，俺就不管。爷，你教教俺？"

跑反得意地一笑："你不撒火药，咋能点着呢？"

彩芹像个小学徒，用崇拜的眼神看着跑反，把惊讶藏在心里。

跑反叫彩芹把手机装口袋里，别给他录了像，便抓过几把麦秸，放在院子里，又拿过一盘蚊香，点着，插在蚊香片上，再从屋里拿过一个鞭炮，剥开，把鞭炮里的火药朝靠近蚊香的麦秸上一撒。

"这个有时差的，差不多一个小时才能燃着了。我随便在地里走一走，定时炸弹就埋下了。丫头，我不怕你告我，告了也是白告，我不会承认。抓我进监狱的话，政府还得派人侍候我。"

彩芹探询地问道："俺爷，你这样做，图啥呢？"

"图啥？图热闹！瞧那些个当官的，吃香的喝辣的，脑子里知道啥？还有那个安玉椿，整天跟我过不去，他仗着脑子灵光，带着记者来玩我，我随便使两招，就够他学几年的。"跑反说得一脸得意。

跑反说得没错，像他这个七八十岁的人，追责他又有啥用？听完农瓦房转述这些话后，安玉椿朝牙缝里直吸凉气。

后陈行政村晚上偷烧麦秸，是受谣传"卫星拍不到"的蛊惑，村民跟巡逻队员玩捉迷藏，偷偷点燃的。损失最惨重的汪庄行政村，大白天起火烧毁了几百亩没收割的麦子，一直是个悬案，有人说是村民丢的烟头引起的，有人说是村民有意丢的烟头，还有一种说法，是镇里领导之间争权夺利，有意害人，指使亲爹去地里点的火……这一条，是冲着安玉椿说的。难怪刘国泰发了那么大的脾气。

"哥，我冤不冤？这个破官没法干了，我跟着你种大棚，卖菜得了。"安玉椿气得直跺脚。

在 6 月 15 日这天的白天和夜晚，连续发生在安刘河镇几个行政村的焚烧秸秆事件，造成了恶劣的社会影响，也让县里的头头脑脑们很是恼火，一举撤销镇党委书记刘国泰的书记职务，撤销安玉椿代理镇长职务，并问责县、乡、村各级包联干部，扣除每人上缴的保证金。鉴于没有发生人员、牲畜伤亡事件，刘国泰、安玉椿，暂时主持安刘河镇的党委、政府工作，以待新领导上任。

"两个被撸掉官帽的人，还在原位置上主持工作，你说滑稽不滑稽？"杨二香摇着头，"像安刘河这样的乡镇，谁还敢来当领导？来了一个，撂倒一个。"

"明年的午季，会是个啥样子呢？"安玉枫的思想，已经抻到明年了，"马上还有个秋季禁烧。秸秆这个事，看似小事，却是大事，是迫在眉睫的民生难题，谁来破解这道难题呢？"

"安书记安主任，你这口气太像领导了。怎么，准备接手当村主任了？"杨二香见安玉枫愁眉苦脸，开了句玩笑。

"二香，你点子多，你说说，该咋办？"安玉枫抓过杨二香的手，握在自己手心里。

杨二香打了他手一下，把自己的手抽回来。这个石头堆，光秃秃的，没遮没挡，山下干活的老头老妈，眼睛尖着呢，要是被他们看到，对安玉枫不好。

"王大鹏来咱皖北县挂职了，还是个县长助理呢。秸秆的事，得找他好好探讨一下。他毕竟是农业方面的专家。"杨二香摘掉安玉枫衣襟上的一片草叶，声音柔柔地说。

"听玉椿说，王大鹏是自己打报告申请下来挂职的，他碰到了高中时的同学，两人好过的。王大鹏还为她差点跳了小龙河。那年他高考落榜，女同学考取了大学。不知咋弄的，女同学回家乡种草莓了，人送外号草莓西施，现在正被银行追债呢。"

"有这么巧的事？"杨二香眼睛瞪得大大的，"我对咱皖北县的事，没有不打听的。听说靳沟口镇有种植草莓的大户，会不会就是这个女的？"

"王大鹏会不会在靳沟口？"安玉枫说着，就掏出手机给王大鹏打电话，没想到王大鹏真在靳沟口。王大鹏说，他一会儿过来说事。他正有一肚子的事，要跟安总探讨。

"人人都有一肚子事要说，这是好事，怕就怕一肚子事不敢朝外说的人。"杨二香笑道，"你和我都是藏不住事的人，王大鹏也是。"

安玉枫一牵杨二香的手："走，趁大鹏没到，我们去看看孝灵泉。"

两人坐在孝灵泉旁，用眼神无声地交流着，传递着彼此的那份爱意。想到孝灵泉的传说，杨二香连忙问尾巴叔的事。

"出院了，在小龙河那养着呢。游戏娘一直在照顾着他。"安玉枫说着，摇摇头，"你说，这是啥事，俺娘还在呢。"

"感情的事，怎么说得清。"杨二香深看安玉枫一眼，"这俩人，加起来一百二十多岁了，熬到今天不容易，就不要拆散他们吧。"

"那，俺娘还得跟俺爹办离婚？还是等俺爹好了，再说这事吧。"

正说着话，王大鹏打了安玉枫的手机，声音刚落下，人就杵到面前了。

"我决定留在靳沟口工作。"王大鹏张口就宣布他的决定，"上周，组织部门给挂职干部开会，征求留任与否意见，我马上表态留下来，而且到基层工作。"

见安玉枫投来探询的目光，王大鹏一摆手："玉枫哥你别打岔，让我一气说完。我在省里农业大学，工作得也很称心，可是，实验室工作和基层一线比，区别很大，我觉得，我学到的东西，移植到乡村，发挥价值更大。而且，我也是从咱皖北大地上走出去的，咱这个地方，真的太需要专业人才了。人生不过几十年，匆匆而来，匆匆而去，能干自己喜欢的专业，有用武之地，是很开心的事情。这就是我留下的理由。"

"估计跟那位草莓皇后也有关系吧。"杨二香半开玩笑说。

王大鹏略显羞赧，也不想隐瞒自己的真实想法："二香姐说得没错，不是靳小兰出现，我可能没这么快下决心。之前每回去小龙河湾尾巴大爷那儿，我都坐在地里不想离开，但考虑到'姓农'的父母，好容易供我走出农门，又把家底拿出来给我在省城买房子，不敢再回到乡下来。"

然后说起了靳小兰种草莓的事。

靳小兰是靳沟口人，在县里上高中时跟王大鹏同班，先王大鹏一年考上南城大学，两人三年的爱情，也因靳小兰考上大学无疾而终。王大鹏失恋加落榜，心里格外想不开，要不是老尾巴拦着，就跳了小龙河了。靳小兰大学毕业后，嫁给南城种草莓发家的种植大户，三年不到又匆匆结束了婚姻。在南城自立门户种了几年草莓，回乡探亲时，被在乡镇工作的大学同学游说，就以大学生回乡创业的身份回归故里。先是在本村承包五十亩土地支大棚种草莓和花卉，销量还真不错，渐渐在靳沟口镇打出了自己的品牌，人送靳小兰外号"草莓皇后"。

靳沟口镇树靳小兰为"白色工程"项目的典型，加大对她草莓种植基地的扶持力度，促使她由原来的五十亩大棚地，扩大到两千亩，种植草莓的大棚，也增加到五百个。五百个大棚连成一片，就像白色的海洋，靳沟口镇的"白色工程"，可谓打造得风生水起。

靳小兰成立了合作社，采取公司＋农户的发展模式，发展大棚种植业。除了种植草莓，还有蔬菜瓜果和花卉。而建造五百个简易大棚，需要一大笔资金。经镇里出面斡旋，一家刚刚入驻皖北县的私人银行"金地"银行，开业的第一笔资金两千万元，贷给了靳小兰和租种她大棚的一百二十家合作社农户。这家私人银行皖北县分行的行长，是个南方人，他被靳小兰回乡创业的精神所感动，农业是个有潜在风险的行业，觉得一个女孩子，回来做农业，不容易，他愿意资助做农业的人。一百二十家农户，拿着身份证，以大棚作为抵押办理贷款，而担保贷款的是靳小兰的"岚兰公司"。没想到的是，靳小兰自己种植花卉和草莓时，销路很好，但扩大了种植面积后，第一个环节销路就成了问题，管理也跟不上，种植户的老龄化，缺乏开创市场的能力，加之一场风灾，又毁掉了一半大棚，靳小兰的"岚兰公司"瞬间就垮掉了。到了还贷期，靳小兰无力偿还。银行一纸诉状把她和农户告到法庭，这一告银行才明白，没法告。贷款者是一百二十位老年农民，贷款时已经五十九六十擦边的年纪了，三年一过，村民年龄全部超出六十周岁。六十周岁，已经不具备贷款资格，也谈不上还贷能力。银行只得撤诉，追着靳小兰要利息。每个月，行长苦苦追着靳小兰，求她行个好，还点利息吧。靳小兰的五百个大棚，有一多半已倒塌，剩下的大棚入不敷出，仅有的那点收成，只能还利息。无形之中，靳小兰把一家私人银行生生绑架了，而她自己，也是虽生犹死。

"我来县里挂职不久，就知道了咱皖北县，出现了这样的奇葩事。更让我没有想到的是，当事人，居然是靳小兰。"王大鹏满脸忧戚，"我挂职县长助理，县长正好分管农业。有一天，县长带我处理一起跳楼事件，就是那家私人银行的行长，站在县城闹市区的百货大楼十层楼顶，手里拎着酒瓶子，喝一口酒，哭诉一声，身体摇摇欲坠。他说他什么也不想要了，就是要让皖北县的老少爷们知道，皖北县的人，欠他这个南方人一条人命。县长和行长进行了简短对话，答应由县金融办出面，协调此事。'我们皖北县，不会欠债，更不会欠命！'县长的话掷地有声，终于说服行长，这事才算平息。第二天，我来到靳沟口，见到了靳小兰。"

王大鹏沉浸在忧伤的述说里，安玉枫、杨二香静静听着，没有插话。

"靳小兰坐在五月的花海当中，安静得像一棵蔷薇花。她的身后，那些千疮百孔的塑料大棚，荒芜着，长满了杂草。我冲她的背影喊一声'靳小兰'！她回过头，目光无助而冰冷。那一刻，我真想放声大哭……"

杨二香眼睛潮了，她唏嘘着，递过去一片纸巾。王大鹏拭了拭眼角，渐渐恢复常态："靳小兰之所以失败，除了缺少科学的管理和科技的渗透，镇里盲目搞'白色工程'，是她栽跟头的主要原因。现在县里已启动无息贷款的创业基金，资助靳小兰重振创业斗志，两千亩十年租期的土地，一半种蔬菜草莓，一半种黑粮。县农科所派技术人员进驻公司，无偿资助靳小兰；和我一同挂职的挂友，省师范大学的高才生张进步，主动要求去靳沟口镇靳小兰的村庄、大圩行政村任村书记助理，召回村里的年轻人，加入合作社，使合作社社员年轻化，专业知识强，市场开拓能力好。推倒破损的大棚，采取合作社社员入股的方式，重新建造防十级大风的钢结构连体大棚。短短半年时间，岚兰公司起死回生了。"

"你的付出功不可没啊。"安玉枫赞许地看着王大鹏。

"和玉枫哥你比，我算啥？只不过跑跑腿而已。"王大鹏自谦道，"哥你瞧你做得多成功，'皖枫'牌黑粮系列产品黑麦片、黑花生、黑挂面，多火啊。村民种自己的地，拿一份租赁费，又拿一份工资，半夜里做梦数钱都累醒了。"

"你这一挂职，是抱得美人归呢，还是入赘佳丽家？"杨二香开了句玩笑。

"哎呀，说不定落花有意，流水无情呢。"王大鹏说。

"喊，这个比喻不好，男孩子家家的，什么落花啊。"杨二香说，"你是天上掉下的金砖，多少人仰着脖子，巴望金砖砸到自家院子里呢。"

"大鹏，昨晚没睡着，我心里老想着一件事，想得心里纠结得慌。"安玉枫直视着王大鹏，"咱也不想做个多伟大的人，老早是为了生存，办企业赚钱；回家创业呢，就想尽可能为咱这个穷乡僻壤，改变一些面貌，过点好日子。做到今天，产品也打出去了，钱也有得赚了，庄上人的日子也好转了，庄里的年轻人，也愿留下来在家门口赚钱了。可是，可是，现如今咋又多了一个难题呢？"

"玉枫哥我知道你想说什么，秸秆的事吧？"王大鹏一点就破。

"就是这个事。人老几辈谁遇见过这种事？禁烧秸秆？不禁烧还真不行，咱自己种出来的庄稼，到头来，还得给咱自己找麻烦，还一时没有啥好办法。"

"还有农村面源污染问题，也不是个小问题。"杨二香说，"我现在做养殖，深深体会到这一点。我自己能做到合理处理鸡粪，然而，那些散养户，牲畜的粪便随意堆放，臭不可闻，污染严重，一家小的养殖场，就能毁了一座村庄的环境。面源污染不治理，危害一点不比焚烧秸秆小，甚至有过之而无不及。袅袅炊烟，小小村落，永远给我，碧浪清波，这是李谷一唱的歌，歌里的这些好景致，还会有吗？会从我们这一代起，渐行渐远吗？"

"我刚刚读到一份资料，说到土地的盐碱化，农残的超标化，环境的严重污染化，已造成癌症的高发，婴儿先天畸形、愚形现象严重……远的咱不说，就说咱这一片，秸秆问题怎么解决最好？我刚下来挂职时，用十天时间走访全县二十八个乡镇，发现人们对使用化肥的依赖性，已到了不可或缺的地步。"

"我插一句，"杨二香说，"大鹏说农民对化肥的依赖性强，一点不假。像我养殖场的鸡粪，无偿提供给村民使用，他们都不愿拉，说拉地里太累，又臭，不如撒点化肥方便。唉，大家都只过眼前的日子，谁会去想多少年后，土地里长不出庄稼了呢？哎，大鹏，你继续。"

大鹏一笑："香姐说得没错。瞧我们几个，是不是有点不自量力，忧国忧民了？我瞧咱县的秸秆，堆放场倒是不少，可是，去年的麦秸还堆在那里烂着，又占土地又构成污染。秸秆收回来，肯定不是为了堆放的吧？我不解，就问一位镇长。镇长笑我天真，说，连这都不懂，这是套国家资金啊。谁收秸秆，国家一亩地给谁补助二十块钱。至于收了干什么，并没人追究啊。我现在就要请教两位神人，咱这皖北大地的遍地秸秆，到底怎么用才是最合理最科学的？"

"嚯，大鹏，你是农业大学的高才生，这样难的问题发问我们，不是刁难小老百姓吗？"杨二香挖了王大鹏一眼，"倒是你先给我俩补补课，才对。"

安玉枫跟着笑了一阵，然后脸一绷，样子认真起来："说真的，我最近就是在想这个问题。以前秸秆是农家的宝贝，现在仍然要成为农家的宝贝才对。这个难题，既是大鹏你这样的专业人士要研究的，也是我们这些做小企业的人要面对的。"

"玉枫哥，有你这话，我就信心百倍。"王大鹏笑出了一口白牙齿，"科技转化，就是把实验室研究的成果，放到实践中来实施，把理论变成现实，变成看得见摸得着的果实。昨晚我电话给我导师牛教授，说到对秸秆的痛心和无能为力，我导师让我去请一位高手来，说不定，就能解决我们面临的难题。"

"好，大鹏，我陪你去！所有费用我解决。"安玉枫马上表态，"你说去哪里吧。"

"去河北。这是位奇葩人物，海归。现任河北蒙北农业大学生命科学学院院长、博士生导师，中国微生物学会理事，蒙北微生物学会理事长，是我导师牛教授中国农业大学的同学。目前，这位海归专家正主攻微生物秸秆综合利用和开发。"王大鹏说得一脸兴奋。

"别卖关子，大鹏，这位大家叫啥名？"安玉枫追问道。

"他叫朱宝山。同学圈里都喊他朱宝宝。他是他们家乡的宝贝。"

"那我们赶紧去请这位朱教授来，让他给我们传经送宝，用微生物技术，解决咱们的秸秆难题，把皖北这一片的土地弄暄乎了！"

第二十章

——

这是一片暄乎地

这一阵，安刘河镇的安大营，实在是少有的热闹。

首先，蒙北的"朱宝宝"来了。他这个好称谓，几乎不需要多宣传，就叫开了。

是给安大营的村民开了一场座谈会后叫开的。

他一口有些卷舌的北方话，除了夹带的外语大家听不懂，其余听得暖心受用。

"说到秸秆，它真是宝贝。"朱宝山开门见山。当然，在他开门见山和村民说话的时候，安刘河镇的疑似镇长安玉椿，已经说了开场白，把朱教授的"来龙去脉"告诉给大家了。

朱宝山的来龙去脉非常清晰：他出生在河北省蒙北一家普通牧民家庭。中国农业大学毕业后，考入美国一所大学攻读微生物研究生，博士毕业后定居美国，供职一家生物科技集团。在美国娶妻生子，事业有成，生活安乐，事业辉煌。一次回故乡探亲，让他义无反顾回到祖国，定居蒙北，而妻子、女儿，还留在美国生活。他的义无反顾，缘于故乡草场的严重沙化、牧草营养的单一、养殖业受挫等原因。故乡严峻的现实，让他痛心，他决定把学到的微生物科技，带回家乡来，解决家乡牧业面临的诸多问题。蒙北农业大学，张开热情的怀抱，接纳了他这位优秀的"海归"，担任蒙北农业大学生命科学学院院长、博士生导师。在工作之余，他一头钻进实验室，用三年时间，研究出微生物牧草、农作物秸秆等发酵技术，微生物有机肥发酵技术，获得国家发明专利九项。

带着辛辛苦苦研发的技术，他走进草场、养殖场，向牧民宣讲微生物发酵饲料的口感、营养，微生物发酵肥料对草场沙化的改善等。然而，让他想不到的是，面对他研发的微生物科技，牧民半信半疑，不愿增加饲养成本，也不愿与他合作建设养殖试验基地，牧民仍然坚持传统牧场经营模式。

朱宝山的心一下凉了。站在沙化日益明显的草场上，看着牛羊在啃食光秃秃的、瘦弱的牧草，他唏嘘感叹。远在美国的妻女，劝他还是回美国吧，北蒙没有他的用武之地。倔强的朱宝山没有听从妻女的召唤，他一定把研发的生物技术，在草原上推广开来，造福一方土地。

朱宝山决定承包一千亩草场，办一个微生物发酵饲料厂，把研发的生物技术落到实处，立竿见影。他把希望投注到向上面申请项目资金扶持上，可是，因为研发产品没有落到实处，看不到摸不着现实中的成果，资金扶持项目未能得到立项。这又是一个重创。放手吧，回到美国吧。家人的再次呼唤，仍然没有动摇他扎根家乡的决心。那就做出来，给这个世界看看！没有资金，他拿房子抵押，贷款五十万元启动资金，饲料厂当年建成当年投产当年见成效。不过三年时间，朱宝山的微生物发酵饲料厂、微生物有机肥厂、养殖场，全面投产，把蒙北的草场、牛羊养殖业激活了。他在饲料厂内建一座漂亮的办公大楼，把实验室也搬到了那里。

生物有机肥，改善了草场的环境，而制作饲料的原料，不仅是牧草，花生秧、玉米秸秆、青稞秸秆，都可以利用生物发酵技术，生产出口感好、营养全面的高蛋白饲料。蒙北的牧民称朱宝山是"朱宝宝"。

省农业大学牛教授的一个电话，让安玉枫、杨二香和王大鹏三人，顺利找到了蒙北的朱宝山。从夏日炎炎的皖北，到达春意浓浓的北蒙，站在那片大草原上，这位头发花白，脸膛紫红，比牧民还牧民的老头，很难让他们把一个海归和老牧民划归在一起。听完他们述说秸秆焚烧给皖北带来的危害，禁烧秸秆像一场轰轰烈烈的人民战争，不但劳民伤财，还把政府和民众的关系，搞得紧张化，敌视化，朱宝山惊呆了。

"烧掉，那些宝贝？你们给烧掉？"朱宝山扼腕叹息不止，"大豆秸秆，小麦秸秆，玉米秸秆，那可都是好东西，居然烧掉，暴殄天物啊！"

"我们跑两千里路，就是想请高手您帮我们支招。"安玉枫恳切地说，"我之前也不在家乡发展，回到家乡才三四年时间，亲眼看见禁烧秸秆战役，对我的震动很大。我虽然做种植和小加工企业，但我想，只要能寻找到秸秆的出路，解决禁烧难题，我愿意尽我所能去做。"

"我们皖北县，是平原地区，土地肥沃，主产小麦和大豆、玉米，最叫人头疼的，就是这些庄稼的秸秆。"杨二香看着白发苍苍的朱宝山，挚诚地说，"如果能找到让秸秆变废为宝的途径，除了保持眼下的养殖规模，我愿意拿出平生所有，来办跟秸秆有关的企业。"

"我喜欢年轻人有这样的性格，"朱宝山赞许道，"就冲你们这一点，我就得出手相帮，把微生物技术无偿地派送你们。"

朱宝山带着他们在草原上走，还让他们参观了他自己的公司"蒙北生物科技公司"及蒙北最大的养牛场、养羊场。"我这台打捆机器，德国产，世界一流，一天能打捆牧草一千亩。"朱宝山说得很兴奋，"生物技术可以复制，现在的蒙北，生物有机肥厂、生物发酵饲料厂，上规模的牧场里都有。我提供菌种，他们提供场地和原料，做得红红火火，牧民和养殖户受惠啊。"

一个牧民赶着一群黑头羊，朝朱宝山和他的客人点头致意，朱宝山招手回应，接着说，"也不能怪牧民实惠，农民、牧民，生活在最底层，不尝到甜头，他们不会轻易接受你的观点，更不会拿自己的利益冒风险。你看现在的草场，草肥花盛，一派生机。现在不用宣传，牧民就会定期来运生物有机肥和生物发酵饲料。也不过七八年的时间，我把蒙北改变了。"说到最后，朱宝山洋洋得意，幸福得像个小孩子。

安玉枫在心里感叹，原来世上确实有这样的科学家，无私忘我，不计报酬，甚至不计后果。好在，朱教授只是损失了一套房子，他的科研成果，已经得到国家的认可，扶持资金到位，省得他像个化缘的和尚那样，到处筹钱了。

"教授您成功了，国家也重视了。可是，在您起步的时候，为什么就不能推您一把？"安玉枫有点为朱宝山鸣不平。

"噢，小伙子，你只有做出成果，才会得到肯定。"朱宝山笑眯眯地看着安玉枫，"你只管精彩，上天自有安排，这句话我喜欢，有道理！"

安玉枫从杨二香的"香香面业"说起，引出做民营企业的艰难；杨二香也说道起安玉枫回乡创业，差点把自己"创"得倾家荡产的事。朱宝山略显惊讶地看着他们："我以为，你们是 Happiness Family。原来是商业伙伴。"

见两人发愣，王大鹏翻译道："朱教授以为你们是幸福的一家人呢。"

安、杨两人不敢对视，杨二香落落大方地一笑："我们仁啊，都是在皖北那片地方喜欢闹腾的人哎。"

朱教授哈哈一笑："好，我来帮你们再闹腾闹腾。"

朱宝山开着商务车，带着两位助手和三罐菌种，浩浩荡荡由蒙北直奔皖北而来。路上，王大鹏跟朱宝山商议，要不要惊动县里的头头脑脑，毕竟，朱教授不是一般的人物，接待标准也不能不考虑，不但县里出面，市里也得有领导出面才对。否则，县里领导知道了来了科学家不汇报，还不得拆吃了他啊。

"你也不好吃的，没人拆吃了你。在美国，我跟总统握过手，跟州长一同吃过饭。"朱宝山来个美国式的耸肩动作，两手一摊，"这次，我就想单纯地跟你们闹腾一番。只有一点，大鹏，把你的导师老牛请过来，我们老同学在皖北来个会晤。这家伙搞农业，脸就没白过吧。哈哈。"

"那我们就一切听从朱教授的安排啦。"杨二香学朱教授的口吻一说，大家全笑了。

"有了这个，秸秆才能成为宝贝。"在安大营村委会的大院子里，朱教授继续他的演讲。在朱教授说话时，他的两位助手，从商务车里，抬出来三只奇怪的罐子。长形，白色，像宇宙飞船上的东西，带着一只提手和两个耳朵。这样的罐子，安大营的人第一次见到。

"这叫液态氮气罐，里面装着菌种。"朱宝山指着罐体给大家介绍，"每只罐子里装着一枝菌种，这一罐是地衣芽孢杆菌，这一罐是枯草芽孢杆菌，这一罐，是产朊假丝酵母菌。"

别说村民，就是安玉枫、杨二香，也听得一头雾水。老书记安云礼，腿伤没好清，还拄着拐杖，他一脸迷惑地看了看下面的群众，又看了看王大鹏。省农业大学农学院的牛博导牛教授，马上微笑着给大家解释："我的这位同学，自从留洋后，会转一肚子洋文，不过，刚才他说的这些，可不是洋文，这是他研究的几个菌种的名字，这些菌种，都获得了国家的发明专利。他比我厉害啊，他不但晒得比我黑，手里的专利，用在哪里都是宝，今后他也会成为我们皖北县的'猪宝宝'、'鸡宝宝'和'牛宝宝'。"

朱宝山朝他的牛同学一挥拳，进一步演讲道："我带的这些菌种，放进麦秸秆里，玉米秸秆里，大豆秸秆里，花生秧里，红薯秧里，凡是庄稼的秸秆，只要放进这些菌种，经过发酵后，就能变成微生物饲料、肥料，这些饲料跟普通饲料比，蛋白质高，营养丰富，口感好，牲畜喜欢吃；肥料呢，能彻底改变土壤的墒情，使土地远离沙化、盐碱化。"

说到"沙化、盐碱化"，朱教授激动起来，他从座位上呼隆站起身，来回走动着，"我是牧民的儿子，小时候我见到的草场，风吹草低见牛羊，和现在的草场，是两种样子。我们的草原，被过量放牧、开采，以至沙化严重，牧民的养殖业受到损害。在德国，在美国，在新西兰，我看到他们肥沃的草原，他们幸福的农民，那些欢乐奔跑着的牛羊，是生物科技，保护着那里的农业，这其中也有我的成果。我在美国生活了十六年，学的是微生物专业，我的所学用之于国外，而我的家园，却备受损伤……我毅然离开那个国家，回到我的草原。我女儿出生在美国，她不懂我对家乡的情感，但她说，爸爸，我支持你爱你的草原，我打暑期工支持你！"

说到这里，朱教授突然泪流满面。

下面一片肃静，就连被抱在怀里的婴儿也受严肃氛围的感染，安静地叼着奶嘴，大睁着眼睛，忘记了吮吸。

"哎，太严肃啦。说说咱们的宝贝！"朱宝山转换频道很快，双肩一耸道，"我在草原上，利用牧草研制出了微生物发酵饲料，利用牲畜的粪便，研制出生物发酵肥料，缓解了牛羊草食养殖依赖草原的压力，惠及广大牧民和养殖户，牧民都亲切地叫我朱宝宝。我要在你们的皖北，研制出麦秸秆生物发酵饲料，研制出适合你们这一片土地施用的有机肥料。刚来这里时，你们的镇长，噢，他说自己没有镇长头衔但仍然主持工作，我是不是得叫他疑似镇长呢？这位安镇长，还有你们的安玉枫，做大棚蔬菜和黑粮加工的企业家，还有杨女士，保护你们当地鸡种的养殖家，噢，以前也是企业家，还有种黑粮的种植专家，叫什么房子？噢，农瓦房，听说有个名号'黑小子'，哎，黑小子不可怕，只要不是黑旋风李逵，朱宝宝不怕的啦。他们这些喜欢闹腾的人，带我看了你们的皖北县，哎哎，跟草原比，这片土地太肥沃啦，地大物博，人口众多，这句话用在你们这里，才有代表性，这里就是大家嘴上常说的风水宝地啊。我很感动。地里的大豆长得好，芝麻开了白花，还有辣根，哎，我是第一次见这种植物，长得很壮，也是位女士在经管。你们把女士称为娘们，皖北的娘们，很能干的啦。我也看到了很多触目的东西，我的眼珠很受伤。是什么？小养殖户的排污和粪便处理不到位，随处排放，污染环境。一个养殖户就能毁坏三条河，臭一座村庄。另外，我看到许多宝贝在烂掉，这让我忍无可忍！"说罢，朱宝山猛地一拍桌子。

底下一片静寂。空气中飘浮着的豆花、芝麻花的香味，漩涡般把人们团团罩住。

"堆在河边的麦秸，被雨水冲到水里了，河水变成了酱油色；堆在大田地里的麦秸，风吹日晒，变成了烂草堆。我问一位在草堆边干活的村民，这位村民说，租片地，不种庄稼，堆放麦草，就能挣钱了。我问，怎么就能挣钱了？村民说，国家有补助啊，每收一吨秸秆，国家补助二十块钱，不就挣到钱了嘛。在这里，我就要叩问那位疑似镇长安镇长了，政府禁烧秸秆的目的是什么？仅仅占用可耕地堆放就行了吗？国家把钱放你手里解决秸秆问题，你就不追究秸秆的去处吗？在皖北，我见到了许多这样的麦草堆放场，那些正在烂掉的宝贝，散发出呛鼻的霉味。我要求一定见到堆放麦草的主人，那个挣国家补贴的人。我终于见到了一位。他做一个和秸秆毫不相干的产业，有豪华的办公楼，比美国洲长还要阔气的办公室，大台面的办公桌，气派的真皮座椅，国内人喜欢称这是老板桌老板椅。我向这位老板讨教，你的麦草派什么用场？他看着我，说，卖给发电厂，卖给造纸厂。我问，还有呢？他想了好大一会儿，说，卖给种蘑菇的人。喂，老大，有没有搞错，发电厂要你的麦秸？燃点那么低，他会用来发电？别让他把老婆孩子都亏掉好不好？造纸厂要的麦秸，洁白的新秸秆他还要挑三拣四，沤烂的麦草给他，要不他脑子进水了，要不，他是你儿子！种蘑菇的直接从农民地里拉秸秆更方便，还拐弯抹角来买你的？句句都是骗人的话，他瞪着眼睛撒谎时，比说真话还要淡定。虽然被我驳斥得哑口无言，但这位老板一点都不生气。他气定神闲地对我说，教授，你真是一个典型的知识分子啊。他这是夸我呢，还是损我？"

"他在表扬你是真正的傻子。"牛教授把脸板得严丝合缝。

"好，那就让我这个真正的傻子来破解他。"朱宝山继续着他的演讲，"我国农作物秸秆，每年产生八亿多吨，价值一千亿元，农民可增收一千亿元；如果转化成秸秆饲料，相当于一点五亿吨的粮食。所以，秸秆等于粮食。如果把八亿多吨的秸秆，百分之五十转化成生物饲料，这是一个多么巨大的新兴产业！我要让生物技术，把秸秆转化为高蛋白饲料，把牲畜的粪肥，转变成生物有机肥，达到变废为宝、点草成金！中国的土地过度依赖化肥、农药二十多年，严重的盐碱化、农残化，墒情破坏严重，粮食质量下降。有位国内一流专家说过这样的话：再不控制过度使用化肥、农药，五十年后，中国人将生不出孩子来！老同学，"朱宝山一转头，冲着牛中华牛教授说，"你是农业专家，接下来，由你补充说啦。"

"刚才那位老板定位错啦，我这位老同学，不仅是典型的知识分子，说他是放眼世界，胸怀天下，忧国忧民的典型的科学家才对。"牛教授钦佩地看着朱宝山，"提高农产品利用率，无废生产，综合利用，循环发展，有效改进皖北农业产业结构，我想，这就是皖北大农业的主题。在安刘河镇的安大营，已形成大农业的雏形。养殖、种植，农产品深加工，现在再加上微生物工程，对，我想用'工程'一词来表述，那么，皖北大农业的精彩篇章，将从安大营开始书写。"

"感谢朱教授对皖北的科技支持，我会尽全力创办微生物秸秆发酵饲料厂，把皖北的秸秆，变成宝贝。"安玉枫冲朱宝山深深鞠了一躬，"虽然现在我做的企业，并没多少资金积累，甚至还要不断地投入，但资金的出处，已经有了好消息。刚才我收到儿子发来的邮件，他说，他要把名下的股份转让给我，支持我的事业。"

"喔，你的儿子，他有多少岁？"朱宝山问。

"十二岁。信是他母亲发来的，他母亲支持他这么做。"安玉枫微笑。

"那么，微生物发酵肥料厂，我来做好了。"杨二香马上表态道，"大农业一旦在安大营打锣开篇，俺家的杨林镇，就会敲鼓响应，谁让这两个镇是腿连筋筋连腿呢。"

村民轰一声笑了。

"现在，我的土麻鸡保种基地，已发展成四个养殖分场，鸡粪是做有机肥的最好原料。另外，我的朋友当中，有'天蓬元帅'、'牛魔王'、'鹅绒被'、'鸭绿江'，个个都是养殖能手，大家苦于对牲畜排放物的处理，有机肥料厂正是顺势应时而生，他们都能成为厂里的股东。"杨二香看了安玉枫一眼道："你也不用动用你家小孩子的留学资金，想跟你合作的，大有人在呢。"

安玉枫眨巴着眼睛，等着她说。朱宝山、牛中华，主席台坐着的一干人，都目不转睛地看着杨二香。

"比如杨广志，我一句话，他就抱块石头来入股了。"

下面嗡嗡嗡响起人声。杨二香说的故事太传奇了。

"二十年前，杨广志借了二十万块钱，把咱当地的梨贩运到大东北，那时候是啥火车，慢腾腾的像牛走路，梨在路上走了几天才到，到地儿打开莆包一看，白茸茸的一片，全长霉了，梨子烂了十分之九。他绝望之中，爬到斯大林公园的塔上，望一眼黑龙江，准备朝下跳。有个东北姑娘在塔下喊，哥，你一跳得劲儿了，留下我咋整呢？杨广志到东北贩梨，跟这姑娘有关系。俩人在火车上认识，说话投机，就说到把皖北的梨，贩到大东北的事儿上了。那个年头，一切都单纯得很，火车上成为朋友成为恋人的，多了去了。这个杨广志和东北姑娘，成了恋人加生意伙伴，真就把梨贩到东北了。哪想得到南北气候差异和火车慢行这样的事呢？杨广志看了姑娘泪汪汪的眼睛，不跳塔了。俩人在菜场，把梨包摊开了卖，菜场的几十个人，都自发帮他这个南蛮子卖梨，一车梨卖了三万块钱，一分不少地交给他，其中一位大嫂冲他说，真爷们的话，给我好好活，不就一车梨吗，至于寻死上吊？杨广志一下想通了。带着东北姑娘回到家，又做木材生意，赚钱还了债。东北姑娘也够种，抱着家里的一块石头嫁过来。有一回，两人从小龙河里运木材，船翻了，东北姑娘不会水，淹没了。杨广志大哭一场，发誓再不做生意，要活个自在人。真就闲在家里了，不再另娶，就跟那块姑娘带过来的石头过生活。从屋山墙挖个洞，卖点自炒的瓜子，自家烤的烟叶。在最穷困潦倒的时候，他家的那块石头，被好几个石头贩子相中，出大价钱要买下，多少钱他都不卖，就跟着石头过日子。这是个有情有义的能人，我要他出山。他手里有一块好石头，能值个百儿八十万的，我要他抱着石头入股。"

"真传奇，皖北人，传奇多。"朱宝山忍不住问道，"杨女士，你说的牛魔王、鸭绿江，什么意思？"

杨二香扑哧一笑："哎呀，忘解释了，这都是他们的外号。朱教授你不知道，俺这片地方，喜欢给人起外号，相熟的人叫着好玩。养牛的就叫牛魔王，养鸭的叫鸭绿江，养猪的就叫天蓬元帅，养鹅的是鹅毛扇鹅绒被或鹅卵石啥的，草原上的人喜欢您，不也叫您朱宝宝吗？"

"那么，请问，杨女士你有外号吗？"朱宝山很好奇。他非常想知道，女人会有什么外号。

"我叫蛋多多。"杨二香拼命忍住笑，一本正经地看着朱宝山。

安玉枫心里喊，这娘们，蛋多多是两人开玩笑时，他帮她取的外号，说女的养鸡就叫蛋多多，男的养鸡叫鸡多多。没想到在这里她端出来了。

终于憋不住的哄堂大笑声，把村委会的小院撑得满满的。之前老书记交代过，这回来个外国人，虽然这个外国人长着中国人的面孔，说着中国话，但他的国籍是属于美国的，一定要礼貌，不能瞎说。

"迷死杨，迷死特安，你们是 Happiness Family。"朱宝山也开怀大笑起来。虽然村民听不懂他说什么，但他的笑，大家是懂的。这个美国人，被逗开心了。

哄堂大笑了一阵后，开始拼命鼓掌。有人拍疼了巴掌。

"真心实意把巴掌拍到疼，我多少年没有过了。日他姐的！"安守财吼了一嗓子。安云礼瞪了他一眼，安守财居然有点不好意思了："书记，我一高兴忘了，说脏话了。朱教授是美国人吧？他要生气了，算不算美国人生气了？"

尾　声

第一章

——

安玉枫用脚在雪地上写字

刚过罢猴年春节，一场小雪身姿轻盈地飘然而下，把皖北大地上的青麦苗，覆盖得严严实实。安玉枫坐在二楼的窗户下，正拿着笔记本，奋笔疾书地写着字。虽说桌上摆的有电脑，但他仍然喜欢在纸上写东西，钢笔尖和纸面接触时亢奋的唰唰声音，比钢琴听起来还让人愉快。

安玉枫要写的是一篇长长的个人创业汇报材料，是为了参加省里举办的首届创业大赛。刚写了一个开头："那是 2013 年的 8 月 18 日，经过多日精心筹备的'立腾生物科技股份有限公司'，终于成功举行了开业庆典。当震耳的鞭炮声响彻四野的时候，公司门前的四轮车队排了半里路长，那是运送秸秆的农民，正踩着鞭炮的噼噼啪啪声，把玉米秸秆运了过来……"

安玉枫猛然停住笔，仿佛他的手被谁狠抓了一下。他愣怔地抬头瞭一眼院子，院子里那株满身披挂着冰凌的野石榴树，正亮旺旺地瞅着他，他突然感到心慌气短。

这株野石榴树，是杨二香从岱山野石榴林里挖给他的。杨二香朝他车后备厢放野石榴棵时，半开玩笑地说："记住啦，这棵石榴树可是带着我的灵性呢，你在家里干啥，你心里想的啥，它都能看得清清朗朗的。"

在野石榴树身上亮闪闪的冰凌之间，安玉枫发现了一双调皮的狐狸眼，正从冰凌的闪亮里，笑盈盈地看着他。安玉枫放下紧握的笔，双手相扣，抵着下巴，看着院子发呆。

院门外的空场地上，一双儿女正在堆雪人。雪太小，只有薄薄的一层，雪人堆得瘦瘦的，女儿把一只圣诞老人的红帽子，扣在雪人的头上。女儿上高三了，正雄心勃勃迎接六月的高考，立志报考浙江大学。儿子念初三，也正处于中考的关键时期。小家伙玩心大，正四处寻找着地上的积雪，用手捧着朝雪人身边堆。两个孩子嘻嘻哈哈，玩得一头劲。在浙南的环境里，见到雪的机会太少了，这年后的一场小雪，已足够两个孩子惊喜一番玩耍一番。

温晓莉站院门口看着孩子们堆雪人，她捂着大墨镜。眼睛不好，她最怕亮光，特别是雪光。温晓莉笑着和屋里的娘说话，一边跟孩子用浙南方言沟通着，让儿子把过年贴剩下的门对联，再贴在雪人的鼻子上，让雪人长出一颗红鼻头。温晓莉温温和和的浙南话，把安玉枫飘逸的思绪，生生拽到眼跟前。他感到了实实在在的天伦之乐，正萦绕在身边，然而，心的最深处，咋又涌出一股钝痛呢？安玉枫觉得浑身燥热起来，再无法集中精力写那些字。他飞快地把笔夹在本子里，呼喃一声站起来，就朝楼下走，从一楼后门进入后院，再从后院的角门里，哧溜一声闪了出去。

正月十五前的日子，还算是在年关里边。安大营的年味，比别的庄要浓得多，大人孩娃不外出了，一家人拢在一起，就把年过得富足、热闹，杀年猪，宰肥羊，买香烛灯笼，买孔明灯，买五千上万头的鞭炮。今天是大年初六，家家门前挂着的红灯笼，被雪光映着，显得格外扎眼。有谁家新放了鞭炮，红炮皮染在雪地上，像红樱桃撒满一地。安玉枫小心地绕过地上红樱桃般的鞭炮皮，快快地朝村外走。

在房里写不下去的字，那就在庄外的雪地里一边走一边用脚板写吧。不用笔，用脑子一点点放映，就像放映一部老电影那样，用脚在雪地上一点点记录下来。

他第一个到达的地方，是他要写的第一个篇章。却不是他的"立腾公司"，而是村北边的那片厂房。"我是二十岁时开始学养殖的……"安玉枫的脑子里蹦出了一句话，往事如风样劈面袭来。他目光温情地注视着那些或新或旧的房子。它们披着岁月的风霜，带着雪后的寒凉，生生撞击着他的脑门。土麻鸡保种基地，又加了一栋新鸡舍，喂食、喂水、捡蛋、除粪、温控，都是全新的现代化设施；旁边的"香香肥业"有机肥料厂，紧挨着鸡场，鸡粪从鸡舍的自动传输带上，源源不断地输送出来，直接由机器运送到堆沤车间，喷头自动喷洒上立腾公司生产的微生物菌种，经过密封发酵后，再运到生产车间，制成颗粒有机肥料，销往本地和外省。颗粒肥料是发酵肥料当中的高档肥料，要运到花木基地，给名贵花卉施用，而低档发酵有机肥，加上微生物堆沤后，直接供给种粮种果树的种植大户了。杨二香真是个呼风唤雨的人物，她的那帮做养殖的朋友"牛魔王""鹅绒被""鸭绿江"，不但拿出资金来支持她，自愿成为"香香肥业"的股东，各家养殖场产生的粪肥，还成了"香香肥业"用之不竭的原料。这些原料，加上安玉枫的微生物菌种，就成了有机肥料。

今天是开年后工人第一天上班的日子，两辆大货车正在装东西，虽然站得远，安玉枫一眼就能看出来，两辆货车，一辆在装鸡蛋，一辆在装有机肥料。抓机伸着大爪子，把成袋的有机肥高高举起来，装进车厢里，开抓机的工人，穿着统一的工装，工装背后，印着鲜黄的"香香肥业"四个大字。那四个字，就像四只巴掌，劈脸朝安玉枫呼来。这种被呼脸的感觉，自从两年前温晓莉定居安大营，杨二香称病再不相见，他就觉得自己的脸，被时不时地呼上几巴掌。凡是有"香香"这样的字体出现时，那只无形的巴掌就直接伸到他脸边了。

"我生命中的这个人，她是我的贵人，也是我的爱人，可是，我不能爱，也不管爱了……"现在，这句喷涌而出的话，坚固地写在他脑子里，但他知道，这句话却不能从脑子里磕出来，不能写在汇报材料里，它只能永久性留存在他脑子里了。这会子杨二香肯定不在香香肥业，也不在土麻鸡保种基地。她待哪里呢？杨林的那幢楼吗？还是岱山的那座石头房里？听王大鹏说，杨二香在瑶城买了一座景观房，对着大山和湖水，把女儿放在瑶城养，找了阿姨带女儿，她整天几个公司轮流转，车子呼啸而来，呼啸而去，一忽儿是岱山，一忽儿是杨林，一忽儿是安大营，一忽儿又是靳沟口。香香肥业有四家子公司，杨林两家、安大营一家、靳沟口一家。安大营的人，不止一次见过杨二香风风火火来过，但就是安玉枫没得见。哪怕他不再避讳王淘气两口子，有意无意地朝香香肥业跑，仍旧连杨二香的影子都见不着。这个女人确实要远离他了，远得就在他的鼻尖底下，却是让他一丝一毫找不着。但只要安玉枫成立一家秸秆微生物饲料分厂，杨二香就在旁边成立一家秸秆微生物有机肥分厂，可以这样说，安玉枫有几家微生物饲料厂，杨二香就有几家有机肥料厂，或者说，杨二香有几家有机肥料厂，安玉枫就有几家微生物饲料厂，两个人不见面，两个人办的厂子却是比肩而立。回回跟安玉枫来谈合作的，都是分厂的厂长，杨二香根本不需要露面。这种高度默契的合作，岂是外人所能感受到的？她仿佛就是附在他身上的魂，他想干啥，她都一清二楚。而那无处不在的香香肥业字体，就成了呼安玉枫的巴掌。

安玉枫在脑子里过着电影，用脚在雪地上划拉着，写着他的创业故事，对着安大营北地的香香肥业写了一会子，对着土麻鸡保种基地写了一会子，绕过村子，一漫正南，走到南湖西边的西小甸子。他的立腾生物科技股份有限公司的总部就建在那里。呆望了一会子公司的围墙，他没有进去。他爹老尾巴在公司里，还有那个龙大娘，爹嘴里香喷喷片刻不离的丫头。爹如今是他公司的守门神，正武装整齐地守在门岗室里呢。自从小龙河被专家考察定为古黄河的一段，加以保护后，他爹就失去了小龙河龙主的位置。既然爹不能再住小龙河湾当神仙了，关于爹回到家还是回到哪里的事，安玉枫找弟弟安玉椿商量，又专门征求娘的意见。玉枫娘神色淡淡地说："让他俩过吧。"娘指的"他俩"是谁，兄弟俩一听就明白。安玉枫啥都不问，直接把爹接到厂里，住厂门口的门卫室，跟爹说："你看守小龙河下岗了，就在这里上岗吧，这个大门交给你。"老尾巴说："那我得找个给我做饭的。"安玉枫说："厂里有食堂。"老尾巴说："那我不管，我要找个给我擀面条叠菜馍搅疙瘩茶的人。"安玉枫说："要找你自己找，我只发你一人的工资。"司小楼的游戏娘也就是大龙庄的龙大娘、爹心里的丫头，就跟着过来了。现在的情形是，他爹也不跟他娘离婚，丫头也不跟他爹结婚，就那样过起了日子。按老尾巴的话说，一把年纪的人了，结结离离个啥，一起过日子，比啥都强。

安玉枫用眼睛扫描了好大会儿公司的围墙和大门，又撇开腿，顺着麦子地一漫正东而去。这片几个村子连起来的麦子地，显得无边无际的广大，麦地里的积雪比路上厚，正好把小麦遮住，雪给大地仿佛盖上了一层厚被子。雪地上了冻，脚踏上去，嘎吱嘎吱直响。安玉枫刚刚停顿下在脑子里写着的内容，又呼啦一声启动了。是这雪白的麦野，让他忽冷忽热的脑袋，彻底冷静了下来。他在雪地里漫无目标地走动着，脑子和着脚板，在雪上划拉着字。

"十六岁开始当家时，心里虽说不后悔，却有些后怕，怕当不好这个家……"他又开始一丝不苟地放映着旧电影。从十六岁放映起，闪闪烁烁地就放映到了成立公司的那一天，当时的场景清晰地闪现出来。

"那是 2013 年的 8 月 18 日，经过多日精心筹备的'立腾生物科技股份有限公司'，终于成功举行了开业庆典……"他用大脚板在雪地里接着写已经在本子上开写的部分，脑海里放映着当天开业的情景。那一天真是热闹，谁能想到，这么快的时间，在安大营的土地上，微生物秸秆饲料，研发成功了。如果没有朱宝山教授的帮助，公司不会成立那么顺利。那个朱宝山真是高手，只用七天时间，就制作成了微生物秸秆发酵饲料。朱教授带着研制的发酵饲料，跑到省农科院，找相关部门进行检测，安玉枫安玉椿兄弟俩紧紧相随。安玉椿的老师牛中华牛教授，一路陪同，理所当然享受到了特事特办，检测结果很快出来了。连朱宝山自己都没想到，小麦秸秆发酵饲料蛋白质含量那么高。朱教授像孩子似的连呼道："你们皖北真是个风水宝地，遍地秸秆都是宝贝，利用得好，受益无穷啊！"

朱教授带的菌种有限，只能做试验用。要制作新的菌种，就得有制菌设备和车间。考虑到安玉枫的经济实力，朱宝山"命令"老同学牛中华，想办法从哪里"顺"一套设备出来。牛教授就从农学院的弟子当中，抽出一名博士，以做项目研究的名义，与安玉枫合作，理所当然地"顺"出了一套设备，供安玉枫借用。虽说设备陈旧，但对安玉枫而言，就是宝贝。安玉枫率先拥有了制菌室，为创办生物科技公司打好前战。朱宝山让微生物项目的可复制性，在安大营立竿见影，让安玉枫野心勃勃用微生物的科学技术，研发农作物秸秆的综合利用，变为现实。

创办微生物秸秆饲料加工企业，是安刘河镇的一件大事，甚至也是皖北县的一件大事。开业当天，县里相关部门的领导都来了，可惜朱宝山教授远在蒙北，正指挥着牧民兄弟做青贮发酵饲料，没能前来。不过，他派来了两名助手，他的研究生，蒙北农大的微生物专家，长期入驻"立腾"，无偿为立腾科技做技术支持。如果没有专家的参与，安玉枫的公司，只能是聋子的耳朵——摆设。这个世界，尽管有负能量的东西，时不时地冒出来捣蛋一下，但朱宝山身上散发出的正能量，绝对令安玉枫胆气豪壮。这个不太老的五十八岁的老头，安玉枫从心里喜欢他。放着美国的好日子、好地位不享受，远离妻女回草原，抵押房屋搞实验，图啥呢？农业大学的牛教授解读得很到位：图啥？搞研究的人，干自己喜欢的事，图的是心里快活，图的是活着有意义！

两个被撸掉官帽、却依然行使镇里职权的刘国泰和安玉椿，参加开业庆典责无旁贷。踩着一地碎红的鞭炮碎屑，安玉枫神采奕奕，容光焕发，一边和戴着胸花的杨二香眉目传情，一边忍不住在安玉椿的肩上拍了一下："你放心弟，你哥我把秸秆变成宝贝了，今后大家不用再焚烧秸秆了，你的小官帽就掉不下来啦。"

尽管安玉枫的声音不大，一旁的刘国泰还是听得真真的。刘国泰忍不住笑出了声。他和安玉椿之间的误会，已经不解自破。汪庄行政村带头点火的村民龙彪，把汪庄的村主任告了，说村主任为了撸掉村书记，指派他先点火，答应龙彪只要先点火烧麦秸，就给他多吃低保，结果红嘴白牙说话不算话。龙彪就到镇里告了村主任一状，等于帮安玉椿洗白了"让亲爹点火"撸掉刘国泰的流言。

"然后，我就'被'当上了村主任。"安玉枫继续用脚在雪地上写着。

安玉枫被当上村主任，都是老书记安云礼做的工作。他一定要把安玉枫留住，就带着村里的老头老妈们，去镇里找刘国泰，让镇里支持安玉枫当安大营村的村主任。刘国泰私下征求过安玉枫的意见，问安玉枫可是真的要留在家乡发展？安玉枫是个直肠子，说话不拐弯。安玉枫说，开头他就是想帮村里种大棚，报乡亲们的恩，没想到就被套住了。现在是越套越紧，走不脱啦，走不脱，那就好好干！刘国泰说，好，你好好剁，我就好好帮你争取政府的扶持，你把秸秆的大问题解决了，安刘河镇就不怕啥了！但村主任是要村民来选举的，得听村民的意见。

安大营村的村民，巴不得安玉枫留下来，能有啥意见？村民代表齐刷刷举手，全票通过安玉枫当村主任。就连那些难缠的搅屎棍样的人物，也在背后服气安玉枫了。

安云礼还继续当他的村书记。他六十开外的人了，按理早该退出村书记的舞台，他自己也有这个想法，但他说，他得再撑几年，等安玉枫做了这一届的村主任后，再让安玉枫当村书记，那时候，他才能安心退出。

"在这里，我要说说几个人物。"安玉枫听见雪在脚下嘎吱响了一连串，继续写道，"其中最重要的，是村里的老书记安云礼。"

安玉枫搞经济，安云礼也不闲着，搞村里的基建，他比年轻时还充满斗志，发动全体行政村村民，要一人献上两块大石头，来美化南湖的环境。全村的六

皖北大地 · 苗秀侠　著

个自然村将近七千口人，按人头分配，献出了一万八千四百块大石头。安云礼把村里搞建筑的人，留下来成立安大营建筑队，那些大石头，被切得有模有样，把南湖四周铺成石头路，南湖也进行了彻底清淤，清出来的淤泥成了肥料，直接堆放地边，用于大棚种植。南湖变美了，湖中有亭，水里有鱼。烂泥坑样的南湖，成了一个景观湖。村里的年轻人，回来时直叹气，说，城里算个毬，不去了，留家里算了，还能没事来湖边走走路，呼吸没有汽车尾气的新鲜空气。

家乡变得比城里好，谁愿意朝城里挤呢？不光是环境变得好，还有收入。安玉枫的饲料厂，杨二香的肥料厂，销售员的收入是底薪加提成，干得好，一年能挣一部车，安大营庄上有学历的年轻人，一拨拨回来后，就不走了。说给别人打工，不如给自己人打工。

有一天，初秋的时候吧，安玉枫的生物秸秆发酵饲料分厂刚刚在靳沟口成立时，安云礼要跟安玉枫在南湖边走走路。老书记不说散步，他说走路。一边走，一边和玉枫说着掏心窝子的话："枫，咱可能把农村变得像城里一样好看，一样方便，要啥有啥？"

安玉枫说："那咋不能？咱庄会变得比城里还要好看。爷，你说这弄啥？"

安云礼说："你啥都别管，直管把你的企业做好，让庄上人有活干，有钱挣。你爷我六十多的人了，党龄比你公司年轻员工的年龄还长，我啥都不怕了，就是想着发挥些余热，把咱庄早一天变美，缺啥我帮着弄出个啥，把美好乡村的硬件设施全部建到位，咱也建敬老院，也建幼儿园，也有文化广场，也有路灯、花木带，也有大电视幕墙！"

安玉枫当时不觉得安云礼的话有啥别的含义，以为是老人的即兴感慨。如果知道了，他一定会阻止安云礼的。如果他阻止了安云礼，就没有后来的事了。

"其实如果当时我再追问一会儿，说不定能追问出来老书记心里想干的事。追问出来了，我就会跟他一起分析，说不定能阻止他。"安玉枫痛心地在雪地上划拉出一道长杠，"如今看来，他不跟我说，不仅是我们之间不外气的缘故，是他不想让我担责。"

安玉枫咯噔在雪地里站住脚，眯缝起了眼睛，在心里疼了好一会儿安云礼，又把杨二香再一次抓出来疼了一会子。

"有人说我们是皖北大地上的两朵奇葩，对我或许是有些夸张，对杨二香，她绝对是奇葩，因为她是奇葩，所以她处处创造奇迹。"安玉枫撇开个人的私情，公正地写道，"这个小妮子，从小就到火车上卖烧鸡，一步步撑起了一家面粉企业，又差点回到零点。可是，任何时候，你都看不出她的沮丧，听不见她的叹息，她总是乐哈哈的，多难的事，到她手里，都会没问题。"

在安玉枫的"立腾生物科技股份有限公司"成立不久，杨二香的微生物发酵有机肥料公司也如期开业。她为公司取名"香香肥业"。

关于创办香香肥业，也是和安玉枫两人商量好了的，她笑两人就是农瓦房嘴里常说的江湖上一起卖嘴的"比肩子"。杨二香还说两人做企业，是唇齿相依地一起比发展。杨二香创办香香肥业，底气也足，一是她的那帮做养殖的朋友伸手相助她，成为香香肥业的股东，一是她被法院封掉的"香香面业"，已起死回生重新生产。这是挂职干部王大鹏的功劳。王大鹏挂职当县长助理时，写了篇洋洋万字的调查报告，就如何保护民营企业走出金融怪圈，作了全面阐述，其中重点陈述了老牌民企"香香面业"，陷入困境，濒临死亡的"起落沉浮"，引起县里甚至市里相关部门的高度重视，市、县金融办出面与银行协调，达成香香面业偿还百分之二十联保资金连带责任还款协议，使香香面业的输血功能最大化免受损伤。这边"香香肥业"开业，那边"香香面业"重新生产，杨二香可谓是双喜临门。

"那个杨广志，不是像杨二香说的那样，抱着石头来参股我的公司，他参股了杨二香的香香肥业公司。当然，他的石头没有直接抱给杨二香，而是抱到了苗馆长的博物馆，从苗馆长那里挪到了一笔资金。"安玉枫在雪地上脚步飞快地划拉着一大段文字，专门来写杨广志。杨广志也是奇葩人物之一，他把宝贝石头抱给苗馆长时，话说得很清楚：攒够了钱，再把石头赎回来。他把苗馆长的博物馆，当成典当行了。苗馆长满口答应。对杨广志的这块宝石，苗馆长念想了许久，还不止一次登门求宝，杨广志说，就是穷到要饭，也不会把石头卖给他。现在却心甘情愿送到苗馆长的博物馆了，乐得苗馆长合不拢嘴，当场给他儿子打电话要钱。杨广志说，钱不要打他卡上，要打，就打到杨二香公司的账户上。

听说，杨广志之所以拿出宝贝支持杨二香，是杨二香在他最困难的时候，拯救了他。那会子他贩水果折了本，带着媳妇从东北回来，二十万块钱的借款中，有十万是高利贷，放高利贷的托人捎话给他说，要么还钱，要么，卸掉一条胳膊一条腿。杨二香那会子还没办面粉企业，正做麸皮生意，就捎话给放高利贷的人说，她杨二香的朋友，胳膊腿金贵着呢，要么，还本免息，要么，鸡飞蛋打。对方琢磨了好几天，想不通鸡飞蛋打的后果到底有多严重，竟同意了还本免息。帮杨广志还清了高利贷的本金，杨二香又联系做木材的朋友，拿出本钱让杨广志去做木材生意，说折了是她杨二香的，赚了是杨广志的。论辈分，杨二香喊杨广志小叔。帮小叔，就像帮表舅老鲍一样，她出手时绝不藏力。

还别说，杨广志真是拓展市场的天才，他一身兼两职，把安玉枫厂里的秸秆发酵饲料和香香肥业的颗粒有机肥料，朝南销到浙江，朝北销到吉林。这个平常捧着一把茶壶，坐在柜台后面卖盐卖烟的黑脸汉子，风风火火，好像年轻了十岁。有人笑他可是吃了微生物发酵饲料了。他一本正经地说："那当然，我拿它当补品吃呢。"连幽默都会了。

关于杨广志这块石头的灵气，有好几种说法，但都跟一个女人有关，女人就是那个东北姑娘香灵。说是石头上附有香灵的灵气，夜晚杨广志对着石头说话，石头会发出叮叮当当的声音，像是在应和他。如果对着石头唱歌，石头会有袅袅回音；以指轻扣石头，在不同的部位，会有不同的声响；会击石的人，能完整演奏出一首曲子。据说，只有杨广志能敲出完整的曲子，或《东方红》，或《九九艳阳天》。别人最多能敲几句曲子出来。

苗馆长把杨广志的石头，用玻璃罩罩住了，不准任何人摸，更不用说敲击了，说这是石头的主人特别要求的。大家只能隔着玻璃看石头，馋得直流口水。这块稀罕石头，便成了苗馆长的镇馆之宝了。

"农瓦房也算有情人终成眷属了，这个种黑粮的黑小子，终于和王彩芹举行了热热闹闹的婚礼。两个有故事的人，要续写他们的故事啦。"安玉枫开始写农瓦房。农瓦房和王彩芹，这两个被唾沫星子淹过的人，走了一大截子弯路，总算走到了一起。那个在农瓦房庄上横着走了不少年的农大虎，谁见谁怕的人物，不知哪根筋搭对了，他居然从瑶城拿回来农三虎签了字的离婚协议书，递给彩芹说："看谁好，再嫁了吧，家里的楼，还是你的，想咋住咋住。"一下把彩芹说哭了，彩芹哭着喊哥，说她一直把农大虎当哥的。农大虎说："本来就是嘛，今后谁欺负你，我跟谁不愿意。"

把黑粮地种得暄暄腾腾，把"皖枫"牌黑粮产品，打造得结结实实的种粮大户农瓦房，结婚典礼也办得红红火火。他娘开始有想法，不想让他娶彩芹，说彩芹是结过婚的"过河女"，名声不好。农瓦房一听就说，那我只能再把她拐走了。他娘就啥话也不说了。

"这个农瓦房，长心眼子了。"安玉枫写到这里，嘴边挂起了笑意。

"现在得说说挂职干部王大鹏了。"安玉枫开始写起了王大鹏，"没有王大鹏，俺爹就不会在小龙河湾有滋有味地种地，农瓦房也不会受到启发当种黑粮的种植大户；没有王大鹏，靳沟口的草莓皇后靳小兰，可能还被一身的债务压着一蹶不振，也不可能有后来红红火火的岚兰果业，又哪里有立腾公司取之不尽用之不竭的果渣发酵饲料呢？"写到这里，安玉枫在雪地上的一双脚，有了"奋笔疾书"的感觉。

王大鹏挂职后，尽心尽力扶持靳沟口靳小兰的岚兰果业，经与县企业协会协调，为靳小兰争取到一笔企业协会基金中心提供的无息贷款支持，等于给岚兰果业重新输送了新鲜血液，靳小兰又回归到以往那个敢想敢干的靳小兰了，不仅精种大棚高档水果蔬菜，还创办了果汁厂和电商平台，产品辐射周边省市，生意一下红火起来。岚兰果业果汁厂的果渣，是发酵饲料最好的原料，这是朱宝山教授早先告知安玉枫的，安玉枫如获至宝，和岚兰果业签订了供应果渣协议，果渣加上粉碎后的豆秸，加工成微生物发酵饲料，整个变废为宝，是牛羊们的最爱！王大鹏一年挂职时间结束后，不再回农业大学当他的教授，而是果断申请留下来，在靳沟口镇担任党委副书记。他和靳小兰结了婚，爱情事业双丰收的靳小兰，种植业和电商网络平台，做得风生水起，不但还清了银行贷款，又在周边建了几家分公司。

"如果说微生物能让秸秆、果渣变废为宝，那么，这个变废为宝的工程里，挂职干部王大鹏功不可没。"安玉枫用脚犁出了深深的一条雪沟，像是在雪地上划了一个大大的感叹号。

在这个感叹号的后面，安玉枫还想再写写杨二香。他只是从心里低低呼唤她。杨二香，有些可以写，比如，两人珠联璧合般一起创办秸秆发酵饲料厂和肥料厂，在几个乡镇一起复制分厂，然而，另一面，他们之间比微生物发酵还要成熟、突然戛然而止的感情，却不能着一个字。

杨二香就是他身上附着的魂，他想什么，有啥作难的事，她都清清楚楚。他没有给她承诺，她也没要他承诺什么。两个太默契的人，承诺往往成为多余环节。有时候，他会一连几遍朝她感叹："二香，二香，我一定让你看到一个不一样的安玉枫！"杨二香就风轻云淡调侃说："一香二香十三香，你卖香料哪。"

说得两人开怀大笑。

那段时间，温晓莉在跟他闹冷战，她坚持要他回到宁城，他坚持要留在安大营。在两人留与走的拉锯战里，在接二连三的创业艰难里，安玉枫甚至都忘记了温晓莉曾经的温柔，她仿佛成了一个旁观者。一直到立腾办了第三家分厂时，温晓莉突然回到了安大营。同来的还有温晓东两口子。温晓东是来和安玉枫谈合作办厂的。这个精明的小舅子，目光炯炯有神，他要在宁城投资办一家微生物秸秆发酵饲料厂，安玉枫可以技术入股。南方也有秸秆，也有养殖场，也存在秸秆禁烧的难题，销路不成问题。一说到秸秆和微生物发酵饲料，安玉枫立刻目光闪闪发亮，两个男人的话题多了起来。

然后，温晓东重回宁城，而温晓莉，在安大营定居了下来。

然后，杨二香就生病住院了。一连几个月都没和安玉枫照过面。安玉枫只能在心里发急，一个接一个电话给她，回回都是她公司的女秘书接听的。安玉枫急坏了，要去看她，问在哪家医院住着。被问急了，女秘书说："安总可千万别来看她，你还不知道她的脾气？她要见你，自然会见，不想见，找也找不着。"又风轻云淡地说，"杨总只是生一点小病，主要是以调养为主。你只管把自己的心操好，就不用为她操心啦。"口吻和杨二香如出一辙。

杨二香从瑶城住院回来的时候，抱回来一个小闺女。不知哪个狠心父母，把亲生的孩儿丢下不要了，就丢在医院里，她看着不忍心，就捡回来当亲闺女养了。杨二香给那个孩子取名叫丢丢。她是否也把跟安玉枫的感情，全部丢下了呢？因为她当真决绝到，再不跟安玉枫相见一面。

还有，她当真以为安玉枫会信丢丢是捡的？那是她生的，她和安玉枫的娃！这一点，整个安大营的人都知道，都在传。除了温晓莉蒙在鼓里。传归传，杨二香可不承认，她对谁都说女儿是捡来的！那么，就算知道二香有了他的娃，他安玉枫会做出怎样的选择呢？他会抛开温晓莉？那几乎是不可能的。温晓莉是个弱者，是他安玉枫恩人的女儿，是他一双儿女的母亲！这个天大的作难事，不用他作一丝一毫的难，杨二香生一场小病，就把什么都解决了。

这就是杨二香！

安玉枫又在雪地上划拉出一道深深的印子，他感觉，他用脚在雪地上写的材料，咋越写越多，越写越写不完呢？参加这个创业大赛，他有多少心里话想讲啊！

正在安玉枫想在雪地上继续用脚写字时，安玉椿的电话打了过来。

"哥，你在忙啥？"

安玉椿今天到镇里去了，镇书记有事找他。镇里的书记真年轻，是个80后。因为秸秆禁烧犯了错，刘国泰最终被调离安刘河，到县卫计委工作了，安玉椿仍然留在镇里，担当着暧昧的"疑似"镇长角色，行使着镇长的职责。

"我在雪地里写创业材料呢。"安玉枫声音很大。

"大冷的天，雪地里咋写？哥说话真幽默。"安玉椿笑道。

"真的在雪地里写。用脚写，比在家里思维活跃多了。真的，脑子里一下涌出来很多事。"安玉枫想跟弟弟多说点，"县农委要我写长点，说找个专家给我整理出一篇演讲稿，好参加省里的创业大赛。哎玉椿，你去镇里啥事？大过年的。"

"我工作变动了。"安玉椿顿了顿说，"要调我去杨林，任杨林镇的镇长，算是官复原职吧。"

第二章

—

安玉椿一天连着看了三个人

午收即将到来。如果天气晴好的话，今、明两天，就能开镰割麦了。镇里提前半个月召开秸秆禁烧大会，分片分点下去抓禁烧，镇里的干部全部下到村里，整个镇大院空空荡荡。午收是全体基层干部的噩梦，也是安玉椿的噩梦。

像在安刘河当镇长一样，安玉椿仍旧骑着摩托车，带着灭火器，巡逻在各个行政村的田间地头。内心也在无声呼唤着：别着火，如果万一有了着火点，千万别被卫星遥感拍到！

今天一大早，安玉椿就骑着摩托车，在整个杨林镇的地盘上，画了一个大圈子。即将收割的小麦，举着黄灿灿的麦穗，在风里调皮地摇晃着脑袋，样子懵懂天真，根本不知顶着它的秸秆们，给人们带来多少慌乱。每个路口都张贴着宣传禁烧的标语口号，花样翻新。"秸秆浑身都是宝，谁烧谁家老婆跑"，这是咒人的。"焚烧秸秆时，就是坐牢日""上午烧秸秆，下午就拘留""焚烧秸秆，坐牢蹲监""烧谁罚谁，谁烧罚谁""小孩点火，大人负责""有烟必查，有火必罚，有灰必究""一人把关一处安，众人防火稳如山"……穿行在各类标语口号中间，就像穿行在红色海洋里，看得安玉椿心惊肉跳。

在漫长的二十天的午收噩梦里，会不会再一次打响禁烧秸秆的战役？

险象环生的午收，仿佛一点没有改变。尽管他哥安玉枫的立腾生物科技股份有限公司，已经研发出秸秆发酵饲料、秸秆膨化饲料、秸秆青贮饲料和秸秆果渣饲料四大类饲料产品，每年能让几千万吨的农作物秸秆得到综合利用，但要解决秸秆带来的困扰，还远远不够，别说全县，就是安刘河镇境内的秸秆，都不能全部解决。秸秆，遍地金黄刺眼；秸秆，既是宝贝，又是扎疼人心脏的刺！

安玉椿停下摩托车，站在高速入口不远的麦子地边，放眼看着麦地。

麦子成熟的焦甜味道，扑面而来，气势浩荡。小时候村里人盼望麦子熟，好吃新麦面馍，做新麦面饺子，那种对丰收的渴望，是多么强烈。现在，丰收带给人的不光是幸福了，忧愁也有了。最起码，安玉椿心里麦收的幸福感，被焦心如焚的禁烧，生生覆盖住了。

抬头看一眼太阳，觉得时间还早，他跨上摩托车，决定去看一个人。

其实安玉椿今天除了把杨林镇的地盘巡逻一遍外，还有一个接待任务。这个接待是个私活，不准跟上级部门讲，也不能让镇里知道，就是要他以一个乡亲的身份陪同着。看看离接待时间还早，他就离开高速入口，先去农瓦房行政村，看一个人。

是小农庄的跑反。

跑反躺倒两年多了，这回是真中风了，不但腿不能走路，嘴不能说话，连生活都不能自理了。

跑反躺倒后，安玉椿去年的午季，以安刘河镇镇长的身份，去看过他，送去了民政部门救济的钱物，个人也给他掏了两百块钱。跑反虽不能言语，心里还清朗，把脸扭向墙，对着墙白鼓眼，一点都不示弱。

不过二十分钟，就到了小农庄，安玉椿支好摩托车，进到跑反院子里。几只鸡在院子里咕咕叫着，跑反老伴在给鸡撒玉米吃，见安玉椿进来了，脸上吃了一惊："安镇长，你不是调走了吗？"

"工作调动很正常，可我还是咱安刘河安大营的人哪。正好下乡禁烧，我顺路来看看。"安玉椿样子笑朗朗的，进到屋里，正看见脸冲外躺着的跑反。这回跑反没白鼓眼，那双从来不服气的眼睛，轻轻地合上了。

"老头的低保今年又接着吃了。"跑反老伴一边倒茶，一边亲热地跟安玉椿说着话。安玉椿去年就安排农瓦房行政村，给跑反上报吃了低保。

"我跟村里打过招呼了，他符合吃低保的条件。"安玉椿低头问跑反，"恢复得咋样了，可能到院子里走几步？"

"拿被子抵着，能在床边坐一会儿了。"跑反老伴说着，声音哭了起来，"恁别气他，他就是属鸭子的，到死嘴都是硬的……"

"百人百性，谁能没有个脾气？"安玉椿又问候了跑反几句，从兜里掏出二百块钱，放他枕头边，起身告辞。

跑反没白鼓眼，也没睁开眼睛看他，只颤抖着眼皮，把两行浊泪挤给他看。安玉椿骑着摩托车走了好远，眼前还晃动着老跑反的两行泪，心里酸了许久。

见时间还来得及，安玉椿猛加一把油门，拐到安刘河集北头的小窦庄，去看扑楞。

看扑楞让他扑了个空。扑楞不在家，扑楞闺女也不在家。

扑楞家的旧砖房，夹在几座楼房的旮旯里，灰不溜秋的，就像一只饿得半死的兔子。扑楞仍在不屈不挠地上访着，安玉椿调离安刘河前，还去北京截过他的访。这小半年来，扑楞可安分些了？扑楞家的邻居说，扑楞这次不是上访，是找他闺女去了。他那个三十好几的老闺女，迷恋上了上网，给他留个字条，说过够了，别去找她了，就跟网友跑了。

穿过安刘河的那条老街道，安玉椿走得有些恍惚。已经到了吃中饭的时段，他肚子没一点饿意，心里就像打翻了一只五味瓶，各种滋味都有。

正在这时候，手机响了。是条短信息："已过五马服务区，一小时后到杨林高速出口。安。"

短信息把安玉椿猛丁拽回到现实当中，他在街边找了家羊肉馆，就着两只吊炉烧饼，喝了一碗羊杂汤，就朝杨林进发。

他今天真正的接待任务，来了。

是陪着一位老领导去看望安云礼。

这位老领导，从省政协副主席的位置上退休好几年了，他轻车简从地回到安大营，要看看乡亲安云礼。

老领导的名字叫安长河，是安大营的烈士安国栋没出五服的侄子。安长河随父母在部队长大，一直当干部，做官做到省政协副主席，是安大营村做官最大的人了。安国栋烈士的衣冠冢建在市烈士陵园，安长河到市里开会时，拜祭过他的远房叔叔。安大营他倒是极少回来，不是庄上生的，跟庄上不咋亲。

这次回来，是接到了安云礼给他写的十二封挂号信之后，才决定的。安云礼只见过他几次，称他是老领导，他在信里反复说，只要老领导指出他错的地方在哪儿，他才能心服口服，才算心安。

老书记安云礼说他错不错的事，是2014年年底发生的那件事。

红绿灯从里面出来了。出来后的第一件事，就是写人民来信检举安云礼贪污。

安大营只用了一年半的时间，来了个旧貌换新颜：村街一律铺上水泥路，村民老宅基翻新盖楼房，废沟旧渠清淤栽花，改成景观地带，村委会门前还修建了村民文化广场，猛一看，跟城里没啥差别。安云礼背着手在广场上走路时，嘴里常带出这样的口头禅：我就不信，你不喜欢这样的家，不回到这样的家？

庄上的年轻人，果然成批地回来了。安守财的儿子跟他爹多有一样的口头禅："日他姐的，庄上这么美，出去弄啥？"

红绿灯写了两封举报信，引来相关部门的调查。一查才发现，南湖四周的石头，是村民按人头自愿捐出来的，并不是"安云礼采购石头吃回扣"购回来的；行政村的水泥路，也是村里自己的施工队铺出来的，安云礼并没有"吃外地工程队的回扣"。第一封检举信，让安云礼成了以简治村的好典型。

紧接着，红绿灯又写了第二封检举信。正是这封信，让安云礼这个三十多年党龄的老党员，被组织上开除了党籍，当然，村书记也被罢免了。

安大营行政村的书记、主任两职，全部落在安玉枫的身上。

村书记给安玉枫当，安云礼巴不得是这样，但被组织开除了党籍，让他"死不瞑目"。这是安云礼的原话。安云礼在安玉椿面前，不止一次说过"死不瞑目"，说得安玉椿都不敢见他了。

这件被红绿灯检举的事，是省民生工程一百一十万元的危房改造款，被安云礼理所当然地用在了改造行政村的美化、亮化工程和建设养老院上。调查组来到安大营，看不到一间危房，都是气派的楼房，宽敞的街道，花红草绿的景观带，安装着大电视幕墙的文化广场。没有危房为什么申请危房改造款？都挪用在哪里了？安云礼理直气壮地指给调查组看新装上的路灯、治安监控、一座二层楼的养老院，说，就用在这里了。挪用民生工程的危房改造款，是违纪行为，一个党员连这点觉悟都没有？调查组的人语词严厉。

让安云礼没有想到的是，处理结果这么重。

省电视台的记者，扛着摄像机，对准了安云礼。"我确实挪用民生工程的危房改造款了，为啥呢？就是为了想给一个企业家减少负担，这个娃，被我喊回家创业，他把钱都拿出来了，到现在还欠着银行的贷款，没有他回家创业，哪有现在乡村的美？我心疼这个娃，就擅自做主申报了这项资金，帮着他把村庄建得更美；镇里、县里当时也默许了的，咋就违纪了？我一分钱都没装进自己腰包，现在村里的五保老人住进养老院，老有所养，我干的都是为百姓谋福利的事啊……"

电视播放时，断章取义的剪辑成了安云礼"确实挪用民生工程的危房改造款"这样的事实，一道道批书从上而下到达后，开除党籍的处分，让安云礼三十多年的党龄，划上一个窟窿般的句号。

安玉椿在高速出口迎接着老领导安长河。按照安长河的指示，他这次回来，不惊动任何人，就是专程来看安云礼。等了半个小时，一辆银灰色小车，划着弧线，从杨林出口逶迤驶来。安玉椿把摩托车锁在路边，跟着小车，直奔安云礼家。

安玉椿也只见过安长河几面，不太熟悉，客套了几句，安长河简短问询了安云礼的现状，便严肃着脸，一言不发。安玉椿也不便多说什么。

一见面，安云礼冰冷的脸，半天回不了暖。直到安长河握住了他的手，他才缓过气，猛地双手相握安长河的手，老泪纵横。

"如果说我把钱放自家腰包了，倒也不亏，可是，我一分钱没要，都是为村里办事的。当初要这笔款子时，县里镇里也是默许的。我寒不寒心哪，我干了几十年的工作，为党忠心耿耿，到头来，却落得这样一个下场……就算处分我，给我个警告处分也行，记大过也行，开了我的村书记也行，非要开除党籍吗？我入党三十四年了，我是党的人啊，怎么就一下把我踢开了……我要申诉……"安云礼浑身哆嗦，手里的茶杯猛地摁在茶几上，愤怒地拍着桌子，把灰尘拍得四处飞散。

"你确实犯错误了。"等安云礼平静下来，安长河说，"首先，你弄虚作假骗取国家的民生工程专项资金；其次，你把专项资金挪作他用。至于装没装进自家腰包，那是性质问题，但虚报和挪用，却是不争的事实。"

安云礼绝望地看着安长河，炯炯放光的眼神，渐渐黯淡下来，亢奋的身体委顿了，双手无力地撑在沙发上。

"云礼，我理解你的委屈，就算你有委屈，也要克制。虽说你不是党员了，但我希望，你仍然要以共产党员的姿态，严格要求自己。不要像个平头百姓那样，去写什么申诉信，到处乱寄；更不要发生……上访……"安长河紧紧握住安云礼的手，劝慰着他。

"我不是平头百姓是啥？我就是一农民，一辈子的老农民……"安云礼垂下眼睛。

看着安云礼难受的样子，安玉椿不知该说啥好，特别是当着安长河的面。他只有听的份儿。其实老书记安云礼在申报危房改造项目时，想得很简单，就是想给村里盖一座敬老院，他把这个想法，还跟镇里的书记敲边鼓样地说了，书记也算默许了。但他没跟当村主任的安玉枫说，也没跟安玉椿说，他不想让谁来为他承担责任，就想擅作主张完成一件大事。他只找了镇里年轻的书记说。安刘河镇的书记是新调来的。刘国泰调到县卫计委干个闲职，当了一年多的疑似书记，刘国泰终于没有坐稳宝座。新调来的镇书记属于80后，年轻，尊重老同志，对安云礼这样的老党员，很客气，但电视里播报了挪用民生工程专项资金后，他马上找安云礼谈话，让他先承担下来。谁知道会开除党籍呢？

"我到死，也不能恢复党籍吗？可是的？"安云礼哀哀地看着安长河。

安长河没说一句话。

安玉椿听到自己的心，在胸腔里咣当咣当直响。

"我知道的，我心里知道的……"安云礼垂下花白的脑袋，长满老人斑的双手，一阵痉挛。

仿佛是为了完成一件使命，安长河只坐了半个小时，就匆匆离开了。司机从车后备厢拎下来一大包吃的东西，安云礼木木地站着，连感谢的话都忘了说。安玉椿不能多陪安云礼，他还要送安长河走，只好站起身，跟着安长河出来。安云礼站大门口目送他们，他倚着门框，个子那么矮，那么瘦，那么像一个农村老头。

离开安大营，坐着安长河的车，送他到高速入口。安玉椿再三表达挽留老领导住一晚的心意，但安长河态度坚决，执意立刻返回省城。他说就是来看看乡亲安云礼，不想惊扰别人。在高速入口，安长河紧握安玉椿的手，手上加大了力度，神色凝重："多抽空去安云礼家坐坐，听他多唠叨，不要烦。安云礼现在也只能跟自己人唠叨，在村民面前，他肯定一句话也不会乱说的，你就给他时间让他多倾诉吧。"

看着小车从匝道融入高速路上的车流里，安玉椿才取回摩托车。他心里钝钝的，顺着路边推着摩托走。满天满地的熟麦子，厚实地铺展到天边，丰收的大地，发出了无声的呐喊。

这时候，手机响了起来。是王大鹏："学兄呀，我遇到麻爪事啦，可咋办呢？你快给我支招呀。"

在靳沟口镇当副书记的王大鹏，遇到了白鸡庙行政村群众集体上访镇里不作为的麻爪事。白鸡庙行政村是王大鹏包的片，村里的一处荒山，被一养殖户承包下来养羊，结果，这个养殖户晚上偷偷挖山里的石头，成车朝外拉，卖给人家当景观石。白鸡庙的老百姓不愿意了，找镇政府反映。这事得几家单位出面解决，牵涉到国土、园林、林业等几个部门，镇里没有执法权，老百姓转头直接上访镇里不作为。王大鹏被搞蒙了，被搞麻爪了。他问安玉椿怎么会这样？

安玉椿想了想，说："学弟，这就是基层。"

紧接着，他哥安玉枫的电话打了进来。安玉枫的声音很兴奋，要安玉椿赶紧上微信，他刚刚发来了创业大赛决赛的视频给他。"我获得了省里首届创业大赛总决赛的冠军，真是太高兴了。"安玉枫抑制不住满心的欢喜，"没想到能夺冠，参赛选手都比我年轻，有的人，演讲口才超一流，有的人是高学历的博士，有的人还是海归，但我这个做秸秆的民营小企业主夺冠了。今晚我就回来，咱哥俩好好喝一杯，庆贺庆贺！"

"哥，你获冠军，是你在雪地上写的演讲稿好啊。"安玉椿情不自禁地夸着他哥。安玉枫今年的收获真大，申报农业部的20万吨秸秆饲料生产示范项目也获得批准了，一大笔国家扶持资金即将到位，而这次创业大赛夺冠，又使他作为做秸秆的企业家，在省里企业界，风风光光亮个相。安玉枫在雪地上"写"的一万多字的创业经历，经行家里手加工成演讲稿，朴实感人，一举成功。"我参赛的目的，就是希望通过比赛，让更多的人了解秸秆，了解皖北大地上生生不息的小麦秸秆、玉米秸秆和大豆、花生秸秆，并不是让政府作难百姓头疼的废料，而是做饲料喂牛喂羊，做肥料养墒情增地力的宝贝。"安玉枫说得兴致勃勃。

安玉椿马上打开微信，哥参赛的实况，如在眼前：

改善人居环境，减少空气污染，推动现代农业，打造循环经济，这是我创办"立腾科技"的理念……我国的耕地面积有十八亿亩，而处于黄淮海平原上的皖北县，耕地面积是二百八十万亩，只要有粮食生产，自然就有秸秆资源，这种资源年年再生，市场潜力巨大，并且这个项目可以复制，是精准扶贫、农业发展、节能环保、循环经济的好项目。我的企业规模太小，只能解决部分秸秆转化，我正和另一家香香肥业联手，共同打造秸秆综合利用产业和农业循环经济，让秸秆转化成发酵饲料，饲喂牛羊鸡鹅鸭等草食动物，让动物的粪便加垫料通过微生物发酵，制成生物有机肥还田，解决农村面源污染，培肥地力，打造循环大农业，实现农业无污染可持续发展。立腾科技，正在腾飞……

安玉椿把手机音量调到最大，对着一望无际的麦子地播放着，遍地成熟的麦穗，摩拳擦掌，跃跃欲试。

正在此时，一阵机器的轰鸣声传来，不远处的麦子地里，一台大型收割机，轰轰烈烈开了进去，咔嚓一声，锋利的刀刃，把丰收的大地，咬开了一道鲜黄的口子。立时，漫天弥散的黄尘，欢腾跳荡的麦粒，耿直倔强的麦茬，一起奏响了午收的欢歌！

"阿嚏"一声，安玉椿对着开镰收割的田野，打了一个响亮的喷嚏。

2016 年 5 月 23 日第一稿完成于宿州南苑
2016 年 6 月 26 日改毕于宿州南苑
2016 年 8 月 6 日第三稿完成于合肥陶然居
2016 年 8 月 23 日第四稿完成于合肥陶然居
2016 年 12 月 2 日再改于合肥陶然居